Kate Eberlen

Only you

Kate Eberlen

Only you

Alles beginnt in Rom

Roman

Aus dem Englischen
von Babette Schröder

DIANA

Von Kate Eberlen sind im Diana Verlag erschienen:
Miss You
Only You – Alles beginnt in Rom

MIX
Papier aus verantwortungsvollen Quellen
FSC® C083411

Verlagsgruppe Random House FSC® N001967

Die Originalausgabe erschien 2020
unter dem Titel *Only You* bei Mantle,
an imprint of Pan Macmillan, London

Redaktion: Dr. Katja Bendels
Umschlaggestaltung: t.mutzenbach design, München
Umschlagmotive: yurgo/Shutterstock.com
Autorenfoto: © N. Duggan
Satz: Leingärtner, Nabburg
Druck und Bindung: CPI books GmbH, Leck
Printed in the Czech Republic

ISBN 978-3-453-29239-0

www.diana-verlag.de
Dieses Buch ist auch als E-Book lieferbar.

Teil 1

GEGENWART

April 2018

1

Montag

Alf

Alf lebt mittlerweile seit fast einem halben Jahr in Rom, doch die Art, wie die Sonne auch die schäbigsten Gebäude erstrahlen lässt, hebt noch immer seine Laune. Er ist auf dem Weg zur Sprachenschule, doch er schlendert gern an Orten vorbei, die schon in einer Stunde von Touristenmassen überfüllt sein würden. Es kommt ihm vor wie ein Privileg, als befände er sich allein in einem Freizeitpark. Erst der lange, langsame Anstieg durch die schicke Wohngegend, bis die Straße auf eine riesige vertrocknete Grasfläche trifft, den Circus Maximus. Dann eine von Bäumen gesäumte Straße zwischen Palatin und Caelius, zwei der sieben Hügel Roms, hinauf. Und plötzlich steht man vor dem Kolosseum. Es erstaunt ihn immer wieder, dass das Gebäude einfach so dasteht, so berühmt, dass es unmöglich real sein kann. Gold vor Blau. Im Morgenlicht sind die Farben so klar und leuchtend wie auf den Postkarten an den Souvenirständen, die gerade ihr Tagesgeschäft beginnen. Er macht ein Foto und postet es auf Instagram mit dem Gruß: *Buongiorno! #Roma #Rom #colosseo #bella #schön.*

Alf scrollt durch seinen Feed und hält inne, als er ein Foto von seinen breit lächelnden Großeltern entdeckt. Cheryl, seine Großmutter, trägt eines ihrer alten Turnierkleider, die

Alf stets an einen Cupcake erinnern, denn die vielen Tüllschichten lassen den Rock von allein stehen, auch ohne dass Cheryl in ihm steckt. Das Kleid ist leuchtend pink, das Mieder mit silbernen Paillettenwirbeln verziert. Sein Großvater Chris trägt einen weißen Frack mit weißer Krawatte. Die Unterschrift lautet: Hört nicht auf zu tanzen! *#langsamerfoxtrott #niezualtzumtanzen.* Alf ist noch nie auf einem Kreuzfahrtschiff gewesen, aber er weiß, dass man dort in Kabinen wohnt. Tausende davon sind wie in einem Wohnblock übereinandergestapelt. Unvorstellbar, dass es dort einen Schrank gibt, der ausreichend Platz für solche Tanzkostüme bietet. Die anderen älteren Herrschaften, die ihren Urlaub auf dem Kreuzfahrtschiff verbringen und sich nichtsahnend für ein kleines Tänzchen auf die Tanzfläche wagen, tun ihm leid, denn sie haben das Pech, mit Cheryl auf demselben Schiff zu reisen. Mit ihrem Kleid fegt sie raschelnd jeden nicht perfekt koordinierten Tänzer aus dem Weg und kann es sich dabei nicht verkneifen, im Vorbeiwirbeln auch noch Anweisungen zu erteilen.

»Lassen Sie den Mann führen!« »Halten Sie den Kopf hoch, nicht wie eine welke Blume in der Vase!«

Alf »likt« das Foto, ohne zu wissen, ob seine Großmutter sich freuen oder ärgern wird. Sieht sie sich seine Posts überhaupt jemals an? Sie »likt« sie nie. Wahrscheinlich fürchtet sie, ihm damit so etwas wie Zustimmung zu signalisieren.

Wie wohl das Wetter in Blackpool ist? Wenn er an zu Hause denkt, sieht er jedes Mal die Promenade vor sich, auf die der Regen niederprasselt. Das Wasser zinnfarben, die Wolken so grau, dass man kaum sagen kann, wo der Himmel aufhört und das Meer anfängt. Doch das liegt nur daran, dass am Tag seiner Abreise genauso ein Wetter war. Wenn die Sonne scheint, ist Blackpool so schön wie jede andere Stadt.

Doch nicht so schön wie Rom. Was er an Rom liebt, sind die Überraschungsmomente. Man geht durch eine Straße – ganz hübsch, aber nichts Besonderes –, und dann steht dort auf einmal eine Kirche mit Turm und Ziegeldach, so alt, dass sie aussieht wie aus einem Filmset. Oder eine Mauer aus unzähligen schmalen Ziegelsteinen, die lange vor der Erfindung moderner Technik gebaut wurde und dort seit zweitausend Jahren steht.

Als er sich einen Weg durch die mit Kopfstein gepflasterten Straßen des Monti sucht, um dem Verkehr auf der Hauptstraße zu entgehen, lockt ihn aus jeder Bar der Duft von frischem Espresso, aber er muss pünktlich sein. Vor Unterrichtsbeginn muss man einen Sprachtest absolvieren, anschließend wird man einer Klasse zugeteilt. Man muss nichts schreiben, nur das richtige Kästchen ankreuzen, hat ihm die nette Empfangsdame versichert, als sie seinen Gesichtsausdruck sah.

Hinter ihm hupt jemand, um ihn von der Straße zu scheuchen, und ein alter Fiat Cinquecento fährt vorbei. Der knatternde Motor klingt wie ein Moped, als er den Berg hinauffährt. Aus dem Radio tönt Pharrell Williams' »Happy« – ein fröhlicher Start in den Tag. Jive, denkt Alf, und seine Füße zucken automatisch im Takt, bis der Wagen nach rechts abbiegt und die Musik sich entfernt.

Alf hat keine Ahnung von italienischer Grammatik, darum kreuzt er in dem Multiple-Choice-Test einfach an, was sich für ihn am besten anhört. Anschließend schickt man ihn zum Leiter der Schule, der seine mündlichen Sprachkenntnisse testet. Die Tür zum Büro ist geschlossen. Drinnen hört er, wie ein Mann langsam auf Italienisch Fragen stellt und eine Frau leise und zögerlich antwortet. Dann wird ein Stuhl zurückgeschoben, und schneller als erwartet geht die Tür auf, und die junge Frau, die herauskommt, starrt Alf an, als hätte er gelauscht.

Dass sie atemberaubend schön ist und mit nach außen gerichteten Fußspitzen wie eine Tänzerin auf die Treppe zugeht, bringt ihn nur noch mehr aus dem Konzept.

»*Buongiorno!*« Der Direktor winkt ihn in sein Büro.

Nach Alfs Erfahrung besteht die italienische Kommunikation vor allem aus Gesten. Er hat Italiener dabei beobachtet, wie sie sich unterhalten. Selbst wenn sie allein am Handy sprechen, bewegen sie die Hand, um eine Aussage zu unterstreichen oder ihre Überraschung oder Verzweiflung zum Ausdruck zu bringen. Sally und Mike, mit denen er sich eine Wohnung teilt, sind schon deutlich länger in Rom als er und sprechen viel besser Italienisch, doch es ist Alf, der immer für seine Sprachkenntnisse gelobt wird, weil er seinen Körper einsetzt. Der Schuldirektor ist weniger beeindruckt. Alfs Aussprache gefällt ihm zwar, aber Grammatikkenntnisse sind so gut wie gar nicht vorhanden. Er reicht ihm ein Papier mit der Nummer eines Klassenzimmers ganz oben im Gebäude.

In der Klasse sind noch sieben andere Schüler. Sechs von ihnen versuchen gerade, sich mit den wenigen Brocken Italienisch, die sie schon können, zu unterhalten. Die junge Frau, die er unten gesehen hat, sitzt allein und konzentriert sich auf ein Wörterbuch Italienisch-Englisch. Sie trägt ein langärmeliges graues T-Shirt, das zwei- oder dreihundert Pfund gekostet haben könnte, denn an ihr würde auch der billigste Fummel elegant aussehen, und zerrissene Jeans. Doch anders als bei den Mädchen zu Hause, bei denen das weiße Fleisch durch die Löcher quillt, sitzt die Hose bei ihr locker und wird nur von ihren Hüftknochen gehalten. Die Risse gewähren Blicke auf die schlanken nackten Beine darunter.

Der einzige noch freie Platz ist der neben ihr. Als Alf sich auf den Stuhl setzt, rückt sie ihren etwas ab.

Die Lehrerin heißt Susanna und hält vier schmale goldfarbene Bändchen hoch, mit denen ein *pasticcerie* die Tabletts voll winziger Törtchen umwickelt, die die Italiener sonntags mit zum Essen bei ihren Familien nehmen. Sie hält sie in der Mitte fest und bedeutet den Schülern, nach vorn zu kommen und sich jeder ein Ende zu nehmen, dann lässt sie los. Nun halten je zwei Schüler zusammen ein Band.

»*Introduzioni!*«, verkündet sie und zeigt auf ein paar italienische Begrüßungen, die sie aufs Whiteboard geschrieben hat.

Die Paare halten brav ihre Bändchen in den Händen und lächeln unsicher, bis Alf das Schweigen bricht.

»*Ciao!*«, sagt er zu der schönen jungen Frau, die er erfreulicherweise erwischt hat. »*Come ti chiami?*«

Als hätte er ihnen damit die Erlaubnis erteilt, geraten die anderen nun ebenfalls in Bewegung, wiederholen seinen Gruß, und mit leichtem Hüsteln und beschämtem Lachen erwacht der Klassenraum zum Leben.

»*Mi chiamo Letty*«, antwortet die junge Frau.

»Letty?«

»Kurzform von Violet«, erklärt sie.

»*Piacere*«, sagt er.

»*Come ti chiami?*«, fragt sie ihn.

»Alf«, sagt er. »Einfach Alf.«

Sie fragt, woher er komme.

»*Inghilterra*«, antwortet er.

»Zwei Engländer! Keine gute Idee!«, schaltet sich die Lehrerin ein und fordert sie auf, die Partner zu wechseln.

Sie sind zu acht in der Klasse und wechseln weiter die Partner, bis jeder jeden kennengelernt hat. Masakasu ist Japaner, Paola und Carla kommen aus Kolumbien, Jo ist Norweger, Angela Österreicherin, Heidi ist aus der Schweiz und Alf aus England. Seinem Akzent nach zu urteilen, stammt er aus dem Norden.

Letty fragt sich, ob ihr Italienisch jemals flüssig genug sein wird, um herauszufinden, was diese ungleichen Menschen wie Strandgut in diesem dunklen Klassenzimmer zusammengetrieben hat – in einer quasi leeren Sprachenschule im April in Rom.

Welche Geschichten haben sie hergeführt? Und werden sie ihre erfahren wollen? Wenn ja, was soll sie ihnen erzählen?

Wenn sie wollte, könnte sie eine völlig andere Version von sich erschaffen.

Letty sieht zum Fenster. Der strahlende Sonnenschein, der noch nicht den Weg ins Klassenzimmer gefunden hat, lässt die Aussicht wie eine Postkarte wirken: ein Flecken violetter Bougainvillea, geometrisch angeordnete schräge Terrakottadächer und kugelförmige grünschwarze Baumkronen. Ein klarer blauer Himmel.

Ich bin in Rom, denkt sie. Hier kenne ich niemanden, und niemand kennt mich.

Sie sieht, dass sie das goldene Band unbewusst wie einen Ring um ihren Finger gelegt hat.

Die Lehrerin spielt ihnen eine Aufnahme von Italienern vor, die sich gegenseitig nach der Telefonnummer fragen. Die Schüler müssen mit ihrem Sitznachbarn abgleichen, was sie verstanden haben.

Letty tauscht sich mit Heidi aus, einer freundlichen Schweizerin in den Dreißigern. Werden sie gleich wohl auch üben müssen, sich gegenseitig nach ihren Kontaktdaten zu fragen? Letty hat ein neues Telefon, einen neuen Vertrag. Die einzigen Kontakte darin sind die ihrer Familie. Sie ist sich noch nicht einmal sicher, ob sie ihre Nummer schon auswendig kennt und ob sie sie überhaupt weitergeben will. Sie könnte sich einfach eine ausdenken.

Doch sich etwas auszudenken kann die Dinge kompliziert machen.

Als die Gruppe in der morgendlichen Kaffeepause das kreisförmige Treppenhaus hinunterschlendert, zieht aus dem Café im Untergeschoss der Duft frischer Backwaren herauf.

Letty bestellt sich einen Cappuccino, sieht jedoch zuerst auf ihre Armbanduhr, denn ihre Großmutter Marina hat ihr auf ihre typisch bestimmte Art erklärt, dass kein Italiener nach zwölf Uhr noch seinen Kaffee mit Milch trinke. *Ragù* – bei ihnen zu Hause nie »Bolognese« genannt – muss drei Stunden vor sich hin köcheln und wird mit Tagliatelle serviert, nicht mit Spaghetti. Käse und Fisch passen nicht zusammen.

Sie sieht, dass ihre Klasse sich nach Geschlechtern aufgeteilt hat. Die Männer sitzen an einem Tisch und essen Croissants. Die Frauen haben sich nichts zu essen gekauft, nur Kaffee oder frischen Orangensaft. Nach einigen halbherzigen Versuchen, Italienisch miteinander zu sprechen, kehren sie zu Englisch zurück, das sie alle einigermaßen beherrschen.

Zurück im Klassenraum, teilt die Lehrerin sie in zwei Gruppen auf, in denen sie sich über ihre Heimatländer austauschen sollen.

Letty ist sich nicht sicher, ob sie im richtigen Kurs gelandet ist. Vielleicht ist das nicht die passende Unterrichtsmethode für sie? Es fällt ihr schwer, Sätze auf Italienisch zu bilden, ehe sie sich sicher ist, dass sie korrekt sind. In dem Eingangstest wird sie nur sehr wenige Grammatikfehler gemacht haben, aber in der mündlichen Prüfung hat sie sich schwergetan. Vermutlich war es bei den meisten anderen in der Klasse umgekehrt. Masakasu ist zum Beispiel recht dominant im Gespräch, weil er einige italienische Verbindungswörter wie *vielmehr* und *allerdings* beherrscht, sodass man ihn nur schwer unterbrechen kann.

»Tokio ist wunderschön, aber es gibt ziemlich viele Autobahnen.« »Japanisches Essen ist gut.«

Alle scheinen ihr eigenes Land sehr positiv zu sehen. Vielleicht liegt das aber auch daran, dass sie sich noch nicht so gut kennen. Letty fände es unhöflich zu sagen, dass sie ihr Land momentan nicht sehr möge. Und es würde ihre sprachlichen Fähigkeiten übersteigen, diese Aussage zu begründen, sollte jemand weitere Fragen stellen. Als sie an der Reihe ist, sagt daher auch sie, dass London schön sei. Es gebe viele Museen und einen breiten Fluss.

»Sind die Londoner freundlich?«, fragt Paola.

Letty weißt nicht, wie man auf Italienisch sagt »Nicht so freundlich wie die Italiener«. Darum sagt sie nur: »Ja.« Sie fragt sich, warum Paola über ihre Antwort lacht, doch dann wird ihr klar, dass ihre Antwort ziemlich unhöflich geklungen hat. Ihr ist bewusst, dass die Leute sie oft für sehr reserviert halten, obwohl sie das gar nicht sein möchte.

Am Ende des Vormittagsunterrichts lässt der Engländer, Alf, sich viel Zeit, um Stift und Notizbuch einzuräumen, sich einen Pullover über das weiße T-Shirt zu ziehen und seinen

Rucksack vom Boden zu nehmen. Letty spürt, dass er darauf wartet, dass die anderen den Raum verlassen, weil er sich mit ihr unterhalten will, vielleicht sogar vorschlagen wird, zusammen zu Mittag zu essen. Er ist ungefähr in ihrem Alter und strahlt eine gewisse Selbstsicherheit aus mit seinem zerzausten Surferlook und dem offenen Lächeln, doch seine Aufmerksamkeit ist das Letzte, was sie will. Schnell packt sie ihre Sachen zusammen und schaut auf ihre Armbanduhr, als hätte sie einen Termin, dann eilt sie aus dem Klassenzimmer und die Treppe hinunter.

Draußen ist es herrlich sonnig, auch wenn die Luft recht kühl ist. Letty beschließt, zu Fuß zu ihrer Wohnung zurückzugehen. Sie ist erst seit einem Tag in Rom, aber bereits dreimal gewarnt worden, sich ja vor den Gaunern am Bahnhof Termini in Acht zu nehmen – erst von ihrem Vermieter, dann am Empfang in der Schule und von ihrer Lehrerin. Als sie sich durch das Bahnhofsgedränge schiebt, bieten ihr zwei merkwürdig aussehende Fremdenführer ihre Dienste an, und sie wird von einigen Roma-Frauen mit Babys auf dem Arm angesprochen, die ihr klagend die Hände entgegenstrecken. Letty fühlt sich schlecht dabei, die Frauen zu ignorieren, aber so ganz allein in der Stadt muss sie auf sich aufpassen. Als sie mit entschlossenen Schritten an ihnen vorbeigeht, weichen sie zurück. Vielleicht halten sie sie für eine Italienerin.

Draußen auf dem Vorplatz scheinen die Busse und Straßenbahnen aus allen Richtungen förmlich Jagd auf sie zu machen, doch als sie schließlich in eine Seitenstraße abbiegt, herrscht plötzlich fast unheimliche Stille. Einige Restaurants bieten Tagesmenüs zu vernünftigen Preisen an, aber sie hat keine Lust, sich allein dort hinzusetzen, während übereifrige Kellner um sie herumtanzen. Darum kauft sie sich stattdessen an einem

Obststand eine Banane und eine Flasche Wasser, und als es ihr gelingt, die ganze Aktion auf Italienisch zu meistern und sogar die richtigen Münzen hinzugeben, triumphiert sie innerlich.

Die Piazza Vittorio Emanuele ist von einst eleganten Kolonnaden umgeben, die jetzt mit Graffiti besprüht sind. Wo früher reiche Leute im Schatten flanierten, schlafen heute Obdachlose in schmutzigen Schlafsäcken auf zusammengefalteten Kartons. Letty überquert die viel befahrene Straße und betritt den Park, wo die limonengrünen Blätter der hohen Bäume im Wind tanzen. Eine umzäunte römische Ruine in einer Ecke ist zum Zeltlager geworden; um ein bisschen Sonne zu tanken, wurden bunte Decken auf die Steine gelegt. Jugendliche rattern mit ihren Skateboards über Wege und Stufen und vollführen akrobatische Tricks. Letty setzt sich auf eine Bank, isst langsam die Banane, trinkt das Wasser und beobachtet aufmerksam das Treiben um sich herum.

In ihrer Hosentasche vibriert das Handy. Mit Sicherheit eine WhatsApp von ihrer Mutter, die wissen will, wie es ihr geht. Letty will nicht, dass die blauen Haken erscheinen, die ihrer Mutter verraten, dass sie die Nachricht gelesen hat. Nicht bevor sie sich etwas mehr in der Stadt angekommen fühlt. Sie sieht auf ihre Uhr. Es ist noch nicht mal drei. Zwei Uhr in England. Erstaunlich, dass Frances es geschafft hat, sich so lange zu beherrschen.

Die Zeit vergeht langsam, wenn man allein ist, und Letty fühlt sich, als wäre sie schon weit länger in der Stadt als nur dreißig Stunden. Sie kann sich nicht entscheiden, ob das gut oder schlecht ist. Ein ganzer Monat liegt vor ihr, eine sonnige Ewigkeit, in der sie ihr Leben ordnen kann, doch sie fürchtet, dass das angenehme Gefühl, allein zu sein, in kalte Einsamkeit kippen könnte.

Sie wählt einen neuen Weg durch eine von Bäumen gesäumte Straße zurück zu ihrer Wohnung. Nachdem sie den Großteil ihres Lebens in London verbracht hat, hat sie ein Gespür für die atmosphärischen Veränderungen in einer Stadt entwickelt. Die Straße, durch die sie nun geht, ist still, fühlt sich aber nicht bedrohlich an. Dennoch sieht sie sich gelegentlich um, ob ihr auch niemand folgt.

In einem kleinen Supermarkt kauft sie eine mit Frischhaltefolie auf ein gelbes Styroportablett geklebte Hühnerbrust, einen Beutel Salat und eine Zitrone. Sie meint, eine Flasche Olivenöl in der Wohnung gesehen zu haben, als sie gestern Abend in der Küche angekommen ist. Der Vermieter hatte ihr kurz die Küche gezeigt, die Schränke geöffnet und gesagt: »Hier alles für Kochen, ja?«

Nach einigen Metern kommt sie auf eine stark befahrene zweispurige Straße. Gegenüber steht, etwas zurückgesetzt, die beeindruckende Barockfassade einer Kirche, und davor ein Touristenbus. Letty bleibt am Rand einer Gruppe von Amerikanern stehen und lauscht deren Reiseführer, der erklärt, dass es sich hier um die Santa Croce in Gerusalemme handele, eine der sieben Pilgerkirchen Roms.

Letty folgt der Gruppe hinein, setzt sich vor den Altar und betrachtet das mandelförmige Christusmosaik in der Kuppel der Apsis. Welches Adjektiv würde wohl am besten den leuchtend blauen Hintergrund beschreiben? Ist das Kobaltblau? Ein Wort, das sie nur geschrieben kennt. Himmelblau klingt besser, aber ist das überhaupt eine Farbe?

Sie sieht das Gesicht ihrer Großmutter vor sich, wenn die gehört hätte, dass Letty in Rom als Erstes eine Pilgerkirche besucht hat. Sie stellt sich vor, wie Marina sich in ihrem seidenen Morgenrock ruckartig im Bett aufgerichtet hätte, hinter ihr an der Wand ihre vier geliebten viktorianischen Drucke römischer Damen.

Hat ihre Großmutter diese Kirche als Kind besucht? Hat sie einen winzigen Teil ihrer DNA als Relikt ihres Besuches an einer Kirchenbank zurückgelassen? Hat Marina zu dem unglaublich strahlend goldenen Jesus in diesem blauen Himmel hinaufgeblickt? Oder spürt sie die Anwesenheit ihrer Großmutter vielleicht nur, weil sie gerade an sie denkt?

Wieder vibriert das Telefon in ihrer Hosentasche. Sie sieht erst nach, als sie draußen ist.

Jetzt hat sie zwei Nachrichten von Frances. Die erste lautet nur: Alles in Ordnung?

Die zweite: Geht es dir gut?

Sie schreibt zurück.

Alles gut. Ich rufe dich später an.

Die Wohnung, die Letty gemietet hat, ist in der Realität sogar schöner als auf den Fotos bei Airbnb. Eine der Wände besteht nur aus Glas und bietet einen weiten Blick nach Westen. Im Vordergrund sieht man ein Stück der antiken Aurelius-Mauer, dahinter die Kathedrale San Giovanni in Laterano.

Wenn Letty ein Fenster öffnet und den Kopf nach rechts dreht, kann sie in der Ferne den Petersdom sehen und links die blassvioletten Umrisse ferner Berge. Doch sie ist vorsichtig und steht mit einem Fuß weit von der Scheibe entfernt, da sie ihr nicht ganz zutraut, sie vor einem Sturz aus dem zehnten Stock zu bewahren.

Vom Sofa aus betrachtet Letty den Sonnenuntergang. Enteneierblaue und -graue Streifen sind von pinkfarbenen Tönen durchzogen – vom feurigen Korallenrot des Horizonts bis hin zum zarten Zuckerwatterosa der höchsten Wolken.

Als es um sie herum fast dunkel ist, stellt Letty fest, dass sie, eingelullt von dem unablässigen Verkehrsrauschen, eine ganze Stunde lang fasziniert das Schauspiel am Himmel verfolgt hat. Jetzt nimmt sie aus einer der umliegenden Wohnungen das tiefe Wummern eines Basses wahr und hört, dass jemand in der Küche hantiert und brutzelt. Sie mag das Gefühl, allein zu sein und zugleich zu wissen, dass andere Menschen um sie herum sind. Knoblauchschwaden erinnern sie daran, dass sie etwas essen muss. Sie brät die Hühnerbrust in Olivenöl an, füllt den Salat aus dem Beutel auf einen Teller und presst Zitronensaft darüber. Langsam isst sie ihr Mahl, kaut und schluckt systematisch, während sie die letzten glutroten Reste des Lichts am Himmel verschwinden sieht. Dann wäscht sie ab. Schließlich ruft sie ihre Mutter an.

»Ich habe diesen Spruch mit dem ausgeflogenen Küken noch nie gemocht«, erklärt Frances, als hätte Letty sie mit diesem Satz begrüßt. Dabei hat sie nur gefragt: »Wie geht es dir?«

»Ich bin doch nie eine Glucke gewesen, oder? Wobei ich natürlich für das Federkleid zuständig war.«

Ein Leben in der Werbung hat dazu geführt, dass Frances stets mit Worten jongliert, als würde sie einen Slogan testen. Oder vielleicht war sie schon immer so und hat sich darum für diese Branche entschieden. Letty hat keine Ahnung.

»Ich habe den ganzen Tag versucht, das Haus auf Vordermann zu bringen«, fährt Frances fort. »Morgen kommt jemand, um es sich anzusehen. Ivo hat natürlich überhaupt nichts gemacht. Dieses ganze Zeug. Ich überlege ernsthaft, ein neues Haus ganz aus Glas zu kaufen ohne irgendwelchen Stauraum. Was meinst du?«

»Ich kann mir nicht vorstellen, dass Ivo das gefällt«, bemerkt sie.

»Nein«, sagt Frances.

Klingt ihre Mutter verbittert oder sehnsüchtig? Würde sie tatsächlich gern in einem Glashaus leben? Letty weiß es nicht.

Ihre Eltern verkaufen das Haus, in dem sie ihr ganzes Eheleben verbracht haben. Alle sind davon ausgegangen, dass sie das Haus nach Marinas Tod erben würden. Doch wie sich herausstellte, hat Lettys Großmutter nie ihr Testament geändert. Lettys Vater Ivo, Marinas jüngerer Sohn, hat das Thema seiner Mutter gegenüber stets gemieden und sie nie direkt darauf angesprochen, und so gehört das Haus, das immer das Haus von Lettys Familie gewesen ist, jetzt zur Hälfte Rollo, dem älteren Bruder ihres Vaters. Oder vielmehr das, was nach Abzug der Erbschaftssteuer noch übrig bleibt, wie Frances oft bemerkt. Das dürfte allerdings eine Menge sein, denn in dieser Gegend werden Ein-Zimmer-Wohnungen für über eine Million Pfund gehandelt, und das Haus ist groß genug, um daraus fünf zu machen. Nichtsdestotrotz kommt es Letty schrecklich ungerecht vor, dass Frances das Haus verlassen muss, für dessen Instandhaltung sie jahrelang aufgekommen ist, einschließlich eines komplett neuen Daches.

Die ständige Spannung zwischen ihren Eltern ist einer der Gründe, warum Letty dort wegmusste.

»Na ja, egal«, sagt Frances und stößt einen tiefen Seufzer aus. »Wie ist deine Unterkunft?«

Ihre Mutter klingt so ungewohnt niedergeschlagen, dass Letty ihr nicht von dem Riesenfenster erzählen mag, bei dessen Aussicht sie sich glücklich und frei fühlt.

»Ganz okay«, sagt sie.

Es folgt eine lange Pause.

»Ich habe gerade zu Abend gegessen«, sagt Letty schließlich.

»Huhn mit Zitrone und einen Beutel Salat. Ganz in der Nähe ist ein Supermarkt.«

»Salat aus einem Beutel in Italien! Wer hätte das gedacht?«, sagt Frances. Dann besinnt sie sich. »Gut, dass du in der Nähe was zum Einkaufen gefunden hast.«

Auf einmal ist es Letty zu anstrengend, dieses Gespräch weiterzuführen.

»Ich muss noch Hausaufgaben machen«, sagt sie.

»Okay, dann lass ich dich in Ruhe.«

»Also, bis dann.«

Als Letty das Gespräch beendet, schmeckt sie eine vertraute bittersüße Mischung aus Schuld und Erleichterung.

2

Dienstag

Alf

Alf ist vor seinen Mitbewohnern wach. Normalerweise räumt er erst die Bierflaschen vom Vorabend weg, ehe er eine Kanne Kaffee kocht. Als er jetzt vorsichtig die Tür zuzieht, um niemanden zu wecken, hat er ein schlechtes Gewissen, den abgestandenen Geruch von Peroni in der Luft zurückzulassen.

Als er das Viertel Testaccio verlässt, macht er ein Foto von der weißen Pyramide – ihre Form ist so modern, dass man meinen könnte, sie sei erst vor zwei Jahren erbaut worden, nicht vor zweitausend – und postet es mit der Unterschrift: *Buongiorno! #Roma #Rom #antik #modern*.

Innerhalb von Sekunden erhält er ein erstes »Like« von Stuart. Es ist halb neun. Also halb acht in England. Wahrscheinlich sitzt Stuart gerade beim Frühstück, bevor er zur Arbeit geht, und informiert sich über alles, was über Nacht passiert ist. Alf stellt sich vor, wie er an dem Tisch in der riesigen Wohnküche mit Blick auf den Golfplatz sitzt, sich dann die Schlüssel schnappt, Alexa bittet, das Garagentor zu öffnen, den Motor des Porsche aufheulen lässt und in einer Abgaswolke davonsaust.

Um nicht zu spät zu seinem Kurs zu kommen, beschließt Alf, den langen Hügel bis zum Kolosseum mit der Straßenbahn hochzufahren. Er vermutet, dass sie zu den Leuten gehört, die früh zum Unterricht erscheinen. In Gedanken trägt er zusammen, was er über sie weiß. Sie heißt Letty. Die Abkürzung für Violet. Violetta, nennt die Lehrerin sie, was ihm am besten gefällt. Sie ist Engländerin, klingt aber nicht wie eine typische Engländerin, die versucht, Italienisch zu sprechen, und sie sieht anders aus als jedes englische Mädchen, das er kennt. Sie hat langes dunkles Haar, hinter dem sie sich gern wie hinter einem Vorhang versteckt. Ihm ist aufgefallen, wie sie gestern aus dem Klassenzimmer geeilt ist, als hätte sie einen Termin, doch irgendwie wusste er, dass das nicht der Fall war. Oder vielleicht ja doch. Vielleicht ist sie nur schüchtern, oder vielleicht gibt es einen Grund, warum sie nicht freundlich sein möchte. Vielleicht hat sie einen eifersüchtigen Geliebten oder einen Lebenspartner.

»*Buongiorno! Ci vediamo dopo!*« Als Alf am Forum vorbeikommt, testet er sein Italienisch an einem der Standbesitzer.

Die meisten nicken ihm inzwischen grüßend zu. Wenn Alf mit Klienten unterwegs ist, gewähren die Händler ihnen einen Rabatt auf Wasserflaschen und geben ihm noch eine gratis dazu. Neulich, als ein unruhiges amerikanisches Kind zeternd nach einem römischen Plastikhelm verlangte, handelte Alf noch ein Schwert dazu raus. Das Trinkgeld, mit dem ihn die dankbaren Eltern daraufhin bedachten, überstieg bei Weitem den Preis, den sie dafür bezahlt hätten.

»*Parli bene Italiano!*«, erwidert der Standbesitzer.

Alf weiß, dass er nicht gut Italienisch spricht. Wenn er im gestrigen Unterricht etwas gelernt hat, dann das. Doch die Tatsache, dass die Italiener im Allgemeinen jeden ermutigen, der versucht, ihre Sprache zu sprechen, hat Alf dazu bewogen, sie richtig lernen zu wollen. Wenn er hier leben will, möchte er in der Lage sein, ein Gespräch zu führen.

Wenn er hier leben will ... Ursprünglich hatten sie reisen wollen, doch irgendwie sind sie hier hängen geblieben. Es gibt allerdings schlechtere Orte, um hängen zu bleiben, denkt Alf jetzt, als er die Piazza vor der Basilika Santa Maria Maggiore überquert.

Heute trägt Violetta ein schwarzes Trägerhemd zu ihrer zerrissenen Jeans. Keinen BH. Das Haar hat sie zu zwei eng am Kopf anliegenden Zöpfen geflochten, die dann locker über ihren Rücken fallen.

Die Lehrerin fordert die Gruppe auf, durchs Klassenzimmer zu gehen und sich gegenseitig zu grüßen, um die Namen der anderen zu üben und sie zu fragen, wie es ihnen gehe.

Alle sagen, dass es ihnen gut gehe, denn andere Worte kennen sie noch nicht. Bis man richtig sprechen kann, kann man nichts Komplexes ausdrücken. Wie Babys, die weinen, weil sie nicht sagen können, warum sie unglücklich sind.

Die Lehrerin erklärt, dass es an diesem Tag um persönliche Informationen gehen werde.

»Wie alt bist du?«, ist eine Frage, die Alf seit der Grundschule nicht mehr gestellt hat, als es noch wirklich wichtig schien, wer fünf war und wer erst vierdreiviertel. Da er im September Geburtstag hat, war Alf immer der Älteste in der Klasse, und manche meinen, das hätte ihm beim Sport und solchen Dingen einen Vorteil verschafft.

Er muss die Übung mit Angela aus Österreich machen, und es ist ihm etwas unangenehm, übers Alter zu sprechen. Er schätzt sie auf Ende fünfzig – vielleicht auch Anfang sechzig, denn sie ist gebotoxt und hat sich aufspritzen lassen. Das sieht man irgendwie immer. Alf versteht nicht, warum Frauen das machen, und findet, dass sie damit älter aussehen als mit ihren Falten.

»Von mir aus kannst du gern jederzeit Falten bekommen«, hat er einmal zu Gina gesagt, und sie antwortete: »Na, da bin ich aber froh!«

»*Ho sessanta anni*«, sagt Angela.

Alf weiß nicht, wie man auf Italienisch sagt: »Das sieht man dir nicht an!«

Und auch wenn er es wüsste, wäre es vermutlich nicht passend, denn es klingt, als wäre sechzig ziemlich alt.

Ihm ist aufgefallen, dass sechzig ein schwieriges Alter für eine Frau ist. Ebenso wie vierzig. Auch wenn es heißt, das Leben würde mit vierzig erst beginnen, fürchten sich die Freundinnen seiner Mutter alle vor diesem Alter. Fünfzig scheint nicht so problematisch zu sein – viele Frauen, die in die Tanzschule seiner Mutter kommen, feiern ihren fünfzigsten Geburtstag groß. Aber sechzig ist nicht gut. Seine Großmutter Cheryl ist seit Jahren neunundfünfzig.

Wenn Frauen siebzig werden und noch gut in Form sind, ist ihm aufgefallen, dass sie gern ihr Alter nennen, weil sie hören wollen: »Unmöglich, das glaube ich nicht!«

Und seltsamerweise scheinen sie umso stolzer auf ihr Alter zu sein, je älter sie werden, zumal es oft die Älteren sind, die sich gut auf dem Parkett bewegen können, weil in den Fünfzigerjahren alle Foxtrott gelernt haben.

»Siebenundachtzig? Das ist nicht Ihr Ernst!«

Alf liebt es, ihnen mit solchen Komplimenten eine Freude zu machen.

Er kann nicht aufhören, zu Violetta hinüberzusehen, die

mit Masakasu zusammensitzt. Wahrscheinlich ist sie Anfang zwanzig. Er weiß nicht, warum er unbedingt ihre Aufmerksamkeit auf sich ziehen will. Das Einzige, was sie gemeinsam haben, ist die Tatsache, dass sie beide aus England kommen. Es ist nicht etwa seine Pflicht, sich mit ihr anzufreunden. Wahrscheinlich kommt sie aus London – im Norden würde niemand sein Kind Violet nennen. Das wäre eher der Name deiner Urgroßmutter oder so.

Angela sagt, dass sie Alf auf älter als neunzehn geschätzt habe, und er weiß, dass das nicht ihren lückenhaften Italienischkenntnissen geschuldet ist, denn das sagen alle.

Schon als er noch ein kleiner Junge war, haben die Leute ständig erklärt, er sei der Mann in der Familie. Sie haben ihm durchs Haar gewuschelt und gesagt, er würde ganz toll auf seine Mum aufpassen. Alf weiß noch, wie groß seine Angst war, dass ihm jemand auf die Schliche kommen und merken könnte, dass er keine Ahnung hatte, wie er auf sie aufpassen sollte, vor allem dann nicht, wenn sie in der Küche weinte, nachdem sie mit dem Abwasch und allem fertig war und er im Bett lag. Manchmal ging er nach unten, ließ sich von ihr drücken und aufs Haar küssen, das von ihren Tränen nass wurde. Meist tat er jedoch, als würde er es nicht bemerken, schlich über die Treppe zurück nach oben in sein Zimmer, lag wach im Bett und zerbrach sich den Kopf darüber, wie er sie glücklicher machen könnte.

Als er zehn war und sie Gary kennenlernte, wurde es besser. Und weil er die Geschichte und das schrille Lachen, von dem sie begleitet war, so oft gehört hat, erinnert er sich noch genau daran, wie sie sagte: »Du hast doch nichts dagegen, dass es noch einen anderen Mann in meinem Leben gibt, Alfie?«

Und wie er ihr flüsternd anvertraute: »Ich bin gar kein richtiger Mann, weißt du.«

In der Pause bestellt Alf sich einen Cappuccino und ein *cornetto* mit Aprikosenmarmelade, die ihm beim Abbeißen über die Finger läuft und auf sein T-Shirt spritzt, woraufhin Masakasu vor Lachen brüllt. Alf sieht in Violettas Richtung, doch sie beachtet ihn nicht. Als er schließlich mit nassem T-Shirt von der Toilette zurückkommt, nachdem er die Marmelade entfernt hat, läuft er Heidi über den Weg. Sie ist Ende dreißig, auf eine Claudia-Schiffer-mäßige Art hübsch, trägt eine schwarze Lederjacke mit Quasten und kurze gemusterte Shorts. Alf stellt sich vor, dass sie es gewohnt ist, die attraktivste Frau im Raum zu sein. Sie flirtet auf die selbstverständliche Art, wie es ältere Frauen häufig mit ihm tun.

»Oh, ein nasses T-Shirt«, sagt sie auf Englisch. »Was hast du nur mit uns Mädels vor?«

Er lächelt über ihre Aussprache. Etwas an ihrem eifrigen Bemühen, freundlich zu sein, sagt ihm, dass sie einsam ist, obwohl er nicht weiß, wieso sie das sein sollte.

Die Lehrerin teilt Arbeitsblätter über Berufe aus.

Sie müssen Comiczeichnungen von arbeitenden Menschen den passenden Begriffen zuordnen. Arzt, Anwalt, Lehrer, Arbeiter, Kellner, Koch. Es ist alles ziemlich offensichtlich.

Die Lehrerin fragt sie nach ihren Berufen.

Jo aus Norwegen ist Arzt.

»*Vero?*«, fragt die Lehrerin. »Tatsächlich?« Als hätte Jo die Anweisung missverstanden und einfach das erste Wort auf dem Blatt vorgelesen.

»*Vero*«, bestätigt er.

Dann fragt sie Alf.

»*Sono avvocato*«, sagt er grinsend und wählt einfach das nächste Wort auf der Liste.

Die zwei Kolumbianerinnen kichern.

»*Dai!*«, sagt die Lehrerin.

Dieses Wort benutzen die Italiener ständig. Es bedeutet so etwas wie »Ach was!«.

Alf weiß nicht, welchen Beruf er nennen soll. In Blackpool hat er seine Mum immer bei den Tanzstunden unterstützt. Er weiß jedoch, wie man ihn ansehen wird, wenn er sagt, er sei Tanzlehrer. Es kommt ihm immer ironisch vor, dass man ihn seine ganze Jugend hindurch wegen der Tanzerei als schwul bezeichnet hat, obwohl er als Erster in seiner Stufe eine Freundin und auch als Erster Sex hatte. Frauen mögen Männer, die tanzen können.

Er hat ein Jahr lang nach der Schule und an den Wochenenden als Kellner in einer Pizzeria gearbeitet. Den Sommer davor hat er am Strand Liegestühle vermietet. Seit er in Rom wohnt, verteilt er vor einem Restaurant Flyer, mit denen man fünfzehn Prozent Rabatt bekommt, doch er weiß nicht, wie er das nennen soll. Außerdem hat er für Segway-Touren geworben. Eine Weile hat er die Touren sogar selbst geleitet, weil Yuri, der Besitzer der Segways, eine Kurve zu scharf genommen und sich den Arm gebrochen hat, was nicht gerade eine gute Werbung war. So ist Alf auf die Idee gekommen, Fremdenführer zu werden, aber das macht er nicht offiziell, und er weiß nicht, ob die Lehrerin das anerkennen wird. Sie ist ziemlich streng. Schließlich sagt er, dass er Kellner sei, weil das auch auf dem Arbeitsblatt steht.

Heidi arbeitet als Eventmanagerin in einem Hotel, was zu ihr passt. Die Lehrerin fragt Violetta.

Sie sagt, sie sei Studentin.

So sieht sie nicht aus. Alf fragt sich, was Model auf Italienisch heißt.

Die Kolumbianerinnen sind ebenfalls Studentinnen, genauso wie Masakasu – er studiere Operngesang, wie er erklärt, darum brauche er eine gute italienische Aussprache. Zur Demonstration steht er auf und singt ihnen »Nessun Dorma« vor. Er singt auf diese opernhafte Art und verzieht das Gesicht vor Anstrengung, doch es klingt fantastisch. Er würde sich gut bei »Britain's got Talent« machen. Alf holt sein Smartphone heraus, hält es hoch und bittet Masakasu um Erlaubnis, ihn filmen zu dürfen. Der Japaner nickt erfreut und fährt leise fort, ehe er lauter und lauter wird bis zum abschließenden »*Vincerò!*«

Als er fertig ist, klatschen alle, und auch aus dem benachbarten Klassenzimmer ertönt Applaus.

Schließlich klebt die Lehrerin jedem ein Post-it mit dem Namen einer berühmten Persönlichkeit auf die Stirn. Sie müssen sich gegenseitig Fragen stellen und mithilfe der Wörter, die sie gelernt haben, herausfinden, wer sie sind.

Als der Unterricht zu Ende ist und die anderen aufbrechen, bleibt Alf sitzen, um das Video von dem singenden Masakasu zu posten und darunterzuschreiben: *Cooler Typ in meinem Italienischkurs #Oper #Rom #Roma #Sänger #BGT #Italy'sgotTalent?*

Als sie gemeinsam die spiralförmige Treppe hinuntergehen, zeigt er es Masakasu, und der sagt glücklich: »Cool, Mann!«

Draußen auf der Straße blickt Alf hoffnungsvoll in beide Richtungen, doch Violetta ist verschwunden. Die Enttäuschung fühlt sich an, als würde jemand sein Herz zusammendrücken und wieder loslassen, obwohl er gar nicht wüsste, was er tun würde, wenn er sie in der Ferne die Straße hinaufgehen sähe.

In der Hosentasche vibriert Alfs Handy und hört nicht mehr auf. Das Video ist das beliebteste, was er je gepostet hat. Das muss an dem BGT-Hashtag liegen. Er stellt den Vibrationsalarm aus.

3

Mittwoch

LETTY

Als Letty aufwacht, verrät ihr das gleißende Licht an den Rändern des Rollos, dass draußen bereits die Sonne scheint. Sie wird zu spät zum Unterricht kommen. Als sie sich von der Bettmitte an den Rand rollt, denkt sie gerade noch rechtzeitig daran, sich zu ducken, ehe sie sich den Kopf an dem Betonträger stößt.

Der Vermieter war eifrig – etwas zu eifrig, wie sie zuerst fand – die Leiter hinaufgeeilt, um ihr die Schlafgalerie zu zeigen. Doch seine Sorge galt allein den Balken.

»Bleiben Sie allein?«, fragte er.

»Ja.«

»Vielleicht ist es dann nicht so schlimm.« Er zwinkerte ihr zu.

Sie hat die Decke betrachtet, die sich ungefähr einen Meter über dem Bett befand. Wollte er damit andeuten, dass frühere Gäste, die sich im Zuge der Leidenschaft aufgebäumt hatten, ein Schädelhirntrauma erlitten hatten?

»Es ist perfekt.« Sie wollte, dass er ging.

»Alles, was man braucht«, hat er gesagt und sich geschickt geduckt, als er um das Bett herumging.

Als er weg war, entdeckte sie eine Auswahl Kondome in einer Holzkiste mit dem Aufdruck LOVE und fragte sich, ob er die Wohnung zwischen den Airbnb-Vermietungen wohl als Liebesnest nutzt.

Letty zieht das Rollo vor dem riesigen Fenster hoch. Der Himmel ist hellblau, und die Heiligen auf San Giovanni in Laterano erstrahlen in der hellen Morgensonne. Sie hat das Gefühl, gefunden zu haben, was sie wollte, auch wenn sie nicht wusste, wonach sie eigentlich gesucht hat.

»Was macht ihr gern in eurer Freizeit?«, fragt die Lehrerin gerade, als sie in die Klasse kommt.

»Violetta, che cosa fai nel tempo libero?«

So hat Marina ihren Namen immer ausgesprochen, und Letty wird etwas panisch und kommt sich irgendwie wie eine Betrügerin vor, weil sie die Sprache nicht besser beherrscht.

»Mi piace leggere«, sagt sie.

Und dann wünschte sie, ihr wäre etwas anderes als Lesen eingefallen, denn jetzt klingt sie wie eine Streberin. Diesen Eindruck hat sie auf ihre Mitschüler gemacht, als sie mit vierzehn auf die Mittelschule kam, wo die Rollen im Sozialgefüge bereits verteilt waren. Irgendwie ist sie den Ruf nie wieder losgeworden, egal wie sehr sie sich bemühte, zu den Coolen zu gehören.

Die Lehrerin fordert die Klasse auf, sich gegenseitig nach ihren Hobbys zu fragen.

Jo, der Norweger, fährt gern Langlaufski und Schlittschuh.

Ob Letty auch gern Schlittschuh fahre, will er wissen.

Als Letty verneint, wirkt er überrascht und fast etwas beleidigt. Doch ihr fehlen die Worte, um zu erklären, warum nicht.

Schließlich teilt die Lehrerin sie in zwei Gruppen auf, damit sie sich ein wenig allgemeiner unterhalten können. Letty freut sich, dass sie mit Heidi zusammen ist, die gern Yoga macht. Alf mag Fußball. »Spielen oder Ansehen«?, fragt Letty und nutzt die Vokabeln, die sie gerade gelernt haben. »Beides«, sagt er. Sie weiß nicht, wie sie fragen soll, für welchen Verein er ist, darum zählt sie Mannschaften der Premier League auf.

»Manchester United? Liverpool?«

»*Italiano!*«, mahnt die Lehrerin, als sie merkt, dass sie unabsichtlich wieder die beiden Engländer zusammengetan hat.

»*Lago Nero*«, antwortet Alf. »Blackpool.« Dann flüstert er: »Klingt auf Italienisch irgendwie besser.«

Letty weiß, dass sie jetzt lachen sollte, tut es aber nicht. In ihrem Kopf hört sie die Stimme ihrer Mutter: »Weiter als bis ins verdammte Blackpool bin ich als Kind nicht gekommen!«

Sie weiß genau, was ihre Mutter jetzt über Alf sagen würde.

»Männer können auch zu gut aussehen. Dann glauben sie, das Leben wäre einfach.«

So lautet eine von Frances' kategorischen Aussagen, die auch ein Seitenhieb gegen Lettys Vater ist.

Alf hat objektiv betrachtet ein attraktives Gesicht, und er lächelt viel. In seinem Haar sind einige blonde Strähnen, aber es ist eher dunkel- als hellblond.

Letty merkt, wie sie rot wird, als könnte Alf ihre Gedanken lesen. »*Si chiamono i Tangerini, no?*«, fragt sie. (Die nennt man die Tangerines, oder?)

Damit hat er nicht gerechnet.

In der Schule hat sie unter anderem versucht, dadurch cool zu wirken, dass sie sich mit Fußball auskannte. Da sie ein fast fotografisches Gedächtnis hat, kann sie sich an die Spitznamen aller Clubs erinnern, ebenso wie an die Stadien, in denen sie spielen. Einmal hat sie in einem Pub an einem Quiz teilgenommen, und ihr Team hat gewonnen.

Letty verlässt das Klassenzimmer direkt vor Alf. Sie weiß, dass er hinter ihr ist, als sie die Treppe hinunter und über den Marmorfußboden der Halle geht, und spürt, dass er etwas sagen will. Draußen auf der Straße holt er sie ein und fragt: »Tanzt du?«

Sie bleibt stehen.

»Du gehst wie eine Tänzerin«, sagt er.

»*Italiano!*«, fordert sie im strengen Ton der Lehrerin, dann lächelt sie, um zu zeigen, dass es ein Witz war. Sie sieht ihm an, dass er nach den italienischen Wörtern sucht.

»*Sei ballerina?*«, fragt er.

»Nein, ich bin keine Balletttänzerin«, antwortet sie.

Dies wäre der Moment, in dem sie nebeneinanderher weiterlaufen und ein Gespräch beginnen könnten, doch sie sieht, dass ihn der Mut verlassen hat, und will selbst auch nicht mehr zu dem Thema sagen.

Also lächelt sie und sagt: »*A domani!*«

Mit raschen Schritten geht sie davon. Als sie sich am Ende der Straße noch einmal umdreht und so tut, als würde sie nach dem Verkehr sehen, ehe sie die Straßenseite wechselt, ist er verschwunden. Musste er vielleicht gar nicht in ihre Richtung, oder ist er in eine Seitenstraße abgebogen, um die peinliche Situation zu vermeiden, direkt hinter oder vor ihr herzugehen?

Letty ist überrascht, wie vertraut Rom ihr vorkommt, obwohl sie seit ihrem achten Lebensjahr nicht mehr hier gewesen ist. Damals waren Frances, Ivo und sie mit dem Flughafen-Express am Bahnhof Termini angekommen. Vielleicht, weil es ihre erste Reise in eine italienische Stadt war – vorher hatten sie immer in einem Haus in der Toskana oder in Apulien gewohnt –, oder vielleicht auch, weil Letty damals in einem Alter war, in dem sie alles ganz genau registrierte, erinnert sie sich noch heute gut an die Taxifahrt zum Hotel. Das Auto lag tief auf der Straße, hoppelte über das Kopfsteinpflaster, wich schlingernd den Bussen aus und beschleunigte an den Ampeln in einem Schwarm von Mopeds. Es war Abend, und sie weiß noch, wie sie den Hals reckte, um das gewaltige weiße Monumento Vittorio Emanuele in vollem Umfang zu sehen. Sie fand, dass es wie ein Modell aussah, nicht wie ein echtes Gebäude, ebenso wie die willkürlich angestrahlten Säulen und Tempelreste, die wie parkende Autos oder Zeitungskioske an der Straße standen.

Jetzt, um die Mittagszeit, herrscht reger Verkehr, und die Luft ist stickig von Abgasen. Es ist nicht sehr angenehm, zu Fuß zu gehen, darum beschließt Letty, den Bus zu nehmen. In dem Gedränge wird sie gegen einen jungen Mann in einem glänzenden grauen Anzug gedrückt. Sein Haar ist glatt zurückgekämmt, und er riecht intensiv nach Eau de Cologne. Er unterhält sich mit einer sitzenden Person, die Letty nicht sehen kann. Als der Bus plötzlich hält, werden die stehenden Passagiere nach vorn katapultiert, und sie sieht, dass es sich bei der Begleitung des jungen Mannes um eine Braut in einem üppigen weißen Hochzeitskleid handelt. An einer Haltestelle am Fuß des Kapitols bittet der junge Mann die anderen Fahrgästen, sie durchzulassen, und Letty steigt ebenfalls aus. Der Bräutigam hebt die Braut vom Bus auf den Bürgersteig. Unter den vielen Tüllschichten ihres Rockes, dessen Saum von den schmutzigen Straßen Roms schon ganz grau geworden ist, trägt sie Turnschuhe.

Der Bräutigam nimmt seine Braut an die Hand. In der anderen hält er sein Smartphone und filmt ihren Aufstieg über die breiten, flachen Stufen hinauf zur Piazza. Er redet ununterbrochen auf Italienisch, zu schnell, als dass Letty es verstehen könnte. Sie versucht, sich seitlich von den beiden zu halten, weil sie nicht in ihrem Video auftauchen und wie eine schlecht gekleidete Brautjungfer aussehen will. Das Paar in seinem prächtigen Aufzug wirkt herrlich locker – die Braut schilt ihn, er solle die Kamera anders halten, und er hält dagegen, dass sein Arm nicht lang genug sei! *Mamma mia!*

Oben angelangt, richtet die Braut die Blumen in ihrem Haar, wobei ihr das Telefon als Spiegel dient, dann dreht sie sich um, lächelt Letty an und bittet sie auf Italienisch, ein Foto von ihnen zu machen.

»*Certo!*«

Das Brautpaar posiert zuerst mit Rom im Hintergrund, dann vor dem Reiterstandbild von Marc Aurel.

Der Bräutigam prüft die Bilder, bedankt sich und schüttelt ihr die Hand.

»Herzlichen Glückwunsch!«, sagt Letty und wünscht sich, sie könnte das auf Italienisch sagen. *Saluti?* Oder *Auguri?* Oder sagt man das nur beim Anstoßen und bei Geburtstagen?

»Bist du Engländerin?«, fragt der Bräutigam.

»Ja. Ich wünsche euch alles Gute!«

Die Braut fragt, was sie gesagt habe, und der Bräutigam übersetzt. Daraufhin eilt die Braut zu Letty und küsst sie auf beide Wangen, und der Bräutigam schüttelt ihr erneut die Hand. Sie scheinen sich so dermaßen über die guten Wünsche einer Fremden zu freuen, dass Letty sich fragt, ob das eine Tradition ist – wie die Neujahrsgrüße an Silvester in Schottland. Sie lächelt, dann sagt sie schulterzuckend »*Ciao!*« und entfernt sich, ohne sich noch mal umzusehen, für den Fall, dass die beiden sie auf ein Getränk einladen wollen oder so.

Ob sich ihre italienische Seite wohl mit der Zeit durchsetzen wird, wenn sie länger in Rom ist und die Sprache besser spricht? Wird sie die englische Reserviertheit verdrängen, die bewirkt, dass ihr schon die kurzzeitige Nähe zu zwei Fremden unangenehm ist?

Wie merkwürdig, dass sie von nun an für immer zum Leben dieser beiden gehören wird als diejenige, die das Foto gemacht hat, das auf dem Sideboard in den Häusern ihrer Eltern stehen wird. Ob sie wohl irgendwann sagen werden: »Erinnerst du dich noch an die junge Engländerin, die das Foto gemacht hat?« Oder ob sie nur ihr eigenes Lächeln sehen und sich daran erinnern werden, wie sie sich als frisch vermähltes Paar unter einem makellos blauen Himmel gefühlt haben, als die Statuen von Michelangelo auf sie hinunterblickten?

Irgendwie ist eine Braut in einem Bus wesentlich romantischer als eine Braut in einem altmodischen weißen Rolls-Royce.

Letty beschließt, sollte sie jemals heiraten, ebenfalls mit öffentlichen Verkehrsmitteln zu fahren.

Nicht, dass sie heiraten will. Sie war zweimal verliebt. Das erste Mal war es eigentlich eher eine Schwärmerei, denn sie war damals erst elf. Sie war gerade auf die Ballettschule gekommen. Vadim, ein russischer Junge, war bereits im letzten Jahr und tanzte, wie sie es noch nie gesehen hatte. Nach der Vorführung am Jahresende wartete sie auf ihn und nahm all ihren Mut zusammen, um die letzte Chance zu nutzen, mit ihm zu reden. Als er erschien, wusste sie, dass ihr nur Sekunden mit ihm allein blieben, und obwohl sie sich den Moment unzählige Male vorgestellt hatte, fiel ihr nicht ein, was sie sagen sollte.

»Du bist toll!«, stieß sie schließlich hervor.

Er hatte sie angelächelt – ob bescheiden, verständnislos oder amüsiert, wusste sie nicht –, doch das Bild war ihr zwei Jahre lang nicht mehr aus dem Kopf gegangen, und sie hatte unerbittlich trainiert. Denn am Ende bedeuteten Worte nichts, der Tanz war ihre gemeinsame Sprache, und sie würde gut genug werden, um Auroras rosafarbenes Tutu oder Odettes weiße Federn zu tragen und ihrem Prinzen eine würdige Partnerin zu sein.

Doch dann verletzte sie sich und ertrug es nicht länger, irgendetwas mit Ballett zu tun zu haben.

Lettys erster richtiger Freund hieß Josh. Vielleicht lag es daran, dass sie ihre gesamte Jugend in einer Welt voller Märchenprinzessinnen verbracht hatte, denn sie glaubte, Josh würde sie aus ihrem Unglück nach der Verletzung befreien. Sie war fünfzehn, als er sie um eine Verabredung bat, und konnte einfach nicht fassen, dass ihr das passierte. Sie war überglücklich. Als er sie verriet, fühlte es sich an, als würden sich ihr Körper und ihr Geist auflösen. Diese immer noch äußerst schmerzhafte Erinnerung überschattet die herzliche Begegnung mit den Frischvermählten wie eine Wolke, die sich vor die Sonne schiebt.

Letty blinzelt gegen die Tränen an, die ihr jedes Mal in die Augen steigen, wenn sie an Josh und an all die anderen Fehler denkt, die sie gemacht hat. Sie verachtet sich dafür. Wäre sie doch nur nicht so naiv gewesen, so vertrauensselig, so dumm. Könnte sie diese Teile ihres Lebens doch nur ungeschehen machen, in denen sie ihre übliche Vorsicht aufgegeben und gedacht hat: »Warum nicht?«

4

Donnerstag

Alf

Alf kann nicht schlafen. Als es hell wird, steht er auf, wäscht sich, zieht sich so leise wie möglich an und verlässt die Wohnung. Am liebsten würde er joggen gehen, um diese schreckliche Unruhe loszuwerden, die ihn die ganze Nacht über wach gehalten hat. Doch dann müsste er noch einmal zurückkommen und duschen. Dabei liefe er Gefahr, die anderen zu wecken, und die sind normalerweise morgens ziemlich grantig, insbesondere, wenn sie den Abend zuvor viel getrunken haben.

Bis auf die Männer von der Müllabfuhr sind die Straßen leer. Als ein Flaschencontainer angehoben wird und Unmengen von Flaschen mit lautem Klirren in dem Müllwagen landen, schreckt der Obdachlose aus dem Schlaf hoch, der immer an der Straßenbahnhaltestelle in der Mitte der Via Marmorata schläft.

Alf geht in die einzige Bar, die bereits geöffnet hat, stellt sich an den Tresen und geht seinen Instagram-Feed durch, während er Zucker in seinen Espresso rührt.

Seine Mutter hat ein Foto von seinem Zimmer gepostet, das jetzt allerdings rosa gestrichen ist. Darin stehen zwei identische Kinderbettchen mit Rüschenhimmel, und vor den

Fenstern hängen dazu passende Rüschengardinen. Die Unterschrift lautet: *Fast fertig! #Zwillinge #Babys #aufregend.*

Er freut sich für sie und Gary nach all dieser Zeit, wirklich, und er ist froh, dass sie so zuversichtlich ist. Es ist ein gutes Zeichen, dass sie ein Foto gepostet hat, denn normalerweise ist sie sehr abergläubisch. Am liebsten würde er das Foto mit »Viel Glück!« kommentieren, doch er traut sich nicht. Nachher ist es beim Kinderkriegen wie bei einem Wettkampf, und da bringt es Unglück, jemandem Glück zu wünschen. Darum likt er ihren Post nur. Und dann fragt er sich, ob sie in seinen Like wohl irgendwas hineindeuten wird. Vielleicht sollte das Foto ihm mitteilen, dass er zu Hause nicht mehr willkommen ist? Normalerweise handeln ihre Posts eher von der Tanzschule als von privaten Dingen. Endlose Aufnahmen von ihren Tänzern mit Silberpokalen. Ob sie wohl Alfs Fußballtrophäen weggeworfen hat? Seine Tanzpreise sind in der Vitrine im Tanzsaal ausgestellt, neben dem Foto, auf dem seine Mutter mit ihm als kleinem Jungen am Strand tanzt. Er kann sich nicht vorstellen, dass sie sie wegwerfen würde. Die vom Fußball, ja, aber seine Tanzpokale gehören genauso ihr wie ihm.

Plötzlich stellt Alf fest, dass er nicht mehr wütend auf sie ist. Immer, wenn er in den letzten Monaten an sie gedacht hat, hat sich sein Körper vor Wut angespannt. Jetzt ist er nur müde und ein bisschen traurig. Ihm ist klar, dass sie nicht tun wollte, was sie getan hat. Nun, sie wollte es schon, aber sie war sich nicht über die Folgen im Klaren. Und er wünschte, dass er nicht hätte Partei ergreifen müssen, doch damals war ihm nichts anderes übrig geblieben.

Die Geburt muss jetzt bald sein. Spontan beschließt Alf, sie anzurufen und ihr alles Gute zu wünschen. Warum nicht? Einer muss schließlich den ersten Schritt tun. Er sucht in den

Kontakten nach ihrer Nummer, doch dann fällt ihm ein, dass es zu Hause erst halb sieben ist. Wenn er jetzt anruft, wird er sie wecken, und sie wird denken, es sei etwas passiert.

Also steckt er das Telefon zurück in die Hosentasche. Er ist zu alt, um Sehnsucht nach seiner Mum zu haben.

Alf bestellt *un cornetto vuoto*, so heißt ein Croissant ohne Marmeladen- oder Puddingfüllung. Als er hineinbeißt, rieselt Puderzucker auf den glänzenden schwarzen Tresen. Er kippt den Espresso in einem Zug hinunter, zahlt und bestellt noch ein Cornetto, das ihm der Barkeeper in einer Serviette reicht. Alf überquert die Straße und schenkt es dem Obdachlosen.

Gina sagt, man solle ihnen kein Geld geben, weil sie es nur für Drogen ausgäben, aber wenn er ihnen Essen gibt, passt es ihr auch nicht.

Der Typ nimmt das Angebot überrascht und ein wenig unsicher entgegen. Alf hat keine Ahnung, wie alt er ist. Er könnte in seinem Alter oder ebenso gut vierzig sein. Die Haut des Mannes glänzt, und der Schmutz und die Mühsal des täglichen Überlebenskampfes haben ihre Spuren hinterlassen. Es ist ein interessantes Gesicht. Alf würde ihn gern fotografieren. Manchmal denkt er, die Fotos, die er von seinem täglichen Leben in Rom postet, sind zu hübsch. In der Stadt leben so viele Obdachlose, dass es ihm falsch vorkommt, sie zu ignorieren. Doch er möchte ihnen auch nicht das bisschen Privatsphäre nehmen, das ihnen auf der Straße bleibt.

Das heutige Thema ist Essen.

Die Lehrerin fragt die Gruppe, was sie gestern Abend gegessen hätten. Auf Italienisch heißt es: »Ich habe gegessen.« Nicht: »Ich aß.« Violetta versteht das sofort. Sie ist sehr gut in Grammatik und erzählt, dass sie *tagliatelle al ragù* gegessen habe.

Weil sie kurz zögert und nachdenkt, ehe sie den Namen des Gerichts nennt, vermutet Alf, dass sie es wahrscheinlich nicht wirklich gegessen hat. Sie sieht nicht aus wie eine Nudelesserin.

Alf hat *zucchini fritti* gegessen. Mike war mit Kochen an der Reihe, und er ist ein ziemlich guter Koch. Bevor Alf nach Italien kam, hatte er noch nie eine Zucchini gegessen, jetzt mag er sie sehr.

Die Lehrerin erklärt, dass sie sich etwas anhören würden, was bedeutet, dass sie sich um den CD-Spieler versammeln und sie ihnen fünfmal dasselbe Gespräch zwischen zwei Italienern vorspielt. Nach dem ersten Mal müssen sie Paare bilden und sagen, was sie verstanden haben.

»*Niente!*«, sagt Masakasu lachend.

Alf erklärt ihm, dass es sich um ein Gespräch zwischen zwei Leuten handele, die ein vegetarisches Restaurant eröffnen möchten. Er scheint mehr zu verstehen als der Rest der Klasse, vermutlich, weil er schon länger im Land ist. Er ist es gewohnt, schnell gesprochenes Italienisch zu hören. Er hat mehr eingekauft, mehr Speisekarten gelesen, mehr Werbung im Fernsehen gesehen als die anderen.

Nachdem er den Dialog zum fünften Mal gehört hat, ist er gelangweilt. Er hängt auf seinem Stuhl und kann sich nicht konzentrieren. Daraufhin fordert die Lehrerin ihn auf, sich in der Pause einen Kaffee zu besorgen. *Un espresso*, rät sie ihm.

Alf findet es seltsam, dass die Kursmitglieder im Café immer auf denselben Plätzen sitzen. Es erinnert ihn an eine Bustour, die er einmal mit seiner Mutter und ihrem Sequence-Tanzkurs durch Devon gemacht hat. Damals hat er auch nicht verstanden, warum alle immer auf dieselben Sitze zurückkehrten, die sie bei der Abreise in Blackpool zufällig eingenommen hatten.

In der Cafeteria holen die Männer sich immer etwas zu essen, die Frauen nicht. Heute steht Heidi nach einem lebhaften Gespräch an ihrem Tisch auf und kommt zu den Männern herüber. Sie sagt, sie überlegten, zusammen Mittag zu essen, und ob die Jungs mitkommen wollten? In der Nähe der Schule gebe es ein Restaurant mit einem Buffet für acht Euro.

Als sie in die Klasse zurückkehren, berichtet Heidi der Lehrerin aufgeregt von ihrem Plan, als erwartete sie, einen goldenen Stern dafür zu bekommen, dass sie das heutige Thema übt. Sie ist stark auf Bestätigung aus und möchte bei allen beliebt sein, auch bei der Lehrerin, aber es ist praktisch, jemanden wie sie in der Klasse zu haben. Wenn sie eine seiner Anfängerinnen wäre, würde er sie sich herausgreifen, um einen Schritt mit ihr vorzuführen. Sie würde kichern und so tun, als könnte sie es nicht, würde es jedoch versuchen und es wahrscheinlich sogar ziemlich gut machen, obwohl nicht jeder, der gut aussieht, auch gut tanzen kann.

Die Lehrerin teilt ein weiteres Papier aus, diesmal mit Sätzen über die Bedeutung von Farben. Man soll raten, welche Farbe zu welcher Beschreibung passt. Es ist ziemlich einfach, weil viele der Wörter im Englischen fast identisch sind. Rot ist die Farbe der Liebe und der Leidenschaft. Weiß ist die Farbe der Reinheit, der Engel und der Bräute. *Passare la notte in bianco* heißt, dass man nicht schlafen konnte, was Alf heute ziemlich passend erscheint. Gelb ist die Farbe der Sonne, aber in Italien auch die der Krimibände, die er liest, während er auf seinem Stuhl herumzappelt. Er hasst es, lange zu sitzen. Mr. Marriot hat früher immer gesagt, es gebe sieben Arten von Intelligenz, und jeder habe eine andere Art zu lernen. Er war der Ansicht, Alf sei ein kinästhetischer Lerner. Das heißt, dass er besser lernt, wenn er sich bewegt, als beim Lesen oder

Zuhören. Manchmal fragt er sich, ob sein Lehrer ihm auf diese Weise nur versichern wollte, dass er nicht dumm sei.

Alf glaubt nicht, dass Susanna schon von den sieben Arten der Intelligenz gehört hat. Vielleicht sind sie in Italien kein Thema? Auch als sie ein Spiel ankündigt, bleiben sie auf den Stühlen sitzen. Sie sollen abwechselnd einen Schüler aus der Klasse beschreiben, und die anderen müssen raten, wen sie meinen.

»Sie hat schwarzes Haar und leuchtend blaue Augen«, meldet sich Alf freiwillig.

»Violetta!«, rufen die anderen im Chor.

»Violetta è bella!«, fügt Masakasu hinzu.

Woraufhin Alf bedauert, sie ausgesucht zu haben, denn sie steht ganz offensichtlich ungern im Mittelpunkt – anders als Heidi, die etwas gereizt wirkt.

Ob ihre Eltern sie wegen ihrer tiefblauen Augen Violet genannt haben? Kommen nicht alle Babys mit blauen Augen auf die Welt? Oder sind das Katzen? Vielleicht trägt sie Kontaktlinsen, um die Farbe zu verstärken? Doch das glaubt er nicht. Sie ist nicht eitel. Sie schminkt sich nicht. Noch nicht einmal ihre Zehennägel sind lackiert. Die einzige Verzierung ist ein kleines Tattoo auf dem dritten und vierten rechten Mittelfußknochen – ein Herz mit einem Messer darin. Was wohl für eine Geschichte dahintersteckt? Vermutlich eine schmerzhafte, denn die Haut ist dort ziemlich empfindlich.

Als wüsste sie, was er denkt, schiebt Violetta den Fuß unter ihren Stuhl.

Schließlich dürfen die Schüler aufstehen, umherlaufen und sich zu der kulturellen Bedeutung von Farben in ihrem jeweiligen Land befragen. Alf war bisher gar nicht bewusst, dass Farben eine kulturelle Bedeutung haben. Bis er darüber nachdenkt. Blau ist traurig. Grün steht für Neid.

Als Alf auf Violetta zugeht, wendet sie sich ab und sieht in die andere Richtung, doch er schwingt sich um ihren Rücken herum wie beim Sweetheart-Schritt im Cha-Cha-Cha und steht direkt vor ihr. Und die einzige Frage, die ihm einfällt, ist: »Was ist deine Lieblingsfarbe?«

Er kommt sich vor wie in der Grundschule. Wie gern würde er sie fragen können, warum sie hier ist, was ihr wichtig ist, wer sie ist.

Sie denkt einen Moment nach, dann sagt sie: »Nero.« Sie fragt ihn nach seiner Lieblingsfarbe.

»*Blu.*«

Normalerweise ist er gut in so etwas. Er hat nie Schwierigkeiten, sich mit Leuten zu unterhalten. Aber ihr gegenüber ist er unbeholfen. Er hat keine Ahnung, wie er sie für sich interessieren oder sie womöglich sogar zum Lächeln bringen soll. Sie ist so unnahbar wie ein Model auf einem schwarz-weißen Werbefoto für ein cooles Parfum.

Dann sagt sie: »Wie die *Azzurri*?«

»Die Blauen« nennen die Italiener ihre Fußball-Nationalmannschaft.

Sie ist unnahbar und schön, kennt sich mit Fußball aus und erinnert sich an etwas, das er am Vortag gesagt hat. Alfs Gefühle fahren Achterbahn.

Auf dem Weg zum Restaurant holt er sie ein und hofft, dass sie nicht darauf besteht, Italienisch zu sprechen.

»Wie lange bleibst du hier?«, fragt er.

»In Rom?«

Er weiß nicht, worauf sich seine Frage sonst beziehen sollte. Zum ersten Mal fragt er sich, ob ihre distanzierte Art vielleicht schlicht Unsicherheit ist.

»Einen Monat vielleicht.«

»Du studierst, stimmt's? Welches Fach?«, versucht er es wieder.

»Latein«, sagt sie.

Vermutlich meint sie die Sprache und nicht lateinamerikanische Tänze.

»Na, dann bist du ja in der richtigen Stadt«, sagt er und kommt sich vor wie ein Idiot. Was für eine blöde Bemerkung. Endlich ist es ihm gelungen, ein Gespräch mit dem Mädchen zu beginnen, das ihn schon die ganze Woche fasziniert hat, und dann sagt er einen Satz, wie er ihn zu einer Barfrau sagen würde.

»Darum bist du so gut in Grammatik«, sagt er.

»Ja«, bestätigt sie.

Die meisten Frauen, die er kennt, würden sagen: »Eigentlich bin ich gar nicht ...« Es gefällt ihm, dass sie es nicht tut.

Dann sagt sie: »Du kannst deutlich besser sprechen.« Was ihn überrascht, weil er nicht gedacht hätte, dass sie besonders auf ihn geachtet hat.

»Es stört mich einfach nicht so, wenn ich Fehler mache«, fügt er hinzu. »Und die mache ich meistens.«

»Ich wünschte, ich wäre da auch freier«, sagt sie.

Nicht: »Sei nicht albern, du bist wirklich gut!«, was Gina gesagt hätte.

Im Restaurant steht ein großer Tisch mit zahlreichen Gerichten. Grillgemüse, Arancini, diverse Sorten Pasta. Heidi winkt Violetta auf den Platz neben sich, den sie für sie freigehalten hat, und Alf landet wieder bei Jo und Masakasu.

Als er sieht, dass Violetta aufsteht und zum Buffet geht, schiebt er mitten im Gespräch seinen Stuhl zurück und stellt sich neben sie, während sie sich eine kleine Portion Tomate und Mozzarella mit Basilikumblättern auffüllt.

»*Rosso, bianco, verde*«, sagt er. »Wie die italienische Fahne.«

»Oh«, sagt sie. »Ich wusste, dass man es *insalata tricolore* nennt, aber ich habe nicht an die Fahne gedacht. Heißt er deshalb so?«

Plötzlich weiß er nicht, ob er das irgendwo gehört oder sich nur ausgedacht hat.

»Ich glaube«, sagt er vorsichtig.

»Was nimmst du?«, fragt sie und beobachtet, wie er sich *gnocchi alla Sorrentina* aus der dampfenden Schüssel nimmt, die ein Mann in einer weißen Kochjacke gerade auf den Tisch gestellt hat.

»Es ist Donnerstag, und donnerstags essen die Römer Gnocchi.«

»Wirklich? Hat das einen bestimmten Grund?«, fragt sie. »Ich meine, wie Fisch am Freitag?«

Alf hat keine Ahnung. Er hat es irgendwo aufgeschnappt.

Er fragt den Koch, warum Römer donnerstags Gnocchi äßen, und als Violetta das Gesicht verzieht, merkt er, dass er einen Grammatikfehler gemacht hat.

Der Koch denkt einen Moment nach. Stimmt, sagt er, donnerstags äßen viele Leute Gnocchi, aber er wisse auch nicht, warum.

Alle lachen.

Wenn sie sich entspannt, wirkt sie jünger, weniger einschüchternd, und ihr Lächeln ist warm und aufrichtig. Alf möchte gern mehr, aber er spürt, wenn er sie bedrängt, zieht sie sich wieder zurück. Und er weiß, dass Heidi sie beobachtet. Er will nicht, dass er und Violetta zum allgemeinen Gesprächsthema werden.

»Ich mache nur eben ein Foto«, sagt Alf, stellt den Teller ab und holt sein Smartphone heraus, um eine Aufnahme von dem farbenfrohen Tisch zu machen. »Ich poste immer irgendwelche Sachen aus Rom, nicht die üblichen Touristenbilder.«

Violetta geht einen Schritt nach hinten, als hätte er ihr gesagt, sie solle aus dem Weg gehen, und kehrt zu ihrem Platz zurück.

Alf postet das Foto mit der Unterschrift: *Buon appetito! #Rom #Roma #Mittagessen.*

Heidi schlägt vor, etwas Wein für alle zu bestellen.

Es ist ein merkwürdiges Gefühl, mit dem Kurs zusammenzusitzen, aber nicht in der Schule zu sein. Im Klassenraum herrscht eine gewisse Kameradschaft. Es ist ein bisschen so, als wenn alle zusammen im Fahrstuhl feststecken, denkt Alf. Man weiß, dass man mit diesen Leuten einige Zeit verbringen wird, also versucht man, sie nicht zu sehr zu mögen oder nicht zu mögen oder irgendetwas zu sagen, das Anstoß erregen könnte, denn wenn alle gut miteinander zurechtkommen, ist es angenehmer. Außerhalb des Klassenraums gibt es weniger Grund dazu.

Obwohl er nicht viel mit den anderen gesprochen hat, hat er eine ziemlich klare Meinung über jeden von ihnen. Paola und Carla sind Partymäuse. Sie sind nicht wirklich daran interessiert, Italienisch zu lernen, weshalb sie erst spät zum Unterricht erscheinen, wenn überhaupt. Die Sprachenschule ist nur ein Vorwand, ihre reichen Väter dazu zu bringen, das Geld für einen ausgedehnten Urlaub hinzublättern. Angela ist ganz nett, aber sie könnte seine Großmutter sein. Jo ist langweilig, Masakasu eine Nervensäge. Die ersten Male, als er ihnen etwas vorgesungen hat, waren cool, aber jetzt wird es nervig. Heidi ist zu sehr auf Bestätigung aus. Sie ist zwar attraktiv, und er weiß, dass er bei ihr eine Chance hätte, aber auch, dass sie sich hinterher als Albtraum entpuppen würde.

Und dann ist da noch Violetta.

So unsicher und verklemmt hat er sich einer Frau gegenüber nicht mehr gefühlt, seit er zwölf war und Flavia Cacace bei einer argentinischen Tangovorstellung gesehen hat. Seine Mum und er haben am Bühnenausgang auf sie gewartet. Als sie herauskam, machte Donna ein Foto von Flavia und ihm und erklärte, dass Alf Nord-West-Meister im Standard und in den Lateinamerikanischen Tänzen seiner Altersklasse sei und später, wenn er älter sei, mit ihr tanzen wolle. Flavia erklärte liebenswürdig, sie würde sich darauf freuen, was sie wahrscheinlich zu allen sagte, aber wochenlang musste er immer wieder daran denken, wie dabei ihre Augen geglänzt hatten. Dann hörte er zufällig, wie seine Mutter mit Leanne, der Mutter seiner Tanzpartnerin Sadie, darüber redete, dass er das Foto von ihm und Flavia neben sein Bett gestellt habe. »Hormone«, hat Leanne damals wissend geflüstert. Und Sadie hat es auch gehört und sich gnadenlos über ihn lustig gemacht. Dabei verliebte sie sich selbst jedes Jahr wieder in einen der Berufstänzer bei »Let's Dance« und schrieb ihnen Fanbriefe.

Es ist nur eine Schwärmerei, sagt sich Alf jetzt. Er weiß weniger über Violetta, als er über Flavia wusste. Sie ist schön, ihre Lieblingsfarbe ist Schwarz, sie studiert Latein. Herrgott. Ich bin zu alt für so was, denkt er.

Er schiebt seinen Stuhl zurück, erklärt, dass er gehen müsse, und legt einen Zehn-Euro-Schein für sein Essen auf den Tisch.

Draußen sieht er auf sein Telefon. Ginas Vater hat sein Foto gelikt. Manchmal fragt sich Alf, wann Stuart eigentlich arbeitet. Er scheint immer sofort zu reagieren, wenn Alf etwas postet. Wenn er nicht so nett wäre, wäre es ein bisschen unheimlich, fast so, als würde er Alf kontrollieren.

In England ist es Viertel vor eins. Vielleicht sitzt er gerade am Schreibtisch und isst ein Sandwich. Alf stellt sich vor, wie er in dem luxuriösen Büro sitzt, in dem Gina und er ihn einmal abgeholt haben, weil sie mit ihm zum Mittagessen verabredet waren. Er erinnert sich an den dicken weichen Teppich und daran, wie unpassend gekleidet er selbst sich in seiner Jeans vorgekommen war, obwohl er sogar ein Hemd angezogen hatte.

Stuart trug einen blauen Anzug, einen Hauch heller als marineblau, und ging mit ihnen in ein Sushi-Restaurant. Als Alf die Preise sah, bestellte er sehr wenig, doch Stuart sagte, er solle essen, was immer er wolle, denn auf seiner Spesenabrechnung sei Alf heute ein milliardenschwerer Oligarch.

Das Dessert war mit Blattgold verziert, das Alf auf dem Teller zurückließ. Gina lachte und sagte, er solle es essen, aber ihr Vater sagte: »Pass auf, junge Dame, einem Oligarchen schreibst du nicht vor, was er zu tun hat.«

Und Alf hatte gesagt: »Ich hatte schon Gold zum Frühstück.« Dann wurde er etwas selbstbewusster: »Zu jeder Mahlzeit ist es mir etwas zu reichhaltig.«

Und Ginas Vater hatte sich mit ihm abgeklatscht.

Alf erinnert sich, wie stolz er war, Stuarts Anerkennung gewonnen zu haben. Es war wie die Bestätigung, dass er es in der Welt außerhalb von Blackpool schaffen konnte.

Das alles ist erst ein halbes Jahr her, doch es kommt ihm länger vor.

5

Freitag

LETTY

Letty ist im Forum Romanum. Sie steht auf einem leeren Sockel und hält schützend einen Arm über ihre Augen, um sie gegen die Sonne abzuschirmen.

»Nimm den Arm runter!«, ruft Frances.

»Ich kann nichts sehen!«

»Du musst nichts sehen! Es ist ein Foto!«

Letty hört das Klicken der Kamera.

»Kannst du keine Arabeske machen?« Die Stimme ihrer Mutter. »Oder die fünfte Position oder so?«

Letty gehorcht, hebt die Arme und hält die Finger genau so, wie ihre Ballettlehrerin es ihr beigebracht hat.

»Super!«, ruft Frances.

»Fertig!« Die Stimme ihres Vaters. Er legt die Hände um ihre Taille und hebt sie herunter.

Letty wacht auf. Als sie langsam zu sich kommt und sich die Gegenwart mit den Erinnerungen mischt, denkt sie: Ich bin in Rom. Dann schließt sie die Augen wieder.

Das Foto von ihr, wie sie im Sommerkleid auf dem Sockel steht, die Fußspitzen nach außen gedreht, die Arme in der fünften Position, und in die Sonne blinzelt, hat immer auf Marinas Kaminsims gestanden.

»Meine fünfte kleine Römerin«, hat Marina es genannt.

Letty weiß nicht, ob sie sich wirklich an die Situation erinnern kann, in der das Foto gemacht wurde, oder ob sie es einfach so oft gesehen hat, dass daraus eine Erinnerung entstanden ist.

In der Klasse herrscht Wochenendstimmung, und in der Pause scheint etwas die Luft raus zu sein – alle beschäftigen sich mit ihren Smartphones, anstatt sich zu unterhalten. Es ist fast so, als wäre ihr gemeinsames Mittagessen ein missglücktes Rendezvous unter Arbeitskollegen gewesen und keiner von ihnen wüsste, wie er das Verhältnis wieder normalisieren sollte.

Letty und Heidi haben das Restaurant als Letzte verlassen und vorher noch den Wein gemeinsam geleert. Das war ein Fehler, denn Heidi ist redselig geworden und hat Letty anvertraut, dass ihr Mann und sie gerade eine Art Pause voneinander machten. Dafür, dass sie sich kaum kannten, fand Letty das etwas zu persönlich. Es gab ihr das Gefühl, sich mit einem eigenen Geheimnis revanchieren zu müssen, doch das wollte sie nicht, und so willigte sie am Ende ein, sich am Sonntag mit Heidi zum Brunch zu treffen, worauf sie eigentlich keine Lust hatte.

Das heutige Thema des Unterrichts ist Familie. Sie lernen die Begriffe für Bruder, Schwester, Tante, Onkel, Großeltern und Kinder. Dann sitzen sie in Gruppen zusammen und unterhalten sich über ihre eigenen Familien.

Letty ist mit Angela und Alf in einer Gruppe.

Angela fragt Alf, ob er einen Bruder habe.

Nein.

Eine Schwester?

Nein, aber seine Mutter bekomme bald Zwillingsmädchen.

»*Che meraviglia!*«, sagt Angela.

Vermutlich wollte sie »Wie schön!« sagen und nicht »Was für ein Wunder!«, aber Alf denkt, Angela meint, dass seine Mum zu alt sei, um Kinder zu bekommen.

»Sie ist erst siebenunddreißig«, protestiert er.

Angela hat drei erwachsene Kinder. Sie ist seit dreißig Jahren mit ihrem Mann verheiratet und hat zwei Enkelkinder.

»Du bist Großmutter?«, fragt Alf ungläubig.

Oh bitte, denkt Letty.

»*Mia nonna era italiana*«, sagt sie. »*È morta.*«

Nachdem sie den beiden gesagt hat, dass ihre Großmutter tot ist, wissen die nicht, was sie sagen sollen. Es folgt ein etwas unbehaglicher Moment, dann fragt Alf, ob sie noch beide Eltern habe.

Ja. Die Frage überrascht sie etwas.

»Mia papà è morta«, erklärt er.

»Mio papà è morto«, korrigiert Letty ihn automatisch. »Bei einem Mann muss die Endung maskulin sein. Tut mir leid«, fügt sie hinzu, weil sie ihn korrigiert hat, aber es klingt offenbar, als täte es ihr wegen des Vaters leid, denn Alf sagt: »Schon okay, ich habe ihn nicht gekannt. Es ist schon lange her.«

Wie ein müder Tramper deutet er mit dem Daumen über seine Schulter.

Als der Gong das Ende des Vormittagsunterrichts verkündet, haben es alle eilig fortzukommen, als wollten sie der Gefahr entgehen, dass jemand ein weiteres Mittagessen vorschlägt.

Das Forum ist von Touristengruppen bevölkert, deren Führer Stöcke mit daran festgebundenen Tüchern schwenken, damit man ihnen leichter folgen kann. Als Letty sich an ihnen vorbeischlängelt, hört sie Fetzen von Englisch, Französisch und Spanisch. Sie sucht einen ruhigen Platz, um auf die Karte zu sehen und herauszufinden, wo der Sockel steht, auf dem sie für das Foto posiert hat. Sie will ihrer Mutter ein Selfie von derselben Stelle schicken. Erstaunlicherweise hat sie von Frances nichts mehr gehört, und sie hat ein schlechtes Gewissen, weil sie am Telefon so einsilbig gewesen ist.

Letty setzt sich auf ein paar Stufen, betrachtet die Übersichtskarte des Forum Romanum und versucht, die Punkte und Linien mit den Mauerresten und Säulen um sie herum in Verbindung zu bringen, als sie eine bekannte Stimme hört.

Zu ihrer Linken lauscht eine Gruppe von Frauen mittleren Alters einem Vortrag über den Septimius-Severus-Bogen. Der Führer spricht Englisch. »Der Bogen wurde ursprünglich zu Ehren Kaiser Severus' und seiner zwei Söhne, Geta und Caracalla, errichtet«, erklärt er. »Aber Sie wissen ja, wie Brüder sind. Sie streiten ständig. Und diese beiden haben es sogar noch weiter getrieben. Caracalla hat Geta getötet.«

Eine der Frauen sagt mit amerikanischem Akzent: »Oh, mein Gott, die Römer waren wirklich blutrünstig!«

»Als Caracalla dann Kaiser wurde«, fährt Alf fort, »ließ er von seinen Leuten eine neue Inschrift über den Torbögen anbringen, in der Geta nicht vorkommt. So, als hätte er nie existiert. Das war die römische Art, all seine Daten zu vernichten. Man nennt das *damnatio memoria.*«

Letty verzieht das Gesicht, als sie den fehlerhaften lateinischen Ausdruck hört.

Wie peinlich. Sie erinnert sich an ihr gestriges Gespräch, in dem er sie nach ihren Lateinkenntnissen gefragt hat. Sie hätte nie gedacht, dass er etwas über das antike Rom weiß, geschweige denn als Führer arbeitet.

Letty steht auf und geht mit schnellen Schritten in die andere Richtung. Sie hat mittlerweile herausgefunden, dass das Haus der Vestalinnen näher am Eingang des Forums steht. Als sie dort ankommt, weiß sie wieder genau, auf welchem Sockel sie damals gestanden hat. Eine Gruppe chinesischer Touristen läuft an ihr vorbei, und sie hört sich die Geschichte auf Mandarin an, während sie darauf wartet, dass sie weitergehen. Dann ist sie für einen Moment allein, stellt sich neben den Sockel, um ein Selfie zu machen. In dem Versuch, einen Ausschnitt zu finden, der sie und den Sockel gemeinsam zeigt, geht sie ein Stück zur Seite.

»Kann ich dir helfen?«

Es ist Alf mit den amerikanischen Damen im Schlepptau. Auf seinem weißen T-Shirt steht sein Instagram-Name @rometourguidealf.

»Nein danke«, sagt sie reflexartig und dann: »Nun ja, doch ...«

»Ich komme sofort«, sagt er.

Letty will eigentlich sagen: Ach, lass doch. Aber er ist schon wieder bei den Frauen und verabschiedet sich mit ausgebreiteten Armen, als wollte er sie alle umarmen. Sie sieht die Freude auf ihren Gesichtern, als er ihnen sagt, was für ein Vergnügen es ihm bereitet habe, sie herumzuführen, und ihnen noch einen schönen Restaufenthalt wünscht. Sie nesteln in ihren Handtaschen, ziehen jede einen Schein hervor, ohne groß darauf zu achten, was es für einer ist, und überreichen ihm ein Trinkgeld. Sie bemerkt, wie er die Übergabe des Geldes in ein Handschütteln einbindet, dann zurücktritt, die Schultern zuckt und, als könnte er nicht widerstehen, jede von ihnen herzlich umarmt und auf die Wange küsst. Er tut es mit einer Art ritterlichem Respekt, doch Letty sieht das Funkeln in ihren Augen. Nachdem er sich einige Schritte entfernt hat, drängen sie sich aufgeregt zusammen, wie die Schulfreundinnen, die sie vermutlich einst waren, und tauschen sich über ihren süßen Führer aus.

»Es heißt übrigens *damnatio memoriae*«, sagt Letty, als er mit einem Lächeln im Gesicht zurückkehrt.

»Wie bitte?«

»Was Caracalla mit Geta gemacht hat. *Damnatio memori-ae*«, sagt sie und betont die letzte Silbe. »Nicht *damnatio memori-a*, was du gesagt hast.«

Alfs verwirrte Miene verrät, dass er sie nicht auf den Stufen hat sitzen sehen, und jetzt muss sie es ihm erklären und weiß gar nicht, warum sie überhaupt das Bedürfnis hatte, ihn zu korrigieren.

»Ich habe da drüben zugehört«, sagt sie und deutet zum Bogen am Ende des Forums.

»Sag es noch mal«, bittet Alf.

»*Damnatio memoriae*«, sagt sie.

Er wiederholt es.

»Danke«, sagt er. »Das merke ich mir. Vielleicht frage ich demnächst erst dich, ehe ich mich an weiteren lateinischen Ausdrücken versuche.« Wieder das Lächeln, in dem eine attraktive Offenheit liegt.

Letty wünscht, sie hätte nichts gesagt. Was hat sie sich nur dabei gedacht? Wen, abgesehen von ihr, stört es überhaupt? Alfs gelassene Reaktion zeigt, dass er nicht der arrogante Typ ist, für den sie ihn gehalten hat, und sie schämt sich etwas für ihre Voreingenommenheit. Nur weil er gut aussieht und ein Mann ist. Das ist eigentlich Frances' Art. Nun ist sie deshalb verrückterweise wütend auf ihre Mutter und fragt sich, warum sie sie überhaupt mit einem Foto aufmuntern will.

»Also, wo willst du das Foto machen?«, fragt Alf und streckt die Hand nach ihrem Telefon aus.

»Hier drüben.« Letty zeigt ihm die Stelle. »Ich war mit meinen Eltern hier, als ich acht war. Es gibt ein Foto von mir auf diesem Sockel, und ich dachte, es wäre lustig, es nachzustellen …«

»Kein Problem«, sagt er. »Soll ich dir raufhelfen?«

Ehe sie ablehnen kann, hat er sie mühelos hochgehoben, die Hände selbstbewusst um ihre Taille gelegt, als würde er ständig Frauen auf Sockel heben. Vielleicht tut er das tatsächlich? Vielleicht machen hier alle ein Foto, nicht nur ihre Familie?

Oben überlegt sie einen Moment, wie sie sich hinstellen soll, dann nimmt sie die Haltung einer Statue ein, das eine Knie leicht gebeugt, die Arme an den Seiten herunterhängend. Sie steht mit dem Rücken zur Sonne, sodass sie diesmal nicht ihre Augen schützen muss.

Um die peinliche Situation zu überspielen, verzieht sie ein wenig selbstironisch den Mund.

»Das ist gut«, ermuntert er sie. »Dreh dich noch ein bisschen mehr, sodass ich dein Profil sehen kann. Das ist toll!«

Zuerst ist sie sich albern vorgekommen und war ein wenig unsicher, doch jetzt macht es ihr Spaß. Sie hält sogar die Arme in der fünften Position wie auf dem Foto auf Marinas Kaminsims und lacht über sich.

»Ich wusste, dass du Tänzerin bist!«, sagt er.

Sie lässt die Arme sinken und springt vom Sockel.

»Danke«, sagt sie, als er ihr das Telefon zurückgibt.

Sie will gerade gehen, als er fragt: »War das das letzte Mal, dass du hier warst? Mit acht?«

»Ja. Wir waren wegen einer Buchreihe hier.«

Warum sagte sie das? Niemand brauchte einen Grund, um nach Rom zu kommen. Das ist Rom, Herrgott. Doch Alf nickt und wartet, dass sie fortfährt.

»Eine Gruppe von Kindern erlebt darin Abenteuer im antiken Rom«, erklärt sie. »Die Autorin hieß Caroline Lawrence. Die Hauptfigur war ein Mädchen, darum habe ich mich wohl mit ihr identifiziert. Ich habe die Bücher so geliebt, dass meine Mutter fand, wir sollten nach Rom fahren, um uns die Schauplätze anzusehen ...«

Es ist einer von Frances' typischen extravaganten Einfällen gewesen. Das erste Buch der Reihe war ein Geburtstagsgeschenk von ihrem Onkel Rollo gewesen, der in Oxford Altphilologie studiert hatte. Es wurmte Frances, dass Rollo Letty das Buch geschenkt hatte, das sie schließlich zum Lesen brachte, denn obwohl Frances viele Überstunden machte, hatte sie immer Zeit gefunden, ihrer Tochter abends etwas vorzulesen.

Heute versteht Letty die Familiendynamik besser als damals. Sie erinnert sich, wie ihre Großmutter Marina einmal beim Sonntagsessen bemerkte, wie wundervoll es sei, dass Rollo Letty an diese Bücher herangeführt habe. Frances fühlte sich eindeutig dadurch beleidigt und trumpfte auf, indem sie sagte: »Wir überlegen, in den Herbstferien nach Rom zu fahren und uns anzusehen, wo alles spielt.«

»Das höre ich zum ersten Mal!«, sagte ihr Vater damals.

Letty kann sich noch erinnern, wie die unsichtbaren Flammen von Frances' Wut über den Tisch geschossen waren, und verstand nicht, warum ihre Mutter sauer auf ihn war.

Und so fuhren die drei nach Rom. Sie besuchten Ostia Antica, den Schauplatz des ersten Caroline-Lawrence-Bandes, und fuhren mit dem Schnellzug nach Neapel, um sich Pompeji anzusehen, den Spielort einer anderen Geschichte. Letty erinnert sich, wie sie auf der Bühne des dortigen Theaters Pirouetten gedreht und sich vorgestellt hat, sie wäre Flavia Gemina, die Heldin dieser Bücher.

»Bist du so zum Latein gekommen?«, fragt Alf.

»Ja, mein Onkel hat es mir beigebracht.«

Alf lacht kurz auf.

»Was ist?«, fragt sie.

»Nichts, ich habe nur gerade daran gedacht, was mir heute im Unterricht durch den Kopf gegangen ist. Als wir die Bezeichnungen für die Verwandten gelernt haben, weißt du? *Lo zio*, war das nicht das Wort für Onkel? Ich dachte, warum lernen wir das? Wer redet jemals über seinen Onkel? Und« – er sieht auf sein Smartphone – »keine drei Stunden später stehen wir hier und reden über deinen Onkel!«

Beim Sonntagsessen nach ihrer Rückkehr aus Rom, als sie erzählten, was für eine tolle Zeit sie gehabt hätten, erwähnte Letty das Schild, das sie in Pompeji gesehen hatte: *Cave Canem* – Hüte dich vor dem Hund!

Und Rollo fragte sie: »Hast du nicht Lust, Latein zu lernen?«

Und obwohl Frances ihr zwar weiterhin jedes neue Buch von Caroline Lawrence kaufte, sobald es als Hardcover erschien, entwickelte Letty schon bald ein leidenschaftliches Interesse für Virgils Abenteuer des Aeneas. Rollo brachte ihr bei, die Worte mithilfe der Grammatik und eines riesigen Wörterbuchs zu entschlüsseln, was weitaus spannender war als etwas, das jeder auf Englisch lesen konnte.

Alf lächelt sie an. Sie bemerkt, dass seine Augen dunkelbraun sind, nicht blau. Bei seinem dunkelblonden Haar ist das eine auffällige Kombination. Ohne ein bestimmtes Ziel schlendern sie weiter, und das Schweigen zwischen ihnen ist angenehm. Ein Teil von ihr drängt, sie sollte eine Ausrede erfinden, um zu gehen, doch eigentlich genießt sie seine Gesellschaft. Letzte Woche ist sie viel allein gewesen und hat versucht, sich über einiges klar zu werden, ohne dass ihr das gelungen wäre.

»Sollten wir nicht versuchen, Italienisch zu sprechen?«, fragt Letty.

»Kann schon sein«, sagt Alf. »Aber wir sind wirklich noch nicht gut genug, um etwas Interessantes zu sagen, oder? Ich meine, ich kenne dich seit einer Woche, und alles, was ich weiß, ist, dass deine Lieblingsfarbe Schwarz ist.«

»Das habe ich nur gesagt, weil die meisten meiner Klamotten schwarz sind. Ich habe schon seit ich klein war keine Lieblingsfarbe mehr.«

»Und damals war es ...?«

»Rosa natürlich«, sagt Letty.

Er lächelt.

»Hast du Santa Maria Antiqua gesehen?«, fragt er.

»Ich glaube nicht«, antwortet Letty.

»Sie wird dir bestimmt gefallen«, sagt er und wendet sich zu einer Kirche um, die vor dem Palatin-Hügel steht.

»Wie lange bist du schon Fremdenführer?«, fragt Letty. »Ich dachte, du wärst Kellner.« Es klingt, als beschuldigte sie ihn, gelogen zu haben.

»Ich bin ein Mann mit vielen Begabungen«, antwortet er mit einem breiten Lächeln. »Ich habe ein paar Touren mitgemacht und dachte, wie schwer kann das sein?«

Letty versteht nicht, wie jemand das Selbstbewusstsein aufbringen kann, Leute durch das Forum Romanum zu führen, es sei denn, man hat so was studiert.

»Die Leute mögen Geschichten, weißt du, das macht das alles hier für sie lebendig«, sagt Alf, als hätte er den Ausdruck auf ihrem Gesicht gelesen. »Leute wie du, die sich mit dem Zeug auskennen, buchen keine Touren, oder?«

Das stimmt, denkt Letty. Ihre Familie hätte nicht im Traum daran gedacht, eine Führung mitzumachen. Frances hatte immer einen Reiseführer in der Tasche. Ivo zog es vor, alleine umherzulaufen. »Die Atmosphäre aufsaugen« nannte er das. Letty war irgendwo dazwischen. Sie war fasziniert von dem, was Frances ihr vorlas, aber sie verweilte auch gern an Orten, ließ ihrer Fantasie freien Lauf und versuchte, sich vorzustellen, wie das Leben früher gewesen war. Ivo langweilte sich schnell. Er war der Meinung, Sightseeing mit Frances sei ein Albtraum, weil sie sich alles zu eigen machen wolle. Diese konterte dann, für jemanden, der in der Arbeiterklasse aufgewachsen sei, seien Ferien im Ausland, anders als für ihn, nichts Selbstverständliches. Ivo sagte, dass sie immer das letzte Wort haben müsse, und Frances entgegnete, er doch genauso, warum er es bei ihr dann so verwerflich finde? Was normalerweise der Punkt war, an dem Ivo nachgab, Lettys Blick auffing und resigniert die Schultern zuckte. Das alles war nur ein freundliches Gekabbel, aber ihre gemeinsamen Urlaube waren nie wirklich entspannt.

Die Kirche ist ungewöhnlich, weil sie in der Folge eines Erdbebens verschüttet und deshalb – im Gegensatz zu den meisten Kirchen auf historischem Gelände – nie von Architekten und Künstlern in der Renaissance oder im Barock umgebaut wurde. Die Fresken in der Apsis stammen noch aus dem Byzantinischen Reich. Im Inneren ist es kühl, und es riecht schwach nach den Ziegeln, die bei den letzten Ausgrabungen weggeschlagen wurden.

Rechts neben dem Altar führen ein paar Stufen hinauf zu einer kleinen Kapelle. An den Wänden sieht man verblasste

Teile antiker Gemälde, doch Letty versteht nicht so recht, warum Alf ihr unbedingt diese Kirche zeigen wollte. Doch dann wird es im Raum auf einmal dunkel, und eine versteckte 3D-Technik projiziert das römische Mosaik an die Mauern, das den Tempel, der hier einst stand, geschmückt hat. Und dann werden die einzelnen Teile des noch vorhandenen Freskos auf einmal zu ganzen frühchristlichen Gemälden ergänzt, deren Inschriften darauf hinweisen, dass dies vor tausend Jahren ein Pilgerort war, an dem die Menschen um Heilung von Krankheiten baten.

In der kühlen Kapelle, bei dem leisen gleichmäßigen Kommentar und dem Anblick der bunten Heiligen, die um sie herum aus den Mauern hervortreten, glätten sich die Falten, die sich ständig über Lettys Stirn zu ziehen scheinen. Es ist, als wäre sie selbst zur Pilgerin geworden und hätte Balsam für ihre unruhigen Gedanken gefunden.

Alf lächelt sie an, als sie aus der Dämmerung der Kirche in die goldene Spätnachmittagssonne hinaustreten, sagt jedoch nichts, als wüsste er, dass sie Zeit und Ruhe braucht, um die Erfahrung zu verarbeiten.

»Danke«, sagt Letty. »Das war unglaublich faszinierend.«

»*Prego!*«, sagt er. »Wie wäre es mit einer Privatführung?«

Sie bleiben stehen, als wüssten sie nicht recht, was als Nächstes kommt.

»Bist du sicher? Musst du nicht arbeiten?«, fragt sie.

»Nein, aber wenn es dir lieber ist, lasse ich dich …«

»Eine Privatführung wäre toll!«, hört sie sich sagen.

»Das freut mich!«, sagt er. »Wie wär's mit dem Palatin?«

Er verbeugt sich und weist mit einer übertriebenen Geste den Weg wie ein seidenbestrumpfter Höfling in Gegenwart der Königin.

»Ich bin gern hier oben«, sagt Alf, als sie durch die Farnesischen Gärten schlendern. »Wenn die Touristen weg sind, komme ich manchmal zum Nachdenken her.«

Worüber wohl, fragt sie sich, sagt es jedoch nicht, weil das aufdringlich klänge.

Die Nachmittagssonne ist mild, und die Luft zwischen ihnen fühlt sich irgendwie sanfter an. Sie müssen sie nicht mit einem Gespräch füllen.

Alf führt sie zu einem Aussichtspunkt, von dem aus sie das gesamte Forum und dahinter Rom sehen können.

Eine große Möwe schwebt heran und hockt sich vor ihnen auf die Mauer.

Alf macht ein Bild von ihr.

»Die Möwen hier sehen anders aus als zu Hause«, sagt er.

»Inwiefern?«, fragt Letty.

»So, als gehörte ihnen die Stadt«, sagt Alf.

»Du hast recht. Sie sind irgendwie gebieterisch. Julius Möwe«, sagt sie plötzlich und lacht.

»Hey, darf ich mir das für meinen Post leihen?«, fragt er.

»Prego!«, sagt sie.

Er tippt die Worte in sein Smartphone, dann postet er das Bild.

»Kannst du Latein sprechen?«, fragt er, als sie weiterschlendern.

»Es ist eigentlich keine Sprache, die man spricht.«

»Was, wenn du einen antiken Römer triffst?«

»Ich wäre wahrscheinlich genauso unfähig, mich mit ihm zu unterhalten, wie mit den heutigen Römern.«

»Warum dann?«

»Warum was?«

»Warum studierst du es?«

»Mir macht es Spaß, die Sprache zu entschlüsseln. Es ist fast wie Mathematik.«

»Und das ist ein Grund, sie zu mögen?«

Sie lacht.

»Für mich schon. Und ich lese gern die Literatur in der Sprache, in der sie verfasst wurde«, sagt sie. »Weil man dann sieht, dass sie in vielerlei Hinsicht genauso waren wie wir.«

»Wer ist dein römischer Lieblingsautor?«, fragt Alf.

Sie überlegt, ob es ihn wirklich interessiert oder ob er nur nett sein will.

»Catull«, antwortet sie. »Ein Dichter.«

Sie erinnert sich, wie aufgeregt sie war, als sie ihn zum ersten Mal gelesen hat, und dass eines seiner Gedichte ihre eigenen Gefühle auszudrücken und über die Zeit hinweg zu ihr zu sprechen schien.

»Welche Art von Gedichte?«

»Liebesgedichte«, sagt Letty. Dann ist es ihr etwas peinlich, und sie plappert los: »Ein Gedicht heißt ›Odi et amo‹. Es besteht nur aus zwei Zeilen, aber es sagt meiner Meinung nach irgendwie alles über die Liebe.«

»*Amo* heißt ›ich liebe‹, richtig?«, fragt Alf. »Wie auf Italienisch.«

»Und *odi* heißt ›ich hasse‹«, sagt sie. »*Odi et amo*«, zitiert sie und übersetzt: »Ich hasse und ich liebe. *Quare id faciam, fortasse requiris*. Vielleicht fragst du, warum? *Nescio*. Ich weiß es nicht. *Sed fieri sentio et excrucior*. Doch das sind meine Gefühle, und ich bin zerrissen.«

In der Stille, die folgt, starrt Alf sie an, und Letty hat das Gefühl, dass sie in ihrer Begeisterung für das Thema zu viel von sich preisgegeben hat.

»*Excrucior*«, sagt sie schnell, wie eine Lehrerin. »Das heißt wörtlich: ›Ich bin ans Kreuz genagelt.‹ Wie wir wissen, war die Kreuzigung damals eine übliche Methode, jemanden zu eliminieren.«

Sie geht weiter, ein Stück vor ihm jetzt, und spürt die Röte auf ihrem Gesicht.

Was hat sie dazu getrieben, dieses Gedicht zu rezitieren? Plötzlich ist die entspannte Atmosphäre zwischen ihnen wieder dahin.

Im Palatin-Museum gibt es ein Paar Flügel aus Marmor, die einst zu einer Statue gehört haben müssen. Victoria, denkt sie. Oder Cupido?

Alf bittet sie, ein Bild von ihm zu machen, und zwar so, dass es aussehe, als würde er einen Flügelhelm tragen wie der Götterbote Merkur.

»Soll ich auch eins von dir machen?«, fragt er, als sie ihm das Smartphone zurückgibt.

»Nein danke«, sagt sie. »Ich lasse mich eigentlich nicht so gern fotografieren.«

»Schade«, sagt er. Und dann leise, mehr zu sich: »Denn du bist sehr schön.«

Sie fährt herum.

»Was soll ich dazu sagen?«

Warum kann sie sich nicht wie jeder andere Mensch einfach bedanken?

»Sorry. Ich war nicht bei mir«, sagt er und hebt die Hände, als wollte er sich verteidigen.

»Es ist nur ... Die Leute sagen das ständig zu mir, vor allem in Italien.« Sie versucht, ihren Ärger ein wenig zu mäßigen. »Die Leute kommentieren doch auch nicht ständig dein Aussehen, oder? Jedenfalls nicht die Leute in den Bars und so.«

»So sind die Italiener halt«, sagt Alf. »Ich glaube, sie wollen dir nur den Tag versüßen.«

Sein Telefon vibriert, und er schaut auf das Display.

Jetzt, wo er den Blick senkt, denkt sie, dass er selbst derjenige ist, der schön ist. Das gewellte Haar umrahmt sein Gesicht, er hat kräftige Wangenknochen, eine gerade Nase und ein markantes Kinn. Er könnte für eine klassische Statue Modell stehen. Weil sein Gesicht ständig in Bewegung ist, er immer redet oder lacht, ist ihr noch nicht aufgefallen, wie plastisch es in ruhigem Zustand ist.

Soll sie ihm das sagen? Sozusagen zum Ausgleich? Oder wirkt sie dadurch nur noch seltsamer?

Eine Klingel verkündet, dass das Forum gleich schließt.

»Wo musst du jetzt hin?«, fragt er, als sie zu einem anderen Ausgang gehen, der auf die Straße zwischen Palatin und Caelius führt.

»Ich wohne an der Porta Maggiore«, sagt sie.

»Dann kannst du von hier die Straßenbahn drei nehmen.« An der Haltestelle zögert er einen Augenblick.

Und dann ist er weg, schlendert den Hügel hinunter, und sie sieht, dass er telefoniert.

6

Wochenende

Alf

Am Freitag nach Feierabend trifft Alf sich immer mit seinen Mitbewohnern in einer Bar in Testaccio, die hauptsächlich von Studenten besucht wird. Alf weiß nicht, warum sie ausgerechnet dorthin gehen, denn die anderen beklagen sich ständig über ihren Job – sie unterrichten Englisch –, aber am frühen Abend gibt es eine Happy Hour mit Cocktails, was vermutlich als Grund genügt. Alf entdeckt als Erstes Mike und Sally. Mike hockt grübelnd über einem großen Glas Bier, während Sally mit einem Glas Cola oder wahrscheinlich einem Cuba Libre in der Hand irgendetwas erzählt und versucht, ihn aufzuheitern. Mike ist immer mürrisch. Alf weiß nicht, was eine nette Person wie Sally an ihm findet. Es wirkt auf ihn, als wären sie nur aus Gewohnheit zusammen. Manchmal fragt er sich, ob Mike etwas gegen ihn hat, aber Sally hat ihm versichert, dass Mike immer so sei. »Er hat was gegen alle«, sagte sie lachend, als wäre das ein liebenswerter Charakterzug.

Alf sagt den beiden Hallo.

»Sie ist da drüben«, sagt Sally.

Gina sitzt mit einer Gruppe italienischer Studenten, die Aperol Spritz trinken, auf einer halbrunden Bank. Sie erzählt ihnen die Story, wie ihr einmal bei einem Roma-Spiel ein verirrter Ball von Daniele De Rossi an den Kopf geflogen ist. Genau genommen hat sie also einmal einen Ball von De Rossi geköpft!

Die Italiener lieben das. Alf sieht die Blicke, die sie wechseln, als Gina ihr Glas leert. Er hat es oft genug bei seinen Freunden beobachtet. Sie meinen, sie wäre leichte Beute, vielleicht sogar schlimmer. Und sein Beschützerinstinkt meldet sich.

Gina sieht auf und winkt ihn heran.

»Das ist Alf«, sagt sie.

Sie begrüßen ihn mit *ciao*, was bedeutet, dass sie sich mit ihm gleichwertig fühlen, anstatt *buona sera*, was sie vermutlich zu Gina sagen würden.

»Lernst du es denn nie?«, sagt er zu Gina, als er sich neben sie setzt.

»Eifersüchtig?«, fragt sie.

»Nein«, antwortet er und gibt ihr einen flüchtigen Kuss.

Er mag den bitteren Geschmack von Aperol nicht.

»Ich dachte, es wäre eine gute Übung, dich ein wenig mit diesen Typen zu unterhalten«, sagt sie, als hätte sie das Ganze für ihn arrangiert. Sie weist ihn in letzter Zeit häufig darauf hin, was sie alles für ihn tue. Vielleicht hat sie es immer schon getan, nur, dass es ihm vorher nicht aufgefallen ist.

Gina erklärt ihren Schülern, dass sie jetzt Italienisch mit Alf sprechen sollten, nicht Englisch.

»Schließlich bekomme ich Überstunden nicht bezahlt«, erklärt sie.

Sie fragen ihn, wo er Italienisch lerne. Ob es ihm gefalle? Und dann weiß er nicht mehr, was er sagen soll, denn er wird sie nicht fragen, wie alt sie sind, was sie in ihrer Freizeit machen oder wie viele Brüder und Schwestern sie haben.

Es deprimiert ihn, dass er nur so wenige Fortschritte macht. Das Geld für den Unterricht frisst seine Ersparnisse auf, aber nach einer Woche hat er nicht das Gefühl, irgendetwas gelernt zu haben.

»Können wir essen gehen?«, fragt er Gina. Er will die Bar verlassen. »Ich sterbe vor Hunger.«

»Mein Freund ist sehr hungrig«, erklärt Gina den Jungs.

Alf ist sich nicht sicher, ob das auf Italienisch auch anders zu verstehen ist, jedenfalls stoßen sie sich gegenseitig an und lächeln ihm wissend zu.

Vielleicht sind sie auch einfach nur scharf auf Gina, denkt Alf, als sie sich verabschieden. Warum auch nicht? Gina ist äußerst hübsch und lebendig. Alle seine Freunde waren der Ansicht, er habe das große Los gezogen. Er selbst auch, erinnert Alf sich.

»Wollen wir zu Fuß gehen?«, fragt er, als sie die Bar verlassen. »Sind die Schuhe okay?«

Gina, die Komplexe wegen ihrer Größe hat, trägt häufig Schuhe mit hohen Absätzen, was auf dem römischen Kopfsteinpflaster etwas unpraktisch ist.

»Ja, Mum«, erwidert sie und hakt sich bei ihm ein.

Sie witzeln immer darüber, dass Alf sich benimmt, als wäre er der Ältere von ihnen beiden. Er hat noch nie seine Kreditkarte, sein Telefon oder seine Schlüssel verloren. Wenn sie Zug fahren, hat er die Tickets. Er betrinkt sich nicht. Zierlich und blond, wie sie ist, sieht Gina noch nicht einmal viel älter aus als er.

Sie überqueren den Fluss und gehen in eine Pizzeria, die sie kennen. Anders als die Touristenfallen in Trastevere ist sie nicht zu teuer.

»Draußen oder drinnen?«, fragt er Gina und hofft, dass sie sich für drinnen entscheidet. Italiener sieht man nie draußen essen, insbesondere nicht im April, wenn es ihnen noch zu kühl ist. Aber Gina isst gern draußen.

»Ich will das Gefühl haben, in Italien zu sein«, sagt sie und zieht einen Stuhl über das Kopfsteinpflaster.

Dann siehst du aus wie eine Touristin, will Alf sagen. Aber sind sie das nicht auch? Er weiß nicht, was ihn daran so stört.

Er bestellt eine *napoletana*; sie braucht ewig, um sich zwischen einer *quattro stagioni* und einer *capricciosa* zu entscheiden.

»Was meinst du?«, fragt sie Alf.

»Das musst du wissen«, sagt er.

Er hat gelernt, ihr die Entscheidung nicht abzunehmen, denn in neun von zehn Fällen sagt sie, wenn das Essen kommt: »Ach, ich hätte doch das andere nehmen sollen«, auch wenn das bei einer Pizza kaum einen Unterschied macht.

Er bestellt ein Bier, Gina eine halbe Karaffe Weißwein.

Italiener trinken immer Bier zur Pizza. Das ist eine ihrer Eigenheiten. Wenn man einen Italiener nach dem Grund fragt, weiß er es nicht. Es ist egal, dass Gina lieber Wein trinkt, sagt er sich. Es ist ein freies Land.

Sie sind jetzt seit fast einem Jahr zusammen, die längste Beziehung, die er jemals hatte, und vielleicht ist es so, wenn man lange mit jemandem zusammen ist. Kleinigkeiten, die anfangs süß waren, fangen an, einen zu stören. Wenn man weiß, was der andere sagen wird, ehe er es sagt, ist das ein Zeichen von Nähe, oder? Nicht von Langeweile.

»Das ist nett«, sagt Gina und beugt sich vor. »Ausnahmsweise mal nur wir zwei.«

»Ja«, sagt er.

Weil Mike und Sally zuerst in der Wohnung gewohnt haben, haben sie irgendwie ältere Rechte, auch wenn Gina und er die Hälfte der Miete zahlen. Es war nett von Sally, ihnen das Gästezimmer anzubieten, denn es ist billig, und Testaccio ist ein cooler Ort zum Wohnen. Aber das Zimmer ist klein. Oft muss Alf auf dem Weg ins Bett über Ginas Kleiderberge steigen. Die Wohnung liegt auf der Innenseite des Gebäudes, sodass praktisch kein Licht hereinfällt. Und in der Wohnküche fühlt er sich nie so richtig wohl.

An der Uni waren Gina und Sally beste Freundinnen. Sally hat ihr den Job besorgt. Mit ihr versteht sich Gina auch immer noch ziemlich gut, mit Mike allerdings weniger.

Alfs Großmutter Cheryl sagt, dass es zwei Typen von Menschen gebe – Energiespender und Energiesauger. Mike ist eindeutig ein Energiesauger.

Sally ist ein Energiespender. Früher hat Alf das auch von Gina gedacht. In letzter Zeit ist er sich da allerdings nicht mehr so sicher. Er ist sich noch nicht einmal mehr sicher, was er selbst jetzt ist, obwohl er einmal Blackpools strahlendster Energiespender war – jedenfalls sagt das seine Großmutter.

In Blackpool wird nur in Superlativen gedacht. Die Achterbahn ist die höchste. Der Süßigkeitenladen am Strand verkauft das beste Blackpool Rock. Die Pubs wetteifern darum, wer das billigste Bier anbietet, und wenn man den Schildern glauben darf, gibt es keinen einzigen Fish-and-Chips-Laden, der noch keinen Preis gewonnen hat.

Gina trinkt ihren Wein wie Wasser. Noch bevor das Essen eintrifft, bestellt sie einen weiteren *mezzo*. Wenn sie viel getrunken hat, kann sie zickig werden und interpretiert in alles, was er sagt, irgendwas hinein. Darum versucht Alf, ein neutrales Thema zu finden.

»Was wollen wir diesen Sommer machen?«, fragt er.

»Warum? Bist du nicht glücklich, so, wie es ist?«

»Ich dachte nur ... wir wollten reisen.«

»Aber wir haben kein Geld«, wendet Gina ein.

In Wahrheit haben sie Geld, nur nicht genug, um so zu reisen, wie Gina es gern tut. Gina mag schöne Hotels. Für sie heißt Reisen, so schnell wie möglich irgendwohin zu kommen und dann eine luxuriöse Zeit zu haben. Alf dagegen wollte einfach losfahren, ohne ein festes Ziel, und sehen, wo sie landen. Wahrscheinlich hätten sie das besprechen sollen, bevor sie aufgebrochen sind.

»Ich dachte, Rom gefällt dir«, sagt Gina.

»Ich liebe Rom.«

»Und mich?«

»Natürlich auch dich«, sagt Alf, weil er unmöglich etwas anderes sagen kann, auch wenn er sich nicht mehr sicher ist, ob er sie noch liebt. Oder ob er sie je geliebt hat.

LETTY

Das Café, in das Heidi Letty zum Brunch eingeladen hat, befindet sich auf der Dachterrasse eines Luxushotels in dem teuren Viertel am Fuß der Spanischen Treppe.

Nach der Lobby, deren opulente Ausstattung eine geradezu bedrückende Wirkung hatte, ist der Ausblick über die Dächer unerwartet klar und erhebend, ein bisschen wie die leuchtenden Kuppeln mit den Himmelsgemälden in den dunklen römischen Kirchen – ein kurzer Aufstieg von der Erde in den Himmel.

Heidi sitzt bereits an einem Tisch und ist mit ihrem Handy beschäftigt, doch als sie Letty sieht, springt sie auf und küsst sie auf beide Wangen.

Es gibt ein üppiges Frühstücksbuffet mit Aufschnitt, geräuchertem Lachs, frischem Obstsalat und Körben voll kleiner

Gebäckstücke. Die Luft ist derart von ihrem süßen, butterigen Duft erfüllt, dass Letty das Gefühl hat, allein durchs Atmen Kalorien aufzunehmen.

»Du kannst auch etwas bestellen«, sagt Heidi und reicht ihr eine Speisekarte, auf der Eierspeisen für siebenundzwanzig Euro angeboten werden.

Letty nimmt sich eine kleine Schale Obstsalat und ein Mini-Croissant und ist erleichtert, als sie sieht, dass Heidi ähnlich bescheiden ist und sich nur jeweils eine Scheibe Räucherlachs und Pumpernickel nimmt.

Nachdem sie sich wieder gesetzt haben, betrachten sie einen Moment den Teller der anderen, dann sehen sie auf, und ihre Blicke begegnen sich. Keine von beiden sagt etwas, doch Letty vermutet, dass sie dasselbe denken.

»Und, wie gefällt dir mein Hotel?«

»Hier wohnst du?« Letty ist überrascht.

»Es gehört zur selben Gruppe wie das Hotel, für das ich arbeite«, sagt Heidi, was erklärt, wie sie sich das leisten kann. »Fehlt nur noch ein Spa. Aber nächstes Wochenende fahre ich nach Capri, dort gibt es eins.«

»Capri. Wie schön!«, sagt Letty.

Sie hat die Insel bei ihrem Tagesausflug nach Pompeji von Neapel aus gesehen – ein zerklüfteter Fels, der in der Ferne auf dem blauesten Wasser trieb, das sie je gesehen hat.

»Da wollte ich schon immer mal hin«, sagt sie.

Früher, als Letty noch klein war, hat Marina immer ein Lied gesungen, wenn sie auf sie aufgepasst hat – »Isle of Capri«. Letty schlug es vor, als Rollo nach Musik für Marinas Beerdigung fragte, doch weder Ivo noch Rollo erinnerten sich daran und fanden eine Arie aus »Così fan tutte« angemessener. Über Google fand Letty heraus, dass »Isle of Capri«

gar kein italienisches Lied ist, sondern ein amerikanisches, das in den Fünfzigerjahren in den Tanzsälen populär war. Sie fragte sich damals, ob ihre Großmutter wohl eine romantische Erinnerung damit verband. Vielleicht hatten sie und ihr Großvater dazu getanzt. Oder es hatte noch einen anderen Verehrer gegeben. Das Lied handelt von einem Flirt mit einer verheirateten Frau, und Marina war zu ihrer Zeit eine große Schönheit gewesen.

»Na, warum kommst du dann nicht mit?«, fragt Heidi. »Ich kann für uns ein günstiges Angebot bekommen.«

Letty weiß nicht, wie sie mit Heidis Vertraulichkeit umgehen soll. Ihre natürliche Reaktion ist, sich zurückzuziehen. Aber warum? Warum ist sie allen gegenüber so argwöhnisch? Warum nimmt sie nicht etwas von Marinas Geld und reist nach Capri? Ihrer Großmutter hätte das gefallen.

»Das wäre wunderbar«, sagt sie.

Heidis Gesicht hellt sich auf. Sie wirkt manchmal etwas aufdringlich, doch wie Letty jetzt erkennt, ist sie nur einsam und unsicher. Die Leute meinen oft, für gut aussehende Menschen wäre das Leben einfach, aber sie weiß, dass das nicht stimmt. Vielleicht hält Heidi sich deshalb an sie.

»Wollen wir schon Freitag losfahren? Ein langes Wochenende machen? Wir verpassen einen Tag in der Schule, aber das ist doch in Ordnung, oder?«, fragt Heidi.

Es passt nicht zu Letty, den Unterricht zu schwänzen, aber als sie daran denkt, wie sie sich diesen Freitag im Unterricht gelangweilt hat, gefällt ihr die Idee sehr gut.

»Der Kurs ist ziemlich lahm, stimmt's?«, fragt Heidi.

»Vielleicht ist das am Anfang so, wenn man eine Sprache lernt«, sagt Letty, die den Unterricht nicht kritisieren will.

»Und wie findest du unsere Mitschüler?«, fragt Heidi.

»Die scheinen alle ganz nett zu sein«, antwortet Letty.

Wenn sie in dieser Woche etwas gelernt hat, dann, Leute nicht nach ihrem Äußeren zu beurteilen. Ein schüchterner Japaner, der plötzlich anfängt, ein Lied zu schmettern. Eine umwerfend schöne Schweizerin, die einsam und unsicher ist.

»Magst du Alf?«

Kurz fragt sich Letty, ob Heidi sie im Forum zusammen gesehen hat.

»Er sieht gut aus, findest du nicht?«, fragt Heidi.

»Kann sein.«

»Ziemlich … wie sagt man noch?« Sie sucht nach dem Wort. »BDE, oder?«

»BDE?« Letty vermutet, dass es sich um eine Social-Media-Abkürzung handelt, die jeder außer ihr kennt. Sogar Frances hat »YOLO« gesagt, als sie ihr erklärt hat, dass sie nach Italien fahren werde.

»Big Dick Energy«, sagt Heidi.

Damit hat Letty nicht gerechnet.

»Keine Sorge«, erklärt Heidi lachend. »Das bedeutet nur, dass jemand cool ist und Ausstrahlung hat, ohne eingebildet zu sein.«

Verblüffend, dass eine Frau, für die Englisch nicht die Muttersprache ist, diese Dinge weiß und Letty nicht.

»Ich bin Social-Media-mäßig nicht besonders fit«, gesteht Letty.

»Er mag dich«, sagt Heidi.

»Ganz sicher nicht mehr als alle anderen.« In Frauengesprächen war Letty noch nie gut.

»Ich würde ja …«, sagt Heidi. »Aber ich bin es nicht, die er den ganzen Tag ansieht.«

Letty will gerade fragen: »Was würdest du?«, als ihr klar wird, was Heidi würde.

»Ich mache eine Beziehungspause«, erklärt sie schnell.

»Ich auch«, sagt Heidi plötzlich traurig.

»Seit wann seid ihr getrennt, du und dein Mann?«, fragt Letty, erleichtert, dass sie dem Druck nicht nachgegeben hat. Sie spürt, wie die Anspannung von ihr abfällt, denn sie weiß, dass Heidi im Gegensatz zu ihr keine Hemmungen hat, über ihr Privatleben zu sprechen.

»Vier Wochen jetzt. Ich habe bei meiner Schwester und ihrer Familie gewohnt, aber das Leben mit den Kindern hat mich zu traurig gemacht.«

»Warum Rom?«

»Ganz ehrlich? Ich habe hier vor langer Zeit mal als Kindermädchen gearbeitet, und ich weiß, dass Italiener auf blonde Frauen stehen. Ich brauche einen Schub für mein Selbstbewusstsein«, erklärt Heidi. »Und du?«

»Meine Großmutter hat mir etwas Geld hinterlassen. Und ich musste mal weg.«

»Dann ist es ein Urlaub?«

»Ja, in gewisser Weise«, sagt Letty.

Das ist nicht die ganze Wahrheit. Aber es stimmt. Und das wird fürs Erste genügen.

ALF

Weil er ein schlechtes Gewissen hat, beschließt Alf, Gina das Frühstück ans Bett zu bringen.

Sie hatten am Vorabend zwar keinen richtigen Streit, aber

immerhin ist sie vom Tisch aufgestanden und gegangen, woraufhin er die Rechnung bezahlt hat und ihr hinterhergelaufen ist. Schlimmer als das war es allerdings, als sie merkte, dass sie sich grundlos aufgeregt hatte, und ihn den ganzen Heimweg lang um Vergebung bat.

»Es gibt nichts zu vergeben«, hat er ihr erklärt.

Und sie hat gesagt, es würde sich nicht anhören, als ob er es wirklich so meinte.

»Nun ja, was soll ich denn sagen?«, hat er gefragt, weil er das Gefühl hatte, bei ihr ohnehin nicht gewinnen zu können.

Als sie nach Hause kamen, stürzte sie sich auf ihn und wollte mit ihm schlafen, aber sie war so betrunken, dass sie mittendrin einschlief. Und dann hatte er ein schlechtes Gewissen, weil sie überhaupt damit angefangen hatten, zumal er es gar nicht gewollt hatte. Er zog sich aus ihr zurück und lag dann wach neben ihr, hörte ihr beim Schnarchen zu und fragte sich, wie um alles in der Welt es dazu gekommen war.

Jetzt geht er nach unten, um in der Bar Croissants zu holen. In dem kleinen Garten im Hof ihres Hauses steht ein Busch, der in der letzten Woche exotisch aussehende rote Blüten bekommen hat. Auf dem Rückweg pflückt Alf eine davon und hofft, dass ihn keiner der anderen Bewohner dabei beobachtet. Er stellt die Blüte in ein kleines Wasserglas und bringt sie Gina auf einem Tablett mit frischem Kaffee.

Gina schlägt die Augen auf, als sie ihn hereinkommen hört, und einen Moment lang hellt sich ihre Miene auf. Diesen Ausdruck wollte er sehen. Gina liebt Geschenke, dann sieht sie aus wie ein Kind, wenn der Geburtstagskuchen mit brennenden Kerzen hereingetragen wird.

»Das ist ja süß!«, sagt sie, aber als sie sich aufsetzt, verzieht sie schmerzlich das Gesicht.

»Aber … hast du was dagegen, wenn ich noch ein bisschen weiterschlafe? Ich habe rasende Kopfschmerzen.«

»Schlaf, so lange du willst«, sagt er und hebt das Tablett hoch.

»Vergibst du mir?«, fragt sie und streckt sich, um seine Hand zu fassen.

»Es gibt nichts zu vergeben.« Er küsst sie sanft auf die Lippen. Der Geruch von abgestandenem Wein steht im merkwürdigen Gegensatz zu ihrer engelsgleichen Erscheinung.

»Ich mache einen Spaziergang.«

»Bis später, Babe!«, sagt sie und dreht sich um.

In der Küche isst Alf beide Croissants und trinkt beide Tassen Espresso. Aus Mikes und Sallys Zimmer hört er unverkennbare Sexgeräusche. Mike hat die Angewohnheit, »Weiter! Weiter! Weiter!« zu rufen, als würde er sein Pferd im Grand National der Ziellinie entgegenpeitschen. Alf hat ihn immer nur angezogen gesehen – am Wochenende normalerweise in billigen Jeans und einem Smiths-T-Shirt. Nackt stellt er ihn sich lieber nicht vor.

Rom macht sich nicht viel aus seinem Fluss. Mit den zwei Hauptstraßen, die an beiden Ufern vorbeiführen, wirkt er manchmal wie ein etwas breiterer Mittelstreifen einer viel befahrenen Schnellstraße.

Unten auf Flusshöhe verlaufen Fußwege am Ufer entlang, die aber nur wenige Leute benutzen, wie Alf festgestellt hat, darum eignen sie sich gut zum Nachdenken. Er ist schon den ganzen Fluss Richtung Norden hochgelaufen – bis zum Olympiastadion, in dem Roma spielt –, aber er ist noch nie in Richtung Süden, nach San Paolo Fuori le Mura, gelaufen. Als die Altstadt in eine eher moderne Vorstadt übergeht, ist er allein bis auf ein paar Jogger mit Kopfhörern, die an ihm vorbeilaufen.

Plötzlich fällt ihm auf, dass bis auf das Geräusch seiner gleichmäßigen Schritte kein Laut zu hören ist. Es ist so still wie bei einem Spaziergang auf dem Land. Neben ihm schwimmt eine Entenfamilie. Er macht ein Foto von ihr und merkt, dass es eines der wenigen Bilder ist, das er irgendwo auf der Welt aufgenommen haben könnte. Überall, wo es Enten gibt.

Gina wird es gefallen. Sie liebt Tiere, vor allem kleine Tiere. Auf fast jedem Kinderbild, das er von ihr gesehen hat, hat sie ein Kätzchen oder einen Welpen auf dem Arm. Gina kann selbst so verletzlich sein wie ein Welpe. Als ihm das aufgefallen ist, hatte er das Bedürfnis, sie zu beschützen, und das Gefühl gefiel ihm. Das und der Sex und das Kribbeln im Bauch, wenn er mit ihr zusammen war.

Hat sie sich verändert? Oder will er das nur denken, weil *er* sich verändert hat?

Alf erinnert sich an den gestrigen Streit.

Sie hat ihn nach seinem Kurs gefragt, vielleicht weil sie gemerkt hat, dass sie ständig von ihren eigenen Schülern spricht.

Er ist seine Mitschüler durchgegangen und hat ihr das Video von Masakasus Gesang gezeigt. Sie deutete auf das Video und fragte: »Wer ist das da?«

Er hatte nicht bemerkt, dass im Hintergrund Violetta zu sehen war, die fasziniert und mit großen Augen Masakasus überraschenden Auftritt verfolgte.

»Nur eine Engländerin«, antwortete er.

»Die hast du gar nicht erwähnt.«

»Nicht? Ich kenne sie kaum«, sagte er. »Die Lehrerin lässt uns nie irgendwelche Übungen zusammen machen, damit wir nicht miteinander Englisch reden, weißt du?«

Er dachte, damit wäre er davongekommen, doch das »Nicht?« und das »Weißt du?« waren zu viel gewesen. Gina ist extrem feinfühlig, wenn es um andere gut aussehende Frauen geht.

»Es überrascht mich nur, dass du nichts gesagt hast«, insistierte sie und sah auf ihre Pizza, nicht zu ihm.

»Vielleicht weil du nicht gefragt hast«, konterte Alf. »Dich interessiert doch gar nicht, was ich mache!«

Das war unfair. Er selbst hatte es vermieden, ihr von dem Kurs zu erzählen, und jetzt fühlt er sich mies, weil er Gina zu Unrecht angepflaumt hat.

Dabei hat es gar keinen Grund gegeben, so zu reagieren – er hat keine Ahnung, was das mit Violetta wirklich ist, und braucht etwas Zeit, um es herauszufinden. Oder weiß er es? Vielleicht macht er sich selbst genauso etwas vor wie Gina.

Als er zu einer Brücke kommt, merkt er, dass auf dem Fußweg mit weißer Kreide eine Nachricht geschrieben steht: *Non cercavo niente, ma con te ho trovato tutto! Sei il mio tutto.*

Er glaubt, es bedeutet: »Ich habe nichts gesucht, aber bei dir habe ich alles gefunden! Du bist mein Alles.«

Ti amo!

Amo, ich liebe, genau wie auf Latein.

LETTY

Am besten an Rom gefällt Letty das Nebeneinander von Antike und Moderne. Die meisten europäischen Städte wie London stammen aus römischer Zeit oder noch aus der Zeit davor, aber die Spuren der Vergangenheit sind verschwunden. Aber hier gibt es Häuser, die in Teile eines Aquädukts gebaut wurden. Sogar in Pigneto, dem Viertel, in dem sie wohnt und das einige Meilen vom historischen Zentrum entfernt liegt, ist die Antike ein wesentlicher Bestandteil und überall gegenwärtig.

Als Letty vor einer Woche mit dem Taxi vom Flughafen gekommen ist, fand sie die allgegenwärtigen Graffitis und das Pappkarton-Ghetto der Obdachlosen direkt gegenüber ihres Hauses abschreckend, doch bei Tageslicht ist es überhaupt nicht beängstigend. An der Hauptstraße gibt es Cafés und Bars, eine Reinigung, eine Bücherei und einige kleine Lebensmittelläden.

Ihr Vermieter hat ein berühmtes Café namens Necci erwähnt, das in irgendeinem Film vorkommt. In einer so normalen Gegend erscheint ihr das eher unwahrscheinlich, aber schließlich lotst man sie dorthin. Weil man sie beim dritten Mal tatsächlich verstanden hat, als sie sich endlich traute, nach dem Weg zu fragen, hat sie das alberne Gefühl, etwas geleistet zu haben.

Sie setzt sich draußen an einen Tisch und bestellt ein Mineralwasser mit Kohlensäure. Ein paar Leute in ihrem Alter sitzen vor ihren Laptops und arbeiten. Ihre Italienischkenntnisse sind noch nicht ausreichend, um darum zu bitten, Italienisch anstatt Englisch mit ihr zu sprechen, aber das nimmt sie sich für das nächste Mal vor, wenn sie herkommt.

Schließlich fühlt sie sich entspannt und gestärkt genug, um Frances anzurufen. Sie ist dankbar, dass ihre Mutter sie eine ganze Woche lang in Ruhe gelassen hat.

»*Come va?*«, fragt Frances.

»*Bene, grazie*«, antwortet Letty.

»Wie schön.« Frances ist mit ihren Italienischkenntnissen am Ende.

»Und dir?«, fragt Letty.

»Ach … ganz gut«, sagt Frances abwesend, und Letty fragt sich, ob ihre Mutter gerade noch etwas anderes macht, als mit ihr zu telefonieren. Frances macht eigentlich immer mehrere Dinge gleichzeitig, manchmal ist sie allerdings nicht ganz so gut im Multitasking, wie sie denkt.

»Es gibt noch keine Angebote für das Haus«, berichtet Frances. »Die Preise fallen gerade ins Bodenlose.«

Das ist vermutlich übertrieben.

»Das Foto ist toll«, fügt Frances hinzu. »Wer hat es gemacht?«

Die Frage ärgert Letty. Warum hat Frances so wenig Feingefühl, so wenig Respekt vor ihrer Privatsphäre?

»Jemand aus meinem Kurs«, sagt sie.

»Dann gibt es ein paar nette Leute, mit denen du was unternehmen kannst?«

Vielleicht war es nur eine unschuldige Frage, schließlich hat Frances selbst damals das Originalfoto gemacht.

»Ja«, sagt Letty. »Heute habe ich mit einer Mitschülerin gefrühstückt. Heidi. Sie kommt aus der Schweiz.«

»Bei dem Namen muss sie Schweizerin sein!«

»Ich versuche aber auch, Italiener kennenzulernen, mit denen ich mich unterhalten kann.«

»Das klingt doch alles super«, sagt Frances.

Letty vermutet, dass ihre Mutter sich gerade etwas auf ihrem Computerbildschirm ansieht.

»Ist alles okay?«, fragt sie.

»Ja, mir geht's gut.«

Klingt Frances' Stimme ein wenig brüchig?

»Dein Vater …«, sagt Frances.

»Wie geht es ihm?«, erkundigt sich Letty. Sie ist ein bisschen verletzt, dass sie noch gar nichts von ihm gehört hat, aber wahrscheinlich will er sie nur in Ruhe lassen. Schließlich war es ihr Wunsch wegzugehen, und Ivo hat sie immer wie eine Erwachsene behandelt.

»Ach, weißt du. Der ist unterwegs«, sagt Frances schnell.

Für Letty klingt es, als hätten sie sich gestritten.

»Es wäre schön, mal wieder mit ihm zu sprechen, wenn er irgendwann Zeit hat.«

Die Stille am anderen Ende überrascht Letty. Normalerweise hat Frances ziemlich viel zu sagen.

»Also, dann lasse ich dich mal wieder in Ruhe«, sagt sie und benutzt den Satz ihrer Mutter.

»Amüsier dich weiterhin gut … Ich vermisse dich!«, sagt Frances, als Letty das Gespräch beendet.

Ihre Mutter hat sie noch nie vermisst. Jedenfalls hat sie es ihr ganz sicher noch nie gesagt.

Vielleicht nimmt es Frances mehr mit, als sie zugibt, dass sie arbeitslos ist und das Haus verkaufen muss. Für eine Frau, die sich derart stark über ihren Beruf definiert hat, muss das schwer sein.

Zurück in der Wohnung, schlägt Letty ihre Bücher auf. Seitenweise Wörter warten auf sie, die sie lernen muss, und ein weiterer wunderschöner Sonnenuntergang, den sie bewundern kann.

7

Zweite Woche, Montag

ALF

Heute lernen sie das Imperfekt, die Zeitform, in der man von Dingen erzählt, die bereits vergangen sind. Alf fragt sich, wer über diese Dinge entscheidet.

Susanna will, dass sie das Tempus üben, indem sie sich gegenseitig von ihrer Kindheit erzählen. Was haben sie früher gern gemacht? Welche Haustiere hatten sie? Wohin sind sie in den Ferien gefahren?

Alf tut sich mit Masakasu zusammen, der erzählt, dass er nicht gut in der Schule gewesen sei, weshalb seine Eltern ihn in den Ferien zum Lernen verdonnert hätten.

Alf selbst ist eigentlich auch nie in die Ferien gefahren, weil er immer getanzt hat.

Manchmal fanden die Wettbewerbe in Ferienorten wie Bournemouth statt, manchmal in Städten wie Stoke, aber das war im Grunde egal, weil sie ohnehin den ganzen Tag im Tanzsaal verbrachten. Dort hielt man sich an den überschaubaren Platz, an dem man seine Tasche abgestellt hatte, und lauschte aufmerksam, ob man es in die nächste Runde geschafft hatte. Ansonsten hielt man sich für den nächsten Auftritt bereit und zog sich in vollen Garderoben mit einem Dutzend anderer verschwitzter Jungs in Wolken von Lynx-Körperspray um.

Masakasu sagt, als er jung gewesen sei, habe er einen Pfirsich als Haustier gehabt, aber vermutlich meint er Fisch. Die Worte sind sehr ähnlich. Weil Masakasu keine Geschwister gehabt habe, habe er immer mit dem Fisch gesprochen.

Alf erzählt, dass er zwei Hunde gehabt habe.

Eigentlich gehörten sie seiner Großmutter Cheryl. Sie hat immer zwei kleine weiße Westies, die so niedlich sind, dass sie das Deckblatt eines Hundekalenders zieren könnten, und gibt ihnen königliche Namen. Die aktuellen beiden Hunde heißen Wills und Harry. Wenn Cheryl den Fortgeschrittenenkurs leitet, sitzen sie mit Fliegen um den Hals, die zu Cheryls Kleidern passen, in einem Korb in der Ecke.

Mit einem Ohr versucht Alf, Violetta auf der anderen Seite des Raumes zuzuhören. Er meint, verstanden zu haben, dass sie früher getanzt hat. Gerade, als er zu ihr hinüberschaut, sieht sie zu ihm und schenkt ihm ein reumütiges Lächeln, als wollte sie sagen: Ja, du hattest recht.

Sie hat Grübchen. Das ist ihm noch gar nicht aufgefallen. Ihr Lächeln ist süß, zurückhaltend und ein bisschen altmodisch. Sie lächelt wie ein Mädchen in einem Kostümfilm, das den Blick eines Mannes auf der anderen Seite der Tanzfläche auffängt und hofft, dass er sie zu einer Gavotte auffordert.

In seinen Träumen.

Zu seinem Entsetzen bekommt Alf eine leichte Erektion. Konzentrier dich auf etwas, denkt er, wie früher, wenn er in der Pubertät mit seiner Tanzpartnerin Sadie eine Rumba getanzt hat. Denk an eine Liste, eine richtig langweilige Liste. An der Wand hängt eine Karte von Italien. Wie viele Städte kann er in einer Minute aufzählen? Genova, Torino, Milano, Verona, Venezia, Padova, Firenze, Parma, Modena, Arezzo,

Siena. Einige der Städte haben maskuline Endungen, andere feminine. Das ist ihm noch nie aufgefallen.

Als er Susanna darauf anspricht, wirkt sie etwas gereizt, weil die Frage nichts mit dem Unterricht zu tun hat, außerdem weiß sie darauf keine Antwort.

»Warum? Warum?«, sagt sie auf Englisch. »Ständig fragst du warum? Wir sind hier in Italien. Hier gibt es kein *Warum*!«

Als er die Straße zum Bahnhof hinaufläuft, hört Alf, dass jemand versucht, zu ihm aufzuschließen.

»Mir hat deine Frage gefallen«, sagt Letty.

»Es ist doch so: Ständig soll man haufenweise Regeln lernen, und dann kann einem niemand sagen, warum eine Straße weiblich ist und ein Baum männlich. Das nervt mich«, sagt er. »Aber dir muss das ziemlich dumm vorkommen.«

»Nein«, sagt sie. »Ich habe irgendwie immer akzeptiert, dass manche Dinge männlich sind und andere weiblich. Im Lateinischen gibt es auch noch das Neutrum. Ich habe mich nie gefragt, warum. Darum fand ich die Frage eigentlich ziemlich schlau.«

Wenn ihm das jemand anders gesagt hätte, wäre es ihm herablassend vorgekommen, aber bei ihr klingt es wie eine schlichte Tatsache, nicht wie ein Urteil.

Sie lächelt ihn an. Sind ihm die Grübchen vorher wirklich nicht aufgefallen, oder hat sie nie gelächelt?

»Was hast du heute Nachmittag vor?«, fragt er.

»Die Villa Giulia. Das ist ein Museum auf der anderen Seite der Villa Borghese«, sagt sie. »Ich wollte einen Spaziergang dorthin machen.«

»Bist du sicher, dass es geöffnet hat? Die meisten Museen haben montags geschlossen«, sagt er und sieht in seinem Smartphone nach. »Ja. Es ist geschlossen. Sorry!«

»Oh«, sagt sie.

»Die Villa Borghese ist hübsch«, sagt er. »Ich kann mit dir eine kostenlose Segway-Tour machen, wenn du willst.«

»Mit so etwas bin ich noch nie gefahren.«

»Es macht Spaß«, sagt er.

»Arbeitest du denn nicht?«

»Montags ist normalerweise ziemlich wenig los.«

Das stimmt nicht, und sie wird ihm sicher auf die Schliche kommen, denn sie hat diese analytische Art zu denken. Fast rechnet er damit, dass sie sagt: »Das ist ja komisch. Das Forum ist doch eine der wenigen Sehenswürdigkeiten, die montags geöffnet haben«, aber das tut sie nicht. Und er weiß, dass er sie nicht noch einmal täuschen wird. Es ist zu nervenaufreibend.

»Bist du sicher?«, fragt sie, genau wie vor ein paar Tagen im Forum, und es kommt Alf so vor, als hätten sie die ganze Zeit gebraucht, nur um wieder am selben Punkt zu landen. Noch nie musste er sich so sehr um eine Frau bemühen, aber es gefällt ihm, dass er bei ihr seinen Grips anstrengen muss.

Sie überqueren den riesigen Platz vor dem Bahnhof Termini und gehen an den Diokletiansthermen vorbei. Er zeigt ihr den internationalen Buchladen Feltrinelli, in dem man Bücher in englischer Sprache kaufen kann, und dann überqueren sie die Straße, die zum Quirinalspalast und an der amerikanischen Botschaft vorbei zur Via Veneto führt. Hier hat man Szenen für »La Dolce Vita« gedreht, erzählt er ihr, als sie an teuren Cafés vorbeikommen, in denen Kellner mit Westen und Schürzen um ihre internationalen Gäste herumscharwenzeln.

»Früher kamen die Italiener her, um die Welt vorbeiflanieren zu sehen, heute sehen hauptsächlich Menschen aus aller Welt den Italienern beim Flanieren zu«, sagt er.

»Hast du dir das ausgedacht?«, fragt sie.

»Ja«, antwortet er verblüfft.

»Ich dachte, du hättest es vielleicht in einem Reiseführer gelesen.«

»Ich glaube nicht«, sagt er und fragt sich jetzt, ob vielleicht doch. »Als ich angekommen bin, habe ich mir einen Blue Guide gekauft und damit die ganze Stadt erkundet. Ich wollte alles wissen – kennst du das?«

Sie nickt.

»Du bist aus London, stimmt's?«, fragt er.

»Ja.«

»Leute, die in Städten leben, sehen sie sich nie genau an. Sie nehmen das alles einfach für selbstverständlich.«

»Du klingst wie meine Mutter«, sagt sie und fügt hinzu: »Das meine ich nicht negativ. Sie ist nur genauso mit ihren Reiseführern – sie kommt aus Preston.«

»Das ist in der Nähe von Blackpool«, sagt Alf.

Er glaubt nicht, dass er sich jemals so gefreut hat zu hören, dass jemand aus Preston kommt.

Vielleicht ist Letty am Ende doch gar nicht so anders als er.

»Wann ist sie aus Preston weggegangen?«

»Als sie nach Oxford gezogen ist.«

Doch ziemlich anders.

»Studierst du auch dort?«, fragt er.

»Ja.«

Sehr anders. Sehr, sehr anders.

Zu intelligent, zu schick, zu schön. Alles, was Alf ihr bieten kann, ist eine kostenlose Segway-Tour, und er ist sich noch nicht einmal sicher, ob er da nicht zu viel versprochen hat. Yuri ist nicht gerade großzügig.

Im Park verhallen die Geräusche der Stadt, und sie verlangsamen ihren Schritt, als wollten sie sich der Stimmung anpassen.

»Hast du italienische Freunde?«, durchbricht Letty die Stille. »Du bist doch schon eine Weile hier, oder?«

»Fünf Monate«, sagt er.

Es gibt ein paar Leute – die Typen vom Kartenkiosk im Forum, ein paar Jungs, die bei den Roma-Spielen immer auf denselben Plätzen sitzen. Sie fahren zusammen mit der Metro zurück, unterhalten sich so gut sie können auf Englisch und Italienisch, und wenn er eine Haltestelle vor ihnen aussteigt, verabschieden sie sich mit einem Faustcheck von ihm. Doch sie haben ihm noch nie vorgeschlagen, noch was trinken zu gehen, oder ihn auf ein Bier zu sich eingeladen. Italiener sind sehr freundlich, aber Alf würde keinen von ihnen als Freund bezeichnen.

»Ich suche jemanden, der Lust hast, sich mit mir auf Italienisch zu unterhalten, im Tausch gegen Englisch«, erklärt sie.

»Es gibt eine Bar, in der man sich dienstags trifft«, sagt er.

Die Bar, in der sie sich freitags treffen. Warum erzählt er ihr das?

»Aber das ist ein ziemlicher Aufreißerladen«, fügt er schnell hinzu. »Da gehen italienische Typen hin, um skandinavische Au-Pair-Mädels abzuschleppen.«

»Oh, ich glaube, darauf habe ich keine Lust«, sagt sie.

Sein Herzschlag beruhigt sich wieder.

Sie kommen an einem von den in Rom omnipräsenten, bunt angemalten Lieferwagen vorbei, die Erfrischungsgetränke und Snacks verkaufen. Auf der Seite steht das Wort »Emporio«.

»Was für ein großer Name für so einen kleinen Lieferwagen«, sagt Letty, als Alf es fotografiert.

Er postet das Foto und klaut ihre Worte für die Unterschrift. Alf sieht den Blick, mit dem Yuri Letty mustert, als sie zu der Lichtung kommen, auf der die Segways stehen. Und die Überraschung auf seinem Gesicht, als er Alf neben ihr bemerkt.

»*Ti presento Violetta*«, sagt er.

»Letty«, bemerkt sie und schüttelt Yuri die Hand.

Alf muss noch nicht einmal fragen, ob sie die Segways umsonst haben dürfen, so scharf ist Yuri darauf, Letty zu beeindrucken.

Aufmerksam lauscht sie Alfs Anweisungen und macht alles nach, was er ihr zeigt, als würde sie einen Tanzschritt lernen. Zunächst üben sie auf der flachen Straße, die zum Aussichtspunkt auf dem Pincius führt. Abgesehen von einem kurzen Aufschrei beim Start, beherrscht sie das Gefährt sofort. Sie hat einen guten Gleichgewichtssinn.

Sie fahren bis zum Zoo, an den kleinen Tempeln und dem Theater vorbei, dann zurück zu dem Gelände, wo die Militärpferde trainieren. Letty ist nicht so zurückhaltend, wie er gedacht hat, sondern hält mit ihm mit, ja, sie jagt ihn sogar. Sie werden immer schneller, und beim letzten Anstieg auf dem Rückweg zu Yuri überholt sie ihn. Ihr langes Haar weht hinter ihr her, und als sie ihn an einer imaginären Ziellinie besiegt, stößt sie eine Siegerfaust in die Luft.

»Das war großartig!«, sagt sie.

Es ist, als wäre ihr Körper auf einmal zum Leben erwacht.

»Du bist ziemlich mutig«, stellt Alf fest, nachdem sie Yuri die Segways zurückgegeben haben und von dort fortgehen.

»Oder leichtsinnig?«, fragt sie. »Es war wie … es war so wie damals, als es in London zum ersten Mal geschneit hat.

Also, natürlich hat es nicht zum ersten Mal dort geschneit, aber es war das erste Mal, dass ich es gesehen habe. Mein Vater hat noch einen Holzschlitten aus seiner Kindheit gefunden. Als wir zum Primrose Hill gegangen sind, war es, als wäre ganz London unterwegs. Die Leute kreischten und lachten, als sie den Hügel runtergerast sind. Zuerst hatte ich ein bisschen Angst, aber mein Vater hat dem Schlitten einfach einen kleinen Stoß mit dem Fuß gegeben, sodass ich gar keine Zeit zum Nachdenken hatte, und ich bin den Hügel hinuntergesaust. Es hat mir so gut gefallen, dass ich den ganzen Hügel raufgerannt und gleich wieder runtergefahren bin, und wieder rauf, bis es zu dunkel war und ich nichts mehr sehen konnte.«

So viel hat er sie noch nie reden hören. Bei ihrem lebendigen Bericht kann er sich vorstellen, wie sie als kleines Mädchen gewesen sein muss, und er fragt sich, wodurch sie wohl so scheu geworden ist.

»Möchtest du was essen?«, fragt er, als sie am Park Café vorbeikommen.

Sie überlegt kurz, dann sagt sie: »Warum nicht?«

Sie nimmt ein *tramezzino*, ein Sandwich, Alf ein *panino*. Als er sie einladen will, besteht sie darauf, ihr Essen selbst zu bezahlen.

Er freut sich, noch ein wenig mehr Zeit mit ihr zu haben, doch jetzt weiß er nicht, was er sagen soll, und als bedauerte sie ihre atemlose Begeisterung, schweigt sie wieder, während sie langsam ihr Sandwich isst. Eine Taube pickt zu ihren Füßen die Krumen auf.

»Man kann andere Leute nur wirklich kennenlernen, wenn man die Vergangenheitsform beherrscht«, sagt Alf.

»Wie meinst du das?«, fragt sie, entweder ehrlich neugierig oder feindselig. Da ist er sich nicht ganz sicher.

»Nun ja, heute mit dem *imperfetto*«, sagt er, »habe ich gelernt, dass Masakasu als Kind nicht in die Ferien gefahren ist, weil er nicht gut in der Schule war und seine Eltern ihn zum Lernen verdonnert haben. Ich meine, Masakasu ist eine Nervensäge, stimmt's? Mit all seiner Singerei. Am Anfang war es ja noch toll, aber jetzt nutzt er jede Gelegenheit, und ständig muss er …«

Sie lacht auf.

»Aber als ich ihn mir als Einzelkind mit diesen strengen Eltern vorgestellt habe, wie er von seinem Haustier, dem Pfirsich, erzählt hat – ich glaube, er meinte Fisch …«

Wieder lacht sie.

»… konnte ich genau verstehen, warum er jetzt immer angeben muss, wenn er etwas gut kann. Das ist vollkommen logisch. Und irgendwie mochte ich ihn danach etwas mehr.«

Letty antwortet selten sofort. Sie denkt über das nach, was er gesagt hat, und kaut sorgsam jeden kleinen Bissen.

»Du hast recht«, sagt sie. »Merkwürdig, das habe ich nie mit dem Imperfekt in Verbindung gebracht.«

Alf weiß nicht, ob das jetzt gut oder schlecht ist. Am liebsten würde er fragen: »Wie bist du so geworden, wie du bist? Was hat dich so zurückhaltend, so genau und so nachdenklich gemacht?« Aber er weiß, dass das viel zu früh wäre.

Am Ausgang des Parks sagt er: »Wir können hier die Straßenbahn Nummer drei nehmen. Die fährt ganz bis zur Porta Maggiore.«

Sie wirkt überrascht, vielleicht auch irritiert, dass er noch weiß, wo sie wohnt.

»Und nach Testaccio, wo ich wohne«, fügt er hinzu.

»Wo ist das?«

»Hinter dem Aventin. Es grenzt an den Fluss. Im antiken Rom war da die Müllhalde. Es gibt da einen Hügel, den Monte Testaccio, der besteht nur aus weggeworfenem Geschirr. Man kann die Terrakottascherben aus dem Gras lugen sehen. Kein Witz.«

»Du bist wirklich ein wandelnder Reiseführer!«, sagt sie, als die Straßenbahn vor ihnen hält und die Türen sich mit lautem Zischen öffnen.

»Manchmal erzähle ich meinen Amerikanern, wenn sie *la vera Roma* sehen wollen, sollen sie einfach in die Straßenbahn Nummer drei steigen«, sagt Alf. »Sie bringt einen überallhin.«

Entlang des Parks geht es einen ziemlich steilen Hügel hinauf, dann rollt die Bahn durch Pariolo, das elegante Viertel, in dem sich die internationalen Botschaften befinden. Anschließend fährt sie durchs Universitätsviertel und durch San Lorenzo, das nachts zum Leben erwacht, wenn die Musik aus Clubs dröhnt, die man am Tag gar nicht als solche erkennt.

Während Alf ihr alles erklärt, dreht sich Letty auf ihrem Sitz in diese und in jene Richtung, und alle anderen Männer in der Straßenbahn starren sie an. Ihr Neid wärmt seine Haut wie die Sonne. Jedes Mal, wenn ihr Schenkel versehentlich seinen berührt oder ihr Haar seinen Arm streift, spürt er die Berührung noch Sekunden danach.

»An der nächsten Haltestelle musst du aussteigen«, sagt Alf, während die Bahn durch einen Tunnel unter den Gleisen von Termini hindurchrattert.

»Oh!«

Liegt da Enttäuschung in ihrer Stimme, oder deutet er nur etwas in ihren Ton hinein? Die Vorstellung, dass morgen wieder alles von vorn beginnt, widerstrebt ihm: Sie werden sich im Kurs begegnen, und sie wird ihn ignorieren. Irgendwann wird sie ein paar Worte sagen, und dann wird sie sich schließlich wohl genug fühlen, um noch mehr mit ihm zu sprechen, und dann ist es schon fast wieder Zeit, sich zu verabschieden. Und täglich grüßt das Murmeltier.

»Hättest du Lust, morgen was zu unternehmen?«, fragt er, als die Bahn quietschend in der Mitte des viel befahrenen Kreisverkehrs neben dem riesigen Triumphbogen hält.

»Ja!«, sagt sie.

Ohne nachzudenken. Einfach Ja!

»An was hast du gedacht?«, fragt sie.

Damit hat er nicht gerechnet. Weiter als bis zu einer möglichen Zurückweisung hat er nicht gedacht.

»Lass dich überraschen«, sagt er.

Sie sieht ihn zweifelnd an, doch es bleibt keine Zeit, sich irgendwelche Vorschläge auszudenken.

Er beobachtet, wie sie aus der Straßenbahn steigt und auf den Fußgängerüberweg zugeht, und versucht, aus ihrer Körpersprache Rückschlüsse auf ihre Gedanken zu ziehen. Als die Straßenbahn weiterfährt, dreht sie sich um und hält nach ihm Ausschau, und als ihr Blick schließlich seinen findet, winkt sie ihm mit den Fingern, die Hand auf Schulterhöhe, wie ein Kind, das gerade erst das Winken gelernt hat.

8

Dienstag

LETTY

Laut dem heutigen Arbeitsblatt sind Menschen vom Sternzeichen Löwe sehr umgänglich und unkompliziert. Aber – *attenzione!* – man sollte ihnen nicht zu sehr vertrauen. Letty fragt sich, ob Alf Löwe ist, ermahnt sich dann jedoch, nicht albern zu sein. Ihr Sternzeichen bedeutet anscheinend, dass sie ein glücklicher, optimistischer Mensch ist, der viel Zuneigung braucht und sich leicht verliebt. Aber – *Achtung!* – sie liebt Veränderung. Letty kann sich keine Beschreibung vorstellen, die weniger auf sie zutrifft.

Susanna fordert sie auf, das Sternzeichen ihrer jeweiligen Gesprächspartner zu erraten.

Ohne nachzudenken, rät Letty, dass Heidi Waage ist, weil die Beschreibung lautet: *Sehr attraktiv, aber eitel. Steht gern im Mittelpunkt der Aufmerksamkeit.*

Und Heidi wickelt sich eine Strähne ihrer perfekt geglätteten blond gesträhnten Haare um den Finger und schlägt mit Zwilling zurück, der wie folgt beschrieben wird: *Intelligent, aber auch nervös und ängstlich. Zwillinge sind vielseitig interessiert, aber mit ihnen zusammenzuleben ist nicht einfach.*

Zum Glück finden es beide lustig, und beide haben sich getäuscht.

Heute versucht Alf nicht, mit Letty eine Übung zu machen oder bei der Diskussion mit ihr in eine Gruppe zu kommen. Er trödelt nicht mal nach Ende des Unterrichts, aber als sie nach draußen kommt, wartet er an der Stelle, an der sie schon zweimal ein Gespräch begonnen haben.

Als Letty zu ihm tritt, sagt er: »Hast du eine Karte für die Metro?«

»Wohin fahren wir?«

Es ist eine lange Fahrt, und in den Zügen ist es so heiß und laut, dass es schwierig ist, sich zu unterhalten. Kurz vor der Endstation, an einer unscheinbaren Haltestelle mit dem Namen Ponte Mammolo, erklärt Alf: »Hier müssen wir raus.«

Draußen ist es drückend heiß, und der Ort wirkt nicht sehr verheißungsvoll. Doch es gibt eine Bushaltestelle, und dort entdeckt Letty ihr Ziel. Tivoli. Kaiser Hadrian hatte da eine Villa, die Letty besuchen wollte. Alf kauft in einer Bar vier Bustickets, jeweils eins für die Hin- und eins für die Rückfahrt, sowie zwei Stücke von einer riesigen Pizza, die gerade frisch aus dem Ofen kommt.

»Mittagessen«, sagt er und reicht ihr eins.

Das Öl von der Pizza, die heiß und schwer auf ihrer Hand liegt, hat die Papierserviette schon durchscheinend werden lassen. Letty will schon sagen, dass sie sie nicht möchte, doch dann fällt ihr auf, dass sie seit dem Sandwich gestern im Park nichts mehr gegessen hat.

Normalerweise würde sie so etwas im Traum nicht essen, doch die Pizza ist köstlich, obwohl sie viel zu groß ist und der geschmolzene Mozzarella und die langen wässrigen Zucchinistreifen es unmöglich machen, sie anständig zu essen.

Ausgerechnet in der sengenden Hitze an der Bushaltestelle, in der nach Diesel stinkenden Luft, die Finger und das Gesicht fettig von der Pizza, empfindet Letty – so unwahrscheinlich es auch sein mag – plötzlich einen Anflug von Glück. Ich bin in Rom, ich bin frei, denkt sie, und keine Menschenseele weiß, wo ich bin.

Kurz bevor der Bus kommt, werden sie plötzlich von Leuten mit Einkaufstüten und Kinderwagen umringt. Alf hilft anderen beim Einsteigen, hält jedoch auch selbstbewusst und entschieden mit dem Arm ein Paar Vordrängler zurück, damit Letty in den Bus steigen kann. Er weiß, auf welcher Seite die Sonne hereinscheinen wird, und wählt die andere. Wenn der Bus fährt, weht eine leichte Brise durchs offene Fenster herein, aber als sie kilometerlang zwischen Autohäusern, Vorortdiskotheken, Bowlingbahnen und McDonalds-Filialen im Stau feststecken, wird es drückend heiß. Letty sieht ein Italien, von dessen Existenz sie bisher nichts wusste. So stellt sie sich eher den Stadtrand einer amerikanischen Großstadt vor.

»Es ist es wert. Versprochen«, sagt Alf.

»Wie oft kaufen sich die Italiener neue Sofas?«, fragt Letty, als sie an einem weiteren Ausstellungsraum mit Sofas vorbeikommen.

Er gibt die Frage in gebrochenem Italienisch an die Frau neben sich weiter.

»Italiener mögen neue Sofas, nicht?«

Die Frau lächelt und sagt: »Nur, wenn sie es sich leisten können!« Sie reibt Daumen und Fingerspitzen aneinander – das Zeichen für Geld. Letty bemerkt, dass Alf dasselbe tut. Er spricht mit Gesten wie die Italiener, und die Frau fragt ihn, woher sie kämen. Er stellt Letty als seine Freundin aus London vor.

»*Bella*«, sagt die Frau und lächelt Letty an, und irgendwie macht es ihr diesmal nicht so viel aus.

Als die Straße ansteigt, tauchen Obststände am Straßenrand auf, und sie fahren langsam durch Ortschaften mit Geschäften, Schulen und Bolzplätzen. Dann wird die Straße steiler, und der Bus schiebt sich um Haarnadelkurven zum Bergdorf Tivoli hinauf.

Auf einem Platz, der einen weiten Blick über die Ebene und die umliegenden Berge bietet, steigen sie aus. Ob das wohl die Hügel sind, die sie von ihrer Wohnung aus sieht?

»Komm«, sagt Alf. Offenbar hat er es eilig, ihr zu zeigen, weshalb sie hergekommen sind.

Die Villa d'Este stammt aus dem sechzehnten Jahrhundert, und wurde in den Hügel hineingebaut.

Die schlichten Steinmauern lassen nichts von der Pracht im Inneren erahnen. Jeder der Räume hat hohe Fenster auf Höhe der Baumkronen; die Wände sind mit eindrucksvollen Freskenmalereien geschmückt, deren idyllische Szenen den Eindruck vermitteln, der Innenraum würde in den Park übergehen. In einem Raum gibt es sogar ein Trompe-l'œil-Fenster gegenüber den echten Fenstern, vor dem sich gemalte Vorhänge bauschen.

»Das wäre ein toller Ort für einen Ball, oder?«, sagt Alf.

Er tanzt mit einer imaginären Partnerin durch den Raum, die Arme in Tanzhaltung. Obwohl er Shorts und ein einfaches weißes T-Shirt trägt, ist die Bewegung so anmutig, als wäre er in weißer Krawatte und Frack.

»Darf ich bitten?«, fragt er und verneigt sich vor Letty.

»Ich kann das nicht!«

»Schon okay. Ich zeig es dir.«

»Wirklich ein Mann mit vielen Begabungen!« Sie wiederholt den Satz, den er im Forum gesagt hat, ignoriert seine Aufforderung jedoch.

Eine Treppe führt hinunter in den Park.

Die elegante Art, mit der Alf sie zuerst durch die Tür treten lässt, deutet an, wie förmlich seine Tanzausbildung gewesen ist. Letty fragt sich, warum sie nicht gleich bemerkt hat, dass er ein Tänzer ist, als er in ihr eine Tänzerin erkannt hat. Jetzt scheint es ihr so offensichtlich – in seiner Haltung und seiner geschmeidigen Art, sich zu bewegen.

Ihr fällt auf, wie sie mit nach außen gerichteten Fußspitzen die Treppe hinuntergeht, Bauch eingezogen, Po angespannt.

»Du machst also Gesellschaftstanz?«, fragt sie, als sie durch den streng terrassenförmig angelegten Park spazieren. Die vielen Brunnen um sie herum plätschern laut. Alf und Letty scheinen die einzigen Besucher zu sein.

»Meine Großeltern haben eine Tanzschule«, erklärt er. »Sie haben mehrfach die Meisterschaften im Turniertanz gewonnen, und meine Mutter im Gesellschafts- und im Lateinamerikanischen Tanz. Mir blieb nichts anderes übrig.«

»Hast du auch gewonnen?«, fragt sie.

»Ja«, sagt er.

Es ist das erste Mal, dass sie ihn etwas unsicher sieht, als ob ihm gerade klar geworden wäre, dass er die Frage herausgefordert hat, ohne dass er damit angeben wollte.

»Alle wollten, dass ich Berufstänzer werde, aber ich hatte andere Vorstellungen.«

»Was für Vorstellungen?«, fragt Letty.

Er lacht, als hätte sie ihn unerwartet in Verlegenheit gebracht.

»Tja, das versuche ich immer noch herauszufinden. Versteh mich nicht falsch – ich liebe das Tanzen, aber ich will nicht, dass Turniertanz mein ganzes Leben bestimmt.«

Er lächelt sie an, nicht ahnend, welche Gefühle er mit diesem Satz bei ihr auslöst. Wie oft hat sie gesagt: »Tanzen war mein Leben«, oder Leute sagen hören: »Tanzen war ihr Leben«, um zu erklären, wie es ihr geht.

Zwischen dem steten Plätschern des Wassers hört sie sich sagen: »Ich wollte Balletttänzerin werden ... aber ich habe mir das Kreuzband gerissen.«

Sie hebt den Blick und sieht den mitfühlenden Ausdruck auf seinem Gesicht.

»Das tut mir leid«, sagt er, und sie weiß, dass er sowohl die Verletzung meint als auch, dass er sie daran erinnert hat.

Ivo ist mit ihr im Innenhof von Somerset House Eislaufen gegangen. Weil Frances arbeitete, waren sie in den Schulferien fast immer allein. Normalerweise entfernten sie sich nicht weit aus ihrem Viertel im Londoner Norden. Tennis im Regent's Park, Drachensteigen auf dem Parliament Hill, Matineen im Everyman Kino. Es war das erste Mal, dass es in London um die Weihnachtszeit eine Eisbahn gab. Letty hatte Ivo angefleht, mit ihr hinzugehen, und angenommen, da sie gut im Ballett war, würde sie auch gut Eislaufen können. Ein Irrtum. Sie konnte den Riss ihres Kreuzbands richtiggehend hören, als sie auf das Eis knallte, und der Schmerz war so heftig, dass sie das Bewusstsein verlor.

Letty erinnert sich erst wieder daran, wie sie in der Notaufnahme erwachte und Frances Ivo vor dem Vorhang, der das Bett umschloss, anschrie. Währenddessen untersuchte ein Arzt Lettys Knie, das zu seiner doppelten Größe angeschwollen war.

»Wie konntest du nur?«

Ivo protestierte.

»Es ist nicht meine Schuld. Niemand hat Schuld! Das hilft uns auch nicht weiter!«

Und Letty dachte: Es ist meine Schuld. Ich habe mein Leben zerstört.

»Es ist wieder verheilt, aber nicht gut genug, um wieder *en pointe* zu tanzen. Also war's das«, sagt Letty so locker, wie sie kann. Jedes Mal, wenn sie daran denkt, schmerzt ihr Knie, und hinter ihren Augenlidern steigen Tränen auf. Es ist, als wäre der Geist der Dreizehnjährigen aus der Notaufnahme noch in ihr, sosehr sie sich auch bemüht hat, ihn in der Vergangenheit zurückzulassen.

»Tanzt du jetzt gar nicht mehr?«, fragt Alf.

Sie dachte, er hätte es verstanden, aber offenbar hat er das nicht.

»Beim Ballett geht es nur um Perfektion«, sagt sie.

»Aber was ist mit dem Tanzen an sich? Vermisst du es nicht? Ich könnte immer tanzen.«

Sie betrachtet sein Gesicht, das von der Sonne angestrahlt wird, und aus irgendeinem Grund denkt sie an etwas, das sie über Bildhauerei gelesen hat: Die Figur steckt im Marmor. Der Bildhauer muss sie nur freisetzen. Ist Tanz so etwas? Ist es ein integraler Bestandteil des Körpers, der durch Training freigesetzt wird? So hat sie das noch nie gesehen. Sie hat immer gedacht, Tanzen wäre das Ergebnis unendlichen Trainings, und plötzlich ist sie verwirrt, als hätte sie das, was ihre Identität ausgemacht hat, nie richtig verstanden.

»Du solltest mal Gesellschaftstanz probieren«, sagt Alf. »Oder Salsa. Hast du schon mal Salsa getanzt?«

»Ich glaube nicht, dass mir das gefällt.«

Frances hatte es einmal ausprobiert. Es war einer ihrer

zahlreichen Versuche gewesen, in Form zu bleiben, obwohl sie Fitnessstudios hasste. Rudern auf der Themse war ein anderer, ebenso wie Schwimmen im Ladies' Pond. Frances startete jedes Mal mit großer Begeisterung, unterschrieb gleich für einen ganzen Kurs, kaufte die gesamte Ausrüstung und stellte dann fest, dass sie den Fluss im Regen nicht mochte oder den Matsch im Teich oder das Auswaschen des Neoprenanzugs oder, im Fall des Salsa-Unterrichts, die Menschen um sie herum.

»Meine Mutter sagt, es ist wie Speeddating mit Männern mit verschwitzten Handflächen.«

Alf wischt sich zum Spaß die Hände an den Shorts ab.

»Komm«, sagt er. »Ich zeig's dir.«

»Ich kann nicht.«

»Warum nicht?«

»Weil wir hier an diesem … Ort sind!«

Sie stehen auf einer flachen Terrasse neben zwei langen rechteckigen Becken, die den Blick auf den kunstvollen, in den Berg gebauten Brunnen lenken. Sie sind allein, wie zwei Figuren auf einem der Wandgemälde in der Villa.

»Das hier ist schließlich keine Kirche, oder?«, sagt Alf. »Kardinal d'Este hat den Palast gebaut, um hier am Wochenende zu feiern! Die Leute tanzen hier vermutlich schon seit Jahrhunderten!«

Letty blickt sich noch einmal um. Es ist niemand da, der sie beobachtet. Der Ort ist so magisch, dass er geradezu dazu einlädt, ihre Hemmungen zu überwinden. Was hat sie zu verlieren? Nervös lässt sie zu, dass Alf locker den Arm um sie legt. Eine Hand hält die ihre, die andere liegt um ihre Taille. Obwohl er selbstbewusst wirkt, spürt sie durch ihr T-Shirt das leichte Zittern seiner Fingerspitzen.

Alf zählt den Takt, macht bei den ersten drei Schlägen Schritte, hält beim vierten an und erklärt ihr den Grundschritt. Sie versteht ihn sofort.

»Warte!« Er lässt sie los, und sie steht unsicher da, während er sein Telefon herausholt. »Wir brauchen Musik.«

Er sucht ein sanftes kubanisches Stück aus, lässt es leise spielen und reicht ihr die Hand. Sie macht einen Schritt auf ihn zu, spürt, wie ihr Körper auf seine Berührung reagiert, wiegt sich im langsamen Takt und folgt ganz natürlich seinen Bewegungen, als ob die Fähigkeit zu tanzen viele Jahre in ihr geschlummert hätte und gerade erneut zum Leben erwacht wäre.

»Das ist das Inkongruenteste, das ich je getan habe!«, flüstert Letty, als er sie in eine Drehung führt und die Brunnen um sie herumtanzen. Sie achtet nicht mehr darauf, ob jemand sie beobachtet, gibt sich den Schritten und der Musik hin und genießt es, als er ihr anerkennend zulächelt. Und sie genießt die Freiheit, an nichts zu denken, außer an das Tanzen, als ob nichts anderes auf der Welt wichtig wäre. Als das Stück allmählich verklingt, würde sie am liebsten »Noch mal! Noch mal!« rufen wie ein Kind.

Stattdessen deutet sie vor Alf einen kleinen Knicks an, und sie gehen ein Stück nebeneinanderher. Sein Arm liegt noch kurz um ihre Schulter, dann drückt er sie freundschaftlich und lässt sie los.

Als sie die Stufen an der Seite des Hauptbrunnens hinaufgehen, spürt Letty deutlich ihren schnellen Herzschlag; sie spürt die von Schweiß feuchten Haarsträhnen, die an ihrer Stirn kleben, fühlt den Boden unter ihren Füßen und wie das Blut noch in ihren Adern tanzt.

Oben befinden sich drei Grotten mit Wasserbecken, aus denen sich die Fontäne speist. In den Grotten ist die Luft feucht. Ein einzelner Farnwedel hängt wie ein Stalaktit herunter. Draußen lässt die Sonne die Tropfen, die von dem unteren Strahl in die Höhe geworfen werden, wie Diamanten glitzern. Das heftige Rauschen des schäumenden Wassers scheint den ganzen Raum zu erfüllen. Es fühlt sich fast elementar an, als ob sie beide schon immer dort unten, in der Erde, gewesen wären und hinaus in den glitzernden Himmelsraum geblickt hätten.

Letty schaut zu Alf, der sie ebenfalls ansieht. Seine Augen sind dunkel wie tiefbraunes Glas. Ein leichtes Schaudern durchläuft ihren Körper, weil sie fürchtet, er könnte sie küssen, und sie nicht weiß, wie sie reagieren würde.

»Was ist dein Sternzeichen?«, fragt er plötzlich.

Damit hat sie nicht gerechnet – verwirrt weicht Letty einen Schritt zurück.

»Glaubst du an Astrologie?«

»Nein«, sagt er.

Was immer gerade da war, ist jetzt verschwunden.

Als sie wieder zur Villa hinaufgehen, hört Letty Musik wie von einem altmodischen Karussell.

»Das ist eine Orgel, die vom Wasser betrieben wird«, erklärt Alf. »Ein Walzer.«

Beide bleiben sie stehen, um zu lauschen, doch Alf streckt nicht die Arme aus, um ihr anzubieten, es ihr beizubringen, und sie ist erleichtert. Irgendwie fühlt sie sich enttäuscht, ohne zu wissen, warum eigentlich.

Auf dem Hauptplatz wimmelt es von Leuten, die ihre frühabendliche *passeggiata* machen: Familien schieben Buggys vor sich her, die Kinder spielen Fangen, während die Mütter auf den Bänken verweilen und plaudern. Pärchen sitzen draußen auf dem Gehsteig an den Tischen und spielen mit Gläsern voll Aperol Spritz, die wie Christbaumkugeln in der Spätnachmittagssonne leuchten. Es wirkt merkwürdig, dass dieses Alltagsleben nur wenige Meter von dem friedlichen Paradies auf der anderen Seite der Mauern stattfindet.

Es würde sich anbieten, noch einen Aperitif zu trinken, doch als der Bus nach Rom an ihnen vorbeifährt, laufen sie zur Bushaltestelle, um ihn noch zu erwischen.

Sie sitzen schweigend nebeneinander, während der Bus den Berg wieder hinunterrumpelt. Alf scheint unruhig und tief in Gedanken versunken zu sein.

Erst als sie sich wieder der Gegend mit den Sofa-Geschäften nähern, beginnt er zu sprechen.

»Was ich da vorhin gesagt habe«, setzt er an. »Ich glaube nicht an Sternzeichen …«

»Selbst wenn, wäre es auch nicht schlimm«, sagt Letty und sieht noch immer aus dem Fenster.

»Nein?«, fragt er in leicht herausforderndem Ton. »Für mich schon. Ich würde mich für den letzten Trottel halten!«

Und plötzlich müssen sie beide lachen.

»Meine Mutter beschäftigt sich allerdings ziemlich viel damit«, erklärt er. »Sie sagt, dass es Luft- und Wasserzeichen gibt, und wenn beide Wasser oder beide Luft sind oder so, zieht man sich gegenseitig an. Oder auch nicht. Ich weiß es nicht mehr … In der Grotte war es, als wären wir Wasser, und als wir in den Himmel hinausgesehen haben, war es, als wären wir Luft, und ich … ich weiß nicht, was ich gedacht habe.«

Letty denkt, dass er das seltsame Gefühl zu beschreiben versucht, dass etwas Größeres passiert ist, etwas nicht wirklich Irdisches. Als wäre die Zeit stehen geblieben.

»Das ging mir auch so«, sagt sie.

Und plötzlich ist die Anspannung weg, und beide lassen die Köpfe gegen die Rückenlehnen ihrer Sitze sinken, die Hände neben sich, sodass die kleinen Finger sich fast berühren.

9

Mittwoch

Alf

»Hör mal«, sagt Letty. »Was hörst du?«

Alf konzentriert sich.

»Nichts«, sagt er.

»Genau!«

Sie befinden sich nur wenige Meilen vom Forum entfernt und sind doch schon auf dem Land. Die Fahrräder, die sie gemietet haben, liegen neben ihnen im Gras.

Alf hat noch nie so stark das Gefühl gehabt, tatsächlich im antiken Rom zu sein. Als Letty als heutiges Ziel die Via Appia Antica vorgeschlagen hat – als würden sie jetzt jeden Nachmittag genauso selbstverständlich etwas unternehmen, wie sie jeden Tag zu ihrem Sprachkurs gingen –, hat er nicht damit gerechnet, dass die Originalstraße über Meilen hinweg so perfekt erhalten ist. Am Weg stehen Zypressen, und es wimmelt nur so von römischen Gräbern. Einige der Grabstätten sind so groß wie Tempel, andere deutlich kleiner und in ihrer Schlichtheit irgendwie berührender.

»Es sind kleine Häuser«, sagt er und betrachtet die Figuren, die in die Gedenkstätte neben ihnen gemeißelt wurden. »In denen man für immer mit seiner Familie bleiben kann.«

»Früher haben die Römer ihre Familien hier besucht und

ihnen Wein und Essen als Opfergaben mitgebracht«, erklärt Letty.

»Die Vorstellung gefällt mir«, sagt er. »Schöner als Blumensträuße, die welken und braun werden. So gehört der Tod zum Leben, sie verstecken ihn nicht so wie wir. Warum bestatten wir die Menschen überhaupt unter der Erde?«

»Ich glaube, ursprünglich war es eine jüdische Sitte, die dann von den Christen übernommen wurde. Jesus wurde begraben, bevor er von den Toten auferstanden ist, oder?«, sagt Letty.

Alf hat gar nicht mit einer Antwort auf seine Frage gerechnet, doch allmählich gewöhnt er sich daran, dass Letty alles ernst nimmt. Wenn sie die Antwort nicht weiß, versucht sie, sich der Sache logisch zu nähern. In ihrer Gegenwart spürt er, wie sein Hirn mehr arbeitet.

Gina spricht eigentlich nie über Fakten, nur über Gefühle. Wenn er dieses Gespräch mit ihr führen würde – was nicht der Fall wäre, weil sich Gina nicht für Geschichte interessiert –, hätte sie jetzt bestimmt so etwas gesagt wie: »Du weißt wirklich, wie man ein Mädchen aufmuntert!«, Oder: »Können wir aufhören, über den Tod zu reden? Das deprimiert mich.«

»Die Italiener bestatten ihre Toten auch heute noch nicht unter der Erde, oder?«, fragt er. »Ich finde immer, die Friedhöfe am Rand der Ortschaften sehen aus wie kleine Städte.«

»Stimmt«, sagt Letty. »Diesen Bezug habe ich gar nicht hergestellt.«

Er freut sich jedes Mal, wenn er unabsichtlich etwas beobachtet, das sie interessiert.

»Meine Großmutter wollte nicht begraben werden«, sagt sie. »Ich frage mich, ob es etwas damit zu tun hat.«

»Sie war Italienerin, oder?« Das weiß er noch aus der Stunde über *la famiglia*.

»Ja, aber sie hat hier nur gelebt, als sie noch sehr klein war. Ihre Eltern sind in den Dreißigerjahren nach England gezogen. Ihr Vater war Hotelmanager. Doch als der Krieg kam, wurde er interniert. Wie alle italienischen Männer.«

»Das wusste ich nicht.«

»Marina lernte, das geschliffenste Englisch zu sprechen, das du je gehört hast, weil es damals gefährlich war, als Italienerin erkannt zu werden.«

»Marina?«

»So hieß sie. Wir sprechen uns in unserer Familie mit Vornamen an. Marina wollte nicht Granny genannt werden. Irgendwie war sie dafür zu elegant.«

Cheryl, seine Großmutter, fühlte sich dafür zu jung und wollte nicht, dass im Tanzsaal ein Kind herumlief, das nach seiner Granny rief.

»Habt ihr euch nahegestanden?«, fragt er.

»Sehr«, antwortet Letty mit einem zärtlichen Lächeln. »Aber nicht auf eine warme Art wie eine typische italienische *nonna*. Marina hielt sich immer sehr gerade. Sie war irgendwie ziemlich distanziert.«

Wie ihre Enkelin, denkt Alf.

»In meiner Kindheit haben wir viel Zeit miteinander verbracht, weil wir alle in einem Haus wohnten und meine Mutter gearbeitet hat.«

»In London?«

»Ja, in Belsize Park. Jetzt ist das eine teure Gegend, aber das war es nicht, als meine Großeltern das Haus gekauft haben«, fügt sie hinzu, als wollte sie ihm versichern, dass sie nicht reich ist. »Sie bewohnten damals nur das Erdgeschoss, die restlichen Zimmer haben sie vermietet. So konnten sie sich das Haus leisten.«

Alf überlegt, wie so ein Haus wohl aussieht, aber er war nur wenige Male in London. Ginas Vater arbeitet in Hampstead und wohnt in einer Gated Community mit Einfamilienhäusern, aber dort wohnen wohl kaum normale Leute. Alf hat den Buckingham Palast und Big Ben gesehen, ansonsten kennt er London nur aus »EastEnders« und »Mary Poppins«.

»Meine Großmutter hat sich früher auch viel um mich gekümmert«, sagt er in dem Bemühen, etwas zu finden, das sie gemeinsam haben. »Wenn ich so darüber nachdenke, war sie auch kein besonders herzlicher Mensch. Sie ist ziemlich streng. ›Längere Schritte! Nicht hüpfen! Wie eine Blume in der Vase!‹« Er imitiert Cheryl, wie sie ihre Anordnungen brüllt.

»Wie eine Blume in der Vase?«, fragt Letty.

»Das heißt, dass man sich zurücklehnen soll, wenn man innehält. Warte, ich zeige es dir.«

Er zieht sie auf die Füße, richtet ihren Kopf nach links und hält sie so, dass er ihren Oberkörper mit den Armen von sich fortbiegt. Wie gern würde er ihr Quickstepp beibringen. Aber nicht hier, zwischen den Gräbern. Das wäre – wie hat sie es genannt? »Inkongruent.« Es gefällt ihm, dass sie so natürlich, wie andere Mädchen »zufällig« sagen, Wörter verwendet, die er nur aus Büchern kennt. Einen Moment lang stehen sie sich sehr förmlich gegenüber. Dann sieht sie ihn an und fängt an zu kichern, weil diese Pose in dieser Umgebung so lächerlich wirkt. Er lässt die Arme sinken, und sie setzen sich wieder.

»Wir standen uns auch nah«, sagt er. »Ich hatte nur ein Paar Großeltern, weil mein Dad vor meiner Geburt gestorben ist. Motorradunfall.«

»Oh, deine arme Mutter!«

»Sie war erst siebzehn. Er wusste noch nicht mal, dass sie schwanger war. Ich weiß nicht, ob sie zusammengeblieben wären. Mum meint schon, aber das muss sie auch irgendwie sagen, nicht wahr?«

Letty runzelt die Stirn und verarbeitet die Information. Hoffentlich denkt sie jetzt nicht, er wolle ihr Mitgefühl.

»Das muss ziemlich merkwürdig für dich gewesen sein.«

»Ich kenne es ja gar nicht anders. Ich war so daran gewöhnt, der ›Mann‹ im Haus zu sein, dass ich erst auf der Schule gemerkt habe, dass andere Kinder Väter haben.«

Sie lächelt.

»Wir haben damals in einer Wohnung über dem Tanzsaal gewohnt. Das hat mir richtig gut gefallen. Ich hatte ein eigenes Zimmer unter dem Dach, und wenn es regnete, lag ich dort und lauschte, wie der Regen aufs Dach prasselte und von unten die Musik vom Unterricht nach oben drang. Es war mein eigener kleiner Kosmos. Als Mum Gary kennenlernte, sind wir mit ihm in ein richtiges Haus gezogen, und meine Großeltern haben die Wohnung in einzelne Studios umgewandelt.«

»Tanzen war deine ganze Welt«, stellt Letty fest.

»Und du? Was hast du gemacht, nachdem du mit der Ballettschule aufgehört hast?«, fragt er.

Sie wickelt einen Grashalm um ihren Finger, immer weiter, bis er schließlich reißt.

»Ich habe auf eine öffentliche Schule gewechselt«, sagt sie. »Sie war nicht schlecht, aber es war so anders als das, was ich kannte. Auf meiner alten Schule waren wir nur zwölf Schüler in einem Jahrgang, und auf einmal waren mehr als zweihundert in meiner Stufe. Ich war vierzehn und passte einfach nicht da rein. Außerdem unterrichtet mein Vater an dieser Schule, was alles noch schwieriger gemacht hat. Teenie-Mädchen können ziemlich gemein sein.«

Sie sieht ihn mit traurigem Blick an.

»Ich weiß«, sagt er. »Meine erste Tanzpartnerin hat mich sitzen lassen. Sie wurde schneller erwachsen als ich. Gerade war sie noch dreizehn, dann plötzlich war sie dreißig.«

Alf weiß noch, wie gemein Sadie sein konnte, und wie sie und ihre Gang die anderen Mädchen ärgerte, weil sie Brillen trugen oder dick waren oder: noch schlimmer: hübscher waren als sie, was vermutlich Lettys Verbrechen gewesen wäre. In dem Alter sehen manche Mädchen noch aus wie Kinder, während andere schon voll entwickelte Frauen sind. Die Lehrer nannten Sadies Truppe die Pink Ladies, und das noch bevor sie zu Weihnachten »Grease« aufführten. Alf hat es nie ganz verstanden, denn es gab immer wieder sogenannte Antimobbing-Tage an ihrer Schule, und Sadie und ihre Freunde betrieben klassisches Mobbing. Doch der Titel Pink Ladies verlieh ihnen genau den Status, den sie haben wollten. Manchmal glaubt er, dass die Lehrer auch ein bisschen Angst vor ihnen hatten.

»Hast du eine andere Partnerin gefunden?«, fragt Letty.

»Für Jungs ist es leicht. Wir sind nicht so viele«, sagt er.

»Das war früher beim Ballett genauso, aber jetzt gibt es dort ziemlich viele Männer.«

»Seit ›Billy Elliot‹?«

»Vielleicht. Aber es hat auch einige ziemlich attraktive und eindeutig heterosexuelle Stars gegeben. Balletttänzer zu sein heißt nicht mehr automatisch, auch schwul zu sein. Nicht, dass das jemals so war oder dass es falsch wäre, schwul zu sein. Mein Bruder ist schwul«, fügt sie so eilig hinzu, dass er sich fragt, ob sie ihn für schwul hält.

»Ich wusste gar nicht, dass du einen Bruder hast«, sagt er.

»Er ist deutlich älter als ich«, erklärt sie. »Meine Mutter sagt, Oscar ist das Ergebnis leichtfertiger Leidenschaft, und ich bis das Ergebnis das der tickenden Uhr.«

Alf weiß nicht, wie er darauf reagieren soll. Ihre Mutter klingt so anders als seine. Er will nicht sagen, dass sie ziemlich anstrengend klingt, weil Letty sie dann sicherlich verteidigen würde. Er selbst würde auch nicht zulassen, dass jemand etwas Schlechtes über seine Mutter sagt, selbst jetzt nicht.

»Ich habe für ›Billy Elliot‹ vorgetanzt«, erzählt er.

»Ehrlich?«

»Nicht, dass ich Ballett tanzen könnte. Aber ich passte auf die Rolle. Ich konnte tanzen. Aber für das Training hätte ich von zu Hause wegziehen müssen, darum habe ich die Rolle abgelehnt, als man sie mir anbot. Ich konnte Mum nicht allein lassen.«

Wobei sie kurz darauf Gary kennenlernte, sodass sie vermutlich auch ohne ihn zurechtgekommen wäre.

»Hast du schon mal bereut, dass du es nicht gemacht hast?«, fragt Letty.

»Ich mochte mein Leben in Blackpool, und wer weiß, ob mir die Billy-Elliot-Schule gefallen hätte. Es gibt also keinen Grund, es zu bereuen«, sagt er.

Aber seine Mutter hat es bedauert – wahrscheinlich, weil sie ein schlechtes Gewissen hatte.

Jedes Mal, wenn er danach Erfolg hatte, Kapitän der Fußballmannschaft wurde oder im Standard- oder Lateinamerikanischen Tanz einen Titel gewann oder so, fühlte sich seine Mutter bemüßigt anzumerken, dass er das nicht hätte tun können, wenn er auf die Billy-Ellio-Schule gegangen wäre. Und wenn der Film im Fernsehen lief, fragte sie sich immer, was wohl aus den anderen Billys geworden war, die in dem Musical mitspielten. »Man hat nie wieder von ihnen gehört, oder?«, sagte sie dann.

Ob sie wohl heute auch noch manchmal ein schlechtes Gewissen hat? Wahrscheinlich ist sie zu beschäftigt, um überhaupt an ihn zu denken.

Letty zupft immer noch gedankenverloren an den Grashalmen.

»Gab es an deiner Schule Lateinunterricht?«, fragt er und versucht, das Gespräch von sich wegzulenken.

Letty blickt überrascht auf.

»Gott, nein!«, sagt sie nach einer langen Pause. »Ich war lange krank und lag eine Weile im Krankenhaus. Mein Onkel ist zweimal die Woche nach der Arbeit vorbeigekommen und hat mit mir gelernt. Ich wurde also quasi zu Hause unterrichtet. Oder, genauer gesagt, im Krankenhaus.«

»Ist dein Onkel Lehrer?«

»Nein, Anwalt.«

Alf stellt sich vor, wie ein ziemlich förmlicher Mann im dunklen Anzug neben einem Krankenhausbett sitzt und sich zusammen mit Letty über die Bücher beugt.

»Darum bist du so, wie du bist!«, ruft er aus.

»Wie meinst du das?«

»Ich meine, du bist so korrekt und präzise, irgendwie ein bisschen wie ein Anwalt …« Er hält inne. Die einzigen Anwälte, die er kennt, sind die aus Fernsehserien. Wovon redet er also?

Letty sieht ihn einen Moment lang skeptisch an, dann entspannen sich ihre Gesichtszüge.

»Vermutlich hast du recht«, sagt sie. »Rollo analysiert alles auf eine ziemlich anwaltliche Art. Das hat wohl auf mich abgefärbt. Du bist ein aufmerksamer Beobachter«, stellt sie fest.

»Bist du jetzt gesund?«, fragt Alf.

»Ja«, sagt sie und betrachtet noch immer das Gras. Dann sieht sie auf und lächelt ihn an. »Danke, dass du fragst.«

Doch etwas an der Art, wie sie es sagt, lässt ihn vermuten, dass sie eigentlich sagen will: »Danke, dass du *nicht* fragst.«

»Wollen wir weiter?«, schlägt er vor, hebt ihr Fahrrad auf und hält es ihr hin, dann steigt er auf seins.

Sie fährt voran, und ihr Haar weht im Wind. Ihre langen Beine und Arme sind heute nackt – sie trägt Shorts und ein weißes T-Shirt. Sie legt den Kopf zurück, um sich die Sonne ins Gesicht scheinen zu lassen. Eine Geste, die unverhohlen Glücksgefühle ausdrückt, als ob das Radfahren sie befreit hätte. Wenn sie sich bewegt, ist sie wirklich hinreißend, denkt er. Wenn sie sich nicht bewegt, ist es, als wäre sie von unsichtbaren Ketten gefesselt, eine Gefangene in ihrem eigenen wunderschönen Körper.

»Das war eine coole Idee«, ruft er.

»Ich weiß!«, ruft sie zurück.

Der Bus zurück in die Stadt ist überfüllt, sodass sie dicht voreinanderstehen und sich an den Griffen über ihren Köpfen festhalten müssen. Jedes Mal, wenn der Bus hält und sein Körper gegen ihren und wieder zurückgeworfen wird, sieht er ihr in die Augen, und ihr Mund ist seinem so nah, dass er ihren Atem riechen kann. Wie gern würde er sie küssen, aber das darf er nicht, nein, nein, nein.

Sie steigen in der Nähe der Straßenbahn Nummer drei aus, und er wartet mit ihr an der Haltestelle.

»Sehen wir uns morgen?«, fragt er.

»Du bist dran«, sagt sie, und es fühlt sich an, als wären seine Lungen mit purer Freude gefüllt. Dann sagt sie, ohne ihn direkt anzusehen: »Hast du heute Abend eigentlich schon was vor?«

Es kommt so überraschend, dass er in Panik gerät und zu schnell antwortet.

»Ich bin mit Kochen dran.«

Er könnte Gina eine Nachricht schicken und schreiben, irgendwelche Kunden hätten ihn zum Essen eingeladen, was manchmal vorkommt, und ob sie etwas dagegen hätten, wenn er an einem anderen Tag kocht? Es ist nicht so, als würden sich alle besonders darauf freuen, wenn er kocht. Doch der Moment ist vorbei.

»Kannst du kochen?«, fragt Letty überaus freundlich, doch sie blickt dabei in die Ferne, als könnte sie eine Straßenbahn heraufbeschwören, wenn sie nur fest genug hinsieht.

»Ich lerne noch. Ich kann eine ziemlich gute Carbonara machen. Und du?«

»Nicht wirklich«, sagt sie.

Passiert hier gerade etwas? Oder bildet er sich das nur ein, weil er es so gern hätte? Sie ist allein und möchte Gesellschaft haben, das ist wahrscheinlich alles. Sie sendet einfach nicht die normalen Zeichen aus. In einer solchen Lage war er noch nicht. Wie ein Kandidat bei »Love Island« ist er versucht zu sagen: »Ich fühle da so eine Verbindung zu dir und würde gern wissen, was du für mich empfindest.« Aber so redet niemand im wirklichen Leben. Oder vielleicht doch. Aber er nicht, und ganz bestimmt nicht Letty. Er bezweifelt, dass sie jemals von »Love Island« gehört hat.

10

Donnerstag

LETTY

»Hast du ›Ein Herz und eine Krone‹ gesehen?«, fragt Alf, als sie ihn an der Ecke einholt, die so etwas wie ihr Treffpunkt geworden ist.

»Vor Ewigkeiten«, sagt Letty.

»Also, wir machen meine ›Ein-Herz-und-eine-Krone‹-Tour.«

»Haben die Rom nicht auf einer Vespa besichtigt?«, fragt sie, nicht sicher, ob sie sich in dem verrückten Verkehr sicher fühlt.

»Ich hatte gehofft, dass du das nicht fragst«, sagt Alf. »Ich habe nämlich kein Moped.«

»Da bin ich aber erleichtert!«

Als sie losgehen, sagt er: »Ich habe es meiner Mutter versprochen. Sie darf das nicht noch einmal erleben.«

Sein Vater, erinnert Letty sich. Wie süß, dass ein Erwachsener zugibt, sich an ein Versprechen zu halten, das er seiner Mutter gegeben hat. Sie denkt an alles, was sie Frances als Teenager versprochen hat. Es hat ihr jedes Mal einen Kick gegeben, genau das Gegenteil zu tun. Doch am Ende hat sich fast jeder Verrat als selbstzerstörerisch erwiesen.

Alf reicht ihr eine Postkarte, auf der, umgeben von einem Dutzend Miniaturfotos von Rom, *Saluti da Roma* steht – alle berühmten Orte sind dabei.

»Wie viele von denen hast du schon gesehen?«, will er wissen.

»Nur das Forum, das Kolosseum, den Petersdom ... ach, und die Spanische Treppe.«

»Gut«, sagt er. »Den Rest können wir zu Fuß erreichen, sobald wir im Zentrum sind.«

»Verteilst du auf deinen Touren immer Postkarten?«, fragt sie.

»Das ist ein kleines Extra. Wie ein Geschenk«, erklärt er ernst. »Die Leute mögen Postkarten, aber seit Instagram verschickt sie keiner mehr.«

»Du bist auf Instagram«, sagt sie.

»Das heißt nicht, dass ich nicht mehr weiß, wie toll es war, eine Postkarte von meinen Großeltern zu bekommen, wenn sie zu Wettbewerben im Ausland waren«, sagt er. »Ich glaube, das hat in mir den Wunsch geweckt zu reisen.«

Normalerweise wirkt er so reif, als hätte er alles unter Kontrolle, doch manchmal bekommt man eine flüchtige Ahnung davon, wie er als Kind gewesen sein muss. Letty sieht einen kleinen Jungen mit hellen Locken, der zu den Postkarten hochsieht, die an den Holzbalken in seinem Dachzimmer hängen.

»Sind deine Großeltern mal in Italien aufgetreten?«, fragt sie.

»Ich glaube nicht«, sagt er. »Doch es gibt ein paar italienische Tänzer. Erinnerst du dich an Flavia und Vincent bei ›Let's Dance?‹ Und jetzt gibt es Giovanni.«

»Ich gucke so was eigentlich nicht«, sagt sie, und für den Fall, dass er meint, sie würde sich über Reality-TV erheben, fügt sie schnell hinzu: »Aber Frances.«

»Frances?«

»Meine Mutter. Sie sagt immer, dass sie Tanzen lernen will. ›Let's Dance‹ muss gut für euer Geschäft gewesen sein.«

»Das sollte man meinen. Vor allem im Januar, wenn alle die Sendung gerade gesehen und an Silvester den Vorsatz gefasst haben, tanzen zu lernen. Im Februar ist dann das Wetter schlecht, und an den Wochenenden laufen einige gute neue Krimiserien im Fernsehen. Dann lässt das Interesse schon wieder nach.«

Letty denkt an Frances und ihre Begeisterung. Sie würde sich Schuhe und Kleid kaufen und dann beides zusammen mit dem Neoprenanzug und der Schwimmbrille in der Schublade verschwinden lassen.

An der Piazza Venezia steigen sie aus dem Bus und laufen durch Nebenstraßen zum Pantheon.

Dank Alf entdeckt Letty Seiten von Rom, die sie allein niemals kennenlernen würde. Auf der Via del Corso würde sie den Palazzo Doria-Pamphilj besuchen und die Gemälde studieren, doch der offizielle Shop des Fußballclubs AS Roma, in dem man Merchandising-Artikel und Karten für die Spiele kaufen kann, würde ihr entgehen, dabei ist er genauso Teil der Stadtkultur. Sie würde das Pantheon bewundern, doch nichts von der Elefantenskulptur von Bernini auf dem Platz dahinter wissen, den die Römer laut Alf so lieben. Allein würde Letty nicht in Roms berühmte Eisdiele Giolitti kommen, wo sie Pause machen, um ein Eis zu essen. In dem Raum mit den vergoldeten Spiegeln an den Wänden kann sie sich vorstellen, wie die Leute in den Fünfzigerjahren in eleganten Kleidern und Slingpumps hier Eis gegessen haben und dabei von denselben Kellnern mit Schürzen bedient wurden, die ihr jetzt kleine Gläser mit eiskaltem Wasser zum Kaffee reichen.

Wie sie von Marina weiß, ist das die korrekte Art, einen Espresso zu servieren.

Allein würde Letty sich niemals in einen kleinen Laden wagen, an dessen Wänden ein Dutzend wild tickender Wanduhren in unterschiedlichen Ausführungen und mit den verschiedensten Sprüchen hängen. Alf dreht mit dem Smartphone ein kleines Video.

Auf einer der Uhren steht *Carpe Diem*.

»Das bedeutet ›Genieße den Tag‹ oder wörtlich ›Pflücke den Tag‹«, erklärt sie Alf, als er nach der Übersetzung fragt. »Das stammt aus einem Gedicht von Horace.«

»Und was soll das heißen?«, fragt er.

Sie erinnert sich an den Satz aus ihrem ersten Lateinbuch, mit dem schon Rollo in der Schule gelernt hat. Darin stand die altmodische Übersetzung: »Sammele die Rosenblüten, solange du kannst.«

Heute würde man es wohl mit »Amüsiere dich, solange du kannst« übersetzen.

»Genieße den Augenblick?«, schlägt Alf vor.

»Ja, das ist viel besser«, sagt sie, zufrieden mit seiner zeitgemäßen Übersetzung.

Ihr kommt der Gedanke, dass sie genau das gerade tut – sie genießt den Moment –, und vielleicht ist das der Grund, warum sie sich zunehmend nach Alfs Gesellschaft sehnt. Wenn sie allein ist, macht sie sich Sorgen um die Zukunft oder grübelt über die Fehler der Vergangenheit nach. Sie ist nach Rom gekommen, um einen klaren Kopf zu bekommen, in der Hoffnung, wenn sie genug Zeit zum Nachdenken hätte, würde sich von allein eine Lösung ergeben. Doch wenn sie allein ist, hat sie Angst, dass nichts klarer wird, dass ihr irgendwie die Zeit davonläuft. Wenn sie dagegen mit Alf zusammen ist, genießt sie einfach nur die Schönheit der Orte, die sie besichtigen, das Gefühl der Sonne auf ihrer Haut oder des Windes, der ihr übers Gesicht streicht, den Geschmack des Essens.

Sie hört den Akkordeonspieler schon, ehe sie die Piazza Navona erreichen. Er steht vor einem der Restaurants am anderen Ende, in dem die Touristen zu Mittag essen, doch die Melodie dringt über die lange Piazza zu ihnen herüber: das Trinklied aus »La Traviata.«

»Wiener Walzer«, sagt Alf unvermittelt. »Wollen wir tanzen?«

Und ehe Letty etwas erwidern kann, nimmt er sie in die Arme und drückt seinen rechten Schenkel gegen ihren, sodass ihr keine andere Wahl bleibt, als ihm zu folgen. Sie drehen sich im Walzerschritt, und irgendwie passen sich ihre Füße seinen Schritten an. Ihr Haar weht im Wind, und die *palazzi* aus goldenem Stein sausen vor dem strahlend blauen Himmel an ihr vorbei wie die Bilder in einer Wunderlampe. Ihre Füße tänzeln über das Kopfsteinpflaster, denn sie weiß, er ist stark genug, um sie aufzufangen, wenn sie stolpert. Während sie herumwirbeln, weicht die Überraschung der Freude, die Angst dem Vertrauen. Ihr Körper wird von einem derartigen Hochgefühl ergriffen, dass sie Alf am liebsten sagen würde, dass dies der schönste Moment ihres Lebens sei, als die Musik endet und sie atemlos, schwindelig und lachend an seine Brust sinkt.

Auf einmal merkt Letty, dass sie Publikum haben. Die Leute filmen sie mit ihren Smartphones. Eine Sekunde erschreckt es sie, dass etwas so überaus Persönliches zu einem öffentlichen Ereignis wird, doch die Sorge wird von der puren Freude verdrängt, die sie empfindet, und sie verneigen sich gemeinsam.

Dann lässt Alf sie genauso plötzlich, wie er sie in die Arme genommen hat, wieder los, und sie gehen nebeneinander weiter, als wäre nichts passiert. Doch Letty spürt überdeutlich ihre Hand, die neben seiner hängt wie die losen Enden eines gebrochenen Stromkabels, die sich gegenseitig mit knisternden Blitzen befeuern – gerade ein wenig zu weit auseinander, um eine Verbindung herzustellen.

»Wenn ich tanze, weiß ich, wer ich bin«, sagt Alf. »Sonst bin ich mir nicht sicher, ob ich überhaupt jemand bin.«

Das Geständnis fühlt sich an, als hätte er ihr etwas Kostbares geschenkt. Sie will es nicht mit Plattitüden entwerten. Darum sagt sie nichts. Und dann sorgt sie sich, dass sie etwas hätte sagen sollen, aber den Zeitpunkt verpasst hat.

Auf dem Campo de' Fiori packen die Blumen- und Obsthändler für heute ihre Marktstände zusammen. Letty und Alf sitzen in einem Café und trinken *acqua frizzante*.

Am Fuße der Statue in der Mitte des Platzes spielt ein Gitarrist mit Hintergrundmusik vom Band »Every Breath You Take«.

»Tango«, sagt Alf.

»Ich habe noch nie verstanden, was die Leute an diesem Song romantisch finden«, sagt Letty. »Der handelt von einem Stalker.«

»Ich habe schon oft dazu getanzt, aber noch nie wirklich auf den Text geachtet«, sagt Alf.

»Was ist dein Lieblingstanz?«, fragt sie.

»Am besten kann ich wahrscheinlich Quickstepp«, antwortet er. »Aber es geht nichts über einen Wiener Walzer.« Er sieht sie so gefühlvoll an, dass sie rot wird. Vor einer Woche noch hat sie ihn für arrogant gehalten und sich unwohl gefühlt, wenn er sie ansah. Jetzt muss sie den Blick abwenden, weil sie Angst hat, sonst zu verraten, welche Gefühle in ihr keimen.

»Er gefällt mir«, sagt sie schlicht und trinkt einen Schluck Wasser.

»Beim nächsten Mal«, sagt er, »versuch, dich zurückzulehnen. Ich lasse dich nicht fallen. Es sieht besser aus, wenn unsere Oberkörper so eine Art V bilden.«

»Blume in der Vase.«

»Genau!«, sagt er und blickt auf seine Armbanduhr.

Letty fragt sich, ob ihr Tag nun wohl zu Ende ist. Normalerweise trennen sie sich um diese Zeit.

Doch sie zwingt sich, nicht zu fragen. Sie genießt den Moment, und der Moment ist jetzt, nicht später. Man kann die Gegenwart genauso leicht mit Gedanken an die Zukunft verderben wie mit Gedanken an die Vergangenheit. Sie wird ihn nicht nach dem Essen fragen, das er gestern Abend für seine Mitbewohner gekocht hat. Sie will nicht wissen, ob er eine Freundin hat. Doch es ist schwer vorstellbar, dass jemand, der so attraktiv ist wie er, nicht in irgendeiner Beziehung ist.

»Zwei Sehenswürdigkeiten noch«, sagt Alf und schiebt gerade seinen Stuhl kratzend über das Kopfsteinpflaster, als ein Mann mit einem Eimer Rosen an ihren Tisch tritt. »Um diese Zeit sollten wir nicht lange anstehen müssen.«

Die einzige Szene, an die sich Letty aus »Ein Herz und eine Krone« erinnert, ist die, in der Audrey Hepburn und Gregory Peck den Bocca della Verità besuchen. Im Säulengang einer Kirche befindet sich ein großes rundes Relief von einem Gesicht mit offenem Mund. Gregory Peck erzählt Audrey Hepburn von der Legende, dass einem Lügner die Hand abgebissen werde, wenn er sie in den steinernen Mund stecke. Audrey in der Rolle einer Prinzessin, die vorgibt, ein ganz normaler Mensch zu sein, zögert und zieht ihre Hand schnell zurück, dann fordert sie Gregory auf, seine in den Mund zu schieben. Gregory legt seine Hand in den Mund und schreit auf, als wäre er gebissen worden, doch es war nur ein Scherz.

Sie war eine Prinzessin. Er Journalist. Beide haben sich etwas vorgelogen. Was als verdeckter Schwindel begann, wurde zu einer unmöglichen Liebe. Ihre Welten waren zu verschieden.

Letty fragt sich, ob der Film heute noch funktionieren würde, wo eine Prinzessin heiraten kann, wen sie will, obwohl ein Journalist vermutlich der Letzte wäre, den sie sich aussuchen würde.

»Du zuerst«, sagt Alf.

Es ist schon seltsam, was für eine Macht der Aberglaube hat. Lettys Hand zittert genau wie Audreys, als sie sich dem Mund nähert, obwohl sie eigentlich keine Lügnerin ist. Ihr Verstand weiß sehr genau, dass es nur das dekorative Ende einer römischen Wasserleitung ist, dennoch befragt sie die Öffnung im Stillen, als wäre sie ein Orakel. Bilde ich mir nur ein, dass hier etwas vor sich geht?

Als sie nichts als die kühle Luft im Inneren spürt, macht ihr Herz in einem aberwitzigen Anflug von Optimismus einen Sprung. Sie zieht die Hand zurück.

Was denkt sie nur?

Am Denkmal Vittorio Emanuele fahren sie mit dem Aufzug auf die Terrasse zwischen den beiden riesigen vierspännigen Kutschen. Der Rundblick ist atemberaubend.

»Am besten wartet man, bis die Sonne untergeht«, erklärt Alf, »dann ändert sich die Farbe der Stadt von Gold in Rosa.«

Letty lässt den Blick über die Skyline gleiten und versucht, das Gebäude zu finden, in dem sie wohnt. Erst entdeckt sie die Statuen auf San Giovanni in Laterano, dann ortet sie in der Ferne das Haus.

»Wow«, sagt Alf. »Für Rom ist das ein ziemlich hohes Gebäude.«

»Und wo wohnst du?«, fragt sie.

Er deutet Richtung Testaccio.

»Wir haben eine innenliegende Wohnung«, sagt er. »Keine Aussicht.«

Letty versucht, sich nicht von dem »wir« irritieren zu lassen, und überlegt, ob es merkwürdiger ist, zu fragen oder nicht zu fragen, wer »wir« ist, denn das Wort scheint irgendwie zwischen ihnen zu stehen.

Alf macht Fotos und steckt sein Smartphone weg, dann holt er es wieder heraus. Er kann einfach nicht widerstehen, noch weitere Bilder zu machen, denn der Himmel färbt sich immer spektakulärer.

Schließlich wird es ziemlich plötzlich dunkel, und Flutlichter lassen Roms goldene Steine so weiß leuchten wie das Denkmal, auf dem Letty und Alf stehen.

»Morgen bist du wieder dran mit Aussuchen«, sagt er. Als sie in den Aufzug steigen, sieht er zum wiederholten Mal auf seine Armbanduhr.

»Ich fahre morgen nach Capri.«

»Oh«, sagt er. »Nun ja, in diesem Fall müssen wir heute noch eine Sache machen.«

Sie schlängeln sich durch den hektischen Verkehr auf der Piazza Venezia und überqueren den unteren Teil der Via Nazionale. Von dort laufen sie am Palazzo Colonna vorbei und dahinter durch das Labyrinth aus Gassen mit Andenkenläden voller bunter Kühlschrankmagnete und Kopien von Fußballtrikots. Plötzlich kommen sie auf den Platz, auf dem sich der Trevi-Brunnen befindet. Die Skulpturen sind in gelbes Licht getaucht, die Becken so türkisfarben wie auf dem winzigen Foto auf ihrer Postkarte. Das Geräusch von rauschendem Wasser erfüllt die Atmosphäre.

Alf sucht in seinen Hosentaschen nach einer Münze.

»So weißt du, dass du nach Rom zurückkommen wirst«, sagt er.

Er sieht zu, wie sie sich mit dem Rücken vor den Brunnen stellt und die Münze über ihre Schulter wirft.

»Du auch?«, fragt sie.

»Ich werde nirgendwo anders hingehen!«

Die Straßen sind jetzt leerer. Die Berufstätigen sind zu Hause, die Touristen essen zu Abend. Die Piazza San Silvestro ist verlassen bis auf einen Straßenmusikanten mit seiner Gitarre.

»Walzer?«, fragt Letty voller Hoffnung, doch Alf scheint in Gedanken versunken zu sein.

»Ja«, sagt er. »Das ist ein Wiener.«

Als der Bus neben ihnen hält und die Türen sich zischend öffnen, sagt er sehr sanft: »Pass auf dich auf.« Und dann gibt er ihr einen äußerst flüchtigen Kuss auf die Wange.

Sie beobachtet, wie er im Weggehen das Telefon herausholt, tief Luft holt, bevor er es ans Ohr hält, und bereits spricht, als der Bus an ihm vorbeifährt. Er sieht nicht mehr auf. Den Ellbogen gegen das Fenster gestützt, legt sie die Wange in ihre Hand, als wollte sie den Kuss dort bewahren.

11

Freitag

Alf

Jetzt muss sie im Zug sein, denkt Alf. Er stellt sich vor, wie sie im Frecciarossa nach Neapel sitzt und die Landschaft draußen vorbeirauscht.

»Alf!« Die Lehrerin reißt ihn aus seinen Gedanken. »*Come va?*«

»*Bene, grazie*«, sagt er automatisch.

Die Schüler lachen. Er sollte sagen, dass er irgendein körperliches Leiden habe.

Heute geht es im Unterricht um Krankheiten. Ich habe Bauchschmerzen. Ich habe Kopfschmerzen. Der Arzt sagt, das kommt vermutlich vom Stress. Das Wort für Stress ist im Italienischen dasselbe wie im Englischen, als ob Italiener den Zustand nicht kannten, ehe sie das Wort gehört haben.

In der Pause hält die Lehrerin ihn zurück. Sie möchte wissen, was mit ihm los ist.

Alf erzählt ihr, er habe schlecht geschlafen, und zitiert den Satz, den er gerade gelernt hat. Sie lacht, doch als er versucht, ihr zu erklären, dass er nicht das Gefühl habe, etwas zu lernen, sagt sie, die nächsthöhere Klasse sei zu schwierig für ihn. Um eine Sprache zu lernen, müsse man hart arbeiten, erklärt sie, und er bereut, sich auf seinem

Stuhl gefläzt zu haben, womit sie ihn in dieser Stunde zweimal aufgezogen hat.

Anstatt mit den anderen Schülern runter ins Café zu gehen, läuft er eine Runde um den Block – gerade genug, um das Blut in Wallung zu bringen und seinen Kopf wieder in Gang zu setzen.

Die Schule ist teuer, und da er sich nachmittags mit Letty getroffen hat, hat er kein Geld verdient. Ihm fällt auf, dass er im Unterricht eigentlich gar nicht mit ihr in Kontakt kommt, vielleicht sollte er den dann streichen. So könnte er zumindest vormittags eine Tour anbieten und sie um die Mittagszeit treffen. Auf dem Rückweg in die Klasse informiert er die Empfangsdame, dass er den Unterricht nicht fortsetzen werde. Leider sitzt dort die strenge Olivia, die sich um den Papierkram kümmert und einen Grund wissen will, den sie in ihr Formular eintragen kann.

»*Non ho soldi*!«, sagt er und hofft, dass er es korrekt ausgedrückt hat. »Ich habe kein Geld.«

Die nettere Frau vom Empfang, Chiara, kichert.

Jetzt muss sie auf der Fähre sein und durch den Golf von Neapel fahren. Wie lange die Fahrt wohl dauert? Ist es dort ruhig, oder weht der Wind ihr die Haare ins Gesicht?

Niemand scheint Interesse an einer Führung durchs Forum zu haben. Alf vertreibt sich die Zeit mit einem pummeligen Typen aus Rumänien, der gerade Zigarettenpause macht. Er hat sich schon einmal mit ihm unterhalten. Früher hat der Mann in einer Fischverarbeitungsfabrik in Grimsby gearbeitet. In Rom verdient er sich sein Geld als Amor verkleidet, im kurzen weißen Kleid, mit goldenem Pfeil und Bogen sowie Flügeln – alles, was dazugehört. Mit seinen behaarten Beinen, dem Fünf-Uhr-Bartschatten und der Marlboro Light im Mundwinkel könnte er alles sein, nur nicht der Gott der Liebe. Inkongruent, denkt Alf. Er will schon ein Foto auf Instagram posten, ändert jedoch seine Meinung, als der Typ sich über die Touristen beschwert, die Fotos von ihm machen, ohne ihm die fünf Euro zu zahlen, die er dafür verlangt.

Alf scrollt durch seinen Instagram-Feed. Cheryl hat ein Bild vom Tower Tanzsaal mit der Unterschrift gepostet: *Home Sweet Home! #Blackpool #schönzurückzusein.* Sie sind rechtzeitig von der Kreuzfahrt zurückgekehrt, um bei der Geburt ihrer Enkelkinder da zu sein.

Seine Mutter hat ein Bild von Gary gepostet, der irgendwo einen Auftritt hatte, anscheinend auf einer Hochzeit, denn die Bühne ist mit Ballons geschmückt. Dazu die Hashtags #shelovesyou #yeahyeahyeah. Gary ist Paul McCartney in einer Coverband mit dem Namen Stag Beetles. Sie singen ziemlich gut, sehen aber aus wie ein Haufen Elektriker mit schlappen Perücken. Seine Mutter sagt immer, sie habe sich von Garys Stimme angezogen gefühlt, aber Alf denkt, es lag eher daran, dass Gary die Beleuchtung und die Glitzerkugel repariert hat, als die kurz vor der jährlichen Weihnachtsfeier einen Kurzschluss auslöste.

Alf hat ihr noch immer keine Nachricht geschickt, und wenn er noch länger wartet, werden die Babys schon da sein. Er überquert die Via dei Fori Imperiali und macht an einem Stand am Ende der Via Cavour ein Foto von einem Eimer mit pinkfarbenen Blumen. Dann postet er es, markiert seine Mutter und Cheryl und fügt hinzu #denkeaneuch.

Schließlich kommt eine englische Familie mit einem überheblichen Vater, der den Preis kräftig herunterhandelt, auf Alf zu. Amerikaner, die stets Trinkgeld geben, sind Alf deutlich lieber. Er weiß, dass der Vater permanent seinen Vortrag unterbrechen wird, weil er seinen hyperaktiven Sohn ermahnen wird, dort herunterzukommen, ruhig zu sein und zuzuhören, vielleicht könne er etwas lernen. Als sie vor dem Septimius-Severus-Bogen stehen, erzählt er ihnen von der *damnatio memoriae* von Caracallas Bruder Geta und wünscht sich, Letty würde in der Nähe auf einer Stufe sitzen und über das korrekte Latein schmunzeln.

Sie müssten gerade ankommen, denkt er und stellt sich Heidi und sie aus der Sicht der Fremdenführer und Taxifahrer vor, die am Kai warten.

»Hallo! Wer sind die beiden Hübschen?«

Capri ist der Tummelplatz der Reichen und Schönen. Der Ort, an dem Filmstars und Formel-1-Fahrer Urlaub machen. Letty und Heidi werden aussehen wie Models, die zu einem Fotoshooting anreisen.

Alf geht hinauf auf den Palatin und wandelt auf ihren Spuren von letzter Woche, als sie ihm von dem Liebesgedicht erzählt hat, das ihr so gut gefällt.

»Ich hasse und ich liebe.«

Letty hat ihm erklärt, dass dieser Vers alles über die Liebe sage, und Alf hat sich gefragt, warum sie glaubt, dass der Hass zuerst kommt. Er hat aber immer noch nicht die Worte gefunden, sie das zu fragen.

Alfs Telefon vibriert. Seine Mutter hat auf sein Foto mit der schlichten Nachricht geantwortet: *Danke, Alf #bedeutetmirviel.*

Gina will den neuen Horrorfilm sehen, von dem jetzt alle reden. Alf weiß, dass er ihr nicht gefallen wird, aber er ist froh, etwas zu unternehmen, bei dem sie ein paar Stunden nicht reden müssen, anstatt sich beim Abendessen gegenüber zusitzen.

»Hallo, Schatz!«, begrüßt sie ihn vor dem Kino. Sie trägt ein Kleid, über das er einmal gesagt hat, es wäre ihr schärfstes Kleidungsstück. Sie hat sich die Haare gemacht und sich geschminkt, und irgendwie kommt er sich in seinen Shorts und dem Arbeits-T-Shirt ein wenig underdressed vor.

Sie steht vor einem Plakat, das für die Liveübertragung einer Aufführung des Royal Ballet aus London wirbt. Die Ballerina steht mit dem Rücken zu dem männlichen Balletttänzer, die Arme nach hinten gestreckt. Er kniet hinter ihr und fasst ihre Hände, als flehe er sie an, sich zu ihm umzudrehen und seine Liebe anzuerkennen.

Letty und Heidi sind inzwischen wahrscheinlich von irgendwelchen Typen im Ferrari zum Essen entführt worden. Heidi wird das gefallen, Letty weniger. Letty ist von einer Schutzmauer umgeben, doch sobald diese fällt, kommt darunter ein unschuldiges Wesen hervor. Bei ihr gibt es nicht die üblichen Schritte dazwischen, das Flirten. Sie gibt nichts oder alles, aber nur ganz kurz – wie winzige Diamanten im Sand, die sofort verschwinden, wenn man nach ihnen greift.

Er merkt, dass Gina ihn zweimal gefragt hat, wo er sitzen wolle, und er nicht geantwortet hat.

Das muss aufhören. Gina hat nichts falsch gemacht, außer dass sie ihn liebt.

Vielleicht sollte er sich einfach von Letty fernhalten? Nachdem er den Kurs abgebrochen hat, ist das möglich. Doch als der Trailer für die Liveübertragung der Ballettaufführung läuft, sucht er sofort nach einer guten Ausrede, warum er am nächsten Donnerstagabend nicht zu Hause sein wird.

Normalerweise macht er alberne Sachen, um Gina zu erschrecken, nachdem sie einen Horrorfilm gesehen haben. Sie lässt sich ziemlich leicht ärgern. Doch dieser war so verwirrend, dass sie beide auf dem Weg nach draußen schweigen.

»Hast du Lust auf ein *gelato*?«, fragt Alf, als sie in Richtung der Spanischen Treppe schlendern.

»Nach diesem Film brauche ich einen Drink«, sagt Gina.

Sie trinkt ein Glas Prosecco, er ein Bier. An einem Tisch draußen kostet der Prosecco so viel wie eine ganze Flasche und das Bier so viel wie ihr Wochenverbrauch an Nastro Azzurro.

»Das ist es aber wert«, sagt Gina. »Denn an einem Platz wie diesem habe ich das Gefühl, wirklich hier zu sein. In Rom – verstehst du?«

Am Brunnen spielt derselbe Straßenmusiker, der vierundzwanzig Stunden zuvor in San Silvestro war, »Where Do You Go to My Lovely?«

Als Alfs Großeltern jung waren, war das ein Hit. Sein Großvater Chris hat ihm einmal den Clip aus »Top of the Pops« auf YouTube gezeigt. Mit den langen Haaren und dem Schnurrbart sah der Sänger aus wie eine Karikatur auf die Siebziger, doch der Song besitzt die Schlichtheit eines Klassikers. Cheryl und Chris führen dazu oft am Ende ihrer vierzehntäglichen Gesellschaften einen Wiener Walzer vor. Gestern Abend hätte Alf nur zu gern noch einmal mit Letty getanzt, doch er wusste, wenn er das tat, würden sie sich küssen. Und er wollte sie nicht küssen und dann gehen. Aber er konnte nicht bei ihr bleiben. Es hat seine ganze Selbstbeherrschung erfordert, denn die Verbindung zwischen ihnen war so stark, dass er die Funken in der Dunkelheit beinahe sehen konnte.

Jetzt sitzt sie vermutlich auf der Terrasse eines teuren Restaurants und trinkt Champagner mit irgendeinem aalglatten dauergebräunten Typen, der ihr von seinem Schnellboot erzählt und mit ihr am nächsten Morgen zu einem abgelegenen Strand fahren möchte, den er kennt …

Gina plaudert darüber, was sie an diesem Wochenende gern unternehmen würde, als ein Blumenverkäufer mit einem Eimer Rosen an ihren Tisch kommt. Man kann nicht eine Minute an einem der touristischen Hotspots sitzen, ohne dass das passiert. Alf weiß nicht, wie sie ihr Geld verdienen, denn die Eimer scheinen immer voll zu sein, und er hat noch nie jemanden eine Blume kaufen sehen.

Gina ignoriert den Verkäufer entschieden, doch Alf weiß, dass es sie eine Woche lang glücklich machen würde, wenn er ihr eine Rose kauft. Als er dem Typen die zehn Euro gibt, die er verlangt, wird ihm klar, wie das Geschäft funktioniert. Es sind die Männer mit schlechtem Gewissen, die ihrer Begleitung Rosen kaufen, nicht Männer, die total verliebt sind, wie Gina meint. Sie kommt extra um den Tisch herum auf seine Seite, um ein Selfie mit ihm und der Rose zu machen und es an ihren Vater zu schicken.

»Dad kommt übrigens nach Rom!«, fällt ihr plötzlich ein. »Er kommt am Sonntag und wohnt irgendwo in der Via Veneto …«

»Privat oder geschäftlich?«, fragt Alf. »Ich dachte, für ihn ist Rom nur ein Haufen alter Trümmer?«

»Ich glaube, er will mich einfach sehen«, sagt Gina. »Es ist ziemlich lange her. Und dich. Er mag dich.«

»Beruht auf Gegenseitigkeit«, sagt Alf.

Anders als seine eigene Familie hat Stuart Alfs Beziehung zu Gina immer wohlwollend betrachtet. Stuart vergöttert seine Tochter und unterstützt sie finanziell, obwohl er stets betont, dass er nicht an die »Bank von Mum und Dad« glaube. Er selbst habe keinerlei Hilfe von zu Hause bekommen, darum habe er den Hintern hochkriegen und etwas aus seinem Leben machen müssen.

Stuart hat Ginas Mutter verlassen, als Gina fünf war, aber er hat seine Tochter regelmäßig gesehen und für eine schicke Privatschule im Süden bezahlt, sodass er die Wochenenden mit ihr verbringen konnte.

Als Alf und Gina auf dem Weg nach Rom bei Stuart übernachtet haben, ist er mit Alf zu einem Arsenal-Spiel gegangen. Stuart besitzt nicht nur eine, sondern gleich zwei Dauerkarten für das Emirates Stadion – damit er immer einen Freund mitnehmen könne, hat er gesagt und Alf angelächelt, als wäre er einer.

Das Spiel, das sie sahen, war das erste bei »Match of the Day«, und sie sahen sich anschließend die Highlights in einem Zimmer an, das Stuart als seine Höhle bezeichnete. Tatsächlich war es eher ein kleines Kino. Und Gina sagte: »Nicht noch mehr Fußball!«

Doch Alf wusste, es gefiel ihr, dass er und Stuart sich so gut verstanden.

»Ich habe ihm gesagt, dass wir uns Montag mit ihm treffen«, sagt Gina. »Ich hole ihn ab und verbringe den Vormittag mit ihm, während du in der Schule bist. Danach können wir dann ja vielleicht alle zusammen in seinem Hotel zu Mittag essen.«

Das ist der Moment, ihr zu sagen, dass er die Schule aufgegeben hat. Wenn er es noch länger hinauszögert, ist es zu spät, denn sie wird fragen, warum er es ihr nicht früher gesagt habe.

Doch stattdessen sagt er: »Klar«, und fügt schnell ein »Toll« hinzu für den Fall, dass er nicht begeistert genug geklungen hat. Zu jedem anderen Zeitpunkt hätte er sich wirklich über Stuarts Besuch gefreut. Nur jetzt nicht.

Gina nimmt die Rose in die Hand, dreht sie zwischen Daumen und Zeigefinger und lächelt ihn an. Die Rose hat ihm Zeit verschafft zu entscheiden, wie er mit der Situation umgeht.

Und es ist schließlich nicht so, als hätte er etwas falsch gemacht.

12

Samstag

LETTY

Der Golf von Neapel liegt im Nebel. Die Straße ist genauso steil wie im Reiseführer beschrieben, nur ohne die versprochene spektakuläre Aussicht. Dass Heidi im Hotel geblieben ist, um sich pflegen zu lassen, anstatt Letty auf ihrem Ausflug zu begleiten, war vermutlich die richtige Entscheidung. Anacapri liegt auf der anderen Seite eines Berges, ein etwas bescheidenerer Ort als Capri selbst. Der Bus setzt sie am Fuße eines klapprigen Sessellifts ab. Es ist noch früh, und der Betreiber erklärt ihr, dass sie die Erste sei, die heute einsteige. Die Fahrt zur Spitze des Monte Solaro dauert elf Minuten, in denen man gefährlich nah über den zerklüfteten Felsen baumelt.

Als sie den Gipfel erreicht, löst die Sonne plötzlich die Wolken auf, und das Panorama, das daraufhin erscheint, treibt ihr die Tränen in die Augen. Es kommt ihr vor wie ein Privileg, etwas so überwältigend Schönes zu sehen. Der Himmel ist aquamarinblau, und die Umrisse des Vesuvs bilden den violettgrauen Hintergrund für den unendlich weiten tintenblauen Golf von Neapel, der jetzt im Sonnenlicht glitzert. Im Süden erstreckt sich die felsige italienische Küste mit Positano und Amalfi in Richtung Kalabrien.

Letty fotografiert nur selten, doch die Aussicht ist so unglaublich, dass sie fürchtet, sie könnte in ihrer Erinnerung verblassen, wenn sie sie nicht festhält. Langsam dreht sie sich einmal um die eigene Achse und nimmt mit dem Smartphone ein 360-Grad-Video auf. Dabei wünscht sie sich, Alf wäre hier, um diese Erfahrung mit ihr zu teilen.

Sie fühlt sich wohl mit ihm, ein Gefühl, das sie noch nie bei jemandem außerhalb ihrer Familie empfunden hat, und oft selbst nicht einmal da. Er hat eine vollkommen andere Haltung neuen Dingen gegenüber als sie, doch wenn sie ihm etwas erklärt, das sie weiß, sieht er sie nicht an, als fände er sie seltsam. Er scheint vielmehr ehrlich interessiert zu sein, wodurch sie das aufregende Gefühl hat, als würde sie die Dinge selbst noch einmal neu erfahren.

Hier oben im gleißenden Sonnenlicht, wo der Wind ihr das Haar aus dem Gesicht streicht, erinnert ihr Körper sich daran, wie es sich angefühlt hat, mit ihm zu tanzen – seine Hand auf ihrem Rücken, das wundervolle Gefühl, sich in den unendlichen Drehungen zu verlieren, voll Vertrauen, dass er sie nicht fallen lassen würde.

Letty sieht sich um und versichert sich, dass sie allein auf der Terrasse ist, dann breitet sie die Arme aus und macht zunächst ein paar vorsichtige Schritte, dann größere, mutigere. Schließlich dreht sie sich. Ihre Haare fliegen im Wind, und die Aussicht wirbelt um sie herum. Sie schließt die Augen und stellt sich vor, Alf wäre hier bei ihr und würde über das unfassbare Glück lachen, an diesem himmlischen Ort zu sein, während sie im Kreis Walzer tanzten. Dann würden sie sich in die Arme fallen, sein warmer Körper an ihrem, sich gegenseitig in die Augen schauen und …

»Du meine Güte!«

Letty bleibt abrupt stehen, unsicher, ob die amerikanischen Touristen, die gerade eingetroffen sind, die Aussicht meinen oder sie.

»*Che bella ballerina!*«, sagt der Liftbetreiber lächelnd, als sie sich wieder in den Sessel setzt und er den Bügel über ihrem Schoß schließt.

Das Hotelzimmer duftet nach Orangenblüten und Sandelholz. Heidi liegt in einem weißen Bademantel, ein Handtuch um den Kopf gewickelt, auf einem der Betten.

»Wie war es auf dem Berg?«, fragt sie.

»Wunderschön!«

Letty zieht die Schuhe aus und lässt sich auf das andere Bett fallen. Erst hatte sie Sorge, sich ein Zimmer mit Heidi zu teilen, doch diese hat sich zerstreut. Heidi ist gut darin, über belanglose Dinge zu plaudern – über die Gesichtsbehandlung, die sie am Morgen bekommen hat, und über die Nagellackfarbe nach der Pediküre. Sie wackelt mit den Zehen. Sie hat sich für Silber entschieden, ist sich aber nicht sicher, ob die Farbe gut aussieht, wenn man nicht braun ist. Doch, versichert Letty ihr.

»Welche Geschichte steckt hinter deinem Tattoo?«, fragt Heidi und blickt auf Lettys nackte Füße.

»Mein erster richtiger Freund …«, antwortet sie und hofft, dass das als Erklärung genügt.

Frances ist damals wutentbrannt zum Tattoostudio gestürmt, weil sich Minderjährige nicht ohne die Erlaubnis der Eltern tätowieren lassen dürfen. Doch dort zeigte man ihr die Erlaubnis, die Letty gefälscht hatte. Frances hatte gedroht, sich beim Schulleiter über Josh zu beschweren, doch Ivo sagte, was geschehen sei, sei nun mal geschehen.

Letty hört heute noch, wie ihre Mutter resigniert erklärte: »Nun ja, für eine Selbstverstümmelung ist es wenigstens noch ganz hübsch.«

Damals hat Letty sich über diese Bemerkung wahnsinnig geärgert, doch später schien es ihr wie eine seltsame Vorahnung.

»Hat er sich auch eins stechen lassen?«, fragt Heidi.

»Ja«, sagt Letty, und damit Heidi nicht fälschlicherweise den Eindruck bekommt, es sei eine süße Teenagerliebe gewesen, fügt sie hinzu: »Anscheinend hatte er eins für jede Freundin.«

Mit fünfzehn dachte sie, das Tattoo sei ein Zeichen ewiger Liebe. Jetzt sieht sie es als Brandzeichen, das Josh auf ihr hinterlassen wollte, damit ihre Schande für immer sichtbar bleibt.

Letty hätte das Tattoo damals am liebsten weggeätzt, doch sie ließ es dort, damit sie seinen Verrat niemals vergaß. Das Messer in dem Herz, mit dem winzigen roten Blutstropfen, der von der Spitze fällt – damals ein Symbol des Leides, das sie bereit wäre, für ihn auf sich zu nehmen –, wurde zu einer Metapher für die Grausamkeit der Liebe.

Das Mittagessen ist einfach und für die Leute gedacht, die das Spa-Angebot nutzen. Lettys Pasta besteht aus einem großen Raviolo auf gedünsteten Tomaten, die blässlich aussehen, aber wie die Essenz von tausend frischen Tomaten schmecken. Heidis Safran-Risotto mit einer Langustine ist genauso köstlich, doch beide essen nur die Hälfte von ihrer Portion.

»Eine Essstörung wird man nie ganz los, stimmt's?«, sagt Heidi.

Letty weiß nicht, was sie sagen soll. Ist es so offensichtlich? Erkennt Heidi es an ihrem Aussehen oder an der Art, wie sie isst? Dann merkt sie, dass Heidi ihr keinen Vorwurf macht, sondern etwas mit ihr teilen möchte, das sie gemeinsam haben.

»Mir war nicht klar, dass du …«

Mitten im Satz hält sie inne. Heidi soll nicht denken, sie sei nicht dünn genug, um selbst gelitten zu haben.

»Du siehst so gesund aus«, sagt sie.

In der Klink hat sie gelernt, es als Krankheit zu verstehen.

»Ja«, sagt Heidi. »Aber das ist harte Arbeit, nicht wahr?«

Letty lacht. Sie weiß, dass Heidi das Essen meint, nicht das Hungern. Hungern ist deutlich einfacher.

»Wann hat es bei dir angefangen?«, fragt sie Heidi.

»Mit vierzehn wurde ich von einer Modelagentur entdeckt. Es klingt seltsam, aber ich habe mit meinen Freundinnen zusammengesessen und Kaffee getrunken und Kuchen gegessen. Und dann kam diese Frau zu mir und hat mir ihre Karte gegeben. Man hat mich zu Werbeaufnahmen geschickt. Ich sollte auf einem Auto liegen und sexy aussehen, so was. Meinen Eltern hat das gar nicht gefallen, aber ich dachte, ich wäre jetzt ein Model, und darum habe ich der Frau erklärt, ich wolle lieber auf dem Laufsteg arbeiten. Sie hat gelacht und gesagt, ich sei zu dick. Also hab ich abgenommen, und dann …«

»Konntest du nicht mehr aufhören«, beendet Letty den Satz für sie.

Es ist einfach anzufangen, aber dann kann man nicht mehr aufhören. Wie eine Sucht, nur, dass man nicht von einer Substanz, sondern von einem Verhalten abhängig ist. Von der Verhaltenstherapeutin, zu der Letty während und nach ihrem Krankenhausaufenthalt gegangen ist, hat sie gelernt, dass es bei einer Sucht nie um die Droge an sich geht, sondern immer um die Gedanken, die zu dem Verhalten geführt haben.

Letty war immer gertenschlank. Sie kam nach der Familie ihres Vaters. Anders als einige ihrer Freundinnen wurde sie in der Pubertät nicht pummelig. Auf der Ballettschule aß sie mehr als alle ihre Mitschüler, die ständige körperliche Anstrengung machte sie hungrig.

»Ich habe früher Ballett getanzt …«, sagt sie.

»Ah ja«, unterbricht Heidi, als würde sie verstehen.

»Nein. Es war nicht wegen des Balletts …«, korrigiert Letty.

Das dachten alle, sogar die Ärzte. Sie hatten den Film »Black Swan« gesehen, darum meinten sie, alles darüber zu wissen, doch das stimmte nicht.

Ballett hatte ihr Kontrolle über ihren Körper gegeben. Es waren die Verletzung, der plötzliche Schock und der Mangel an Disziplin, die der Krankheit die Chance gaben, sich schleichend ihrer zu bemächtigen. Letty war von der Ballettschule, in der strikte Regeln herrschten, auf die Schule ihres Vaters gewechselt. Dort war sie »frei«, aber sie hatte keine Ahnung, wie sie damit umgehen sollte. Verglichen mit anderen Mädchen, war sie klein und unterentwickelt und so schüchtern, dass sie ein leichtes Opfer für die Cliquen der »coolen« Mädchen bot. Die nannten sie Ballerina und behaupteten, sie sei rausgeworfen worden, weil sie zu dick sei. Letty hatte tatsächlich etwas zugelegt, weil sie ja seit Monaten nicht mehr trainieren konnte, und so wurde der erste Samen gesät.

Als Josh sie vor den Schikanen rettete, war das Problem schon da, aber es war noch ihr Geheimnis. Als er sie dann verriet, geriet alles außer Kontrolle.

»Ich war im Krankenhaus«, erzählt sie Heidi.

»Mein Gott!«, sagt Heidi. »Wie furchtbar.«

Aus irgendeinem Grund muss Letty darüber lächeln.

Eine Fremde, die auf einer Brücke an Letty vorbeigegangen war, hatte sich Sorgen um sie gemacht und den Rettungswagen gerufen, bevor sie zurückkam und mit ihr redete.

Wäre sie gesprungen, wenn die Fremde nichts unternommen hätte? Letty weiß es nicht.

Es war so heiß in jenem Sommer. Es hieß, sie sei gefährlich dehydriert. Sie konnte sich nicht erinnern, wie oder warum sie zum Fluss gegangen war oder wie lange sie dort gestanden und ins Wasser gestarrt hatte.

Im Krankenhaus fragte man sie, wie sie sich fühle, auf einer Skala von eins bis zehn. Die Wahrheit war, dass sie gar nichts fühlte, totale Leere, darum sagte sie null. Hatte sie sich etwas antun wollen? Die ehrliche Antwort lautete: Sie wollte einfach nur verschwinden.

In der Nacht nach ihrer Aufnahme erklärte eine der Schwestern, die am Ende einer langen Schicht die Geduld verloren hatte, wenn sie nichts zu sich nehme, werde sie sterben. Damals hatte Letty gedacht: Ja, das wäre das Beste für alle Beteiligten.

Sie erinnert sich, wie Frances an ihrem Krankenhausbett gesessen und geschluchzt hat, wenn sie glaubte, Letty würde schlafen. Sie hatte ihre Mutter noch nie zuvor weinen sehen und hasste sich nur noch mehr dafür, dass sie alle um sich herum unglücklich machte.

Vieles davon ist jetzt verschwommen, wie ein Albtraum, dessen Details sie nicht mehr zu fassen bekommt. Sie weiß nicht genau, wie es schließlich dazu kam, dass sie auf die Routine des Krankenhauses ansprach, auf die regelmäßigen Mahlzeiten und die Besuche von ihrem Onkel Rollo.

Auch nachdem sie gefestigt genug war, um entlassen zu werden, setzte sie die Therapie fort, und Marina sorgte zu Hause für die Routine. Während Letty jeden Morgen für das

Abitur lernte, bereitete Marina ein leichtes Mittagessen vor, das sie dann zusammen einnahmen. Wenn Marina sich Sorgen um sie machte, zeigte sie es nicht, anders als ihre Eltern. Frances und Ivo konnten nicht verstehen, wie das direkt vor ihrer Nase hatte passieren können. Es war, als meinten sie, alles, was sie unabsichtlich sagten oder taten, könnte dazu führen, dass es wieder passierte. Gewisse Wörter waren fortan tabu – essen, dick, dünn, krank, Fluss, Tod.

»Komm«, sagt Heidi, rückt den Stuhl vom Tisch ab und geht voraus auf die Poolterrasse, auf der große Sonnenschirme und Liegen mit dicken Polstern stehen. Sie nimmt ihr Wickeltuch ab und taucht in den verlockend blauen Pool. Letty tut es ihr gleich. Der Pool ist nicht geheizt, und die späte Frühlingssonne hat das Wasser nur mäßig erwärmt. Der Schock fühlt sich himmlisch reinigend an, als würde er die schlechten Erinnerungen abwaschen, und als sie gleichzeitig auftauchen, um nach Luft zu schnappen, lachen sie wie alte Freundinnen.

Die Straßen der Stadt Capri sind eigentlich kleine Gassen, wo in ehemaligen Lebensmittelgeschäften und Bäckereien jetzt Designermarken verkauft werden, die man auch in Roms Via dei Condotti, der Londoner Bond Street oder New Yorks Fifth Avenue findet. Heidi macht gern einen Schaufensterbummel, doch an diesem Orten kann selbst sie sich nichts leisten. Als sie weiter zu Tod's geht, bleibt Letty bei Louis Vuitton zurück. Bei einem Aperitif auf dem Hauptplatz schiebt sie Heidi über den Tisch hinweg eine orangefarbene Papiertüte zu.

»Nur ein kleines Dankeschön, weil du das alles arrangiert hast«, sagt sie und fügt hinzu: »Es ist wirklich klein.«

Heidi beugt sich über den Tisch und umarmt sie, dann holt sie liebevoll die Geschenkschachtel aus der Tüte, löst das blaue Band, schiebt das Kästchen heraus und bringt ein winziges Stoffbeutelchen von Louis Vuitton zum Vorschein. Es ist eine dermaßen lächerlich aufwendige Verpackung für so ein billiges Teil, dass Letty sich plötzlich Sorgen macht, Heidi könnte meinen, sie mache sich über sie lustig.

Heidi zieht ein Päckchen Post-it-Zettel mit dem Louis-Vuitton-Logo aus dem Beutel und lacht schallend auf.

»Absolut perfekt«, sagt sie. Sie zieht einen Zettel ab und klebt ihn sich auf die Stirn.

»Wer bin ich?«, fragt sie in Erinnerung an das Spiel, das sie im Unterricht gespielt haben.

Heidi trinkt einen Aperol Spritz, Letty ein Glas Weißwein.

Nach dem Schwimmen fühlt sich Lettys Körper so sauber und gereinigt an, dass ihr der Wein direkt in den Kopf steigt. Das angenehm wohlige Gefühl hat sich gehalten, und es ist schön, einfach nur dem Leben zuzusehen. Sie hört Heidi zu, die von ihrem Mann erzählt, der ihr nach vier Jahren Ehe plötzlich erklärt hat, er sei nicht sicher, ob er sie eigentlich liebe.

Letty hört zu, nickt, sagt nicht viel, bestärkt sie jedoch, so gut sie kann.

»Ich brauche eine Affäre«, erklärt Heidi. »Ich habe überhaupt kein Selbstbewusstsein mehr. Wusstest du, dass Jo mich auf einen Drink einladen wollte?«

Das wusste Letty nicht.

»Aber so verzweifelt bin ich noch nicht.« Heidi lacht. »Und du und Alf?«

Letty wusste, dass dieses Thema unausweichlich aufkommen würde. Heidi hat gesehen, wie sie zusammen die

Sprachenschule verlassen haben. Sie ist überrascht, dass Heidi es nicht schon früher aufgebracht hat.

»Wir haben ein paar Nachmittage zusammen verbracht«, hört sie sich sagen.

»Magst du ihn?«

»Ja.«

»Und …?«

»Und … ich weiß nicht.« Obwohl sie lässig wirken will, spürt Letty, dass sie rot wird.

»Vögelt ihr?«

Letty hat gerade einen Schluck Wein genommen und spuckt ihn zurück ins Glas.

»Nein!«, sagt sie.

»Was für eine Verschwendung!«, stellt Heidi fest. »Du weißt, dass du es willst.«

»Das weiß ich nicht!«, beharrt Letty, aber es klingt etwas halbherzig.

»Was in Rom geschieht, bleibt in Rom, oder? Sagt man das nicht so?«

»Ich bin mir sicher, dass nichts in Rom passieren wird«, erklärt Letty. Wie prüde sie klingt – wie eine alte Jungfer. »Wir kennen uns doch kaum!«

»Er ist groß, er ist muskulös, er hat ein sexy Lächeln – was musst du noch wissen?«, fragt Heidi.

Letty will schon sagen: »So bin ich nicht«, doch dann denkt sie: Wie bin ich nicht? Wie bin ich denn?

Was hat sie zu verlieren?

Doch das hat sie schon einmal gedacht, und die Antwort war deutlich komplizierter als vermutet.

13

Dritte Woche, Montag

Alf

»Non cercavo niente, ma con te ho trovato tutto! Sei il mio tutto. Ti amo!«

Der mit Kreide auf den Weg geschriebene Spruch ist noch da.

Da Alf jetzt das Imperfekt beherrscht, kann er ihn korrekt übersetzen.

»Ich habe nichts gesucht, aber mit dir habe ich alles gefunden! Du bist mein Ein und Alles. Ich liebe dich!«

Wenn Alf am Wasser spazieren geht, kann er besser nachdenken. In Blackpool, vor allem im Winter, werden Sorgen und Zweifel an unendlich langen leeren Stränden vom Sturm weggeblasen, der von der Irischen See herüberweht. Hier lauscht Alf dem sanften Plätschern des Flusses, steht mit einer Handvoll Kiesel am Ufer und wirft sie nacheinander ins Wasser, wo sie mit einem leisen Ploppen eintauchen.

Letty ist jetzt beim Unterricht.

Er versucht, sich zu erinnern, ob er auch so empfunden hat, als er mit Gina zusammengekommen ist. Er fand sie heiß, ja, war scharf auf sie, kein Zweifel, und auch ein wenig geschockt, weil er nicht damit gerechnet hatte. Es war auf jeden Fall eine angenehme Überraschung, doch dann kam diese ganze Geheimnistuerei, und dadurch wurde die ganze Sache viel größer, als sie eigentlich war.

Gina hat sich nicht verändert. Er selbst ist es, der sich verändert hat. Aber sie hat so viel aufgegeben, dass er nicht weiß, ob er sich überwinden kann, sie zu verlassen.

Er ist es Gina schuldig, ihr zu erzählen, was in ihm vorgeht, aber solange Stuart in der Stadt ist, geht das nicht. Wenn Alf ehrlich ist, wird es kein Gespräch sein, sondern ein Schlussmachen. Vielleicht ist doch jetzt der beste Zeitpunkt? Vielleicht kann Stuart sie ja ein wenig trösten und mit ein paar großen Scheinchen wieder auf die Beine bringen?

Alfs Hand ist leer, alle Steine sind weg. Und doch platscht es ab und an im Wasser. Es regnet. Wenn es in Rom zu regnen beginnt, tauchen in Sekundenschnelle überall Verkäufer auf. Sie haben sich die Unterarme mit Regenschirmen behängt und halten bonbonfarbene Plastikumhänge in den Händen. Alf hat keine Ahnung, wo sie so schnell herkommen. Es ist fast, als würden sie in den Kanälen unter den Straßen warten und auf das Prasseln des Regens lauern. Der Fluss jedoch ist für die Straßenverkäufer zu weit abgelegen, und das Hemd, das Alf für das Mittagessen in der Via Veneto angezogen hat, ist durchnässt.

Als er klitschnass in die Wohnung kommt, ist niemand zu Hause. Die Wohnung fühlt sich anders an, wenn sie leer ist, nicht so bedrückend. Da er allein ist, lässt er beim Duschen die Badezimmertür offen. Er fragt sich, ob es nur an dem mangelnden Platz liegt, dass er sich in der Wohnung so eingeengt fühlt. Wäre er glücklicher, wenn sie nur zu zweit wären? Der Gedanke an die pure Gina ist allerdings noch bedrückender als der Gedanke daran, dass sie alle zusammenwohnen. Alf bahnt sich einen Weg durch Ginas Zeug und zieht sein einziges anderes gutes Hemd an – ein weißes. Er hat es für den Fall gekauft, dass er mal einen Job als Kellner bekommt, und hofft, dass sich die Falten beim Tragen glätten, denn zum Bügeln ist jetzt keine Zeit mehr.

Gina und ihr Vater sitzen draußen an einem Tisch, der sich wegen des drohenden Regens heute jedoch hinter einer hinuntergelassenen Plastikbahn verbirgt. Alf schüttelt Stuart die Hand und gibt Gina einen flüchtigen Kuss. Stuart schiebt ihm über den Tisch ein Eau de Cologne von einer Designermarke zu, das er im Duty-free-Shop gekauft hat. Der Stuhl, den sie für Alf freigelassen haben, steht am Rand, genau unter der Naht der Plastikplane. Wasser tropft ihm in den Nacken und läuft sein Rückgrat hinunter, woraufhin Alf den Stuhl ein kleines Stück verrückt.

»Kein Römer würde bei diesem Wetter draußen essen«, erklärt er Stuart.

»Wahrscheinlich können sie es sich nicht leisten, bei der italienischen Wirtschaftslage«, entgegnet Stuart. »Eine absolute Katastrophe, der Euro …«

»Keine Politik, bitte!«, schaltet sich Gina ein.

»Wie war dein Flug?«, erkundigt sich Alf.

»Nicht schlecht, gar nicht schlecht«, sagt Stuart. »Wie war dein Unterricht?«

»Ich habe Dad erzählt, dass du richtig Italienisch lernen willst«, wirft Gina ein.

»Die Schulbank drücken, was?« Stuart zwinkert ihm zu.

Weiß er, dass Alf nicht mehr in die Schule geht? Woher? Er hätte es Gina erzählen sollen, bevor aus Nichterzählen Lügen wurde. Doch jetzt kann er es ihr nicht mehr sagen.

»Für mich geht es etwas zu langsam voran«, erklärt er und greift nach der Speisekarte.

»Und du, Prinzessin? Was macht dein Italienisch?«

»Ich brauche es eigentlich kaum«, sagt Gina. »In der Schule ist es besser, wenn ich nicht alles auf Italienisch erklären kann, denn dann müssen die Schüler Englisch lernen. Und wenn wir ausgehen, habe ich ja Alf. Er spricht ziemlich gut.«

»Warum bestellst du dann nicht für uns?«, fragt Stuart.

Normalerweise hätte Alf kein Problem, mit dem Kellner zu sprechen, doch jetzt, wo er beobachtet wird, zögert er, ausladende italienische Gesten zu machen. Außerdem will Stuart einen Hamburger haben. Der Kellner ist den Umgang mit internationalen Gästen gewohnt und antwortet auf Alfs Versuche, auf Italienisch zu bestellen, auf Englisch.

»Du musst dir eben mehr Mühe geben!« Stuart lacht.

Klingt da ein leicht aggressiver Unterton in seiner Spöttelei mit, oder muss Alf sich bloß erst wieder an diese Art des Umgangs gewöhnen?

»Wie schade, dass Arsenal sich nicht für die Europa League qualifiziert hat«, stichelt er und hofft, Stuart damit genau dort zu treffen, wo es wehtut.

»Wie schade, dass Blackpool sich für gar nichts qualifiziert hat ... Also, Jammerschade für Blackpool überhaupt!«, erwidert Stuart.

Alf lacht.

Die Stimmung löst sich, das Gleichgewicht ist wiederhergestellt.

»Was führt dich nach Rom?«, fragt Alf, als der Kellner eine Flasche Rotwein für Stuart öffnet und eine Flasche Mineralwasser für Alf und Gina.

»Brauche ich einen Grund?«

»Nein. Ich dachte nur …«

»Ich habe meine Prinzessin schon so lange nicht mehr gesehen … wie lange eigentlich?«

»Fast sechs Monate«, sagt Gina.

Alf findet es cool, dass Stuart sie auf Augenhöhe behandelt, doch manchmal grenzt die Nähe zwischen Vater und Tochter irgendwie unangenehm an ein Flirten. Wenn jemand sie jetzt beobachtete, würde er in ihnen einen Vater, eine Tochter und ihren Freund erkennen?

Wenn Letty jetzt vorbeiginge, was würde sie denken? Letzte Woche sind sie genau um diese Zeit durch diese Straße geschlendert, und plötzlich ist Alf dankbar für die Plastikplane, die sie vor den Blicken der Passanten schützt.

Gina isst ihre Spaghetti mit Löffel und Gabel. Es ist albern, sich darüber aufzuregen, denn so lernen es die meisten Engländer. Doch wie die Italiener es machen, ist es so viel leichter – sie benutzen den Tellerrand als Stütze für die Gabel. Nur weil sie in Rom sind, heißt das nicht, dass sie es wie die Italiener machen müssen. Andererseits, wenn man bei Leuten, die jeden Tag Pasta essen, eine bessere Methode sieht, warum sie dann nicht übernehmen? Zum Dessert bestellt Gina Tiramisu und beklagt sich, dass der Alkohol in dem Biskuit so stark sei, dass sie beim Nachmittagsunterricht betrunken sein werde. Was sie immer sagt, wenn sie Tiramisu isst. Ursprünglich fand Alf all ihre kleinmädchenhaften Eigenheiten genauso hinreißend wie Stuart ganz offensichtlich, doch jetzt nerven sie ihn wie Fingernägel, die über eine Tafel kratzen. Er ist froh, als sie ihre Tasche nimmt, zur Arbeit geht und ihn mit Stuart allein lässt.

Sie bestellen Kaffee. Einen Espresso für Alf, einen Cappuccino für Stuart.

»In Italien trinkt niemand nach zwölf Uhr mittags Cappuccino«, erklärt Alf.

»Was ist das für eine Regel? Normalerweise trinke ich fünf davon am Nachmittag! Das kostet mich ein verdammtes Vermögen.«

Das ist keine Regel, denkt Alf. Es ist nur eine kulturelle Eigenheit. Doch das sagt er nicht.

»Was ist das für eine Schule, auf die du da gehst?«, fragt Stuart. Sein Gesicht ist vom Rotwein gerötet, seine Lippen sind an den Rändern schwarz.

»Was soll ich dir erzählen?«, sagt Alf. »Es ist eine Schule. Wir lernen Grammatik, und dann üben wir sie ...«

»Sind da nur Engländer?«

»Nein, überhaupt nicht. Außer mir ist nur noch einer aus England. Ein Typ kommt aus Japan, einer ist Norweger, eine Frau ist Schweizerin, und zwei Frauen stammen aus Kolumbien ...«

»Kolumbianerinnen? Vielleicht sollte ich auch Italienisch lernen«, bemerkt Stuart.

Alf erinnert sich, dass sie im Café vor dem Arsenal-Spiel ein ähnlich machomäßiges Gespräch geführt haben und wie sehr es ihm da gefallen hat, als Mann anerkannt zu werden. Nicht Stuart hat sich verändert, sondern er. Es ist nur Spaß, sagt er sich. Es bedeutet nichts.

»Willst du heute Nachmittag was Bestimmtes unternehmen?«, fragt Alf.

Es gibt keinen besonderen Grund, vom Tisch aufzustehen, aber er fühlt sich gefangen und unruhig. Es regnet noch immer, also hat es keinen Sinn, einen Spaziergang zur Villa Borghese vorzuschlagen, und es ist Montag, sodass die meisten Museen und Kunstgalerien geschlossen haben. Aber Alf glaubt ohnehin nicht, dass Stuart daran interessiert wäre.

»Sind wir hier in der Nähe von den Geschäften?«, fragt Stuart.

»Den teuren Geschäften, ja«, sagt Alf und erinnert sich im selben Moment, dass das eh die einzigen Geschäfte sind, in die Stuart geht.

»Ich möchte was aus einem italienischen Stoff«, sagt Stuart. »Und du siehst aus, als könntest du ein neues Hemd vertragen …«

Stuart erhandelt bei einem Straßenverkäufer für acht statt zehn Euro einen Regenschirm. Wäre er charmant und nicht so aggressiv aufgetreten, denkt Alf, hätte er ihn bestimmt auch für fünf haben können. Gemeinsam gehen sie zur Spanischen Treppe.

»Warum nennt man sie Spanische Treppe, wenn wir in Italien sind?«, will Stuart wissen.

»Ich glaube, weil das hier auch der Spanische Platz ist«, sagt Alf.

»Ach nee …«, bemerkt Stuart.

Alf befragt auf seinem Smartphone Wikipedia.

»Weil sich die spanische Botschaft hier befindet«, sagt er. »Danke dafür. Ich freue mich immer über neue Fakten für meine Touren.«

»Wie viel bekommst du dafür?«, fragt Stuart.

»Ich bin selbstständig«, sagt Alf. »Normalerweise nutze ich einen Algorithmus, um den Preis festzulegen.«

»Beeindruckend«, sagt Stuart. »Und wie geht das?«

»Die Informationen, mit denen ich ihn füttere, lauten: Wie pleite bin ich? Und: Mag ich die Leute genug, um ein paar

Stunden mit ihnen zu verbringen? Das Ergebnis folgt sofort.« Alf beobachtet, wie Stuart zunächst aufmerksam zuhört, bis er merkt, dass er ihm auf den Leim gegangen ist.

»Sehr originell«, sagt Stuart. »Hast du mal darüber nachgedacht, was du machen willst, wenn du nach England zurückkommst?«

»Ich habe noch keine Pläne.«

»Gina wird aber doch sicher nicht ewig hierbleiben wollen, oder?«

Es klingt, als wäre es Alfs Entscheidung gewesen, nach Rom zu gehen, dabei sind sie eigentlich nur hergekommen, weil Sally Gina von der Stelle erzählt hat. Englisch als Fremdsprache zu unterrichten sei ein Kinderspiel, hat sie ihr versichert. Ob Gina mit Stuart gesprochen und ihm gesagt hat, dass sie wieder zurück nach Hause will?

»Was halten wir von diesem Anzug?«, fragt Stuart, der vor dem Schaufenster von Armani stehen geblieben ist und auf einen hellgrauen Sommeranzug zeigt.

Alf steht nicht besonders auf Anzüge, nur beim Tanzen, und dafür braucht man spezielle Anzüge.

»Welche Größe habe ich wohl in Italien?«, fragt Stuart.

»Ich bin mir sicher, das können die Verkäufer dir sagen.«

»Übersetzt du?«

»Klar, aber ich glaube, in dieser Straße spricht man Englisch«, erwidert Alf und ist erleichtert, dass er ein Hemd zur Jeans angezogen hat. Er hat festgestellt, dass die Italiener erwarten, dass man anständig gekleidet ist, wenn man in ihren schicken Geschäften herumstöbert. Er ist mal mit Gina zu Gucci gegangen, weil sie dort eine Tasche im Fenster gesehen hat, und das Personal hat ihn so wütend angestarrt, als hätte er kein Recht, den Laden überhaupt zu betreten.

Stuart sieht gut aus in dem Anzug. Etwas protzig, aber Stuart ist irgendwie ein protziger Typ. Der Verkäufer verkauft ihm noch ein Hemd dazu. Es ist ein schlichtes weißes Hemd, doch es kostet zehnmal mehr als irgendeins, das Alf je gekauft hat.

»Zeit ist Geld. In London verbringe ich nicht viel Zeit mit Einkaufen, aber wenn ich im Urlaub bin ... Darf ich dir auch eins kaufen?«, fragt Stuart.

»Nein danke«, sagt Alf. »Ich habe ein paar neue Hemden zu Hause.«

Gina sollte hier sein. Ihr würde das gefallen. Die Tasche, die sie haben wollte, hat mehr gekostet, als er je verdient hat. Sie hat sie auf den Ständer zurückgestellt und gesagt: »Na ja, wenn du mal reich bist ...«

Alf sagte ihr nicht, dass er, selbst wenn er alles Geld der Welt hätte, es nicht für eine Handtasche ausgeben würde, doch jetzt wünschte er, er hätte sich genauer gemerkt, welche es war. Stuart würde sie ihr garantiert kaufen, und wenn Alf sich ihren Wunsch gemerkt hätte, würde es ihm auch ein paar Punkte bringen. Doch wenn er sich für die falsche Tasche entscheidet, kann die Sache ganz schön nach hinten losgehen. Stattdessen schlägt er vor: »Du solltest mit Gina einkaufen gehen. Sie liebt diese Straße.«

»Darauf wette ich«, sagt Stuart.

Vor Prada begeht Alf den Fehler, ein kurzärmeliges Hemd zu bewundern, das aus zwei Fünfzigerjahre-Mustern gearbeitet ist. Er protestiert, dass er es wirklich nicht haben wolle, doch wenn Stuart einmal zu etwas entschlossen ist, lässt er sich nicht mehr umstimmen.

Genau wie bei dem Eau de Cologne aus dem Duty-free-Shop bleibt Alf nichts anderes übrig, als zu sagen: »Das ist unglaublich großzügig von dir, Stuart. Vielen Dank.«

»Kein Problem. Ich bin froh, dass du auf mein Mädchen aufpasst«, sagt er, und als er ihm die Papiertüte reicht, fügt er lächelnd hinzu: »Ich weiß wirklich nicht, was ich tun würde, wenn ihr jemand wehtut.«

Solche Dinge sagt Stuart einfach, beruhigt sich Alf, denn er arbeitet in London, wo alle dicker auftragen als im Norden. Das ist keine Drohung. Wenn Stuart wirklich wüsste, was in Alfs Kopf vor sich geht, würde er ihm doch kein Hemd kaufen, oder?

Stuart besteht darauf, mit den Einkäufen ein Taxi zum Hotel zurück zu nehmen, obwohl es zu Fuß deutlich schneller ginge. Dann sind sie wieder dort, wo sie vor zwei Stunden angefangen haben, und Alf weiß nicht, was er mit Stuart anstellen soll.

Für einen Aperitif ist es noch zu früh. Um mit ihm zum Olympiastadion rauszufahren und ihm zu zeigen, wo Roma spielt, ist es zu nass. Schließlich landen sie in Stuarts Suite und spielen auf der PlayStation FIFA, bis es Zeit ist, nach Trastevere zu fahren, um mit Gina Pizza zu essen.

»Danke, dass du mir deinen Nachmittag geopfert hast, mein Sohn«, sagt Stuart im Taxi. Er holt seine Brieftasche heraus, und einen peinlichen Moment lang fürchtet Alf, er wolle ihn bezahlen. Doch Stuart zieht einen Flyer heraus, den er aus dem Hotel mitgenommen hat. Darauf wird für einen Zwei-Tages-Trip zu einer Rennstrecke bei Modena geworben, auf der man Lamborghinis fahren kann.

»Ich dachte, das schau ich mir mal an«, sagt er.

»Wow!«, erwidert Alf. »Das macht sicher Spaß.«

»Ich lade dich gern ein … wenn du dich von der Schule frei machen kannst?«

»Stuart, ich habe noch nicht mal einen Führerschein. Ich

glaube kaum, dass mich jemand einen Lamborghini fahren lässt!«

Alf ist froh, dass ihm Stuart einige Tage nicht im Nacken sitzen wird, während er sich überlegt, was er tun soll.

14

Dienstag

LETTY

Anima gemella, principe azzurro, colpo di fulmine, schreibt Susanna aufs Whiteboard.

»Was denkt ihr, was diese Ausdrücke bedeuten?«, fragt sie. »Gibt es ähnliche Ausdrücke in eurer Sprache?«

Sie verteilt einen Text mit dem Beginn einer Liebesgeschichte, die erst aus der Sicht der Frau, dann aus der des Mannes erzählt wird.

»Es war keine Liebe auf den ersten Blick«, übersetzt Letty die Perspektive der Frau. »Wir haben uns erst langsam ineinander verliebt, nach und nach …«

»Ich habe mich sofort in sie verliebt«, übersetzt Heidi die Perspektive des Mannes. Sie blickt auf und lächelt Letty an. Heidi versucht, Letty immer noch Mut zu machen, obwohl Alf seit zwei Tagen nicht zum Unterricht erschienen ist.

Auf Capri, wo die Luft vor lauter Erwartungen zu flirren schien, hat Letty sich vorgenommen zu handeln. *Carpe diem.* Genieße den Augenblick.

Gestern auf dem Weg zum Sprachkurs war sie ziemlich nervös, hat sich aber zugleich darauf gefreut, ihn wiederzusehen. Als er nicht da war und es nachmittags auch noch regnete, ist sie nach Hause gegangen und hat gelernt, und jedes

Mal, wenn sie an ihn gedacht hat, hat ihr Körper vor Freude gekribbelt.

Doch heute ist er wieder nicht da, und Letty fragt sich, ob sie etwas getan hat. Oder nicht getan hat. Wenn sie nicht so distanziert gewesen wäre, wäre er dann hier? Wahrscheinlich hat es nichts mit ihr zu tun. Vielleicht ist er krank?

In der Pause geht sie nach unten zum Empfang und fragt, ob man etwas von ihm gehört habe.

»Er hat die Schule verlassen«, sagt eine der Frauen.

Einen Moment lang steht Letty fassungslos da und weiß nicht, wie sie alles so missverstehen konnte.

Auch Heidi scheint es peinlich zu sein, dass sie ihr Hoffnungen gemacht hat.

»Männer sind Mistkerle«, sagt sie, als Letty es ihr im Café erzählt.

Aber Alf ist kein Mistkerl, denkt Letty.

Nach der Pause üben sie die Vokabeln, die sie gelernt haben.

»Glaubst du an die Liebe auf den ersten Blick?«, liest Masakasu langsam aus seinem Notizheft vor.

»Nein.«

»Bist du in jemanden verliebt?«

»Nein.«

»Wie war deine Verabredung?«

»*È stato un disastro*«, sagt Letty ernst, woraufhin er lachen muss.

Heute strahlt die Sonne, als hätte der Regen den Staub und die Abgase aus der Luft herausgewaschen. Als Letty die Schule verlässt, erinnert sie sich daran, dass sie in Rom ist, um sich über ihr Leben klar zu werden. Sie ist absolut nicht hier, um sich mit einem Typen einzulassen. Wie ein Mantra unterstreicht sie jeden Gedanken mit einem entschlossenen Schritt. Es gibt noch so viel zu sehen. Mit den Vatikanischen Museen hat sie noch nicht einmal angefangen. Gerade holt sie ihr Smartphone heraus, um auf Citymapper den besten Weg dorthin zu suchen, als sie Schritte näher kommen hört.

»Komm, Lets«, sagt Alf. »Wir müssen den Zug kriegen.«

Sie rührt sich nicht vom Fleck, will sich nicht in Richtung Bahnhof zerren lassen. Es ärgert sie, dass er offenbar einfach annimmt, dass sie mitgeht. Doch als sie bemerkt, wie verwirrt er aussieht, wird ihr klar, dass sie es ist, die hier Annahmen macht. Für sie waren die letzten vier Tage eine Reise – sie hat sich eingestanden, dass sie Alf mag, dann beschlossen, dass etwas passieren sollte, und dann fühlte sie sich fallen gelassen und gedemütigt. Aber von alldem hat er keine Ahnung.

»Warum hast du dich von der Schule abgemeldet?«, fragt sie harsch.

»Ich konnte sie mir nicht mehr leisten«, sagt er. »Nicht ohne zu arbeiten. Und ich wollte nicht nachmittags arbeiten … darum dachte ich, ich arbeite stattdessen vormittags.«

Er lächelt etwas verschmitzt, während sie die Information verarbeitet.

Jetzt kommt sie sich albern vor, dass sie ihn überhaupt gefragt hat.

»Und wohin fahren wir?«, fragt sie und lässt zu, dass er ihre Hand nimmt, als sie zum Bahnhof laufen.

»Nach Anzio«, sagt er.

Die Zugfahrt dauert eine Stunde. Am Ziel angekommen, gehen sie das kurze Stück durch die Stadt ans Meer.

»Am Wochenende kommt ganz Rom zum Mittagessen

her«, erklärt ihr Alf. Heute jedoch sitzen nur drei Paare im Restaurant.

Alf bestellt Nudeln mit Hummer und ermutigt Letty, sie ebenfalls zu probieren, doch sie entscheidet sich für Spaghetti mit Muscheln. Er fragt, ob sie Weißwein dazu wolle. Mit Heidi hat sie immer ein Glas getrunken. Warum also nicht? *Carpe diem!* Als der Wein kommt, trinkt sie das erste Glas schnell und genießt das Gefühl, wie die kalte Flüssigkeit ihren Hals hinunterrinnt und kurz darauf ein warmes Gefühl der Entspannung ihren Körper durchströmt.

Der Hummer wird auf der Pasta noch in der Schale serviert und ist mit Soße übergossen. Letty ist froh, dass sie die Muscheln genommen hat, denn sie wüsste nicht, wie sie den Hummer knacken sollte. Alf steckt sich die Serviette in den Kragen seines T-Shirts und macht sich an dem Tier zu schaffen.

»Bevor ich nach Italien gekommen bin, hatte ich noch nie Hummer gegessen«, erzählt er ihr. »Zu Hause übersteigt das bei Weitem mein Budget.«

»Meins auch«, sagt sie.

Letty hat erst ein einziges Mal Hummer gegessen, in Venedig, und dazu so viel Champagner getrunken, dass ein saurer Geschmack im Mund sie noch tagelang an diese Ausschweifung erinnert hat.

»Was habt ihr heute im Unterricht gemacht?«, fragt Alf.

»Hast du dir das so gedacht, dass du den Unterricht jetzt von mir jeden Tag umsonst bekommst?«, fragt sie.

»Auf die Idee bin ich gar nicht gekommen, aber jetzt, wo du es sagst …«, erwidert er und lächelt.

»Heute ging's darum, jemanden kennenzulernen, ein Date zu haben«, sagt sie und ist schon fast mit dem Thema durch, als sie unsicher wird und versucht, sich wieder zu fassen. »In Italien sagt man Blauer Prinz anstatt Prinz Charming … und *colpo di fulmine* heißt Liebe auf den ersten Blick.«

»Vom Blitz getroffen«, sagt er und sieht ihr in die Augen.

Sie schaut aus dem Fenster aufs Meer hinaus.

»Sind in Anzio nicht im Zweiten Weltkrieg die Alliierten gelandet?«, fragt sie.

»Ja, die Amerikaner. Die Briten in Nettuno, das ist ein Stück die Küste runter. Wir können am Strand hinlaufen, wenn du willst.«

»Sehr gern«, sagt sie.

Der Strand ist breit und leer, abgesehen von einer Mutter mit einem Kinderwagen und einem kleinen Kind. Der Sand ist nass und fest.

»Am Strand kann man gut nachdenken«, sagt Alf. »Es fühlt sich ein bisschen so an, als wäre auf der einen Seite das Leben«, er zeigt auf das Land, »und auf der anderen einfach nichts.« Er wedelt mit der Hand in Richtung des offenen Meeres.

»Ein liminaler Ort«, sagt Letty.

»Nennt man das so?«

»Das kommt vom lateinischen *limen*, Schwelle.«

»Liminal«, wiederholt Alf und bleibt einen Moment stehen, als würde er dem Wort nachspüren.

Die Frau mit dem Kinderwagen und dem Kleinkind hat ein Radio dabei. Als sie näher kommen, erkennen sie die Melodie, die es spielt.

»›Don't Get Me Wrong‹. Die Pretenders«, sagt Alf. »Darauf habe ich meinen ersten Junior-Quickstepp getanzt.«

»Den Tanz, den du am besten beherrschst«, erinnert sich Letty.

»Ja. In diesem besonderen Fall allerdings weniger. Wir sind nur Dritte geworden. Aber der Quickstepp ist toll.«

Er zeigt ihr die Schritte, und sie ist fasziniert, wie weit er mit nur wenigen Takten kommt. Es ist lustig, dass er immer die Arme in Tanzposition hält, auch ohne Partnerin.

»Die Körperhaltung ist das Wichtigste«, sagt er, als er merkt, warum sie lacht. »Sie erfordert ziemlich viel Muskelkraft. Das ist auch für dich wichtig«, fügt er hinzu. »Pass auf!«

Er nimmt sie in die Arme.

»Du musst die Ellbogen hochhalten. Du darfst dich nicht nur auf meine Stärke verlassen. Also«, erklärt er und blickt auf ihre Füße. »Es geht langsam, langsam, schnell, schnell, langsam. Gut so«, lobt er, als sie seine Schritte mitmacht. »Du musst dir merken, dass die schnellen Schritte zwar schnell sind, aber dass du sie nicht zu klein machen darfst. So machst du Strecke. Also ...« Er wartet auf eine bestimmte Stelle im Lied, dann führt er Letty durch die Schritte, die sie gerade gelernt hat.

»Allein mit dem Grundschritt kannst du durch den ganzen Raum tanzen«, sagt er.

»Über den ganzen Strand«, korrigiert sie.

»Ja, wahrscheinlich ist es der beste Schritt für den Strand«, sagt er. »Aber wenn du um eine Ecke biegen oder etwas mehr Eindruck schinden willst, kannst du eine Drehung machen. Dazu müssen wir erst den Kreuzschritt lernen ...«

Er zeigt ihr, wie man die Füße beim Rückwärtsgehen kreuzt.

»Das hilft dir aus jeder Situation heraus«, sagt er. »Und jetzt die Drehung.«

Dazu muss sie ihren Fuß zwischen seine Füße stellen, dann dreht er sie um und wechselt die Richtung.

»Jetzt mit einem Kreuzschritt raus ... gut – du bist ein Naturtalent!«

Sie sind inzwischen fast fünfzig Meter von der überraschten Mutter entfernt und können die Musik nicht mehr hören.

»Wollen wir die Elemente zusammensetzen?«, fragt er und scrollt durch sein Telefon, um den Song zu suchen.

Sie sind am Strand, außer ihnen ist niemand da, doch oberhalb von ihnen verläuft eine Straße. Dort sind Häuser, aus denen jemand sie beobachten könnte.

»Hier.« Alf steckt schnell das Telefon in die Hosentasche und streckt die Arme aus.

Ehe sie protestieren kann, erklingt die Musik, und dann quickstepppen sie über den festen Sand, und es fühlt sich wunderbar an, als wäre sie der Star in einem Busby-Berkeley-Film.

Als das Stück endet, dreht sie sich ein letztes Mal und lässt sich atemlos und lachend an seine Brust sinken. An ihren Schläfen rinnt der Schweiß hinunter. An ihrer Wange spürt sie durch sein T-Shirt, wie schnell sein Herz schlägt. Seine Brust ist fest und warm und riecht nach einem teuren Duft, der sie plötzlich zurückweichen lässt.

»Was ist?«, fragt er.

»Nichts«, sagt sie und sieht zur Seite. »Es ist nur ... dein Rasierwasser ...«

Alf lacht.

»Willst du sagen, dass ich stinke?«

»Es stinkt nicht. Jedenfalls finden das die meisten sicher nicht. Aber für mich ... ich bin dir einfach noch nie so nah gekommen und ...« Irgendwie macht sie es mit jedem Wort noch schlimmer.

»Ich habe es heute zum ersten Mal benutzt«, erklärt er. »Und ich war mir selbst nicht sicher ...«

»Tut mir leid«, sagt sie.

»Schon okay. Ich weiß Ehrlichkeit zu schätzen ... und ich verspreche, auf Abstand zu bleiben, bis ich es abwaschen kann.«

Als sie weitergehen, rückt er bewusst ein Stück von ihr ab.

»Warum wolltest du kein Berufstänzer werden?«, fragt Letty. »Du liebst das Tanzen doch!«

»Das ist eine lange Geschichte«, antwortet er.

»Wir haben einen ziemlich langen Strand ...«

»Also, die kurze Antwort lautet, dass ich überlegt habe, Tanz zu studieren, aber es hat nicht geklappt.«

Die lange Antwort würde sie mehr interessieren, aber sie spürt, dass ihm das Thema unangenehm ist. Bei Alf merkt man das gleich an seinem Gang – dann werden die langen, lockeren Schritte auf einmal zögerlich, eher stakkatoartig.

Es führt kein Weg um die Landzunge am Ende des Strandes herum, also müssen sie zur Promenade hinaufsteigen. Letty sieht sich noch einmal nach dem Strand um. Die Mutter und das kleine Kind sind fort. Die Sonne steht tief am Himmel und taucht alles in ein goldenes Licht.

Alf schaut auf seine Armbanduhr.

»Wir müssen zurück«, sagt er und sieht nach, wie sie auf dem schnellsten Weg zum Bahnhof kommen.

Letty versucht, nicht enttäuscht zu sein. Sie haben zu Mittag gegessen, sie haben sich unterhalten und am Strand getanzt – was kann sie mehr von einem Nachmittag erwarten? Wenn der Zug bald fährt, werden sie gegen halb sieben am Termini sein. Das ist die Zeit, um die sie sich normalerweise trennen. Außer bei der »Ein-Herz-und-eine-Krone«-Tour. Da war es schon dunkel, als sie sich verabschiedet haben und er telefonierend wegging, ohne sich noch einmal umzusehen.

Der Zug hat zwei Etagen, und sie sitzen oben.

Alf fragt sie nach Capri, und sie versucht, ihm zu beschreiben, wie wunderschön es war. Da fällt ihr das Video ein, das sie gemacht hat, und sie zeigt es ihm, wozu er sich neben sie setzt. Als sie das Video wieder sieht und ihm die Orte zeigt – Ischia, Procida, Neapel, Pompeij, Sorrento –, erinnert sie sich, wie sie allein auf der Terrasse getanzt und sich gewünscht hat, Alf wäre bei ihr. Sie spürt seinen Arm auf der Lehne des Sitzes, seine Fingerspitzen berühren ganz leicht den Saum ihres T-Shirt-Ärmels. Sie lässt ihren Schenkel gegen seinen sinken, dann spürt sie, wie sein Zeigefinger sanft und vorsichtig über ihren Arm streicht. Sie sieht vom Display auf, sein Blick ist auf das Video gerichtet. Als er spürt, dass sie ihn beobachtet, dreht er den Kopf, und ihre Münder sind sich so nah, dass sie seinen Atem auf ihren Lippen spürt. Er sieht ihr in die Augen, und sie möchte sagen: »Ich habe dort an dich gedacht.«

Plötzlich poltern hinter ihnen Schritte, und ein aufgeregtes Teenagerpaar stürmt durch den Wagen, rempelt sie an und lässt sich dann lachend auf die Sitze an der Treppe fallen.

»Schwarzfahrer«, flüstert Alf. »Wenn sie den Schaffner nach oben kommen sehen, laufen sie nach unten und kommen dann wieder hoch, wenn er durch das untere Abteil geht.«

Das Paar knutscht jetzt.

»Schwarzfahrer, ja?«, kommentiert Letty.

Alf lacht.

»Sieht toll aus, Capri«, sagt er und wechselt wieder auf den gegenüberliegenden Platz, sodass sie nicht ständig die beiden Teenager im Blick haben.

»Allerdings«, sagt sie. »Bist du schon mal im Golf von Neapel gewesen?«

Es ist, als wären sie zu der künstlichen Sprache aus dem Unterricht zurückgekehrt.

»Nein«, sagt er. »Aber ich würde gern mal hinfahren.«

Den Rest der Fahrt unterhalten sie sich über andere italienische Orte, an denen sie schon gewesen sind, wobei Alf bislang nur Rom und die umliegenden Städte kennt. Die Toskana sei wunderschön, sagt sie, Apulien auch, obwohl die Landschaft ganz anders sei. Venedig? Ja, dort sei sie schon gewesen. Es sei genauso fantastisch, wie alle sagten, aber sie würde nicht noch einmal hinwollen. Sie ist erleichtert, dass sie in dem Moment in den Bahnhof Termini einfahren, sodass er keine Zeit hat zu fragen, warum.

Die Straßenbahn ist voll mit Berufstätigen, die von der Arbeit kommen, und es ist kaum Platz zum Atmen. Als sie an der Porta Maggiore aussteigen, fühlt sich die Luft kühl und angenehm auf ihrer Haut an. Sie gehen langsamer als üblich.

Letty weiß, dass sie ihn will. Und sie denkt, dass er sie auch will. Doch etwas hält ihn zurück. Oder vielleicht muss sie den Anfang machen. Vielleicht ist es das, worauf er wartet. Traut sie sich?

Eine Straßenbahn der Linie drei rattert auf sie zu. Es muss jetzt passieren.

»Ich habe mich gefragt …«, sagt sie, als sich die Türen öffnen.

»Ja?«

»Ich habe mich gefragt … ob du morgen Nachmittag schon etwas vorhast?«, sagt sie.

Alf lächelt, dann nimmt er plötzlich ihr Gesicht in seine Hände und küsst sie voller Zärtlichkeit auf den Mund.

»Bis morgen, hoffe ich«, sagt er und springt gerade noch in die Straßenbahn, bevor die Türen sich schließen.

15

Mittwoch

ALF

Er steht gegenüber der Schule im Schatten eines Gebäudes, und als sie herauskommt, setzt sein Herz einen Schlag aus, so wunderschön ist sie. Sie geht so lässig, als hätte sie ihr Kleid in einem Secondhandladen gekauft, ohne zu ahnen, dass es sich um Couture handelt. Sie sieht die Straße hoch zu der Stelle, an der sie sich normalerweise treffen, und stutzt, als er nicht da ist.

»Hier drüben!«, ruft er.

Ohne auf den Verkehr zu achten, überquert sie die Straße und zwingt ein Moped, ihr im letzten Moment auszuweichen.

»Warum stehst du hier?«, fragt sie, als wäre es seine Schuld, dass sie fast überfahren worden wäre. Sie bleibt vor ihm stehen, eine Spur zu weit entfernt für einen Kuss.

Er hat zwei Wochen gebraucht, um zu verstehen, dass ihre Zurückhaltung von ihrer Unsicherheit herrührt, fast als wäre sie deutlich jünger, eine Jungfrau, die sich der Zeichen nicht bewusst ist, die sie sendet oder überhaupt senden will.

Er würde sie gern beruhigen. »Schon okay, ich werde dich nicht verletzen.« Doch er ist entschlossen, sie nicht anzulügen. Was auch immer in ihrem Leben passiert ist, es hat sie verletzt, und er möchte Teil der Lösung und nicht Teil des Problems sein. Doch ihre Zurückhaltung macht ihn fertig.

Heute trägt sie ein kurzes Trägerkleid über einem schwarzen ärmellosen Shirt. Der Rock ist weit und würde auf keinen Fall ohne den Latz und die Träger halten, die sich auf ihrem Rücken kreuzen. Ob sie weiß, dass sich jeder Mann danach sehnt, seine Hände auf ihre Taille unter dem losen Jeansstoff zu legen?

»Und, was machen wir?«, fragt er und nimmt ihr den Rucksack aus der Hand.

»Ich habe mir gedacht …« Sie sieht auf den Bürgersteig. »Nun ja, ich habe mich gefragt, ob du vielleicht Lust hast, meine Wohnung zu sehen. Ich meine, ganz in der Nähe gibt es ein kleines sardisches Restaurant, das ziemlich gut aussieht. Die bieten Mittagstisch für unter zehn Euro an und …«

»Ich würde deine Wohnung gern sehen«, sagt er, bevor sie sich herausreden kann.

»Ich habe einen schnelleren Weg entdeckt«, sagt sie und geht in die entgegengesetzte Richtung vom Bahnhof Termini.

Alf tanzt innerlich.

Ihr neuer Weg folgt der Aurelianischen Mauer am Rande des Clubviertels San Lorenzo, das tagsüber schmuddelig und verlassen aussieht.

Sie müssen im Gänsemarsch einen dunklen Tunnel durchqueren, der unter den Bahngleisen hindurchführt. Die Vorstellung, dass sie hier allein entlanggeht, gefällt Alf gar nicht.

»Gehst du hier auch alleine lang?«, fragt er, als sie an einem zwielichtig aussehenden Typen mit einem grimmigen Hund vorbeikommen.

»Ich glaube kaum, dass die Dealer mich belästigen werden«,

sagt sie. »Und ich habe nichts an mir, für das sich ein Überfall lohnt. Es sieht gefährlich aus, aber das liegt nur daran, dass es eine arme Gegend ist. Es ist einfach ein weiteres Stadtviertel.«

Sie ist in London aufgewachsen, denkt Alf. Sie kennt sich aus. Diese ungewöhnliche Mischung aus zerbrechlich und selbstsicher überrascht ihn bei ihr immer aufs Neue. Es gefällt ihm. Er mag es nicht, wenn etwas berechenbar ist.

Ihr Haus gehöre zu einem Industriekomplex, einer ehemaligen Nudelfabrik, erklärt sie.

Vor dem Tor zögert Letty.

»Erst die Wohnung oder erst essen?«, fragt sie.

Wohnung, Wohnung, Wohnung, schreit er innerlich.

»Wie du willst«, sagt er.

»Wollen wir dann erst meine Sachen wegbringen?«, fragt Letty. »Übrigens danke, dass du den Rucksack getragen hast.«

In der Halle begrüßt sie den Hausmeister. Er ist ein Bär von einem Mann und mustert Alf, ehe er ihm die Hand schüttelt, als wollte er erst prüfen, ob Alf wirklich die passende Begleitung für diese wertvolle Ware ist.

Als sich die Aufzugtüren schließen, steckt ein alter Italiener noch rasch seinen Stock dazwischen, sodass sie wieder auseinandergleiten und er einsteigen kann. Diese Störung gefällt dem Fahrstuhl gar nicht. Die Türen öffnen und schließen sich ein paarmal, dann dauert es einen quälend langen Moment, bis er sich mit den drei Personen in Bewegung setzt. Und dann bleibt er zwischen zwei Stockwerken stehen. Die drei tauschen ein vorsichtiges Lächeln, doch innerlich fragt sich Alf, wie lange sie wohl warten sollten, bis sie den Notrufknopf drücken. Wird er funktionieren? Was, wenn sie dort gefangen sind, bis die Feuerwehr kommt? Warum musste sich der alte Mann genau diesen Moment aussuchen? Warum hat er nicht auf einen der anderen Aufzüge gewartet? Schließlich setzt sich der Fahrstuhl wieder in Bewegung. Der alte Mann steigt im vierten Stock aus, und bis zur zehnten Etage sind sie allein.

Als Letty den Schlüssel im Schloss dreht und die schwere Wohnungstür aufstößt, ist Alf so nervös wie noch nie in seinem Leben. Plötzlich wird ihm klar, dass sie gleich zum ersten Mal ganz allein sein werden, geschützt vor den Blicken der Öffentlichkeit. Wie leicht ist es, einen Fehler zu begehen, etwas zu tun, das sie verschreckt.

»Komm rein«, sagt sie.

Durch die Fensterfront scheint die Sonne herein, und in der Wohnung ist es so heiß wie in einem Glashaus. Letty schaltet den Deckenventilator ein und tritt neben ihn ans Fenster.

»Das ist San Giovanni in Laterano.« Sie deutet auf die Statuen über der Fassade, die in den blassblauen Himmel ragen.

»Da ist das Denkmal Vittorio Emanuele«, sagt er, als er die schwarzen Vierspänner entdeckt, die in der Ferne winzig wirken. Vom Dach des weißen Marmorgebäudes ist nur ein winziges Stück zu sehen.

»Das ist mir noch gar nicht aufgefallen!«, ruft Letty erfreut aus.

»Wir haben von dort doch auch dein Haus gesehen, oder?«, sagt er. »Also …«

Sie stehen nebeneinander, und obwohl sie sich nicht berühren, kann Alf das Beben ihres Körpers dicht neben seinem spüren.

»Willst du ein Glas Wasser?«, fragt sie. »Ich habe welches im Kühlschrank.«

Sie geht durch den Raum in den Küchenbereich, stellt zwei Gläser auf den Tresen und schenkt kaltes Wasser ein.

Alf sieht sich um.

»Die Musikanlage ist ziemlich gut für ein Airbnb«, sagt er.

»Ich glaube, wenn er sie nicht vermietet, nutzt der Besitzer die Wohnung als Liebesnest«, erklärt Letty nüchtern.

In ihren eigenen vier Wänden wirkt sie sicherer, während Alf sich ein wenig befangen fühlt.

»Er mag die Beatles«, stellt er fest, als er die CDs durchgeht und das rote Album mit den frühen Hits entdeckt, einschließlich der Songs, die Gary am liebsten singt.

»Hast du was dagegen?«, fragt er.

»Mach nur.«

Doch als er die Songs durchgeht, findet er keinen, der nicht wie eine Anspielung klingt. »Please Please Me«. »She Loves You«. »Love Me Do«.

Schnell entscheidet sich Alf für ein anderes Album. Zu den Songs der Beatles kann man normalerweise sowieso nicht gut tanzen.

Nur wenn sie tanzen, scheinen er und Letty perfekt zu kommunizieren. Sie sprechen Englisch, sie lernen Italienisch, aber ihre Sprache ist der Tanz.

Alf legt »Dos Gardenias« vom Buena Vista Social Club auf – auch wenn der Text unpassend ist, ist er wenigstens auf Spanisch.

»Tanzen?«, fragt er.

Ihre Miene hellt sich auf, und sie kommt aus der Küchenecke und lässt die zwei Gläser auf dem Tresen stehen.

Es ist eine langsame Salsa. Er nimmt sie locker in die Arme, mit der linken Hand umfasst er ihre rechte, mit der anderen berührt er sanft ihren Ellbogen. Es überrascht ihn, wie gut sie sich an die Schritte erinnert. Sie hört die Musik wie er, bewegt sich nicht hektisch wie manche Mädchen, sondern reagiert auf jeden Takt, sodass ihre Bewegung geschmeidig wirkt, als ließe sie sich vom Rhythmus leiten. Ganz natürlich vollführen ihre Hüften die Acht, die kaum ein Anfänger beherrscht. Am liebsten würde er die Hände auf ihre Taille legen und sie an sich ziehen.

Er löst eine Hand und führt Letty in eine Drehung, dann dreht er sie ein weiteres Mal, doch damit hat sie nicht gerechnet, und so stolpert sie auf das riesige Fenster zu. Reflexartig fängt er sie auf, damit sie nicht stürzt, und dann küssen sie sich, und er weiß nicht, ob sie oder er den ersten Schritt gemacht hat, nur, dass sie es beide unbedingt wollen. Und als sie innehalten und sich in die Augen sehen, zieht sie ihn wieder an sich.

Er streift ihr die Träger ihres Kleides von den Schultern, und es fällt auf den Boden. Sie trägt einen schlichten schwarzen Baumwollslip, der ihn mehr anmacht als jeder Seiden- oder Spitzenslip je zuvor. Zwischen dem Bund des Slips und dem Hemdchen ist eine Lücke, eine perfekt geschwungene Taille, nach deren Berührung er sich gesehnt hat. Er geht auf die Knie, küsst ihre makellos weiche Haut und den vollkommenen Bauchnabel und lässt die Zunge an ihrem Körper hinaufgleiten, während er vorsichtig das Unterhemd nach oben und über die vollkommenen Brüste schiebt, ihre vollkommenen Schlüsselbeine, das vollkommene Kinn, die Lippen. Als er sie auf den Mund küsst, biegt sie ihm ihren Körper entgegen, lässt den Kopf in den Nacken sinken und lässt seine Zunge tiefer in ihren Mund.

Plötzlich bemerkt er, dass sie direkt vor dem Fenster stehen. Er hält inne, sieht nach draußen und hört sie flüstern:

»Es ist weit und breit das höchste Gebäude. Niemand kann uns sehen.«

Und dann liegt sie auf dem Boden, knöpft sein Hemd auf und schiebt es langsam auseinander, während er rittlings auf ihr kniet. Wirbel für Wirbel rollt sie sich nach oben und streicht mit dem Mund vom Bund seiner Shorts bis hinauf zu seinem Hals, umfasst seinen Kopf und zieht seinen Mund erneut auf ihren.

Seine Erektion drückt gegen seine Shorts. Plötzlich merkt er, dass er nichts zum Verhüten dabeihat. Er wollte, dass es passiert. Er wollte es unbedingt, aber er hat nicht damit gerechnet, dass es so bald passieren würde, so schnell.

»Was ist?«, fragt sie. Ihre Lippen sind rot, das lange Haar ist zerzaust.

»Ich habe keine Kondome dabei«, sagt er.

»Oh«, sagt sie.

Er weiß nicht, ob das »Oh« bedeutet, dass sie enttäuscht ist oder dass sie daran gar nicht gedacht hat oder auch, dass es hier noch gar nicht darum geht.

Er fühlt sich ganz und gar bloßgestellt. Plötzlich springt sie auf, als wäre ihr etwas eingefallen, klettert die Leiter zum Schlafbereich hoch, wobei sie sich duckt, um sich nicht den Kopf an den Balken zu stoßen, und verschwindet aus seinem Sichtfeld. Er fragt sich, ob er ihr folgen soll, als sie schon wieder auftaucht, sich mit nacktem Oberkörper über das Geländer lehnt und mit diversen Kondomschachteln wedelt.

»*Fragola, ciliegi o naturale?*«, fragt sie.

»*Ciliegi*? Tomate?«, fragt er.

Sie lacht.

»Das sind *ciliegini*!«, korrigiert sie. »Kirschtomaten. *Ciliegi* sind Kirschen.«

»Entscheide du«, sagt er und denkt daran, wie oft er sich diese Szene ausgemalt hat und dass sie in seiner Vorstellung nie so bizarr war.

»Dann *naturale*«, sagt sie und steigt vorsichtig die Leiter herunter. »Ich mag deinen Geschmack.«

»Ich habe viermal geduscht, um das Rasierwasser loszuwerden«, sagt er.

»Ich weiß«, antwortet sie, setzt sich neben ihn und legt das Kondom auf den Couchtisch. »Das heißt, ich weiß natürlich nicht, wie oft du geduscht hast, aber heute riechst du wieder gut.«

Immer, immer präzise.

»Du fühlst dich gut an«, sagt er und zieht ihren Körper wieder an sich.

»Du schmeckst gut«, sagt sie.

»Darf ich?«, fragt er und nestelt am Saum ihres Slips.

»Das klingt gut«, sagt sie.

Das Tempo ist jetzt gemäßigter, sie ermuntern sich, sanft zu erkunden, was den anderen erregt, und bewegen sich in einem schwingenden Rhythmus zum Höhepunkt, der ihm die Sinne raubt. Einen Moment lang weiß er nicht, wer oder wo er ist.

Sie liegen nebeneinander auf dem Holzfußboden, und ihre schweißglänzenden Körper baden im Sonnenschein.

Alf will sich nicht bewegen oder etwas sagen, das das beglückende Gefühl zerstören könnte, sein ganzes Leben lang nur für diesen Moment gelebt zu haben.

Schließlich setzt sie sich auf und legt ihre Hand auf seine Wange, als wollte sie sich vergewissern, dass er real ist.

»Möchtest du was trinken?«

»Ja.«

Er hält ihre Hand noch einen Moment auf seiner Wange, sieht ihr in die Augen und findet dort, was er selbst empfindet.

»Violetta«, sagt er.

»Es ist mir lieber, wenn du mich so nennst, wie du mich gestern genannt hast. Was war es noch gleich?«

»Lets?«

»Klingt so positiv«, sagt sie. »Du gibst mir ein positives Gefühl. Danke.«

»Das freut mich«, sagt er.

Sie steht auf und zieht plötzlich verschämt Unterhemd und Slip wieder an, dann holt sie die Wassergläser und stellt sie neben ihn auf den Couchtisch.

»Ich weiß nicht, wie man das poetischer ausdrückt, aber das war der beste Sex, den ich jemals hatte«, sagt er.

»Für mich auch«, erwidert sie schlicht.

Er setzt sich auf, um sie wieder zu küssen, doch mittendrin bricht sie ab, als wäre ihr gerade etwas Wichtiges eingefallen.

»Wie viel Sex hattest du schon?«

Typisch, dass sie keine pauschale Aussage akzeptiert. Für Letty haben alle Wörter eine Bedeutung.

»Genug«, sagt er. Es gibt Dinge, da lässt er sich nicht festnageln. »Und du?«

»Nicht genug, wie es scheint«, sagt sie und küsst ihn erneut.

Das zweite Mal ist experimenteller. Ihr Körper ist kräftig und biegsam und vollführt mühelos Positionen, die er zuvor noch nie ausprobiert hat. Doch am liebsten sieht er ihr ins Gesicht, wenn ihr Haar um sie beide fällt, als wären sie in ihrem eigenen kleinen Zelt, wenn ihre Körper eins sind und sich so langsam bewegen, dass sie beide vor Lust aufschreien. Es ist so überwältigend, dass es beinahe schmerzt.

Der sardische Eigentümer des Restaurants stellt gerade die Tische rein, als sie zum Mittagessen auftauchen. Es ist ein unscheinbares, fensterloses Gebäude mit Graffiti am Eingang. Wie bei vielen Geschäften und Restaurants in Rom würde man es außerhalb der Öffnungszeiten gar nicht bemerken.

»*Ho sentito che il vostro cibo è buonissimo*!«, sagt Alf und hofft, dass es heißt: »Ich habe gehört, dass man bei Ihnen sehr gut essen kann.«

Er hat gelernt, dass die Grammatik nebensächlich ist, wenn man jemandem ein Kompliment macht.

Der Besitzer zögert, sieht sie an, lächelt, als könnte er an dem Glühen um sie herum erkennen, was sie gerade getan haben, und lässt seine romantische Seite die Oberhand gewinnen. Er winkt sie ins Restaurant und sagt, dass sie nur haben könnten, was noch da sei. Er habe den Koch bereits nach Hause geschickt und werde nichts Neues für sie kochen.

Drinnen ist es kühl wie in einem Keller. Die Wände sind in leuchtendem Pink gestrichen. An der Decke hängen Kronleuchter und verbreiten eine überraschende Atmosphäre: eine Mischung aus Disney und Boudoir.

»Inkongruent!«, flüstert Alf Letty zu.

Obwohl er gesagt hat, sie könnten nur bekommen, was noch übrig sei, eilt der Restaurantbesitzer immer wieder in die Küche und kehrt mit dünnen Scheiben rohen Fisches zum Probieren zurück, einer Portion besonders zubereiteter Muscheln, einem köstlichen Eintopf mit Tintenfisch und frischen Erbsen. Er ermuntert sie, dazu ein wenig sardischen Wein zu trinken, erzählt ihnen die Geschichte des Weinguts, und am Ende des Mahles fühlen sie sich, als hätten sie ein Degustationsmenü in einem sehr guten Restaurant für nur neun Euro gegessen.

Als Alf ihn fragt, ob er ein Foto der Visitenkarte mit den Daten des Restaurants auf Instagram posten dürfe, freut der Restaurantbesitzer sich. Alf schreibt dazu: *Cibo buonissimo! #restaurantsinRom.* Dann umarmt er den Mann spontan und wird auf einmal sentimental, weil ihre Leben nun für immer miteinander verbunden sind. Diesen Ort wird er nie vergessen.

Als sie zurück zu Lettys Haus schlendern, geht Alf so langsam wie möglich und versucht, den Zeitpunkt hinauszuzögern, an dem er ihr sagen muss, dass er nicht mehr mit in ihre Wohnung komme. Er will nichts lieber, als sie wieder in seinen Armen zu halten, ihre Haut auf seiner zu spüren, mit ihr zu schlafen. Mit ihr zusammen einzuschlafen und aufzuwachen und sie noch einmal zu lieben, aber je näher sie sich kommen, desto weniger wird sie ihm sein doppeltes Spiel verzeihen. Es hat keinen Zweck, ihr zu erklären, dass es mit Gina vorbei ist. Es muss wirklich vorbei sein. Er muss handeln.

Selbst jetzt fragt er sich, ob er nicht schon zu lange gewartet hat.

»Kann ich dich morgen sehen?«, fragt er, als sie den Schlüssel ins Türschloss steckt.

»Oh!«

»Glaub mir, jetzt zu gehen ist das Letzte, was ich will, aber … ich muss etwas regeln.« Bitte frag nicht. Bitte frag nicht.

Sie fragt nicht laut, aber ihr Blick sucht seinen, bis er wegsehen muss.

»Es tut mir leid«, sagt er, tritt näher zu ihr und nimmt sie in die Arme.

Ihr Körper, der so biegsam war, ist jetzt steif und starr.

»*Ti adoro*«, sagt er und küsst sie auf den Scheitel.

»Nein, bete mich nicht an.« Sie weicht einen Schritt zurück. »Ich mag keine Menschen, die mich anbeten.«

»Was magst du denn?«

Sie zögert.

»Freundlichkeit«, sagt sie.

»Ich bin freundlich«, sagt er und kommt sich beschissen vor. »Wir sehen uns morgen. Versprochen.«

»Bis morgen dann«, sagt sie, ohne ihn anzusehen.

»Bis morgen«, sagt er und entfernt sich schnell. Als er sich in der Erwartung umdreht, sie winken zu sehen, ist sie bereits im Haus verschwunden, und er fragt sich, ob er sie schon verloren hat.

Es ist nicht Ginas Schuld, sondern seine. Doch er kann nichts dagegen tun. Es hat ihn wie ein Blitz getroffen. Nein. Mach es ganz einfach. Es tut ihm leid. Er wollte sie nicht verletzen. Im Stillen übt Alf ein letztes Mal seine Rede, dann öffnet er die Tür zu seiner Wohnung.

»Du hast dir ja Zeit gelassen«, sagt Stuart.

»Ich dachte, du würdest Lamborghinis fahren«, erwidert Alf und kann seinen Schrecken nicht verbergen.

»Als ich aufgewacht bin, war der Bus schon weg.«

Stuart sieht aus, als hätte er getrunken. Alf fragt sich, wo er die letzten zwei Tage gewesen ist.

»Und? Was hast du so getrieben?«, will Stuart wissen.

»Ein paar Kunden haben mich zu einem späten Mittagessen eingeladen«, sagt Alf so locker wie möglich.

»*Buonissimo sibo*, glaube ich?«, sagt Stuart und betont es falsch.

Er hat den Instagram-Post gesehen.

»Ja.«

»Vielleicht solltest du mit uns auch mal dorthin gehen?«

»Ich bin mir nicht sicher, ob es dein Laden ist«, sagt Alf beiläufig. »Er ist pink und ziemlich klein.«

»Für ein Trinkgeld tut Alf alles!«, scherzt Gina.

»Ich habe heute draußen vor dem Forum auf dich gewartet«, sagt Stuart.

Ist das normal, fragt sich Alf. Wenn er sich mit ihm treffen wollte, warum hat er ihm dann nicht einfach eine Nachricht geschickt? Ist es paranoid, dass er sich einbildet, Stuart könnte seinen Betrug spüren?

»Vor welchem Ausgang?«, fragt Alf.

»Gibt es mehrere?«, fragt Gina.

»Ja, ich benutze oft den in der Via di San Gregorio«, sagt Alf. »Von dort ist es näher zur Straßenbahn.«

»Alf liebt Straßenbahnen«, erklärt Gina ihrem Vater.

»Alf kommt aus Blackpool«, sagt Alf und grinst Stuart an, doch innerlich ist er in Panik.

Wenn Stuart ihn so anstarrt, kann er seine Rede nicht halten.

Stuart fliegt Samstagmorgen zurück, um für das letzte Spiel von Arsenal am Sonntag zurück zu sein.

Das sind noch drei Abende, denkt Alf. Er ist sich nicht sicher, ob Letty so lange warten wird.

16

Donnerstag

LETTY

Als sie aufwacht, fragt sich Letty, ob sie geträumt hat. Sie schließt die Augen und versucht, sich das wundervoll erschreckende Gefühl in Erinnerung zu rufen, als sie Alf in sich aufgenommen hat, wie ihre Muskeln langsam nachgegeben haben, bis sie ihn ganz in sich gespürt hat. Sein Seufzen, als ob er endlich den Ort gefunden hätte, an den er gehört, und wie er sich so sanft, so langsam und kontrolliert bewegt hat, dass sie um mehr gebettelt hat, um mehr, mehr, mehr. Sie wollte, dass er noch tiefer in ihren Körper eindrang, in ihren Verstand, in ihre Seele.

»Ich muss etwas regeln.«

Sicher eine Freundin.

Letty will es unbedingt wissen, und dann auch wieder nicht. Wozu ist das gut?

Den Moment genießen.

Alf und sie existieren im Präsens.

Wenn sie ihn nicht nach seiner Vergangenheit fragt, hat er auch kein Recht, sie nach ihrer zu fragen.

Im Unterricht überlegt sie, ob ihr wohl jemand etwas anmerkt, ob jemandem das Lächeln auffällt, das sich gegen ihren

Willen auf ihre Lippen schleicht. Heidi würde es sehen, aber ihre Freundin ist wieder für ein langes Wochenende verreist, diesmal nach Florenz.

Das Thema der Stunde ist Wohnen.

Ich wohne in einer Wohnung.

Er wartet vor der Schule auf sie. Sie rennen den ganzen Weg zurück.

Sie liegt im zehnten Stock. Zum Glück gibt es einen Fahrstuhl.

Immer wieder drückt er auf den Knopf mit der 10, um sicherzugehen, dass niemand mit ihnen einsteigt, dann drängt er sie gegen den Spiegel und küsst sie, während der Fahrstuhl nach oben fährt, die Hände unter ihrem Shirt, seine Hüften gegen ihre gedrückt.

Sie besteht nur aus einem Raum.

Die Tür schlägt hinter ihnen zu, und sie küssen sich und reißen sich die Kleider vom Leib.

Sie hat einen Holzfußboden.

Sie zieht ihn auf sich herunter.

È una vista meravigliosa.

Das Wort kann auch übernatürlich bedeuten. Eine übernatürliche Aussicht.

»Es ist, als hätte man Sex im Himmel«, sagt Alf anschließend.

Im Restaurant – *ihrem* Restaurant – bestellen sie Nudeln mit scharfer sardischer Wurst und noch ein Viertel von dem leichten Weißwein. Zwei winzige Tassen Espresso, kaum ein Mundvoll, bilden den perfekten Abschluss ihres Essens.

Der Besitzer nennt sie »*cara*«, als ob sie sich schon seit Jahren kennen würden, und schüttelt Alf wie einem alten Freund die Hand.

Zurück in der Wohnung, lieben sie sich auf dem Sofa und liegen anschließend einfach da. Alf streicht mit dem Finger über die Stelle oben an ihrem Arm, und es fühlt sich fast intimer an als alles, was sie getan haben. Doch sie spürt, dass er nicht ganz bei der Sache ist.

»Lass uns übers Wochenende wegfahren«, sagt er plötzlich.

»Wohin?«, fragt sie.

»Was hältst du von Florenz?«

»Da ist Heidi gerade.«

»Dann nicht. Hättest du Lust, noch mal nach Neapel zu fahren?«

»Wir könnten nach Ischia fahren!«, schlägt Letty vor.

Er ruft in seinem Smartphone die Trenitalia-Seite auf.

»Morgen um eins geht ein Zug. Wenn du direkt von der Schule zum Bahnhof kommst, können wir ihn kriegen.«

»Ich werde da sein«, sagt Letty.

Er tippt noch ein paarmal auf sein Telefon.

»Okay, das wäre erledigt«, sagt er.

Dann sieht er auf seine Uhr und steht auf. Es ist die Zeit, um die er üblicherweise geht.

Letty bereitet sich auf den Abschied vor. »Komm. Zieh dich an«, sagt er. »Wir gehen aus.«

»Ausgehen? Wohin?«

»Das ist eine Überraschung.«

Halb sieben ist zu früh, um schon wieder zu essen, es sei denn vielleicht ein Eis. Doch für ein Eis ist der Weg viel zu weit, denkt sie, als sie am Termini aus der Straßenbahn steigen. Er führt sie über die Straßen zur Piazza della Repubblica und bleibt vor einem Kino stehen. Sie versucht, nicht enttäuscht zu sein. Wenn man sich gerade kennengelernt hat, geht man nun mal zusammen ins Kino, oder?

»Überraschung!«, sagt er und zeigt auf ein Plakat.

Sie erkennt darauf Vadim, den Jungen, in den sie früher verliebt war. Jetzt ist er erwachsen und tanzt offensichtlich beim Royal Ballet in der Liveübertragung aus dem Royal Opera House die Hauptrolle in »Manon«. Seit ihrem Unfall hat Letty sich keine Ballettaufführung mehr angesehen. Die Aussicht löst widersprüchliche Gefühle in ihr aus: Aufregung, Sehnsucht, Bedauern.

»Das ist doch eine schöne Überraschung, oder?«, fragt Alf, als spürte er ihren Zwiespalt.

Ist es das? Will sie sich wirklich ein Leben lang Ballettaufführungen versagen, nur weil sie nicht mehr mit den Tänzern auf der Bühne stehen kann? Sie sieht in Alfs verwirrtes Gesicht, erkennt wie wichtig es ihm ist, keinen Fehler gemacht zu haben.

»Es ist eine schöne Überraschung«, sagt sie.

»Ich habe noch nie ein Ballett gesehen«, sagt er. »Außer an Weihnachten im Fernsehen.«

»Du hast ein hervorragendes Stück ausgewählt«, sagt sie. »Es geht um gesellschaftliche Klassen und sexuelle Ausbeutung, und es gibt keine Tutus!« Sie merkt, dass sie »Manon« genauso beschreibt, wie sie es von ihrer Mutter gehört hat.

Frances geht oft allein ins Ballett, doch aus Angst, rücksichtslos zu erscheinen, erzählt sie es Letty nie. Frances liebt jede Art von Theater. Sie wollte selbst einmal auf der Bühne stehen und hat Ivo bei einer Freilichtaufführung von »Ein Sommernachtstraum« während des Sommertrimesters im letzten Studienjahr in Oxford kennengelernt.

»Man kann sagen, es war Liebe auf den ersten Blick«, sagt Frances immer, wenn sie erzählt, wie sie sich kennengelernt haben. »Oder man könnte sagen, dass ich, anders als die eingebildete Kuh, die Titania gespielt hat, bereit war, jemanden an mich heranzulassen, und zwar so sehr, dass er sich in mich verliebt hat.«

Ivo spielte damals Oberon, Frances den Puck.

Doch Frances gab ihren Schauspielwunsch auf, als sie schon bald mit Oscar schwanger wurde.

»Die Schauspielerei war mir viel zu unsicher«, erklärte ihre Mutter, als Letty sie einmal fragte, warum sie nicht zum Theater zurückgekehrt sei. »Einer von uns musste Geld verdienen.«

Viele Jahre hat ihre Mutter Ivos Bestreben, Schauspieler zu werden, unterstützt, doch irgendwie hat er es nicht geschafft, sich zu etablieren. Schließlich wurde er Lehrer, was toll für Letty war, weil er sich in den Ferien immer um sie kümmern konnte.

Letty schafft es gerade noch, Frances eine WhatsApp zu schreiben, bevor das Licht ausgeht. Ich sehe RBs »Manon« live in Rom. Bist du im ROH?

Das Ballett spielt im achtzehnten Jahrhundert in der Pariser Halbwelt. Der erste Akt handelt von Manon, einem wunderschönen unschuldigen Mädchen vom Land, das in die Stadt kommt, wo sie dem jungen romantischen Dichter Des Grieux begegnet. In einem sinnlichen Schlafzimmer-Pas-de-deux erklären sich Manon und Des Grieux ihre Liebe. Doch Manons Bruder Lescaut ist ein Gauner und Emporkömmling, der versucht, Zugang zur feinen Gesellschaft zu erlangen, indem er Manon mit einem reichen Bewunderer verkuppelt, Monsieur GM. Und Manon, die von dessen überwältigenden Reichtum beeindruckt ist, stimmt zu, seine Mätresse zu werden.

»Wow!«, sagt Alf, als nach dem ersten Akt der Vorhang fällt. »Das hätte ich nicht gedacht!«

»Es wäre keine Oper in drei Akten, wenn sie glücklich wären bis ans Ende ihrer Tage«, sagt Letty.

In der Pause ist auf der Leinwand der Zuschauersaal des Royal Opera House in London zu sehen, wo die Menschen an die Bars zu strömen. Letty schaut auf ihr Telefon.

»Hey, meine Mutter ist da!«, sagt sie, als sie Frances' Nachricht liest.

»Sag ihr, sie soll nach vorn gehen und uns zuwinken«, schlägt Alf vor.

Letty weiß nicht, ob sie die Peinlichkeit erträgt, dass ihre Mutter allen Kinobesuchern zuwinkt, die die Übertragung in Hunderten von Kinosälen überall auf der Welt verfolgen.

»Okay«, sagt sie und schreibt Frances von Alfs Idee. Ob sie wohl mitmacht?

Na sicher! Nach ein paar Minuten schreitet die kleine, aber unverkennbare Gestalt ihrer Mutter entschieden den linken Gang hinunter, stellt sich vor den Orchestergraben und winkt nicht nur mit einer Hand, sondern mit beiden. Wenn sie ein Stück Pappe hätte, würde sie wahrscheinlich »Hallo Letty!« daraufschreiben. Als Letty sie sieht, so klein und weit entfernt und so ganz und gar Frances, hat sie vor lauter Sehnsucht einen Kloß im Hals.

»Da ist sie!«, sagt sie und zeigt auf die Leinwand.

»Echt cool. Deine Mutter ist eine verdammt coole Lady«, stellt Alf fest.

So hat Letty sie noch nie gesehen. Peinlich, exaltiert, ja. Cool weniger. Sie weiß, dass Frances dieser Ausdruck gefallen würde.

Sie schreibt ihr: Okay, wir haben dich gesehen! Du kannst jetzt aufhören! Viel Spaß beim zweiten Akt.

Es ist unwirklich zu beobachten, wie Frances auf ihr Telefon sieht und der Kamera einen Kuss zuwirft, ehe sie auf ihren Platz zurückkehrt.

Im zweiten Akt versucht Des Grieux, genug Geld zu verdienen, um Manon zurückzubekommen, indem er beim Kartenspiel in einem Bordell betrügt. Als sie jedoch in ihr Zimmer zurückkehren, um ihre Sachen zu packen und davonzulaufen, kommt die Polizei, und sie werden festgenommen und in die Kolonien verbannt.

»Ich wusste gar nicht, dass Ballett so sexy sein kann«, sagt Alf, als das Licht wieder angeht. »Die Tänzer sind echt heiß!«

»Des Grieux war auf meiner Ballettschule«, erzählt ihm Letty.

»Du kennst diesen Typen?«

»Also, nicht richtig.«

Sie erzählt ihm von ihrer flüchtigen Begegnung mit Vadim, als sie noch ein pubertierendes Mädchen war. »Ich glaube nicht, dass er mich überhaupt bemerkt hat«, gesteht sie.

»Heute würde er das ganz bestimmt«, flüstert Alf ihr zu, als das Licht wieder ausgeht.

Es ist ein nettes Kompliment, weil es so unschuldig und spontan ist.

Im letzten Akt landen die beiden Liebenden in einer Strafkolonie in Louisiana, wo Manon von den Sünden ihrer Vergangenheit eingeholt wird und sie in dem anspruchsvollsten und emotionalsten Pas de deux in Des Grieux' Armen stirbt.

Die Vorstellung der beiden Hauptdarsteller ist so kunstvoll und bewegend, dass Letty Tränen über die Wangen laufen, als der Vorhang fällt. Obwohl die Tänzer im Royal Opera House ihren Jubel unmöglich hören können, springt das Publikum im römischen Kino von den Plätzen und applaudiert.

Auf dem Weg zur Straßenbahn ist Alf schweigsam.

»Was denkst du?«, fragt Letty.

»Kommt das Wort Leidenschaft nicht ursprünglich von ›leiden‹?«, fragt er.

Und als sie nickt, sagt er: »Das war das Schönste und Leidenschaftlichste, das ich je gesehen habe.«

Die Straßenbahn ist voller Restaurantangestellter, die gerade ihre Schicht beendet haben. Es riecht nach Knoblauch und Menschen, die in heißen Küchen geschuftet haben, und es ist so laut, dass keiner von ihnen spricht, doch in ihrem Kopf hört Letty immer wieder die eindringliche Melodie des Manon-Themas.

Zurück in ihrer Wohnung, wo sich die Lichter der Stadt wie ein funkelnder Teppich unter ihnen ausbreiten, umarmen sie sich zaghaft, mit quälender Zärtlichkeit. Und irgendwie weiß Letty, dass Alf die ergreifende Musik im Geiste ebenfalls hört, während sich ihre Körper, Haut an Haut, streichelnd, küssend zu einem langsamen, sinnlichen Tanz vereinen.

Anschließend liegt sie nackt im Mondlicht und beobachtet, wie er sie beobachtet.

»*Quanto sei bella*!«, sagt er.

Letty setzt sich auf und legt einen Finger auf seine Lippen.

»Nicht …«

»Warum?«

Sie seufzt. Wird er noch genauso empfinden, wenn sie es ihm erzählt hat?

»Jemand anders hat mir früher immer wieder gesagt, wie schön ich bin …«

Wenn er wegläuft, dann lieber jetzt als später, wenn sie sich noch mehr verliebt hat, denn sie ist dabei, sich in ihn zu verlieben, und das macht ihr Angst.

»Ich habe dir doch erzählt, dass ich nach der Ballettschule auf eine öffentliche Schule gewechselt bin und dass dort diese Mädchen waren ...«

»... die dich gemobbt haben.«

»Ja. Aber da war dieser Typ, für den alle geschwärmt haben. Er hieß Josh.«

Sein Name klingt selbst jetzt noch irgendwie romantisch in ihren Ohren. Früher hat sie ihn immer vor dem Spiegel geübt und beobachtet, wie sie dabei aussah – lässig (*Oh, hi Josh!*) oder erfreut (*Hallo, Josh, wie geht's?*) oder so richtig romantisch (*Ich liebe dich, Josh*). Sie stellte sich dicht vor den Spiegel, um zu sehen, wie sie aussah, wenn sie geküsst wurde. Mit offenen Augen? Mit geschlossenen? Unmöglich zu sagen, denn sie musste blinzeln, um es zu sehen.

»Er war in der Stufe zwei Jahre über uns. Er war wirklich attraktiv und begann irgendwann, sich für mich zu interessieren. Es fühlte sich an, als hätte mich ein Typ aus einer Boygroup, auf den alle scharf waren, aus der Menge herausgepickt. Zuerst dachte ich, das wäre irgendein Trick. Ich meine, ich war unreif, hatte so gut wie keine Brüste und schminkte mich nicht oder so etwas. Doch dann wollte er sich mit mir verabreden. Ich hatte noch nie ein Date gehabt und keine Ahnung, was ich sagen sollte. Aber wie sich herausstellte, brauchte ich einfach nur zuzuhören, denn er redete die ganze Zeit über Fußball – er war Spurs-Fan. Als ich nach Hause kam, setzte ich mich hin und lernte alles über die Spurs und den Rest der Premiere League ...«

Alf lacht.

»... und beim nächsten Mal, als wir zusammen das Schulgebäude verließen, hatte ich eine Menge zu sagen. Er fand mich ziemlich cool. Er besorgte mir einen gefälschten Ausweis und nahm mich mit in den Pub zu seinen Kumpels. Da meinte er dann irgendwas wie: ›Das Mädel ist echt hübsch, aber sie kennt sich auch mit Fußball aus und so‹, und auf einmal hatte ich wohl so eine Art Identität.«

Alf lächelt.

»Und dann kam so etwas wie ein Werbungsritual. Er sagte mir, er würde mich anbeten ...«

Alf verzieht das Gesicht.

»Dann kam das Tattoo. Frances ist ausgerastet, aber sie konnte nichts tun, was es natürlich nur noch aufregender machte. Und dann hatten wir Sex. Frances und Ivo waren bei der Arbeit, und mein Zimmer ist ganz oben im Haus, sodass Marina nichts hören konnte. Danach war es so merkwürdig, weil ich mich völlig anders fühlte, aber niemand hat was bemerkt ...«

Sie blickt zu Alf hinunter.

»Er meinte, ich wäre so schön, er wolle mich filmen. Und als wir an einem Wochenende bei ihm in der Wohnung waren, in der er mit seiner Mutter lebte, ließ ich es zu.«

Auf Alfs Gesicht erscheint ein besorgter Ausdruck, als wüsste er, was nun kommt.

»Es fühlte sich toll an. Ich habe ihm komplett vertraut, als wäre es echte Liebe«, sagt Letty und denkt, dass sie genauso gut ehrlich sein kann. »Und dann ... hat er den Film im Internet gepostet.«

Montagmorgen, als sie wie jeden Tag nach dem Aufwachen seinen Status und sein Profilbild checkte, um sicherzugehen, dass er sie noch liebte, war der Film noch nicht da. Doch um die Mittagszeit war etwas passiert, denn als sie an den Schließfächern vorbeiging, fingen die coolen Mädchen an zu keuchen und riefen: »Ja, ja, ja!« In der Schlange vor der Essensausgabe hörte sie immer wieder das Wort »Schlampe«, auch wenn sie eine Weile brauchte, um zu begreifen, dass sie gemeint war. Und dann stellte sie ihr Telefon an ...

»Idiot!«, sagt Alf.

»Ja, aber ich war naiv. Ich habe ihm vertraut«, sagt Letty traurig.

»Gott, nicht du! Er! Er ist der Idiot!« Alf setzt sich auf und zieht sie an sich, als wollte er die Verletzung heilen und sie beschützen.

Noch nie hat jemand Josh als Idioten bezeichnet.

Für Frances war Josh ein Vergewaltiger.

Letty konnte hören, wie ihre Eltern bis spät in die Nacht in der Küche saßen und darüber sprachen, während sie auf der Treppe hockte.

»Niemand kann sagen, dass sie nicht einverstanden war«, hat Ivo gesagt, und Letty fühlte sich, als würde es ihr vor Scham das Herz zerreißen beim Gedanken an ihren Vater, der jeden Tag im Lehrerzimmer mit all seinen Kollegen weiterarbeiten musste, die das Video ebenfalls gesehen hatten.

»Laut Gesetz *darf* man mit fünfzehn seine Zustimmung noch gar nicht geben!«, hat Frances ihn angeschrien. Sie wollte Anklage erheben.

»Aber was bringt das?«, fragte Ivo.

»Mir ist egal, was es bringt – was hat er ihr nur angetan?«

»Es schadet ihr mehr, wenn du daraus eine große Sache machst ...«

»Wie viel größer kann es denn noch werden?«

Letty weiß noch, dass es sich anfühlte, als wäre ihr ganzes Leben öffentliches Eigentum geworden.

Idiot. Hätte er das Video nicht gepostet, wäre es eigentlich keine so große Sache gewesen. Wahrscheinlich ist so etwas in Alfs Schule ebenfalls vorgekommen. Wahrscheinlich kommt es in jeder Schule im Land vor. Josh war kein gemeiner Peiniger, sondern ein siebzehnjähriger Junge, der einfach nur angeben wollte.

Vielleicht wäre die ganze Sache gar nicht so aus dem Ruder gelaufen, wenn damals jemand »Idiot« gesagt hätte.

»War das die Zeit, als du krank geworden bist?«, fragt Alf.

»Ja«, sagt Letty. »Essstörung. Ich glaube, ich habe buchstäblich versucht zu verschwinden.«

»Aber du hast dich wieder erholt. Du bist hier«, sagt er, küsst sie auf die Stirn und zieht sie erneut an sich.

»Ich habe gelernt zu essen. Ich habe gelernt, dass ich die Kontrolle über meine Nahrungsaufnahme besitze, nicht umgekehrt.«

In der Therapie hat sie gelernt, dass Genesung ein niemals abgeschlossener Prozess ist.

»Und nach alledem bist du nach Oxford gegangen?«, fragt Alf weiter.

Sie lächelt. Im Vergleich dazu war Oxford ein Kinderspiel.

Die Struktur und die festen Essenszeiten dort hatten ihr Sicherheit gegeben. Ein glückliches Jahr lang lebte sie in Oxford in einem Kokon, bis sie aus irgendeinem Grund wieder leichtsinnig wurde.

Doch das muss sie Alf nicht erzählen. Sie weiß nicht, ob sie ihm überhaupt jemals erzählen wird, warum sie nach Rom gekommen ist.

Mitten in der Nacht schreckt Letty aus dem Schlaf, weil sie merkt, dass Alf aus dem Bett aufsteht und sich duckt, damit er sich nicht den Kopf stößt. Als sie unten die Toilettenspülung hört, schläft sie wieder ein, und als sie erneut aufwacht, ist sie nicht sicher, ob fünf Minuten oder fünf Stunden vergangen sind. Das Licht am Rand der Jalousien ist grau, nicht silbern wie von der Morgensonne. Morgengrauen, denkt sie und streckt die Hand nach seiner aus, doch der Platz neben ihr ist leer. Ein Klicken. Die Wohnungstür.

Hastig klettert sie die Leiter hinunter, um die Jalousien hochzuziehen, beugt sich so weit aus dem Fenster, wie sie sich traut, und sieht ihn unten weggehen.

In der stillen Morgendämmerung herrscht kaum Verkehr. Wenn sie nach ihm rufen würde, würde er sie wahrscheinlich hören. Doch was soll sie rufen? Geh nicht? Komm zurück?

Hat sie ihm zu viel erzählt? Er ist jung. Jünger als sie, auch wenn er nicht so wirkt. Warum sollte er sich das antun?

Alf lebt nur in der Gegenwart. Warum musste sie von der Vergangenheit anfangen?

Sie beobachtet, wie er aus ihrem Blickfeld verschwindet, wendet sich traurig vom Fenster ab und bemerkt erst da die Postkarte auf dem Tisch.

Die Karte zeigt eine Collage aus sepiafarbenen Standfotos aus »Ein Herz und eine Krone«.

Auf die Rückseite hat er geschrieben: Ich wollte dich nicht wecken. Ich muss packen. Ci vediamo all'una! Komm nicht zu spät!

17

Freitag

Alf

Es ist zu spät und zu früh für die Straßenbahn. In der grauen Morgendämmerung läuft Alf an Santa Croce in Gerusalemme vorbei und die Straße Richtung San Giovanni in Laterano hinunter. Hinter der Kathedrale führt eine schmale Straße bis zum Kolosseum. Er genießt es, den Widerhall seiner Schritte zu hören, das Gefühl, als Einziger in der Stadt wach zu sein.

Die ersten blassen Sonnenstrahlen fallen auf die Bögen des Amphitheaters, grau vor einem fast weißen Himmel. Reinigungsfahrzeuge spritzen die Straßen ab und erfrischen die Luft. Als er Richtung Circus Maximus geht, kann er die Kiefern auf dem Palatin riechen, und als er Testaccio erreicht, werden an seiner Bar gerade die Rollläden hochgezogen. Er stellt sich an den Tresen, um einen Espresso zu trinken, isst ein *cornetto*, kauft dann noch eins und legt es neben den noch schlafenden Obdachlosen auf die Bank.

Als er die vier Treppen zu ihrer Wohnung hinaufsteigt, fürchtet er sich ein wenig vor der bevorstehenden Auseinandersetzung. Er hat Gina erzählt, er würde mit ein paar Jungs aus der Schule bolzen gehen. Sie hat den Abend mit ihrem Vater verbracht und nicht nach Einzelheiten gefragt. Zumindest muss er ihr nicht vorgaukeln, er sei am Ende so betrunken gewesen, dass er in der erfundenen Wohnung eines erfundenen Mitschülers übernachtet habe, denn er kann nicht länger warten. Er muss heute Morgen mit Gina Schluss machen.

Als er die Wohnungstür öffnet, atmet er langsam ein und aus und sieht auf seine Uhr. In wenigen Stunden wird es vorbei sein. Er muss es nur hinter sich bringen. Dann ist er frei.

Vorsichtig öffnet er die Tür zu ihrem Schlafzimmer, um sie nicht abrupt zu wecken, doch das Bett ist leer. Überall liegt ihre Arbeitskleidung herum. Sie hat zwei Paar hochhackiger Schuhe anprobiert und wieder verworfen. Zwei dazu passende Handtaschen liegen verlassen auf dem Bett. Ganz offensichtlich ist sie von der Arbeit zurückgekommen und hat sich eilig umgezogen. Wahrscheinlich hat sie bei Stuart in der Suite übernachtet.

Alf ändert seine Pläne. Er wird packen und auf sie warten. Auf Zehenspitzen holt er seinen Rucksack vom Kleiderschrank, räumt Ginas Sachen vom Bett und beginnt zu packen – das Hemd, das Stuart ihm gekauft hat und das noch mit der Quittung in der Prada-Tüte liegt, lässt er zurück.

Dann setzt er sich aufs Bett und wartet. Hinlegen will er sich nicht, damit er nicht einschläft.

In der Küche hört er, wie Mike sich Müsli zubereitet und dann geräuschvoll isst. Sally ist unter der Dusche. Dann geht sie in die Küche, um Kaffee zu kochen. Die beiden tauschen ein paar wenige Worte. Mike ist kein Morgenmensch. Dann ruft Sally: »Gina? Alf? Das Bad ist frei! Bis später!«

Die Wohnungstür fällt ins Schloss. Um neun Uhr ist Gina immer noch nicht zurück.

Alf duscht, zieht sich saubere Sachen an und schiebt die schmutzige Wäsche in den Deckel seines Rucksacks. Er sitzt in der Küche und überlegt, ob es vielleicht besser ist, Gina dort zu begegnen, auf neutralem Gebiet.

Plötzlich schreckt Alf aus dem Schlaf hoch. Sein Kopf ist nach unten gesackt. Die Müdigkeit muss ihn kurz übermannt haben. Er sieht auf seine Uhr und gerät in Panik. Es ist halb zwölf. In eineinhalb Stunden müssen Letty und er den Zug nehmen. Und Gina ist immer noch nicht da.

Er beschließt, sie anzurufen. Das Telefon klingelt so laut, als wäre es in der Wohnung. Es *ist* in der Wohnung. Er folgt dem Geräusch ins Schlafzimmer und blickt zu Ginas Seite des Bettes hinüber. Ihr Handy liegt auf dem Boden in der Ladestation, wo sie es vergessen haben muss. Sie war in Eile. Das ist schon oft passiert.

»Ihr Gesprächspartner ist vorübergehend nicht erreichbar. Bitte hinterlassen Sie eine Nachricht nach dem Signalton.«

Alf legt auf.

Sie waren fast ein Jahr zusammen. Er kann nicht mit einer Nachricht auf ihrer Mailbox Schluss machen.

Die Zeit läuft ihm davon.

Wäre es netter, Gina eine Nachricht zu hinterlassen? Das ist feige, aber ist das schlimmer als all die Lügen, die er ihr bis jetzt erzählt hat? Immerhin hat er versucht, das Richtige zu tun. Aber er kann es nicht länger hinausschieben.

Er nimmt Papier und Stift.

Während er vor der Schule auf sie wartet, lässt die Vorfreude auf das Wiedersehen mit Letty ihn alles andere vergessen. Dann kommt sie, und ihr wunderschönes Gesicht hellt sich auf, als sie ihn entdeckt. Sie will schon über die Straße rennen, als sie sein erschrockenes Gesicht bemerkt und erst in beide Richtungen sieht, ehe sie die Straße überquert. Dann kommt sie zu ihm, und er legt die Hände um ihre Taille und hebt sie hoch, sodass ihre Gesichter auf einer Höhe sind. Er küsst sie ausgiebig, bis sie an seinem Körper hinuntergleitet und mit Blick auf seinen Rucksack fragt: »Hast du dein ganzes Leben dabei?«

Er nimmt ihre Hand und sieht Richtung Bahnhof.

Von wo ein Paar auf sie zukommt, das er mit Lettys Augen wahrnimmt: Die Frau ist zum Ausgehen gestylt – in einem roten Kleid und mit hohen Schuhen klappert sie über das Pflaster, die Kette ihrer schwarzen gesteppten Abendtasche hängt quer über ihrem Dekolleté. Der Typ ist älter, trägt schicke Jeans und ein teures weißes Hemd mit aufgekrempelten Ärmeln. In dieser Gegend, in der Nähe des Bahnhofs, wirken sie wie eine Prostituierte und ihr Zuhälter.

Der Schreck fährt ihm in die Glieder, und er lässt Lettys Hand los.

»Wir wollten dich zum Mittagessen abholen, Alf!«, sagt Gina.

Sie war eindeutig nicht zu Hause und hat seine Nachricht nicht gesehen.

Sie kommt geradewegs auf ihn zu, legt die Hände auf seine Hüften und küsst ihn auf die Lippen, die gerade noch Letty geküsst haben.

Er spürt, wie Letty neben ihm erstarrt, und hört, wie sie nach Luft schnappt.

»Nein!«, sagt sie.

Dann rennt sie die Straße hinunter, immer schneller, bis zur Ecke, und ist verschwunden.

Teil 2

VERGANGENHEIT

Zwanzig Monate zuvor

18

September 2016

LETTY

Es war ein Tag spät im September, genau wie vor einem Jahr, als Letty in Oxford angekommen war. Die Farbe der Blätter an den Bäumen, die St. Giles säumten, wandelte sich allmählich von Grün zu Gold. Die Luft war frisch und ließ erahnen, dass der Sommer allmählich zu Ende ging. Als sie von North Oxford, wo sie im zweiten Jahr ein Zimmer gemietet hatte, in die Stadt lief, war sie genauso nervös wie damals.

Im Randolph Hotel traf man in der Regel keine Studenten. Tatsächlich fühlte das gesamte Hotel sich gar nicht so an, als gehörte es nach Oxford. In der Hoffnung, vor ihrem Treffen einen Blick auf ihre Verabredung zu erhaschen, ging Letty ein paarmal an den hohen Fenstern des Restaurants vorbei, doch dort wartete niemand, der auch nur annähernd als Kandidat infrage kam. Als sie am Empfang nachfragte, schickte man sie in die entgegengesetzte Richtung, in den in sanften Pfirsich- und Eau-de-Nil-Tönen eingerichteten Teesalon.

Das erste Wort, das ihr in den Sinn kam, als sie Spencer sah, war »maskulin«. Die Farbe seines blauen Anzugs wirkte selbstbewusst neben den Pastellfarben des Teesalons. Letty schätzte ihn auf etwas älter als achtunddreißig, was er in seinem Profil angegeben hatte. Allerdings war er gut in Form, und das lange Haar war mit Gel aus dem Gesicht frisiert.

Das hier war eine dumme Idee. Sie hatte sogar vergessen, das Aufnahmegerät an ihrem Smartphone einzuschalten, und jetzt war es zu spät, denn er kam lächelnd auf sie zu und streckte ihr die Hand hin.

»Elle?«, fragte er.

»Ja«, sagte sie.

Die oberen drei Knöpfe an seinem Hemd waren offen, als hätte er in dem Bemühen, lässig zu wirken, eine Krawatte abgelegt. Bei seinem unverhohlen anerkennenden Blick fühlte sie sich entblößt. Sie merkte, dass »ja« keine richtige Begrüßung war.

»Spencer?«, fragte sie und war plötzlich unsicher, ob sie seinen Namen richtig in Erinnerung hatte. Zu ihrer Erleichterung lächelte er weiter.

Sein Händedruck war trocken und fest. Letty war sich nie sicher, ob ihr Händedruck gut war, denn sie dachte immer erst hinterher daran, wie er sich anfühlen sollte. Ein Händedruck war wichtig. Frances hatte einmal bei einem Empfang den Finanzminister kennengelernt. Seither erwähnte sie jedes Mal, wenn sein Name fiel, wie schwach sein Händedruck gewesen sei und dass sie daraufhin das Vertrauen in seine Finanzpolitik verloren habe.

Wie Spencer wohl sein Geld verdiente? Vermutlich nicht mit Politik, obwohl er vom Aussehen her ein ehrgeiziger Tory-Abgeordneter hätte sein können. Doch dann hätten sie sich wahrscheinlich nicht an einem derart öffentlichen Ort getroffen.

Er deutete auf das Sofa, auf dem er gesessen hatte. Es war

niedrig und weich und groß genug, dass zwei Personen darauf Platz fanden, ohne sich zu berühren. Doch Letty hätte lieber auf einem eigenen Möbel gesessen.

»Was möchten Sie?«, fragte er.

»Gern einen Tee«, sagte sie.

»Scones? Kuchen?«

»Nein, danke.«

»Sie müssen vermutlich aufpassen«, sagte er.

»Warum?«

»Na, bei der Figur.«

»Oh …«

»Sie könnten Model sein. Vielleicht sind Sie das ja?«

Er überspielte die Peinlichkeit der Situation, indem er ihr etwas zu sehr schmeichelte. Oder vielleicht fand er die Situation ja auch gar nicht peinlich? Vielleicht hatte er ständig solche Begegnungen.

Das hier war ein großer Fehler, dachte Letty und drückte sich tief in ihre Sofaecke.

Eine Kellnerin erschien.

»Möchten Sie etwas bestellen?«

»Eine Kanne Tee für zwei.« Er übernahm die Regie. »Es sei denn, Sie möchten noch etwas anderes?«

Letty schüttelte den Kopf und war dankbar, dass er sie wenigstens nicht wegen des Essens bedrängte. Mit Tellern voller Köstlichkeiten zwischen ihnen wäre die Situation unerträglich gewesen. Sie würde sich ständig fragen, ob sie wohl eine Kuchengabel benutzen und damit riskieren sollte, ein Macaron über die Damasttischdecke zu schießen.

»Kommen Sie oft her?«, fragte er.

Ihr Lachen kam aus dem Nichts, wie ein plötzliches Niesen.

»Nie«, sagte sie. »Und Sie?«

»Das ist mein erstes Mal«, sagte er. »Ich bin überhaupt zum ersten Mal in Oxford.«

»Also, das hier ist nicht besonders charakteristisch.«

»Charakteristisch?«

Die Wiederholung klang fast, als hätte er das Wort nicht verstanden.

»Die meisten Gebäude stammen eher aus dem Mittelalter, sie sind nicht viktorianisch.« Letty hörte, wie sie irgendeinen Unsinn plapperte und die Situation dadurch nur noch schlimmer machte.

»Interessieren Sie sich für Immobilien?«, fragte er.

»Nicht besonders.« Sie hätte eher von Architektur gesprochen.

»Ich bin Bauentwickler.«

»Oh!« Letty meinte, diesen Begriff bislang noch nie ohne missbilligenden Unterton gehört zu haben. »Wie interessant!«

»Studieren Sie an der Uni?«

»Ja.«

»Nicht nur schön, sondern auch noch klug. Nun, vielmehr apart«, sagte er.

»Möchten Sie ehrlich wissen, was ich von Ihrem Aussehen halte?«, fragte sie auf einmal mutig.

»Ich glaube, eher nicht, so, wie Sie das sagen.« Er lachte.

»Sie sind zu alt für Haargel«, sagte sie. Dann, als sie seine Überraschung bemerkte. »Ich glaube übrigens, dass fast jeder zu alt dafür ist.«

»Okay«, sagte er mit hochgezogener Augenbraue.

Letty war froh, als die Kellnerin kam, denn sie hatte das Gefühl, in irgendein merkwürdiges Spiel geraten zu sein, dessen Regeln sie nicht kannte – etwa so wie damals, als Marina versucht hatte, ihr Bridge beizubringen.

»Du bist klug, du wirst es schnell begreifen«, hatte Marina gesagt. Doch eigentlich hatte Letty es nie wirklich verstanden. Und Marina hatte schließlich aufgegeben und bei einem sonntäglichen Mittagessen behauptet, Letty besitze eher analytische als strategische Fähigkeiten, woraufhin Ivo gelacht und Frances protestiert hatte: »Wage es ja nicht, ihrer Persönlichkeit Grenzen zu setzen!« Was aus Frances' Mund ziemlich seltsam klang.

Letty beobachtete, wie Spencer selbstsicher Tee einschenkte. Seine Fingernägel waren sauber und glänzten. Waren sie etwa sogar manikürt?

»Milch?«, fragte er.

Frances hatte eine Regel zu Milch im Tee, die sich Letty nicht merken konnte. Zeigte man, dass man aus ärmlichen Verhältnissen stammte, wenn man Milch in den bereits eingeschenkten Tee goss, oder war es andersherum? Frances goss immer zuerst die Milch in die Tasse, doch Letty war sich nicht sicher, welcher ihrer Haltungen sie damit huldigte – »Ich bin so kultiviert wie alle anderen.« »Ich bin stolz, dass ich aus der Arbeiterklasse stamme«.

»Nur ein bisschen.«

Die zwei Tassen und Untertassen blieben unangerührt auf dem Tisch.

»Was studieren Sie?«, fragte er.

»Klassik.«

»›Stolz und Vorurteil‹, solche Sachen?«

»In diesem Fall verbergen sich dahinter Latein und Griechisch«, erklärte sie. Es gab keinen Grund, warum er das wissen sollte. Die meisten wussten es nicht. Sie wartete, dass er fragte, wozu sie tote Sprachen studiere, was oft als nächste Frage folgte.

»Jetzt bin ich platt!«

Es gefiel ihr beinahe, dass er lachte, als würde es nicht sein Selbstbild ins Wanken bringen. Sie dachte, dass er ziemlich attraktiv sein könnte, wenn sie nicht wüsste, warum er da war.

»Was ist das Ziel?«, fragte er.

Sie war sich nicht sicher, ob er ihren Abschluss oder dieses Treffen meinte.

»Wie meinen Sie das?«

»Latein? Griechisch? Was wollen Sie hinterher damit machen?«

»Ich bin mir noch nicht sicher …«

Spencer nahm seine Teetasse. Das Porzellan wirkte äußerst zerbrechlich in seinen großen, männlichen Händen.

»Welche Art von Gebäuden entwickeln Sie?«, hörte sie sich fragen.

Er trank einen Schluck Tee, den Blick über den Rand der Tasse ins Leere gerichtet.

»Hauptsächlich Wohnhäuser«, sagte er.

»Der Markt ist recht überhitzt, oder? Da ist die Konkurrenz sicher ziemlich scharf«, sagte sie und benutzte einen Begriff, von dem sie glaubte, dass ein Bauentwickler ihn benutzen würde.

Er sah sie mit einem seltsamen Blick an, den sie nicht recht zu deuten wusste.

Kurz schoss ihr der Gedanke durch den Kopf, er könnte vielleicht meinen, sie würde flirten. Oder vielleicht langweilte er sich auch nur.

»Kommen wir zum Punkt«, sagte er und hielt ihren Blick fest. »Was wollen Sie?«

Es fühlte sich ein bisschen an wie ein Wer-blinzelt-zuerst-Wettstreit, als sie versuchte, sich ihr erfundenes Profil in

Erinnerung zu rufen. Sie war nicht alle Fragen durchgegangen, die er stellen könnte, nur die, die sie ihm stellen könnte. Elles Figur wies ziemlich viele Lücken auf.

»Vor allem Spaß«, hörte sie sich mit der unspaßigsten Stimme überhaupt sagen. »Als Studentin ist man immer knapp bei Kasse, wissen Sie, und, na ja, das kann ein bisschen öde sein …«

»Und was interessiert Sie – abgesehen von Latein und Griechisch?«

Das war für ihn vermutlich die ödeste Sache der Welt.

»Die Oper«, sagte sie. »Lesen.« Sie machte es nur noch schlimmer. »Ich reise auch gern, lerne gern andere Kulturen kennen«, fügte sie hinzu und kam sich vor wie die Teilnehmerin bei einem Schönheitswettbewerb.

»Tun wir das nicht alle?«

»Ach ja?«, fragte sie. »Viele Menschen zieht es immer wieder an denselben Ort. Sie wollen in der Sonne liegen, solche Dinge. Mich interessiert der Ort selbst, seine Geschichte.« Ihr war bewusst, dass sie einfältig und naiv klang, obwohl sie versuchte, genau das Gegenteil zu erreichen. »Und Sie?«

»Was mich interessiert? Gutes Essen, guter Wein, in der Sonne liegen …« Er zwinkerte ihr zu.

»Ich wollte nicht sagen …«

»Keine Sorge. Ich bin nicht empfindlich.«

Er taxierte sie einen langen Moment.

»Seien wir ehrlich. Wir sind ziemlich unterschiedlich, aber mir gefällt Ihr Aussehen. Mit Tee kann ich nicht viel anfangen. Warum kommen Sie nicht für einen Abend nach London, und wir sehen, wie wir miteinander auskommen? Ohne Verpflichtungen. Klingt das vernünftig?«

Es klang den Umständen entsprechend vernünftig, dachte Letty, aber sie hatte keinesfalls die Absicht, es zu tun.

»Würden Sie mich einen Moment entschuldigen?«, fragte sie.

Sie spürte seinen Blick auf ihrem Rücken, als sie den Raum durchquerte und die Kellnerin nach dem Weg zur Damentoilette fragte. Dort schloss sie sich in der Kabine ein, setzte sich und ging ihre Optionen durch. Es entwickelte sich schneller als erwartet. Warum hatte sie das jemals für eine gute Idee gehalten? Er schien kein schlechter Mensch zu sein, aber sie musste sich daran erinnern, dass er die Absicht hatte, die Dienste einer deutlich jüngeren Frau zu kaufen. Welche Dienste genau, mussten sie noch besprechen, aber so, wie er aussah, konnte sie sich nicht vorstellen, dass Sex keine Rolle spielte. Er war sehr attraktiv. Sie verstand im Grunde nicht, was er hier machte.

Was sie jedoch wusste, war, dass sie dieses Spiel nicht durchziehen konnte.

Sollte sie einfach zurückgehen, es ihm erklären und sich dafür entschuldigen, dass sie seine Zeit vergeudet hatte? Letty wusste nicht, wie sie in dem freundlichen pastellfarbenen Salon damit umgehen sollte, wenn er beleidigt oder wütend reagierte.

Sollte sie einen Spaziergang vorschlagen? Irgendwie vermutete sie, dass er ebenso wenig etwas mit Spaziergängen anfangen konnte wie mit Tee. Und sie würde das Risiko eingehen, irgendwelchen Bekannten zu begegnen.

Eigentlich schuldete sie ihm ja nichts. Eine Tasse Tee. Es wäre albern, zurückzugehen und ihm anzubieten, sich an den Kosten zu beteiligen.

Er hatte keine Möglichkeit, mit ihr in Kontakt zu treten, außer über die Website, und dort hatte sie falsche Informationen angegeben. Sie überlegte, was sie ihm erzählt hatte.

Nur, was sie studierte. Nicht den Namen ihres Colleges oder wo sie wohnte.

Sie beschloss zu gehen. Aber wie, ohne ihm zu begegnen? Wie wahrscheinlich war es, dass er nach ihr sah oder jemanden schickte, um nach ihr zu sehen? Sie konnte sich nicht vorstellen, dass ein Typ wie er sich dazu herabließ, jemanden zu bitten, auf der Damentoilette nachzusehen.

Sie brauchte nur zu warten.

Zum Glück hatte sie ein Buch dabei.

»Du hast fünf Stunden lang dort gesessen?«, fragte Oscar, als sie ihm am folgenden Tag bei Browns davon erzählte.

Die Worte weckten eine ferne Erinnerung daran, wie er ihr als kleines Mädchen vorgelesen hatte. »Peter Hase«, dachte sie. Hatte Mr. McGregor nicht fünf Stunden auf einem Korb gesessen, in dem Peter Hase hockte?

»Ich war in mein Buch vertieft«, antwortete sie.

»Nur damit ich das richtig verstehe ... Du wolltest für deinen ersten Artikel für die Studentenzeitung einen völlig Fremden in eine Sex-Falle locken?«

Letty nickte.

»Was hast du dir dabei gedacht?«

»Frances redet immer auf mich ein, dass ich neben dem Studium etwas machen soll, das ich in meinem Lebenslauf erwähnen kann. Wie etwa für die Unizeitung schreiben. Darum bin ich zu einem Redaktionstreffen gegangen, und da haben sie über Studiengebühren gesprochen. Dass viele Studentinnen sich einen älteren Kerl anlachen, der im Tausch für ihre Gesellschaft die Gebühren übernimmt ...«

»Das habe ich im Radio gehört.«

»Ja. Es kam in den Nachrichten.«

»Du weißt ja, Frances wollte auch, dass ich so etwas mache …«, sagte Oscar.

»Dich an einen älteren Mann verkaufen?«

»Haha! Nein, für die Unizeitung schreiben. Frances glaubt irgendwie, wenn sie das damals gemacht hätte, als sie in Oxford war, wäre ihr Leben anders verlaufen.«

»Frances wäre eine gute Journalistin gewesen«, sagte Letty.

»Frances wäre eine gute Kolumnistin gewesen«, korrigierte Oscar. »Sie hat zu allem eine Meinung.«

Letty fühlte sich immer im Nachteil, wenn sie mit ihrem Bruder über ihre Mutter sprach. Oscar war Frances so viel ähnlicher. Die zwei blühten förmlich auf, wenn sie zusammen waren und versuchten, sich gegenseitig mit Wortspielen und Sprüchen zu übertrumpfen. Letty hingegen schien in Frances' Gegenwart zu schrumpfen und zu welken.

Es war einer der Gründe, weshalb sie die Erwartungen ihrer Mutter unbedingt widerlegen wollte.

»Ich habe Mädchen gefunden, die das gemacht haben, aber keine von denen war bereit, mit mir darüber zu sprechen. Warum sollten sie das auch tun? Darum dachte ich, ich recherchiere selbst … Ich habe mir ein Profil ausgedacht und bin mit Anfragen förmlich überflutet worden.«

»Sag bloß!«, bemerkte Oscar.

»Ich habe mir den am wenigsten Gruseligen ausgesucht. Um ehrlich zu sein, wirkte er ziemlich normal. Aber ich hatte keine Ahnung, wie ich es anstellen sollte. Irgendwie dachte ich, ich hätte das im Griff.«

»Na klar … bei deiner umfassenden Erfahrung mit Beziehungen«, frotzelte Oscar.

»Ich weiß, ich weiß. Es war albern.«

»Nun ja, es ist ja nichts passiert«, sagte Oscar, lehnte sich auf seinem Stuhl zurück und hielt die Speisekarte mit ausgestrecktem Arm vor sich. Zu eitel, um zuzugeben, dass er eine Lesebrille brauchte, dachte Letty. Damit würde er verraten, dass er nicht mehr zwanzig war, zumal er deutlich jünger aussah als ein Mann, der auf die vierzig zuging.

»Was nimmst du?«, wollte er wissen.

Manchmal fragte sich Letty, ob ihre Familie einem geheimen Dienstplan folgte, der genau vorgab, wer sie am Wochenende besuchen kam und mit ihr Mittagessen ging, um sicherzustellen, dass sie etwas aß.

»Den Caesar Salad mit Huhn?«, sagte sie.

»Sicher? Ich nehme einen Burger.«

»Oh, gut. Dann esse ich ein paar von deinen Pommes mit«, sagte sie, weil sie wusste, dass ihn das freuen würde.

Oscar erzählte begeistert von dem neuen Off-Broadway-Musical, das er aus Amerika mitgebracht und sechs Wochen lang in einem Theater aufgeführt hatte, das zufällig gerade frei gewesen war. Das Musical hatte derart gute Kritiken erhalten, dass er es jetzt in einem anderen Theater im West End aufführen würde.

Letty beobachtete, wie er redete und aß, kaum innehielt, um zu kauen und mit den Pommes frites wedelte, um seine Worte zu unterstreichen.

Sie nahm sich eine, tauchte sie in die Tomatensauce und biss ein kleines Stück ab.

»Oh, und …«, sagte Oscar mit vollem Mund. »Wir werden heiraten!«

»Herzlichen Glückwunsch!«

Oscar und sein Partner Raj waren schon lange zusammen. Alle mochten Raj. Er war ein netter Kerl.

»Raj hat gefragt«, berichtete Oscar, »völlig aus dem Nichts. Wir haben gestern Abend mit Doritos vor dem Fernseher gesessen. Traurig, aber wahr. Dort lief ein Beitrag über ungewöhnliche Anträge, wie Bungee-Jumping, den Ring vom Koch im Dessert verstecken lassen, solche Sachen ...«

»Bungee-Jumping?«, unterbrach Letty.

»... und dann hat Raj gesagt: ›Ich habe überlegt, wie ich dich auf originelle Weise fragen kann.‹ Und ich, den Mund voller Tortilla Chips: ›Was?‹ Und er: ›Ich möchte, dass wir heiraten.‹ Ich hab ihn gefragt: ›Ehrlich?‹ Und er so: ›Ja.‹ Und ich meinte: ›Vergiss die Doritos.‹ Und dann sind wir ins Ivy gegangen.«

»Wie schön.«

»Ich meine, es war nicht gerade der romantischste Antrag ...«

Aber das machte die Geschichte nur noch besser, fand Letty, und Oscar erzählte sie ganz offensichtlich gern. Hatten sie wirklich Doritos gegessen, oder schmückte er die Geschichte nur ein wenig aus?

»Wir können uns nicht entscheiden, ob wir eine große Feier machen oder einfach nur heiraten und dann eine Party machen.«

»Ihr seid noch keine vierundzwanzig Stunden verlobt ...«

»Ich hasse dieses Wort«, sagte Oscar. »Es klingt irgendwie so bürokratisch. Versprochen ist mir lieber. Das klingt mehr nach Märchen.«

»Aber das heißt meistens, dass man von den Eltern jemandem versprochen wurde«, sagte Letty.

»Okay, Miss Pedantisch. Irgendwelche Vorschläge?«

»Wie oft wirst du das Wort überhaupt benutzen? Du kannst doch einfach sagen, dass du heiraten wirst.«

»Stimmt«, sagte Oscar. »Und was ist mit dir? Abgesehen von deinem Sugar Daddy?«

»Versprichst du, dass du niemandem davon erzählst?«

»Natürlich nicht.«

»Nicht Frances, nicht Raj, niemandem?«

»Niemandem«, versprach Oscar ernst. »Nicht, dass es irgendetwas zu erzählen gäbe. Ich wünschte, es wäre so. Zumindest ein bisschen Sex. Ehrlich, Letty …«

»Was?«

»Du hast mit Josh eine schlechte Erfahrung gemacht. Eine sehr schlechte. Aber das heißt nicht, dass du in ein Kloster fliehen musst.«

Oscar kannte sie gut. Genau die Vorstellung einer klosterähnlichen Existenz hatte sie an Oxford mit seinen Bibliotheken mit den kirchenähnlichen Fenstern und den mittelalterlichen, von der Welt abgeschirmten Colleges gereizt.

»Ich habe einfach noch niemanden getroffen, für den ich mehr empfinde«, verteidigte sich Letty. »Ich verschließe mich der Möglichkeit nicht.«

Doch sie fragte sich, ob das stimmte. Vertrauen entstand mit der Zeit, doch seit Josh hatte sie niemanden mehr nah genug an sich herangelassen, um ihre Schutzwälle abzubauen. Manchmal fragte sie sich, ob der Teil ihres Gehirns, der sich mit Zwischenmenschlichem befasste, durch das Geschehene schlichtweg zerstört worden war.

Oscar blickte auf ihren Teller. Unter den letzten Eisbergblättern waren noch einige Croutons versteckt, doch sie hatte das ganze Huhn aufgegessen.

»Dessert?«, fragte er.

»Warum teilen wir uns nicht eins?«

Sie konnte fast hören, wie Oscar Frances berichtete: »Wir haben uns Pommes frites und einen Nachtisch geteilt!«

Die *profiteroles* kamen mit zwei Gabeln. Sobald Oscar

wieder von seinen Hochzeitsplänen erzählte, vergaß er aufzupassen, und als der Teller leer war, betrachtete er ihn skeptisch.

»Du *isst* doch, Letty?«, fragte er.

»Ja.«

»Unter der Woche, meine ich?«

»Ja.«

»Nicht nur Salat?«

»Zu viel Salat«, zitierte Letty »Peter Hase«, »kann sehr ermüdend sein!«

Sie beendeten den Satz gemeinsam.

»So ein ungewöhnliches Wort für ein Kinderbuch«, sagte Letty. »Ich glaube nicht, dass ich es schon einmal in meinem ganzen Leben benutzt habe, aber ich habe nie vergessen, was es bedeutet. Die Leute denken, eine Sprache zu lernen wäre einfach für Kinder, aber wenn man sich vorstellt, wie unglaublich komplex die neuronalen Verbindungen sind, damit ich mit drei Jahren fragen konnte, was ermüdend bedeutet, und mich heute noch …«

Oscar starrte sie an.

»Über solche Sachen machst du dir Gedanken?«, fragte er.

»Du nicht?«

»Nein. Ich bin im Grunde ein einfacher Geist, und du, Letty, bist im Grunde eine kluge, ernsthafte Person. Nichtsdestotrotz: Du solltest mehr ausgehen.«

19
Oktober

Alf

Das Casting fand in der Aula statt. Alf hörte, wie Mr. Noakes die Mädchen, die sich für Rizzo bewarben, mit »There Are Worse Things I Could Do« auf dem Klavier begleitete. Alf fiel auf, dass es ein schwieriger Song war. An den herausfordernden Stellen erforderte er Kraft, an anderen aber auch leisere, gefühlvollere Klänge.

Das Stück, das er ausgesucht hatte, erforderte keine komplizierte Kunstfertigkeit, um die unterschiedlichen Bedeutungsschichten deutlich zu machen, dennoch war sein Mund trocken, und seine Beine fühlten sich an wie Pudding. Alf betrachtete sich in dem gesprungenen Spiegel auf der Herrentoilette. Man brauchte das Lampenfieber für den Auftritt, aber man gewöhnte sich nie daran.

Alf drehte das kalte Wasser auf, spritzte es sich ins Gesicht, kämmte sich die nassen Haare und strich sich die Locken aus der Stirn. Er holte tief Luft und hielt beide Daumen hoch wie Danny Zuko.

Mr. Marriot, sein Englischlehrer, saß an einem Tisch in der Aula neben der noch sehr jungen Lehrerin Miss Jones. Sie war gerade erst zum Lehrkörper gestoßen, nachdem sie ihr Praktikum an der Schule absolviert hatte. Darüber hinaus gehörten Nathan und Bryony zur Jury, die Schulsprecher. John, ein Schüler, der gut mit Technik umgehen konnte, filmte das Vorsingen.

Mr. Noakes, der Musiklehrer, saß am Klavier.

»Hallo!«, sagte Bryony. »Wer bist du?«

Sie und Alf waren vor den Sommerferien noch ein Paar gewesen, doch jetzt ahmte sie für das Video ganz offensichtlich »Britain's Got Talent« nach.

»Alf«, sagte er und grinste sie an.

»Und für welche Rolle bewirbst du dich?«

»Für Danny.«

»Und was führst du uns vor?«

»›Greased Lightning‹.«

»Okay. Das dürfte interessant werden.«

Alf hörte, wie Mr. Marriot hinter vorgehaltener Hand zu der neuen Lehrerin sagte: »Der Junge ist etwas Besonderes.«

Alf liebte das Gefühl, wenn Leute, die ihn nicht kannten, ihn zum ersten Mal tanzen sahen.

Als er damit endete, dass er auf einem Knie bis direkt vor den Jury-Tisch schlidderte, applaudierten alle im Saal, außer den Pink Ladies.

»Was denkt die Jury?«, fragte Bryony.

»Von mir bekommt er ein Ja«, sagte Mr. Marriot.

»Von mir auch«, schloss sich Miss Jones an.

»Von mir auch«, sagte Nathan.

Bryony zögerte, um für das Video die Dramatik zu erhöhen.

»Alf, du hast vier Jastimmen!«, erklärte sie schließlich.

»Wir würden dich gern mit einer potenziellen Sandy sehen«, fügte Mr. Marriot hinzu. »Könntest du zehn Minuten mit Sadie üben und uns dann ›Summer Nights‹ zeigen?«

Alf lächelte weiter, doch innerlich flatterten seine Nerven schon wieder.

Er war sich sicher gewesen, dass Sadie sich für Rizzo und nicht für Sandy bewerben würde. Alf verstand das nicht. Die letzte Szene mit der hautengen schwarzen Lederhose, ja, aber die jungfräuliche Sandy mit dem unverbrauchten Gesicht schien ihm unpassend. Alf konnte sich nicht erinnern, Sadie jemals ungeschminkt gesehen zu haben, selbst dann nicht, als sie zum ersten Mal in den Unterricht seiner Mutter für kleine Standard- und Lateinamerikanische Tänzer gekommen war. Donna hatte sie entdeckt und aus den beiden ein Tanzpaar gemacht. Er konnte sich noch an Sadies erste Worte erinnern, als sie herumgewirbelt war, um neben ihm zu stehen:

»Ich werde mit dir tanzen, aber ich werde dich nicht heiraten.«

Damals war sie vielleicht fünf.

Sie hatten die Juniorenwettbewerbe zusammen getanzt, doch Sadie war schneller erwachsen geworden als er. Als sie zwölf war, verkündete ihre Mutter Leanne, dass sie überlegten, einen neuen Tanzpartner für Sadie zu suchen, weil Sadie lieber Lateinamerikanisch tanze. Alle kannten den wahren Grund: Sadie ging mittlerweile als fünfzehn durch, während Alf noch immer ein mageres Kind war.

»Er wird wachsen. Sein Vater war groß«, hatte Donna protestiert, doch wie sich herausstellte, hatte Sadie sich schon mit einem Sechzehnjährigen aus einer anderen Tanzschule in Manchester zusammengetan.

Einige Jahre lang hatten Sadie und Kyle die Wettbewerbe beherrscht, doch als Alf schließlich gewachsen war und in Aimee eine neue Partnerin gefunden hatte, übernahmen sie die Spitze. Das war bei Sadie nicht gut angekommen.

In der Schule behandelte Sadie ihn meist wie Luft. Manchmal fragte Alf sich, ob sie bemerkt hatte, dass er jetzt knapp eins neunzig groß war, denn sie blickte immer noch auf ihn herab.

»Ich habe eine Idee«, sagte sie, als sie die Aula verließen und einen leeren Klassenraum zum Üben fanden. »Wir fangen auf gegenüberliegenden Seiten der Bühne an, und in dem Teil, in dem wir beschreiben, was passiert ist, tanzen wir es.«

Als sie wieder hereingerufen wurden, hatten sie gerade einmal die Hälfte der Choreografie fertig und mussten den Rest improvisieren. Der Anfang geriet etwas schleppend, denn die von Mr. Noakes am Klavier eingeworfenen »Tell me more« 's klangen ziemlich gelangweilt. Alf und Sadie konnten einen Ton halten, aber sie waren keine geübten Sänger, doch die letzte Strophe, in der sich ihre Stimmen vereinten, klang perfekt. Bei Auftritten hatte die Chemie zwischen ihnen immer gestimmt.

Als Alf nach Hause kam, hatte Leanne schon bei seiner Mutter angerufen. Ob es nicht aufregend sei, dass die zwei wieder zusammen aufträten?

Donna erwartete ihn bereits an der Tür. Alf konnte ihr ansehen, dass sie geweint hatte. Er hatte ihr nichts von dem Vorsingen erzählt, weil er nicht wollte, dass sie sich Sorgen machte, ehe er die Rolle in der Tasche hatte. Was dumm war. Wenn er etwas aus dem Casting für »Billy Elliot« gelernt hatte, dann, nichts in der Erwartung zu tun, dass man es nicht schaffte. Und in diesem Fall ging es nicht um einen Wettbewerb, an dem alle talentierten elfjährigen Jungen des Landes teilnahmen, die tanzen konnten. Diesmal war er gegen Luke angetreten, der Donnas Steppkurse besuchte, aber zu dick war und bei den Figuren stets außer Atem geriet. Und gegen Cal, der weder singen noch tanzen konnte und nur mitgekommen war, weil er Alfs bester Freund war und für eine der Pink Ladies schwärmte.

Seine Mutter hatte sofort begriffen, dass er während der Proben für die Hauptrolle in »Grease« keine Zeit für Tanzwettbewerbe haben würde. Und auch das hatte er nicht mit ihr besprochen.

Eigentlich war es Aimees Vorschlag gewesen. Sie ging jetzt auf die Uni in Leeds und hatte das Gefühl, durch die ganzen Proben das Studentenleben zu verpassen. Sie hatten sich erst in der vergangenen Woche darüber unterhalten. Da keiner von ihnen professioneller Turniertänzer werden wollte, erschien es ihnen nicht länger sinnvoll weiterzumachen.

Doch so einfach war das nicht.

»Wie sagen wir es Donna?«, hatte Aimee gefragt.

Alfs Mutter trainierte sie. Sie nähte Aimees Kleider, verpflichtete Gary, sie an den Wochenenden quer durchs Land zu fahren, und investierte das gesamte Geld, das ihre Tanzschule einbrachte, damit sie auswärts an Wettbewerben teilnehmen konnten. Es waren Aimee und Alf, die hinaus auf die Tanzfläche traten, doch wie Aimee oft sagte – und das war einer der Gründe, warum Donna sie so sehr mochte –, gehörten drei zu ihrer Partnerschaft. »Aimee und Alf«, waren ein großer Teil von Donnas Leben, und Donna war, gelinde gesagt, sensibel.

»Vielleicht warten wir bis nach Weihnachten?«, hatte Aimee vorgeschlagen.

Doch es jetzt noch hinauszuzögern war unmöglich.

»Tut mir leid, Mum, ich hätte es dir erzählen sollen …«, sagte Alf.

»Ja, das hättest du.«

Wenn sie beleidigt und kurz angebunden war, war es schlimmer, als wenn sie weinte.

»Es tut mir leid.«

»Es ist dein Leben.« Donna wandte sich von ihm ab. »Komm aber nachher nicht und beklag dich, wenn dir klar wird, was du aufgegeben hast.«

»Wann habe ich mich je bei dir beklagt?«

»Du hast all die Möglichkeiten, die ich nie hatte …«

Was sie meinte, war die Möglichkeit, Berufstänzer bei »Come Dancing« oder »Let's Dance«, wie es in anderen Ländern hieß, zu werden. Alf wusste, dass Donna das absolut großartig gefunden hätte. Doch ihn interessierte so etwas nicht. In einem Jahr bekam man vielleicht tatsächlich einen begehrten Popstar als Partnerin, im nächsten dann aber eine nicht mehr ganz so scharfe Matriarchin aus einer Soap. Er war gut darin, Frauen mittleren Alters oder auch älteren Frauen auf den Gesellschaften seiner Großeltern das Gefühl zu geben, eine Prinzessin zu sein, aber damit wollte er nicht sein Leben bestreiten. Doch seine Mutter hatte das geglaubt.

Alf wollte auf eine der Musicalschulen gehen. Er liebte das Gefühl der Freiheit, das das Tanzen ihm gab, und den unvergleichlichen Rausch, wenn das Publikum jubelte. Das war ihm wichtiger als der Sieg. Er konnte sich gut vorstellen, in einer Bühnenshow aufzutreten, bei der man jeden Tag ein neues Publikum hatte, das immer anders war, und es wäre schön, zu einem Team zu gehören. Dort könnte er das, was er am Fußballspielen mochte, mit dem verbinden, was ihm am Tanzen gefiel.

»Mr. Marriot sagt, ich sollte möglichst unterschiedliche

Tanzarten in meinem Lebenslauf haben«, erklärte Alf. »Ich glaube, er hat ›Grease‹ ausgesucht, weil ich so die Gelegenheit habe ...«

»Und Mr. Marriot weiß ganz offensichtlich alles.«

Seine Mutter nahm Mr. Marriot noch immer übel, dass er Alf vorgeschlagen hatte, sich für »Billy Elliot« zu bewerben.

Donna stieß einen tiefen Seufzer aus.

»Tut mir leid, Alf«, sagte sie schließlich. »Es ist einfach schwierig, wenn ein Mensch einem alles bedeutet.«

»Ich bin nicht alles für dich. Du hast Gary und die Schule und deine Freundinnen ...«

»Ja, aber das ist nicht dasselbe.«

Sie meinte Kinder. Sie und Gary versuchten schon ewig, ein Baby zu bekommen. Donna war erst fünfunddreißig und noch top in Form, doch bislang hatte es nicht geklappt. Aufgrund der leisen Gespräche, die er manchmal zufällig mitbekam, und einiger Termine im Krankenhaus vermutete er, dass sie es im Moment vielleicht mit künstlicher Befruchtung versuchten. Über so etwas würde Donna allerdings niemals sprechen, aus Angst, es könnte Unglück bringen, aber vielleicht war das der Grund für ihre Stimmungsschwankungen.

»Das klappt schon noch, Mum.«

»Meinst du?«, schniefte sie.

»Bestimmt.«

Alfs Zuversicht war vollkommen bedeutungslos, weil er absolut keine Ahnung hatte, aber es schien sie zu trösten.

»Tut mir leid, Alf«, sagte sie wieder und wischte sich die Augen. »Ich will nur das Beste für dich.«

»Nein, mir tut es leid. Ich hätte das mit dir besprechen sollen.«

»Es ist dein Leben.«

Manchmal fühlte es sich zwar nicht so an, aber es stimmte.

Mr. Marriot war der Ansicht, dass vor allem die letzte Nummer »You're The One That I Want« perfekt sitzen musste, darum konzentrierten sie sich in den beiden ersten Proben nur darauf.

Die neue Lehrerin, Miss Jones, übte mit den Mädchen in der Sporthalle, er mit den Jungs auf der Bühne.

Wenn man seit seinem vierten Lebensjahr trainiert, begreift man eine Choreografie auf Anhieb, und so kam es, dass Alf und Sadie, obwohl sie weitaus mehr zu tun hatten als die anderen, ihre Schritte sofort beherrschten und sich sogar noch zusätzliche ausdachten. Und das bedeutete, dass Alf mehr Zeit mit Sadie allein verbrachte als ihm lieb war.

»Und? Bist du mit jemandem zusammen?«, fragte Sadie ihn und nahm einen tiefen Zug von ihrer Zigarette.

Sie standen im Hof, wo die Lehrer manchmal heimlich rauchten.

»Warum?«, fragte Alf.

»Ich versuche nur, mich mit dir zu unterhalten«, erwiderte sie.

Alf dachte an Bryony. In den Sommerferien hatte er am Strand gejobbt und Liegestühle vermietet, und sie hatte in einem Kiosk in der Nähe Eis verkauft. Als sie irgendwann auf dem Nachhauseweg nur noch darüber sprachen, wie viele Packungen Erdbeereis sie im Vergleich zu Vanille verkauft hatte und dass überraschend viele Leute Pfefferminzeis mit Schokostücken mochten, hatte Alf erkannt, dass aus ihrer Beziehung irgendwie die Luft raus war. Dann fuhren Bryony und ihre Familie zwei Wochen nach Mallorca, von wo sie ein

Foto von sich postete, Arm in Arm mit einem Typen namens Jorge und dem Hashtag #*LoveIsland*?

Sie hatten sich einvernehmlich getrennt. Alf war sich sicher, dass Sadie das alles wusste.

»Und du?«, fragte Alf.

»Warum?«

»Ich versuche nur, mich mit dir zu unterhalten.«

Normalerweise fiel es Alf leicht, sich mit Mädchen zu unterhalten, doch mit Sadie kam es ihm immer eher vor wie ein Wettstreit.

»Ich dachte, ich spreche das mal an, denn offensichtlich müssen wir uns küssen«, sagte Sadie, nahm einen weiteren Zug und blies ihm den Rauch ins Gesicht. »Wie findest du das?«

Am liebsten hätte er gesagt, dass es ihm lieber wäre, wenn sie nicht fünf Minuten vorher geraucht hätte, aber vermutlich kam das nicht so gut an.

»Darüber habe ich noch gar nicht nachgedacht«, sagte Alf. Billig, aber nichtsdestotrotz ein Punkt für ihn.

Mit zwölf hatte er Sadie lieber als jedes andere Mädchen auf der Welt küssen wollen – abgesehen von Flavia Cacace. Doch seitdem war sie eine ziemliche Zicke geworden. Wahrscheinlich würde es ihr schwerer fallen, auf der Bühne so zu tun, als wäre sie ihm hoffnungslos verfallen, als umgekehrt.

20

November

LETTY

Herbstlaub raschelte unter Lettys Füßen, als sie durch die Parkanlagen der Universität ging. Über dem Cricketfeld lag eine helle Nebeldecke. In der eiskalten Luft, die sie im Gesicht spürte, hing der schwache Geruch von faulenden Äpfeln.

Letty war die Erste im Lesesaal der Bodleian Bibliothek. Sie betrachtete den Schreibtisch am Ende der ersten Reihe im zweiten Raum schon als den ihren und mochte sich nicht vorstellen, dass dort eines Tages jemand anders sitzen könnte. Darum kam sie immer gleich um neun, wenn die Bibliothek öffnete. Allmählich trafen die anderen Stammbesucher ein. Der Typ gegenüber roch immer leicht nach malzigen Frühstücksflocken, das Mädchen neben ihr nach dem ersten Latte des Tages. Letty fragte sich, ob die anderen wussten, dass sie immer Rührei auf einer Scheibe gebuttertem braunem Toast aß. Eiweiß, Fett und komplexe Kohlehydrate, um sie für den Tag zu stärken.

Unter der Woche arbeitete sie exakt bis elf, dann machte sie fünf Minuten Pause an der frischen Luft. Es verging kein Tag, an dem Letty es nicht genoss, die Steinstufen hinunterzugehen, die von den unzähligen Schritten Gelehrter im Laufe der Jahrhunderte ausgetreten worden waren. Im Hof betrachtete sie dieselben Sandsteinskulpturen wie alle Studenten seit dem Mittelalter. Jeder Tag in Oxford fühlte sich an wie ein Privileg. Dennoch konnte Letty sich nicht vorstellen, ihr gesamtes Leben in einem Arbeitszimmer voller Bücher zu verbringen, sich die Referate von Studenten anzuhören oder ihre Abendessen an einem Tisch mit anderen Professoren einzunehmen – was der Fall wäre, wenn sie sich für eine akademische Laufbahn entschied. Und abgesehen von ihrem kurzen und völlig erfolglosen Flirt mit dem Journalismus, hatte sie keine Idee, was sie sonst beruflich machen könnte.

»Irgendetwas wird sich schon ergeben. In zwei Jahren kann viel passieren«, hatte ihr die Berufsberaterin versichert, bei der sie Rat gesucht hatte – ein Service, der allen Studierenden zur Verfügung stand.

Doch im ersten Jahr in Oxford war nicht viel passiert. Und im Hof der Bodleian Bibliothek hatte sich seit Jahrhunderten nichts verändert.

In Lettys Jackentasche vibrierte ihr Telefon.

Als sie den Namen ihrer Mutter auf dem Display sah, wusste sie sofort, dass etwas nicht stimmte. Frances rief nie tagsüber an.

»Es ist nichts Schlimmes«, sagte Frances, »aber Marina ist im Krankenhaus.«

Sie hätte kaum etwas sagen können, das Letty mehr beunruhigte.

»Nur zur Beobachtung«, fuhr Frances fort. »Der Arzt meint, dass es vielleicht ein leichter Schlaganfall war. Ivo ist unterwegs. Ich habe schon eine Vorstandssitzung verpasst …«

»Soll ich runterkommen?«

»Ich glaube ehrlich nicht, dass es Grund zur Sorge gibt, und wenn doch, ist sie dort gut aufgehoben«, sagte Frances. »Aber sie würde sich bestimmt sehr freuen, dich zu sehen, wenn du dieses Wochenende nichts vorhast.«

»Ich setze mich nach der Vorlesung in den Zug«, sagte Letty und machte sich trotzdem Sorgen. Ihre Großmutter war fast neunzig. Wenn sie so krank war, dass sie im Krankenhaus lag, bestand die Gefahr, dass sie starb.

Letty konnte sich eine Welt ohne Marina nicht vorstellen. Sie gehörte genauso zum Haus in Belsize Park wie die Stucksäulen, die das Vordach über dem Eingangsbereich trugen. Letty konnte sich nicht erinnern, dass ihre Großmutter je zuvor krank gewesen war. Sie war groß, eigensinnig, eine Naturgewalt. An ihrem fünfundsiebzigsten Geburtstag, als die Familie zum Feiern zusammengekommen war, hatte Marina den Kuchen mit fünfundsiebzig Kerzen betrachtet, den Frances bestellt hatte, und bemerkt: »Also, Frances, jetzt hast du's geschafft. Jetzt fühle ich mich wirklich alt.«

Woraufhin Letty die berühmten Worte gesagt hatte: »Aber du bist ja nicht wirklich alt, oder?«

Der Bahnsteig war voll, und als der Zug endlich einfuhr, merkte Letty, dass sie würde stehen müssen. Um einen möglichst guten Platz zu ergattern, lief sie nach vorn, wo weniger Leute warteten. Aber das lag nur daran, dass sich dort die erste Klasse befand, wie sie feststellen musste. Zumindest war der Flur dort nicht so eng. Sie fand einen Platz auf dem Boden, wo sie mit angezogenen Knien sitzen konnte, und holte ihr Tablet heraus, um ihre Vorlesungsnotizen durchzugehen.

»Hallo, da unten!«

Letty merkte zunächst nicht, dass der Mann mit ihr sprach.

»Sie sind doch Elle, oder?«

Ein spitzes Paar brauner Herrenhalbschuhe. Rote Socken, die knapp unter gebügelten blauen Anzughosen hervorlugten. Sie blickte auf. Wie hieß er noch?

»Mir gegenüber ist ein Platz frei«, erklärte er und deutete mit dem Daumen in Richtung erster Klasse.

»Schon okay«, sagte Letty.

»Ich habe einen Tisch.«

»Ich habe keine Karte für die erste Klasse.«

»Sehen Sie einen Schaffner, der sich die Mühe macht, sich durch die Menge zu kämpfen?«, fragte er. »Und wenn, komme ich für das Ticket auf.«

»Das ist wirklich nett, aber ...« Letty fiel keine Ausrede ein. »Nun ja, also gut. Wenn Sie sich sicher sind?«

»In Fahrtrichtung oder mit dem Rücken zur Fahrtrichtung?«, fragte er.

»Entscheiden Sie«, sagte sie.

Er entschied sich für Ersteres, und sie wünschte, sie hätte gewählt, denn jetzt würde sie die ganze Fahrt über das Gefühl haben, vor ihm zu fliehen.

Ganz bewusst wandte sich Letty wieder ihren Vorlesungsnotizen zu.

»Was ist das?«, fragte er und spähte auf die Worte auf ihrem Bildschirm.

»Lateinische Gedichte«, erklärte sie.

»Für mich ist das Chinesisch«, sagte er.

Sie lächelte über den schlechten Witz und stellte das Tablet ab. Eine Unterhaltung war eindeutig der Preis für ihren Platz.

»Also, was führt Sie nach London?«, fragte er.

»Meine Großmutter hatte einen Schlaganfall, und ich besuche sie im Krankenhaus«, antwortete Letty.

»Das tut mir leid.«

»Danke.«

»Stehen Sie sich nah?«

»Sehr.«

»Großeltern haben es gut, nicht wahr? Sie bekommen die ganze Liebe, haben aber keine Sorgen und keine Ausgaben. Abgesehen von den Geburtstagsgeschenken natürlich!«

»Bei uns ist es ein bisschen mehr als das«, fühlte sich Letty bemüßigt zu sagen. Es schien ihr fast wie ein Verrat an Marina, ihn annehmen zu lassen, dass sie wie alle anderen Großmütter war. »Sie ist der Mensch, mit dem ich in meiner Kindheit die meiste Zeit verbracht habe. Sie hat mir alles gezeigt, was ich mag …«

»Oper, Kultur«, sagte er.

Es war ein bisschen seltsam, dass er sich daran erinnerte, und sie bemerkte ein leicht spöttisches Lächeln, als hielte er sie für einen schrecklichen Snob.

»Sie stammt aus Italien«, sagte Letty, als wäre das eine Erklärung.

»Ich war noch nie in Italien«, sagte er.

»Wirklich nicht? Sie sollten mal hinfahren. Es ist wunderschön.«

»Was würden Sie mir empfehlen?«

»Das kommt darauf an, ob Sie aufs Land oder in die Stadt wollen. Ich meine, es gibt so vieles. Die Toskana, Apulien, Rom …«

»Über Rom habe ich eine Sendung gesehen. Es sah aus wie eine Baustelle. Waren Sie mal in Venedig?«

»Nein. Aber ich möchte gern mal hin.«

»Ich war einmal in dem in Las Vegas«, erklärte er.

»Das muss witzig sein.«

»Ich war auch noch nie in der Oper«, gestand er.

»Das sollten Sie einmal tun. Es ist nicht so elitär, wie alle denken. Ich meine, zu Mozarts Zeiten waren Opern eher wie heute Musicals ...« Sie hoffte, nicht herablassend zu klingen.

»Was ist Ihre Lieblingsoper?«, fragte er.

»Ich glaube, ›La Traviata‹«, sagte sie.

»Was heißt das?«

»Wortwörtlich heißt es, die Frau, die vom rechten Weg abkommt.«

»Erzählen Sie mir mehr ...«

»Es geht um eine Kurtisane, die auf den Mann verzichten muss, den sie liebt, weil die Gesellschaft die Verbindung nicht akzeptiert.«

»Eine Kurtisane?«

»Ein Callgirl ... eine Escordame ...«

Als sie sein schiefes Lächeln sah, begriff sie, dass er genau wusste, was eine Kurtisane war – natürlich. Sie kam sich dumm vor.

»Lassen Sie mich raten«, sagte er. »Er setzt ihr nach, und dann leben sie glücklich bis ans Ende ihrer Tage?«

»Sie verstehen wirklich nicht viel von Opern, stimmt's?«

»Also, was passiert?«

»Sie stirbt. In den meisten Opern geht es um Liebe und den frühzeitigen Tod.«

»Und was gefällt Ihnen daran so?«

Letty überlegte einen Moment.

»Die Schönheit des Gesangs ruft unglaublich intensive Gefühle hervor und ...« Als sie sah, dass er sie angrinste, hielt sie mitten im Satz inne.

In der Anfahrt auf Paddington drosselte der Zug die Geschwindigkeit.

»Okay, Sie haben mich überzeugt«, sagte er. »Gehen wir in die Oper!« Hatte sie unabsichtlich mit ihrer Begeisterung einen falschen Eindruck vermittelt?

»Ähm. Ich habe ziemlich viel zu tun ... Ich habe im nächsten Semester Prüfungen ...«

Warum konnte sie nicht einfach Nein sagen? Er musste wissen, dass sie an einem solchen Arrangement nicht interessiert war.

»Ich hätte so viel mehr davon, wenn Sie mich begleiten würden.«

Machte er sich über sie lustig?

»Ich weiß einfach nicht, wie sich die Situation mit meiner Großmutter entwickelt«, sagte sie.

»Natürlich nicht. Sorry. Das ist der falsche Zeitpunkt, Sie zu fragen.«

Er hob entschuldigend die Hände.

»Aber es war eine nette Idee«, hörte Letty sich sagen, da er so anständig mit ihrer Absage umging.

»Warum geben Sie mir nicht einfach Ihre Nummer?«, bot er an. »Ich besorge Karten. Dann können Sie Ja oder Nein sagen, je nachdem, wie Sie sich fühlen?«

Der Zug fuhr in den Bahnhof ein und hielt. Letty wusste, dass es leichter wäre, ihn loszuwerden, wenn sie ihm einfach gab, was er wollte. Wenn er anrief, musste sie nicht abheben, oder sie konnte ihn blocken.

Sie sah, dass er seine Kontakte geöffnet hatte und schon »Elle« in das Namensfeld tippte.

Sie hätte ihm eine falsche Nummer geben sollen, dachte sie, aber da war es schon zu spät.

Als die Schwester auf ein Bett zeigte, um das herum die Vorhänge zugezogen waren, blieb Letty das Herz stehen.

»Warten Sie, bis der Arzt mit der Untersuchung fertig ist«, sagte die Schwester.

Als der Vorhang geöffnet wurde, setzte sich Marina im Bett auf. Sie wirkte ziemlich verärgert, doch als sie Letty sah, wurden ihre Gesichtszüge weicher.

»*Tesoro!*«, sagte sie. »Was machst du denn hier?«

»Ich wollte dich besuchen.«

»Aber die lange Fahrt!«

»Das dauert doch nur eine Stunde. Der Zug war voll, aber es hat mir jemand einen Platz in der ersten Klasse angeboten.«

»Ein Gentleman?«

Letty zögerte. Gentleman war nicht gerade das Wort, das ihr in den Sinn gekommen wäre, aber vermutlich hatte er sich so verhalten.

Ein junger Arzt im weißen Kittel stand neben dem Bett.

»Das ist meine Enkelin«, erklärte ihm Marina. »Sie ist den ganzen Weg von Oxford hergekommen.«

Der Arzt schüttelte Letty die Hand.

»Wir sind ziemlich zufrieden mit Ihnen«, erklärte er Marina. »Aber wir würden gerne noch ein CT machen. Das können wir für morgen organisieren, dann sollten wir Sie entlassen können.«

»Ich muss über Nacht bleiben?«, fragte Marina entsetzt.

Zum ersten Mal in ihrem Leben sah Letty, dass sich Angst in das Gesicht ihrer Großmutter schlich, als würde sie sich plötzlich ihrer Sterblichkeit bewusst werden.

»Ich werde eine der Schwestern bitten, Ihnen eine Speisekarte zu bringen«, fügte der Arzt hinzu. »Vielleicht ist es schon zu spät, um noch etwas zu bestellen, aber ich bin mir sicher, wir finden etwas zu essen für Sie.«

»Keine Sorge, ich gehe zum Deli und besorge uns was«, schaltete sich Letty ein. Die Vorstellung, im Krankenhaus zu bleiben, war schlimm genug für Marina. Krankenhausessen war unvorstellbar.

»Wir machen ein schönes Picknick!«, erklärte sie und wiederholte die Worte, die Marina früher zu ihr gesagt hatte, um sie zum Essen zu ermuntern. Ein wenig fühlte es sich an, als hätten sie die Rollen getauscht.

Irgendwie wünschte sich Letty, dass ihre Großmutter die Decke zurückwerfen, aus dem Bett aufstehen und sagen würde: »Sei nicht albern! Ich gehe nach Hause.«

Doch Marina sagte nichts. Sie sah bedrückt aus, gab sich geschlagen und wirkte in dem hellblauen Krankenhausnachthemd auf einmal alt.

21
Dezember

Alf

Sadie hatte offenbar ihren Freundinnen erzählt, dass sie auf Alf stand, auch wenn man ihr das nicht anmerkte. Sie legten zusammen eine tolle Vorstellung hin, das war schon immer so gewesen, doch wenn sie sich als Danny und Sandy küssten, küssten sie sich nicht richtig. Für Alf war es nur ein Teil der Choreografie: Leg deinen Mund auf ihren, zähl vier Takte und löse dich. Er verlor sich nicht darin.

»Sie schon«, versicherte ihm Cal. Er war jetzt mit Kelly zusammen, Sadies bester Freundin, die Frenchy spielte.

Wieso wussten es alle anderen, nur er nicht, fragte sich Alf. Sogar Miss Jones – Bridget, wie alle sie hinter ihrem Rücken nannten, weil sie blond war, aus dem Süden kam und ein bisschen vornehm tat.

»Du und Sadie, ihr wart heute Abend fantastisch«, sagte sie im Auto nach der letzten Vorstellung. »Und ein Vögelchen hat mir gezwitschert, dass sich auch im echten Leben eine Liebesgeschichte anbahnt?«

»Das ist mir neu«, sagte Alf.

»Sadie ist ziemlich hübsch …«

»Das stimmt.«

Mehr würde er dazu nicht sagen. Er hatte bemerkt, dass

Bridget und die Mädchen zusammen herumalberten. Vielleicht war sie eine jener Lehrerinnen, die zu sehr von den Schülern gemocht werden wollte. So dicht, wie sie in ihrem nagelneuen kaugummipinken Cinquecento hinter dem Lenkrad saß und vor der Einfahrt in den Kreisverkehr zögerte, wirkte sie eher wie die Mädchen aus seiner Stufe, die gerade den Führerschein gemacht hatten.

Der Rest der Darsteller war bereits zu Mr. Marriot nach Hause gefahren, wo die After-Show-Party stattfand, doch wie üblich hatten Alf und Miss Jones als Letzte noch aufgeräumt und das Licht ausgeschaltet.

»Das habe ich früher immer bei meiner Mutter gemacht«, erklärte ihr Alf, als sie sich für seine Hilfe bedankte.

»Du kommst vom Theater, oder?«

»Turniertanz.«

Miss Jones stammte nicht aus Blackpool, darum wusste sie manches nicht, was alle anderen wussten.

»Oh, wow! Ich bin ein großer Fan von ›Let's Dance‹!«

Von da an hatten sie reichlich Gesprächsstoff: die Promis und neuen Berufstänzer der aktuellen Staffel, wer ihre Favoriten waren, wer ungerechterweise ausgeschieden war.

Als sie auf der Party eintrafen, reichte Cal Alf eine Flasche San Miguel.

Es war cool von Mr. Marriot, dass er sie Alkohol trinken ließ, und für ihn als Lehrer wahrscheinlich riskant, aber Alf wollte vor den Reden nichts trinken. Sadie hatte Geschenke besorgt. Als Hauptdarsteller des Musicals war es ihre Aufgabe, den Lehrern im Namen der Schüler zu danken.

»Du hast dir ja Zeit gelassen«, sagte sie, als Alf sie und ihre Freundinnen schließlich hinten im Wintergarten fand, wo sie sich Tequila Shots aus einer selbst mitgebrachten Flasche einschenkten. Sie trugen noch immer die pinkfarbenen Satinjacken mit dem gestickten Schriftzug »Pink Ladies« auf dem Rücken und das Make-up und die Fünfzigerjahre-Pferdeschwänze vom Auftritt.

»Ich bin mit Bridget gefahren«, erklärte er.

»Bridget findet dich scharf«, sagte Sadie.

»Lass uns das mit den Geschenken hinter uns bringen, ja?«, sagte er.

Es gab Weinflaschen in glänzenden Geschenktüten für Mr. Noakes und den Kunstlehrer, der das Bühnenbild gemalt hatte, sowie Whisky für den Hausmeister, der es wieder abbauen musste. Mr. Marriot bekam eine Flasche Champagner in einer Kiste. Alf bedankte sich mit ein paar Worten bei ihnen, während Sadie die Geschenke verteilte. Dann tauschten sie die Rollen: Sadie bedankte sich, und Alf verteilte Blumensträuße – einen an Mrs. Marriot, dafür, dass sie die After-Show-Party ausrichtete, und einen an Miss Jones für ihre Unterstützung bei den Proben. Alf küsste Mrs. Marriot auf die Wange. Als Bridget kam, um ihren Strauß entgegenzunehmen, wollte er sie ebenfalls auf die linke Wange küssen, als sie ihm gerade die rechte anbot. Es folgte ein kurzes Zögern, wie bei zwei Personen, die sich auf der Promenade begegnen und erst beide in die eine Richtung ausweichen, dann in die andere und schließlich einen kleinen Tanz aufführen, bis einer von beiden stehen bleibt und den anderen vorbeilässt. Es war nur ein winziger Moment, doch es ärgerte Alf, dass er ihn vermasselt hatte.

Als Alf am nächsten Tag auf der Trittleiter stand, wünschte er, er wäre bei seinem ursprünglichen Vorsatz geblieben, auf der Party nichts zu trinken. Gary hatte ihn um sieben geweckt, weil sie dafür zuständig waren, den Tanzsaal für die Weihnachtsfeier am Abend zu schmücken, und sein Weihnachtspullover mit den Rentieren war eindeutig zu grell für diese Uhrzeit.

Solange Alf denken konnte, brachten seine Großeltern dieselbe Dekoration an – Hunderte von Weihnachtskugeln hingen von einem Dach aus weiß angesprühten Zweigen, die an der Decke befestigt wurden. Als Kind war es ihm vorgekommen, als beträte er einen Zauberwald, der über Nacht gewachsen war. Erst in den letzten Jahren, seit er der Größte in der Familie war, hatte er begriffen, wie viel Arbeit es bedeutete, diese Magie zu erschaffen.

Alf fühlte sich angeschlagen. Erinnerungsfetzen von der Party kehrten zurück. Er hatte mit Sadie eine Rumba getanzt, und die Menge hatte dafür die Tanzfläche geräumt. Seine Muskeln hatten sich noch an die Schritte erinnert, obwohl sie diese Nummer schon seit über fünf Jahren nicht mehr getanzt hatten. Zum Schluss ließen sie sich langsam auf den Boden gleiten, die Gesichter nah beieinander. Doch irgendwie kam der Boden schneller näher als gedacht, und Sadie war mit dem Hinterkopf aufgeschlagen. Nicht schlimm. Und wenigstens lag dort ein Teppich.

»Du warst schon immer ein ziemlich beschissener Tänzer«, hatte sie ihm ins Ohr geflüstert und ihn von sich geschoben.

Hatte sie ihm ins Ohr gebissen? Ein bisschen geknabbert? Alf tastete nach seinem linken Ohrläppchen und wankte leicht auf der Leiter. Was sollte das alles?

Er erinnerte sich, dass er in der Küche gewesen war, um noch mehr Bier aus dem Kühlschrank zu holen, und dass Cal den Champagner entdeckt hatte, den sie Mr. Marriot geschenkt hatten. Natürlich durften sie das nicht tun …

Alf verzog das Gesicht. Sobald er mit dem Schmücken fertig war, würde er losgehen und Mr. Marriot eine neue Flasche besorgen. Das bedeutete noch einmal vierzig Pfund von seinen Ersparnissen, und dabei hatte er noch nicht einmal angefangen, Weihnachtsgeschenke für die Familie zu kaufen.

»Kaffee?«, schlug Gary vor, als sie ungefähr die Hälfte der Arbeit erledigt hatten.

»Ich dachte schon, du würdest nie fragen.« Alf grinste. Vorsichtig stieg er von der Leiter, während Gary in der winzigen Küche Wasser heiß machte.

»Denk nächstes Jahr um diese Zeit an mich«, sagte Gary. »Wenn ich hier mit Lametta kämpfe, während du am Strand in der Sonne liegst.«

Alf und Cal wollten um die Welt reisen, den Winter auf der Südhalbkugel verbringen, doch das schien noch weit weg – erst mussten sie das Abitur schaffen. Noch kam es Alf vor wie ein ferner Traum.

Ob Gary sich freuen würde, wenn Alf fort war? Falls dem so war, konnte Alf es ihm nicht verübeln. Sie hatten sich immer ziemlich gut verstanden, doch als Stiefvater war er zu spät dazugekommen, und ein bisschen zu früh, um Freunde zu werden. Seit Alf mit vierzehn plötzlich in die Länge geschossen war, hatte er das Gefühl, in Garys kleinem Reihenhaus zu viel Raum einzunehmen. Seine Füße hingen über den Rand seines schmalen Bettes, und wenn er vergaß, sich zu ducken, stieß er sich den Kopf am Türrahmen zur Küche. Auf der gläsernen Ablage unter dem Badezimmerspiegel war nicht genug Platz für zwei Rasierer, genauso wenig wie im Flurregal für seine Turnschuhe. Es war ein Haus für ein Paar, vielleicht mit einem Baby, aber nicht für drei Erwachsene.

Als Sadie in den Saal trat, sah sie Alf an, als müsste er sie erwarten, und er fragte sich, ob er sie gestern Abend eingeladen hatte. Sadies Mutter Leanne kam normalerweise immer zur Weihnachtsfeier, weil sie mit Donna befreundet war, aber Sadie war seit Jahren nicht mehr da gewesen.

Sie trug ein rückenfreies rotes Rüschenkleid, rote Satinpumps und auf dem Kopf eine Weihnachtsmannmütze. Sadie war wirklich Blackpools aktuelle Königin des Lateinamerikanischen Tanzes, dachte er, als er sie mit seinem Großvater auf »Rudolph the Red-Nosed Reindeer« Cha-Cha-Cha tanzen sah.

Bei »I Saw Mommy Kissing Santa Claus« führte Alf seine Mutter auf die Tanzfläche. Darauf hatten sie getanzt, seit er ein kleiner Junge gewesen war und unter ihrem Arm hindurchgehen musste anstatt sie unter seinem. Erst bei der letzten Drehung bemerkte er, dass Gary sie filmte. Er schuf Erinnerungen, wie Donna es nannte – ein Satz, der Alf ärgerte, weil es war, als würde sie etwas tun, um irgendwann in der Zukunft darauf zurückblicken zu können, anstatt einfach den Moment zu genießen. Er wollte sein Leben nicht damit verbringen, Dinge zu bereuen, so wie sie.

Alf fragte sich, was seine Mutter wohl im nächsten Jahr tun würde, wenn nur alte Männer zum Tanzen da waren. Mit ihnen konnte sie wunderbar Walzer oder langsamen Foxtrott tanzen, aber wenn Alf sie verschwitzt und mit roten Gesichtern Jive tanzen sah, dachte er manchmal, dass sie an der Wand neben dem Feuerlöscher vielleicht einen Defibrillator anbringen sollten.

Als »Fairytale of New York« ertönte, traten seine Großeltern auf die Tanzfläche. Die Musik begann langsam und steigerte sich allmählich bis zum Refrain, perfekt für einen

Wiener Walzer, bei dem man Atempausen zwischen den vielen Drehungen brauchte. Von hinten konnte Cheryl mit ihrem schlanken Körper und den schönen Beinen als Zwanzigjährige durchgehen. Das Stück war lang, aber sie hielten die ganzen fünf Minuten durch. Am Ende, als Cheryl tat, als würde sie zusammenbrechen, dabei aber eigentlich kaum geschwitzt hatte, stand der gesamte Raum auf und klatschte.

»Hoffentlich sehe ich auch noch so gut aus, wenn ich mal in ihrem Alter bin.« Sadie trat neben ihn. »Ich weiß nicht, was sie nimmt, aber sie sollte es verkaufen.«

»Pilates«, erklärte ihr Alf. »Sie schwört darauf.«

Cheryl machte auch eine Hormonersatztherapie, doch das sollte er nicht wissen.

»Muss ich dich also tatsächlich um einen Tanz bitten?«, fragte Sadie.

»Ich wusste nicht, ob du Lust hast«, erwiderte er.

»Ich bin die Jüngste, du bist der Zweitjüngste, und außer deiner Mutter und Gary sind wir die einzigen Nicht-Senioren.«

Irgendwie wünschte Alf, es würde nicht gerade »All I Want For Christmas Is You« laufen. Doch darauf konnte man gut Jive tanzen, und Jive war sein bester Tanz. Er wollte nicht die Rumba von gestern Abend wiederholen. Als sie fertig waren, war der Applaus ebenso laut wie bei Cheryl und Chris.

»Und, was meinst du?«, fragte Sadie, als sie nach draußen gingen, um frische Luft zu schnappen.

»Wozu?«, fragte er.

»Die Vorstellungen sind vorbei, du und Aimee habt eure Partnerschaft beendet … wir sind ›Die beiden jungen Stars, von denen wir in Zukunft noch einiges hören werden‹.«

So lautete die Bildunterschrift unter dem Foto, das am

Morgen in der Lokalzeitung erschienen war. Der Kritiker hatte geschrieben, »Grease« sei die beste Schulaufführung, die er je gesehen habe. Donna hatte gleich drei Ausgaben gekauft: eine für Cheryl und Chris, eine für sich und eine weitere, um sie zu rahmen und in die Vitrine mit den Preisen zu stellen.

»Du willst wieder mit mir tanzen?« Alf war überrascht.

»Nun ja, was denn sonst?!«, sagte Sadie.

Er hatte noch nicht überlegt, was er mit all den Wochenenden und Abenden im neuen Jahr anfangen würde. Der Alkohol vom Vorabend steckte ihm noch in den Knochen und vernebelte sein Gehirn.

»Ich werde darüber nachdenken«, sagte er.

»Nun, denk nicht zu lange«, sagte sie, eindeutig verärgert über sein Zögern. »Das Angebot endet am 31. Dezember.«

Sie klang wie bei einem dieser Clips vor der Werbepause bei »X Factor«. Wollen Sie Bargeld und Karten für die Tour gewinnen? Rufen Sie nicht an, wenn Sie die Sendung aufgenommen haben.

Alf hörte, wie Gary und die Stag Beetles ihr Set mit »She Loves You« begannen. Sie spielten immer, während die Leute sich am Buffet bedienten, weil es erstaunlich schwierig war, auf Beatles-Songs zu tanzen – abgesehen von »Twist and Shout«, aber dafür gab es im Raum zu viele künstliche Hüftgelenke.

Als sie wieder in den Saal zurückkehrten, kamen erst Donna, dann Leanne auf sie zu, um sie zu umarmen. Schließlich auch noch Cheryl.

»Schön, euch wieder zusammen zu sehen«, sagte seine Großmutter. In ihrem pinkfarbenen Kleid mit dem weiten Tüllrock, das aschblonde Haar auf dem Kopf aufgetürmt, sah sie ein bisschen aus wie eine gute Fee, die ihnen in einem Märchen ihren Segen schenkte.

Gab es einen Plan, von dem er nichts wusste? Oder hatte er was verpasst?

Die Silvestergala im Tower Ballroom war ebenso ein fester Termin im Familienkalender wie das Weihnachtsessen mit allem Drum und Dran bei Cheryl. Der gestufte Tanzsaal, in dem ein großes Netz voller Ballons unter der Decke über der Tanzfläche hing, verfehlte nie seine Wirkung. In diesen Tagen fanden die meisten Wettbewerbe in Blackpool im Winter Gardens statt, aber Alf glaubte nicht, dass es in der internationalen Tanzszene viele Menschen gab, die nicht meinten, dass der Tower Ballroom die Auszeichnung als bester Tanzsaal der Welt verdiente.

Jeder, der zur Gala kam, kannte die populären Sequence Dances. Nichts war mit dem Gefühl zu vergleichen, wenn man beim Emmerdale Walzer mit Hunderten anderer Paare, die alle genau die gleichen Schritte vollführten, durch den riesigen Saal glitt.

Alfs Familie besetzte stets zwei Tische, und man fühlte sich förmlich wie ein Mitglied der königlichen Familie von Blackpool, wenn die Leute an den Tisch kamen, um Cheryl und Chris ihre Ehre zu erweisen. In diesem Jahr feierten sie das fünfzigjährige Jubiläum ihres ersten Tanzes hier. Zu diesem Anlass hatte Donna Cheryl ein eisblaues Tanzkleid aus Seide genäht, zu dem sie eine funkelnde Tiara im Haar trug.

In den letzten Jahren war Aimee dabei gewesen, doch jetzt hatte sie einen Freund, der nicht tanzte, und sie war mit ihm nach London gefahren, um sich das Feuerwerk anzusehen. Alf konnte sich nicht vorstellen, sich ernsthaft auf eine Frau einzulassen, die nicht tanzte. Tanzen war ein Teil von ihm. Er wusste nicht, wie sich Sex anfühlte, wenn jemand gar kein Gespür für Rhythmus und Timing hatte.

Als Donna Gary kennenlernte, konnte er nicht tanzen, aber selbst er hatte einen passablen Walzer hinbekommen und all die Sequence Dances gelernt. In diesem Jahr versuchte er es mit der Tango Serida, bei der sich selbst Alf, der mit Cheryl tanzte, kaum die Schritte merken konnte. Deshalb schob Cheryl ihn durch die Passagen, obwohl sie prinzipiell der Ansicht war, dass der Mann zu führen habe. Beim dritten Durchlauf der Sequenz merkte Alf, dass Sadie mit ihrer Mutter auf der anderen Seite des Raumes tanzte. Sadie trug ein kurzes goldenes Paillettenkleid. Sie sah scharf aus. Und sie blickte zu ihm hinüber.

Das hatte sie also mit dem 31. Dezember gemeint. Alf blickte auf die Uhr. Noch zwei Stunden bis Mitternacht. Was war er? Cinderella? In seiner Panik machte er ein Chassé statt eines Rock Steps und spürte Cheryls Missbilligung in ihrer starren Haltung.

Er wollte seiner Großmutter und seiner Mutter gefallen, und es war nur für ein halbes Jahr, also warum ihnen nicht die Freude machen, wieder mit Sadie zu tanzen, nach allem, was sie für ihn getan hatten? Und doch ... wenn er all diese Abende und Wochenenden freihätte, könnte er genügend Geld verdienen, um damit ein Jahr zu reisen und vielleicht sogar noch etwas für London übrig zu behalten, falls er an der Tanzschule angenommen wurde, an der er sich beworben hatte.

Nachdem er Cheryl zu ihrem Platz zurückgebracht hatte, ging er zu Sadie hinüber.

»Und was ist dein Neujahrsvorsatz?«, fragte Sadie und stieß mit ihrem Prosecco gegen seinen Orangensaft.

Keine Dinge hinauszuzögern in der Hoffnung, dass sie sich von selbst erledigen, dachte Alf.

»Was ist deiner?«, fragte er. Es war noch nicht Mitternacht.

»Zu tun, was ich schon lange tun wollte«, sagte sie.

»Und das wäre?«

Kaum hatte er es ausgesprochen, wusste er plötzlich, was sie tun würde, und er wünschte, er wäre woanders, denn es machte alles noch komplizierter.

Sadie stellte ihr Glas ab und küsste ihn auf den Mund.

Bis vier zählen, dachte Alf, dann lösen.

»Pass auf, ich weiß nicht genau, wie ich es sagen soll ...«, begann er. »Aber meine Antwort lautet: Danke, aber nein, danke.«

Die Art, wie Sadies Miene von strahlend zu finster wechseln konnte, war unheimlich, und einen Moment lang fürchtete er, sie wolle sich rächen. Das sprach dafür, dass er die richtige Entscheidung getroffen hatte, versicherte er sich.

»Ich meine, ich finde dich toll und alles ... Es ist nur, ich schaue jetzt nach vorn, weißt du, nicht zurück.«

22

Januar 2017

LETTY

Es lag nicht an der Aussicht, in einem Raum lernen zu müssen, der so kalt war wie ein Kühlschrank, und auch nicht an den bevorstehenden Prüfungen, dass Letty im Januar nur widerwillig nach Oxford zurückkehrte. Es lag eher daran, dass sie das Gefühl hatte, ihre Zeit mit Marina ginge zu Ende.

Bei ihrer Großmutter war Vorhofflimmern diagnostiziert worden, was, wenn man es googelte, die medizinische Bezeichnung für Herzversagen war. Als Letty in den Weihnachtsferien nach Hause zurückgekehrt war, hatte sie ihre Großmutter deutlich langsamer und weniger souverän erlebt.

Frances und Ivo kochten das traditionelle Familienessen am Weihnachtsabend, und Rollo steuerte die speziellen Fenchelwürste von Camisa aus der Old Compton Street bei sowie ein paar hübsche Dosen mit Amaretti. Ivo holte die *presepio*, die Weihnachtskrippe vom Dachboden, und um Mitternacht legte Marina selbst das winzige Jesuskind hinein. Jeder verhielt sich so normal, dass Letty sich fragte, ob ihr als Einzige bewusst war, dass dieses Weihnachten vielleicht das letzte war, das sie alle zusammen verbrachten. Umso mehr ärgerte es sie, dass Frances sich nicht einfach zurückhalten konnte, als sie sich am Weihnachtstag wie üblich mit Marina stritt – diesmal ging es um den Nachtisch – und brüllte: »In Trifle gehört Gelee!«

»Aber er schmeckt so ... künstlich.« Marina zog die Nase kraus.

»Womit du gewöhnlich meinst«, tobte Frances. »Verfluchte Champagnersozialisten!«

Es war eine Variante des üblichen Themas. Frances, das Kind eines arbeitslosen Hafenarbeiters, war im Künstlermilieu des Londoner Nordens gelandet, das trotz all seiner toleranten Erklärungen ebenso voller Vorurteile steckte und schwer zugänglich war wie der Adel, den es zu verachten vorgab.

Und natürlich war Frances selbst aktiv an Erhalt und Formgebung dieser Geschichte beteiligt.

»Fragt mich irgendwas über irgendwas, solange es mit einem Buchstaben zwischen A und G beginnt!«, war einer ihrer Lieblingssätze beim Abendessen, denn in ihrer Kindheit hatte es in ihrem Haus nur die ersten drei Bände der »Encyclopedia Britannica« gegeben. Ein Vertreter hatte ihren Vater an der Tür überredet, das Lexikon gegen wöchentliche Ratenzahlungen zu erwerben. Als dieser jedoch seine Stellung bei Ribble Docks verlor, war ihm das Geld ausgegangen, um das Lexikon zu vervollständigen.

Aber Frances war Führungskraft in einer Werbeagentur, und das war mit Sicherheit die kapitalistischste Branche, in der man arbeiten konnte, dachte Letty. Ihre Mutter genoss es, ins Theater und ins Ballett zu gehen und in teuren Restaurants zu essen. Irgendwann musste sie doch einsehen, dass sie selbst inzwischen zur Mittelklasse gehörte. Und überhaupt, wie konnte sich jemand nur dermaßen über einen Nachtisch aufregen?

Das Problem war – und war es immer gewesen –, dass sich in ihrem Haus zwei weibliche Familienoberhäupter ein Revier teilen mussten. Beide waren klug, beide waren stark, und beide wetteiferten miteinander. Ironischerweise war es ursprünglich Marina gewesen, die darauf bestanden hatte, dass Frances und Ivo bei ihr wohnten. Für Ivo war das Haus in Belsize Park Gardens sein Zuhause, doch Frances hatte immer das Gefühl, von Marina nur als Gast geduldet zu werden. Dabei sorgte sie inzwischen schon seit vielen Jahren mit ihrem Einkommen dafür, dass sie überhaupt alle weiterhin dort wohnen konnten.

Letty war vor Marinas Schlaganfall allerdings noch nie aufgefallen, wie sehr sich ihr Vater noch immer wie das Kind seiner Mutter benahm. Er schien derzeit selten zu Hause zu sein, fast so, als wollte er ihren Zustand leugnen.

»Ich glaube, du machst dir zu viele Gedanken«, sagte er zu Letty, als diese ihre Sorgen äußerte. »Marina wird uns alle überleben!«

Letty machte es sich zur Gewohnheit, morgens zu lernen und dann mit Marina zu essen, wie sie es getan hatten, als Letty fürs Abitur gelernt hatte. Nur war jetzt Letty diejenige, die Marina das Mittagessen brachte. Ihre Großmutter ging kaum noch aus dem Haus und hatte das Bridgespielen aufgegeben. Sie behauptete, es verursache ihr Kopfschmerzen, doch Letty fragte sich, ob es daran lag, dass ihr Kurzzeitgedächtnis nachzulassen schien.

Marinas Erinnerungen an die Vergangenheit waren jedoch noch glasklar, und sie war immer noch eine hervorragende Geschichtenerzählerin. Manchmal, wenn Letty sich ihre Anekdoten anhörte, überlegte sie, diese für künftige Generationen aufzunehmen. Doch sie scheute sich davor, Marina zu fragen, und fürchtete, dass diese es vielleicht sentimental finden könnte.

An ihren Großvater Max erinnerte sich Letty nur als alten Mann, der in einem Raum voller Pfeifenrauch mit anderen alten Männern saß und diskutierte. Als Marina ihn damals kennengelernt hatte, war sie Geschäftsführerin eines Restaurants in Soho gewesen, das bei Künstlern, Schauspielern und Intellektuellen beliebt und in »*tout London*« bekannt war.

Als Marina dann ihre Arbeit aufgab, um Mutter zu sein, wurde das Haus in Belsize Park zum gesellschaftlichen Mittelpunkt, in dem Marina ebenso Hof hielt wie vorher im Restaurant.

In der ersten Januarwoche vibrierte beim Mittagessen Lettys Telefon und zeigte eine Nummer an, die sie nicht kannte.

»Frohes Neues Jahr!«

»Wer ist da?«

»Hier ist Spencer. Aus dem Zug«, sagte er.

»Ach! Hallo!«

Letty stand auf und ging durch den Raum ans Fenster. Ohne Marinas Pflege war der Garten verwildert.

»Wie geht's Ihrer Großmutter?«, fragte Spencer.

Letty beobachtete, wie die Sonne hinter dem Skelett einer Eiche tiefer sank, und brauchte einen Moment, um zu begreifen, was er fragte.

»Ganz okay, danke.«

Es folgte eine Pause.

»Hören Sie. Ich habe etwas wegen ›La Traviata‹ recherchiert und eine Vorstellung gefunden, aber wir müssen das besprechen.«

Lettys spontaner Impuls war es, Nein zu sagen. Was mussten sie da besprechen?

»Wie wäre es mit einem Cocktail im Sky Garden morgen Abend?«, fragte er.

»Im Sky Garden?«, wiederholte sie.

»Auf dem Dach vom Walkie Talkie. In der City. Um sieben?«

Letty war in den Ferien nur ein einziges Mal aus gewesen, bei Oscars und Rajs Neujahrsessen, und es war nicht gerade so, dass Spencer sie bedrängte. Seit Marina ins Krankenhaus gekommen war, waren sechs Wochen vergangen, in denen Letty kaum noch an ihn gedacht hatte.

»Also gut«, hörte sie sich sagen.

»Ein Bewunderer?«, fragte Marina erfreut.

»Ja, ich glaube schon«, erwiderte Letty und war sich nicht ganz sicher, wie sie Spencer beschreiben sollte. »Was trägt man in einer Cocktailbar?«

Marina bestand darauf, dass Letty einige ihrer alten Kleider anprobierte, die sie in einer Truhe vor ihrem Bett aufbewahrte. Sie fühlte sich fast wieder wie ein kleines Mädchen, das sich Kostüme aus der Verkleidungskiste suchte und sie ihrer Großmutter vorführte. Aus den Fünfzigern gab es ein dunkelgrünes Kleid mit einem weiten Rock aus Moiréseide, einem engen Spitzenmieder und dreiviertellangen Ärmeln. Aus den Sechzigern ein schlichtes kleines Schwarzes aus Samt mit U-Boot-Ausschnitt. Aus den Siebzigern ein fliederfarbenes Nylonteil mit langen Rüschenärmeln. Sie passten alle perfekt, doch sie rochen nach Mottenkugeln und waren alle viel zu dünn für einen kühlen Januarabend.

Schließlich beschloss Letty, ihre übliche schwarze Skinny-Jeans und einen Rollkragenpullover unter der schwarzen

Bikerjacke aus Leder anzuziehen, die Frances ihr zu Weihnachten geschenkt hatte. Die Jacke war klassisch geschnitten, mit goldenen Nieten am Revers, aber das Leder war butterweich, und die Designermarke ließ vermuten, dass sie ein Vermögen gekostet hatte. Marina band ihr eins ihrer alten Hermès-Tücher in Weiß, Gold- und Grüntönen um den Hals und lieh ihr ein Paar lange künstliche Smaragdohrringe, die über ihren Schultern baumelten. Das Haar hatte sie zu einem Knoten zurückgesteckt.

»Sie sehen unglaublich aus!«, sagte Spencer.

Er trank einen Mojito und bestellte ihr ebenfalls einen. In dem riesigen Glashaus schmeckte er nach Sommer. London unter sich zu sehen fühlte sich an, wie in einem Flugzeug zu sitzen, das sich im Landeanflug befand.

Die Aussicht sorgte für Gesprächsstoff. Spencer zeigte auf verschiedene Gebäude und erläuterte ihr die Quadratmeterpreise in jedem Postbezirk.

»Langer Rede kurzer Sinn«, sagte er schließlich. »Die Oper, die Sie sehen wollten, wird in New York gegeben. Der Aufführungsort heißt Met. Bis Ende März ist sie ausverkauft, aber ich habe zwei Karten für den ersten April. Das ist ein Samstag.«

Das war äußerst skurril – sie saß auf dem Dach eines Wolkenkratzers mit einem Mann, den sie kaum kannte und der sie anscheinend bat, mit ihr zu einem Date nach New York zu fliegen, um seine erste Oper zu sehen. War das Datum von Bedeutung? War das so eine Art verfrühter Aprilscherz? Die Antwort durfte klar sein.

»Ich weiß, es ist eine große Bitte«, sagte Spencer.

Seine Verschlagenheit war charmant.

Als er noch eine Runde bestellte, versuchte Letty, ihn mit den Augen eines Außenstehenden zu betrachten. Er sah gut aus, war gut angezogen und roch nach einem teuren Rasierwasser – der Typ Mann, den Frances vermutlich für eine Rasiererwerbung casten würde.

Wenn sie ihm auf einer Party begegnet wäre, hätte Letty keinen Grund gesehen, ihm gegenüber misstrauisch zu sein. Doch das war sie nicht. Sie hatte ihn kennengelernt, weil er die Dienste einer Studentin kaufen wollte, die halb so alt war wie er, obwohl er sicherlich keinerlei Probleme hätte, Frauen auf normalem Weg kennenzulernen.

Letty entschied, ihn mit dieser Frage zu konfrontieren. »Als wir uns in Oxford getroffen haben ... ich meine, warum?«

Er lachte.

»Dasselbe könnte ich Sie fragen.«

»Ich habe aber zuerst gefragt.«

»Sagen wir, ich bin ein bisschen wie Rod Stewart«, antwortete er. »Ich war zweimal verheiratet. Am Ende mochte ich beide Frauen nicht mehr und hab jeder ein Haus gekauft ... kommt Ihnen das bekannt vor?«

Letty schüttelte den Kopf.

»Sie können es sich aber vorstellen? Also dachte ich mir, wenn ich dafür bezahle, bekomme ich, was ich will, ohne irgendwelche Verpflichtungen einzugehen.«

»Und wollen Sie das von mir? Denn ich werde nie Ihr Sugar Baby ...«

»Das wusste ich sofort, als ich Sie gesehen habe«, unterbrach er.

»Wieso?«

»Ungeschminkt, Leggings – sorry, aber Leggings? Und dann konnten Sie nicht schnell genug wegkommen ...«

»Wie lange haben Sie gewartet?« Letty war neugierig.

»Ungefähr zehn Minuten. Mir war ehrlich gesagt sehr schnell klar, dass ich mehr Chancen hatte, die Kellnerin ins Bett zu kriegen, als Sie.«

Letty wusste nicht, ob sie es beruhigend fand, dass er sie so genau durchschaut hatte, oder eher beunruhigend.

»Also, Elle.« Er beugte sich zu ihr vor. »Ich kann nicht so tun, als fände ich dich nicht attraktiv, aber ich erwarte nicht mehr, als dass du meinen kulturellen Horizont erweiterst. Du bist der einzige Mensch, der es geschafft hat, mich für die Oper zu interessieren. Und es hat mich einige Mühe gekostet, diese Karten zu bekommen. Und falls du dich das fragst: Ich buche uns getrennte Hotelzimmer.«

Das hatte sie sich gefragt. Wenn er so reich war, dachte er wahrscheinlich gar nicht über die Kosten nach.

Es war immer ihr Traum gewesen, in die Met zu kommen. Marina und sie hatten die meisten Liveübertragungen aus der Met im Curzon Cinema in Bloomsbury gesehen. Das kribbelnde Gefühl, wenn der Vorhang sich hob, das Bewusstsein, einen Liveauftritt zu sehen, der per Satellit übertragen wurde, war aufregend gewesen, aber die Vorstellung, selbst im Publikum zu sitzen! Ihre Prüfungen wären dann vorbei. Die Honour Moderations in Oxford galten als die längsten Prüfungen der Welt. Wenn sie die überlebte, hatte sie sich dann nicht eine Belohnung verdient?

»Dann solltest du aber wissen, dass ich nicht Elle heiße«, sagte sie.

»Gut, dass du mir das sagst, bevor ich die Flugtickets buche.«

»Und ich kaufe mein Ticket selbst«, erklärte sie und merkte, dass sie gerade eingewilligt hatte, mitzufahren.

Bis April waren es noch drei Monate, dachte Letty, als sie mit der Northern Line nach Hause fuhr. Sie konnte es sich immer noch anders überlegen. Er hatte nicht vorgeschlagen, sich in der Zwischenzeit noch einmal zu treffen. Fast hatte sie das Gefühl gehabt, abgewiesen zu werden, als er auf seine Armbanduhr geschaut hatte, als hätte er noch eine andere Verabredung.

Vielleicht gab es eine ganze Horde von Frauen, die seine Großzügigkeit annahmen?

»Wie war deine Verabredung?«, fragte Marina am nächsten Tag.

Sie setzte sich in ihrem seidenen Morgenrock im Bett auf, die vier Drucke an der Wand hinter ihr. Auf jedem Bild war dieselbe wunderschöne dunkelhaarige Römerin abgebildet. Als sie klein war, hatte Letty gedacht, es wäre Marina selbst, aber jetzt merkte sie, dass der leicht pathetische präraffaelitische Stil dafür zu altmodisch war. Auf jedem der Bilder trug die Dame dasselbe lange, in der Taille zusammengebundene Kleid. Wahrscheinlich war es den Wandgemälden aus Pompeij nachempfunden. Doch auf jedem Bild hatte es eine andere Farbe. Tranquilitas räkelte sich in Rosa auf einer Steinbank neben einem rosafarbenen Oleander. Aergia war gelb und spielte mit einer langen Pfauenfeder in der Hand mit einem roten Kätzchen. Lesbia, Catulls berühmte Geliebte, trug Orange und hielt ihren zahmen Spatz in die Luft. Und Violett war in helles Mauve gekleidet und blickte auf einen kleinen Strauß dunkelvioletter Veilchen.

»Es war interessant«, antwortete Letty und schlenderte zur Verandatür, hinter der eine schmiedeeiserne Treppe in den Garten hinunterführte. Es regnete. Fasziniert betrachtete sie, wie die Wassertropfen am Fenster herunterliefen, hielten und wieder weiterliefen, ineinanderflossen und größere Tropfen bildeten, fast so, als wären sie lebendig.

Was würde ihre Großmutter von Spencer halten? Letty wünschte fast, sie könnte ihn mitbringen, damit Marina ihn einmal unter die Lupe nahm.

»Wäre es falsch …« Sie drehte sich wieder zum Bett um. »Wäre es falsch, sich von einem Mann, den man kaum kennt, in die Oper einladen zu lassen?«

»Fragst du dich, ob er irgendeine Form von Bezahlung erwartet?«

Mit neunzig Jahren hatte Marina genau erkannt, worum es ging, aber mit einer derart direkten Antwort hatte Letty nicht gerechnet.

»Ich glaube schon.«

»Es wird ihm gefallen, mit dir gesehen zu werden. Ich glaube, mehr erwartet er nicht als Bezahlung.«

»Es ist ›La Traviata‹«, vertraute Letty ihr an und rechnete damit, dass Marina ihre Freude teilen würde, doch die Miene ihrer Großmutter blieb unverändert.

»Worum ging es da noch?«, fragte sie.

»›La Traviata‹«, sagte Letty lauter. »Verdi! Wir haben sie letzten Frühling zusammen gesehen!«

»Ach, natürlich!«, sagte Marina.

Doch Letty wusste, dass Marinas Lächeln gekünstelt war, und ein Schaudern durchlief ihren Körper.

23

Februar

Alf

Die Pizzeria, in der Alf arbeitete, hatte ein Valentinstag-Angebot, das den ganzen Monat über galt: zwei Pizzen in Herzform für zehn Pfund. Was sie einem nicht verrieten, war, dass der Preis nur für die Grundvariante galt. Wenn man zusätzlichen Belag wollte, musste man extra zahlen. Der Koch war nicht glücklich darüber. Er rühmte sich damit, den Teig durch die Luft wirbeln zu können. Wenn man jedoch versuchte, ihn zu formen, sah er eher aus wie eine Niere als wie ein Herz.

Doch es spielte keine Rolle. Das Geschäft lief schleppend. Es regnete seit Wochen. Die Leute, die mit dem Moped das Essen nach Hause lieferten, hatten mehr zu tun – niemand wollte vor die Tür. Sie bekamen sogar manchmal ein Trinkgeld, weil die Leute den Pizzakarton in aller Regel erst öffneten, wenn sie wieder weg waren. Alf war der Einzige, der unter der Woche abends im Restaurant bediente, was bedeutete, dass er sich eine Menge Beschwerden anhören musste und überhaupt kein Trinkgeld erhielt, wenn die Gäste die Wahrheit über den Belag erfuhren.

Alf hatte eine schwarze Hose und ein schwarzes Hemd für die Arbeit, die er jeden Abend wusch, wenn er nach Hause kam, doch den Geruch von verbranntem Käse wurde er einfach nicht los. Abgesehen von seinem kargen Lohn, stand ihm noch eine Vergünstigung zu – eine freie Mahlzeit pro Abend –, aber er hatte das Gefühl, genug Pizza inhaliert zu haben, um nie wieder welche essen zu wollen.

Zwei Vorteile hatte es allerdings, jeden Abend zu arbeiten. Erstens: Man verdiente Geld. Zweitens: Man konnte nicht mit seinen Freunden ausgehen, sodass man nichts davon ausgab. Was im Grunde gut war, denn von zu Hause auszuziehen würde deutlich mehr kosten, als er ursprünglich gedacht hatte.

Alf hatte einen Platz an der Tanzschule bekommen, auf die er wollte, die einzige, an der die Studenten für das Examen eine Show entwickelten und mit der Aufführung anschließend auf Tournee gingen. Als er zum Vortanzen dort gewesen war, hatte er nicht daran gezweifelt, dass London genau der Ort war, an dem er sein wollte. Sogar im Winter war die Stadt voller Leben. Als Alf am Abend seiner Ankunft die Shaftesbury Avenue hinunterging, konnte er nicht glauben, wie viele Theater es in nur einer einzigen Straße gab, wie viele chinesische Restaurants in der Parallelstraße und wie viele Konditoreien in der Parallelstraße nördlich davon – eine verkaufte ausschließlich Eclairs, die so hübsch verziert waren, dass die Auslage eher an ein Schmuckgeschäft erinnerte.

Es gab allerdings auch eine Kehrseite. London war unglaublich teuer. Nachdem Alf an der Schule angenommen worden war, konnte er – vorausgesetzt, er kam gut durchs Abitur – ein Studentendarlehen für die Gebühren beantragen, und auch eins für den Unterhalt. Doch der Gedanke, sich so hoch zu verschulden, gefiel weder ihm noch seiner Familie. Sie konnten sich nicht vorstellen, dass er als Tänzer jemals genug Geld verdienen würde, um das Geld zurückzahlen zu können. Von den Mietpreisen in London hatte er ihnen noch nicht einmal erzählt. Alf wusste, dass er sparen und sich neben dem Studium einen Teilzeitjob würde suchen müssen. Er hatte beschlossen, seine Reisepläne mit Cal aufzugeben, und Cal war inzwischen so fest mit Kelly liiert, dass es ihn nicht zu stören schien. Die Vorstellung, auf einer paradiesischen Insel in Thailand zu liegen oder Weihnachten in Australien am Strand zu verbringen, war nicht mehr ganz so reizvoll. Man musste nicht so weit reisen, um sein Leben zu ändern, dachte Alf. Er wollte nach London.

Es war der letzte Freitag der Pizza-Werbeaktion, als Mr. Noakes mit Miss Jones im Restaurant auftauchte. Alf ging davon aus, dass es den beiden wahrscheinlich peinlicher war als ihm, doch als sie ihn sahen, hatten sie bereits die Jacken ausgezogen.

»Wir dürfen uns nicht weiter so treffen«, sagte Miss Jones scherzhaft zu Alf, als er einen Stuhl für sie herauszog.

Sie überlegten, was sie bestellen wollten, und Alf hielt sich ein wenig auf Abstand.

»Das klingt nach einem Schnäppchen«, sagte Mr. Noakes.

»Nicht, wenn du zusätzlichen Belag willst«, sagte Miss Jones, die das Kleingedruckte gelesen hatte.

»Und ich dachte, du würdest Englisch unterrichten, nicht Mathe!«

Bei dem Flirtversuch seines Lehrers verzog Alf das Gesicht.

»Was nimmst du?«, fragte Miss Jones.

»Ich glaube, ich nehme die scharfe Fleischvariante.«

»Ah, okay. Dann nehme ich die Vier Jahreszeiten.«

»Von allem etwas«, sagte Mr. Noakes.

Er winkte Alf heran.

»Einmal die mit scharfem Fleisch und einmal die Vier Jahreszeiten, bitte.«

»Einen Moment, wie ist denn die Calzone?«, erkundigte sich Miss Jones bei Alf.

»Ich glaube, Sie nehmen besser die Vier Jahreszeiten.«

»Also gut.«

»Dünn oder Chicago-Art?«

»Oh, ich glaube, dünn«, sagte Mr. Noakes.

»Gute Wahl, Sir. Einfache Kruste oder gefüllt?«

Sein Musiklehrer sah ihn an, als wollte er ihn auf den Arm nehmen.

»Das ist die letzte Frage, Sir«, sagte Alf.

»Na, Gott sei Dank. Das ist ja wie in einer Comedyshow«, erwiderte Mr. Noakes.

»Ohne die Lacher«, fügte Alf hinzu.

Miss Jones kicherte.

»Einfach«, sagte Mr. Noakes.

»Und zu trinken?«

»Wie wäre es mit einem Glas Wein?«, fragte Mr. Noakes Miss Jones.

»Für mich nicht, ich muss noch fahren. Aber mach nur.«

»Dann nehme ich ein Glas von eurem besten roten Hauswein«, sagte Mr. Noakes zu Alf.

Mr. Noakes war eindeutig engagierter bei der Sache als Miss Jones. Das schien nur logisch, denn Miss Jones spielte in einer anderen Liga. Attraktiv, gut gebaut, konnte gut auf sich selbst aufpassen. In der ersten Januarwoche hatte sie in Alfs Englischstunde die Vertretung übernommen und alle überrascht, weil sie in die Klasse gekommen war und verkündete hatte: »Bei euch habe ich bislang noch nicht unterrichtet. Drei Dinge solltet ihr wissen. Erstens, ich bin blond, aber nicht dumm. Zweitens, ich bin klein, aber jeder, der sich mit mir anlegt, landet direkt beim Schulleiter. Eins, zwei, drei, vorbei, keine gelben Karten, keine Vorwarnung. Drittens, Jungs, das gilt für euch«, sie sog die Luft ein, »diese Mädchen sind viel zu nett, um es euch zu sagen, aber die Fernsehwerbung lügt. Keine Frau hat jemals für einen Typen geschwärmt, weil er Lynx benutzt.«

Daraufhin hatten die Mädchen sie geliebt, und auch keiner der Jungs hatte ihr Ärger gemacht. Vielmehr vermutete Alf, dass einige von ihnen am folgenden Wochenende in die Drogerie gegangen waren, um sich ein anderes Deo zu besorgen.

»Noakes und Bridget?«, fragte Cal, als Alf ihm am nächsten Montag davon erzählte.

»Wahrscheinlich ist sie einsam«, vermutete Alf. »Sie war Anfang des Jahres im Tanzkurs bei meiner Mutter.«

»Herrgott, Alf!«

»Was denn?«

»Nicht nur die schärfsten Mädchen, auch noch die schärfste Lehrerin!«

»So war das nicht ...«

»Du würdest aber, oder?«

»Ich habe noch nicht mal mit ihr getanzt«, sagte Alf und wünschte, er hätte es nicht erwähnt.

»Du würdest aber, oder?«, wiederholte Cal und meinte damit nicht das Tanzen.

»Und du?«, fragte Alf.

»Machst du Witze? Du weißt doch, was man über Frauen im besten Alter sagt? Sie ist in ihrem besten Alter, Kumpel, und du in deinem. Bei Männern ist das achtzehn. Genieß es, Alter. Von jetzt an geht es bergab.«

Donna sagte ihren Anfängern immer: »Wenn ihr laufen könnt, könnt ihr auch tanzen!«

Das gab ihnen Selbstvertrauen. Alf gefiel es, dass seine Mutter im Unterricht immer so positiv war. Er wünschte, sie könnte auch in ihrem sonstigen Leben etwas mehr so sein. Donna ging rücksichtsvoll mit den Gefühlen anderer Menschen um und spürte, wie verletzlich sie waren. Das war auch der Grund, warum sie sich besser für den Anfängerunterricht eignete als Cheryl. Die meisten dort im Kurs gehörten in unterschiedliche Kategorien von hoffnungslos, doch wenn sie dabeiblieben, verbesserten sie sich. Miss Jones allerdings nicht wirklich.

Für eine Lehrerin konnte Miss Jones erstaunlich schlecht zuhören, wenn sie Anweisungen erhielt. Als sie Anfang Januar zum ersten Mal im Kurs erschienen war, hatte Alf ganz bewusst nicht mit ihr getanzt, weil er dachte, es wäre ihr genauso unangenehm wie ihm. In der folgenden Woche allerdings fragte seine Mutter ihn nach dem Unterricht, warum er die kleine Blonde gemieden habe.

»Sie ist eine Lehrerin an meiner Schule«, erklärte Alf.

»Nun ja, sie zahlt dasselbe wie alle anderen. Ich muss dich gerecht aufteilen.«

In den Kursen gab es immer mehr Frauen als Männer, darum tanzten viele Frauen einen Großteil der Stunde mit von sich gestreckten Armen und taten so, als würden sie von einem Mann gehalten. Alf versuchte, mit jeder von ihnen wenigstens ein paar Takte zu tanzen, damit sie eine Vorstellung davon bekamen, wie es sich anfühlte, mit einem Partner zu tanzen.

Die meisten der jüngeren Frauen, die »Let's Dance« gesehen hatten und erwarteten, eine Welt voll gut aussehender Männer zu betreten, kamen schon bald nicht mehr wieder. Alf vermutete, dass Miss Jones eines der einsamen Herzen war, wie seine Mutter sie nannte, denn nach dem dritten Mal war auch sie nicht mehr wiedergekommen. Doch in der Woche nachdem er sie im Restaurant gesehen hatte, war sie wieder da.

Alf sammelte an der Tür die Fünf-Pfund-Noten ein.

»Ich hatte sehr viel mit der Unterrichtsvorbereitung zu tun«, erklärte Miss Jones, als müsste sie sich für ihr Fehlen entschuldigen.

»Haben Sie eine Entschuldigung von Ihrer Mutter dabei?«, fragte Alf.

Sie lachte.

»Macht einen Schritt mit dem linken Fuß nach vorn. Nein, mit dem anderen linken Fuß ...«, begann Donna den Unterricht.

Im Allgemeinen waren es eher die Frauen, die links und rechts verwechselten.

Vermutlich war es für Miss Jones noch schlimmer, wenn er dabeistand und zusah. Alf entschied, es hinter sich zu bringen.

Vermutlich war sie es nicht gewohnt, eine Sache nicht gleich beim ersten Mal hinzubekommen. Sie entschuldigte sich fortwährend für ihre Fehler, als er sie ohne Musik durch den Grundschritt führte.

Donna ging zur Musikanlage. Sobald Alf das Intro hörte, grinste er.

»Das dürfte Ihnen gefallen«, sagte er.

Das Stück hieß »Have You Met Miss Jones?«

Es schien sie etwas zu entspannen und löste die Knoten, in die sie sich verwickelt hatte. Einige Schritte lang schaffte sie es, ihm zu folgen, doch sobald er sagte: »Sehen Sie nach oben, nicht auf Ihre Füße!«, war es wieder vorbei.

»Stellen Sie es sich wie einen Vokabeltest vor«, erklärte er ihr, als die Musik verstummte. »Man erinnert sich nicht an die Vokabeln, indem man auf die Worte starrt – man lernt sie, indem man sie nicht ansieht, oder?«

»Danke, Herr Lehrer«, sagte sie lächelnd.

»Okay«, sagte Donna. »Das habt ihr gut gemacht, also machen wir mit dem Gleichschritt weiter. Alfie, kann ich dich wiederhaben?«

Er wünschte, seine Mutter würde ihn nicht Alfie nennen. Oder zumindest nicht vor anderen Leuten. Es war sein Taufname, aber er hatte ihn immer gehasst und fand, dass es eher ein Name für einen Hund war. Als er klein gewesen war, hatten Cheryls Westies Albie und Bertie geheißen. Mit fünf beschloss er, auf dem einfachen Alf zu bestehen, weil er fand, dass es mehr wie ein Männername klang. Es war kurz bevor er auf die Grundschule kam und, zum Glück, ehe er zum ersten Mal an einem Tanzwettbewerb teilnahm, denn sonst wäre er den Namen nie mehr losgeworden.

Als er unabsichtlich zu Miss Jones blickte, zwinkerte sie ihm verschwörerisch zu, als hätte sie sein Unbehagen bemerkt und nicht vor, ihn ab jetzt in der Schule Alfie zu nennen.

Am Ende des Unterrichts, als er allen in die Jacken half, sagte sie, als wollte sie ihre stillschweigende Übereinkunft unterstreichen: »Danke, Alf. Ich habe den Abend genossen.«

»Das freut mich, Miss Jones.«

»Gina«, sagte sie. »Natürlich nur außerhalb der Schule.«

24

März

LETTY

Spencer wartete wie vereinbart am Check-in-Schalter. Er nahm Lettys Ticket und kaufte ein Upgrade für die Businessclass.

»Wie waren deine Prüfungen?«, fragte er, als sie in der Schlange vor der Sicherheitskontrolle standen.

»Eine ziemliche Tortur«, sagte Letty.

»Aber du hast es überlebt!«

Damit war das Thema erschöpft. Es war erfrischend, mit jemandem zusammen zu sein, der keine Ahnung vom fünfhebigen Jambus oder vom homerischen Epitheton hatte und noch nicht einmal die Fragen der Prüfer verstanden hätte, geschweige denn die Antworten kannte.

»Wie geht's der Oma?«, fragte Spencer.

»Nicht so gut.«

»Das tut mir leid.«

»Sie ist alt«, sagte Letty und dachte: Jetzt wirklich.

Marina war eine zunehmend schwierige und ungeduldige alte Dame geworden. Es war kein Vergnügen mehr, den Nachmittag mit ihr zu verbringen. Die Ärzte bezeichneten ihre Krankheit jetzt als vaskuläre Demenz. Eine Reihe von kleinen Schlaganfällen oder Infarkten hatten Teile des Gehirns geschädigt. War es möglich, dass es einen Bereich in ihrem

Gehirn mit der Aufschrift »Liebe für Violetta« gab, wie eine Akte in einem altmodischen Aktenschrank, der eines Tages willkürlich vernichtet werden würde?

Einerseits wollte Letty so viel Zeit wie möglich mit Marina verbringen, weil sie wusste, dass sie nicht mehr viel davon hatten, doch andererseits wollte sie Marina so in Erinnerung behalten, wie sie früher gewesen war.

Als das Flugzeug abhob und es kein Zurück mehr gab, spürte Letty Erleichterung. Wenn ihre Großmutter noch bei vollem Verstand wäre, würde sie diese Aktion gutheißen – Letty hoffte, dass das tatsächlich stimmte und sie sich das nicht nur einredete.

»Champagner?«, fragte Spencer.

Es war zwei Uhr mittags, doch sie saß in einem Flugzeug zwischen zwei Zeitzonen, mit einem Mann, den sie kaum kannte, auf dem Weg in eine Stadt, in der sie noch nie gewesen war, um eine Oper zu sehen, die sie liebte – also fanden übliche Regeln, wie auch immer diese aussahen, hier keine Anwendung.

»Wenn ich bezahlen darf?«, sagte sie.

Sie wollte, soweit möglich, ihren Anteil an den Kosten selbst tragen. Das Upgrade in die Businessclass überstieg ihre Mittel bei Weitem, darum hatte sie das zugelassen. Ein Glas Champagner konnte sie sich jedoch leisten, und wenn sie bezahlte, sorgte es für eine gewisse Symmetrie, wenn nicht gar Ausgewogenheit.

Spencer lachte. »Der ist hier umsonst.«

In dem luxuriösen Hotel hatten sie, wie vereinbart, jeder ein Zimmer für sich, allerdings waren es großzügige Doppelzimmer.

Letty hatte erwartet, dass sie müde sein würde, doch stattdessen brannte sie darauf, die Stadt zu erkunden. Sie putzte sich die Zähne und spritzte sich kaltes Wasser in das vom Champagner gerötete Gesicht, dann klopfte sie an Spencer's Tür. Er erschien im Bademantel, das Haar nass vom Duschen. Als er sah, dass sie noch Lederjacke und Jeans trug, erschien auf seinem Gesicht ein Ausdruck, der ihr das Gefühl gab, seine Großzügigkeit nicht genügend zu würdigen.

»Soll ich mich umziehen?«, hörte sie sich fragen.

»Hier machen sich die Leute zum Abendessen normalerweise etwas zurecht«, sagte er.

»Natürlich«, sagte sie etwas verwirrt.

Letty hatte nur das eine Stück Handgepäck mitgenommen, das in der Economy erlaubt war. Die Seidenbluse, die sie sich von Frances für die Oper am nächsten Abend geliehen hatte, war das einzige Kleidungsstück, das für ein Abendessen infrage kam. Es würde ihm kaum gefallen, wenn sie zweimal dasselbe trug.

Gab es in der Met womöglich sogar eine Kleiderordnung? Im Royal Opera House in London konnte man im Abendkleid genauso wie in ausgefransten Jeans und T-Shirt im Parkett sitzen, ohne dass irgendjemand auch nur mit der Wimper zuckte, aber hier war es vielleicht anders. Spencer würde auf jeden Fall mehr als nur mit der Wimper zucken.

Letty erinnerte sich, wie skeptisch er in Heathrow ihren kleinen Koffer gemustert hatte.

»Ist das alles?«, hatte er gefragt. »Du reist mit leichtem Gepäck!«

Sie hatte geglaubt, dass es anerkennend gemeint war, aber vielleicht hatte sie sich getäuscht. Vielleicht befanden sich in seinem Kleidersack ein Dinnerjacket und eine förmliche schwarze Hose mit glänzenden Streifen an der Seite?

Für morgen würde sie sich etwas kaufen müssen – eine weitere finanzielle Ausgabe, die sie nicht geplant hatte. Heute Abend musste die Bluse genügen.

Letty hängte sie noch in der Plastikfolie von der Reinigung auf den Haken und spürte wieder ihr schlechtes Gewissen, weil sie ihrer Mutter erzählt hatte, eine amerikanische Freundin aus der Vorlesung über griechische Skulpturen habe sie übers Wochenende nach New York eingeladen. Sie wusste genau, was Frances gesagt hätte, hätte sie ihr die Wahrheit erzählt.

Spencer hatte im Robert reserviert, einem Restaurant über dem Museum of Arts and Design am Columbus Circle.

»Du hast gesagt, du magst Kunst«, sagte er.

Letty war gerührt, wie viel Mühe er sich gab, ihr zu gefallen. War das so, wenn man mit einem älteren Mann zusammen war? Mit Josh hatte sie stattdessen Zuckerwatte im Riesenrad gegessen. Damals hatte sie das allerdings für das romantischste Date der Welt gehalten.

Als Letty die Preise auf der Speisekarte sah, wählte sie das billigste Gericht aus: einen Rohkostsalat.

Spencer gelang es mühelos, die Art von Small Talk zu betreiben, mit der Letty sich so schwertat. Alles, was er über New York sagte, schien sich auf Filme zu beziehen, von denen er annahm, dass Letty sie kannte. Sie sollten nach Little Italy fahren, sagte er – ob sie sich an die Szene aus »Der Pate: Teil II« erinnere, denn es habe sich nicht viel verändert. Oder Wall Street – ob sie auch finde, dass Leonardo Di Caprio um den Oscar für »The Wolf of Wallstreet« betrogen worden sei.

Oder vielleicht interessiere sie sich eher für romantische Komödien? Sie sollten einen Spaziergang durch den Central Park machen wie in »Harry und Sally«, oder sogar in diesem Diner frühstücken …

»Eigentlich müsste ich einkaufen«, erklärte Letty.

»Was für eine Überraschung!«, erwiderte er.

Was spielte es schon für eine Rolle, was er über sie dachte, sagte sie sich, und kippte den kühlen Weißwein hinunter wie Wasser, um das prickelnde und zugleich unangenehme Kribbeln zu bekämpfen, das sie angesichts der Situation empfand, in der sie sich befand. Wer war sie eigentlich? Mit einem Mann, den sie im Zug getroffen und der sie in die Oper eingeladen hatte, auf dem Dach eines gläsernen Turmes in New York zu sitzen klang, als wäre sie selbst Teil einer romantischen Komödie. Warum nicht für ein Wochenende ein anderer Mensch sein?

Letty erwachte komplett bekleidet und ziemlich verkatert. Als sie ins Bad ging und sich im Spiegel betrachtete, entdeckte sie direkt unter dem Kragen einen Fleck auf Frances' Bluse. Die glänzende Seide war matt und hatte dunkle Ränder. Sie musste im Schlaf gesabbert haben.

Einzelne Bilder vom Vorabend blitzten in ihrem Kopf auf.

Sie meinte, das Gespräch immer wieder erfolgreich auf unverfängliche Themen gelenkt zu haben, wenn es ins Flirten abzudriften drohte, doch jetzt war sie sich da nicht mehr so sicher. Auch meinte sie, sich zu erinnern, dass sie sich über den Tisch gebeugt hatte, um einen Löffel von seinem Nachtisch zu probieren, woraufhin der Kellner einen weiteren Löffel für sie gebracht hatte.

Sie meinte, im Aufzug auf dem Weg in ihre Etage sein Bild im Spiegel betrachtet zu haben. Dann hatte er ihr einen Gutenachtkuss auf die Wange geben wollen, der halb auf ihrem Mund landete, weil sie so durcheinander gewesen war.

Normalerweise kaufte Letty ihre Sachen bei Primark oder H&M. Ab und an spendierte Frances ihr eine Designerjacke oder Schuhe von Russell & Bromley, wodurch die billigeren Sachen schicker wirkten. Wenn sie zusammen bei Selfridges einkauften, dann immer für Frances, und Letty sah nie auf die Preisschilder. Sie hatte keine Ahnung, ob Saks Fifth Avenue vergleichsweise teuer war. Sie wusste nur, dass es völlig außerhalb ihres Budgets lag.

Als sie eine Verkäuferin, die nicht ganz so unnahbar wirkte, fragte, ob sie ihr ein etwas günstigeres Geschäft empfehlen könne, riet die ihr, es bei Century 21 zu probieren, das allerdings ein ganzes Stück Richtung Downtown im WTC District liege.

»Warum treffen wir uns nicht in ein paar Stunden im Hotel wieder?«, schlug Letty Spencer vor. Als er fragte, was das Problem sei, musste sie zugeben, dass sie sich hier absolut kein Kleid leisten könne.

»Aber gefällt dir denn etwas?«, wollte er wissen.

»Ich kann nicht zulassen, dass du bezahlst«, sagte sie.

»Warum nicht?«

»Weil ich es dir nicht zurückgeben könnte.«

»Was ist an einem Kleid anders als an einer Opernkarte?«

Sie war dankbar, dass er nicht noch das Einzelzimmer im Hotel oder das Upgrade in die Businessclass oder das Abendessen erwähnte, doch irgendwie schwangen diese Dinge in seiner Frage mit.

»Das ist eben so«, erwiderte sie fest.

»Du hättest viel mehr Spaß, wenn du dich einfach mal entspannen würdest«, sagte er.

Er klang leicht gereizt, vermutlich verlor er allmählich die Geduld mit ihren willkürlichen moralischen Bedenken.

»Mir ist es egal, ob du Hummer zum Salat isst«, sagte er und zeigte, dass er ihre Berechnungen gestern Abend sehr wohl bemerkt hatte. »Wichtig ist, dass du dich amüsierst. Und ich mich auch«, fügte er hinzu.

Lag darin eine kaum wahrnehmbare Drohung? Oder wollte er sagen, dass es ihm Spaß machte, ihr etwas zu kaufen, und wer war sie, ihm das zu verwehren? Und dann wurde ihr die Entscheidung abgenommen, denn Spencer winkte die Verkäuferin heran, die in der Nähe stand und so tat, als hätte sie ihr Gespräch nicht belauscht.

»Könnten Sie meiner Freundin hier helfen, etwas Passendes für die Oper heute Abend zu finden?«

Erst als die Lichter ausgingen und das Orchester zu spielen begann, erkannte Letty die Parallelen zu »Pretty Woman«.

Hatte Richard Gere Julia Roberts nicht in einem langen roten Kleid, das er ihr gekauft hatte, mit in die Oper genommen? Hatte es sich bei der Oper nicht sogar um »La Traviata« gehandelt?

Natürlich!

»La Traviata«, die Geschichte eines reichen Mannes, der sich in eine Kurtisane verliebt – oder, wie in »Pretty Woman«, in eine Prostituierte von der Straße. Wenn bei »La Traviata« die Liebe schließlich siegt, ist es zu spät, denn sie stirbt. Letty nahm an, dass »Pretty Woman« glücklicher endete, doch sie war sich nicht sicher, weil sie den Film immer so spät im Fernsehen gesehen hatte, dass sie nach der Hälfte eingeschlafen und erst wieder aufgewacht war, wenn die fröhliche Abspannmusik lief.

Spencer würde bei seinem umfassenden Filmwissen die Melodie sicher wiedererkennen. Vielleicht hatte er dieses Wochenende als so eine Art Hommage geplant? Vielleicht nahm er sogar an, dass sie bewusst mitspielte? Er war für das rote Kleid gewesen, das die Verkäuferin vorgeschlagen hatte, auch wenn er akzeptiert hatte, dass Letty sich für das schwarze entschied.

Während des ersten Aktes diskutierte Letty im Stillen mit sich. Die Situation war völlig anders, weil dieser reiche Mann hier die Frau nicht in die Kunst einführte. Es war andersherum. Noch wichtiger war, dass sie keinen Vertrag über ihre Zeit geschlossen hatte. Dennoch, einen Mann in einem Tausend-Dollar-Kleid in die Met zu begleiten fühlte sich deutlich kompromittierender an als jede Situation, die sie sich theoretisch vorstellen konnte.

Bei der Inszenierung handelte es sich um eine eher moderne Produktion. So kommentierte der Chor die zentrale Liebesgeschichte eher auf komische Art und nicht wie in einer griechischen Tragödie. Letty tat es für Spencer etwas leid, dass er als erste Oper nicht eine etwas konventionellere Inszenierung sah.

In der Pause war er jedoch gerade deshalb begeistert.

»Ich habe damit gerechnet, dass dicke Frauen in Rüschenkleidern herumkreischen«, sagte er.

»Gefällt es dir?«

»Es ist ganz anders, als ich es mir vorgestellt habe«, sagte er.

Wie merkwürdig, dachte Letty, dass sie eine Stunde über etwas gegrübelt hatte, dass sich dann in einer Sekunde aufgelöst hatte. Spencer war nicht durchtrieben oder hintersinnig oder so, sondern ein unkomplizierter Kerl, der nicht den Luxus gehabt hatte, im Mittelklasse-London aufzuwachsen.

Warum machte sie die Dinge nur immer komplizierter als nötig? Den Umgang mit Menschen wie Spencer war sie nicht gewohnt, doch er war unterhaltsam, und vielleicht brauchte sie das in ihrem Leben.

Anschließend ließ er sich von ihr in einem Café mit Blick auf den Park auf eine heiße Schokolade einladen, und ihr Gutenachtkuss geriet vollkommen nüchtern und keusch.

In der Badewanne ging Letty noch einmal die Ereignisse des Tages durch. Wenn sie nicht neurotisch war, verstanden sie sich erstaunlich gut. Spencer konnte gut über Dinge plaudern, die ihm wichtig waren, wie zum Beispiel Uhren. Er schien eine ziemlich umfangreiche Sammlung zu besitzen und blieb vor jedem Uhrenstand in jedem Kaufhaus stehen. Er sprach über Uhren wie sie vielleicht über Kunst, kannte Hersteller, Designs und Preise. Obwohl sie das vorher nicht im Geringsten interessiert hatte, merkte Letty, dass sie während der Pause in der Met auf männliche Handgelenke geblickt und versucht hatte, eine Rolex oder eine Patek Philippe wiederzuerkennen. Der Erwerb einer speziellen Uhr war für Spencer wie eine Eins in einer Klausur für sie. Nicht nur eine Belohnung für harte Arbeit, sondern ein wichtiges Statussymbol, das er sich verdient hatte und das ihm nicht mehr genommen werden konnte.

Als sie aus dem Hotel auscheckten, war der Himmel blau. Sie fuhren mit der U-Bahn nach Downtown – eine dunkle, schmutzige Untergrundwelt, nur wenige Schritte von der glitzernden Stadt darüber entfernt. Letty war froh, dass Spencer vorgeschlagen hatte, als letzte Unternehmung mit der Staten Island Ferry zu fahren, denn die Fahrt war so billig, dass sie sie bezahlen konnte. Außerdem war die Erfahrung, Manhattan in der Sonne glitzern zu sehen, ebenso unvergesslich wie der Besuch in der Met.

Im Auto auf dem Weg zum Flughafen reckte Letty den Hals, um die berühmte Skyline in der Ferne verblassen zu sehen, und war beinahe traurig abzureisen.

»Vielen, vielen Dank«, sagte sie zu Spencer. »Ich habe mich bestens amüsiert.«

»Willst du es wiederholen?«, fragte er. »Ich meine, in einer anderen Stadt?«

Nach dem, was sie gerade gesagt hatte, konnte sie kaum ablehnen, und dennoch hatte sie irgendwie das Gefühl, dass er seinen Vorteil ausnutzte. Konnte sie noch ein Wochenende mit ihm verbringen? Wenn sie an das Einkaufen und die Oper dachte, wollte sie ablehnen. Doch wenn sie an die Staten Island Ferry dachte und wie er hinter ihr an Deck gestanden und ein Selfie gemacht hatte. Wenn sie daran dachte, wie sie darüber gelacht hatten, dass der Wind ihr Haar zurückwehte wie in »Titanic«, sagte sie sich: Warum nicht?

25
April

Alf

Das Thema seines Abiturkurses in Englisch lautete »Liebe in den verschiedenen Jahrhunderten«. Alf vermutete, dass man das Thema ausgesucht hatte, weil überwiegend Mädchen Englisch wählten. In seinem Jahrgang war er der einzige männliche Kandidat. In allen Texten, die sie besprachen, egal ob sie von einem Autor oder von einer Autorin stammten, waren die männlichen Charaktere gemeine Mistkerle. Othello und Iago: wahnsinnige Idioten. Heathcliff: ein Mörder und verrückt. Alec in »Tess von den d'Urbervilles« war ein Vergewaltiger, und Angel Clare ein Feigling. Und soweit Alf es beurteilen konnte, war Jay Gatsby praktisch ein Stalker.

Die weiblichen Charaktere waren hingegen nicht so. Cathy in »Sturmhöhe« und Daisy Buchanan waren beide etwas pflegeintensiv, doch Desdemona war eine treue, verständnisvolle Frau, und Tess war naiv und unschuldig. Die Mädchen im Abiturkurs konnten mit den weiblichen Charakteren etwas anfangen, aber Alf nichts mit den männlichen. Klar, die meisten Typen, die er kannte, machten sich nicht so komplexe Gedanken über Beziehungen wie Mädchen, darum konnte man sie vielleicht als gedankenlos oder sogar dumm bezeichnen, aber nicht als böse.

Das Jahr, in dem sie Gedichte durchgenommen hatten, war Alf lieber gewesen. Er war kein schneller Leser, und bei Gedichten hatte er es mit weniger Wörtern zu tun. Außerdem behandelten Gedichte Aspekte der Liebe, mit denen beide Geschlechter etwas anfangen konnten, wie Begehren, Verlangen, Bedauern. Zu Beginn der Oberstufe hatten sie einige gute Diskussionen geführt. Im letzten Jahr allerdings fühlte er sich ständig unter Beschuss.

Als Mr. Marriot für eine Woche auf eine Konferenz fuhr und Miss Jones ihn vertrat, wurde es sogar noch schlimmer.

Miss Jones war es nicht gewohnt, Abiturklassen zu unterrichten, und wurde panisch, sobald jemand eine Frage stellte. Das machte sie angreifbar, denn die Pink Ladies rochen Schwäche meilenweit gegen den Wind.

»Ich habe eine Frage, Miss.«

»Ja, Sadie?«

»Tanzen Sie heute Abend wieder mit Alf?«

Es war ein Nachteil, wenn eine Lehrerin blond war, denn auf heller Haut war die Röte deutlicher zu sehen, und blaue Augen waren weniger undurchsichtig als braune.

Miss Jones geriet in Panik.

»Ja, ich gehe zum Tanzkurs«, sagte sie schließlich. »Ich bin nicht sehr gut, aber wenn man etwas übt, wird man besser. Eine Lehre, die du dir merken solltest, Sadie.«

Gut gekontert, dachte Alf. Inzwischen bewunderte er, wie tapfer sie den Tanzkurs durchhielt. Und es stimmte: Sie wurde besser. Ein bisschen.

»Fühlen Sie sich wohl in Alfs Armen, Miss?«, fragte Sadie.

Zum Glück läutete in diesem Augenblick die Glocke.

Im Flur fing Alf Sadie ab.

»Hör auf damit«, sagte er.

»Ooooh, nimmst du sie jetzt in Schutz? Es muss ja wirklich was Ernstes sein.«

»Du spinnst ja.«

»Ich bin hier nicht diejenige, die auf Lehrer steht.«

»Ich mag sie nicht, jedenfalls nicht so!«

»Was hat Shakespeare noch über diejenigen gesagt, die etwas zu sehr abstreiten?«

Im Aufenthaltsraum sagte Cal zu ihm: »Ignorier es einfach. Bei Sadie kannst du nicht gewinnen.«

»Ach ja? Und wie hat sie überhaupt von dem Tanzkurs erfahren?« Alf war wütend auf ihn.

»Ich habe Kelly gesagt, sie soll es nicht weitererzählen.«

»Na toll!«, knurrte Alf und ging.

Am Abend erschien Miss Jones nicht zum Tanzkurs, und den Rest der Woche schwänzte Alf Englisch, weil er sie nicht in Schwierigkeiten bringen wollte. Als Mr. Marriot wieder da war, hielt der ihm eine Strafpredigt. Er verstehe, dass das konzentrierte Lesen langer Passagen Alf nicht liege und frage sich sogar, ob Alf jemals auf Legasthenie untersucht worden sei, denn er scheine sich beim Lesen mehr zu quälen, als Mr. Marriot es von jemandem mit Alfs Intelligenz erwartet hätte. Alf erzählte ihm, dass einer seiner Grundschullehrer dasselbe gesagt habe, aber er habe immer zu den Besten in der Klasse gehört, darum sei seine Mutter nicht auf die Idee gekommen, mit ihm könnte etwas nicht stimmen.

Er verließ Mr. Marriots Büro mit dem Versprechen, den verpassten Stoff nachzuholen, fühlte sich jedoch ernüchtert. War Legasthenie nur ein anderes Wort für dumm? Mr. Marriot hatte ihn immer unterstützt. War es unrealistisch zu glauben, dass er sein Englisch-Abitur schaffen würde? Und was würde dann passieren? Die Tanzschule verlangte, dass er beide Abiturfächer bestand, Theater und Englisch.

Vom Meer wehte ein kühler Wind herüber, und die Luft war schwer und nass, als hänge sie voller Feuchtigkeit und Salznebel, könnte sich aber nicht überwinden, es anständig regnen zu lassen. Als Alf über die Promenade lief, half ihm der Takt seiner Schritte, die verworrenen Gedanken zu lösen und herauszufinden, was wichtig war und was nicht. Er musste mehr lernen. Es hatte keinen Sinn, Geld für London zu verdienen, wenn er dort gar nicht hinkam. Er würde weniger Abende in der Pizzeria arbeiten und seine Mutter fragen, ob sie die nächsten Monate ohne seine Hilfe auskomme.

Als es schließlich zu regnen anfing und dann in Strömen goss, rannte er mit dem Rucksack über dem Kopf los.

Der pinkfarbene Cinquecento parkte knapp fünfzig Meter von der Tanzschule entfernt. Miss Jones saß auf dem Fahrersitz. Sie fuhr das Fenster herunter und sagte: »Kann ich dich kurz sprechen, Alf?«

Sie zeigte auf den Beifahrersitz, beugte sich rüber und öffnete ihm die Tür.

In dem sauberen, trockenen kleinen Auto kam Alf sich sehr groß und sehr nass vor.

»Alf, es tut mir leid, wenn ich dich in Verlegenheit gebracht habe, weil ich zum Tanzkurs gekommen bin«, hob Miss Jones an.

Es regnete jetzt so stark, dass er sich vorkam, als säße er in einem winzigen Glaszimmer mitten in einem Wasserfall.

»Mir tut es leid, dass ich es Cal erzählt habe«, sagte Alf. »Ich hätte es eigentlich nicht getan, aber ich dachte, Sie würden nicht mehr kommen.«

»Ich habe mich entschieden, nicht mehr zu kommen«, sagte sie und starrte durch die Windschutzscheibe.

»Schade«, sagte er automatisch und war ein bisschen erleichtert.

»Ich habe eine Wohnung am anderen Ende der Stadt gekauft und bin damit im Moment ziemlich beschäftigt.«

»Die Leute kommen und gehen, wie es gerade passt«, versicherte ihr Alf.

Es folgte ein langes Schweigen. Er sah zu ihr hinüber. Sie wirkte verletzlich und ein bisschen verloren.

»Sie sollten nichts auf die Sprüche geben«, hörte er sich sagen.

»Bin nicht ich hier die Lehrerin?«, fragte sie schnaubend.

Er lächelte. Seine Finger schwebten über dem Türgriff, und er wünschte, er wüsste, wie er das Gespräch zu Ende bringen und aussteigen könnte.

»Wo ist die Wohnung, die Sie gekauft haben?«, fragte er in dem Bemühen, sie aufzuheitern.

»In einem dieser Neubauten an der Südpromenade«, sagte sie.

»Cool!«

»Willst du sie sehen?« Sie sah ihn an.

Er wusste nicht, wie er ablehnen konnte, ohne ihre Gefühle zu verletzen.

»Ich muss heute Abend arbeiten«, sagte er.

»Ich meinte nicht *jetzt*!« Sie lachte, als hätte er ihr ein unanständiges Angebot gemacht. »Wie wäre es morgen? Ich könnte einen großen Menschen gebrauchen, der mir hilft, Regale aufzubauen.«

Sie war einsam, und er hatte es ihr unmöglich gemacht,

weiter zum Tanzkurs zu kommen. War es da nicht das Mindeste, was er tun konnte?«

»Okay«, sagte Alf.

Er gab die Adresse in sein Smartphone ein, und sie vereinbarten eine Zeit.

»Bis elf dann«, sagte er und öffnete endlich die Autotür.

»Es gibt Kaffee«, sagte sie. »Vielleicht schaffe ich es sogar, Kuchen zu besorgen.«

Seine Mutter hatte keinen guten Tag. Der vielversprechendste Nachwuchsstern am Tanzhimmel hatte gerade verkündet, dass sie lieber Gymnastik machen wolle.

»Legasthenie?«, fragte sie, als Alf ihr berichtete, was Mr. Marriot gesagt hatte. »Das ist doch nur ein anderes Wort für faul, oder? Du bist immer fleißig gewesen. Ich weiß nicht, was in letzter Zeit mit dir los ist, Alfie.«

»Nun ja, ich arbeite viel in der Pizzeria und helfe dir hier …«, sagte er.

»Dann ist das jetzt also meine Schuld?«

»Das wollte ich nicht sagen.«

Manchmal hatte er das Gefühl, sich sein ganzes Leben lang immer nur um sie gedreht zu haben, doch wenn er einmal ihre Unterstützung brauchte, war sie nicht da.

»Was willst du dann sagen?«

»Ach, vergiss es«, antwortete er.

»Nach diesem Tag musst du mir nicht auch noch Schwierigkeiten machen, Alf.«

»Also, mein Tag war auch nicht gerade toll«, gab er zurück und konnte sich nicht verkneifen hinzuzufügen: »Aber das interessiert dich ja sowieso nicht, du denkst nie an andere!«

Seine Mum starrte ihn an, dann sank sie auf einen Stuhl und begann zu weinen.

»Ich muss heute lange arbeiten«, sagte Alf und ging.

Es war das erste Mal, dass ihre Tränen keinen Eindruck auf ihn machten, trotzdem fühlte er sich den ganzen Abend nicht gut. Als er nach Hause zurückkehrte, brannte kein Licht, selbst die Lampe über der Haustür nicht, die man brauchte, um mit dem Schlüssel das Schloss zu finden. Donna und Gary waren ins Bett gegangen. Cheryl sagte immer, man sollte sich niemals im Streit schlafen legen.

Als Alf am nächsten Morgen aufstand, war seine Mutter schon zu den Einzelstunden aufgebrochen, die sie samstags vormittags gab.

Gary kauerte in der Küche über seinen Cornflakes.

»Ich wollte sie nicht aufregen«, begann Alf.

»Es waren ein paar schwierige Tage«, sagte Gary. »Sie hat wieder ein Baby verloren.«

Woher sollte er das wissen, wenn es ihm niemand erzählte? Alf fühlte sich mies wegen dem, was er zu ihr gesagt hatte.

Im Blumenladen gab es rote und gelbe Tulpen, zwei Bund für fünf Pfund. Er bat darum, sie ein bisschen zu binden. Doch als er zum Studio kam, war es bereits abgeschlossen. Er blickte auf seine Armbanduhr. Es war nach elf, und plötzlich fiel ihm wieder ein, dass er eigentlich am anderen Ende der Stadt bei Miss Jones sein sollte.

»Wie süß von dir! Das wäre aber nicht nötig gewesen!«, sagte Miss Jones, als sie die Blumen sah. Barfuß und in einem kurzen Kleid sah sie viel jünger und hübscher aus als in der Schule.

Er wollte ihr nichts von dem Streit mit seiner Mutter erzählen, darum gab er ihr die Blumen einfach.

Miss Jones bedeutete ihm, die Turnschuhe auszuziehen. Hoffentlich rochen seine Füße nicht.

Die Wohnung war derart neu, dass sie eher wie ein am Computer entworfenes Modell aussah als wie ein Ort, an dem jemand lebte. Im Hauptraum führte eine Tür auf den Balkon mit Blick aufs Meer. Auf dem Holzfußboden stand ein noch in Plastikfolie verpacktes Sofa. Das Schlafzimmer war mit cremefarbenem Teppich ausgelegt, und durch ein großes Fenster sah man auch von hier das Meer. Auf dem Doppelbett lag eine weiße Tagesdecke aus Baumwolle. Es sah aus wie in einem schicken Hotel, bis auf die blaue Katze, den weißen Hasen und den Plüschigel auf den Kissen. Miss Jones zeigte ihm eine Fernbedienung, mit der sie den Fernseher herausfahren konnte. Das kannte er nur aus der Werbung.

Alf war klar, dass man sich eine solche Wohnung nicht allein von einem Lehrergehalt leisten konnte.

»Kaffee?«

Miss Jones hatte eine von diesen Kapsel-Maschinen, für die George Clooney warb.

Sie nahm drei Becher aus dem Schrank und stellte in einen die Blumen.

»An Vasen habe ich noch gar nicht gedacht«, sagte sie. »Ich hätte nie geglaubt, wie viel Arbeit es bedeutet, sich einzurichten!«

Sie hatte einen Victoria-Sponge-Kuchen in einem Karton besorgt. Ob sie den gestern auf dem Heimweg noch gekauft hatte? Bis auf eine Tüte Milch schien der Kühlschrank leer zu sein. Sie schnitt ihm ein großes Stück ab, doch dann hatte sie keinen Teller, auf den sie es legen konnte.

Die Art, wie sie in der Küche herumlief und leere Schränke öffnete, als ob darin wie durch ein Wunder Geschirr auftauchen könnte, erinnerte ihn ein bisschen an den Kindergarten, wo die Mädchen im Spielhaus Mama gespielt und auf Plastikpuppentellern und -tassen unsichtbare Mahlzeiten serviert hatten.

Man konnte sich nirgendwo hinsetzen, darum lehnte Alf sich über die Spüle und versuchte, nicht zu krümeln.

»Wobei kann ich Ihnen also helfen?«, fragte er.

»Dabei«, sagte sie und zeigte auf einen Stapel Kartons mit Selbstbaumöbeln.

»Du machst das gut«, sagte sie, als er die Beine in einen der Esstischstühle schraubte. »Ich hätte keine Ahnung!«

»Warten Sie, bis Sie ihn getestet haben«, sagte Alf. »Vielleicht bricht er zusammen!«

Das tat er nicht. Sie setzte sich und streckte die Beine von sich.

»Und nun?«, fragte er.

»Wie viel Zeit hast du?«, wollte sie wissen.

»Ich arbeite erst heute Abend«, sagte er. Hatte er etwa gerade eingewilligt, den ganzen Tag zu bleiben?

»Macht es dir wirklich nichts aus?«, fragte sie.

»Mach ich gern«, sagte er.

Die höfliche Antwort kam automatisch, aber es machte ihm tatsächlich nichts aus. Der leere Raum mit dem Blick aufs Meer fühlte sich friedlich an nach dem Ärger zu Hause, und er war zu wütend auf Cal, um mit ihm im Pub zu sitzen und Fußball zu schauen. Ihm gefiel das vage Gefühl, dass er nicht hier sein sollte, obwohl er nicht sagen konnte, warum. Er war achtzehn. Es war seine Freizeit.

Alf entfernte die Verpackung und legte die Teile mit den entsprechenden Inbusschlüsseln auf dem Boden nebeneinander. Mit Gary hatte er ziemlich viel solches Zeug aufgebaut.

»Verdammt, Alf«, sagte Miss Jones. »Gibt es eigentlich etwas, das du nicht perfekt kannst? Ein Mann, der tanzen und Regale aufbauen kann!«

»In Englisch bin ich nicht so gut«, sagte er.

»Wenn du willst, gebe ich dir Nachhilfe«, bot Miss Jones an.

Sie hielt seinen Blick fest, und er konnte nicht sagen, ob das Angebot ernst gemeint war oder ob sie ihn nur neckte.

Zunächst zögerte er, sie etwas festhalten oder sich von ihr das richtige Werkzeug reichen zu lassen, doch man konnte sich gut mit ihr unterhalten. Sie war nicht so sarkastisch wie einige der älteren Lehrer. Als er fragte, warum sie Lehrerin geworden sei, gab sie zu, dass sie eigentlich Schauspielerin hatte werden wollen. Nachdem sie jedoch zwei Jahre als Kellnerin gejobbt und nie eine Rolle bekommen hatte, fand sie, dass sie ihren Lebensunterhalt auf bessere Art verdienen konnte. Dann, als wäre ihr wieder eingefallen, dass er eine ähnliche Laufbahn anstrebte, fügte sie hinzu: »Es ist eine unsichere Existenz, Alf, aber du bist so begabt, du wirst zurechtkommen. Und um ehrlich zu sein, bist du auch noch ein viel besserer Kellner, als ich es jemals war!«

Nachdem die Regale und der Couchtisch zusammengebaut waren, sah das Wohnzimmer schon nicht mehr ganz so aus wie eine Musterwohnung.

»Haben Sie etwas dagegen, wenn ich ›Final Score‹ anmache?«, fragte er.

»Gern.« Sie deutete aufs Schlafzimmer.

»Ich will nur wissen, wie Blackpool gespielt hat.«

Er schaltete den Fernseher ein und setzte sich auf die Bettkante, die Füße auf dem Boden.

Nach einigen Minuten kam Miss Jones herein, ging auf die andere Seite, legte sich aufs Bett und stopfte sich ein paar Kissen unter den Rücken. Sie klopfte neben sich.

»Entspann dich«, sagte sie.

Alf lag da und war alles andere als entspannt. Schließlich trennten sie nur drei Kuscheltiere voneinander.

Versuchte sie, ihn anzumachen? Sie war nett, hübsch und lustig, und wenn ein Mädchen, das er kannte, sich so benommen hätte, wäre er sich sicher gewesen. Doch sie war seine Lehrerin. Da galten andere Regeln.

Alf versuchte, die sich bildende Erektion mit seinen Gedanken zu vertreiben. Alle Mannschaften der Liga, die mit A begannen. Aston Villa, Arsenal, Accrington Stanley. Es gab Jungs in der Schule, die dafür bezahlen würden, jetzt an seiner Stelle zu sein. Blackpool, Birmingham, Brentford, Bury, Bolton Wanderers, Burnley. Er hatte schon eine Weile keinen Sex mehr gehabt. Chelsea, Coventry, Chester, Charlton Athletic. Acht Monate. Derby. Es musste doch noch mehr Vereine mit D geben als nur Derby? Everton. Mehr mit E fielen ihm nicht ein.

»Weißt du, was Sadie gesagt hat?«, fragte Miss Jones.

Ging es hier darum?

»Achten Sie nicht auf Sadie, Miss Jones«, sagte er. Dann blickte er über die Kissen und sah ihren irritierten Gesichtsausdruck.

»Ich meine, die meisten Typen finden Sie wirklich attraktiv«, erklärte er.

»Und du nicht …?«

»Doch. Aber …«

Aber was? Aber ich bin ein braver Junge? Aber Sie sind eine Lehrerin? Sie sah gut aus. Sie wusste, was sie tat. Er war achtzehn. Erwachsen. Er hatte seit Monaten keinen Sex mehr gehabt.

»Ich denke die ganze Zeit an dich, Alf«, sagte sie und sah ihn aus ihren großen blauen Augen an.

»Miss Jones?«

»Gina«, sagte sie.

Dann flogen die Kuscheltiere auf den Boden, und ihr Gesicht war ganz dicht vor seinem. Er roch, dass sie sich gerade die Zähne geputzt hatte. Unter ihrem Kleid trug sie nichts als einen schwarzen Spitzentanga.

26

Mai

LETTY

Fast kam es Letty so vor, als hätte sie durch die erfundene Freundschaft mit der Amerikanerin aus der Skulpturenvorlesung tatsächlich eine Freundschaft heraufbeschworen. Am Tag nach ihrer Rückkehr aus New York lief sie Molly über den Weg, die sich gerade den Tisch mit den literarischen Neuerscheinungen bei Blackwell's ansah. Molly machte ihren Master in Liberal Arts, und die beiden unterhielten sich über die Produktion von »La Traviata« in der Met, die Molly ebenfalls gesehen hatte. Sie gestand, dass die abstrakte moderne Inszenierung ihr auch nicht so gut gefallen habe. Molly versorgte Letty mit Tipps, falls sie noch einmal nach New York kommen sollte, und Letty empfahl Molly ein paar weniger bekannte Kunstgalerien und Theater in London, die sie während ihres Jahres in England besuchen sollte.

Als sie sich vor dem King's Arms trennten, hatte Letty das Gefühl, jemanden gefunden zu haben, der ehrlich ihre Interessen teilte.

Die meisten von Lettys Kommilitonen kamen von Public Schools. Für sie war Oxford nur eine Art Durchgangsstation, ehe sie Anwälte in Bloomsbury wurden. Niemand pflegte eine Leidenschaft für sein Fach. Die Studenten um Letty herum hatten sogar die Nase gerümpft, als sie das Wort einmal in ihrem ersten Seminar benutzt hatte. Die Mahlzeiten im Speisesaal, wo in den ersten Monaten des Studiums die meisten Freundschaften geschlossen wurden, waren für Letty immer eine Qual gewesen. Sie war stets als Erste dort gewesen, hatte als Erste gesessen und war als Erste fertig gewesen, um der Situation zu entkommen. Ein oder zwei Jungs waren selbstbewusst genug gewesen, um sie anzusprechen, aber keiner hatte die Geduld gehabt, den Schutzwall aus Ernsthaftigkeit zu durchbrechen, den Letty um sich herum errichtet hatte.

Doch nachdem sie sich mit Molly angefreundet hatte, begann Letty allmählich, das Studentenleben zu genießen. Vielleicht lag es daran, dass Mollys Clique nur aus Amerikanern bestand und diese sie nicht merkwürdiger fanden als andere Engländer. Es waren überwiegend Rhodes-Stipendiaten, die Bruder- und Schwesternschaften außerhalb der USA pflegten und Oxfords altmodische Traditionen wie gegenseitige Teebesuche oder Kahnfahrten auf dem Fluss sehr genossen.

Wenn man nicht gerade Prüfungen hatte, wurde das Studentenleben im Sommer deutlich gemächlicher. Diejenigen, die bei Theaterinszenierungen mitwirkten, probten für ihre Freiluftaufführungen und abendlichen Auftritte. Andere genossen einfach nur die Schönheit der Parks, übten Bogenschießen und spielten Krocket.

An einem Donnerstagnachmittag, am Ende der fünften Trimesterwoche, war Letty mit einer Gruppe in einem Kahn unterwegs, den sie am Cherwell Boathouse gemietet hatten. Die Vögel zwitscherten um sie herum, als Lettys Telefon klingelte und sie in fünf besorgte Gesichter sah, während sie in ihrer Tasche danach wühlte. Ihre Nerven lagen blank. Das

Klingeln verhieß nichts Gutes. Irgendwie rechnete sie ständig damit, dass sich Marinas Zustand noch weiter verschlechtert hatte, darum war sie erleichtert, als auf dem Display nicht Frances' Name leuchtete.

Abgesehen von einer kurzen Antwort auf eine Dankesnachricht, die sie ihm geschickt hatte, hatte Letty von Spencer nichts mehr gehört, seit sie sich am Flughafen verabschiedet hatten. Ein Umstand, der gemischte Gefühle in ihr auslöste – einerseits hoffte sie, dass sie nichts getan oder gesagt hatte, womit sie ihn beleidigt hatte; andererseits war sie erleichtert, keine weiteren Entscheidungen treffen zu müssen, was ihn betraf.

»Ich will gleich zum Punkt kommen«, sagte er, nachdem sie sich begrüßt hatten. »Hast du dieses Wochenende etwas vor?«

Sie konnte noch nicht einmal behaupten, dass sie einen Aufsatz schreiben musste.

»Ich denke an Venedig«, sagte Spencer.

Vor gerade einmal einer Stunde erst war Letty der Gedanke gekommen, dass mit einem kräftigen Mann im gestreiften T-Shirt am Ruder in einem Kahn zu sitzen sich ganz ähnlich anfühlte, wie in einer Gondel zu fahren. Der Zufall ließ den Anruf fast vorherbestimmt wirken.

»Venedig?«, wiederholte sie.

Molly, die ihr gegenübersaß, hob eine Augenbraue. Sie war der einzige Mensch, dem Letty von Spencer erzählt hatte, und Letty glaubte, dass ihre Freundin es missbilligte, aber auch ein kleines bisschen neidisch war.

»Ich weiß, es ist ziemlich kurzfristig«, sagte Spencer.

Dadurch fühlte sich Letty weniger verpflichtet. Vermutlich hatte ihn eine andere Frau versetzt, und er brauchte einen Ersatz. Sie fragte sich, wie viele er schon vor ihr angerufen hatte.

»Wann?«, hörte sie sich fragen.

»Mit dem ersten Flieger morgen früh ab London City. Ich kann dir kein Einzelzimmer versprechen – wir wohnen im Danieli. Aber ich bin mir sicher, es gibt ein Sofa. Nimm diesmal ein Kleid mit.«

Irgendwas in seinem Ton ließ Letty denken, sie hätte besser abgelehnt, doch als sie versuchte, es genauer zu analysieren, fiel ihr keine logische Erklärung dafür ein. Es war ihre Schuld gewesen, dass sie für New York nicht richtig gepackt hatte. Das hatte ihn eine Stange Geld gekostet. Natürlich hatte er ein Recht, sie daran zu erinnern, oder nicht?

Marina saß gegen eine Reihe Kissen gelehnt im Bett. Sie hatte Teeflecken auf dem Nachthemd. Als Letty ins Zimmer trat, hellte sich ihre Miene auf.

»Welchem Umstand haben wir diese Freude zu verdanken?«, fragte sie.

Sie war anscheinend zu der umständlich höflichen Ausdrucksweise vergangener Zeiten zurückgekehrt, an die sie sich jetzt am deutlichsten erinnerte.

»Ich fahre übers Wochenende nach Venedig«, berichtete Letty.

»La Serenissima!« Marina lächelte.

Es war immer schön, wenn sie so positiv auf etwas reagierte.

»In Burano kaufte er mir Spitze«, sagte Marina plötzlich. »Und wir tanzten auf der Piazza.«

Ihre wässerigen Augen leuchteten.

»Wie romantisch!« Letty stellte sich ihre Großeltern beim

Tanzen vor. Ihr Großvater war ein gutes Stück kleiner als Marina. »War das die Spitze für dein Hochzeitskleid?«, fragte sie.

»Wir konnten nicht heiraten!«, antwortete Marina verärgert. »Er stammte aus einer sehr alten venezianischen Familie. Ein *conte*!«

Letty bedauerte ihre Frage. Jetzt war Marina aufgebracht.

»Ich dachte, ich könnte mir vielleicht ein Kleid von dir leihen?«, versuchte sie, ihre Großmutter abzulenken.

Sie öffnete den Koffer am Fußende, hielt ein Kleid nach dem anderen hoch und legte die, die Marinas Zustimmung fanden, zur Seite, um sie sich genauer anzusehen.

»Das ist es!«, sagte ihre Großmutter schließlich.

Es war aus glänzender Baumwolle – blaue Längsstreifen mit rosa Rosen – tailliert, mit einem kleinen weißen Kragen und vorn geknöpft. Der Rock war so üppig, dass er abstand, als würde sie einen Reifrock darunter tragen. Das Kleid passte Letty perfekt.

Im Schrank, auf dessen Brettern Schuhe in allen Farben des Regenbogens standen, deutete Marina auf ein Paar spitzer weißer Riemchenpumps, die zum Kleid passten. Wie war es möglich, dass der Teil von Marinas Gehirn, der sich mit Mode auskannte, noch vollkommen intakt war?

»Ja«, sagte sie und blickte zu Letty. »Die Farben passen zu Burano. Dort musst du es tragen.«

»Burano?«

»Natürlich!«, Marina schien sich sehr sicher zu sein.

Das Kleid war ganz anders als Lettys einfarbige Sachen, doch sie fühlte sich äußerst schick, als sie sich wie eine Ballerina auf einer Spieldose drehte, damit Marina sie aus jedem Blickwinkel betrachten konnte. Hatte ihre Großmutter das

Kleid tatsächlich in Venedig getragen? Die Vorstellung, Marinas Stil in ihr Heimatland zurückzubringen, gefiel ihr.

Bring ein Kleid mit, dachte sie. Würde sie sich trauen, es zu tragen? Und was würde Spencer sagen, wenn sie es tat? Für den Fall, dass der Mut sie verließ, packte sie vorsichtshalber noch das schwarze Cocktailkleid aus Georgette ein.

Als sie nach der Ankunft am Flughafen in einer Barkasse die Lagune durchquerten, war Letty genauso fasziniert wie beim Anblick der Skyline von Manhattan. Venedig war so sehr, wie es sein sollte, dass es ihr beinahe unwirklich vorkam. Im Hotel Danieli hatten, wie Spencer ihr berichtete, Daniel Craig in »Casino Royale« und Johnny Depp in »The Tourist« gewohnt. In einem großen venezianischen Palast gelegen, nur einen Steinwurf vom Markusplatz entfernt, war das Hotel von außen genauso eindrucksvoll wie von innen. Von ihrem Zimmer aus konnte Letty über die Lagune zu Palladios Basilika auf San Giorgio blicken. Draußen auf dem Wasser lud eine bunte Mischung aus Gondeln, Wassertaxis und *vaporetti* unablässig eine Unzahl an Touristen aus und ein. Wenn sie nur lange genug am Fenster stand, würde sie vermutlich jeden Menschen sehen, den sie je gekannt hatte oder jemals kennen würde, überlegte Letty.

»Was willst du machen?«, fragte Spencer.

»Ich könnte ewig hier stehen und die Aussicht genießen.«

»Sollen wir uns etwas zum Mittagessen hochbringen lassen?«, fragte er.

»Warum laufen wir nicht einfach ein bisschen herum?«, schlug sie vor. »Lassen uns treiben.«

Der Reiseführer, den sie am Flughafen gekauft hatte, behauptete, am besten sei es, sich in Venedig zu verlaufen, was in dem Labyrinth aus Kanälen, Gassen und Brücken, die für Neulinge in ihrer morbiden Schönheit alle ziemlich gleich aussahen, erstaunlich leicht war. In einem Umkreis von fünfzig Metern vom Markusplatz entfernt, ließ der Rummel deutlich nach. In manchen Kanälen bestand der einzige Hinweis auf menschliches Leben aus zum Trocknen aufgehängter Wäsche, dem Geruch von angebratenen Zwiebeln und den Stimmen von Müttern, die ihre Kinder zum Essen riefen, sowie dem Klappern von eiligen Schritten in verborgenen Küchen.

Sie fanden eine Bar, die tapasähnliche Gerichte anbot, *cicchetti*, und bestellten diverse Kleinigkeiten, die überwiegend Spencer zusammen mit mehreren Gläsern Weißwein vertilgte.

»Iss!«, drängte Spencer. »Zum Abendessen bleibt uns keine Zeit.«

»Warum?«, fragte Letty.

»Ich habe uns Karten für La Fenice besorgt.«

Er sprach es aus wie La Fenniss.

»La Fe-ni-tschä«, korrigierte Letty automatisch und merkte zu spät, dass sie ihn damit sowohl beleidigt als auch die Ankündigung verdorben hatte.

»Warum heißt es dann nicht Ven-i-tschä?«, fragte er abwehrend.

»Weil es Venice auf Italienisch gar nicht gibt, es heißt Venezia«, sagte sie.

»Was bedeutet La Fe-ni-tschä?«, fragte er.

Letty war froh, dass sie das nicht wusste, denn so konnte sie seine Würde zumindest zum Teil wiederherstellen.

Sie googelten den Begriff. Es bedeutete Phönix, ein mythischer Vogel, der aus der Asche aufstieg. Was Letty ziemlich angemessen schien, denn sie wusste, dass das Theater in der

Vergangenheit mehrfach abgebrannt war. Oder hieß es vielleicht deshalb so? Vielleicht war es nur ein Spitzname, den die Venezianer ihm gegeben hatten.

»War es nicht unglaublich schwierig, Karten zu bekommen?«, fragte sie.

Jetzt wirkte er zufrieden.

»Absolut. Wir sehen übrigens »La Traviata«. Im La Fenice ist sie zum ersten Mal aufgeführt worden«, sagte Spencer.

»Hast du ein bisschen recherchiert?«

»Zufrieden?«

»Sehr«, sagte sie.

»Dann hat es sich gelohnt«, sagte er und ergriff über den Tisch hinweg ihre Hand.

Lettys Lächeln erstarrte, als ihre Hand unter seiner gefangen war.

Er hatte Karten für »La Traviata« im La Fenice besorgt, Herrgott. Es schien kleinlich, ihn nicht ihre Hand halten zu lassen, und dennoch, und dennoch ... Es war ihr erster körperlicher Kontakt, abgesehen von einem Kuss auf die Wange, und es fühlte sich deutlich intimer an, vor allem hier, in dieser äußerst romantischen Umgebung.

Dies war die Stadt der Maskenbälle und Casanovas, dachte Letty, als sie das Foyer aus rosafarbenem Marmor mit dem riesigen Kronleuchter betrat. Ein Ort, wo sich hinter schönen Fassaden Falschheit und niedere Instinkte verbargen. Abgesehen von den Zeichen zeitgenössischen Konsums – kleinen gesteppten Chanel-Täschchen an Ketten, Schmuck von Bulgari und allen erdenklichen Luxusuhren, die Spencer sich nur wünschen konnte –, hätten sich diese Menschen genauso gut im achtzehnten Jahrhundert über ihre Programmhefte hinweg mustern und mit ihren Operngläsern die Logen der anderen inspizieren können.

Was dachten sie wohl über Spencer und Letty? Und was genau ging hier eigentlich vor? Spencer war ein Mensch, der einen Businessplan hatte, ein Ziel. An irgendeinem Punkt würde die Frage nach Sex auftauchen, und die Vorstellung, dass er ihn irgendwann als Teil der Vereinbarung explizit einfordern würde, schien Letty unerträglich. Das hier musste aufhören, doch in einer vergoldeten Loge umgeben von goldenen Cherubinen zu sitzen und zu einer himmelblauen Decke hinaufzusehen, an der die drei Grazien schwebten, war einfach himmlisch.

»Schon komisch, wie die Zeiten sich verändern, oder?«, sagte Spencer, als sie zum Hotel zurückschlenderten. »Ich meine, damals war der Ruf eines Mannes ruiniert, wenn er mit einer Prostituierten zusammenlebte. Heute ist das keine große Sache mehr. Darum ergibt die Geschichte nicht mehr viel Sinn.«

Seine Analyse beunruhigte Letty.

»Mein Hauptproblem ist, dass doch niemand mehr so singen würde, wenn er mit dem Tod ringt«, sagte Spencer. »Vielleicht können wir das nächste Mal etwas machen, das mir gefällt und wovon du nichts verstehst.«

»Vielleicht ...«

»Ich könnte dich mit zu einem Fußballspiel nehmen.«

»Wie kommst du darauf, dass ich nichts von Fußball verstehe?«, fragte sie.

Er blieb mitten auf einer Brücke stehen.

»Für wen hat Dennis Bergkamp gespielt?«

»Arsenal und die Niederlande«, sagte sie.

»Verflucht! Er war der Held meiner Kindheit! Warst du schon mal bei einem Fußballspiel?«

»Nur einmal, in White Hart Lane«, erklärte sie.

»Bist du Spurs-Fan?«

»Nein. Ein Freund von mir war es.«

»Denn das könnte ein Problem werden ...«

»Inwiefern?«, fragte sie.

Er lachte. »Nun ja, ich könnte dich keinem meiner Freunde vorstellen. Andererseits will ich dich vielleicht auch ganz für mich behalten.«

Sag es ihm jetzt, dachte Letty, als sie an einem Schaufenster voller Karnevalsmasken vorbeikamen, einige elegant, andere fratzenhaft. Doch angesichts der leeren schwarzen Augen, die sie anstarrten, konnte sie irgendwie nicht die richtigen Worte finden.

Zurück im Hotel, ging Letty direkt ins Bad, duschte, putzte sich die Zähne und zog das lange weiße T-Shirt an, das sie zum Schlafen trug. Sie war froh, üppige weiche Bademäntel an der Tür zu entdecken. Als sie wieder ins Zimmer kam, sah sie erleichtert, dass Spencer ein Kopfkissen aufs Sofa gelegt hatte.

Sie setzte sich auf die Bettkante und spürte seinen Blick auf ihrem Rücken, dann streifte sie den Bademantel ab und schlüpfte so schnell wie möglich unter die Decke.

Sie hörte, wie er aufstand und ins Bad ging, und als er wieder herauskam, schaltete er das Licht aus und legte sich aufs Sofa.

»Gute Nacht!«, sagte sie.

Die Situation war so ungerecht, dass die dunkle Stille in ihren Ohren dröhnte, und Letty war klar, dass sie kein Auge zumachen würde.

Nach einigen Minuten setzte sie sich auf.

»Hör zu, ich würde viel lieber auf dem Sofa schlafen.«

»Ist schon okay.«

»Ich will nur klarstellen, dass ich keinen Sex haben möchte ...«

»Das habe ich mir schon gedacht.«

»Aber das Bett ist riesig ...«

Mehr konnte sie nicht sagen, also legte sie sich wieder hin, rollte sich auf ihrer Seite ganz an die Bettkante und ließ mindestens eineinhalb Meter Platz für ihn.

Eine Weile geschah nichts, doch dann hörte sie, wie er aufstand und auf der anderen Seite ins Bett stieg, ohne den Versuch zu unternehmen, sie zu küssen oder zu berühren. Sie lag wach und lauschte, wie sich der Rhythmus seines Atems veränderte, immer seltener Gesprächsfetzen von der Straße heraufdrangen und das einzige Geräusch schließlich das Knarren der Boote war, die an den Tauen zogen. Sie hatte noch nie mit einem Mann in einem Bett geschlafen. Mit Josh war sie immer nachmittags, nach der Schule, ins Bett gegangen. Sie hatten so leise wie möglich sein müssen und ihr Kichern in den Kopfkissen erstickt, damit Marina keinen Verdacht schöpfte. Das einzige Mal, als sie zu ihm gegangen war – das letzte Mal –, waren sie im Bett seiner Mutter gewesen. Wahrscheinlich, weil er nicht wollte, dass die ganze Welt sein schmales Bett mit der Spider-Man-Bettdecke sah. Die rosa Rüschen von Joshs Mutter, das nachgemachte weißgoldene Rokoko-Kopfteil, an das er ihre willigen Handgelenke mit Chiffonschals gebunden hatte, die sie zusammen in Poundland gekauft hatten. Bei dem Gedanken, was sie damit anstellen würden, hatten sie kaum die Hände voneinander lassen können, bei dem unglaublich erregenden Gedanken, jemandem so sehr zu vertrauen ...

Letty schloss fest die Augen und versuchte, die Bilder und das Flehen aus ihrem Kopf zu vertreiben: »Ja, ja, mach alles, was du willst. Ja, mehr, mehr, mehr …«

Es hatte sie in jedem Flur und in jedem Klassenzimmer verfolgt.

Als sie am Morgen aufwachte, war sie überrascht, dass Spencer schon aufgestanden und angezogen war.

»Wir sehen uns unten«, sagte er.

Ein Gentleman, dachte Letty, und Marinas Worte hallten in ihrem Kopf nach.

Als sie in dem Fünfzigerjahrekleid und den weißen Riemchenpumps zum Frühstück erschien, das Haar zu einem hohen Pferdeschwanz gebunden, machte Spencer große Augen.

»Du siehst unglaublich aus«, bemerkte er.

Sie hatte schon in New York festgestellt, dass das aus seinem Mund ein großes Kompliment war und dass er damit nicht ausdrücken wollte, dass sie merkwürdig aussah.

»Können wir nach Burano fahren?«

»Ist das die Insel, auf der Glas hergestellt wird?«, fragte er.

»Ich glaube, das ist Murano. Diese ist weiter weg.«

»Gibt es einen speziellen Grund, dass du dorthin willst?«

»Meine Großmutter hat es mir empfohlen.«

»Das genügt mir als Grund«, sagte er. »Besorgen wir uns eine Gondel.«

»Oh, ich glaube, das ist viel zu weit für eine Gondel«, erklärte Letty. »Wir müssen das *vaporetto* nehmen.«

»Vrrrum«, sagte Spencer und machte eine Rennbootgeste.

Die Fahrt dauerte fast eine Stunde, und als sie auf Burano eintrafen, war es ganz anders als erwartet. Es fühlte sich gar nicht mehr an wie Venedig, eher wie ein bescheidener Küstenort – eine Gemeinde, in der Handwerker und Arbeiter außer Sichtweite ihrer reichen aristokratischen Arbeitgeber lebten. Die Hauptstraßen bestanden aus Kanälen, boten aber nur Platz für kleine Boote. Alle Häuser trugen leuchtende Farben – blau, rosa, gelb, grün –, was hübsch aussah, fast wie auf einer Kinderzeichnung.

»Du passt zu den Häusern«, sagte Spencer und blieb stehen, um ein Selfie von ihnen beiden vor einem rosafarbenen und einem blauen Gebäude zu machen.

Letty hatte das fast unheimliche Gefühl, auf den Spuren ihrer Großmutter zu wandeln. Ihr war bewusst, dass sie in ihrem Kleid so ungewöhnlich aussah, dass die Leute stehen blieben, um Fotos von ihr zu machen. Doch hinter ihrer großen Sonnenbrille fühlte sie sich nicht wirklich wie sie selbst, sondern eher so, als spielte sie eine Rolle.

Winzige Geschäfte an der Hauptstraße boten Tischwäsche aus Burano-Spitze an.

Letty kaufte ein einzelnes Deckchen für Marinas Nachttisch. Spencer überlegte, ob er eine Tischdecke mit Servietten erwerben sollte, entschied sich jedoch am Ende dagegen.

»Heutzutage benutzen die Leute keine Tischdecken mehr, oder?«, fragte er, und Letty dachte darüber nach, wem er wohl ein Geschenk hatte machen wollen.

Auf einem Platz, wo sie draußen an einem Tisch saßen und einen leichten Weißwein tranken, spielte ein alter Mann Akkordeon, und ein paar kleine Mädchen tanzten im Kreis.

Letty wusste nicht, ob es an der Hitze lag, an dem Kleid, das leicht nach seinem Alter roch, oder dem Alkohol so früh am Tag, doch sie hatte das merkwürdige Gefühl, dass das Leben ihr etwas sagen wollte. Als wäre sie an diesem Ort, weil er eine tiefere Bedeutung für sie hatte, die sich ihr jedoch nicht ganz erschloss. Hatte der alte Mann mit dem Akkordeon immer hier gespielt? War er jung gewesen, als Marina hier getanzt hatte? Sie war sich sicher, dass Marina ebenfalls an diesem Platz gewesen war. Sie spürte es ganz deutlich.

Als sie zurück zur Haltestelle des *vaporetto* gingen, merkte Letty, dass es ziemlich dumm gewesen war, an einem heißen Tag Riemchenpumps ohne Strumpfhosen zu tragen. An Fersen und Zehen hatten sich dicke Blasen gebildet, die mit der Zeit aufgegangen waren und schmerzten. Sie konnte in diesen Schuhen unmöglich weiterlaufen. Doch das Boot legte gleich ab, und die *vaporetti* zur Insel fuhren nur selten.

»Soll ich dich Huckepack nehmen?«, fragte Spencer.

Er trug sie zum Anleger und wurde von begeisterten Italienern, die bereits an Bord waren, mit Applaus belohnt.

Zurück im Hotel, ging Letty ins Bad, um ihre Füße zu waschen und zu versorgen. Als sie wieder herauskam, stand Spencer am Fenster. Er drehte sich zu ihr um und sah enttäuscht aus.

»Was ist?«, fragte sie und blickte auf ihre Shorts und das T-Shirt hinunter, das sie angezogen hatte. Für die Gondelfahrt, die er gebucht hatte, gab es doch wohl keinen Dresscode.

»In dem Kleid hast du so sexy ausgesehen«, sagte er. »Ich konnte mich gerade noch beherrschen, auf dem Rückweg im Boot nicht über dich herzufallen.«

Es war seltsam erleichternd, die Worte endlich ausgesprochen zu hören.

Er war ein gut aussehender Mann, der sich ihr gegenüber unglaublich großzügig verhielt, und jetzt lagen die Karten offen auf dem Tisch, und sie musste eine Entscheidung treffen.

Er war nicht unattraktiv, doch sie betrachtete ihn eher mit dem Abstand, mit dem sie einen Filmstar betrachten würde, den sie zwar attraktiv fand, der aber nicht ihr Typ war.

Schlimmer als das, was mit Josh passiert war, konnte es doch wohl nicht sein, oder? Vielleicht war Sex ohne Liebe sogar besser. Vielleicht war es ihr Fehler gewesen zu meinen, dass beides nicht voneinander zu trennen war.

Sie waren im Danieli, in der Stadt von Casanova und James Bond. Vor dem Fenster plätscherte die venezianische Lagune. Es war fast merkwürdiger, keinen Sex zu haben, oder? Sie waren erwachsen. Was hatte sie zu verlieren?

Letty sah ihm in die Augen, doch da stieß er sie plötzlich zurück aufs Bett und hielt über dem Kopf ihre Arme fest. Als sie »Nein! Nicht so« zu sagen versuchte, zerrte er ihr bereits die Shorts über die schmalen Hüften, riss ihren Slip zur Seite und drang in sie ein. Keuchend lag er auf ihr, wahrscheinlich waren es nur dreißig Sekunden, doch es kam ihr vor wie eine Ewigkeit, in der sie machtlos war.

Am nächsten Morgen kehrte Letty in das Haus am Belsize Park zurück. Sie humpelte wegen der Blasen an ihren Füßen, und weil sie sich von den Lenden bis zum Bauchnabel wund fühlte. Sie wollte gerade den Schlüssel ins Schloss stecken, als die Tür aufging.

Das Gesicht ihres Vaters war tränenüberströmt.

»Es tut mir so leid, Letty«, sagte er.

27

Juni

ALF

Gina hatte immer wieder deutliche Anspielungen auf ihren bevorstehenden Geburtstag gemacht. Sie wurde fünfundzwanzig, aber sie sprach ständig von einem »großen Tag«. In mancherlei Hinsicht wirkte sie jünger, in anderer älter und reifer. Es war erwachsen für eine Fünfundzwanzigjährige, eine eigene Wohnung und ein nagelneues Auto zu besitzen und im Internet Seife von Chanel zu bestellen, weil es sie im Drogeriemarkt nicht gab. Oder ihm Ted-Baker-Hemden zu kaufen, die er nur bei ihr in der Wohnung tragen konnte, weil die Leute annehmen würden, er hätte sie geklaut. Doch sie war durchaus leicht zu erfreuen. Alf liebte ihr strahlendes Lächeln, wenn er ihr ein Geschenk mitbrachte, auch wenn es etwas so Einfaches wie ein Magnum mit weißer Schokolade von der Tankstelle war. Für ihren Geburtstag wollte er etwas Besonderes organisieren, nicht nur, um für einen gewissen Ausgleich zu sorgen, sondern auch, weil es ihm ein angenehmes Kribbeln bereitete, sie zu überraschen.

Schon vor Wochen hatte er dafür gesorgt, dass er am Wochenende nicht arbeiten musste, damit er für die Abiturklausur in Englisch am Montag frisch war. Er war so selten zu Hause, dass seine Mutter gar nicht merken würde, wenn er wegfuhr. Sie vermutete, dass er eine Freundin hatte. Seit sie ihm damals als Fünfzehnjährigem einen strengen Vortrag über Verhütung gehalten hatte, war sie immer entspannt, wenn er woanders übernachtete. Donna hatte zwar ihre Schwächen, aber sie war nicht scheinheilig.

Zu Hause hatte sich die Lage ein wenig beruhigt, vielleicht weil er nicht mehr so viel da war. Hin und wieder murmelte seine Mutter, er solle bloß genug für die Schule tun, doch er erschien immer pünktlich, um ihr bei den Kursen zu helfen, darum konnte sie ihm keinen Druck machen. Die feindseligen Worte, die sie einander an den Kopf geworfen hatten, hingen noch in der Luft wie ein schwacher Klogeruch – der zwar ständig da war, aber nicht schlimm genug, um etwas dagegen zu unternehmen. Seit Alf jedoch heimlich mit Gina zusammen war, war er deutlich entspannter, und es fiel ihm leichter, so zu tun, als gäbe es gar kein Problem.

Wenn man eine Weile keinen Sex gehabt hatte, vergaß man, was für einen Unterschied das machte. Seit dem ersten Mal konnten Gina und er nicht genug voneinander bekommen. Je mehr Sex sie hatten, desto mehr wollten sie.

Gina war gut im Bett. Sie kannte eine Menge Tricks und war zu allem bereit. Ihre Lust hatte etwas Dringliches, als ob sie so viel von ihm haben wollte wie nur möglich und noch mehr. Alf dachte oft an das, was Cal gleich am Anfang über sie gesagt hatte.

»Sie ist in ihrem besten Alter, Kumpel und du in deinem. Es heißt, von jetzt an geht es bergab.«

In der Schule war Alf gut darin, den anderen nur das zu zeigen, was sie auch sehen sollten. Darin hatte er seit seiner Kindheit eine Menge Übung. Als die Leute damals herausgefunden hatten, dass er tanzte, war Alf längst ein derart angesehener Fußballer gewesen, dass die anderen Jungs eher neugierig als kritisch reagierten. Hin und wieder versuchten sie selbst, Pirouetten zu drehen und merkten, wie viel Geschick das erforderte. Und wenn irgendeiner der Rugbyspieler jemals behauptete, er sei schwul, war Alf inzwischen alt genug, um zu sagen: »Wie kommt es dann, dass ich jeden Abend ein gut aussehendes Mädchen im Arm habe und du deinen Kopf im Arsch eines anderen Typen?« Den Satz hatte er von Sadie.

Es war schon ironisch, dass ausgerechnet sie es gewesen war, die ihn in gewisser Weise mit Gina zusammengebracht hatte. Gina sagte, es wäre ohnehin passiert, und sie habe es schon gewusst, als sie ihn zum ersten Mal beim Vorsingen gesehen habe. Alf hatte daraufhin seine Chronologie etwas verändert und erklärt, dass er auch schon immer für sie geschwärmt habe. Tatsache war, dass er bis zu dem schwarzen Spitzentanga nie ernsthaft einen Gedanken daran verschwendet hatte, doch seither hatte er kaum an etwas anderes gedacht.

Die Geheimnistuerei verlieh ihrer Beziehung einen zusätzlichen Reiz. Es machte ihn an, wenn Miss Jones und er auf dem Schulflur aneinander vorbeiliefen und ihm ein Hauch von ihrem Parfum entgegenwehte, das sie sich am Morgen um die Schultern gesprüht hatte. Dabei hatte sie ihn im Spiegel angestarrt, als er gerade aus der Dusche kam.

Manchmal kam es ihm etwas unwirklich vor – nur sie beide in einem Glaskasten mit Blick aufs Meer, als würde er mit einer Fantasiefrau vögeln. Doch anschließend kuschelte sich Gina in der weißen Baumwollbettwäsche an ihn, die sie jede Woche waschen ließ und frisch gemangelt zurückerhielt, und plauderte von dem Urlaub, den sie machen würden, wenn er mit der Schule fertig war. Eine Freundin von ihr war auf den Malediven gewesen und fand es unglaublich romantisch dort. Gina hatte immer auf die Galapagosinseln zu den Schildkröten gewollt. Alf lag da und dachte, das seien ziemlich große Pläne dafür, dass sie noch nicht einmal zusammen mit der Straßenbahn nach Fleetwood gefahren waren. Doch er wollte ihre Illusion nicht zerstören.

Ihre Sehnsucht, mit ihm irgendwohin zu fahren, hatte ihn auf die Idee für ihr Geburtstagsgeschenk gebracht. Sein erster Gedanke war, ihr London zu zeigen, doch Ginas Vater lebte in London, und er war reich. Selbst ein Hotel, das am oberen Limit von Alfs Budget lag, würde hinter dem zurückbleiben, was Gina gewohnt war. Und nach London zu fahren bedeutete, den Zug zu nehmen, in dem immer das Risiko bestand, entdeckt zu werden. Wenn er ihr keinen Luxus schenken konnte, würde er ihr eben Schönheit schenken, beschloss Alf. Der Lake District war mit dem Auto zu erreichen. Außerhalb der Ferien war es unwahrscheinlich, dass sie dort jemandem aus der Schule begegnen würden, insbesondere nicht, wenn er ein Cottage buchte, kein Hotel. Er hatte alles ohne ihr Wissen geplant.

Am Freitag wurde in der Schule für Gina der größte Blumenstrauß überhaupt abgegeben, was zu allen möglichen Spekulationen darüber führte, wer ihn geschickt hatte.

»Mein Vater hat mir immer einen Geburtstagsstrauß in die Schule geschickt«, erklärte ihm Gina. »Wenn die Leute wissen, dass man Geburtstag hat, sind sie den ganzen Tag nett zu einem.«

Alf schätzte, dass der Strauß zweihundert Pfund wert war, und als er Gina am nächsten Morgen erklärte, was sie unternehmen würden, bestand sie darauf, die Blumen mitzunehmen.

So saß der Strauß vorn auf dem Beifahrersitz, und Alf lag wie in einem Fluchtwagen quer auf dem Rücksitz des pinkfarbenen Cinquecento, bis sie Blackpool hinter sich gelassen hatten.

Das Cottage bei Buttermere hatte auf den Bildern recht malerisch ausgesehen. Alf hatte jedoch nicht bemerkt, dass es an der Hauptstraße lag – was den günstigen Mietpreis erklärte. Doch um die Tür herum wuchsen Rosen, und auf dem Tisch standen Wildblumen. Der übertriebene Strauß von Ginas Vater wirkte völlig deplatziert.

Die Frau, die ihnen die Schlüssel übergab, wies sie darauf hin, dass Milch im Kühlschrank stand und sich im Regal einige Teebeutel sowie Instantkaffee und Zucker befanden.

»Sie haben wirklich an alles gedacht«, sagte Gina.

Und das meinte sie ernst. Gina war die unpraktischste Frau, die Alf kannte. Ihre Vorstellung vom Kochen bestand darin, Löcher in die Folie eines Fertiggerichts zu bohren, ehe sie es in der Mikrowelle aufwärmte, oder sich eine Pizza zu bestellen. Sie hatte sich noch nicht mal die Mühe gemacht, neue Kaffeekapseln zu besorgen, seit sie die letzte aus dem Karton, der beim Kauf der Maschine dabei gewesen war, benutzt hatte.

»Check-out ist um zwölf«, sagte die Frau, reichte Alf die Schlüssel und ließ Gina und ihn allein.

»In welchem Bett wollen wir schlafen?«, fragte Gina und hüpfte wie Goldlöckchen auf den drei Betten auf und ab.

»Wir könnten sie alle ausprobieren«, schlug Alf vor.

»Oh Gott, Alf«, sagte sie und kuschelte sich an ihn. »Ich hab dich so lieb.« Es war ein himmelweiter Unterschied zwischen »Ich hab dich so lieb« und »Ich liebe dich«, und sie hielten sich beide sorgsam an die erste Variante, obwohl Alf manchmal das Gefühl hatte, dass Gina das Zweite sagen wollte, wenn sie ihn mit ihren blauen Augen ansah. Er wusste nicht, was er erwidern sollte, wenn sie es täte. Wahrscheinlich würde er »Ich liebe dich auch« sagen, denn er fühlte sich toll mit ihr, und er wollte sie beschützen, nicht verärgern. Und das war doch Liebe, oder nicht?

Sie verschlossen sorgfältig die Tür, versicherten sich noch einmal, dass Alf die Schlüssel hatte, und machten einen Spaziergang. Es fühlte sich seltsam an, draußen zu sein, und Alf war sich nicht sicher, ob er vielleicht den Arm um sie legen sollte. Ihre nackten Körper kannten sie in- und auswendig, doch sich einfach vollkommen bekleidet an den Händen zu halten fühlte sich gefährlich intim an. Jedes Mal, wenn ein Auto vorbeifuhr, war es, als hielten beide den Atem an und fürchteten, von jemandem erkannt zu werden.

Als sich der Weg teilte, nahmen sie automatisch die Route, die am See entlangführte, und das nervenaufreibende Geräusch näher kommender Autos wich Vogelgesang und dem Plätschern kleiner Wellen, wenn der Wind über das Wasser wehte. Es war schön, dort zu schlendern, gelegentlich stehen zu bleiben, festzustellen, wie hübsch die Aussicht war und Gina auf den Mund zu küssen, bevor sie weitergingen. Es beruhigte ihn vor der bevorstehenden Prüfung. Gina hatte mittlerweile die Bücher über die Abiturprüfung gelesen, sodass sie ihm helfen konnte, und sie gingen die Kernpunkte durch, die er sich merken musste. Aus der entgegengesetzten Richtung kamen ihnen einige Wanderer entgegen und musterten sie skeptisch, was Alf darauf zurückführte, dass sie nicht passend gekleidet waren. Gina trug weiße Jeans und silberne Ballerinas mit flachen Absätzen – ihr einziges praktisches

Zugeständnis, da sie sonst stets hohe Absätze trug. Er war in Jeans und Turnschuhen unterwegs. Keiner von ihnen hatte eine Jacke mitgenommen, denn als sie das Cottage verließen, hatte die Sonne geschienen.

Sie hatten schätzungsweise zwei Drittel des Weges um den See zurückgelegt, als die Sonne auf einmal verschwand und nur noch als heller Rand um dunkle Gewitterwolken herum zu sehen war. Dann öffnete der Himmel seine Schleusen. Sie standen unzureichend geschützt unter einem Baum und überlegten, ob sie schneller wären, wenn sie den Weg zurückgingen, den sie gekommen waren, oder wenn sie das letzte Stück weiter dem Rundweg folgten. Dann fiel Gina ein, dass man sich bei Gewitter nicht unter Bäume stellen sollte, und er fand, sie sollten besser den kürzeren Weg wählen. Er verlief tief am Wasser entlang und war entsprechend morastig. Ginas Jeans war voller Schlammspritzer, und ständig zog der Matsch ihr die Schuhe aus. Alf merkte, wie die Nässe in seine Turnschuhe drang und die Hosenbeine seiner Jeans hinaufkroch, der einzigen Hose, die er dabeihatte. Er war wütend auf sich selbst und etwas genervt von Gina, die bei jedem Donner schrie, dass sie den anderen Weg hätten nehmen sollen.

Als sie schließlich wieder im Cottage waren, ließ er Gina zuerst duschen, und als er dran war, war kein heißes Wasser mehr übrig. Anschließend musste er wieder in die nasse Jeans steigen. Das Cottage fühlte sich kühl und feucht an, während draußen ein steter Verkehrsstrom vorbeirauschte.

»Wir könnten ein Feuer machen«, sagte Gina und blickte auf die Scheite im Kamin.

»Ich glaube, die sind nur zur Dekoration«, sagte Alf. Er hatte noch nie ein echtes Feuer gemacht, Gina höchstwahrscheinlich auch nicht. Er wollte kein Risiko eingehen und die ganze Hütte in Brand stecken, falls der Kamin nicht gereinigt war.

»Wollen wir was beim Chinesen bestellen?«, fragte Gina.

»Ich glaube nicht, dass es im Lake District einen Lieferservice gibt«, sagte er.

»Dann muss ich uns fahren, oder?«, fragte sie.

»Sieht so aus.«

Er hatte sich so viel Mühe bei der Vorbereitung gegeben, und trotzdem geschafft, es zu vermasseln.

Am Sonntagmorgen war der Himmel wieder klar, und die Sonne leuchtete um die Ränder der geblümten Vorhänge herum. Alf schlich auf Zehenspitzen nach unten, um Kaffee zu kochen.

Er hatte alles perfekt für Gina machen wollen, und das war missglückt, doch sie sagte, so sei es, als wären sie in einer romantischen Komödie gelandet, in der alles schieflaufe. *So* schief war es zwar auch wieder nicht gelaufen, aber Alf wusste, was sie meinte.

Gina streckte sich und gähnte, als er den Kaffee neben ihr abstellte.

»Der heutige Tag geht auf meine Rechnung«, sagte sie. »Frauen dürfen an ihrem Geburtstag nicht zu sehr verwöhnt werden, und Dad hat mir Geld geschickt, damit wir uns amüsieren.«

»Du hast deinem Vater von uns erzählt?«, fragte Alf überrascht.

»Er hat etwas geahnt. Er hat kein Problem damit.«

Während er unten in der Küche gewesen war, hatte Gina Spa-Hotels herausgesucht. Das, zu dem sie schließlich fuhren, war derart protzig, dass es Alf peinlich war, in schmutzigen

Turnschuhen zum Empfang zu gehen, doch man stattete sie sofort mit Bademänteln und in Plastik eingeschweißten Schlappen aus. Für zwei Uhr hatte Gina eine Massage für sie beide gebucht. Alf war noch nie in seinem Leben massiert worden, doch nach der anfänglichen Angst, er könnte dabei einen Steifen bekommen, konnte er sich vorstellen, sich daran zu gewöhnen. Gina, die ein Gespräch mit der Masseurin angefangen hatte, verstummte allmählich, und mit dem Gesicht nach unten, umgeben vom Duft ätherischer Öle und sanfter Musik, die wie Meeresrauschen klang, fühlte sich der Raum unheimlich friedlich an.

Anschließend tranken sie Tee in einem Gewächshaus voller Palmen und aßen kleine Sandwiches, Scones mit Clotted Cream und winzige Kuchen, die auf einer dreistöckigen Etagere serviert wurden. Sie schmeckten intensiv nach Schokolade und Passionsfrucht und nach irgendetwas Rosafarbenem, das er nicht sofort zuordnen konnte. Gina erklärte ihm, es handele sich um Rosenwasser.

»Weißt du was?« Sie beugte sich über den Tisch. »Ich habe uns für die Nacht ein Zimmer gebucht.«

»Aber meine Prüfung ist morgen Mittag!«, protestierte er.

»Und ich muss morgen früh arbeiten. Wir können uns ausruhen und früh ins Bett gehen. Wir können sogar noch ein bisschen lernen, wenn du willst. Morgen früh fahren wir zurück. Es ist sicher weniger Verkehr, wenn wir nicht mit allen zurückfahren, die von ihrem Wochenende aus den Lakes heimkehren. Dir bleibt noch jede Menge Zeit, um nach Hause zu fahren und dich vor der Prüfung frisch zu machen.«

»Aber …« Alf war sich sicher, dass etwas Überzeugendes dagegensprach, das Argument waberte irgendwo in seinem Hinterkopf, doch er bekam es nicht zu fassen.

»Komm, sieh dir das Zimmer wenigstens an«, sagte Gina.

Das Bett war riesig, die Kissen waren himmlisch weich.

»Ich sorge dafür, dass du gut schlafen kannst«, sagte Gina und löste den Gürtel um ihren Bademantel.

28

Juli

LETTY

Eine von Frances' Kolleginnen hatte ihr ein Papier mit einem Tortendiagramm gegeben, auf dem »Die Phasen der Trauer« abgebildet waren. Es beruhigte Frances offenbar, schwarz auf weiß zu lesen, dass Lettys Reaktionen nicht ungewöhnlich waren und dass sie es nach Schock, Wut und Schuld irgendwann akzeptieren würde. Letty, die ihrer Mutter nicht erzählen konnte, dass ihr Leid und ihre Hoffnungslosigkeit nicht allein Marinas Tod geschuldet waren, half es jedoch nicht wirklich, dass Frances ihr regelmäßig die Phasen der Trauer vor die Nase hielt. Am liebsten hätte sie ihr das Papier aus der Hand genommen und in Stücke gerissen.

Frances riet Letty, sich lieber nicht von dem Kleid zu trennen, das sie getragen hatte, als Marina gestorben war. Sie sei jetzt wütend, und das sei natürlich, erklärte sie ihrer Tochter, doch es gebe keinen Grund, wütend zu sein, und das werde sie mit der Zeit einsehen.

»Ich bin nicht wütend!«, schrie Letty und jagte Frances damit aus dem Zimmer, weil Letty sonst nie die Stimme erhob.

Sie war weder wütend auf das Kleid noch auf Marina, aber auf Ivo und auf Oscar und Raj, die unbeirrt ihre Hochzeit in Griechenland planten. Wie konnten sie nur an Feiern denken?

Doch hauptsächlich war sie wütend auf Frances, weil sie diejenige war, die die Entscheidungen in der Familie traf. Und sie hatte entschieden, ihr nichts zu sagen, bis sie nach Hause kam. Sie habe ihr das schöne Wochenende nicht verderben wollen, sagte sie. Doch wenn sie das getan hätte, hätte Letty die Nachricht auf dem Boot von Burano zurück nach Venedig erhalten, und alles wäre anders gekommen.

»Hast du versucht, mich zu warnen?«, fragte Letty manchmal das leere Bett, vor dem sie oft kniete, um mit ihrer Großmutter zu sprechen, als würde sie noch leben.

Dann siegte ihr logisches Denkvermögen. Es war absolut unmöglich, dass Marina bewusst den heftigen Schlaganfall herbeigeführt hatte, an dem sie gestorben war, damit Frances Letty in Venedig anrief und ihr dadurch das Horrorerlebnis jenes Abends ersparte.

Nach der ersten schnellen Nummer hatte sich Letty im Danieli im Bad eingeschlossen und überlegt, was sie tun sollte. Sie war sich sicher, dass Spencer es wieder versuchen würde, und sei es nur, um zu beweisen, dass er normalerweise nicht so schnell kam wie ein frustrierter Teenager. So, wie er sie auf dem Bett festgehalten hatte, glaubte sie kaum, dass er ein Nein akzeptieren würde. Sie hatte ihr Telefon nicht mit ins Bad genommen und konnte nicht nachsehen, ob am Abend noch Flüge gingen. Doch auch wenn es welche gab, konnte sie sich die wahrscheinlich nicht leisten. Ganz bestimmt hatte sie nicht das Geld, um mit dem Wassertaxi zum Flughafen zu fahren, und bis sie herausgefunden hatte, wie sie mit öffentlichen Verkehrsmitteln dorthin kam, war der letzte Flug ziemlich sicher schon weg. Wenn sie nicht aus Venedig fortkam, konnte sie vielleicht wenigstens das Hotel verlassen, doch dazu müsste sie ihre Sachen packen. Würde er das zulassen? Als sie meinte, die Zimmertür gehört zu haben, hoffte sie, er wäre ausgegangen, und beschloss, einen Fluchtversuch zu unternehmen. Doch als sie die Badezimmertür öffnete, stand er da, ein Champagnerglas in der Hand, ein weiteres neben einem Kühler auf dem Tisch. Winzige Bläschen stiegen durch das helle Gold nach oben.

»Auf uns!«, sagte er und hob das Glas.

»Ich habe Kopfschmerzen«, erklärte Letty.

»Champagner ist die beste Medizin.«

Er glaubte ihr nicht. Warum sollte er auch? Die Kopfschmerzen waren erfunden, und sie war nicht gut im Schwindeln.

»Es tut mir wirklich leid, aber ich glaube, das war ein Fehler …«, setzte sie an.

Spencer stellte das Glas auf dem Tisch ab. Sein Blick war dunkler als jemals zuvor.

»Du bist wirklich das feigste Flittchen, dem ich je begegnet bin«, sagte er.

»Es tut mir leid«, sagte sie und versuchte zu weinen – wenn sie weinte, hatte er doch bestimmt Mitleid mit ihr? –, doch die Angst hatte irgendwie alle Gefühle ausgeschaltet.

Er nahm das zweite Champagnerglas und drückte es ihr in die Hand.

»Trink«, befahl er.

Als der Zimmerservice mit einem ganzen Hummer und einer weiteren Flasche Champagner kam, war er schon wieder auf ihr. Dass er aufstand, sich einen Bademantel überzog, den Kellner hereinließ und ihm großzügig Trinkgeld gab, während sie auf dem Bett lag, erniedrigte sie mehr als die Art, wie er ihren erstarrten Körper in jede beliebige Position bog. Als sie versuchte, sich zu wehren, legte er Daumen und Zeigefinger um ihren Hals, nicht so fest, dass er sie würgte, aber fest genug, um ihr zu zeigen, dass er könnte, wenn er wollte.

»Du würdest es viel mehr genießen, wenn du dich einfach entspannen würdest«, sagte er.

Letty zählte dreimal, aber vielleicht waren es auch mehr. Der Champagner half gegen den Schmerz, also trank sie noch mehr und verlor das Bewusstsein, nur um mit dem Gefühl wieder aufzuwachen, sie müsste würgen, weil er wieder in ihr war.

Am Morgen stand er am Fenster und trank Cappuccino, während das Zimmer vibrierte, weil ein Kreuzfahrtschiff, groß wie ein Mietshaus, auf unwirkliche Weise hinter ihm vorbeiglitt.

»Wenn sie nicht aufpassen, töten sie die goldene Gans noch mit diesen Dingern«, sagte er.

Auf dem Tisch stand ein weiterer Cappuccino, den er ihr ans Bett brachte. Dann streckte er die Hand aus, um ihr eine Haarsträhne aus dem Gesicht zu streichen.

»Du bist wunderschön«, sagte er und lächelte, als sie instinktiv vor ihm zurückwich. Dann sprang er zur Seite, als sie sich die Hand vor den Mund schlug und ins Bad rannte, um sich zu übergeben.

Als sie schließlich wieder herauskam, sagte er mit besorgter Miene: »Nimmst du die Pille?«

Er glaubte doch wohl nicht, dass man schon wenige Stunden danach unter Morgenübelkeit leiden konnte? Jetzt war es etwas zu spät, sich Sorgen zu machen.

Sie nickte, obwohl das nicht stimmte, aber sie konnte den Gedanken nicht ertragen, dass er auch nur eine Sekunde glaubte, er könnte sie vielleicht geschwängert haben.

Seit ihrer Essstörung kam Lettys Periode unregelmäßig. Sie kaufte einen Schwangerschaftstest und traute dem Ergebnis erst, nachdem mehrere weitere Tests negativ ausfielen. Sie wusste auch, dass sie sich auf sexuell übertragbare Krankheiten untersuchen lassen sollte. Auch wenn sie keine Symptome zeigte, war es gefährlich, dass sie mit einem Mann Sex gehabt hatte, der ohne Schutz mit einer quasi Fremden schlief.

Die Abteilung befand sich im selben Krankenhaus, in dem auch Marina gelegen hatte. Auf dem Weg dorthin kam der junge Arzt, der bei ihrer Großmutter den ersten Schlaganfall diagnostiziert hatte, mit einem Lächeln auf sie zu, das jedoch verblasste, als Letty geradewegs an ihm vorbei in die orthopädische Ambulanz lief. Dort wartete sie einige Minuten, ehe sie sich wieder in den Flur traute.

Die Miene der Schwester blieb neutral, als Letty zugab, ungeschützten Sex mit einem Mann gehabt zu haben, den sie kaum kannte. Als sie jedoch sagte: »Ich wollte es nicht«, wechselte die Miene der Schwester zu besorgt.

Letty verließ das Krankenhaus mit einer Broschüre für Vergewaltigungsopfer.

War sie vergewaltigt worden? Konnte man innerhalb von zehn Sekunden zustimmen und seine Zustimmung zurückziehen? Theoretisch ja, natürlich, aber es war nicht wichtig, weil niemand ihr glauben würde.

In der Broschüre stand, es helfe, mit jemandem zu sprechen. Sie konnte nicht riskieren, es Frances zu erzählen. Die wäre wahrscheinlich der Meinung, Letty sollte Anzeige erstatten. Doch dann müsste sie ihr erzählen, dass sie freiwillig nicht nur ein, sondern gleich zwei teure Wochenenden mit einem Mann verbracht hatte, den sie über eine Website kennengelernt hatte, die junge Frauen mit Sugar Daddys verkuppelte.

Was hatte sie sich nur dabei gedacht? Wie hatte sie so dumm sein können? Und hielt man den Frauen nicht stets ihre Vergangenheit vor? Joshs Film war wahrscheinlich noch irgendwo im Internet zu finden. Sie steckte in einem nicht endenden Kreislauf der Scham.

Es war ein Fehler gewesen, das Kleid zum Charity-Shop zu bringen, aber nicht aus den Gründen, die Frances vorgebracht hatte. Es war so schön, dass sie es der Puppe im Schaufenster anzogen, und egal, ob sie zum Beerdigungsinstitut fuhren, um den Sarg auszusuchen, oder zum Blumenladen, um den Blumenschmuck zu bestellen, oder zu Rollo, um den Ablauf der Trauerfeier zu besprechen – jedes Mal fuhr ihr Vater an dem Laden vorbei, und jedes Mal, wenn Letty das Kleid sah, wurde sie wieder aufs Neue an alles erinnert. Hätte sie das Kleid doch einfach zurück in den Koffer am Fußende von Marinas Bett gelegt.

Als sie zum dritten Mal an dem Schaufenster vorbei kamen, befiel Letty zusätzlich Panik, als ihr einfiel, dass Spencer womöglich ebenfalls daran vorbeifahren könnte. Soweit sie wusste, könnte es auf seinem Arbeitsweg liegen. Wenn er es sah, wusste er, in welcher Gegend sie wohnte, was sie ihm nicht erzählt hatte. Nach Venedig hatte sie das Telefon ausgeschaltet und traute sich nicht nachzusehen, ob er versucht hatte, Kontakt zu ihr aufzunehmen. Eine schlaflose Nacht später entschied sie, in den Laden zurückzugehen und das Kleid selbst zu kaufen. Doch als sie dort eintraf, hing es nicht länger im Fenster. Letty fragte die Verkäuferin, wo es sei, und erfuhr, dass es gerade verkauft worden war.

»An eine Frau?«

Die Verkäuferin warf ihr einen skeptischen Blick zu.

»An eine bekannte Persönlichkeit. Ich darf Ihnen natürlich nicht sagen, an wen. Sagen wir einfach ein Model, das in Primrose Hill lebt.« Sie zwinkerte ihr zu, als wüsste Letty, von wem sie sprach.

Anscheinend hatte wer auch immer es gewesen war einhundertfünfzig Pfund dafür bezahlt.

Letty starrte auf die Karte, die hinter der Kasse an der Wand hing, und überlegte, wie viel von einer Ziege oder einem Bienenstock oder von einer Schule in Afrika damit wohl finanziert werden konnte. Leicht benommen verließ sie das Geschäft.

Marinas Tod spaltete die Familie schon, bevor überhaupt herauskam, dass sie versäumt hatte, ein neues Testament aufzusetzen. Rollo, der das jüdische Erbe seines Vaters ernster nahm als Ivo, wollte, dass Marina im Sarg beigesetzt wurde. Frances bestand darauf, Marina habe ihr erklärt, sie wolle verbrannt werden und die Asche solle in Italien verteilt werden. Letty unterstützte sie, aber Ivo sagte, er könne sich nicht erinnern, dass seine Mutter sich ihm gegenüber eindeutig geäußert hätte.

»Ich ergreife nicht gern Partei«, sagte er.

»Aber das tust du, verdammt, verstehst du das nicht?«, schrie Frances ihn an. »Denn wenn du mir nicht zustimmst, dann macht dein Bruder, was er will! Du übernimmst einfach nicht gern Verantwortung«, erklärte sie. »Aber Herrgott, deine eigene Mutter …!«

»Ich hatte ja keine Ahnung, dass ihr euch so nah gestanden habt«, sagte ihr Vater sarkastisch.

»Ach, du kannst mich mal!«, schrie Frances. »Ich versuche nur, ihr ihren letzten Wunsch zu erfüllen. Aber ich bin schließlich nur eine Frau, genau wie sie – unsere Meinung zählt eben nichts. Selbst in diesem Fall nicht!«

»Nur du bist in der Lage, daraus eine frauenpolitische Angelegenheit zu machen!«

»Bitte, lasst uns einfach eine Entscheidung treffen«, hatte Rollo gesagt.

Marina wurde nach einer katholischen Messe beigesetzt. Ironischerweise war Frances die Einzige, die wusste, wann man sich hinkniete und wann man wieder aufstand, denn sie war katholisch aufgewachsen, wohingegen Ivos und Rollos Vater Max darauf bestanden hatte, sie als Atheisten zu erziehen.

Es war eine trostlose Trauerfeier, an die sich ein trostloser Leichenschmaus in einem italienischen Restaurant anschloss, in dem Marina nie gewesen war.

Letty verbachte ganze Wochen im Bett, obwohl sie kaum schlafen konnte. Essen konnte sie auch nichts. Schon bei dem Gedanken an Essen wurde ihr übel. Sie war so empfindlich, dass schon belanglose Dinge einen Heulkrampf auslösen konnten. Selbst ihre Bücher lagen unangerührt auf dem Schreibtisch, denn in der Literatur fand sie keinen Trost mehr.

Eines Nachts träumte sie, dass sie in Marinas Schlafzimmer am Fenster stand und ihre Großmutter, die hinter ihr im Bett lag, sagte: »Schönen Frauen wird immer die Rolle der Madonna oder die der Hure zugewiesen. So versuchen die Männer, sie unter ihre Kontrolle zu bringen.«

Letty wachte in der tiefen Überzeugung auf, dass sie ihre Großmutter tatsächlich hatte sprechen hören, und einen glücklichen Moment lang wollte sie in Marinas Zimmer stürmen und ihr alles erzählen. Doch dann fiel ihr ein, dass sie nicht mehr da war.

Vielleicht hatte Marina das tatsächlich einmal gesagt, dachte Letty, schloss die Augen und versuchte, sich zu erinnern. Vielleicht bei einem sonntäglichen Mittagessen während einer Auseinandersetzung mit Frances? Vielleicht, als Marina ihr die Handlung von »La Traviata« erklärt hatte. Marina hatte die Oper mit Letty schon gesehen, als diese noch eine wissbegierige Neunjährige war, die fragte, warum ihre Namensvetterin Violetta nicht mit Alfredo zusammen sein könne – dem Mann, der sie liebe.

Marina war immer noch bei ihr. Nicht weil sie als Gespenst durchs Haus geisterte, sondern weil sie so viel Zeit zusammen verbracht hatten. Letty wusste, was Marina sagen würde, auch wenn sie nicht länger da war, um es selbst zu sagen. Die Menschen lebten weiter – nicht nur durch ihre Gene, sondern auch durch ihre Geschichten. Und das war ein großer Trost.

29

August

Alf

Als Alf seine Abiturergebnisse abholte, war er aufgeregter als jemals vor einem Auftritt, auch wenn er wusste, was passieren würde. Mit zitternden Fingern öffnete er den Umschlag. Eine Überraschung gab es immerhin. In Theater hatte er ein A bekommen, damit hatte er nicht gerechnet. Für die Abiturprüfung in Englisch war ein anderer Prüfungsausschuss zuständig. Seine Note stand auf einer zweiten Seite. Alf wusste, was dort stehen würde, doch ehe er es nicht gesehen hatte, konnte er sich noch an die Hoffnung klammern, dass es einen Ausweg gab.

Um ihn herum fielen sich Mädchen kreischend in die Arme. Niemand kam zu ihm, um zu fragen, wie er abgeschnitten hatte – vielleicht wegen seines Gesichtsausdrucks. Vielleicht auch, weil er auf Abstand gegangen war, seit sie die Schule offiziell für die Prüfungsvorbereitung verlassen hatten. Alf war nicht zum Abschlussball gegangen. Er wollte nicht in die Situation kommen, mit Sadie tanzen oder reden zu müssen. Wenn irgendjemand ahnen würde, was vor sich ging, dann sie.

Mit dem Umschlag in der Hand verließ Alf das Gebäude, doch er sah erst nach, als er außerhalb des Geländes war.

Unbenotet.

Das hieß, er war durchgefallen.

Er rang nach Luft.

Jetzt musste er es seiner Mutter erzählen und sich ihrem Tränenausbruch und ihrer Wut stellen. Sie hatte gesagt, die Prüfungsergebnisse seien egal, aber dass er sie angelogen hatte, war ihr sicher nicht egal.

Aber wenn er nicht gelogen hätte, hätte Gina ihren Job verloren. Und es würde für immer in ihrem Lebenslauf stehen, wohingegen Alf noch eine Chance hatte. Mr. Marriot konnte bei der Prüfungskommission Einspruch einlegen. Mr. Marriot vergötterte ihn. Oder Alf könnte die Prüfung wiederholen. Oder die Tanzschule würde eine Ausnahme machen …

Alle Argumente, die Gina vorgebracht hatte, während sie knietief in den Brennnesseln neben der M6 gestanden hatten, hatten überzeugend geklungen.

Nachdem er das Ergebnis nun schwarz auf weiß sah, wusste Alf, dass nichts davon passieren würde. Er hatte intensiv nachgedacht und dennoch nicht gewusst, wie er sich rechtfertigen sollte, ohne Gina die Schuld zu geben. Und das galt es, mit allen Mitteln zu vermeiden.

Auf der Rückfahrt aus den Lakes war ihnen ein Reifen geplatzt. Sie waren auf der mittleren Spur gefahren, und Gina war zum Glück nicht in Panik geraten. Sie hatte das Lenkrad festgehalten und die Warnblinkanlage eingeschaltet, hatte erst im Rückspiegel den Verkehr überprüft und das Auto dann sicher auf den Seitenstreifen gelenkt. Erst, als sie standen, wurde ihr bewusst, welcher Gefahr sie gerade entkommen waren. Es hatte eine Weile gedauert, sie so weit zu beruhigen, dass sie den Pannendienst anrufen konnte. Am

Telefon wies man sie an, das Auto zu verlassen, über die Leitplanke zu steigen und dort zu warten. Doch es herrschte der an einem Montagmorgen übliche Berufsverkehr, und als der Pannendienst schließlich eintraf, konnte Alf es unmöglich noch rechtzeitig nach Blackpool zur Prüfung schaffen.

Um acht Uhr morgens hatte Gina die Schule angerufen, um Bescheid zu sagen, dass sie später kommen werde.

Wenn Alf bei Verstand gewesen wäre, hätte er wahrscheinlich Gary angerufen, damit der ihn abholte. Doch als Gina ihn anschrie, dass man sie nicht zusammen sehen dürfe, hatte er beschlossen zu warten und gehofft, dass der Pannendienst rechtzeitig kommen würde. Als der um zwölf Uhr immer noch nicht da war, hatte er in der Schule angerufen und behauptet, er habe einen Magen-Darm-Infekt und fürchte, nicht an der Prüfung teilnehmen zu können.

Er hatte allerdings nicht damit gerechnet, dass Mr. Marriot bei ihm zu Hause anrief, um sich zu erkundigen, wie schlecht es Alf wirklich gehe, denn die Prüfung sei sehr wichtig. Daraufhin rief Donna Alf an, um zu fragen, was verdammt noch mal los sei. Und dann machte er es noch schlimmer, weil er ihr erzählte, er habe einen Unfall gehabt, was sie in Panik versetzte, obwohl er sagte, dass es ihm gut gehe.

Das Problem mit dem Lügen war, dass sich eine kleine Lüge leicht zu einem komplizierten Lügengeflecht auswachsen konnte. Als er schließlich zu Hause auftauchte, war Donna so froh, ihn heil wiederzusehen, dass er nicht zu sehr ins Detail gehen musste, und als sie ihn fragte, was aus der Abiturprüfung werden würde, behauptete er, alles sei in Ordnung. Er könne sie, wenn nötig, wiederholen.

Mr. Marriot allerdings ließ sich nicht so leicht etwas vormachen. Vielleicht hatte er Gerüchte gehört. Vielleicht war es ein zu großer Zufall gewesen, dass Miss Jones genau an diesem Tag ebenfalls nicht zur Arbeit erschienen war, an dem Alf mit einer fadenscheinigen Ausrede seine Prüfung verpasste.

»Ich kann mich nicht für dich einsetzen, wenn ich weiß, dass du mich anlügst, Alf«, hatte er geduldig erklärt und ihn nicht aus den Augen gelassen, obwohl Alf alles tat, um seinem Blick auszuweichen. »Ich frage dich also noch einmal: Was ist hier los? Du bist ein anständiger Kerl, Alf, aber bitte opfere deine Zukunft nicht für jemand anderen.«

Alf vermutete, dass sie Gina nichts anhaben konnten, solange es sich um reine Spekulation handelte. Wenn er nichts zugab, würde ihr nichts passieren.

Mr. Marriot erklärte, er sei sehr enttäuscht von ihm, was schlimmer war, als wenn er wütend gewesen wäre.

Gina war davon überzeugt, dass Mr. Marriot das nur sagte und irgendwann einlenken würde.

Jetzt, nachdem Alf mit dem Ergebnis in der Hand vor dem Schultor stand, sah er den Englischlehrer in sein Auto steigen, und für einige Sekunden schöpfte er erneut Hoffnung. Doch Mr. Marriot fuhr an ihm vorbei, ohne das Fenster herunterzulassen und zu fragen, wie er abgeschnitten habe. Sicher wusste er es bereits. Die Lehrer erhielten die Ergebnisse einen Tag vor den Schülern, damit sie diejenigen anrufen und beraten konnten, die es nicht geschafft hatten. Mr. Marriot hatte ihn abgeschrieben.

In gewisser Weise war das erleichternd, denn jetzt konnte er überlegen, was er tun sollte. Zuerst machte er sich auf den Weg in Richtung von Ginas Wohnung, doch dann machte er kehrt und ging nach Hause, weil er merkte, dass er jetzt nicht mit Gina zusammen sein wollte – sie würde Sex und Zärtlichkeit wollen und ihn beruhigen, dass alles in Ordnung komme. Klar wollte sie ihn nicht unglücklich sehen, aber sie wollte auch kein schlechtes Gewissen haben. Darum musste sie immer so tun, als wäre es nicht so schlimm.

Er musste es jetzt seiner Mutter sagen. Es hatte ihn fertiggemacht, sie die ganze Zeit über anzulügen. Jetzt würde es wenigstens herauskommen. Es tut mir leid, dass ich dich enttäuscht habe. Es tut mir leid, dass ich eine Chance weggeworfen habe. Aber ich sorge dafür, dass du stolz auf mich sein kannst, Mum. Versprochen.

Er wollte von ihr in den Arm genommen werden und hören, wie sie sagte: »Ich bin immer stolz auf dich.«

Selbst, wenn sie es jetzt nicht ganz so meinte, aber sie war seine Mutter, und dazu hatte man doch schließlich eine Familie, oder? Damit sie für einen da war, egal, was passierte.

Donna saß noch immer am Küchentisch, wo er sie am Morgen zurückgelassen hatte, als er zur Schule gegangen war. Sie tat, als wäre alles normal, doch für sie war es ganz und gar nicht normal, dazusitzen und nichts zu tun. Nachdem sie den Frühstückstisch abgeräumt, den Abwasch gemacht und den Tisch abgewischt hatte, holte sie normalerweise die Nähmaschine heraus oder schlug sich mit ihren Rechnungen herum. Gary hatte eine Software für sie heruntergeladen, die ihr die Buchhaltung erleichtern sollte, ihrer Meinung nach aber doppelt so viel Arbeit machte. Als Alf hereinkam, versuchte sie mit allen Mitteln, eine neutrale Miene zu bewahren, doch ihr unsteter Blick zeigte, dass sie das Beste hoffte und das Schlimmste fürchtete. In diesem Moment liebte er sie so sehr und fühlte sich so schlecht, sie zu enttäuschen, dass er sie nicht ansehen konnte.

»Ich bin in Englisch durchgefallen.«

»Das ist ein Witz, oder? Das *muss* ein Witz sein, Alf!«

»Kein Witz. Aber in Theater habe ich ein A!«

Er versuchte so sehr, nicht zu weinen, dass er schnippisch klang.

»Du bist durchgefallen?«

»Das war die Prüfung, die ich verpasst habe.«

»Aber du kannst sie wiederholen ...«

»Kann ich nicht. Mach ich nicht.«

»Was nun? Kannst du nicht oder willst du nicht?«

»Ich habe mich entschieden, nicht auf die Tanzschule zu gehen.« Alf konnte die Frage immer noch nicht direkt beantworten. »Ich will mich nicht so hoch verschulden.«

»Aber Gary und ich haben für dich gespart, und Mum und Dad haben auch etwas zur Seite gelegt. Wir werden dir alle helfen ...«

»Ich sehe einfach keinen Sinn darin.«

»Keinen Sinn? Der Sinn ist, dass du begabt bist! Dass wir alle an dich glauben ... Alfie ... was ist los mit dir?«

Er hatte gedacht, seine Mutter wollte nicht, dass er nach London ging. Niemand hatte ihm erzählt, dass sie ihn unterstützen wollten. Aber wie hätten sie das auch tun sollen? In den letzten Monaten war er nur selten so lange zu Hause gewesen, dass ein richtiges Gespräch entstanden wäre.

Alf konnte die Tränen nicht mehr zurückhalten. Sie brachen wie ein Husten aus ihm heraus, als würde er all die Lügen herauswürgen, die wie zäher Schleim in seinen Lungen festgesessen hatten. Er spürte seine Mutter neben sich, die nicht wusste, ob sie ihn berühren sollte oder nicht. Und auch das war seine Schuld, denn wann immer sie ihn etwas gefragt hatte, was er nicht beantworten wollte, hatte er ihr vorgeworfen, sie würde auf ihm herumhacken. Darum wusste sie nicht mehr, wie sie ihn trösten sollte. Er hatte sie ein Leben lang wie ein rohes Ei behandelt, und jetzt hatte er sie dazu gebracht, dasselbe mit ihm zu tun, und dafür hasste er sich.

»Alfie«, sagte sie sanft. »Ich muss es wissen. Und ich verspreche dir, es niemandem zu erzählen. Nimmst du Drogen?«

Wie weit hatten sie sich voneinander entfernt, dass sie so etwas überhaupt denken konnte.

»Nein«, sagte er und schniefte.

»Ist es eine Frau?«

Er schwieg.

»Ist sie verheiratet, Alf?«

Er schämte sich, dass seine Mutter sich seinetwegen deutlich mehr Sorgen gemacht hatte als nötig.

»Nein. Sie ist nicht verheiratet.«

»Ist sie in Schwierigkeiten? Ich meine …«

Sie meinte schwanger.

»Nein! Natürlich nicht!«

»Wer ist sie?«

Er war es seiner Mutter schuldig, es ihr zu erzählen. Er wollte es ihr erzählen. Er wollte ihr sagen, dass es nicht war, wonach es aussah. Aber er hatte es Gina versprochen.

»Ich selbst habe die Prüfung vermasselt«, sagte er. »Es ist allein meine Schuld.«

Die Stille in der Küche schien ihn zu umfangen und in sich hineinziehen zu wollen, als könnte er sich nicht von ihr befreien, ohne die Wahrheit zu sagen.

Er ging zum Kühlschrank, um sich etwas zu trinken zu holen. In der Tür stand neben vier Tüten Milch eine Flasche echter Champagner.

Er drehte sich um und sah, dass auf dem Schoß seiner Mutter ein Umschlag mit seinem Namen lag.

Sie hatten an ihn geglaubt. Sie hatten Champagner und eine

Glückwunschkarte gekauft. Vermutlich hatten sie in der Tanzschule zu seinen Ehren eine Überraschungsparty organisiert. Alf hatte sich noch nie in seinem Leben so mies gefühlt.

Er schloss den Kühlschrank und zog sich in den Flur zurück.

»Das haben wir nicht verdient, Alf«, sagte seine Mutter mit erhobener Stimme, als sie merkte, dass er wieder ging. »Wenn du jetzt gehst, ohne mir etwas zu erklären, dann brauchst du gar nicht erst wiederzukommen!«

Sie blufft, dachte er, als er die Haustür hinter sich zuzog.

»Also, ich weiß, es tut weh, aber eigentlich ist es doch viel einfacher, wenn du hier wohnst, oder nicht?«, sagte Gina.

Sie kam aus der offenen Küche, setzte sich neben ihn aufs Sofa und nahm seine Hand. Es war großzügig von ihr, ihm sofort anzubieten, bei ihr einzuziehen, aber er erwartete etwas mehr Diskussion, vielleicht ein bisschen mehr Mitgefühl. Man zog zusammen, weil beide es wollten, nicht aus einer Notsituation heraus. Ihm missfiel die Vorstellung, das Gefühl, zu viel Platz einzunehmen, gegen Dankbarkeit eintauschen zu müssen und sich nicht wirklich zu Hause zu fühlen.

»Ich kann mich nicht mein ganzes Leben lang verstecken«, sagte Alf.

Gina lächelte und strich ihm die Haare aus dem Gesicht.

»Du gehst jetzt nicht mehr zur Schule. Du bist fast neunzehn. Ich meine, ich sage nicht, dass wir eine Anzeige in die Zeitung setzen sollten, aber wir müssen nicht mehr ständig aufpassen!«

Es dauerte einen Moment, bis er die Bedeutung ihrer Worte begriff.

»Das hättest du früher sagen können!«

Es klang wütender als beabsichtigt. Gina rückte auf dem Sofa ein wenig von ihm ab.

»Du hast nicht danach gefragt«, sagte sie. »Du hast mir noch nicht mal eine Nachricht geschickt, dass du ein A in Theater bekommen hast, was du bei alledem anscheinend vollkommen vergessen hast, Alf. Ich meine, ein A in Theater ist wirklich gut. Es ist nicht so, als hättest du nichts.«

Es klang, als hielte sie ihn für undankbar.

»Du hast es gewusst?«

Natürlich wusste sie es. Sie war gestern in der Schule gewesen und hatte ihr Klassenzimmer für das neue Schuljahr vorbereitet. Hatte sie Mr. Marriot etwa gefragt?

»Warum fahren wir nicht weg? Ich habe noch eine Woche Ferien«, schlug Gina vor. »Wenn wir zurückkommen und jemand fragt, sagen wir, wir sind gerade erst zusammengekommen.«

Da er jetzt nicht nach London ging, könnte er mit ihr wegfahren. Die Vorstellung war verlockend. Doch irgendwann würde er zurückkommen, und nichts hätte sich geändert.

»Ich kann nicht einfach wegfahren und Mum allein lassen«, sagte er.

»Ich dachte, sie hätte dich rausgeworfen.«

»Nicht wirklich, nicht, wenn ich es ihr erkläre ...«

»Du meinst, wenn du ihr erzählst, dass du meinetwegen durch die Prüfung gefallen bist?« Jetzt war Gina den Tränen nahe.

»Das würde ich ihr nicht sagen!«

»Das wird sie aber denken«, beharrte Gina.

Ja, genau das würde Donna denken. Und in gewisser Weise stimmte es, oder etwa nicht? Wenn Gina nicht einfach das Zimmer in dem Luxushotel gebucht hätte, wäre das alles nicht passiert. Aber man konnte die Zeit nicht zurückdrehen. Wenn der Reifen so oder so auf der Autobahn geplatzt wäre, wer weiß, was im dichten Sonntagabendverkehr passiert wäre. Vielleicht hätten sie wirklich einen Unfall gehabt. Es hätte schlimmer sein können. Man konnte nicht ständig denken: »Hätte ich nur ...«

Niemand war gestorben, wie Gina oft sagte.

»Warte, bis sie sich etwas beruhigt hat ... Erzähl es ihr, wenn wir zurückkommen.« Sie rückte wieder näher. »Alles wird gut. Versprochen, Alf«, sagte sie, nahm seine Hand und schob sie unter ihr Sommerkleid. Sie trug nichts darunter.

Alle seine Freunde würden heute Abend ausgehen oder mit ihren Familien feiern. Wahrscheinlich würde Alf einige von ihnen später in der Pizzeria bedienen. Ihre Leben veränderten sich, in seinem hingegen schien Stillstand zu herrschen. Und dennoch, wenn er irgendeinen seiner Freunde gefragt hätte, was er lieber tun würde, ausgehen und sich besaufen oder Miss Jones vögeln, hätten die meisten ihm erklärt, was für ein Glückspilz er doch sei.

Als Alf nach der Arbeit zu Gina zurückkehrte, hatte sie bereits eine Woche Lanzarote gebucht. Ihm blieb gerade einmal ein Tag Zeit, um seinem Chef in der Pizzeria Bescheid zu sagen, worüber der nicht gerade erfreut war.

Noch mehr verbrannte Erde oder ein neuer Anfang. Das kam ganz auf die Perspektive an.

Als Alf nach Hause ging, um seinen Ausweis zu holen, war niemand dort. Er war bereits ein paarmal ohne seine Mutter geflogen, wenn er mit Aimee zu Wettbewerben ins Baltikum gereist war. Donna hatte ihm vor dem Flug immer eine Nachricht geschickt – Gute Reise. Hab dich lieb –, fast so, als wollte sie, dass das die letzte Nachricht war, die er sah, falls ihm etwas zustieß. Und er hatte immer zurückgeschrieben – Gelandet –, sobald sie angekommen waren. Er konnte nicht in ein Flugzeug steigen, ohne es ihr zu sagen.

Alf setzte sich an den Küchentisch und versuchte, eine Nachricht zu formulieren, doch nichts schien auszudrücken, was er sagen wollte. Schließlich schrieb er:

Liebe Mum, lieber Gary,
ich brauche eine Auszeit. Fahre auf die Kanarischen Inseln. Schreibe euch, wenn ich dort bin.
Es tut mir leid.
Alles Liebe, Alf

Wie sich bald herausstellte, hätten sie es ohnehin erfahren, denn der Taxifahrer, der sie um fünf Uhr morgens von Ginas Wohnung zum Flughafen brachte, war Terry – der Schlagzeuger der Stag Beetles. Er schien gar nicht zu bemerken, dass Alf sich nicht unterhalten wollte. Doch als er schließlich aufhörte, ihn mit Fragen nach seiner Zukunft zu bombardieren, wünschte Alf, er würde weiterreden, denn er sah, wie Terry jetzt Gina im Rückspiegel musterte. Es war noch früh am Morgen, darum war sie nicht geschminkt und sah jung aus, doch ihr Kofferset war nicht gerade das, was man von jemandem in Alfs Alter erwarten würde. Alf wusste, dass Terry seinen Eltern einen Bericht abliefern würde, und fragte sich, ob »zierlich, hübsch, blond, schicke Koffer« genügte, um Gina zu verraten.

Als Alf das Smartphone vor dem Flug ausschaltete, hatte er keine Nachricht. Er schrieb trotzdem Gelandet, als sie angekommen waren, erhielt jedoch keine Antwort.

30

Oktober

LETTY

Ein neues Studienjahr, ein neuer Anfang, dachte Letty, als sie am ersten Samstag ihres dritten Jahres in Oxford durch den Park zur Bodleian Bibliothek ging.

Der Himmel über den honigfarbenen Collegegebäuden von Oxford war fast so blau wie der in Griechenland, wo Oscar und Raj geheiratet hatten.

»Wie in ›Mamma Mia‹!«, hatte Oscar es sich gewünscht, was durchaus wörtlich zu verstehen war, wie sich herausstellte, denn Oscar hatte zu Beginn seiner Theaterkarriere bei der Erstaufführung des ABBA-Musicals dem Produzenten assistiert, und viele der Gäste auf seiner Hochzeit hatten schon in irgendeiner der Produktionen des Musicals irgendwo auf der Welt mitgespielt.

Die Hochzeit war perfekt. Die Sonne schien, der Wein floss, und viele der Darsteller sangen Lieder und verliehen der Feier den Charakter einer traumhaften Karaokeparty, bei der die Sänger genauso klangen wie die Originalkünstler. Alle sahen wunderschön aus und waren glücklich. Das reale Leben schien sehr weit weg zu sein.

Frances hatte auf einem Berg ein Haus mit Pool und freiem Blick aufs Meer gemietet. Im Garten gab es Feigenbäume voller grüner Früchte, aus denen das saftige rosa Fleisch hervorquoll, und die, wenn sie auf den Boden fielen, in der Sonne zu einer süßen, klebrigen Masse trockneten. Mit Joghurt und Honig von dem benachbarten Hof und Lammkoteletts vom Grill kehrte Lettys Appetit allmählich wieder, und in end losen Bahnen durch den Pool eroberte sie sich langsam auch ihren Körper zurück.

An den Nachmittagen saß Frances mit einem großen Strohhut im Schatten und las auf ihrem Kindle die Bücher, die auf der Longlist für den Booker Prize standen. Letty lag in der Sonne und befasste sich mit der Literaturliste für ihr drittes Jahr. Sie wollte sich an dem Ort auf die antiken griechischen Texte konzentrieren, an dem sie entstanden waren. Das Alphabet und viele Vokabeln des modernen Griechisch waren identisch, sodass sie die Straßenschilder und die Lokalzeitung lesen konnte, wenn sie in den Ort hinunterging. Doch die Aussprache war so anders, dass sie sich trotz eingeübter Sätze im Dorfladen mit Händen und Füßen verständlich machen musste.

Es war, als hätte die Familie stillschweigend vereinbart, weder Marina noch die Zukunft des Hauses in Belsize Park zu erwähnen, sondern einen zweiwöchigen Urlaub fern von allem zu genießen, einschließlich ihrer Handys. Frances, die immer für neue Herausforderungen zu haben war, erklärte nach nur zwei Tagen Abstinenz, das sei das Beste, was sie je getan habe. Letty hatte ihr Telefon noch nicht einmal mitgenommen. Darum war sie etwas überrascht, als sie Ivo, der seins im Allgemeinen genauso wenig benutzte wie sie ihres, frühmorgens neben dem Brunnen auf dem Dorfplatz stehen und aufgeregt in sein Gerät sprechen sah.

»Bis dann, Rollo«, sagte er und schaltete es schnell aus, als er Letty kommen sah.

»Dad!«, rief sie entrüstet.

»Ich weiß«, sagte er und lächelte sie an. »Ausgerechnet ich! Versprichst du, es nicht deiner Mutter zu erzählen?«

Es war wie die Pakte, die sie in den Ferien ihrer Kindheit geschlossen hatten. »Darf ich noch ein Eis haben?« »Nur, wenn du es nicht deiner Mutter erzählst.« Letty stimmte bereitwillig zu, und sie gingen Arm in Arm zurück zum Haus.

Am Abend, an dem sie nach London zurückkehrten, platzte Frances plötzlich mit einem Plan heraus, den sie offensichtlich den ganzen Urlaub über geschmiedet hatte. Sie wollte Rollo vorschlagen, das Haus in drei Wohnungen umzuwandeln. Eine könnte man verkaufen und das Geld zwischen beiden Parteien aufteilen. Mit einer könnte Rollo machen, was er wollte. Ivo, Letty und sie würden sich verkleinern und Souterrain und Hochparterre zu einer Maisonettewohnung umbauen, in der sie mehr als genug Platz hätten. Wenn das Geld reichte, könnten sie vielleicht sogar das Dachgeschoss nutzen und das Haus in vier statt drei Wohnungen umbauen, in eine davon könnte Letty dann nach der Uni ziehen.

Für Letty klang das nach einem Haufen Arbeit. Sie war überrascht, dass Frances so an dem Haus hing. Letty hatte ihr ganzes Leben dort verbracht, aber ohne Marina fühlte es sich nicht mehr so an wie vorher. Vielleicht sollten sie umziehen?

Ebenso überraschend war Ivos Entschlossenheit.

»Ich glaube, das wird nicht funktionieren«, sagte er. »Ein Neuanfang wäre sicher für alle das Beste.«

Er hatte selten eine so klare Meinung.

»Und meine Meinung zählt gar nicht?«, fragte Frances.

»Du kannst nicht immer deinen Willen bekommen …«

»Aber du bekommst, was du willst.«

Diese Art von Auseinandersetzung zwischen ihren Eltern war nicht neu, aber Letty war sich nicht sicher, ob Frances diesmal gewinnen würde. Am Ende gehörte das Haus der Familie ihres Vaters. Es war der einzige Fall, in dem seine Meinung über ihre triumphieren würde, insbesondere da Frances Ivos Zustimmung brauchte, wenn sie Rollo irgendwie von ihrem Plan überzeugen wollte.

Letty war ziemlich erleichtert, wieder in ihre Dachkammer in North Oxford fliehen zu können, mit ihrem sonnigen Ausblick auf die Baumkronen, die sich langsam von Gold in Terrakotta färbten.

Da sie das Schwimmen in Griechenland so genossen hatte, fand sie in Summertown ein Schwimmbad und kaufte sich ein gebrauchtes Rad, mit dem sie dorthin fahren konnte. Körperliches Training machte ihr Appetit. So konnte sie sicherstellen, dass sie aß, ohne allzu viel darüber nachdenken zu müssen. Das Schwimmen wurde ebenso Teil ihrer morgendlichen Routine wie, als Erste im Lesesaal der Bodleian Bibliothek zu sein.

Samstags öffnete die Bibliothek erst um zehn statt um neun, darum machte Letty an diesen Tagen auch erst um zwölf statt um elf eine Pause. Sie sah ihn, bevor er sie entdeckte, allerdings nur ein oder zwei Sekunden früher, nicht genug, um rasch kehrtzumachen und sich hinter der Eingangsschleuse zu verstecken, die Nicht-Studenten den Zugang verwehrte. Ihr Herz schlug heftig gegen ihre Rippen.

»Lange nicht gesehen«, sagte Spencer.

Sie hatte diesen Moment gefürchtet, doch nachdem Spencer wochen- und schließlich monatelang nicht aufgetaucht war, hatte sie sich allmählich eingeredet, dass er bekommen hatte, was er wollte, und sie vergessen hatte. Ein Mann wie er hatte kein Problem, eine willige Partnerin für luxuriöse Auszeiten zu finden. Doch wie ihr jetzt klar wurde, wusste sie eigentlich gar nicht, was für ein Mann er war.

»Kaffee?«, fragte er.

»Nein danke.«

Warum hatte sie sich nicht auf diese Situation vorbereitet? Zumindest überlegt, was sie sagen konnte?

»Dann Mittagessen?«

Sie könnte umdrehen und hoch in den Lesesaal gehen. Aber vielleicht würde er warten, und wenn die Bibliothek schloss, wäre es dunkel, und es wären weniger Menschen auf der Straße.

Besser, sie brachte es jetzt hinter sich.

»Ich habe keinen Hunger«, erklärte Letty. »Aber einen schnellen Kaffee …«

»Wie wäre es mit dem King's Arms? Ich könnte einen Pie vertragen.«

Es war früh genug, um dort noch einen Platz zu bekommen, doch der einzige freie Tisch lag direkt neben dem Spielautomaten, der unablässig vor sich hin dudelte, während die Symbole willkürlich potenzielle Geldpreise anzeigten.

Während Spencer am Tresen Essen bestellte, dachte Letty, wie seltsam es war, dass er den Namen des Pubs kannte, wusste, was es dort zu essen gab und wo man bestellte. War er schon mal hier gewesen? Hatte er bereits vor Beginn des Trimesters nach ihr gesucht? Es war ein Pub, sagte sie sich. In Pubs gab es normalerweise Pies. Vielleicht hatte er sich den Namen auf dem Weg zur Bibliothek gemerkt. Hatte sie ihm jemals erzählt, dass sie in der Bodleian arbeitete? Es war nicht schwer herauszufinden, welches die Hauptbibliothek für klassische Studien war, aber die Vorstellung, dass er womöglich nach ihr gesucht hatte, beunruhigte sie.

Sie würden sich etwas unterhalten, versuchte sie, sich zu beruhigen, dann wäre es vorbei. Sie sah auf die Uhr. Zehn nach zwölf. Um eins wäre sie frei. Sie trank einen Schluck Kaffee und war froh, dass er nicht sah, wie sehr ihre Hand zitterte, sodass sie die Tasse in eine Pfütze zurückstellte.

»Wie geht's der Oma?«, fragte er, als er an den Tisch zurückkehrte.

Es hatte sie schon immer gestört, wenn er Marina so nannte.

»Sie ist tot«, sagte sie.

»Oh, das tut mir leid.«

Sie schwieg.

»Hattest du einen schönen Sommer? Nein, offensichtlich nicht. Sorry«, sagte er. »Jedenfalls ...« Er hob sein Bierglas, das er sich von der Bar mitgebracht hatte. »Auf bessere Zeiten.«

Letty starrte auf die Tür. Sie wollte ihm nicht in die Augen sehen.

»Und? Gibt es noch andere Städte, die du gern besuchen würdest?«, fragte er.

Dachte er wirklich, sie würde Ja sagen, oder war das ein Scherz?

»Ich glaube, wir wollen nicht dasselbe«, drückte sie es schließlich etwas umständlich aus.

»Ach ja? Was willst du denn?«, fragte er.

Sie musste mutig sein, sagte sich Letty. Wie Frances, nicht wie Ivo. Manchmal musste man die Auseinandersetzung suchen.

»Ich will dich nicht mehr sehen«, sagte sie und fühlte sich kurz überlegen, weil sie es endlich ausgesprochen hatte.

»Gott, du bist so ein feiges Flittchen«, sagte er und legte

ihr unter dem Tisch, wo es niemand sehen konnte, die Hand aufs Knie.

Sie rückte energisch ihren Stuhl zurück und stieß dabei fast einen Mann mit drei Biergläsern um.

»Nein. Ich will dich wirklich nicht mehr sehen. Ich mag dich nicht.«

Das ging zu weit.

»Du musst mich nicht mögen«, sagte er. »Ich zahle für deine Dienste, schon vergessen?«

»Ich habe dich nicht darum gebeten.« Letty hörte, wie schwach ihre Worte klangen. Seine Antwort stand unausgesprochen im Raum. *Aber du hast es genommen.*

Sie versuchte es mit einer anderen Taktik. »Du könntest jede Frau haben, die du willst.«

»Aber manchmal will ich nur dich. Es ist wie mit Curry. Manchmal esse ich monatelang keins, und dann habe ich solche Lust auf Curry, dass ich nichts anderes will.«

»Aber doch sicher nicht, wenn ich dich nicht will?«

Er beantwortete die Frage mit einem widerlichen Lächeln.

Plötzlich wurde ihr klar, dass sie nicht dort mit ihm sitzen musste, wenn sie nicht wollte. Sie stand auf. »Auf Wiedersehen.«

Vor dem Pub blieb sie stehen und überlegte, ob sie zurück in die Bibliothek oder in ihr Zimmer gehen sollte, oder vielleicht sollte sie Zuflucht in einem der Colleges suchen, wo er keinen Zutritt hatte. Er kam bereits hinter ihr her.

»Wir haben Spaß miteinander«, sagte er und versucht ihre Hand zu fassen. »Wo ist das Problem?«

»Das Problem ist, dass ich dich nicht mag«, sagte sie, wich zurück und fragte sich, warum ihre groben Worte an ihm abzuprallen schienen.

»Du hältst dich für was Besseres«, sagte er. »Aber du bist bloß eine Schlampe.«

Das Wort, Joshs Wort, das Wort, das die coolen Mädchen benutzt hatten, war so entwürdigend wie eine Ohrfeige. Das Wort, das sie unablässig verfolgt hatte, bis sie auf der geschlossenen Station einer Psychiatrie gelandet war.

Wie konnte sie immer noch eine Schlampe sein, wenn sie sagte, dass sie keinen Sex wolle?

»Bitte lass mich in Ruhe«, sagte sie lauter, um anzudeuten, dass sie falls nötig schreien würde. Wenn sie schrie, würde ihr doch sicher jemand helfen?

»Ich gehe nirgendwohin«, sagte er.

»Ich rufe die Polizei!«

Er lachte. »Ich glaube kaum, dass es die Polizei interessiert, wenn sie von unserer Abmachung erfährt, meinst du nicht?«

»Wir haben keine Abmachung.«

»Das sagst du …«

Er holte sein Smartphone heraus und scrollte durch die Fotos zu denen, die er auf der Staten Island Ferry gemacht hatte, dann zu dem vor den bunten Häusern von Burano.

Und dann, als Letty noch auf das Display starrte, klingelte plötzlich sein Telefon, als wäre irgendein Alarm losgegangen, und ein grünes Band zeigte den Namen des Anrufers: Gina.

Spencer riss das Telefon zurück, wischte über das Display und wandte sich von Letty ab.

»Haben sie nicht?«, fragte er.

Am anderen Ende hörte Letty eine Frau weinen.

»Keine Sorge, ich regele das. Hey, beruhige dich, Prinzessin. Ich bin unterwegs …«

Als er sich zu Letty umdrehte, sah sie, dass er aufgewühlt war.

»Ich muss weg«, erklärte er.

War Gina seine Frau? Eine andere Freundin? Jemand aus dem Büro? Nach Büro hatte es nicht geklungen.

»Ich komme wieder«, sagte er. Dann drehte er sich um und ging.

»Ich komme wieder.« Das war ein Satz aus einem Film. Aus »Terminator«. Er bezog sich immer auf Filme.

Letty kehrte in die Bibliothek zurück, konnte sich jedoch nicht mehr konzentrieren.

Am Nachmittag nahm sie einen anderen Weg zurück nach North Oxford und sah sich alle paar Sekunden um. Als sie die Kreuzung zu ihrer Straße erreichte, lief sie geradeaus weiter und machte erst ein Stück weiter oben kehrt, als keine anderen Fußgänger in Sicht waren.

Während die Dämmerung heraufzog und ihr Zimmer schließlich in völlige Dunkelheit tauchte, versuchte sie, einen Plan zu ersinnen. Nachdem sie sich ein Szenario überlegt hatte, rief sie ihren Onkel Rollo an. Sie würde ihm sagen, dass sie im Namen einer Freundin anrief, um ihn um Rat zu bitten.

»Es ehrt dich, dass du anrufst, Letty«, setzte Rollo an. »Aber ich fürchte, ich habe mich entschieden. Und ich glaube nicht, dass dein Bitten, so verständlich es auch sein mag, etwas an meinem Urteil ändert.«

»Ich rufe nicht wegen des Hauses an«, versuchte Letty, ihn zu unterbrechen. Doch Rollo ließ sich nicht beirren.

»Mir ist durchaus bewusst, dass es *prima facie* ungerecht erscheint. Aber ich verstehe wirklich nicht, warum ich einfach Frances Forderungen nachgeben sollte …«

Am liebsten hätte Letty »Einspruch!« gerufen, wie in den amerikanischen Anwaltsserien, um ihn zum Schweigen zu bringen.

»Ich habe mich wirklich um eine vernünftige Lösung bemüht«, fuhr Rollo fort. »Glaub mir, ich verstehe, in welcher Lage Frances sich befindet. Es muss ein Schlag für sie sein. Vor allem jetzt, wo sie arbeitslos ist.«

»Arbeitslos?«, wiederholte Letty.

Warum hatte Frances ihr das nicht erzählt? Warum dachten in ihrer Familie immer alle, sie müssten sie vor schlechten Nachrichten schützen? Warum behandelte sie niemand wie eine Erwachsene? Was sollte sie jetzt tun? Unschuldig zu Hause anrufen und versuchen, Frances dazu zu bringen, es ihr zu erzählen?

So tun, als hätte dieses Gespräch nie stattgefunden? Aber was, wenn dann herauskam, dass Rollo es ihr erzählt hatte und Letty einfach so getan hatte, als wäre nichts?

Warum sagten Familien sich nicht einfach die Wahrheit, anstatt aus einem kleinen Geheimnis ein ganzes Geflecht aus Täuschungen zu schaffen?

»Wolltest du noch etwas?«, fragte Rollo schließlich.

»Nicht so wichtig«, sagte Letty und legte rasch auf.

Rollo würde wahrscheinlich denken, dass sie – oder die »Freundin«, in deren Namen sie hatte fragen wollen – überreagierte. Spencer hatte gesagt: »Ich komme wieder!«, aber er hatte sie nicht körperlich bedroht. Er hatte einen Anruf erhalten und war gegangen. Natürlich würde das die Polizei nicht interessieren.

Aber als sie in jener Nacht im Bett lag, fühlte Letty sich nicht sicher.

31

November

Alf

Am schlimmsten war die Zeit, als noch nicht klar war, wie die Schule entscheiden würde. Alf ackerte auf einer Baustelle, weil er es nicht ertrug, in einem Restaurant Leute zu bedienen, die er kannte. Es war kalt, und die Arbeit war hart. Er fing morgens noch vor der Dämmerung an und hörte auf, wenn es abends dunkel wurde. Die Arbeit laugte ihn körperlich aus, aber das Training war ihm willkommen, denn nachdem seine Mutter und er nicht mehr miteinander sprachen, tanzte er noch nicht einmal mehr zwei Stunden in der Woche. Er bekam Muskeln, wie er sie noch nie gehabt hatte, was Gina, die ihre Vormittage im Fitnessstudio verbrachte, tief beeindruckte. Nachmittags schien sie nichts anderes zu tun, als im Internet zu shoppen, doch er hatte das Gefühl, sie deshalb nicht kritisieren zu dürfen, denn es war ihr Geld, und sie hatte nicht viel anderes zu tun.

Kaum hatte Terry Donna berichtet, dass er Alf und seine neue Freundin gesehen habe, war Donna in die Schule gegangen, um mit Mr. Marriot zu sprechen. Ironischerweise hatte Gina eher der pinkfarbene Cinquecento verraten, der vor ihrer Wohnung parkte, als Terrys Beschreibung. Als Alf und Gina von Lanzarote zurückkehrten, wies der Direktor Gina an, sich der Schule fernzuhalten, bis die Untersuchung abgeschlossen sei. Da Alf nun bei ihr wohnte, war ziemlich klar, was passiert war, doch es wurde ihr zugutegehalten, dass Gina ihn bis auf ein paar Vertretungsstunden nicht unterrichtet hatte. Und Alf war achtzehn gewesen und noch dazu kein unreifer oder unerfahrener Achtzehnjähriger. Ohne Beweise oder offizielle Anzeige wollte niemand die Polizei einschalten. Nicht einmal Donna, die wütend, aber nicht rachsüchtig war.

»Solange er weiterhin leugnet, dass es irgendeinen sexuellen Kontakt gab, bevor er mit der Schule fertig war, sollte alles gut gehen«, lautete der Rat, den Ginas Vater von einem Anwalt in London erhalten hatte.

Da ihn allerdings niemand danach fragte, musste Alf auch nicht lügen.

In der Woche vor den Ferien wurde einvernehmlich vereinbart, dass Gina die Schule freiwillig verlassen würde. Der Direktor hatte ihr geraten, besser eine andere berufliche Laufbahn einzuschlagen. Gina fluchte über diese ungerechte Entscheidung, fast so, als glaubte sie, weil es keinen handfesten Beweis gab, hätte sie auch nichts falsch gemacht. Doch Alf vermutete, dass sie tatsächlich großes Glück gehabt hatte. Und Stuart schien dasselbe zu denken.

»Du musst jetzt nach vorn sehen, Prinzessin. Verbuche es als Erfahrung.«

Stuart war einfach unglaublich. Er handelte einen Deal mit einem ortsansässigen Makler aus, der einen Mieter für Ginas Wohnung fand. Es war keine gute Zeit, um die Wohnung zu verkaufen, aber die Miete gab Gina zumindest ein kleines finanzielles Polster, bis sie wusste, wie sie weitermachen wollte. Stuart erklärte, sie und Alf könnten so lange bei ihm in London bleiben, wie sie wollten.

Gina beschloss, dass sie sich nicht überstürzt einen neuen Job suchen wollte. Es war alles so anstrengend gewesen, dass sie meinte, eine Pause verdient zu haben. Ihre beste Freundin Sally hatte sie eingeladen, sie in Rom zu besuchen, und Alf hatte doch immer reisen wollen, warum also nicht dort anfangen?

Alf hatte keine bessere Idee. Durch die Arbeit hatte er etwas Geld gespart. Viele Leute in seinem Alter nahmen sich eine Auszeit. Also warum nicht? Auch er sah in Blackpool keine Zukunft.

Gina hatte so viel Zeug, das sie mit nach London nehmen musste, dass für ihn und seinen Rucksack im Auto kein Platz mehr war, also bot er an, den Zug zu nehmen. Es war ihm ganz recht, ein paar Stunden für sich zu haben. Außerdem wollte er sich gerne noch von ein paar Leuten verabschieden, was er Gina allerdings nicht sagte.

Seine Mutter war nicht in der Tanzschule und auch nicht zu Hause. Sein Zimmer war unverändert, seit er es verlassen hatte, nur das Bett war frisch bezogen. Seine Ordner aus der Schule lagen noch genauso auf dem Schreibtisch, wie er sie zurückgelassen hatte. Im Schrank hingen nach wie vor seine Tanzanzüge unter der schützenden Plastikfolie. Auf dem Fensterbrett standen, von einer Staubschicht bedeckt, die Fußballpokale. Das schmale Bett, die Fußballtapete und ein Mannschaftsfoto der Tangerines aus ihrer kurzen Zeit in der Premiere League wirkten wie ein nostalgischer Schnappschuss seiner Kindheit, der etwas zeigte, das für immer vorbei war. Doch das Kinderzimmer verriet nicht die ganze Wahrheit über sein Leben, so wie auch das Foto in der Vitrine der Tanzschule, auf dem er als kleiner Junge mit seiner Mutter am Strand tanzte und sie sich anlachten, als hätten sie keinerlei Sorgen.

»Sie hat dich verändert«, hatte seine Mutter gesagt, als er

sie das letzte Mal gesehen hatte. Er war gekommen, um sie zu bitten, keine Anzeige gegen Gina zu erstatten.

Hatte seine Mutter recht? Oder war er in Wahrheit bloß erwachsen geworden, und keiner von ihnen war in der Lage gewesen, damit umzugehen? In Garys winzigem Haus wurden kleine Probleme schnell zu einer großen Sache. Mom und er hätten sich wahrscheinlich zusammensetzen und darüber reden sollen, aber sie wussten nicht, wie das ging, und so hatten sie sich stattdessen gegenseitig weggestoßen. Alf schloss die Tür zu seinem Zimmer. Jetzt war es zu spät.

Manchmal fragte er sich, ob Gina und er überhaupt noch zusammen wären, wenn er die Abiturprüfung in Englisch bestanden hätte – wenn er nach London gegangen wäre und sie weiterhin hier an der Schule unterrichtet hätte. Jetzt, nachdem es kein Geheimnis mehr war, hatte der Sex nicht mehr dieselbe sinnliche Dringlichkeit. Aber er war immer noch großartig. Und der Konflikt hatte eine Art Verbindung zwischen ihnen entstehen lassen – Gina und Alf gegen den Rest der Welt. Sie hatten beide so viel aufgegeben, um zusammen zu sein, jetzt mussten sie einfach zusammenbleiben, sonst wäre alles umsonst gewesen.

Wenigstens Cheryls Hunde freuten sich, ihn zu sehen. Sie hüpften um seine Beine, und seine Großmutter lächelte, als sie ihn allein auf der Veranda stehen sah. Doch sobald er ihr erzählte, dass er gekommen sei, um sich zu verabschieden, verzog sie das Gesicht und schürzte die Lippen.

»Du kommst besser rein«, sagte sie, führte ihn jedoch nicht wie sonst ins Wohnzimmer oder bot ihm in der Küche einen Tee an.

»Weißt du, wo Mum ist?«

»Ja, aber wenn sie es dir nicht gesagt hat, werde ich es auch nicht tun«, antwortete Cheryl geheimnisvoll.

»Es ist doch alles in Ordnung, oder?«

»Es ist alles in Ordnung.«

Die Worte »abgesehen von dir« schienen förmlich in der kühlen Flurluft zu hängen.

»Ich wollte nicht fahren, ohne mich zu verabschieden«, sagte er.

»Wem zuliebe?«

»Spielt das eine Rolle? Mir zuliebe wahrscheinlich. Du bist doch diejenige, die sagt, man soll sich niemals im Streit schlafen legen.«

»Es war kein Streit, Alf. Wir haben alle an dich geglaubt, dich unterstützt, dir vertraut. Wir hätten nie damit gerechnet, dass du uns anlügen würdest.«

»Ich weiß«, setzte er an. »Und es tut mir ehrlich leid. Ich habe es versaut.«

»Aber du bist immer noch mit dieser Frau zusammen, die all deine Chancen ruiniert hat.«

Er war in friedlicher Mission gekommen. Er wollte das nicht alles noch einmal durchkauen.

»Es ist mein Leben«, sagte er ruhig.

»Und wir haben unser Leben, nicht wahr?«

»Natürlich«, sagte er.

Wenn Gina da wäre, würde sie jetzt sagen, das beweise nur, wie nachtragend die Frauen in seiner Familie seien. Gina ließ er so etwas nicht durchgehen, doch was Cheryl über Gina gesagt hatte, konnte er ebenso wenig akzeptieren, zumal sie sie noch nicht einmal kannte.

»Kannst du Mum sagen, dass ich da war?«, bat er, als er merkte, dass sie nicht weiterkamen.

»Ich sage es ihr.«

Er wollte noch hinzufügen: »Und sag ihr, dass ich sie lieb habe. Und dich habe ich auch lieb.« Aber er wusste, dass er dann würde weinen müssen, und das wollte er nicht. Alle gingen fort von zu Hause, oder? Das war nichts Besonderes.

Seine Großmutter blieb kerzengerade stehen, als er sie umarmte.

»Alles Gute«, sagte sie.

Als er die Straße hinunterging, hörte er, wie die Hunde bellten und Cheryl rief: »Ab in euer Körbchen!«

Vom irischen Meer wehte ein bitterkalter Wind herüber, als Alf ein letztes Mal über die Promenade lief. Die Beleuchtung wurde jedes Jahr in dem tapferen Bemühen aufgebaut, die Sommersaison bis November auszudehnen, doch sobald sie erlosch, fühlte es sich an, als hätte die Stadt der Naturgewalt wieder einmal klein beigegeben.

Cal machte eine Hotelfachlehre in einem Hotel am Meer. Als Alf in die Lobby trat, plante er gerade das Unterhaltungsprogramm für die »Tinsel-and-Turkey«-Wochenenden vor Weihnachten.

»Ich habe nur fünf Minuten«, erklärte er wichtigtuerisch im dreiteiligen Anzug samt Krawatte mit Hotellogo.

»Ich wollte mich nur verabschieden«, erklärte Alf.

»Wo willst du denn hin?«, fragte Cal.

»Erst nach London, dann nach Italien – Rom.«

»Hast du ein Schwein«, sagte Cal und vergaß prompt, den Hotelmanager zu spielen.

Ihre Freundschaft hatte einen Knacks bekommen, aber es war nur eine Geste nötig gewesen, um sie wieder zu kitten. Warum konnten Familien nicht so unkompliziert sein?

»Du und Kelly?«

»Verlobt, Alter.«

»Heilige Scheiße!«

»So lässt sie mich zumindest mit dem Thema Hochzeit in Ruhe – für 'ne Weile jedenfalls. Schätze, ich brauche mindestens vier Jahre, bis wir uns die Feier leisten können, die sie sich vorstellt.«

Alf lachte.

»Was ist mit dir und Miss … Gina?«

»Miss Gina geht es gut!«

Sie lachten.

»Glückspilz!«, murmelte Cal.

»Vielleicht kommt ihr uns ja besuchen?«

»Vielleicht«, sagte Cal, doch beide wussten, dass das nicht passieren würde.

Sie schüttelten sich die Hände, und Cal half ihm, den Rucksack aufzusetzen.

»Heilige Scheiße, da ist wohl dein ganzes Leben drin!«, sagte er.

Als Alf durch die Drehtür hinausging, hörte er Cal rufen: »Hey, freut mich für deine Mutter, Alter! Das sind ja gute Nachrichten.«

Sadie war wirklich die Letzte, der Alf am Bahnhof hatte begegnen wollen. Zu seinem Glück war sie auf dem Weg nach Liverpool, wo sie Musiktheater an der LMA studierte, darum stiegen sie in verschiedene Züge.

»Du fährst also nach London?«, fragte sie.

»Nur ein kleiner Zwischenstopp auf dem Weg nach Rom«, sagte er.

»Nur ein kleiner Zwischenstopp?«, äffte sie ihn nach.

Alf wartete auf die unausweichliche Stichelei, von wegen, was er von seiner Lehrerin so alles lerne oder so. Ihm war klar, dass Sally daran dachte, doch sie entschied, sich heute nicht in derartige Niederungen herabzulassen.

»Wie ist es deiner Mum heute ergangen?«, fragte sie, als ihr Zug über den Lautsprecher angekündigt wurde.

»Gut«, antwortete Alf automatisch, auch wenn er keine Ahnung hatte, wovon sie sprach.

»Hat sie ein Foto bekommen? Eine Freundin von mir hat ihres auf Instagram gepostet. Ich weiß nicht, was ich davon halten soll, du?«

»Nicht wirklich«, antwortete Alf.

»O mein Gott, du weißt es noch gar nicht, stimmt's?«, sagte Sadie, als sie sein Gesicht sah.

»Was?«

»Wahrscheinlich sollte nicht ich es dir sagen …«

Warum schienen alle etwas über seine Mutter zu wissen, nur er nicht?

»… heute ist ihr erster Ultraschall«, informierte ihn Sadie.

»Ultraschall?«, wiederholte er.

»Donna und Gary bekommen ein Baby!«

Die Türen des Zuges gingen auf.

»Also ist es eigentlich ganz gut, dass du weggehst, oder?«, sagte Sadie. »Sie werden das Zimmer brauchen.«

Ginas Vater war deutlich über vierzig, zeigte Alf jedoch wie ein Kind mit einer PlayStation, wie man die ganze Elektronik in seinem Haus bediente. Er konnte alles von seinem Smartphone aus steuern – die Heizung einschalten, die Jalousien hochfahren, der Toilette sagen, dass sie sich selbst reinigen sollte.

»Das mit der Toilette war ein Witz«, sagte Stuart. »Das macht meine Putzfrau.«

Bis zu diesem Tag hatte Alf sich bei der Fernsehwerbung für Alexa einfach nicht vorstellen können, wer dieses Gerät ernsthaft bitten sollte, Taschentücher zu bestellen oder ein Musikstück zu spielen. Stuart tat so was, und Alf verstand den Sinn, wenn das ganze Haus auf die entsprechende Technik ausgerichtet war. Wenn man aber in einem kleinen Reihenhaus mit zugigen Fenstern und einem zehn Jahre alten Kühlschrank lebte, wirkte Alexa wie ein Teil aus einer fernen Zukunft. In Stuarts Haus war es die Gegenwart.

Aus der Küche gelangte man direkt in die Garage. Wenn die Tür aufstand, konnte man Stuarts limonengrünen Porsche sehen, fast so, als wäre er ein weiterer Gast. Daneben war noch Platz für zwei weitere Wagen. Ginas pinkfarbener Cinquecento stand neben dem Porsche, und mit ihren leuchtenden Farben sahen die beiden aus wie Spielzeugautos in einem Barbiehaus.

An ihrem ersten Abend bestellte Stuart Pizza – mit ihrem dünnen knusprigen Rand, der Tomatensauce, die wirklich nach Tomate schmeckte, und all dem cremigen Mozzarella war sie kaum mit dem zu vergleichen, was Alf in Blackpool serviert hatte. Stuart öffnete eine Flasche Barolo, dann noch eine, und anschließend gab er eine Runde Limoncello aus und sagte: »Auf euer neues Leben in Italien!«

Alf hatte noch nie guten Rotwein getrunken. Er gab ihm ein warmes Gefühl und machte ihn schläfrig.

In Ginas Zimmer standen verspiegelte Kleiderschränke, es gab eine Fernbedienung für die Jalousien und eine Fußbodenheizung. Hase, Kätzchen und Igel lagen auf ihrem üblichen Platz auf dem Bett. Jedes Mal, wenn Alf sie auf den Boden fegte, erschien ein gequälter Ausdruck auf Ginas Gesicht, als ob er sie sanfter hätte behandeln sollen. Doch diese Miene wich rasch freudiger Erwartung.

Am nächsten Morgen war Alf als Erster unten.

»Latte? Cappuccino? Americano?«, fragte Stuart.

»Könnte ich vielleicht eine Tasse Tee bekommen?«

»Du kannst einen Mann aus dem Norden rausholen, aber du wirst den Norden nie aus dem Mann rausholen.«

Alf war sich nicht sicher, ob das eine Kritik oder ein Kompliment war. Stuart stammte doch selbst aus dem Norden, oder?

Stuart kochte Wasser auf, hängte einen Teebeutel in einen großen Becher und reichte ihn Alf, der zum Kühlschrank ging, um sich etwas Milch zu nehmen. In der todschicken Küche mit den Granitarbeitsplatten und Schubladen, die sich bereits schlossen, wenn man sie nur leicht antippte, konnte er keinen Mülleimer entdecken.

»Alexa, was mache ich mit meinem Teebeutel?«, fragte Alf.

»Neue Teebeutel bestellen«, lautete die Antwort.

Einen Moment lang fürchtete Alf, er wäre zu weit gegangen, doch dann entspannten sich Stuarts Gesichtszüge.

»Der Mülleimer ist unter der Spüle«, erklärte er.

Stuart leerte seinen Espresso in einem Schluck.

»In deinem Alter hat man vermutlich noch keinen Kater«, sagte er. »Nichts, was man nicht mit einem üppigen Frühstück heilen könnte. Hol deine Jacke.«

»Gina schläft noch.«

»Wenn wir auf Gina warten, verpassen wir das Spiel.«

Es war ein früher Anpfiff für ein Arsenal-Spiel. Alf fragte sich, warum man sich ein Spiel im Pub ansah, wenn man so riesige Plasmabildschirme besaß wie Stuart.

Wie sich herausstellte, gingen sie nicht in einen Pub, sondern direkt ins Emirates Stadion selbst.

Im Porsche jagten sie über die North Circular. Der Wagen war dermaßen auffällig, und Stuart spielte so laut die Foo-Fighters, dass die Leute in den normalen Autos, an denen sie vorbeifuhren, wahrscheinlich dachten, hinter den getönten Scheiben säße ein Promi; vielleicht sogar ein Fußballer der Premiere League.

»Hab sie beim Festival in Glasto gesehen«, bemerkte Stuart.

»Cool«, sagte Alf. »Hast du gezeltet?«, fragte er.

»Glamping«, sagte Stuart. »In meinem Alter braucht man ein Bett.«

Er war ein cooler Typ, und Alf fragte sich, ob er eine Freundin hatte, vielleicht mehr als eine. Doch sie waren noch nicht vertraut genug, um ihn danach zu fragen.

Stuart hatte in Highbury eine Garage gemietet, sodass er den Wagen an Spieltagen dort abstellen konnte. Sie kostete ihn zweihundert Pfund die Woche. Als Alf seine Fassungslosigkeit nicht verhehlen konnte, sagte Stuart: »Hast du eine Ahnung, wie hoch die Selbstbeteiligung der Versicherung bei dem Wagen ist?«

Das Café, in dem sie frühstückten, lag am anderen Ende der Messlatte: eine billige Kneipe mit Arsenal-Fahnen an den Wänden, in der alles in Rot und Weiß gehalten war – von den Bechern über die Teller bis hin zu den Resopaltischen und den Fliesen auf dem Boden. Stuart stellte ihn seinen Freunden vor. Einer von ihnen war ebenfalls Immobilienmakler, einer Aktien- und einer Autohändler. Sie waren reich und viel älter als Alf, aber das spielte keine Rolle, weil sie alle Männer waren, die sich über Fußball unterhielten. Sie bemitleideten ihn, weil er Blackpool-Fan war, respektierten jedoch, dass er sich kein Arsenal-Shirt leihen wollte. Alf wollte sich anpassen, aber er würde nicht das Trikot eines anderen Clubs tragen.

Es war das North-London-Derby – Arsenal gegen Tottenham –, darum war die Atmosphäre im Stadion aufgeladen. Als das erste Tor fiel, war der Jubel riesig, aber ein Tor Vorsprung genügte nicht, um die Nerven zu beruhigen. Als das zweite Tor fiel, sprangen alle auf, und Alf sah, dass sie echte Fans waren, obwohl sie ihm vorher ein bisschen zu lasch vorgekommen waren.

»Du darfst wiederkommen«, sagte einer von Stuarts Freunden, als sie sich am Ende die Hände schüttelten, fast so, als hätte seine Gegenwart dem Team Glück gebracht.

Als sie auf der North Circular zurückfuhren und diesmal bei voller Lautstärke Radiohead hörten, sah Alf zu Stuart hinüber. Er war ein cooler Vater. Zum ersten Mal überhaupt fragte sich Alf, ob sein eigener Vater auch cool gewesen wäre. Er hatte immer angenommen, dass sein Vater verlässlich gewesen wäre wie Gary, aber Kieran war ein großes Motorrad gefahren, und auf dem einzigen Bild, das Donna von ihm besaß, trug er eine Bikerjacke aus Leder und sah ziemlich verwegen aus.

Plötzlich, als sie gerade bei IKEA vorbeifuhren, fiel Alf auf, dass er jetzt älter war als sein Vater bei dessen Tod. Niemand konnte ahnen, was für ein Vater er geworden wäre.

Vielleicht wäre Alfs Leben völlig anders verlaufen. Seine Mutter erzählte immer, dass Kieran Tanzen nicht besonders gemocht habe. Wahrscheinlich hätte ihm die Vorstellung, dass sein Sohn Lycra trug, dann auch nicht gefallen. Er hatte eine Ausbildung zum Klempner gemacht. Vielleicht hätte er einen eigenen Betrieb gehabt, oder er wäre nach London gegangen, wo das Geld war, und hätte selbst einen Porsche gefahren.

Oder vielleicht hätte er sein ganzes Leben lang Badezimmer montiert. Als er an jenem Abend mit dem Motorrad losgefahren war, um Donna zu besuchen, hatte er wahrscheinlich das Gefühl gehabt, die Welt stehe ihm offen.

»Alles okay bei dir?« Stuart lächelte ihm übers Armaturenbrett zu.

»Ja, alles okay, danke«, erwiderte Alf, den Blick vor sich auf die Straße geheftet.

32

März 2018

LETTY

In den Monaten nach Marinas Tod hatte Frances ihre eigenen Phasen von Wut, Schuld und Erschöpfung durchlebt, doch jetzt schien sie den Verlust akzeptiert zu haben und machte Pläne für die Zukunft. Der Prozess erinnerte stark an die Phasen der Trauer, dachte Letty, nur, dass sich Frances eher an den Verlust des Hauses als an den Verlust von Marina gewöhnen musste. In gewisser Weise war beides nicht voneinander zu trennen.

Die Beziehungen in der Familie hatten sich wieder so weit normalisiert, dass sie zusammen Weihnachten feierten. Es war das harmonischste Weihnachten, an das Letty sich erinnern konnte. Vorbei waren die albernen Streitereien darüber, ob man die Kartoffeln in Olivenöl oder Gänsefett braten oder den Nachtisch mit Gelee zubereiten sollte.

Es war entschieden worden – von Frances –, dass alle zu alt für Geschenke waren, und Gästen war es verboten, noch mehr Zeug ins Haus zu bringen. *Zeug* war Frances' neuester Feind. Da sie nicht mehr arbeitete, war das Aufräumen tagsüber zu ihrer Hauptbeschäftigung geworden. Das Haus war so groß, dass die Familie nie einen Grund gehabt hatte, etwas wegzuwerfen, darum glich es einer Herkulesaufgabe. Die

Kleiderschränke hatten etwas von Narnia – hinter den Kleiderstangen steckten Kartons voll Klamotten, und der riesige Dachboden, der drohend über ihnen aufragte, musste auch noch aufgeräumt werden.

Wenn Ivo Frances an den Wochenenden beim Aufräumen half, schien er mehr Probleme zu schaffen, als zu lösen, indem er aus Kartons, die schon für den Charity-Shop im Flur bereitstanden, Gegenstände herauszog, die eine besondere Bedeutung für ihn hatten. Mit einem Spielzeugauto in der Hand fragte er: »Sind die heute nicht einiges wert?«, als würde Frances in ihrem Aufräumdrang sein Erbe entwerten.

»Nicht, wenn sie in so schlechtem Zustand und ohne Originalkarton sind«, protestierte Frances. »Das haben wir doch bei ›Bares für Rares‹ gesehen.«

Als Letty für die Osterferien nach London zurückkehrte, war das Haus so weit vorzeigbar, dass man ein paar Makler herbestellen konnte, um den Wert zu schätzen, auch wenn Marinas Zimmer noch nicht leer geräumt waren.

»Ivo befindet sich immer noch in der Phase des Leugnens«, erklärte Frances, »und Rollo meint, wir sollten die Sachen einfach wegwerfen. Mir fällt es aber schwer, so skrupellos mit dem Besitz eines anderen Menschen umzugehen.«

Frances hatte nach wie vor eine Hemmung, die Schwelle ins Reich ihrer Schwiegermutter zu übertreten.

»Wollen wir es zusammen angehen?«, bot Letty an und sah überrascht die Dankbarkeit auf Frances' Gesicht.

Sie hatten gerade mit dem Koffer am Fußende des Bettes angefangen, als es an der Tür klingelte.

»Das muss der letzte Makler sein«, erklärte Frances, begutachtete sich in Marinas Drehspiegel aus Mahagoni und versuchte, ihr Haar glatt zu streichen. »Gott hilf uns!«, sagte sie eindeutig enttäuscht über das, was sie dort sah.

Es klingelte erneut.

Frances ging hinunter, um zu öffnen.

Letty hörte, wie der Ton ihrer Mutter etwas vornehmer und selbstbewusster wurde, wie immer, wenn Besuch kam.

»Sie müssen mein Aussehen entschuldigen«, sagte sie. »Das Entrümpeln nimmt kein Ende …«

»Es ist mir ein Vergnügen, Sie kennenzulernen.« Die Stimme des Mannes kam Letty auf unheimliche Weise vertraut vor.

»Wollen wir hier anfangen?«, fragte Frances und führte ihn ins Wohnzimmer.

Marina hatte die zwei hinteren Räume im Hochparterre des Hauses bewohnt. Das große Zimmer mit Erker nach vorne raus hatte die ganze Familie genutzt. Von dort klangen ihre Stimmen gedämpfter. Letty stand hinter Marinas Schlafzimmertür und versuchte zu hören, was gesprochen wurde.

Der Makler sprach wie ein Londoner, aber die Stimme war ganz und gar falsch. Nördliche Vokale mit einem Näseln aus Essex.

»Ein herrlicher Raum! Nicht viele von diesen Häusern werden heute noch von einer einzelnen Familie bewohnt. Hohe Decken! Das müssen mindestens vier Meter sein. Viereinhalb?«

Letty hatte die Stimme seit einem halben Jahr nicht mehr gehört. Ein halbes Jahr, in dem sie sich jedes Mal gewappnet hatte, wenn sie in der Bodleian eine Pause machte. Ein halbes Jahr, in dem sie den Hinterausgang benutzt und die Gasse zwischen den Colleges Brasenose und Exeter genommen hatte, aus dem einfachen, irrationalen Grund, dass es ein anderer Weg war als der, den sie zusammen gegangen waren. Ein halbes Jahr, in dem sie mit dem Bus anstatt mit dem Zug gefahren war, wenn sie an den Wochenenden nach Hause kam. Die Angst war nicht mehr so stark wie zuvor, doch die Vermeidungsstrategien waren zu einer Gewohnheit geworden, die sie, weil sie sich als erfolgreich erwiesen hatten, nicht einfach aufgeben konnte.

»Alles original erhalten! Kamin, Stuck ... Die Quadratmeterpreise sind hoch, aber es geht nichts über Qualität ...«

Letty war gefangen. Wenn sie Marinas Tür zuschloss, würde ihre Mutter rufen: »Letty?« Wenn sie nach oben floh, riskierte sie, ihnen im Flur zu begegnen. Unter Marinas Bett war kein Platz. Die Schränke waren noch voll. Es blieb keine Zeit. Die Terrassentür! Letty rannte durchs Zimmer und versuchte, den Schlüssel zu drehen, doch er klemmte, weil er so lange nicht benutzt worden war. Frances und Spencer waren jetzt im Flur. Sie hörte den veränderten Klang ihrer Stimmen in dem hallenden Raum. »Bitte geh auf, bitte geh auf«, flehte sie das Schloss an. Schließlich klickte es. Sie stieß die Tür auf und rannte die Wendeltreppe hinunter, denn in wenigen Augenblicken würden sie durch das Fenster in den Garten hinausblicken.

Nur unzureichend unter dem schmiedeeisernen Gitter der Treppe verborgen, presste Letty sich mit dem Rücken gegen die Kellermauer und hörte Frances im Zimmer über sich sagen: »Der Garten ist in einem schrecklichem Zustand. Ich lasse einen Gärtner kommen, bevor die Fotos gemacht werden.«

»Er hat aber eine gute Größe«, sagte er.

Dann entfernten sich die Stimmen, und Letty konnte wieder atmen. Es begann zu nieseln. Unwahrscheinlich, dass er jetzt den Garten besichtigen wollte, doch vielleicht würden sie auf die Terrasse vor dem unteren Wohnzimmer treten. Letty schlich um die Ecke an die Seite des Gebäudes, drückte sich flach an die Wand und betete, dass der schmale Gartenstreifen an der Seite des Hauses zu verwildert war, als dass er ihn näher begutachten wollte. Die Regenrinne über ihrem Kopf leckte. Als das Nieseln in Regen überging, wurde aus dem sporadischen Tropfen auf ihrem Kopf ein steter Strom. Schließlich, nachdem sie Minuten unter einem eisigen Wasserfall gestanden hatte, hörte sie, wie die Haustür aufging.

»Wir hören voneinander«, sagte Frances.

»Ich würde mich freuen«, erwiderte er.

»Möchten Sie sich einen Regenschirm leihen?«, fragte Frances. »Ich habe ungefähr hundert – eigentlich könnte ich Ihnen auch einen schenken.«

»Danke. Es geht schon«, sagte er.

Die Haustür wurde geschlossen. Schritte platschten auf der schwarz-weiß-gefliesten Treppe. Kurz blitzten braune Halbschuhe, rote Socken und der Saum eines stilvollen blauen Hosenbeins auf, dann hallten die Schritte die Straße hinunter und entfernten sich, bis Letty sich nicht mehr sicher war, ob sie sich das Geräusch vielleicht nur noch einbildete.

Sie ging um das Haus zurück, rannte die schmiedeeiserne Treppe hinauf und klopfte an die Glastür, die Frances abgeschlossen haben musste.

»Was zum Teufel?«, fragte diese, als sie in Marinas Schlafzimmer zurückkehrte.

»Ich war ausgesperrt.«

»Was hast du denn da gemacht?«

»Ich brauchte etwas frische Luft.«

Frances schnüffelte.

»Es riecht ein bisschen nach alter Dame«, sagte sie. »Ob ihm das aufgefallen ist?«

»Du nimmst ihn doch nicht, oder?«

»Stuart?«, fragte Frances.

»Stuart?«, wiederholte Letty.

»Er bietet uns bei Weitem die besten Konditionen. Ich glaube, auf dem Immobilienmarkt sieht es schlechter aus, als sie zugeben ...«

»Er klang so schmierig.«

»Er ist Immobilienmakler, Süße.«

»Aber ... ich hatte kein gutes Gefühl bei ihm.«

»Du hast ihn doch gar nicht kennengelernt!«

»Ich wollte ihn nicht kennenlernen ... Ich habe es einfach gespürt ...«

»Du meinst, er könnte Käufer abschrecken? Ich weiß, was du meinst. Er liegt irgendwo zwischen charmant und unangenehm, aber mehr unangenehm. Etwas unheimlich ...«

Wie hatte Frances in zehn Minuten sehen können, was Letty nicht aufgefallen war?

»Bitte nimm ihn nicht«, drängte sie.

Frances warf ihr einen verzweifelten Blick zu.

»Na gut«, seufzte sie. »Der in der England's Lane ist näher und etwas kultivierter, glaube ich ... und Stuart hat mir Argumente geliefert, um die Courtage runterzuhandeln.« Bei der Aussicht auf einen guten Vertrag bekam sie plötzlich gute Laune.

Es fing mit Schlaflosigkeit an. Letty versuchte, sich an die Achtsamkeitsübungen zu erinnern, um ihren Atem zu verlangsamen, zur Ruhe zu kommen, sich auf die Gegenwart zu konzentrieren. Doch die Angst blieb. Jede Nacht lag sie wach und ging in ihrem Kopf die Einzelheiten durch. Hatte sie etwas gesagt, das ihn zu ihrem Haus geführt hatte? *Schlampe.* Hatte sie ihm erzählt, dass sie es verkauften? Nein, das glaubte sie nicht, doch er wusste, dass sie mit ihrer Großmutter, die gestorben war, in einem Haus gelebt hatte. Vielleicht hatte er eine Verbindung hergestellt? Und dennoch, wenn er sie wirklich hätte stalken wollen, hätte er sie doch bestimmt in Oxford aufgespürt. *Schlampe.* Ging nur ihre Fantasie mit ihr durch? Dieser Mann hieß Stuart, aber sie kannte ihn als Spencer. Sie war sich nicht sicher, ob er es wirklich war. Vielleicht hatte er sich für die Rolle einen Namen ausgedacht, so, wie sie sich Elle genannt hatte. Spencer hatte gesagt, er sei Bauentwickler, nicht Immobilienmakler. Vielleicht war es wie mit dem Namen, eine leichte Abwandlung, um eine andere Version von sich selbst zu erschaffen.

Letty versuchte, sich auf das Entrümpeln von Marinas Räumen zu konzentrieren, aber in jedem Buch, jedem Schmuck- und Kleidungsstück schien eine Erinnerung zu stecken, von der sie sich noch nicht trennen wollte. Manchmal, wenn Frances den Kopf durch die Tür steckte, um zu sehen, wie es lief, merkte Letty, dass sie nur dagesessen und vor sich hin gestarrt hatte. Wenn Frances vorschlug, einen Spaziergang zu machen, etwas frische Luft zu schnappen, erfand sie eine Ausrede, weil sie nicht das Risiko eingehen wollte, ihm draußen zu begegnen. Wenn die Gegend zu seinem Geschäftsgebiet gehörte, musste er andere Immobilien besichtigen, Gutachten verfassen, Kunden herumführen. Vielleicht hatte er sie auf der Straße entdeckt und war ihr nach Hause gefolgt?

Ihr Appetit ließ nach. Sie spürte, dass Frances bei den Mahlzeiten beobachtete, wie sie ihr Essen auf dem Teller herumschob.

Eines Abends, als sie an Marinas Schreibtisch saß und ihr Spiegelbild in der dunklen Fensterscheibe betrachtete, hörte sie ihre Mutter mit aufgebrachter Stimme unten in der Küche zu Ivo sagen: »Rede mit ihr! Auf dich hört sie! Schlag ihr vor, wieder zur Therapie zu gehen.«

Wenige Minuten später schob ihr Vater den Kopf durch den Türspalt.

»Alles okay, Letty?«

»Ja, alles okay.«

Dann hörte sie das sarkastische Fauchen ihrer Mutter. Sie war offensichtlich nach oben geschlichen und stand direkt hinter ihm: »Oh, gut gemacht! Das war sehr beruhigend!«

Letty starrte auf die Bilder über Marinas Bett. Tranquilitas, Aergia, Lesbia und Violett, die süße Violett, alle räkelten sich hübsch zwischen römischen Ruinen.

Warum nicht fliehen? Bis zum Beginn des Trimesters war es noch ein Monat. Es war erfrischend gewesen, in Griechenland Griechisch zu lesen. Warum nicht Latein in Italien? Bei all ihren finanziellen Sorgen wollte Letty ihre Eltern nicht um Geld bitten, doch Marina hatte jedem Enkelkind etwas vererbt – fünftausend Pfund, die sie zum Reisen nutzen sollten. Letty war sich sicher, dass das ihrer Großmutter gefallen würde. Vielleicht könnte sie sogar einen Italienischkurs besuchen. Die Sprache lernen, die Marina als kleines Mädchen gesprochen hatte, aber aus ihrem Leben hatte verbannen müssen. Innerhalb von Sekunden wurde aus dem flüchtigen Gedanken ein Plan, fast so, als würde Marina ihr den Weg weisen.

Sie rannte nach unten und fand ihre Eltern in der Küche. Beide hatten ganz offenbar ihre Schritte gehört, denn sie schenkten ihr ein künstliches Lächeln, als sie durch die Tür trat. So offensichtlich, als hätte jemand versucht, heimlich Speck zu braten, hingen die Worte eines unterbrochenen Streites in der Luft.

»Hättet ihr was dagegen, wenn ich eine Weile weggehe?«, fragte Letty.

»Weg?«, erwiderte Frances.

»Ich habe das Gefühl, ich brauche etwas Abstand, eine Auszeit von allem ...«

»Klingt nach einer sehr vernünftigen Idee!«, sagte Ivo sofort.

Frances warf ihm einen gereizten Blick zu.

»Wohin?«, fragte sie.

»Ich hatte an Rom gedacht.«

Teil 3

GEGENWART

Mai bis Juni 2018

33

Erste Woche

Alf

Hinterher wird Alf sich fragen, warum er nicht einfach seinen Rucksack fallen ließ und mit Letty die Straße runterlief, anstatt sich der Auseinandersetzung zu stellen, vor der ihm so graute. In dem Moment, in dem er zögerte, hat er Letty verloren.

»Da hat es aber jemand eilig«, sagt Stuart.

»Gina, können wir reden?«, fragt Alf.

»Worüber?«

Sein Impuls sagt ihm, dass er diese Unterhaltung nicht in der Öffentlichkeit führen sollte, doch in Italien streiten sich die Leute ständig auf der Straße. Niemand achtet darauf, niemanden stört es. Sie können es genauso gut hier erledigen.

»Es tut mir leid, Gina, aber es ist aus zwischen uns …«

Während er auf dem Bett auf sie gewartet hat, hat er sich seine Worte zurechtgelegt. Kurz und schmerzlos. Keinen Streit.

»Ihretwegen?«, fragt sie und deutet die Straße hinunter. Hat sie gesehen, wie er Letty geküsst hat? Hat sie ihn deshalb so demonstrativ geküsst? Wollte sie ihre Ansprüche anmelden?

»Ich wollte nicht, dass es so läuft. Ich wollte es dir richtig erklären.«

Gina richtet den Blick auf seinen Rucksack.

»Ich habe dir eine Nachricht hinterlassen …«

Es klang so jämmerlich.

Unfähig, Gina anzusehen, blickt Alf zu Stuart, kann dessen Miene jedoch nicht richtig deuten. Es wirkt fast so, als würde er das hier genießen. Alf fragt sich, ob er es wusste oder zumindest geahnt hat. Ist Stuart ihm gefolgt?

»Du kannst mich nicht verlassen«, sagt Gina. »Nicht nach allem, was ich für dich aufgegeben habe.« Ihre Stimme ist leise, als versuchte sie, alles zu verstehen.

»Ich wollte nicht, dass du irgendetwas aufgibst«, sagt Alf.

»Willst du etwa sagen, dass du nie mit mir zusammen sein wolltest?«

»Natürlich wollte ich das«, sagt er. »Ich habe nur nicht gedacht, dass es für …«

Er will es nicht aussprechen. Er hat das Gefühl, ein Versprechen zu brechen, auch wenn er ihr nie eins gegeben hat.

»Ich habe nur nicht geglaubt, dass es für immer ist!«

»Aber ich habe deinetwegen alles verloren!« Gina wird lauter.

Schluck es runter, denkt Alf. Sie hat jedes Recht, wütend zu sein.

»Ich habe auch etwas verloren«, sagt er leise.

»Was zum Beispiel?«

»Meine Familie …«

»Deine zickige Mutter!« Jetzt schaltet sie auf Angriff.

Alf wird ebenfalls wütend. Er hätte niemals in der Situation sein dürfen, zwischen den beiden wählen zu müssen.

»Sie hat sich nur Sorgen um mich gemacht!«

»Sie hat versucht, mich zu vernichten!«, schreit Gina.

»Ach, krieg dich mal wieder ein«, sagt er. »Du bist hier nicht das Opfer!«

Das klingt jetzt, als hielte er sich selbst für das Opfer, und das wollte er nicht sagen. Aber Gina kann nicht einfach die Geschichte umschreiben.

»Du … du … verdammter Mistkerl!« Gina schlägt nach ihm. »Na, geh nur, du Mama-Söhnchen. Geh zurück zu deiner Mama. Mal sehen, ob sie immer noch glaubt, dir würde die Sonne aus dem Hintern scheinen!«

»Gina …«

»Verschwinde!« Jetzt schreit sie. »Hau einfach ab!«

Er will sie nicht hysterisch zurücklassen.

»Ich glaube, du gehst jetzt besser, Alf«, sagt Stuart fest und stellt sich zwischen sie.

»Ich gebe dir meinen Anteil an der Miete«, sagt Alf zu Gina.

»Es geht nicht um die Scheißmiete! Die Miete ist egal!«, schreit sie ihn an.

»Mir nicht.«

Und dann schluchzt sie, und er findet es furchtbar, wenn sie weint. Doch er zwingt sich, seinen Rucksack zu nehmen und zu gehen.

Dann hört er schnelle Schritte hinter sich. Stuart packt ihn am Arm, wirbelt ihn herum und lässt ihn dann los. Er lacht, als er sieht, dass Alf sich reflexartig duckt.

»Du bist es nicht wert, Alter«, sagt Stuart. »Mit Gina bist du auf eine Goldmine gestoßen, und das wirfst du einfach weg. Für dieses kleine Flittchen.«

»Wage es ja nicht, sie so zu nennen!«, schreit Alf.

Auf Stuarts Gesicht liegt ein anzügliches Grinsen, das Alf noch nie zuvor bei ihm gesehen hat. Er kann nicht verstehen, was er je an ihm gemocht hat.

»Schlampe, Flittchen!«, provoziert Stuart ihn. »Du wirst es noch früh genug herausfinden. Sieht aus wie ein Engel, benimmt sich aber wie eine Hure …«

Die Kraft des Schlages bringt Stuart ins Taumeln, und er schlägt sich die Hände vors Gesicht.

»Gott!«, sagt er und lässt sich auf den Bordstein sinken. In seinen Augen steht Angst.

Alf starrt erschrocken auf seine Faust. Seit der Grundschule hat er niemanden mehr geschlagen, er weiß nicht, woher das kam.

»Sorry«, sagt er.

Stuart steht auf und klopft sich den Staub ab.

Als Alf sich umdreht, ruft er ihm hinterher: »Denk ja nicht, du könntest zurückkommen, wenn sie die Nase voll von dir hat, du Scheißkerl!«

Sie wollten den Ein-Uhr-Zug nehmen, also ist es noch keine Stunde her. Alf steht vor Lettys Haus und drückt ihre Klingel. Als sie nicht reagiert, wartet er und hofft, mit einem der Bewohner ins Gebäude schlüpfen zu können. Er ist überzeugt, wenn er mit ihr reden kann, wird sie es verstehen. Irgendwann kommt der alte Mann mit dem Stock zurück, mit dem sie im Aufzug gefahren sind. Er riecht nach einem feuchtfröhlichen Mittagessen.

Im zehnten Stock steigt Alf aus und klopft an Lettys Wohnungstür.

»Bitte rede mit mir, Lets. Bitte lass es mich erklären …«

Er wartet und klopft immer wieder, bis ihr Nachbar von der Arbeit nach Hause kommt und ihn dabei erwischt, wie er das Ohr an die Tür presst. Innerhalb von zwei Stunden hat er weder die Klospülung gehört, noch wurden die Jalousien hoch- oder runtergefahren, und Schritte waren auch nicht zu hören. Der Deckenventilator ist nicht eingeschaltet, und es ist ein heißer Nachmittag. Er kann sie nicht auf der anderen Seite der Tür spüren. Vielleicht ist sie nicht hierher zurückgekommen, weil sie wusste, dass dies der erste Ort war, an dem er nach ihr suchen würde?

Aber wohin ist sie gegangen?

Als er zur Schule zurückgeht, stellt er fest, dass sie für das Wochenende bereits geschlossen ist.

Alf zieht Geld aus einem Bankautomaten, fährt mit der U-Bahn zur Pyramide und geht die letzten hundert Meter zu seiner Wohnung.

Er holt tief Luft, dann steigt er ein letztes Mal die vier Treppen hoch. Heute Morgen hat er genau dasselbe gedacht. War das erst heute Morgen? Es kommt ihm viel länger vor. Fünf Minuten, denkt er, dann ist es vorbei.

Gina ist nicht da. Das Bett ist immer noch nicht gemacht. Vielleicht ist sie von Stuart aus direkt zur Arbeit gegangen? Vielleicht hat sie sich krankgemeldet oder ihre Kündigung eingereicht? Alf sieht den Brief, den er vorhin geschrieben hat, augenscheinlich unberührt. Er knüllt ihn zusammen und steckt ihn ein. Es ist sinnlos, ihn zurückzulassen, nachdem bereits alles gesagt ist, was zu sagen war. Stuart wird Gina mit zurück nach London nehmen. Er wird sich um sie kümmern, denkt Alf, als er das Geld und die Schlüssel auf den Küchentisch legt.

Auf dem Weg zur Straßenbahnhaltestelle wird ihm klar, dass er jetzt obdachlos ist. Sein Geld reicht noch für einige Wochen – wenn er arbeitet, auch länger. Er nimmt die Nummer drei zur Porta Maggiore, geht wieder zurück zu Lettys Wohnung und dann, als er über die Gegensprechanlage keine Antwort erhält, zu dem sardischen Restaurant. Der Besitzer hat sie nicht gesehen.

Als es dunkel wird, gehen keine Lichter in Lettys Wohnung im zehnten Stock an.

Alf schleppt seinen Rucksack in die Straßenbahn, fährt bis zur Endhaltestelle an der Villa Giulia und starrt aus dem Fenster, in der Hoffnung, sie zu sehen. Ein wenig benommen sitzt er auf einer Parkbank neben den Stufen, die zur Villa Borghese hinaufführen, dann nimmt er die letzte Straßenbahn zur Porta Maggiore. Ihre Fenster sind immer noch dunkel.

Alle warnen davor, in einem Hotel in der Nähe des Bahnhofs Termini abzusteigen, doch es ist billig, und Alf muss sein Zeug irgendwo lassen. Das Hotel liegt in der Nähe der Schule. Wenn er Letty bis Montag nicht gefunden hat, will er morgens da sein, wenn sie zu ihrem Kurs kommt.

Es gibt keine Klimaanlage, und jede Stunde hört er aus dem Nachbarzimmer das verzweifelte Schnaufen eines anderen Mannes, der sich dort mit einer Prostituierten vergnügt.

Am Morgen ist Alf wieder bei Lettys Wohnung. Die ersten Bewohner fangen an, ihn misstrauisch zu mustern.

Alf wandert durch Rom und kehrt an die Orte zurück, an denen sie zusammen waren, als suchte er nach Hinweisen in einer verrückten Schnitzeljagd. Jedes Mal redet er sich aufs Neue ein, dass sie an diesem Ort bestimmt auf ihn wartet.

Er geht durch die Villa Borghese und erinnert sich wieder daran, wie sie ihn ganz unbekümmert mit wehenden Haaren auf dem Segway überholt hat. Yuri begrüßt ihn begeistert und erkundigt sich nach *la bella signorina*. Sie ist nicht dort gewesen.

Alf nimmt den Bus zum Tivoli, wo er zum ersten Mal seine Hand auf ihre Taille gelegt und ihr Salsa beigebracht hat. Als er ihr sagte, dass die Leute dort wahrscheinlich jahrhundertelang getanzt hätten, hat sie ihm vertraut, obwohl er sich das gerade ausgedacht hatte, weil er sie unbedingt berühren wollte. Er steht in den Grotten über dem Brunnen und lauscht dem Rauschen des Wassers, dort, wo ihn zum ersten Mal ihre Anziehungskraft überwältigt und er den Moment durch seine unbeholfenen Worte verdorben hat.

In dem schmuddeligen Bus, der zurück nach Rom rollt, erinnert er sich wieder daran, wie es sich angefühlt hat, als sie sagte, dass sie auch etwas empfunden habe – als würde er schweben.

An der Piazza Navona spielt der Akkordeonspieler dieselbe Melodie, zu der sie Walzer getanzt haben. Sie war seinen Schritten gefolgt, als ob sie schon seit Jahren zusammen getanzt hätten, und um sie herum hatte sich eine Menge versammelt und geklatscht. Es hatte sich gut angefühlt, dass sie in den Augen anderer Leute ein schönes Paar waren.

Alf starrt auf die Touristenschlangen, die vor dem Bocca della Verità anstehen, und erinnert sich, wie kühl und feucht sich die Luft anfühlte, als er seine Hand hineingelegt und leise gefragt hat: »Ist das real? Ist es überhaupt möglich, dass sie mich auch liebt?« Wie lächerlich glücklich er war, als ihm nicht die Hand abgebissen wurde.

War es dort, dass das Verlangen nach ihr unausweichlich wurde? Oder schon vorher? Als sie in der Straßenbahn saßen? Oder noch früher, auf der Straße vor der Schule, als er sah, dass sie wie eine Ballerina ging? Oder hatte er sogar schon bei ihrer ersten Begegnung, als sie vor dem Büro des Schulleiters an ihm vorbeigeeilt war – *colpo di fulmine* – gespürt, wie sich seine Lebensachse verschob?

Alfs letzte Hoffnung ist das Forum, der Ort, an dem sie sich zum ersten Mal richtig unterhalten haben. Falls sie ihn noch sehen will, wird sie dorthin kommen.

Er setzt sich auf die Stufen in der Nähe des Triumphbogens von Septimius Severus und hört den Ausführungen eines Fremdenführers zu, der die *damnatio memoriae* von Geta durch seinen Bruder Caracalla erklärt.

Die Auslöschung der Erinnerungen. Die Vernichtung aller Spuren einer Person, als ob sie nie existiert hätte.

Im Haus der Vestalinnen macht Alf ein Foto von dem leeren Podest.

Als sie am Montagmorgen nicht in der Schule erscheint, ist Alf sicher, dass Letty Rom verlassen hat und er mit seiner Suche wertvolle Zeit verschwendet hat. Er hat sich etwas vorgemacht, als er meinte, wenn er nur intensiv genug an sie denke, werde sie irgendwie wieder auftauchen.

Leider sitzt die strenge Olivia am Empfang, sieht auf und fragt: »*Prego?*«

»*Sai dov'è Violetta?*«

Soweit er ihre schnelle Erklärung versteht, hat Violetta eine Nachricht auf dem Anrufbeantworter hinterlassen. Sie komme nicht wieder. Was merkwürdig sei, weil sie für einen Monat bezahlt habe. Vielleicht ein Notfall in der Familie? Sie werde ihr schreiben, dass sie ihr die Woche erstatten würden, für die sie bereits bezahlt habe.

Alf fragt nach einer Telefonnummer.

Sie hätten nur eine E-Mail-Adresse von ihr.

Dann die?

Sie dürften keine persönlichen Daten herausgeben.

Obwohl er sein gewinnendstes Lächeln aufsetzt, das bei

der anderen, immer kichernden Empfangsdame wahrscheinlich funktioniert hätte, lässt Olivia sich nicht erweichen.

Alf kehrt noch einmal zu Lettys Wohnung zurück und erinnert sich an den Bären von einem Hausmeister, der nach dem Wochenende wieder bei der Arbeit ist.

»Die Engländerin? Abgereist! Freitagnachmittag!«

Sie habe ihn gebeten, ihr ein Taxi zu rufen. Zum Bahnhof, glaube er. Oder es könnte auch zum Flughafen gewesen sein. Sie habe Gepäck dabeigehabt.

»Was von beidem?«, fragt Alf. »*È molto importante!*«

Der Hausmeister glaubt, dass es der Bahnhof war.

Am Termini sieht Alf auf die Abfahrtstafel und überlegt. In fünf Minuten geht ein Zug nach Florenz. Er erinnert sich, dass Heidi übers Wochenende in Florenz war, und sie und Letty waren Freundinnen. Doch das Wochenende ist jetzt vorbei.

In einer Stunde geht ein Zug nach Neapel. Sie wollten nach Ischia fahren. Vielleicht hat sie das gemacht? Vielleicht wartet sie dort auf ihn? Natürlich! Jetzt erscheint es ihm so offensichtlich. Warum nur hat er nicht schon früher daran gedacht?

Weil ihm noch Zeit bis zur Abfahrt des Zuges bleibt, geht Alf über den Platz zu Feltrinelli, dem internationalen Buchladen. Das Buch, das er sucht, steht in einer langen schwarzen Reihe von Klassikern.

34

Zweite Woche

LETTY

In Mailand herrscht eine andere Atmosphäre als in Rom. Die Straßen sind breiter, die Gebäude moderner, die Leute im Allgemeinen größer und hellhäutiger. Hier würde jemand von Alfs Größe und Aussehen nicht weiter auffallen. Einige Male hat Letty bereits einen Mann mit blonden Haaren in einer vorbeifahrenden Straßenbahn entdeckt oder ein paar Meter vor ihr in einer belebten Straße. Mit rasendem Herzen hat sie dann überlegt, ob sie zurückbleiben oder ihn ansprechen sollte, bis er sich umdrehte oder sie ihn einholte und sah, dass es jemand anders war. Nicht Alf. Dann schnürt sich jedes Mal ihre Brust zusammen, sie kann kaum atmen und ist erleichtert und enttäuscht zugleich.

Es ist absolut unmöglich, dass er hier ist, sagt sie sich, es sei denn, die Anziehungskraft zwischen ihnen ist so stark, dass sie auf telepathische Weise wirkt. Doch das klingt wie ein Märchen.

Letty weiß nicht, wie lange sie in Mailand bleiben wird oder wohin sie als Nächstes fährt. Sie hat sich für eine nichtssagende Hotelkette entschieden. Ihr Zimmer sieht aus wie unzählige andere Zimmer überall in Europa. Das Frühstücksbuffet, von dem sie sich zwingt, etwas zu essen, würde in

Berlin oder Madrid genauso aussehen. Es ist kein Ort, an dem jemand länger als eine Nacht bleibt, doch sie ist schon seit drei Nächten hier. Gefangen in einer Zeitschleife. Tagsüber besichtigt sie die Sehenswürdigkeiten, die in ihrem Reiseführer beschrieben sind. Dabei sieht sie sich alle paar Meter um, ob sie nicht verfolgt wird, und geht durch Nebenstraßen, um es jemandem, der eventuell nach ihr sucht, schwieriger zu machen, sie zu finden. Jeden Tag läuft sie viele Kilometer und erschöpft sich ganz bewusst, weil sie nur im Schlaf Trost findet. Jeden Morgen, wenn sie aufwacht, hält sie die Augen geschlossen und versucht, sich möglichst lange das Gefühl zu bewahren, Alf wäre bei ihr. Sie zögert den Moment hinaus, in dem sie sich der Realität stellen und einsehen muss, dass er nicht wie durch ein Wunder aufgetaucht ist, auch wenn sie es sich noch so sehr wünscht. Und wenn sie die Augen dann schließlich öffnet, explodiert der Schmerz in ihrer Brust, und sie bricht in Tränen und unkontrolliertes Schluchzen aus.

Heute Morgen wird sie den Dom besichtigen. Das Wahrzeichen der Stadt hat sie sich bis zum Schluss aufgehoben. Nach dem Dom gibt es keinen vernünftigen Grund mehr, noch länger in Mailand zu bleiben. Letty weiß nicht, wohin sie als Nächstes fahren soll.

Ihr Weg führt sie an der Oper, La Scala, vorbei, in der »La Traviata« gegeben wird. Sie weiß nicht, ob es sie trösten oder traurig machen würde, wenn sie sich eine Karte für die Abendvorstellung kauft. In ihrem Kopf hört sie das Duett »*Un di, felice, eterea*«.

Eines Tages erschienst du glücklich und überirdisch vor mir, und seither bebe ich und lebe von der Liebe. Die Liebe ist der rätselhafte Herzschlag des Universums.

Croce e delizia.

Leid und Freude.

Ich hasse und ich liebe, denkt Letty. Alles zugleich.

Einen Moment lang stellt sie sich vor, wie es wäre, die Oper eines Tages mit Alf zu sehen. Ganz sicher würde er sie genauso schön und leidenschaftlich finden wie »Manon«. Und anschließend, wenn sie sich liebten, würden sich ihre Körper im Einklang bewegen, Haut an Haut, und ihre Seelen würden vereint zu etwas Größerem und Wunderschönem werden – wie zwei Stimmen in einem Duett, überweltlich, ätherisch.

»*Prego?*« Der Kartenverkäufer reißt sie aus ihrem Tagtraum.

Wenn sie allein in die Oper geht, wird sie sich an das letzte Mal erinnern, als sie sie gesehen hat – als sie neben Spencer gesessen, sein Rasierwasser gerochen und die Muskeln angespannt hat, um zu verhindern, dass sich ihre Schenkel zufällig berührten.

»*Mi dispiace. Niente.*«

Sie eilt über die Piazza davon.

Wie hat Spencer sie gefunden? Sosehr sie sich auch bemüht, sich auf den Reiseführer zu konzentrieren oder auf die Bilder in der Pinacoteca oder auf die Geschichten der Kandidaten in den Spielshows, die sie auf ihrem Hotelzimmer im Fernsehen sieht, immer wieder kehren ihre Gedanken zu dieser Frage zurück. Sie hatte sich gerade davon überzeugt, dass er möglicherweise einfach nur zufällig in ihrem Haus in Belsize Park aufgetaucht war, weil er als Immobilienmakler in dieser Gegend arbeitete. Zufall, Pech, so etwas. Doch dass er in Rom war, konnte kein Zufall gewesen sein. In Anlehnung an Oscar Wilde könnte man sagen, wenn jemand an einem Ort unerwartet auftaucht, könnte man es noch als Unglück abtun, doch an zwei Orten ist es verdächtig.

Letty dachte, sie wäre ihm entkommen. Doch das ist sie nicht.

Und er kennt Alf.

Das ist so unerklärlich wie beängstigend.

Sie schaut auf ihre Karte und stellt fest, dass sie durch die Arkaden gehen muss, um zum Dom zu gelangen. Mit ihren Mosaikböden aus Marmor und den bemalten Deckengewölben wirkt die Passage selbst so kunstvoll wie eine Kathedrale. Doch Letty bleibt nicht stehen, um die Architektur zu bewundern, denn teure Geschäfte, die elegante Anzüge und kostbare Uhren verkaufen, sind Spencers Revier. Sie geht zügig, ohne zu laufen, denn das wäre zu auffällig. Als sie schließlich den Ausgang erreicht, ist sie so erleichtert, als wäre sie aus einer gefährlichen Höhle entkommen.

Auf der Piazza angekommen, ist sie vom grellen Sonnenlicht geblendet. Kleine Kinder laufen umher, ein Mann hält einen großen Strauß Heliumballons in der Hand – rosafarbene, grüne, goldene und silberne Kreise schweben wie eine Kunstinstallation vor der filigranen gotischen Fassade des Doms. Der strahlend blaue Himmel gibt Letty das Gefühl, dass ihr hier nichts Schlimmes passieren kann. Dennoch eilt sie auf die großen Türen der Kathedrale zu, als suchte sie dort Schutz.

Drinnen ist es deutlich dunkler, als sie erwartet hat – ein gewaltiges graugrünes gotisches Gewölbe. Ihre Augen brauchen einen Moment, um sich an die Dunkelheit zu gewöhnen. Nur durch die bunten Glasfenster fällt Tageslicht herein und projiziert die Farben der bunten Bilder auf die dunklen Säulen. Letty blickt nach oben und denkt, wie übernatürlich es gewesen sein muss, zum ersten Mal die Sonne durch die bunten Kirchenfenster hereinfallen zu sehen. Man könnte glauben, dass Gott dem Gebäude seinen Segen gegeben hat.

Manchmal fragt sie sich, ob ihr Leben einfacher wäre, wenn sie gläubig wäre. Ihre Großmutter ging jeden Sonntag in die Messe, und in einer Kirche fühlt sich Letty ihr immer am nächsten. War Marina wirklich gläubig, oder fand sie es, wie Letty, nur beruhigend, an einem friedlichen Ort jahrhundertelanger Ehrerbietung in Ruhe nachzudenken? Merkwürdig, wie viele Fragen, an die man zuvor nie gedacht hat, einem kommen, wenn jemand gestorben ist.

Letty erinnert sich, wie sie an ihrem ersten Tag in Rom in Santa Croce in Gerusalemme gesessen hat. Es ist noch nicht einmal einen Monat her, und doch sie ist jetzt ein anderer Mensch.

Es ist, als wäre ein Teil von ihr durch die Liebe befreit worden, doch ein anderer Teil weiterhin vor Angst gelähmt. Sie findet kein Gleichgewicht. Ständig versucht sie zu verhindern, dass sie in wahnhafte Freude oder hoffnungslose Verzweiflung abdriftet.

Manchmal, wenn sie in ihrem anonymen Hotelzimmer sitzt, fragt sie sich, ob sie das alles nur geträumt hat.

An diesen Fakten besteht kein Zweifel:

Sie ist nach Rom gefahren. Sie hat sich in Alf verliebt. Und sie war sich sicher, dass auch er in sie verliebt war.

Doch dann tauchte Spencer auf.

Es war ganz bestimmt Spencer oder Stuart oder wie auch immer er wirklich heißt. Er hat ihr direkt in die Augen gesehen, ist mit einem widerlichen Lächeln auf sie zugekommen und hat ihre Angst sichtlich genossen.

Und Alf kannte ihn.

Letty hatte keine andere Wahl, als davonzulaufen.

Warum Spencer da war und woher er wusste, dass Letty dort war, ist ein Rätsel. Alf hatte gesagt, er müsse noch etwas regeln. Wahrscheinlich mit einer Freundin, hatte sie vermutet. War das die blonde Frau, die an Spencers Arm gegangen war, Alf aber geküsst hat, als ob er ihr gehörte?

Wie auch immer Letty sich das Zusammentreffen in der sonnigen Straße in Rom erklärt, das von einer Sekunde auf die andere das Paradies in die Hölle verwandelt hat, am Ende kommt sie immer zu demselben Schluss: Ihre Beziehung zu Alf ist vorbei. Alf kennt Spencer, und egal, ob er bewusst an dem Plan mitgewirkt hat, sie in die Falle zu locken, oder ob er ein unschuldiges Bauernopfer in Spencers Spiel war – er wird herausfinden, was für eine Frau sie wirklich ist, und anschließend wird er sie nicht mehr wollen.

Alles, was sie in Mailand noch tun muss, ist, auf das Dach des Domes zu steigen.

Am Eingang muss man eine Sicherheitsschleuse wie auf den Flughäfen passieren, sich dann in eine Schlange vor dem Aufzug einreihen und den Gang entlang der Wasserrinne neben dem grauen gotischen Strebewerk passieren. Eine schmale Treppe führt zur höchsten Plattform hinauf. Letty tritt auf einen Platz hinaus, der so voller Licht und Heiterkeit ist, dass sie das Gefühl hat zu schweben. Vor ihr erstreckt sich eine Allee aus zarten Turmspitzen. Dutzende von ihnen recken sich dem Himmel entgegen. Auf jeder der unglaublich schmalen Steinspindeln steht die Statue eines Heiligen, so filigran und reich verziert, dass sie vor dem Himmel wie aus weißer Spitze gewebt erscheint.

Sie bemerkt, dass viele Besucher verstummen, wenn sie auf das Dach hinaustreten. Die Schönheit ist buchstäblich atemberaubend, und es ist kaum zu fassen, was die Handwerker vor Jahrhunderten mit ihrem Geschick und ihrer Hingabe geschaffen haben. Letty setzt sich auf eine Steinkante und fühlt sich an diesem himmlischen Ort ganz und gar sicher. Sie will nie mehr hier weg.

Weit unter ihr überqueren winzige Fußgänger das geometrische Muster des Platzes und gehen ihrem Alltag nach. Dort unten, im Reich der Menschen, wiegt das Leben schwer, hier oben, zwischen den Heiligen, hingegen fühlt sich Letty federleicht, als wäre alle Last von ihr genommen.

Ob jeder, der hier nach unten sieht, daran denkt zu springen? Es wäre so leicht, all dem Leid ein Ende zu setzen. Nur ein Schritt, ein Sprung, und sie wäre für immer verschwunden.

35

FRANCES

Die Aussicht aus der Wohnung in dem ehemaligen Lagerhaus ist atemberaubend: gegenüber die Skyline der City und unter dem Balkon die Themse. Es ist Hochwasser. Ein Boot mit Touristen fährt vorbei, einzelne Fetzen von den Ausführungen des Fremdenführers wehen herüber.

Wenn sie hier wohnen würde, wäre das Leben ganz anders, denkt Frances. Die Strömung des Flusses hat eine Art Rhythmus. Mit den Booten, die den ganzen Tag hin- und herfahren, wäre es, als würde sie mit dem Herzschlag Londons leben.

Mit jeder Wohnung, die sie sich angesehen hat, wäre eine andere Zukunft verbunden. Ein Teil von ihr würde sich gern für den Rest ihres Lebens immer wieder neue Immobilien ansehen und sich vorstellen, wie es wäre, darin zu leben. Es wäre, wie Kleider anzuprobieren.

»Toll für Sommerpartys«, sagt der Makler, der Ben heißt. Er ist Anfang dreißig, und es freut Frances, dass er sie für jemanden hält, der gern Partys gibt – was sie tatsächlich auch war, oder ist, oder jedenfalls sein wird.

Ben hat ihr in den letzten Tagen verschiedene Wohnungen gezeigt, und zwischen ihnen hat sich ein leicht flirtender Ton entwickelt.

»Ein sehr geräumiges Schlafzimmer«, sagt er und öffnet die Tür zu einem Raum mit einem großen Doppelbett und einer verspiegelten Wand dahinter.

»Ja«, sagt Frances.

Im Spiegel sieht sie sich in ihrem dunkelblauen ärmellosen Etuikleid neben Ben stehen. Klassisch elegant. Sie ist sich immer etwas unsicher, ob ihre Arme noch straff genug sind, doch aus dieser Entfernung sehen sie gut aus. Ihre Friseurin sagt, der Pony würde sie um Jahre jünger machen. Wie viele Jahre hat sie allerdings nicht gesagt.

»Ihr Problem«, Ben sucht im Spiegel Frances' Blick, »ist, dass Sie eigentlich gar nicht wissen, was Sie wollen, stimmt's?«

Täuscht sie sich, oder spürt sie ein leichtes Schaudern? Wie weit würde er gehen, um etwas zu verkaufen?

»Wie wahr«, sagt sie und erwidert seinen Blick.

Es ist ziemlich erschreckend, wie wenig sie in einer zentralen Lage für ihr Geld bekommen kann. Eigentlich weiß sie nur eins ganz sicher: Sie möchte zu Fuß ins Theater gehen können. Sie geht gern ins Theater, warum sollte sie es dann nicht tun? Doch dann müsste sie für die Aussicht auf ein Zimmer verzichten. Sie glaubt, dass sie mit einer schönen Aussicht glücklicher wäre als mit einem zusätzlichen Zimmer. Doch die kleine georgianische Maisonettewohnung in der Lamb's Conduit Street hat sie auch gereizt; sie liegt in einem Viertel mit etwas mehr Kultur.

»Was denken Sie?«, fragt Ben in den Spiegel.

»Was denken *Sie*?«, fragt Frances und versucht, kokett zu lächeln.

»Nun ja, wenn Sie *meine* Mutter wären«, sagt er, »würde ich Ihnen wahrscheinlich zu der Maisonettewohnung raten, wobei Sie da die Stufen haben.«

Im Spiegel sieht Frances, wie das Lächeln auf ihrem Gesicht erstirbt.

Sie ist versucht, sofort ein Angebot für die modernere Wohnung abzugeben, in der sie stehen, nur um ihm zu zeigen, wie verdammt jugendlich und cool sie ist.

Stattdessen sagt sie angespannt: »Ich muss nachdenken. Möglicherweise muss ich meine Netze etwas weiter auswerfen.«

Womit sie andeuten möchte, dass sie ihn gegen einen an deren Makler austauscht, aber sie sieht, dass ihre altmodische Ausdrucksweise nur seine Meinung von ihr bestätigt. Wahrscheinlich hätte sie so etwas sagen sollen wie »mich reseten« oder so.

»Kein Problem«, sagt er.

Dieser Ausdruck macht sie wütend, denn er impliziert, dass sie ihm Schwierigkeiten gemacht hat, er aber bereit ist, es ihr nachzusehen. Am liebsten würde sie schreien, dass es sein verdammter Job sei, ihr Wohnungen zu zeigen. Und es sei sehr wohl ein Problem, denn wahrscheinlich werde sie jetzt nichts über seine Firma kaufen, und bei der derzeitigen Unsicherheit liefen die Geschäfte nicht gut.

»Kannst du dir das vorstellen?«, sagt Frances beim Mittagessen zu Oscar.

Sie ist froh, dass sie ins Delaunay gegangen sind, wo eine kultivierte Atmosphäre herrscht, die Kellner professionell sind, und die Einrichtung angenehm zeitlos ist. Es ist Balsam für ihre angespannten Nerven. Ihr schießt der Gedanke durch den Kopf, dass sie, wenn sie eine Wohnung in Covent Garden kaufen würde, zum Frühstück, Mittag- und Abendessen herkommen könnte. Die Vorstellung, dass sie einen festen Tisch hätte, gefällt ihr.

Doch für ihr Budget würde sie in dieser Gegend nicht viele Quadratmeter bekommen.

»Um ehrlich zu sein«, sagt Oscar, »du bist alt genug, um seine Mutter zu sein, Schätzchen, auch wenn du fantastisch aussiehst!«

Frances drückt ihrem Sohn über den Tisch hinweg die Hand.

»Ich glaube, dass er die Stufen erwähnt hat, hat mir den Rest gegeben«, sagt sie. »Es war, als würde er sagen, nächste Station Altenheim.«

»Frances, er ist Makler, dessen Ehrgeiz es wahrscheinlich ist, Kandidat bei ›The Apprentice‹ zu werden.«

»Er trägt Slipper ohne Socken.«

»Was musst du noch mehr wissen?«

»Warum tun die Leute so was?«, fragt Frances. »Seine Füße müssen doch am Ende des Tages schrecklich stinken.«

»Ein Immobilienmakler mit Stinkefüßen! Frances, da kannst du was Besseres kriegen.«

»Nicht, dass ich es wollte«, sagt sie. »Es wäre einfach nur schön gewesen, das Gefühl zu haben, dass mich jemand attraktiv findet, verstehst du?«

Sie weiß, dass sie ihren Sohn nicht um Verständnis bitten sollte, auch wenn er schwul ist und fast vierzig.

»Frances, du bist umwerfend, und Ivo ist ein jämmerlicher Mistkerl«, sagt Oscar. »Wenn du jemanden finden willst, ist das kein Problem. Jetzt traue ich mich kaum noch, dir meine Neuigkeiten zu erzählen …«

Frances ist dankbar, dass er das Thema wechselt. Es war ihr schon immer zuwider, bedürftig zu wirken.

»Welche Neuigkeiten? Erzähl mir was, das mich aufmuntert.«

»Wir bekommen ein Baby!«

Es ist fast dasselbe Gefühl wie damals, als Oscar seinen ersten Freund mit nach Hause gebracht hat. In dem Moment, als die zwei Jungs hereinkamen und zusammen in der Küche standen, hatte sie nur einen Gedanken: Ich muss unbedingt richtig reagieren. Und dann war sie so überschwänglich gewesen, dass es so aussah, als wollte sie irgendetwas kompensieren – als hätte sie ein Problem damit, obwohl sie doch eigentlich froh war, dass es endlich raus war.

»Oh, Liebling!«, sagt sie jetzt, und Tränen steigen ihr in die Augen.

»Tut mir leid, ich hätte es dir ein anderes Mal erzählen sollen.«

»Nein, natürlich nicht«, sagt Frances schniefend. »Es hat nichts damit zu tun, dass ich Großmutter werde.«

Doch, natürlich hat es das.

»Adoptiert ihr eins, oder habt ihr eine Leihmutter, oder was?« Ihr fallen keine normalen Fragen ein.

»Künstliche Befruchtung mit einem lesbischen Paar, das wir kennen. Wir teilen uns das Kind.«

»Bist du dir sicher?«

»Inwiefern?«

»Wegen der künstlichen Befruchtung.«

»Warum?«

»Ach, ich weiß nicht, ich habe so eine Theorie, dass glückliche Kinder aus tollem Sex entstehen.«

»Nun, das ist wirklich etwas schräg, und in diesem Fall schlicht unmöglich.«

»Du hast vollkommen recht«, sagt Frances. »Und ich freue mich. Ehrlich. Sag Raj, dass ich mich freue, ja?«

»Mach ich. Obwohl es noch Jahre dauern kann.«

»Dann fange ich noch nicht an zu stricken.«

Einen Moment lang wirkt Oscar besorgt, dann müssen sie beide über den Witz lachen. Guter Gott, wenn er auch nur für den Bruchteil einer Sekunde geglaubt hat, dass sie zu stricken anfangen würde, wurde sie wirklich alt.

»Wie geht es Letty?«, fragt Oscar.

»Sie scheint sich wirklich gut zu amüsieren. Sie schickt mir Fotos, das ist doch ein gutes Zeichen, oder?«

»Tolle Sache!«, sagt Oscar, als der Kellner kommt, um ihre Bestellung aufzunehmen.

»Ich nehme den Hähnchensalat«, sagt Frances. »Eigentlich esse ich im Restaurant keinen Salat, weil es so kompliziert ist, mit dem Salat zu kämpfen und gleichzeitig zu reden. Aber hier schneiden sie alles in kleine Stücke.«

»Nächste Station Altersheim?«, sagt Oscar.

Sie lacht. Irgendwie schafft Oscar es immer, sie aufzumuntern. Sie haben dieselbe Wellenlänge. Er lässt nicht zu, dass sie an sich zweifelt.

»Neulich Abend haben Letty und ich etwas Witziges gemacht«, berichtet Frances, nachdem der Kellner gegangen ist. »In Covent Garden wurde eine Aufführung übertragen, und ich war in der Oper. Letty hat die Übertragung in Rom gesehen. In der Pause hat sie mir eine WhatsApp geschickt, dass die Kamera auf den Zuschauerraum gerichtet ist, und mich gefragt, wo ich sitze. Daraufhin bin ich nach vorn zum Orchestergraben gegangen und habe in die Kamera gewinkt. Sie hat mich gesehen und mir geschrieben, dass sie mir auch zuwinkt! Witzig, oder? Wir waren Hunderte von Meilen voneinander entfernt, doch als ich allein dort in der Oper stand und wie eine Wilde gewinkt habe, fühlte ich mich ihr plötzlich näher als seit Jahren.«

»Welche Oper wurde gegeben?«, fragt Oscar.

»Eigentlich war es ein Ballett. ›Manon‹.«

»Letty ist ins Ballett gegangen?«

»Ja, das meine ich. Sie hat mir geschrieben: *Stell dir vor, ich sehe Manon in Rom und frage mich gerade, ob du da bist.* Das ist doch ein gutes Zeichen, findest du nicht?«

Was Letty angeht, wagen sie beide nicht, allzu optimistisch zu sein, denn bislang ist irgendwie immer etwas Schlimmes passiert, wenn sie glaubten, ein Problem wäre gelöst.

Der Kellner bringt das Essen und füllt ihre Gläser auf. Dann verschwindet er und stört sie nicht weiter.

Oscar drückt eine Zitrone über seinem Schnitzel aus.

»Weiß sie es?«, fragt er und spricht damit aus, was schon die ganze Zeit als Frage im Raum steht.

Vor dreieinhalb Wochen, an dem Abend nachdem Letty abgereist war, hatte Ivo gesagt, er wolle mit Frances über ihre Zukunft sprechen. Er hatte etwas Gutes gekocht, eine Flasche Wein aufgemacht und ihr dann erklärt, dass er seit sieben Jahren eine Affäre habe und sie verlassen werde, sobald das Haus verkauft sei.

Sieben verdammte Jahre. Mehr als der Betrug an sich machte Frances die lange Zeit zu schaffen, die er sie schon betrogen hatte. Ivo ist ein gut aussehender Mann, auch für sein Alter. Sie war nicht so dumm zu meinen, dass er nicht Versuchungen ausgesetzt war, vor allem seit sie mit der Menopause das Interesse an Sex verloren hat. Doch das ist erst seit zwei Jahren so, und sie hätte nie gedacht, dass er sie deshalb verlassen würde. Vielleicht dass er sich eine andere Frau für den Sex suchen würde. Manchmal dachte sie sogar, es würde sie erleichtern, weil sie dann kein schlechtes Gewissen wegen ihrer andauernden Müdigkeit mehr zu haben bräuchte. Aber an eine Beziehung hat sie nicht gedacht. Sieben Jahre! Sie hat sich gequält und jeden einzelnen gemeinsamen Moment aus dieser Zeit noch einmal mit dem Wissen um sein falsches Spiel und ihre Dummheit betrachtet.

»Ich habe es Letty noch nicht erzählt«, erklärt Frances. »Ich will ihr nicht den Spaß verderben, wenn sie ausnahmsweise mal glücklich ist.«

»Denkst du wirklich, das ist richtig?« Oscar wirkt besorgt.

»Warum soll *ich* es ihr erzählen?«, führt Frances einen anderen Aspekt an. »Er hat es ganz bewusst erst gesagt, nachdem sie weg war.«

»Stimmt«, sagt Oscar, nicht ganz überzeugt.

»Er ist bei ihr eingezogen. Wusstest du das?«

»Ja. Er hat es mir erzählt.«

»Hast du viel Kontakt zu ihm?« Frances versucht, beiläufig zu klingen, doch innerlich ist sie empört.

»Ich habe ein paarmal mit ihm telefoniert. Er hat mich gefragt, ob Letty Bescheid weiß«, berichtet Oscar.

Und worüber haben sie noch geredet? Hat Oscar seinem Vater die Hölle heißgemacht? Oder haben sie sich ganz vernünftig unterhalten, von Mann zu Mann? »Du weißt ja, wie das ist. Solche Dinge passieren.« Die Eifersucht versetzt Frances einen Stich. Was sie am schlimmsten an der neuen Situation findet, ist, dass sie jetzt mit Ivo um die Liebe ihrer Kinder konkurriert.

»Du weißt genau«, sagt sie wutschnaubend, »dass er im Grunde will, dass *ich* es Letty sage. Denn auch er weiß nicht, wie er ihr erklären soll, dass er seit sieben Jahren eine Affäre hat – selbst in der Zeit, als Letty krank war, selbst als sie im Krankenhaus war. Und zwar mit einer Frau, die näher an ihrem Alter ist als an seinem. Aber das werde ich ihm nicht abnehmen.«

Wie so oft in letzter Zeit – vor allem, ist ihr aufgefallen, wenn sie eine klare Meinung zu etwas hat – kommen ihr auch jetzt die Tränen. Wie die sentimentale Kandidatin in einer Realityshow versucht Frances, mit den Fingern der einen Hand zu verhindern, dass ihre Mascara verläuft, während sie mit der anderen in ihrer Tasche nach einem Taschentuch sucht. Doch nicht im Delauney, Herrgott noch mal!

»Frances …«

»Nein, schon gut«, sagt sie, als sie endlich ein Taschentuch findet. »Es ist nur … es ist nur …«

Sie weiß, dass sie es nicht sagen sollte, weil es klingt, als ginge es nur um sie und nicht um Letty, aber sie kann nicht anders.

»Es ist nur … ich habe schreckliche Angst, dass sich Letty auf seine Seite stellt.«

»Das wird sie ganz bestimmt nicht tun!«, sagt Oscar so engagiert, dass ein Stück Schnitzel über den Tisch fliegt. »Und überhaupt, es gibt keine Seiten, oder? Du bist unsere Mutter, und wir sind da, um dich zu unterstützen. Er ist ein verlogener Mistkerl, aber er ist trotzdem unser Vater – von jetzt an werden wir euch einfach getrennt sehen. Wir sind keine Kinder mehr.«

»Sie wird denken, dass ich es verdient habe, weil ich so eine Kratzbürste bin …« Jetzt laufen die Tränen unaufhaltsam. »Sie meint immer, ich wäre die Unvernünftige von uns beiden.«

»Frances, du bist nicht unvernünftig, du bist stark. Du musstest immer stark sein. Gott weiß, wie du dich bei Marina behaupten musstest.«

»Manchmal frage ich mich, ob es besser gewesen wäre, mich wie eine fügsame kleine Katholikin zu verhalten.« Frances schnieft. »Nicht, dass Marina das selbst gewesen wäre.«

»Frances, du hast wirklich viele Begabungen, aber eine fügsame Ehefrau zu sein, hättest du nicht länger als eine Minute durchgehalten. Und Ivo hätte das auch nicht gewollt. Ihm hat es gefallen, dass du eine richtige Feministin bist. Er war stolz auf dich.«

»Nur, weil er sich deshalb mit niemandem auseinandersetzen oder um die Rechnungen kümmern musste. Das hat er mir überlassen und konnte so die ganze Zeit gut dastehen. Es passte zu dem Bild, das er von sich hatte. Er war immer so eitel. Und jetzt ist er attraktiv für Frauen, die halb so alt sind wie er. Gott, das ist so ein Midlife-Crisis-mäßiges Klischee!«

»Ihr wart doch aber auch sehr glücklich, oder?«

Frances kann es überhaupt nicht leiden, wenn Leute versuchen, einem das Positive vor Augen zu führen, wenn etwas wirklich Schlimmes passiert ist. Sie will keine Vermittlung, sie will unendliches, uneingeschränktes Mitgefühl, einen loyalen Verbündeten. Vermutlich ist es eine natürliche menschliche Reaktion, dass man das Leid eines anderen lindern will. Doch bei ihr scheint das die gegenteilige Wirkung zu haben.

»Das dachte ich auch«, gibt sie zu. »Aber er hat das alles zerstört, und ich habe keine Lust, vernünftig und erwachsen damit umzugehen. Eigentlich will ich sogar, dass ihr euch auf eine Seite stellt!« Frances versucht, es scherzhaft zu sagen, doch im Grunde meint sie jedes Wort ernst.

»Ich bin immer auf deiner Seite. Das weißt du«, sagt Oscar ruhig. »Und Letty wird es auch sein. Ich bin mir nur nicht sicher, ob es fair ist, ihr nichts zu erzählen, vor allem, wenn wir ihr ständig sagen, sie soll offen zu uns sein.«

»Aber das mache ich doch nur, damit sie eine schöne Zeit hat und sich nicht sorgt.«

»Aber ist das nicht immer der Grund, wenn wir etwas vor unserer Familie verheimlichen?«, fragt Oscar. »In dem Moment, wo du meinst, du wüsstest etwas besser, läuft alles schief.«

Was für ein Glück, dass sie Oscar hat, denkt Frances, als sie ihn durch die Adwych Road zur Strand laufen sieht. Sie denkt das, seit er auf der Welt ist, und doch überrascht sie der Gedanke. Während seiner Kindheit war ihr Mutterinstinkt nicht besonders ausgeprägt. Doch das Gefühl, Glück zu haben, sogar gesegnet zu sein, einen derart besonderen Menschen geschaffen zu haben, ist jetzt noch so stark wie im Kreißsaal, als sie ihn zum ersten Mal in den Armen hielt. Er war ein winziges Kind, und sie wusste nicht, was für eine Mutter sie sein würde, doch ihr war immer klar, dass sie das zusammen schon hinkriegen würden. Und so ist es gewesen.

Als ob er wüsste, dass sie ihn noch beobachtet, hebt Oscar den Arm und winkt ihr noch einmal, als er am Waldorf Hotel vorbeigeht, dann verschwindet er hinter der Menge, die an der Bushaltestelle wartet.

War sie eigentlich all die Jahre glücklich mit Ivo? Frances hat nie darüber nachgedacht. Sie war zu beschäftigt. Jetzt fragt sie sich, ob sie sich ihre Bestätigung eher über ihre Arbeit als bei ihrer Familie geholt hat.

In einer Ehe überflüssig zu werden ist etwas ganz anderes als bei der Arbeit. Das war zwar nicht toll, aber wenigstens hat sie es kommen sehen. Die Einnahmen sind zurückgegangen, die ganze Branche hat sich verändert. Werbung funktioniert einfach nicht mehr auf dieselbe Weise wie früher.

Obwohl Frances sich bemüht hat, mit der digitalen Entwicklung und den ganzen Social-Media-Plattformen mitzuhalten, fehlt jemandem, der mit Büchern und nicht mit Bildschirmen aufgewachsen ist, im Grunde das Verständnis dafür. Die jungen Leute, die sich damit auskennen, sind wertvoll für die Firma und verdienen ihre üppigen Gehälter. Bei ihr war das anders. Wenn es nicht finanziell besser gewesen wäre zu warten, bis der CEO sie zu sich rief, um mit ihr über die »Umstrukturierung« zu sprechen, hätte sie schon lange vorher gekündigt. Und vielleicht wäre das für ihr Selbstbewusstsein besser gewesen. Sie hatte genau gewusst, was in der Firma vor sich ging, aber zu Hause hatte sie keinen blassen Schimmer gehabt.

Als sie an der Kasse des Royal Opera House vorbeikommt, beschließt Frances, nach Restkarten für den Abend zu fragen. Ein Ballett würde sie einige Stunden ablenken. Es gibt noch einen einzigen Platz sehr weit vorn. Wegen Letty fühlt sich Frances immer ein bisschen schuldig, wenn sie ins Ballett geht, aber sie spürt immer noch das freudige Kribbeln, wenn die Lichter ausgehen und sich der Vorhang hebt. Das Programm besteht aus drei Teilen. Das erste Ballett ist zeitgenössisch und hat keine Handlung. Die Technik beeindruckt Frances, aber es berührt sie nicht. Hin und wieder ist es aber auch schön, etwas zu sehen, das sie nicht umhaut. So kann sie sich einbilden, dass das Leben einer Balletttänzerin auch nicht immer toll ist.

Das zweite Ballett ist eine Wiederaufnahme von Ashtons »Marguerite und Armand«, und Frances ist begeistert, als sie auf der Besetzungsliste sieht, dass der hervorragende junge russische Meistertänzer Vadim Muntagirov den Armand tanzt.

Die Geschichte basiert auf der »Kameliendame«. Es ist eine

Art Kurzversion von »La Traviata«. Ein junger Mann und eine Kurtisane verlieben sich leidenschaftlich ineinander, doch sein Vater besteht darauf, dass der junge Mann sie verlässt. Als er hört, dass sie stirbt, ist es zu spät, seine Liebe kann nicht mehr siegen.

Beim Lesen der Inhaltsangabe denkt Frances, wie merkwürdig es ist, dass sich in den meisten Balletts junge Männer entweder in unschuldige Opfer wie Giselle oder Odette verlieben oder in tragische Huren wie Marguerite oder Manon. Frauen im Ballett sind Stereotypen und müssen immer sterben. Es ist unglaublich sexistisch, und dennoch liebt Frances es.

Warum? Frances sucht nach einer vernünftigen Erklärung. Vielleicht transzendiert die Kunst politische Korrektheit? Oder es liegt daran, dass diese Klischeebilder aus den Märchen den Mädchen sozusagen mit der Muttermilch eingetrichtert werden? Oder daran, dass Frances eine heimliche Romantikerin im Körper einer Zynikerin ist? Oder vielleicht ist es einfach ein Ersatz für Sex, denkt sie in der Pause, als ihr bewusst wird, wie viele der Frauen im Publikum die Menopause schon hinter sich haben dürften, und zu der verstörenden Erkenntnis kommt, dass sie eine von ihnen ist.

Die Tänzer lassen die Bühne erstrahlen. Die Musikalität und der Ausdruck des Russen sind so natürlich, dass er sich in etwas Überirdisches verwandelt; sein Körper wird durch die Bewegung selbst zu Leidenschaft.

Zum zweiten Mal an diesem Tag sucht Frances nach einem Taschentuch, weil sich ihre Augen mit Tränen füllen. Die Vorstellung ist eine so intensive erlösende Erfahrung, dass sie beschließt, sich das letzte Ballett nicht mehr anzusehen, sondern mit dem Gefühl und der Musik im Kopf zu gehen.

Sie wandert durch die Floral Street zur U-Bahn und sieht, wie Muntagirov die Oper durch den Bühneneingang verlässt. In Jeans und Kapuzenpullover, mit nassem Haar vom Duschen, ist er jetzt als der Junge zu erkennen, den sie bei Lettys erster Abschlussaufführung gesehen hat. Sie hat das Gefühl, sie müsste ihm gratulieren, als würde sie ihn irgendwie kennen, weil sie ihn hat aufwachsen sehen. Aus dir ist ein toller junger Mann geworden! Ich wusste immer, dass aus dir ein herausragender Tänzer wird!

Es wäre albern.

Aber sie hat damals tatsächlich etwas Besonderes in ihm gesehen, fast etwas Übernatürliches: Ein schlaksiger Jugendlicher, der sich beim Tanzen in ein anderes Wesen verwandelte. Er stach aus allen anderen heraus.

Normalerweise gab es nur einen brillanten männlichen Tänzer pro Generation – Rudolf Nureyev, Mikhail Baryshnikow, Carlos Acosta. Damals dachte sie, ob dieser Junge wohl der Nächste sein würde, und dann war ihr der verräterische Gedanke gekommen, dass Letty niemals gut genug sein würde, um mit ihm zu tanzen. Letty war etwas größer als der Rest der Tänzerinnen in ihrem Jahrgang, aber sie stach einfach nicht aus ihnen heraus. Sie war wunderschön anzusehen, und dennoch ging sie auf der Bühne unter.

Frances erinnert sich, wie sie zwischen all den stolzen Eltern im Publikum saß und mit dieser Erkenntnis sowie mit ihrem schlechten Gewissen kämpfte. Warum hatte sie ihre Tochter nur ermuntert, etwas zu tun, worin sie niemals Erfolg haben würde? Für wen hatte sie es getan? Wirklich für Letty? Oder im Grunde für sich selbst? Weil ihr die Vorstellung gefiel, dass ihre Tochter auf der Bühne stand und das tat, wovon sie selbst einst geträumt hatte?

Schon im Alter von drei Jahren war sie mit Letty in den »Nussknacker« gegangen, weil sie nicht wusste, dass man Kinder eigentlich erst ab fünf mitnehmen sollte. Doch Letty war schon damals so brav und diszipliniert gewesen, sie konnte stundenlang konzentriert stillsitzen. Frances erinnert sich noch an den Ausdruck auf Lettys Gesicht, als auf dem Kinderfest der Weihnachtsbaum aus der Bühne wuchs.

In der Pause fragte sie dann Frances: »Kann ich eins von diesen Kindern sein?«

Und sie hatte Ja gesagt, natürlich könne sie das, wenn sie nur hart genug arbeite.

Frances sitzt in der Northern Line, die vom West End nach North London rollt. Sie war es nicht allein. Alle hatten Letty ermutigt, ihrem Traum vom Ballett zu folgen. Marina und Ivo auch. Eigentlich war Frances sogar die Einzige gewesen, die ihre Sorge geäußert hatte, dass Letty dann unweigerlich keine ordentliche akademische Ausbildung erhielte. Letty war ein kluges Mädchen. Was würde passieren, wenn sie einen Unfall hätte?

Später hat Frances sich gefragt, ob sie allein dadurch, dass sie den Gedanken ausgesprochen hatte, Lettys Verletzung und Karriereende irgendwie ausgelöst hatte, mit dem das Unheil seinen Lauf nahm.

Von wegen »man ist immer nur so glücklich wie sein unglücklichstes Kind«, dachte Frances. Das ist doch nur ein Satz, den Väter gern benutzen, um zu zeigen, dass sie sich sorgen. Tatsächlich ist es das Schicksal der Mütter, dass sie sich für das Unglück ihrer Kinder verantwortlich fühlen, als wäre alles ihre Schuld.

Doch jetzt ist Letty glücklich in Italien, erinnert sich Frances. Sie braucht sich nicht um sie zu sorgen.

Im Souterrain brennt Licht. Wahrscheinlich hat sie es am Morgen angelassen. Doch als Frances die Tür öffnet, spürt sie, dass jemand unten ist. Sie hat schon jedes Gefühl in diesem Haus erlebt, aber niemals Angst, und für einen Moment ist sie wütend auf Ivo, weil er sie verlassen hat. Weil er sie in Gefahr gebracht und gedemütigt hat.

Sicher gibt es Regeln, wie man sich verhalten sollte, wenn man einen Eindringling überrascht, aber sie hat keine Ahnung, wie die lauten. Soll sie die Tür zuschlagen und die Polizei anrufen? Oder wäre das übertrieben? Vielleicht ist es nur Ivo, der zurückgekommen ist, um etwas zu holen. Er hat noch einen Schlüssel. Oder Rollo. Schließlich gehört ihm das Haus zur Hälfte. Aber Frances glaubt nicht, dass er kommen würde, ohne sie vorher zu fragen.

Sie steckt den Schlüssel in die Tasche und hängt sie sich über die Schulter, damit sie notfalls wegrennen kann. Von der Türschwelle der noch offen stehenden Haustür ruft sie so laut und aggressiv, wie sie nur kann: »Wer ist da?«

»Hallo!«

Es ist Lettys Stimme, die da aus der Küche nach oben schwebt.

36

Dritte Woche

LETTY

Letty wünschte, sie wäre nie weggefahren. Nicht, dass sie ihrer Mutter viel hätte helfen können, aber zumindest hätte Frances dann nicht allein leiden müssen. Sie waren als Mutter und Tochter nie so etwas wie Freundinnen gewesen. Letty hatte immer das Gefühl, als würde Frances in ihr ein interessantes und ein wenig lästiges Wesen sehen. Doch in der letzten Woche hat sie erlebt, wie sehr ihre Mutter leidet und wie stark sie ist. Vielleicht hat sie ihr Unrecht getan.

Die Kommunikation mit Frances war immer eine Herausforderung, die Letty im Allgemeinen zu vermeiden versucht hat. Es war immer leichter, in Marinas bedingungsloser Liebe zu baden oder in Ivos unkomplizierter Zuneigung. Vor ihrer Rückkehr aus Rom hatte sie nie Frances' verletzliche Seite gesehen. Beim Anblick ihrer Mutter im alten Trainingsanzug, die Falten nicht durch Schminke überdeckt, die roten Locken am Ansatz grau, fragt Letty sich, ob diese erschöpfte, zerbrechlich wirkende Person wohl schon immer hinter der professionell strahlenden Fassade existiert hat.

Es ist merkwürdig, wieder zu Hause zu sein. Irgendwie hat Letty noch das Gefühl, sich auf der Durchreise zu befinden, ohne dass sie wüsste, was das Ziel der Reise ist. Sie hat Angst, allein auf die Straße zu gehen, und weiß nicht, wie das jemals aufhören soll. Soll sie jemandem erzählen, dass Spencer ihr nach Rom gefolgt ist? Aber wem?

Frances würde nur überreagieren, und sie hat schon genug Sorgen. Auch wenn ihre Ehe alles andere als perfekt war, sind Ivo und Frances immerhin fast vierzig Jahre verheiratet gewesen. Und auch wenn Frances Ivo vorgeworfen hat, dass er schwach sei oder keine Verantwortung übernehmen wolle, weiß Letty, dass Frances ihn immer geliebt und unterstützt hat. Sie hat ihn das Leben führen lassen, das er führen wollte. Früher ist Letty bei Frances' Kritik an Ivo zusammengezuckt, doch jetzt erscheint sie ihr eher scharfsinnig als harsch.

Sieben Jahre! Vor sieben Jahren ist ihr Unfall passiert. Aus irgendeinem Grund möchte Letty wissen, ob die Affäre ihres Vaters damals schon begonnen hatte, als er mit ihr eislaufen ging. Oder ob ihr Unfall ihm irgendwie eine Ausrede geliefert hat, der Auslöser war, Frances zu betrügen. Letty kann ihn nicht fragen, weil sie ihn nicht sehen will. Und nachdem er sie alle sieben Jahre lang belogen hat, weiß sie ohnehin nicht, ob sie ihm die Antwort glauben würde.

Letty sitzt an Marinas altem Sekretär und wünscht, ihre Großmutter wäre noch da. Ohne sie scheint alles auseinanderzubrechen. Das Haus, die Familie. Ist Ivo nur geblieben, weil er die Missachtung seiner Mutter fürchtete?

Vorsichtig öffnet sie die erste Schreibtischschublade. Sie ist versucht, den Inhalt einfach direkt in einen schwarzen Müllbeutel zu entsorgen, wie Frances es tun würde. Ihre Mutter kennt keine Skrupel mehr, aber für Letty ist es nicht nur alter Plunder. Es ist das Verzeichnis eines Lebens, eines Lebens, von dem sie nur einen Bruchteil kennt, wie sie merkt, als sie ein Foto findet.

Es steckt in einem unbeschrifteten braunen Umschlag, der unter einem Stapel ähnlicher, unbenutzter Umschläge in einer der unteren Schubladen liegt.

Als sie die Fotografie herauszieht, hat sie das Gefühl, Marina stünde hinter ihr.

Es ist eine Schwarz-Weiß-Aufnahme. Im Vordergrund tanzt ein Paar auf einer bescheidenen Piazza mit rechtwinkligen Häusern. Das lange dunkle Haar der Frau weht hinter ihr her. Sie trägt ein tailliertes Kleid mit einem kleinen weißen Kragen, vorn durchgeknöpft, mit weitem schwingendem Rock aus einem gestreiften Stoff mit aufgedruckten Rosen. Der große, gut aussehende Mann in einer hochgeschnittenen Hose mit weiten Beinen und einem kurzärmeligen Hemd lächelt sie an. Ihre Körper bilden von der Taille an ein vollkommenes V. Im Hintergrund sitzt eine Gruppe alter Männer um einen Kaffeetisch und lächelt. Ein paar Frauen mit Einkaufstaschen in den Händen sind stehen geblieben, um dem Paar zuzusehen. Eine Frau mit einem Kinderwagen faltet begeistert die Hände vor der Brust, als würde sie klatschen. Das Bild hat die leicht verschwommene Ästhetik des berühmten Doisneau-Bildes von den zwei Liebenden, die sich auf einer Straße in Paris küssen und, hingerissen vom Rausch ihrer Liebe, den Alltag um sich herum vergessen.

Es ist eine wunderschöne Erinnerung an eine Zeit, einen Ort, eine Liebesgeschichte.

Je länger Letty das Bild betrachtet, desto unsicherer ist sie, wie sie damit umgehen soll. Sicher hätte Marina niemals gewollt, dass jemand dieses Foto sieht, und außer Letty hätte es niemand finden können, denn jeder andere hätte es mit den restlichen alten braunen Umschlägen, deren Gummierung ausgetrocknet ist, weggeworfen.

Wollte Marina, dass Letty es findet? Oder hatte ihre Großmutter vergessen, dass das Foto dort lag? Oder hat sie manchmal ihre Tür verschlossen, es aus dem Umschlag geholt und an ihren lange verlorenen Geliebten gedacht?

Letty fühlt sich, als würde ihre Identität sich auf einmal verflüssigen, wie Quecksilber, nicht länger zu greifen.

»Das musst du dir ansehen!«, ruft sie Frances zu, doch ihre Mutter spricht mit jemandem am Telefon.

Letty betrachtet das Foto auf der lederbezogenen Schreibtischplatte. Ist das ein Zeichen, dass sie es Frances nicht zeigen sollte? Doch es ist nicht Lettys Geheimnis. Es gehört der Familie. Marina kann ihr nicht einfach die Verantwortung übertragen.

»Es tut mir leid«, flüstert sie leise.

»Das war der Makler«, sagt Frances, als sie ins Zimmer kommt.

Lettys Herzschlag beschleunigt sich, sie spürt ihn in ihrer Brust, in ihrem Hals, in ihrem Kopf.

»Es gibt einen Interessenten für das Haus. Er hat etwas weniger als den verlangten Preis geboten. Ich habe dem Makler gesagt, er soll ihn noch etwas hochhandeln«, fügt ihre Mutter hinzu.

Letty umklammert die Schreibtischkante.

»Welcher Makler?«, flüstert sie.

»Der aus der England's Lane.«

Erleichterung durchströmt Letty, doch sie zittert immer noch. Ist das wieder ein Trick?

»Du hast dem anderen doch nicht erzählt, dass ich nach Rom gehe, oder?«

Frances stutzt leicht verwirrt von ihrer merkwürdigen Frage.

»Natürlich nicht!«

Wieder klingelt das Telefon und bewahrt Letty vor den unausweichlichen Fragen ihrer Mutter. Sie hört Frances reden, kann die Information jedoch nicht verarbeiten. Immer, wenn sie meint, sich endlich von Spencer befreit zu haben, schleicht er sich wieder zurück in ihr Leben. Wie soll sie ihn nur jemals loswerden?

Als Frances das Gespräch beendet, erscheint ein Lächeln auf ihrem Gesicht. »Ich habe den verlangten Preis bekommen!«

Letty wartet. Sie rechnet noch mit einem »Aber …«

Frances Miene wird ernst.

»Du findest es schrecklich umzuziehen, stimmt's, Liebes? Es tut mir so leid …«

»Nein, nein, das ist es nicht«, versucht Letty, sie zu beruhigen. »Du hast großartig verhandelt!« Sie steht vom Schreibtisch auf, streckt vorsichtig die Arme aus und bietet ihrer Mutter eine Umarmung an.

Seit sie erwachsen ist, hat es sich immer komisch angefühlt, Frances zu umarmen, weil Letty größer ist als ihre Mutter. Doch in der letzten Woche haben sie sich ziemlich viel umarmt, und jetzt ist sich Letty nicht sicher, wem von beiden es besser gefällt.

Doch plötzlich rückt Frances von ihr ab.

»Ich war mal wieder zu schnell«, sagt sie. »Ich hätte Ivo anrufen sollen, und wenn er gesagt hätte: ›Nimm das Angebot an!‹, hätte ich verlangen sollen, alles zu bekommen, was ich darüber hinaus noch verhandeln kann. Warum habe ich nicht daran gedacht?«

»Das kannst du doch jetzt immer noch machen«, schlägt Letty vor. »Er weiß doch noch gar nichts von dem Anruf.«

»Letty!«, ruft Frances überrascht. »Wie verschlagen von dir!«

Letty empfindet einen Anflug von Stolz, dass sie das Bild der stets braven Tochter gestört hat, die nie etwas Falsches tut, es sei denn, weil sie seltsam oder naiv ist.

»Ich glaube, das könnte ich nicht«, entscheidet Frances. »Ich will in dieser Beziehung nicht diejenige sein, die lügt. Ich glaube, ich gebe mich einfach mit seiner Dankbarkeit zufrieden. Was ist das?«, fragt sie und linst auf das Foto auf dem Schreibtisch.

»Das habe ich gefunden«, sagt Letty.

»Die Mutter und ihr geliebter Sohn beim Tanzen«, sagt Frances bitter. »Wo wurde das wohl aufgenommen?«

»Das ist nicht Ivo«, sagt Letty. »Das kann nicht sein. Sieh doch, was sie anhaben. Und wie jung Marina da ist.«

Frances schnappt sich das Foto.

»O mein Gott!«, sagt sie und taumelt, als ihr die Bedeutung klar wird, genau wie Letty kurz zuvor. »Wusstest du das?«

»Natürlich nicht!«, ruft Letty.

»Ich habe nur gedacht, weil … Ist das nicht das Kleid, das du so unbedingt loswerden wolltest?«

»Ja. Weil ich es getragen habe, als Marina gestorben ist. In Venedig. Genau an dem Ort, an dem dieses Foto entstanden ist.«

»Es sieht nicht aus wie Venedig.« Frances betrachtet das Bild jetzt genauer.

»Es ist auf Burano. Marina hat mir gesagt, ich sollte dort hinfahren. Es ist, als hätte sie gewusst …«

Ihr läuft ein Schauder über den Rücken.

»Ihr habt euch immer sehr nahgestanden«, sagt Frances und legt eine Hand auf Lettys. Auch wenn sie nicht weiß, warum, spürt sie offenbar, dass Letty aufgewühlt ist. »Manchmal geschehen merkwürdige Dinge, Süße. Manche nennen es Schicksal. Ich spreche lieber von Serendipität. Das klingt weniger unheilvoll, und es ist so ein interessantes Wort. Ich habe mal versucht, eine Kampagne um das Wort herum zu gestalten.«

»Eine Kampagne für was?«

»Humus und Tarama«, sagt Frances. »SerenDIPität, verstehst du? Wir wollten es später auch auf Guacamole ausweiten ...«

Typisch Frances, mit einem Satz von Todesahnung zu einer Werbekampagne.

»Aber es hat nicht funktioniert. Und außerdem wäre die Welt dann nie in den Genuss von *Dip a dee doodah, Dip a dee day* gekommen ...« Frances singt die Melodie einer Weihnachtskampagne, an die Letty sich erinnert, von der sie jedoch nicht wusste, dass ihre Mutter sie erfunden hat.

»Tut mir leid, Süße«, sagt Frances, als sie merkt, dass sie vom Thema abgekommen ist. »Also, versuchen wir, das hier zu verstehen.« Sie hält das Foto hoch, sodass beide es sehen können. »Das ist Marina. In den Fünfzigerjahren? Ja, das kommt hin. Sie ist eindeutig in einen Mann verliebt, der genauso aussieht wie Ivo. Ivo wurde 1958 geboren. Marina und Max haben 1952 geheiratet. Der arme Rollo sieht Max so ähnlich – er muss sein Sohn sein. Aber Ivo, nun ja, ich konnte es nie ganz glauben. Marina muss diesen Mann im Restaurant kennengelernt haben ...«

»Als ich ihr erzählt habe, dass ich nach Venedig fahre, hat Marina etwas von einem italienischen Grafen erzählt«, erinnert sich Letty. »Er hat ihr in Burano Spitze gekauft. Und sie haben auf der Piazza getanzt. Sie hat gesagt, sie konnte ihn nicht heiraten, weil er aus einer sehr alten Familie stammte ... Ich dachte, sie wäre verwirrt.«

»Er konnte sie nicht heiraten, weil sie schon verheiratet war«, bemerkt Frances. »Gott, was für eine Heuchlerin mit ihrer verdammten Mantilla am Sonntag und all ihren Ratschlägen, was eine gute Ehefrau ausmacht …«

»Welche Ratschläge?«

»›Das Ego eines Mannes ist empfindlich, Frances. Du darfst nicht so darauf herumtrampeln, Frances …‹«

Frances' Imitation ihrer Schwiegermutter ist so treffend, dass es in Marinas Zimmer fast frevelhaft erscheint.

»Ich sollte so tun, als wäre nicht ich diejenige, die die Familie ernährt und das fette Gehalt nach Hause bringt. Der arme Ivo könnte sich dadurch sonst in seiner Männlichkeit geschwächt fühlen. Wobei sie, rückblickend betrachtet, vielleicht recht hatte. Vielleicht ist es meine Schuld, dass er mit einer Frau gevögelt hat, die gerade mal halb so alt ist wie er! Ein Punkt für dich, Marina«, ruft Frances und blickt zur Decke hoch.

»Meinst du, Ivo weiß es?«, fragt Letty.

»Gott, was für ein Gedanke! Ich bin mir sicher, er weiß es nicht. Andererseits«, fügt sie nachdenklich hinzu. »Ich war mir auch sicher, dass er und ich zusammen alt werden würden. Sollten wir es ihm sagen?«

Es ist das erste Mal, das Frances und Letty in ihrem Trio das »Wir« besetzen. Es fühlt sich ungewohnt an, aber schön.

»Warum legen wir es nicht auf den Stapel mit den Sachen, um die er sich kümmern muss?«, schlägt Letty vor.

»Gute Idee. So, wie ich Ivo kenne, wird er sich wahrscheinlich einfach weigern, überhaupt wahrzunehmen, wie ähnlich er diesem Mann sieht«, sagt Frances.

»Aber wir sind uns ziemlich sicher, oder?«, fragt Letty.

»Denn wenn das so ist, habe ich mehr italienisches Blut in mir, als ich dachte.«

»Gott, ja!«

Frances sieht wieder auf das Bild.

»Oh! Ich hatte gerade einen wunderbaren Gedanken! Dieser grässliche alte Langweiler von Max hat immer behauptet, ihr Kinder hättet eure Intelligenz von ihm geerbt. Jetzt scheint es äußerst unwahrscheinlich, dass er irgendetwas damit zu tun hatte!«

»Erbt man die Intelligenz nicht sowieso von seiner Mutter?«, fragt Letty.

»Ganz genau!« Frances strahlt sie an.

Es ist fast, als hätte das Foto ihre Mutter von dem lebenslangen Gefühl befreit, nicht gut genug für Ivos Familie gewesen zu sein.

»Komm«, sagt Frances. »Suchen wir uns ein neues Zuhause.«

Frances ist zu dem Schluss gekommen, dass sie anstatt einer Wohnung am Fluss oder einer kleinen Mansarde in Covent Garden lieber nach einem kleinen Haus suchen möchte. Sie hat sich für Stoke Newington entschieden: nah genug an der Zivilisation – womit sie meint, dass die Taxifahrt vom Theater nach Hause keine dreißig Pfund kostet –, mit anständigen Restaurants und Parks.

Sie besichtigen ein Reihenhaus in der Palatine Road.

»Was ist?«, fragt Frances, als sie Lettys Gesicht bemerkt.

»Palatin … Da bin ich gerade erst gewesen …«

»Und ist das ein gutes oder ein schlechtes Zeichen?«

Frances ist unglaublich wachsam, doch sie hat nicht gefragt, warum Letty vorzeitig aus Rom zurückgekommen ist, obwohl Letty weiß, dass ihr die Frage unter den Nägeln brennt. Und freiwillig hat Letty nichts erzählt.

»Ich glaube, ein gutes«, erwidert Letty, weil sie weiß, dass sie es erklären müsste, wenn sie sagte, es wäre ein schlechtes.

Auf dem Rückweg nach Belsize Park macht Frances ein Angebot, das weit unter dem verlangten Preis liegt, und einigt sich dann mit dem Verkäufer in der Mitte.

»Jetzt können wir nach vorn schauen!« Sie umarmt Letty, dann ruft sie Oscar an, um ihm die Neuigkeit zu berichten.

Letty geht zurück in Marinas Schlafzimmer. Jetzt gibt es einen dringenden Grund zu packen. Letty kann die aufgeregte Stimme ihrer Mutter am Telefon hören.

»Oh … und du errätst nicht, was wir herausgefunden haben, Schatz. Äußerst seltsam … Letty, kannst du es Oscar schicken?«

Letty macht eine Aufnahme von dem Foto und schickt sie ihrem Bruder per WhatsApp. Als sie das Bild von Marinas intimem Glücksmoment in die digitale Welt hinausschickt, wo es möglicherweise von einer Million Fremder betrachtet werden könnte, nachdem es so viele Jahre versteckt war, hat sie erneut das brennende Gefühl, Marina zu verraten.

»Genau!«, hört sie Frances sagen. »Existieren eigentlich alle Familien in einem unendlichen Kreislauf aus Geheimnissen? Meinst du, das hat Tolstoi gemeint, als er sagte, dass glückliche Familien alle auf die gleiche Weise glücklich sind, doch jede unglückliche Familie auf ihre eigene Art unglücklich ist? Gibt es überhaupt so etwas wie eine glückliche Familie?«

Letty ist neidisch auf die lockere Art, in der ihre Mutter und ihr Bruder miteinander reden. Wird sich Frances in Lettys Gegenwart jemals so wohlfühlen, dass sie so auch mit ihr spricht?

»Oscar und ich haben beschlossen, dass es keine Geheimnisse mehr geben wird«, ruft Frances. »Was denkst du, Letty? Können wir drei zumindest versuchen, von jetzt an ehrlich zueinander zu sein?«

Letty blickt in den Garten. Sie stellt sich Geheimnisse vor wie Schwertlilien, Marinas Lieblingsblumen, die nach der Blüte verwelken, jedoch im Boden Knollen bilden und an unerwarteten Stellen wieder austreiben, wenn die Zeit reif ist. Nur, dass Geheimnisse, anders als Schwertlilien, fast immer ziemlich hässlich und zerstörerisch sind, wenn sie ans Licht kommen.

»Heißt das, alle Geheimnisse von diesem Moment an, oder müssen wir uns die erzählen, die wir bis jetzt hatten?«, ruft sie.

Frances übermittelt Oscar, was Letty gesagt hat. Offenbar finden es beide sehr lustig.

»Gott, Letty, manchmal haben wir wirklich keine Ahnung, was in deinem klugen Kopf vor sich geht! Wie wäre es damit? Oscar schlägt vor, dass wir eine Amnesie für alle Geheimnisse bis zum heutigen Tag aussprechen, aber künftige mit einem Bann belegen.«

»Einverstanden«, ruft Letty zurück.

Sie schaut auf das Foto und konzentriert sich auf das V, das Marina und ihr Geliebter bilden. Sie tanzen Walzer, denkt Letty. Wie Blumen in einer Vase. Die Erinnerung an das wundervolle Gefühl, herumgewirbelt, buchstäblich von den Füßen gefegt zu werden, ist noch lebendig. Alfs wunderschönes Gesicht, das sie anlächelt, die elektrisierende Energie, die von jenem Moment an zwischen ihnen geflossen ist.

Sie erinnert sich an die Menge, die sich um sie versammelt hat, als sie auf der Piazza Navona getanzt haben, mit liebesverhangenem Blick, genau wie Marina und ihr italienischer

Graf. Und plötzlich denkt sie: Hat jemand aus der Menge sie fotografiert? Ist ein Foto von ihr und Alf beim Tanzen auf Instagram um die Welt gegangen? *#tanzendesPaar #Rom #Liebe*. Und hat Spencer es gesehen und sich an Lettys Liebe zum antiken Rom erinnert? Unwahrscheinlich.

Aber Spencer kennt Alf. Und Alf ist auf Instagram. Das ist eine logische Verbindung.

Seit Josh hat sich Letty von den sozialen Netzwerken ferngehalten, doch jetzt überlegt sie, wie der Instagram-Name auf Alfs T-Shirt lautete. @rometourguidealf. Es dauert nicht lange, dann hat sie ihn gefunden.

Sie scrollt rasch durch die Fotos auf seinem Account – dort findet sich kein Hinweis auf sie. Der Bocca della Verità, der Trevi-Brunnen. Durch die Bilder zu scrollen fühlt sich an, als würde sie ihre Liebesgeschichte noch einmal durchleben. Der Imbisswagen an der Villa Borghese, die rosafarbene Stadt im Sonnenuntergang. Doch es gibt keine Fotos von ihr. Sie hat ihn gebeten, keins von ihr zu posten, und er hat ihren Wunsch respektiert. Sie geht zurück zu dem Datum, an dem sie sich kennengelernt haben, die Postkartenansicht aus dem Fenster des Klassenzimmers. Am nächsten Tag hat er ein Video gepostet. Das Standbild zeigt Masakasu, der das Gesicht beim Singen verzieht. Letty klickt es an, um es abzuspielen. Der Japaner strengt sich an, die hohen Töne von »Nessun Dorma« zu treffen, und im Hintergrund sieht sie sich, wie sie diese völlig unerwartete Vorstellung fasziniert verfolgt.

Die Unterschrift lautet: *Cooler Typ in meinem Italienischkurs #Oper #Rom #Roma #Sänger #BGT #Italy'sGot Talent?*

Es hat bei Weitem die meisten Likes.

Unter Alfs Followern entdeckt Letty einen Mann namens

Stuart, der sich selbst als »Fan von Arsenal, Porsche und Immobilien« beschreibt.

Er hat Bilder aus New York und Venedig gepostet, einschließlich der bunten Häuser von Burano. Doch, wie sie erleichtert feststellt, keins von ihr. Es gibt viele von der blonden Frau, mit der er unterwegs war und die Alf so besitzergreifend geküsst hat. Stuart nennt sie »Meine wunderschöne Gina«.

Nervös klickt Letty auf ihren Account. Doch der ist privat.

Genug, denkt Letty. Und dennoch kann sie nicht widerstehen, noch einmal zu Alfs Feed zu gehen und erneut die Bilder zu betrachten, die ihre römische Liebesgeschichte erzählen.

Und jetzt, als sie genauer auf die Daten achtet, sieht sie, dass die neuesten Bilder erst gepostet wurden, nachdem sie bereits abgereist war. Darunter stehen Unterschriften, aber keine Hashtags.

Unter dem Foto von Tivoli steht: *Tanzende Brunnen.*

Unter dem von der Piazza Navona: *Wie ein magischer Tanzsaal.*

Unter dem Bocca della Verità: *Ich habe dir nicht die ganze Wahrheit gesagt, aber ich habe nicht gelogen.*

Unter dem leeren Podest im Forum lautet die Unterschrift: *Wo bist du?*

Unter dem vom Trevi-Brunnen: *Komm zurück!*

Das Motiv auf dem letzten Foto, das er erst vor einem Tag gepostet hat, kennt sie nicht. Ein leerer Strand neben einem sehr blauen Meer. Über dem Foto steht *Ischia,* und darunter hat er geschrieben: *Wie viele Küsse werden meine Liebe zu dir stillen? So viele, wie es Sandkörner am Strand gibt …*

Es ist eine Anspielung auf Catulls berühmte Gedichte, eine Nachricht, die nur sie versteht.

37

Vierte Woche

Alf

Noch nie hat Alf einen so glitzernden Strand gesehen wie den Maronti. Wie unzählige Spiegel reflektiert der Sand das Sonnenlicht. Es muss etwas mit dem seit langer Zeit ruhenden Vulkan zu tun haben, der über Ischia aufragt. Mit den bewaldeten Hängen wirkt er harmlos, doch die warmen Quellen, die überall in den Spas der Insel sprudeln, erinnern unablässig an seinen glühenden Kern. Ebenso wie die Fumaroles, die in der Nähe von Sant'Angelo dampfen, dem malerischen Ort auf der Landspitze, wo Alf ein Zimmer gemietet hat.

Jeden Morgen fährt er mit einem Wassertaxi zur Arbeit. Es ist ein kleines Holzboot mit Außenbordmotor, und Tino am Ruder spricht mit einem derart starken Akzent, dass Alf nur ungefähr jedes zwölfte Wort versteht. Am Maronti angekommen, liegt Alf dann den ganzen Tag, von Sonnenaufgang bis Sonnenuntergang, am Strand und bewegt sich nur, wenn ihn jemand nach einem Liegestuhl fragt. Dann kassiert er das Geld und stellt einen *ombrellone* auf. Doch es sind nur wenige Touristen unterwegs. Sein Chef, Mario, sagt, die Saison beginne nicht vor Juni. Ursprünglich hat er Alf angeboten, nur nachmittags zu arbeiten, während er selbst Siesta hält – Alf glaubt, dass er eine Geliebte hat, denn er kehrt immer mit einem strahlenden Lächeln und umweht von einem leicht animalischen Geruch zurück. Nach einer Woche hat Mario ihn dann gebeten, auch morgens zu kommen. Durch Alfs Anwesenheit kann sich Mario im Restaurant mit seinen Freunden unterhalten und rauchen, ohne Kunden an die konkurrierenden Liegestuhlvermieter am Strand zu verlieren. Im Gegenzug gewährt Mario Alf Pausen zum Schwimmen, obwohl er ihn für verrückt hält, weil das Meer seiner Meinung nach noch viel zu kalt ist.

Im flachen Wasser fließt eine sanfte Strömung, und wenn Alf ungefähr einen Kilometer von den orangefarbenen Liegestühlen entfernt an der Landspitze ins Wasser geht, ist er in zehn Minuten wieder zurück, ohne auch nur einen Zug zu schwimmen. Er genießt das Gefühl, auf dem Wasser zu treiben, Arme und Beine von sich gestreckt, die Augen gegen die blendende Sonne geschlossen. Hier an der Grenze zwischen Sand und Meer, an diesem liminalen Ort – er erinnert sich an Lettys Wort –, ist er glücklich oder zumindest so glücklich, wie es ohne Letty möglich ist. Doch er schießt immer noch jedes Mal in die Höhe, wenn er den Dieselmotor des Insel-Busses hört, der die Leute an der Spitze des kleinen Kliffs über dem Restaurant absetzt, und englische Stimmen die Stufen zum Strand herunterschallen. Jeder, der die Insel besucht, kommt zwangsläufig hierher. Das Problem mit dem Herumfahren war, dass er sich nie sicher sein konnte, ob Letty den Ort, an dem er gerade ankam, vielleicht kurz vor ihm wieder verlassen hatte. Mittlerweile glaubt er, dass sie, sollte sie überhaupt auf Ischia gewesen sein, schon wieder abgereist war, ehe er auf der Insel ankam. Doch er hat noch immer die Hoffnung, dass sie zurückkehrt.

Außerdem hat er nichts Besseres zu tun. Alf weiß bislang

nur, dass er mit Letty zusammen sein will. Weiter hat er nicht gedacht. Zu Hause wartet nichts auf ihn. Ihm fällt auf, dass er jetzt genau den gleichen Job macht wie in dem Sommer in Blackpool, als er mit Bryony zusammen war. Blackpool und Maronti allerdings könnten kaum unterschiedlicher sein. Das Geld, das Mario ihm zahlt, reicht zusammen mit den Trinkgeldern für die Miete. Zu Mittag isst Alf immer das Gericht, das im Restaurant wegmuss, meist Spaghetti mit Meeresfrüchten. Wenn er zahlen will, winken sie ab. Er weiß nicht, ob es eine offizielle Verbindung zwischen dem Restaurant und den Liegestühlen gibt. Vielleicht sind sie auch einfach nur nett. Nach seiner Siesta kehrt Mario immer mit einer eiskalten Flasche Nastro Azzurro für Alf zurück. Es ist ein ziemlich leichtes Leben. Wenn die Sonne untergeht und Tino seine letzte Fahrt ankündigt, watet Alf wieder hinaus zum Wassertaxi. Dann tuckern sie zusammen in die untergehende Sonne, bis diese hinter dem Horizont verschwindet und der kleine Hafen von Sant'Angelo von einer Kette goldener Lichter vor dem tiefdunklen Abendhimmel erleuchtet wird – einer Farbe, die Alf noch nie irgendwo außerhalb von Italien gesehen hat.

Wenn Letty hier wäre, wäre es perfekt.

Jedes Mal, wenn er ein Foto auf Instagram postet, hat er das Gefühl, es an sie zu schicken. Vielleicht wird sie ja eines Tages zufällig darauf stoßen, wie auf eine Flaschenpost. Sie wird seine Bildunterschriften lesen und verstehen, wie sehr er sie liebt und wie leid es ihm tut, dass er es vermasselt hat. Aber Letty ist kein Social-Media-Typ. Sie mag keine Fotos. Die Wahrscheinlichkeit, dass seine Instagram-Posts sie erreichen, ist nicht höher, als dass sie auf einer einsamen Insel eine weggeworfene Flasche findet.

Die Zwillinge sind da. Zwei identisch aussehende kleine Mädchen. Cheryl hat ihm Fotos per E-Mail geschickt, anscheinend wollen Donna und Gary nicht, dass die Babys auf Instagram erscheinen, was Alf gut findet. Er ist unendlich dankbar, dass er vor dem ganzen *Sharenting* groß geworden ist – er fände es schrecklich, wenn im Internet zu sehen wäre, wie er als Junge im Frack oder im Sambahemd mit Rüschenärmeln aufgetreten ist. Die Bilder in der Glasvitrine der Tanzschule sind schon peinlich genug. Sie zeigen ihn grinsend, mit Zahnlücke, das Haar glatt zurückgekämmt wie die Miniaturausgabe eines Idols aus den Dreißigerjahren und mit Silberpokalen, die halb so groß sind wie er.

Die Zwillinge heißen Isabella Cheryl und Dorabella Christina, wie seine Großmutter ihm geschrieben hat.

Alf hat für seine Mutter und Gary eine Postkarte von Sant' Angelo mit einem rosa Oleanderbusch im Vordergrund besorgt, anstatt ihnen per E-Mail zu gratulieren.

Ich freu mich riesig, dass meine zwei wunderschönen Schwestern da sind!

Doch dann riss er sie durch, weil er nicht sicher war, ob er sie überhaupt als seine Schwestern bezeichnen durfte, und es etwas merkwürdig fand, ein Auslassungszeichen zu machen und noch das Wort »Halb-« vor »Schwestern« einzufügen. Darum kaufte er die gleiche Karte noch einmal und verschickte sie mit der Nachricht: Ich freu mich riesig, von der Geburt zweier wunderschöner kleiner Mädchen zu hören! Ihr habt bestimmt alle Hände voll zu tun! Ich bin auf Ischia, in der Nähe von Neapel. Habe mich von Gina getrennt. Ich hoffe, es geht euch gut. Alles Liebe, Alf.

Nachdem er die Postkarte abgeschickt hatte, dachte er, dass er wahrscheinlich noch mehr zu den Babys und besser nichts von Gina und sich hätte schreiben sollen. Er wollte jedoch nicht, dass sie sich beim Anblick des wunderschönen Strandes vorstellten, wie Gina sich dort sonnte. Und dann überlegte er, ob seine Karte klang, als würde er um Mitleid bitten oder um Vergebung. Doch er tröstete sich mit dem Gedanken, dass Texte auf Postkarten ohnehin nie so genau gelesen wurden, und die Karte wahrscheinlich erst in einigen Wochen ankam, wenn überhaupt.

Schließlich entschied er, ihnen noch eine Textnachricht zu schicken: Herzlichen Glückwunsch zur Geburt der Zwillinge! Sie sind wunderschön! Ich hoffe, es geht euch allen gut! Alles Liebe, Alf xxx

Alf liegt mit einem Buch im Schatten eines orangefarbenen *ombrellone*. Auf dem Cover der Gedichte von Catull ist ein römisches Mosaik abgebildet: Zwei Liebende, die sich küssen. Das Kleid der Frau ist hinuntergerutscht und entblößt ihren Po.

Als Mario es sieht, zieht er eine Augenbraue hoch und fragt, wovon das Buch handele.

»*L'amore*«, erklärt Alf.

Mario nickt wissend und denkt offenbar eher an den »Playboy« als an Poesie, womit er nicht ganz falschliegt, denn einige der Gedichte beschreiben den Sex äußerst explizit.

Es war nicht leicht, Catulls Sprache zu verstehen, sogar in der englischen Übersetzung, doch Alf hat ein paar wirklich gute Gedichte entdeckt, mit denen er etwas anfangen kann. Wenn man über die Abschnitte hinwegsieht, die von Menschen im antiken Rom handeln, und über die Anspielungen auf die Mythologie und diesen Kram, könnte Catull ein moderner Dichter sein. Die Gefühle sind dieselben. Besonders gut gefällt Alf eins seiner frühen Werke, als Catull und seine Geliebte, Lesbia – bei der es sich laut Einleitung um eine verheiratete Frau handelte, die eigentlich Clodia hieß –, die ersten Stürme der Leidenschaft durchleben. Das sehr kurze Gedicht, von dem Letty ihm an jenem Nachmittag auf dem Palatin erzählt hat, muss vom Ende der Beziehung stammen, oder sogar aus der Zeit danach.

Ich hasse und ich liebe.

Alf erinnert sich, dass Letty gesagt hat, Catull drücke darin alles aus, was sie über die Liebe empfinde.

Ob sie es wohl erst gelesen hat, nachdem dieser Idiot von ihrem Freund dieses Video gepostet hat?

Für Alf spricht aus diesen Worten seine Liebe zu Letty und sein Hass auf sich selbst – zwei Gefühle, die parallel in seinem Körper existieren, beide gleich heftig und gleich schmerzhaft. Er scheint das eine nicht ohne das andere empfinden zu können.

Ich hasse und ich liebe.

Es zerreißt mich.

Nur manchmal senkt sich die Waage zugunsten der Liebe und durchströmt seinen Körper mit einem himmlisch heiteren Gefühl von Glück, doch überwiegend zieht ihn der Selbsthass hinunter, als würde er in seiner eigenen Dummheit und Schuld ertrinken.

Er hat versprochen, gut zu ihr zu sein. Er hat gelogen. Anstatt Letty die Situation zu erklären, musste sie dank seiner Feigheit mit ansehen, wie Gina ihn geküsst hat, und daraus die falschen Schlüsse ziehen.

Wer könnte ihr verübeln, dass sie weggelaufen ist?

Alf ist aufgefallen, dass Catull sich zu sorgen scheint, ältere Männer könnten versuchen, seine Beziehung mit Lesbia auszuspionieren. Es gibt ein Gedicht über neugierige Augen und böse Zungen, die ihre Liebe verhexen.

Aus irgendeinem Grund denkt Alf jedes Mal, wenn er es liest, daran, wie Stuart ihn die Straße hinuntergejagt hat. Er ist Ginas Vater, darum war er wütend – das versteht Alf –, doch die Worte, die er ihm an den Kopf geworfen hat, waren hässlich, fast wie ein Fluch.

»Mit Gina bist du auf eine Goldmine gestoßen, und das wirfst du einfach weg. Für dieses kleine Flittchen.«

Immer wieder sieht Alf vor sich, wie Stuart mit Gina auf sie zukam. Es sah nicht so aus, als würden sie die Schule suchen. Es sah so aus, als wüssten sie, wo sie liegt. Oder einer von ihnen. Kann es sein, dass Stuart ihm hinterherspioniert hat? War Stuart sogar in der Schule und hat herausgefunden, dass Alf nicht mehr am Unterricht teilnimmt? Was hat Stuart an dem Tag getrieben, als Alf dachte, er sei mit dem Rennwagen unterwegs? Es war derselbe Tag, an dem Alf Letty von der Schule abgeholt hat, an dem sie zu ihr gegangen sind und sich im Himmel geliebt haben. Kann Stuart das gewusst haben?

Nein, denkt Alf. Er interpretiert zu viel in diese Sache hinein. Stuart ist einfach ein Typ, der gedankenlos sexistische Bemerkungen macht, und die Schule ist äußerst streng mit der Herausgabe persönlicher Daten.

Jeden Tag ruft Alf in der Schule an und hofft, dass Chiara ans Telefon geht, doch bislang hat immer Olivia abgehoben. Alf hat es aufgegeben, sie anzuflehen, und legt jetzt einfach auf. Als er heute anruft, etwas später als üblich, ist endlich Chiara am Apparat.

»Es tut mir leid, das geht nicht«, sagt sie.

»*Ma dai, Chiara, cara*«, fleht Alf. »Ich bin es, Alf. Sie kennen mich. Ich bin kein schlechter Mensch. Ich bin verliebt!«

Er spürt ein leichtes Zögern.

»Ich flehe Sie an, bitte geben Sie mir nur die E-Mail-Adresse ...«

Ob sie Mitleid mit ihm hat oder einfach sein jämmerliches Italienisch nicht länger erträgt? Jedenfalls gibt Chiara schließlich nach. Von ihr hat er das aber nicht, flüstert sie. Verstanden?

»Was?«, fragt Alf gespielt scheinheilig, und sein Herz macht vor Freude einen Sprung.

Nachdem er mit dem Boot von der Arbeit nach Hause gefahren ist, sitzt Alf mit einem Bier vor einer Bar in Sant'Angelo und lauscht dem sanften Plätschern der Wellen gegen die Hafenmole und dem *Kling, Kling, Kling* der Takelagen auf den kleinen Yachten, die dort liegen. Er dachte, alle seine Probleme wären gelöst, wenn er nur wüsste, wie er Kontakt zu Letty aufnehmen könnte. Doch als er ihre Adresse eingegeben hat, fällt Alf kein Betreff für die E-Mail ein, geschweige denn ein Text.

Soll er schreiben »Sorry« oder »Es tut mir leid« oder »Vergib mir« oder »Ich weiß, was du gedacht haben musst, aber ...« oder sogar »Ich liebe dich« oder noch besser »Bitte glaub mir, dass ich dich liebe und das nicht gewollt habe«?

Er stellt sich vor, wie sie ihm gegenübersitzt, mit gerunzelter Stirn ernsthaft über die Antwort auf eine Frage nachdenkt und nach einer logischen Erklärung sucht. Er kann nichts Blumiges schreiben, denn das würde sie nerven. Es muss etwas sein, dass sie davon abhält, die E-Mail einfach zu löschen.

Schließlich entscheidet er sich für »Bitte lies das!«

Und dann muss er nur noch den leeren Bildschirm füllen.

Alf ist genauso aufgeregt wie früher in der Schule, wenn er einen Englischaufsatz schreiben musste. Er hatte alles gelesen und sich eine Meinung gebildet, und dennoch war er jedes Mal wie erstarrt, wusste nicht, wo er anfangen sollte. Er traute sich nicht zu, dem Leser seine Gedanken verständlich zu machen. Mr. Marriot sagte immer: »Fang einfach an, Alf. Denk nicht über den perfekten ersten Satz nach, schreib einfach los, verbessern kannst du es später immer noch. Um zu schreiben, musst du erst einmal anfangen zu schreiben.«

Das ist ein guter Ratschlag. Alf beschließt, alles aufzuschreiben, was er sagen will, und es dann zu überarbeiten. Es sind Wochen vergangen, seit er Letty das letzte Mal gesehen hat. Er will unbedingt Kontakt zu ihr, aber auf einen Tag kommt es jetzt auch nicht mehr an. Wahrscheinlich ist es der wichtigste Brief, den er je in seinem Leben schreiben wird. Er muss gut werden.

Liebe Letty. Nein, zu förmlich. *Hallo!* Zu oberflächlich. Vielleicht sollte er auf die Anrede verzichten und einfach direkt einsteigen.

Ich sitze in einem Ort am Meer, der Sant'Angelo heißt. Er liegt an der Westküste von Ischia, wo wir hinfahren wollten, als ich dich das letzte Mal gesehen habe. Es ist wunderschön hier. Vielleicht ist es sogar der schönste Ort, an dem ich jemals gewesen bin, aber ohne dich, Letty, ist es, als würde ich eine Postkarte betrachten und es nicht wirklich erleben.

Bevor ich dich kennengelernt habe, war es mir noch nicht einmal bewusst, aber jetzt fühlt es sich an, als hätte ich zuvor nur an der Oberfläche des Lebens gekratzt. Als ich dich kennengelernt habe, war es, als würde auf einmal alles eine Bedeutung bekommen. Morgens bin ich nicht mehr aufgewacht und habe gedacht: »Und wieder ein Tag.« Im Gegenteil, ich habe mich darauf gefreut, was ich an dem Tag lernen würde, und darauf, dich zu sehen, und noch mehr darauf, mit dir zu tanzen und … nun ja, mit dir zu schlafen. Es war, als würde ich in eine andere Dimension aufsteigen … Ich habe mich in dich verliebt, Letty. Ich habe das noch nie erlebt, aber es fühlt sich an, als wäre es unausweichlich gewesen. Ich habe keine Macht mehr über meine Gefühle, es ist einfach passiert. Ich war noch nie zuvor verliebt. Ich wusste nicht, dass es möglich ist, jemanden so sehr zu bewundern und zu begehren, dass ich an nichts anderes mehr denken, nichts anderes mehr fühlen kann …

Das Problem war – und jetzt kommt der unangenehme Teil, den ich immer noch vor mir herschiebe, obwohl ich es gleich hätte sagen sollen –, ich hatte schon eine Freundin. Ich hätte es dir gleich zu Beginn sagen sollen. Ich weiß nicht, warum ich es nicht getan habe. Ich wusste fast sofort, dass ich mich von Gina trennen musste, aber nicht etwa, weil sie irgendetwas getan hätte, sondern weil ich dir begegnet war, aber es schien mir irgendwie nicht fair, sie einfach im Stich zu lassen … Jetzt habe ich alle unglücklich gemacht und dich verloren … Ich hasse es, Menschen unglücklich zu machen. Dich zu verlieren fühlt sich jedoch an, als hätte ich das Leben verloren, von dem ich gerade erst gemerkt habe, dass es überhaupt existiert …

Alf schreibt, bis die Bar schließt, lässt alle seine Gefühle in den Bildschirm fließen, und für einen Moment ist er versucht, die E-Mail einfach abzuschicken. Doch er beherrscht sich. Wieder denkt er an Mr. Marriot.

»Was ist dein Ziel, Alf? Was willst du mit dem Text erreichen? Was soll dein Leser am Ende denken?«

Es schreibt nicht, um sich über seine Gefühle klar zu werden, sondern weil es seine einzige Hoffnung ist, Letty zurückzubekommen.

»Lass ihn ruhen. Sieh dir den Text später noch einmal an. Du wirst überrascht sein, wie viel du noch verbessern kannst.«

Gerade, als er die E-Mail-App geschlossen hat, erscheint eine Zahl neben dem Symbol. Er hat eine E-Mail erhalten. Einen kurzen glücklichen Moment lang glaubt er, dass sie vielleicht von Letty ist, dass er und sie dasselbe zur selben Zeit gedacht und sich wie durch ein Wunder im Cyberspace getroffen haben.

Dann klickt er auf das Symbol und sieht, dass die Nachricht von seiner Großmutter stammt.

Lieber Alf,

wir danken dir alle für deine Postkarte. Das war nett von dir. Es sieht sehr hübsch aus, wo du bist. Das mit Gina und dir tut mir leid. Ich weiß nicht, ob es deine oder ihre Entscheidung war, aber eine Trennung ist nie einfach. Du weißt, wie ich über sie denke, aber ich glaube, dass du starke Gefühle für sie hattest, also wird es so oder so nicht einfach für dich sein.

Es tut mir leid, dass alles so aus dem Ruder gelaufen ist, Alf, und ich weiß, dass es deiner Mutter genauso geht. Solche Dinge passieren manchmal in Familien. Alles bricht zusammen, und wenn die schlimmen Dinge einmal gesagt wurden, ist es schwer, wieder zueinanderzufinden. Was auch immer dir jemand über die Schule des Lebens erzählt, niemand hält dir Vorlesungen, und man muss keine Prüfungen bestehen – wir versuchen alle, uns so gut es geht durchzuwurschteln.

Ich will ehrlich sein, Alf. Ich weiß nicht, ob ich schon bereit wäre, dir zu verzeihen, wenn wir dich hier nicht so dringend bräuchten. Bei Donna ist eine postnatale Depression diagnostiziert worden. Ich glaube, sie hat das schon bei dir gehabt, Alf, darum hat sie ständig geweint. Du warst als kleiner Junge so geduldig mit deiner Mom. Wir dachten, Kierans Tod hätte sie so aufgewühlt, an eine medizinische Ursache haben wir nicht gedacht. Jetzt bin ich mir da nicht mehr sicher. Damals war es schon schlimm, aber jetzt ist es noch viel schlimmer. Bei einer Depression denkt man, jemand wäre sehr, sehr traurig, aber anscheinend können noch andere Dinge hinzukommen, wie eine Psychose, und die hat Donna jetzt. Sie meint, sie wäre eine schlechte Mutter und würde ihren Kleinen etwas antun, sie hat schreckliche Angst. Zuerst dachten wir, sie wäre einfach erschöpft von der Geburt, und zwei Babys zu stillen ist auch nicht gerade ein Spaziergang. Wir dachten, wenn sie sich etwas erholt hätte, würde sie sich beruhigen. Doch daran liegt es nicht, Alf. Es ist eine psychische Erkrankung. Sie wird jetzt behandelt und ist im Krankenhaus. Gary tut sein Bestes, aber er ist selbstständig, darum bekommt er keinen Vaterschaftsurlaub, von dem die Regierung jetzt ständig redet. An Männer wie ihn denken sie nicht, er kann sich nicht einfach ein paar Wochen freinehmen. Großvater ist kein Tanzlehrer, wie du weißt, und die Sorge um Donna scheint seine Arthritis verschlimmert zu haben. Er kann sich nur um die Verwaltung und um die Buchhaltung kümmern. Ich helfe Donna, wo ich kann, aber ich kann auch nicht unterrichten, und wenn das so weitergeht, werden wir die Tanzschule schließen müssen.

Also, Alf, könntest du kommen und uns helfen? Ich weiß, es ist eine große Bitte. Aber du bist ein guter Junge. Das bist du immer gewesen. Ich glaube, weil du für uns alle derart im Mittelpunkt unseres Lebens gestanden hast, Alf, konnten wir nicht glauben, dass du uns belogen hast. Aber alle Teenager lügen. Donna hat das auch getan. Sie wusste, dass ich es nicht gutheißen würde, wenn sie mit einem Motorradfahrer zusammen ist, also hat sie es mir nicht erzählt. Damals hatte ich dann eine Menge auf einmal zu verarbeiten, das kann ich dir sagen, da war unsere Beziehung auch nicht die beste.

Es tut mir leid, dass ich so hart war, Alf. Und ich weiß, dass es Donna tief in ihrem Herzen auch leidtut. Großvater und Gary fanden sowieso die ganze Zeit, dass wir übers Ziel hinausgeschossen sind. Wir wären alle so froh, wenn du uns helfen könntest.

Alles Liebe von deiner Gran Cheryl

Alf wischt sich die Tränen fort, die ihm über das Gesicht laufen.

In Italien ist es fast Mitternacht, aber in England erst elf. Cheryl hat die E-Mail gerade erst geschickt, sie muss also noch wach sein. Er wählt ihre Handynummer, doch sie geht nicht ran. Vielleicht ist sie bei seiner Mutter im Krankenhaus?

Alf sucht nach Flügen von Neapel nach England.

Dann schreibt er:

Liebe Gran,

ich kann übermorgen einen Flug bekommen. Bitte sag Mum alles Liebe von mir. Ich komme, sobald ich kann. Ich freue mich, meine kleinen Schwestern kennenzulernen, und werde mein Bestes tun, euch zu helfen.

Alles Liebe, Alf

38

Siebte Woche

LETTY

In den Nachrichten sagen sie, es sei die längste Hitzeperiode seit dem Sommer 1976, an den die Generation ihrer Eltern so sehnsüchtig zurückdenkt. Es war harte Arbeit, den letzten Kram einzupacken, den Frances als »Nester des Widerstands« bezeichnet hat, als befände sie sich in einem Erschöpfungskrieg mit den Besitztümern der Familie. Wieder ist der Himmel wie jeden Morgen tiefblau, wenn Letty aufwacht. Die Sonne scheint durch die jetzt vorhanglosen Fenster. Durch die unbarmherzige Hitze fühlt sie sich ständig erschöpft, und ihr ist ein bisschen übel. In dem vergeblichen Versuch, etwas frische Luft zu atmen, lehnt sie sich aus dem Schlafzimmerfenster, aber draußen herrschen bereits dreißig Grad.

Letty nimmt ihr Smartphone und hegt die leise Hoffnung, dass sie die E-Mail, die sie am Vorabend noch spät erhalten hat, nur geträumt hat, sodass sie nicht darauf reagieren muss.

Und doch war es herrlich, wieder von Alf zu hören, nachdem sie wochenlang versucht hat, ihn zu vergessen.

Bitte lies das!

Es tut mir leid, dass ich dir erst jetzt schreibe. Es hat einige Zeit gedauert, die Schule dazu zu bringen, mir deine E-Mail-Adresse zu geben. Und dann habe ich erfahren, dass meine Mutter krank ist. Darum bin ich jetzt wieder in Blackpool und versuche, hier zu helfen. Es kommt mir vor, als wäre Italien eine Million Meilen weit weg.

Ich möchte dir so vieles sagen, Letty, aber das Wichtigste ist, dass es mir leidtut. Alles, was ich zu dir gesagt habe, ist wahr. Ich liebe dich. Ich habe noch nie so für jemanden empfunden. Mehr als alles andere auf der Welt möchte ich mit dir zusammen sein.

Aber ich habe dir auch Dinge verschwiegen. Und das war dumm von mir.

Als ich dich kennenlernte, war ich schon mit Gina zusammen. Bitte glaub mir, dass ich versucht habe, die Beziehung an dem Morgen zu beenden, als wir nach Ischia fahren wollten, doch als ich zurückkam, war Gina nicht zu Hause. Ich weiß, das ist keine Entschuldigung, weil ich es ihr schon vorher hätte erzählen müssen. Doch es war schwierig, weil ihr Vater zu Besuch in Rom war und sie entweder mit ihm unterwegs war oder er dabei war, es war einfach nie der richtige Moment. Ich habe nicht damit gerechnet, dass Gina und Stuart nach mir suchen. Es war so seltsam, sie und dich zu sehen, und dann bist du weggelaufen. Ich habe Panik bekommen. Ich dachte, ich sage es Gina lieber gleich und bringe es hinter mich. Aber ich hätte zuerst hinter dir herlaufen und es dir erklären sollen. Als ich es schließlich getan habe, warst du verschwunden …

Er schreibt weiter von seinem Verlangen nach ihr, wie sehr sie sein Leben verändert habe, wie sehr er wünsche, dass sie zusammen sein könnten, auch wenn das wahrscheinlich unmöglich sei, weil sie ihm nicht vergeben könne. Er sagt, dass er es respektiere, und alles, was er wolle, sei eine Chance, sich zu beweisen.

Am Ende schreibt er: Ich lese Catull in der Übersetzung, wie du es mir geraten hast. Ich hasse mich, und ich liebe dich, Letty. Und ich bin innerlich zerrissen.

Tränen laufen Letty über das Gesicht.

Bitte hasse dich nicht, will sie ihm sagen. Es gefällt mir so gut an dir, dass du mit dir zufrieden bist.

Sie liest die E-Mail noch einmal und sucht nach versteckten Hinweisen. Wenn das hier kein machiavellischer Trick ist – und sie glaubt nicht, dass Alf dazu in der Lage wäre –, weiß Alf nichts von ihrer Beziehung zu Stuart. Stuart ist Ginas Vater. So einfach ist das. Und dennoch weiß Letty, dass es nicht so einfach ist. Stuart ist nach Rom gekommen, um sie zu suchen, da ist sie sich sicher.

Und Alf denkt, Letty wäre weggelaufen, weil sie ihn mit seiner Freundin gesehen hat. Am liebsten würde Letty ihm sofort schreiben und ihm sagen, dass das nicht der Grund war. Sie möchte ihm sagen, dass sie immer vermutet hat, dass er eine Freundin hatte, und dass sie ihm glaubt, dass er Schluss machen wollte. Aber wenn sie wieder Kontakt zu Alf aufnimmt, muss sie ihm auch von ihrer Beziehung zu Spencer, alias Stuart, erzählen. Sie will keine Geheimnisse vor Alf haben, und es wäre nicht fair, ihn denken zu lassen, er wäre der Schuldige.

Wenn sie Alf schreibt, wird sie es ihm sagen müssen. Und dann wird er sie nicht mehr lieben.

Letty hört ihre Mutter die Treppe heraufrufen.

»Komm runter frühstücken!«

FRANCES

Letty hat ganz offensichtlich geweint, und sie weicht jedes Mal aus, wenn Frances versucht, Blickkontakt zu ihr aufzunehmen. Sie isst nur einen einfachen Joghurt, und es erfordert Frances' ganze Selbstbeherrschung, so zu tun, als würde sie nicht die Löffel zählen. Sie geht umher, dreht den Wasserhahn auf, kocht Wasser, macht Tee, öffnet den Kühlschrank, starrt auf die leeren Fächer, genießt die Kälte, setzt sich an den Tisch und tut so, als würde sie die Zeitung lesen.

Es entspricht nicht Frances' Charakter, nichts zu sagen, aber sie weiß, dass sie es womöglich nur noch schlimmer macht, wenn sie etwas sagt.

Seit Letty aus Italien zurück ist, hat sie kaum das Haus verlassen. Sie hat noch nicht einmal davon gesprochen, zurück nach Oxford zu gehen, dabei muss das Trimester schon längst begonnen haben. Letty isst nicht richtig. Wann immer Frances ihr vorschlägt, einen Spaziergang zu machen oder schwimmen zu gehen, findet Letty eine Ausrede. Sie kehrt in ihr Zimmer zurück, wo sie anscheinend nichts anderes tut, als auf dem Bett zu liegen und an die Decke zu starren.

Frances erinnert sich, dass der Fachbegriff dafür »Rumination« ist. Und das ist nicht gesund.

Sind es immer noch die Nachwehen von Marinas Tod, die Letty zu schaffen machen? Oder ist es die Vorstellung, dass Marina nicht ganz die Person war, die sie in ihr gesehen hat? Oder ist es das Trauma, dass die Ehe ihrer Eltern gescheitert ist? Oder dass sie das Haus verlassen muss, in dem sie ihr ganzes Leben lang gewohnt hat? Zählen Tod, Scheidung und Umzug nicht zu den stärksten Belastungen?

Oder ist in Rom irgendetwas passiert? Letty klang so

glücklich, wenn sie von dort anrief, dass Frances es gewagt hatte, erleichtert aufzuatmen und zu glauben, dass man sich um sie keine Sorgen mehr zu machen brauchte.

Wieso hatte sie sich gestattet, auch nur eine Sekunde erleichtert zu sein? Aber das kann doch nicht der Auslöser gewesen sein, denkt Frances. Wie kann eine durchaus vernünftige Erwachsene auch nur einen Moment lang denken, sie würde Unheil bringen? Gibt es im menschlichen Gehirn einen kleinen irrationalen Teil, der sich unter Druck verstärkt und den Menschen glauben lässt, für schlimme Dinge verantwortlich zu sein? Oder ist das nur bei ihr so? Ist es Frances' eigene Unzulänglichkeit, denn schließlich war sie es, die sich immer um alles gekümmert hat. Ihre Arbeit, ihr Zuhause, Ivo. Was für ein Witz! Jetzt ist alles dahin, und ihre Tochter geht mit unter, und sie war noch nie gut darin, Letty zu helfen.

Diese verfluchte Hitze ist auch nicht gerade hilfreich. Ebenso wenig wie die Tatsache, dass Letty und sie in einer Art Schwebezustand leben, weil sie das eine Haus noch nicht verlassen haben und das andere noch nicht ganz sicher besitzen. In jedem Zimmer stehen Kartons übereinander. Die meisten gehen zusammen mit den Möbeln ins Lager, weil Ivo und Rollo sich nicht entscheiden können, was sie mit dem Zeug machen sollen, das ihre Familie im Laufe der letzten siebzig Jahre angesammelt hat. Typisch. Rollos Frau will nicht, dass ihr Haus in ein Museum verwandelt wird. Ivo und seine Geliebte haben noch nicht entschieden, wo sie sich etwas kaufen oder ob sie überhaupt etwas kaufen wollen.

»Ich fühle mich wirklich deutlich wohler in einem Ein-Zimmer-Appartement ohne Zeug«, erklärte Ivo Frances stolz, als er sich das letzte Mal blicken ließ. Er klang, als wollte er von ihr ein Pfadfinderabzeichen dafür, dass er ein einfaches Leben führt. »Vielleicht sollten wir alles versteigern?«

»Damit habe ich nichts zu tun«, hat Frances erklärt. Denn auch wenn die Unentschiedenheit, die Unordnung und das Hinauszögern sie nerven, wird sie nicht für ihn bei Sotheby's anrufen. Das hätte sie früher getan, und im Stillen hofft er, dass sie es immer noch tut, obwohl er das natürlich leugnen würde.

Frances nimmt nur ihre Kleider, Schuhe und Bücher mit, und einen Karton mit wertvollen Erinnerungen aus dem Leben der Kinder. Das erste Programm, in dem Oscars Name erschienen ist. Das kleine violette Tutu, das Letty bei der Grundschulaufführung des Blumenfee-Balletts getragen hat.

Es wird aufregend sein, noch einmal von vorn zu beginnen, und trotzdem wagt Frances es nicht, sich richtig darauf zu freuen. Es könnte noch etwas schieflaufen. Beim Kauf oder Verkauf von Immobilien kann alles Mögliche passieren.

Sie tut so, als wäre sie in die Zeitung vertieft, und blättert zum Kulturteil.

»Heute Abend gibt es eine Liveübertragung von dem neuen ›Schwanensee-Ballett‹«, verkündet sie. »Das soll hinreißend sein. Hast du Lust hinzugehen?«

»Mit dir?«, fragt Letty.

»Nun ja, ich würde es gern sehen … Wir können getrennt gehen, wenn du willst.« Frances gibt sich alle Mühe, nicht verletzt zu klingen.

»Nein, nein! Das habe ich überhaupt nicht gemeint!«, sagt Letty. »Ich würde gerne hingehen, wenn du Lust hast.«

LETTY

Vor der Nelson-Säule ist eine riesige Leinwand aufgebaut, und der Trafalgar Square hat sich in ein Freiluftkino verwandelt.

Letty kann nicht fassen, dass Tausende von Menschen hier sind.

Oben auf der Leinwand sieht sie, dass Vadim Muntagirov die Rolle des Prinz Siegfried tanzen wird.

»Wir Glückspilze«, sagt Frances, als sie einen Platz auf den Stufen finden, die ein natürliches Amphitheater bilden. »Er hat überall die besten Kritiken.«

»In ›Manon‹ war er einfach wunderbar«, sagt Letty.

Sie erinnert sich an den letzten Akt – an die sich steigernde Musik, die herzzerreißenden Gefühle, die die Tänzer mit ihren Körpern ausdrückten.

»Das war das Schönste und Leidenschaftlichste, das ich je gesehen habe«, hat Alf gesagt.

Sie vermisst ihn so sehr, dass es wehtut.

Er ist zurück in England. Vielleicht sieht er die Liveübertragung sogar in irgendeinem Kino in Blackpool?

»Ich vergöttere ihn.« Frances spricht noch von Vadim. »Sein Tanz ist einfach wunderschön. Es ist eine reine Freude, ihn zu sehen. Ich meine, nicht, dass ich für ihn schwärme oder so. Ich bin nur in seine Kunst verliebt. Ich habe gehört, bei der Company nennen ihn alle Vadream!«

Als Teenager hat Letty immer gedacht, ihre Mutter würde unablässig plappern, um sie zu nerven, doch in letzter Zeit ist ihr klar geworden, dass Letty sie vielmehr mit ihrem Schweigen nervös macht. Frances weiß nicht, was Letty denkt, und sie hat gern die Kontrolle. Je mehr Letty versucht, ein Gespräch zu vermeiden, desto mehr spürt Frances die Leere. Es ist nervig, aber Frances bemüht sich so sehr, Letty näherzukommen, dass Letty sich auch mehr Mühe gibt.

»In der Schule war ich in ihn verliebt«, gibt sie zu. »Ich habe davon geträumt, mit ihm einen Pas de Deux zu tanzen. Ich hatte nichts mit ihm zu tun oder so, er war mehrere Stufen über mir. Nur am letzten Tag – ich musste ihm einfach sagen, wie toll er war!«

Frances starrt sie an.

»Was ist?«, fragt Letty.

»Das klingt so gar nicht nach dir! Merkwürdigerweise habe ich neulich fast dasselbe getan. Ich habe gesehen, wie er aus dem Bühnenausgang gekommen ist, und konnte mich gerade noch beherrschen, um nicht wie ein Groupie zu ihm zu stürmen.«

Die Lichter im Zuschauerraum auf der Leinwand gehen aus. Es folgt kurz Applaus für den Dirigenten, dann erklingt die vertraute Musik. Der Vorhang schwebt nach oben, und zum Vorschein kommt ein böser Zauberer, der eine Prinzessin in einen hilflosen Schwan verwandelt.

FRANCES

All die guten Kritiken, die Frances über die neue Inszenierung von »Schwanensee« gelesen hat, treffen voll und ganz zu. Das Bühnenbild ist beeindruckend, die Kostüme sind aufwendig, und das Royal Ballet ist in Topform. Schade, dass die Musik einem aus Tausenden von Werbungen so bekannt ist, denkt sie. Wie wundervoll es gewesen sein muss, sie zum ersten Mal zu hören.

»Wie gefällt es dir?«, fragt Frances Letty in der Pause.

»Sehr gut!«, sagt Letty. »Die Schwäne beneide ich allerdings nicht. Nicht nur wegen des Tanzens. Wenn sie zwischen ihren Auftritten in einer Reihe stehen, darf sich keine Feder bewegen. Das muss pure Qual für die Beine sein.«

»Stellst du dir manchmal vor, du würdest dort oben stehen?«, fragt Frances und zuckt dann über ihre unsensible Frage innerlich zusammen.

Letty überlegt, ehe sie auf die ihr eigene, nachdenkliche Art antwortet.

»Mit dreizehn wollte ich nichts lieber, als eine von ihnen zu sein. Aber ich wäre nie gut genug gewesen.«

»Meinst du?«, fragt Frances vage, weil sie weder zustimmen noch widersprechen will.

»Ich hatte nicht genug Talent«, sagt Letty. »Du kannst üben, so viel du willst, aber auf der Bühne musst du erstrahlen. Und das war bei mir nicht so, oder? Ganz ehrlich? In gewisser Weise ist es also eher eine Erleichterung, als dass ich es bedauere.«

Sie sagt das, als hätte sie es sich gerade erst überlegt, aber Frances fragt sich, ob Letty immer schon wusste, dass sie keinen Erfolg haben würde. Frances sagt nichts. Sie wird nicht künstlich widersprechen. Lettys Tanz war reizend, präzise wie alles, was sie tut, aber zu vorsichtig. Irgendwie war sie immer in ihrem Körper gefangen. Sie ist nie geflogen.

»Ich bedaure allerdings, dass ich mit dem Tanzen aufgehört habe«, fährt Letty fort. »Denn das Tanzen hat mir gutgetan. Ich wäre nie eine Primaballerina geworden, aber Tanzen war ein Teil von mir, und den habe ich verleugnet. Ich glaube, ich sollte wieder Unterricht nehmen.«

Es gibt so vieles, das Frances von Letty nicht weiß, Dinge,

die sie nie anzusprechen gewagt hat, weil sie fürchtete, alles noch schlimmer zu machen. Frances dachte immer, Lettys Probleme rührten daher, dass sie das Ballett aufgeben musste. Darum haben sie das Thema stets gemieden, als wäre Ballett ein Geheimnis, über das man nicht mehr spricht, dabei hätten sie vielleicht viel mehr darüber reden sollen.

»In Rom habe ich mit jemandem getanzt«, sagt Letty plötzlich. »Nicht Ballett. Walzer. Auf der Piazza Navona ...«

Ihre Tochter schenkt ihr ein schüchternes, schiefes Lächeln, doch ihre Augen strahlen.

Um Gottes willen, denkt Frances, sag jetzt bloß nichts Falsches. Aber sag was! Sorge dafür, dass dieser ungewöhnliche Informationsfluss nicht ins Stocken gerät.

»Was für ein hinreißendes Bild!«, stößt sie schließlich hervor.

Letty errötet.

»Ja, er hat mich buchstäblich von den Füßen gefegt«, sagt sie.

»Darf ich fragen wer?«, wagt sich Frances vor.

Falsch. Zu schnell. Das Strahlen erlischt, und Letty weicht ihrem Blick aus.

»Nur jemand, den ich in der Sprachenschule kennengelernt habe«, sagt sie. »Er ist Turniertänzer. Seine Mutter hat in Blackpool eine Tanzschule, darum ist er mit dem Tanzen aufgewachsen.«

Frances will mehr wissen. Alter? Aussehen? Schwul? Hetero? Wie ist es zu diesem ungewöhnlichen Ereignis gekommen?

Doch Letty starrt jetzt hoch zur Leinwand, wo der dritte Akt beginnt, und Frances weiß, wenn sie ihr jetzt noch eine Frage stellt, wird sie ihr bedeuten, still zu sein.

Das Bühnenbild ist so aufwendig, dass die Menge in spontanen Applaus ausbricht, als sich der Vorhang hebt. Der Tanz ist dynamisch und brillant, doch obwohl Frances lächelt und ihn bewundert, vergisst sie nicht, wo sie ist, was ihr sonst manchmal im Ballett passiert. Ein Teil ihres Kopfes ist damit beschäftigt zu überlegen, wie sie aus Letty herausbekommt, was in Rom passiert ist. Wer ist dieser Tänzer? Ist er der Grund für ihre plötzliche Rückkehr?

LETTY

Letty sieht zu, wie der Prinz überlistet wird, der Tochter des Zauberers Odile, die der Prinz für die Schwanenprinzessin Odette hält, seine Liebe zu schwören.

Es wird allmählich dunkel, und es ist etwas kühler geworden, doch auf dem Platz herrscht die vibrierende Energie einer italienischen Piazza, wo es für die Menschen zum Leben gehört, die Abende unter freiem Himmel zu verbringen. Nur wenige Tage gutes Wetter genügen, und schon herrscht auch in London eine mediterrane Atmosphäre.

»Willst du, dass es tragisch endet oder glücklich?«, flüstert Frances, als der Vorhang den Blick auf die trübe Szene am See im letzten Akt freigibt.

Die Frage ist nicht so dumm, wie sie klingt, denn »Schwanensee« kann entweder gut enden, dann siegt die wahre Liebe und der Zauberer stirbt, oder es endet traurig, wie in den meisten englischen Versionen, in denen die Liebenden ihr Leben für ihre Liebe opfern, die letzten Takte der Musik jedoch auf ein Wiedersehen im Jenseits hinweisen. In dieser neuen Inszenierung ist das Ende unendlich tragisch. Odette nimmt sich im See das Leben, und der Prinz muss fortan mit der Schuld an seinem Verrat leben.

Letty hat auf ein glückliches Ende gehofft. Die Vorstellung war so glaubwürdig, dass sie ganz in der Geschichte aufgegangen ist und sich wünschte, dass die Liebe siegt.

»Der letzte Pas de Deux war wundervoll, aber das Ende war etwas enttäuschend«, sagt Frances, steht auf und streckt sich, nachdem sie so lange auf den Steinen gesessen hat. »Ich mag es gern, wenn Märchen gut ausgehen. Ehrlich, Letty, manchmal glaube ich, dass ich unter meiner zynischen Fassade eine schreckliche Romantikerin bin.«

»Wahrscheinlich hat der Regisseur versucht, es so realistisch wie möglich zu machen.« Letty versucht, den Grund zu verstehen. »Im wahren Leben würde so etwas niemals gut ausgehen, oder?«

»Im wahren Leben würde eine Prinzessin nicht in einen blöden Schwan verwandelt, oder?«, gibt Frances zurück.

Letty lacht.

»Wollen wir am Fluss entlanggehen?«, schlägt sie vor, als sich die Menge in Richtung U-Bahn bewegt. Sie hat keine Lust, an einem so schönen Abend in einen vollen Zug zu steigen.

Die lauen Temperaturen bringen Fremde dazu, sich auf der Straße anzulächeln, als wüssten sie das Glück zu schätzen, in dieser wunderschönen Stadt um diese Uhrzeit ohne eine Jacke oder einen Regenschirm unterwegs zu sein. Es ist, als hätte London sich geöffnet.

»In einem solchen Sommer habe ich deinen Vater kennengelernt«, erinnert sich Frances, als sie bei Charing Cross über die Fußgängerbrücke Richtung South Bank schlendern und das Wasser des Flusses unter ihnen schwappt.

Obwohl Frances zierlich ist, hätte früher niemand auch nur im Traum gewagt, sich mit ihr anzulegen. Jetzt ist es, als würde sich ihre Verletzlichkeit sogar in der Art zeigen, wie sie geht.

»Es war so heiß, dass niemand schlafen konnte, darum sind wir nach der Vorstellung einfach durch Oxford gelaufen und haben geredet und geredet. Damals hatten wir uns so viel zu erzählen, wollten so viel machen …« Frances seufzt.

»Hast du dich gleich in ihn verliebt?«, fragt Letty.

Frances denkt nach.

»Ich habe total für ihn geschwärmt«, sagt sie. »Er sah so gut aus, und natürlich war er charmant und radikal. Wobei ich manchmal denke, dass sein politisches Engagement eigentlich nicht über das Tragen eines Che-Guevara-T-Shirts hinausging. Doch ich weiß nicht, ob ich wirklich in ihn verliebt war, bis wir getanzt haben …«

»Getanzt?«

»Ich meine nicht so wie du. Nicht richtig getanzt, aber Ivo konnte LeRoc, und er war der beste Stehbluestänzer überhaupt.«

Letty weiß nicht, ob sie noch weitere Details hören möchte, aber vielleicht tut ihrer Mutter das Reden gut.

»In unserem letzten Sommer in Oxford«, fährt Frances fort, »gab es in seinem College einen Maiball. Die Karten kosteten ein Vermögen, aber ich habe samstagabends gekellnert, darum dachten wir, warum nicht? Wir würden schließlich nie wieder Studenten in Oxford sein, nicht wahr?«

Diese Geschichte hat Letty noch nie gehört.

»Wahrscheinlich ist das für die Festivalgeneration von heute nicht besonders beeindruckend«, überlegt Frances, »aber für mich, ein Arbeiterkind aus Preston, war es damals, als wäre ich in ›Der Große Gatsby‹ gelandet. Es gab einen richtigen Rummelplatz mit Autoscooter, einem Karussell und mit einer Liveband. Aber in einem Zelt auf und ab zu hüpfen hat uns nicht interessiert. Darum sind wir über das Collegegelände spaziert – ich in einem geliehenen Ballkleid, ein Chiffonteil in Apfelgrün, glaube ich, Ivo in einem weißen Smoking – und haben unsere Zukunft geplant. Was wir tun würden … wie viele Kinder wir haben würden …«

»Ihr habt über Kinder gesprochen?«, fragt Letty. Sie dachte immer, Oscar wäre ein Unfall gewesen.

»Wir wussten schon, dass ich schwanger war. Natürlich hatten wir das nicht geplant, aber ist das nicht der Unterschied, wenn man verliebt ist? Dann hat man doch nicht nur Sex, oder? Dann willst du auch Kinder von ihm haben.«

Letty sagt nichts.

»Zwei Kinder, einen Jungen und ein Mädchen. Na, das haben wir am Ende ja auch hingekriegt, nicht wahr?« Frances drückt Lettys Arm.

»Anschließend fand im Kloster noch eine Disco statt. Die meisten waren damals schon völlig betrunken. Wir waren das einzige Paar, das noch auf der Tanzfläche war, und ich weiß noch genau, dass ›Dance Away‹« gespielt wurde. Es hat sich so angefühlt, als wäre Bryan Ferry selbst im Kloster und würde nur für uns singen«, erzählt Frances. »Meine Güte! Diesen Song würde ich auf eine einsame Insel mitnehmen …«

Plötzlich begreift Letty, worauf das Gespräch hinausläuft. Frances ist so schlau. Sie weiß, dass man nicht einfach so auf der Piazza Navona Walzer tanzt. Sie erzählt ihre eigene Geschichte, weil sie im Gegenzug Lettys hören will.

Warum soll Letty es ihr nicht erzählen? Wozu es für sich behalten? Hat sie nicht versprochen, ab jetzt keine Geheimnisse mehr vor Frances zu haben? Also bleibt Letty stehen und sagt leise: »Ich habe mich in Rom verliebt.«

Als die Worte raus sind, weitet sich ihre Brust einen Moment vor Freude, weil sie es sich gestattet, von Alf zu sprechen.

»In den Tänzer?«, fragt Frances.

Letty lächelt.

»Ja, natürlich in den Tänzer! Er heißt Alf.«

»Alf«, wiederholt Frances. »Das gefällt mir.«

»Er ist ein wunderbarer Mensch, und wenn ich mit ihm zusammen bin, fühle ich mich irgendwie großartig. Als würde ich mich sonst verstecken oder verschwinden, aber bei ihm bin ich da, werde ich irgendwie zu einem Teil der Welt ... wenn das irgendeinen Sinn ergibt?«

Frances nickt begeistert.

»Als ich mit ihm Walzer getanzt habe, war es so wundervoll, dass ich mir das Gefühl genau merken wollte. Ich wusste, dass es der beste Moment meines Lebens war!«

Als sie einen Seitenblick auf Frances wirft, sieht ihre Mutter so zufrieden aus, dass Letty es kaum erträgt, ihr das traurige Ende des Märchens zu erzählen.

»Aber ... es sollte einfach nicht sein.« Sie stößt die Worte hervor, als würde das Ende ihrer Geschichte unausweichlich, wenn sie es laut ausspricht.

»Ist das nicht ein bisschen melodramatisch?«, fragt Frances.

»Es ist vorbei. Ich bin weggelaufen.«

»Moment – hat er dich verletzt?«

»Nein! Warum denkst du immer, dass der Mann schuld ist? Es war meine Schuld. Du hast keine Ahnung, wie ich bin, oder wie dumm ich gewesen bin!«

»Ich weiß, dass du schnell glaubst, an etwas schuld zu sein, obwohl du absolut nichts dafürkannst«, sagt Frances. Sie streckt die Hand nach Letty aus, aber Letty weist sie zurück und wendet sich harsch ab.

»Es war nichts dergleichen«, sagt sie.

Frances seufzt.

»Also, was macht Alf in Rom?«

»Er ist auch wieder zu Hause«, sagt Letty.

»Und du willst ihn nicht sehen?«

»Nein! Ich habe es dir doch gesagt!«

»Bist du dir sicher, Liebes?«

»Natürlich bin ich mir sicher!«

Warum hat sie sich nur verführen lassen, über Alf zu reden? Jetzt wird Frances keine Ruhe mehr geben.

»Weißt du, da war …« Letty sucht einen Weg, das Gespräch zu beenden. »Diese Sache mit einem anderen Mann …«

»Du warst doch nur drei Wochen da!«, sagt Frances.

»Nicht in Rom«, erklärt Letty. »Es ist kompliziert. Bitte frag nicht nach Einzelheiten. Ich schäme mich so schon genug.«

»Herrgott, Letty, warum kannst du nicht ausnahmsweise mal eine normale Beziehung haben?«, platzt Frances heraus.

Lettys Unterlippe bebt. Sie umklammert das Geländer und starrt mit Tränen in den Augen auf die Lichter des London Eye, die in dem dunklen Wasser unter ihr funkeln.

Sie spürt, dass die Hand ihrer Mutter über ihrem Rücken schwebt, doch sie duckt sich weg, als würde sie bei einer tröstenden Geste in tausend Stücke zerspringen.

FRANCES

Es ist so heiß, dass Frances nicht schlafen kann. Das Fenster steht offen, aber es scheint kein Unterschied zwischen der Temperatur draußen und drinnen zu bestehen. Sie schaltet den Ventilator ein und dann wieder aus, weil das Surren sie stört.

Die Luft ist dick wie Sirup, in dem ihre Gedanken ertrinken. Ihr geht das Bild von Letty nicht aus dem Kopf, wie sie in den Fluss gestarrt hat.

Die Schwanenprinzessin wirft sich in den See, weil die Liebe des Prinzen sie nicht retten kann.

War es das, was Letty durch den Kopf ging?

Hat sie deshalb vorgeschlagen, zum Fluss hinunterzugehen? War es eine Art Hilferuf, den Frances wieder einmal überhört hat, weil sie weiter vom Sommer '76 geplappert hat? Sie hätte besser über den heißen Sommer 2013 nachdenken sollen, der noch nicht so lange zurückliegt.

Frances erinnert sich, wie sie in der Nacht, in der Letty eingewiesen wurde, im Krankenhaus an ihrem Bett gesessen hat. An den Tropf in Lettys Arm. An Lettys Fuß, der unter der Bettdecke hervorlugte, und das Herz mit dem Messer, das einen merkwürdigen Gegensatz zu dem Winnie-Puh-Wandbild hinter ihr bildete. Jung genug, um auf der Kinderstation zu liegen, aber mit einem verdammten Tattoo am Fuß.

Frances erinnert sich daran, wie die Schwestern sie angesehen haben. Was für eine Mutter war sie nur? Ihre Tochter war gefährlich dehydriert und untergewichtig. Sie war von einer Passantin davon abgehalten worden, in den Fluss zu springen.

Wieso hatte Frances das nicht bemerkt? Wie konnte eine Fremde, die Letty noch nie in ihrem Leben gesehen hatte, wissen, dass sie in Gefahr war, und Frances nicht?

Sie hat sich so bemüht, eine gute Mutter zu sein, aber bei Letty bekam sie es einfach nicht hin. Sie hat alle Bücher über schwierige Teenager gelesen und wusste, wie wichtig es war, sie ihre eigenen Fehler machen zu lassen. Sie hat versucht,

Letty ihre Unabhängigkeit zu lassen. Vielleicht sogar zu sehr. Vielleicht war das das Problem? Doch wann immer sie versuchte, Letty näherzukommen, und sie nach ihrem Leben fragte, spürte sie ihre Gereiztheit. Ihre Tochter versteifte sich und schaltete komplett auf Abwehr.

Es hat sich nichts verändert. Gestern Abend auf dem Heimweg im Taxi ist Letty so weit wie möglich von ihr abgerückt. Der Fahrer redete die ganze Zeit über das blöde Wetter, und Frances brauchte ihre ganze Selbstbeherrschung, um ihm nicht zu sagen, dass er die Klappe halten solle, auch wenn die Stille nur noch schlimmer gewesen wäre.

Als Frances schließlich einschläft, ist es schon hell. Plötzlich schreckt sie wieder aus dem Schlaf hoch und weiß mit einem Mal genau, was zu tun ist. Sie sinkt auf ihr Kissen zurück und überlegt, ob es womöglich eine verrückte Idee ist.

Bei dieser Hitze wirkt alles übertrieben, fast so, als befänden sie sich in E. M. Forsters Roman »Auf der Suche nach Indien«, wo Ereignisse verherrlicht und in etwas verwandelt werden können, das eigentlich unmöglich ist.

Sie braucht Raum, um klar zu denken, Abstand zu dem leeren Haus und seinen stillen Dramen. Doch sie darf Letty nicht allein lassen.

Vielleicht wird es Zeit, dass Ivo etwas Verantwortung übernimmt.

Damit sie es sich nicht noch einmal anders überlegt, greift Frances gleich zum Telefon.

»Herrgott! Es ist fünf Uhr morgens!«, murmelt Ivo.

Ein winziger Teil in Frances freut sich, ihn geweckt zu haben, und hofft, dass sie seine Geliebte ebenfalls geweckt hat.

»Ich fahre für ein paar Tage weg. Du musst hier bei Letty

bleiben. Ich mache mir Sorgen um sie. Sie isst nicht. Und sie weint viel. Sie scheint ... abwesend zu sein, irgendwie ...«

»Abwesend? Meine Güte, Frances, meinst du nicht, dass du dir zu viele Sorgen machst?«

Frances fühlt sich, als hätte ihr Blut den Siedepunkt erreicht.

»Wieso sagst du das?«, schreit sie ins Telefon. »Was soll das überhaupt heißen? Ich sage dir, dass es Letty nicht gut geht. Sie braucht Hilfe. Ich weiß nicht, wie ich ihr helfen kann. Warum soll ich mir da keine Sorgen machen?«

»Sie ist einundzwanzig!«

»Gott, du bist so feige.« Frances spuckt die Worte ins Telefon. »Dass Letty dein Verhalten missbilligt, befreit dich nicht von deiner Verantwortung für sie! Und rede dir ja nicht ein, dass im Grunde ich das Problem bin und es deshalb in Ordnung ist, nichts zu tun. Hier geht es nicht um mich.«

»Ausnahmsweise«, sagt Ivo.

Frances würde ihm am liebsten sagen, er solle sich verpissen. Doch sie weiß, dass er genau das will, damit er einen Grund hat aufzulegen.

»Hör zu, Ivo«, sagt sie und bemüht sich, kühl und ruhig zu klingen. »Du hast eine Tochter, die in der Vergangenheit eine Essstörung und eine Depression hatte – was nicht deine Schuld ist, das sage ich nicht. Aber du musst es zur Kenntnis nehmen. Es ist ja gut und schön, auf einer Demo gegen Krankenkassenkürzungen zu protestieren, aber du musst auch deinen Anteil an der Pflege übernehmen ...«

»Das ist nicht fair! Ich habe früher alles mit ihr gemacht!«, protestiert Ivo. »Letty ist diejenige, die mich nicht sehen will.«

»Du hast die schönen Dinge mit ihr gemacht. Frühstücken

in Hampstead, Matineen im Everyman. Und Schlittschuhlaufen natürlich …«

»Das ist unter der Gürtellinie, selbst für dich, Frances!«

»Unter der Gürtellinie? Ich habe noch nicht mal richtig angefangen!«

»Hör auf zu schreien!«

Das sagt er, wenn er sich in die Ecke gedrängt fühlt. Typisch Mittelklasse, als wäre es wichtiger, höflich zu sein, als das Problem anzusprechen.

»Dann werde ich Oscar bitten.« Frances legt auf.

Nach ein paar Minuten ruft Ivo zurück.

»Okay. Ich komme rüber. Wo fährst du überhaupt hin?«

»Das geht dich verdammt noch mal nichts an.«

Nachdem sie geflucht hat, fühlt sie sich einen Moment lang besser, doch das Gefühl ist flüchtig, als sie daran denkt, wie Letty in den Fluss hinuntergestarrt hat.

39

ALF

»An einem Tag wie diesem gibt es keinen besseren Ort als Blackpool«, erklärt Cal, als er und Alf über die Promenade schlendern.

Alf denkt an das kleine Boot, das über das tiefblaue Wasser im Golf von Neapel auf den funkelnden Maronti zutuckert. Aber er weiß, was Cal meint. In diesen Tagen, in denen unentwegt die Sonne scheint, leuchtet der Strand von Blackpool so golden und das Meer fast so blau wie das Mittelmeer. Es wird allerdings noch eine Weile dauern, bis es so warm ist, dass Alf sich traut, länger zu baden, als nur kurz hineinzuspringen. Das Wetter ist so ungewöhnlich heiß, dass die Besucher stets ein Lächeln auf dem Gesicht haben. Glückliche Kinder kreischen vor Freude beim Sandburgenbauen und Eis essen, anstatt zu jammern, dass sie frieren, wenn sie in der Spielhalle vor dem Regen Zuflucht suchen. Die Abende sind mild und warm genug, um in ärmelloser Kleidung herumlaufen können. Vor der Pizzeria, in der Alf früher gearbeitet hat, stehen Tische auf dem Bürgersteig, und die Pubs servieren Sommercocktails, auf denen Erdbeeren schwimmen. Wenn man jedes Mal ein Pfund bekäme, wenn man jemanden sagen hörte: »Es gibt keinen besseren Ort«, wäre man bald ein reicher Mann. Es schwingt Stolz in diesem Satz mit, als hätten die Leute immer schon daran geglaubt, dass Blackpool das Potenzial zu einem solchen Sommer habe, und wären nun nach vielen eiskalten Sommern mit Nieselregen für ihren Glauben belohnt worden. Wenn die Sonne abends über dem Meer untergeht und das Wasser in unzählige Rosé- und Blautöne taucht, ist es genauso atemberaubend und einmalig wie jeder andere Sonnenuntergang.

Es ist nicht gerade toll, wieder zu Hause zu sein, aber es ist auch nicht schlecht.

Zuerst wissen Cal und er nicht so recht, was sie miteinander anfangen sollen. Sein alter Freund ist etwas zurückhaltend, als rechnete er damit, dass Alf sich für etwas Besseres hält, weil er im Ausland gelebt hat. Als er jedoch hört, warum Alf nach Hause zurückgekommen ist, hat Cal vor allem Mitgefühl.

Die Nachricht über Donnas Aufnahme in die Psychiatrie hat sich in der Stadt offenbar nicht verbreitet. Offenbar stimmt es, dass psychische Krankheiten nicht wie körperliche Krankheiten behandelt werden. Nicht nur, dass die Regierung in diesen Bereich nicht genügend investiert. Die Leute vermeiden es auch, darüber zu reden. Doch wenn man offen damit umgeht, kennt fast jeder jemanden, der ebenfalls erkrankt ist. Cal hat einen Cousin, der unter Depressionen leidet und Medikamente nimmt. Es hat eine Weile gedauert, aber jetzt geht es ihm ganz gut. Dasselbe sagen die Ärzte über Donna. Es wird ihr wieder besser gehen. Es dauert nur eine Weile, die richtigen Medikamente zu finden.

Das Merkwürdige ist, dass Donna manchmal ganz sie selbst zu sein scheint, zum Beispiel, als Alf sie zum ersten Mal auf der Station besucht hat. Ihre Miene hat sich aufgehellt, und sie sagte: »Was führt dich nach Hause?«

Doch wenn sie anfängt, sich um Dinge zu sorgen, kann man nicht vernünftig mit ihr reden. Obwohl Cheryl ihn gewarnt hat, dass er sagen könne, was er wolle, es werde nichts nützen, hat Alf versucht, was alle offenbar zunächst versucht haben. Er wollte sie beruhigen und ihr beweisen, dass sie sich irrte. Doch es schien, als weigerte sich seine Mutter einfach, ihm zuzuhören. Das war frustrierend, und er musste sich wieder ins Gedächtnis rufen, wie beängstigend die Situation für sie sein musste, um nicht wütend auf sie zu werden.

Cal hört zu, mehr kann er nicht tun.

»Fehlt dir Italien?«, fragt Cal.

»Ein bisschen«, antwortet Alf.

»Und du und Miss Jones ...?«

»Vorbei.«

»Sorry, Alter.«

»Meine Entscheidung«, sagt Alf. »Ich habe jemanden kennengelernt.«

»Du verdammter Glückspilz!«, sagt Cal.

»Sie hat mich verlassen.«

»Oh, das tut mir leid.«

»Ja.«

»Trotzdem, es gibt noch jede Menge Fische.« Cal deutet aufs Meer.

»Ja!« Alf versucht, das draufgängerische Lächeln aufzusetzen, auf das Cal wartet. Denn das heißt, dass sie nicht länger über Beziehungen reden müssen.

Es ist vorbei. Letty hat nicht auf seine E-Mail geantwortet. Er kann sich allerlei Erklärungen überlegen – Chiara hat ihm die falsche Adresse gegeben, oder er hat sie falsch aufgeschrieben, oder Letty hat nicht auf ihr Smartphone oder in ihren Computer gesehen –, aber er weiß, dass sie ihn höchstwahrscheinlich einfach nicht mehr sehen will. Und er will kein Jammerlappen sein, der sich nach ihr verzehrt. Das war es also. Am besten beschäftigt er sich mit anderen Dingen, um die Leere in seinem Kopf zu füllen, die sie dort hinterlässt.

Die Zwillinge sind bei Donna im Krankenhaus, weil es wichtig ist, dass sie eine Bindung zu ihrer Mutter aufbauen, und auch um Donnas Überzeugung, sie würde ihnen etwas antun, nicht noch zu verstärken. Cheryl ist tagsüber fast durchgehend ebenfalls da.

Gary arbeitet wieder und besucht sie abends. Die Tanzschule führt Alf im Prinzip allein. Vormittags geht er ins Krankenhaus und fährt die Zwillinge im Doppelkinderwagen spazieren. Beim ersten Mal ist er sich etwas komisch vorgekommen, weil der Wagen so rosa ist, doch Alf konzentriert sich einfach auf seine Halbschwestern und nicht darauf, was die Leute denken. Er erklärt ihnen die Dinge, zu denen sie hinaufsehen, wie die Blätter an den Bäumen, den blauen Himmel, die Straßenlaternen oder die vorbeiziehenden Möwen. So gewöhnen sie sich an seine Stimme, auch wenn sie ihn natürlich noch nicht verstehen können. Vor einigen Tagen hat Dorabella ihn zum ersten Mal angelächelt. Sie ist um diese Tageszeit meist die wachere. Bis zu diesem Moment hatte Alf keine Ahnung, wie wundervoll sich ein Babylächeln anfühlt.

Nachmittags gibt er normalerweise ein paar von Donnas Einzelstunden, und nach der Schule unterrichtet er die Kinder. Die Kurse sind während des guten Wetters ziemlich zusammengeschrumpft. Kein Kind, das nicht wirklich mit Leidenschaft dabei ist, will in der Tanzschule schwitzen, wenn es zur gleichen Zeit am Strand spielen kann. Es gibt allerdings ein Juniorenpaar, Mia und Toby, auf das Donna große Hoffnungen setzt, und Alf versteht, warum.

Er ist deutlich strenger geworden, als er es jemals für möglich gehalten hätte, und bellt seine Korrekturhinweise genau so, wie Donna es immer mit Sadie und ihm gemacht hat. Und er versteht jetzt, dass man nur bei Kindern, die wirklich das besondere Etwas haben, den Drang verspürt, sie ihr ganzes Potenzial entfalten zu lassen.

Abends finden die Erwachsenenkurse statt. Seit das Wetter derart tropisch ist, setzt Alf auf karibische Atmosphäre. Im Partyladen hat er ein paar künstliche Palmen erstanden, und in den Pausen bietet er große Gläser mit antialkoholischem Fruchtpunsch an. Im Unterricht konzentriert er sich vor allem auf die Rumba, weil sie relativ langsam ist, und weil die meisten Frauen sie am liebsten mögen. In den Wochen, seit er nach Hause zurückgekommen ist, haben die Anmeldungen zugenommen.

»Du bist ein Naturtalent«, sagt Cheryl glücklich, als sie vorbeikommt, um zu sehen, wie es läuft.

Als seine Großmutter ihn vom Bahnhof abgeholt hat, hat Alf mit Schrecken gesehen, wie sehr sie gealtert ist, aber seit seiner Rückkehr haben sich einige Sorgenfalten wieder geglättet. Und sie schminkt sich wieder, was darauf hindeutet, dass sie sich wieder mehr wie sie selbst fühlt.

Im Flugzeug auf dem Weg nach Hause hat er sich gefragt, ob es wohl irgendwelche Schuldzuweisungen oder irgendein Drama geben würde, aber dazu waren alle viel zu beschäftigt und zu besorgt. Es verlief eher nach dem Motto: Du bist zu Hause, wir sind eine Familie, also los – und er ist froh, dass es so einfach war.

Als Alf Samstagmorgen mit den Zwillingen spazieren geht, kommt ein Mann auf ihn zugejoggt, der ihm vage bekannt vorkommt. Als er nur noch wenige Meter entfernt ist, erkennt er Mr. Marriot, dem er normalerweise nur im Anzug und nicht in Lauftrikot und Shorts begegnet. Alf lenkt den Kinderwagen auf die Seite, damit sein ehemaliger Lehrer vorbeikommt, doch als Mr. Marriot ihn erkennt, bleibt er stehen, joggt schnaufend auf der Stelle weiter und sieht von den Babys zu Alf.

»Meine Schwestern«, sagt Alf schnell, als er ahnt, was der Lehrer denkt.

»Aah!«, sagt Mr. Marriot. »Dann bist du zurück?«

»Ja.«

»Und wie geht es Gina?«

Es ist das erste Mal seit Alfs Rückkehr, dass jemand in Blackpool sie bei ihrem Vornamen nennt. Für Cal, Donna und Cheryl wird sie immer Miss Jones bleiben. Schon seltsam, dass sein Lehrer der Einzige ist, der sie Gina nennt.

»Das weiß ich nicht«, sagt Alf.

»Ach …« Jetzt ist Mr. Marriot derjenige, der verlegen wirkt.

»Wir sind nach Rom gegangen«, berichtet Alf. »Es hat nicht funktioniert.«

»Das tut mir leid.«

»Nein, das tut es nicht«, sagt Alf, aber freundlich, mit einem Lächeln.

»Du hast recht. Es tut mir nicht leid.« Mr. Marriot erwidert sein Lächeln.

Mehr müssen sie nicht sagen, und es fühlt sich gut an, den Respekt wiederherzustellen, ohne mehr erklären zu müssen.

»Und was hast du jetzt vor?« Schließlich bleibt Mr. Marriot nun doch ganz stehen.

»Ich will Sie nicht aufhalten, Sir …«

»Tust du nicht. Zu heiß.« Mr. Marriot wischt sich mit dem Unterarm über die Stirn.

»Ich helfe zu Hause aus. Meine Mutter ist im Krankenhaus.«

»Oh, *das* tut mir wirklich leid, Alf.«

Alf hört die aufrichtige Sorge in seiner Stimme.

»Wenn ich irgendetwas tun kann, was es auch ist, lass es mich bitte wissen«, fährt der Lehrer fort.

»Danke. Aber ich glaube nicht.«

»Nun ja, das Angebot steht. Auch wenn du nur reden willst. Wenn du überlegt hast, einen zweiten Anlauf mit deinem Englisch-Abitur zu machen, bin ich nur zu gern bereit, dir zu helfen.«

»Das ist sehr nett, Sir. Das habe ich noch nicht überlegt – jedenfalls nicht jetzt. Ich habe ziemlich viel zu tun.«

»Ja, das kann ich mir vorstellen.«

Es folgt ein kurzes Zögern, und es wäre Zeit, sich zu verabschieden, doch keiner von ihnen weiß wie. Dann streckt Alf die Hand aus, und Mr. Marriot schüttelt sie und lächelt, als wäre er froh, dass sie sich versöhnt haben. Und dann ist er weg, und Alf lauscht auf seine Schritte, die die Straße hinunterhallen.

»Lehrer«, sagt Alf zu Isabella und Dorabella. »Guter Kerl.«

Die Frau ruft am späten Donnerstagnachmittag an, als Alf gerade Mia und Toby durch einen Tango leitet. Er erkennt die Choreografie, die Donna ihnen beigebracht hat. Es ist genau dieselbe, die er mit Sadie in ihrem Alter getanzt hat. Aber er hat sich die Richtlinien angesehen und festgestellt, dass sie eine *caza* einbauen könnten, was eine seiner Lieblingsfiguren ist und die Richter immer beeindruckt. Nun versuchen sie es.

»Hallo, Donnas Tanzstudio, Alf am Telefon«, meldet er sich, als er ans Festnetztelefon geht, und nimmt sich vor, seine Mobilnummer auf die Website zu setzen.

»Folgendes«, sagt die Frau am anderen Ende. »Ich gehe nächste Woche auf eine Kreuzfahrt. Ich habe mich erst ziemlich kurzfristig dazu entschlossen und muss tanzen lernen, zumindest die Basics. Schnell. Womit ich diese Woche meine. Haben Sie noch Stunden frei?«

»Wir sind gerade etwas knapp besetzt«, sagt Alf. »Aber wenn es Ihnen nichts ausmacht, mit mir vorliebzunehmen, ich habe noch ein paar Lücken im Kalender.«

»Warum sollte mir das etwas ausmachen?«, fragt sie.

»Nun ja, ich bin kein diplomierter Lehrer, aber ich war Juniorenmeister im Gesellschaftstanz und Meister im Lateinamerikanischen Tanz. Ich weiß also, was ich tue.«

»Perfekt!«, sagt sie.

Sie verabreden eine Stunde für den folgenden Nachmittag.

»Wohnen Sie in Blackpool?«, fragt Alf.

»Warum fragen Sie?«

»Wissen Sie, wo Sie uns finden?«

»Ich habe die Adresse von der Website, damit werde ich Sie schon finden«, erwidert sie und legt auf. Alf starrt auf den Hörer und fragt sich, warum er das Gefühl hat, als würde sie *ihm* einen Gefallen tun.

Ihm fällt auf, dass er ihr gar nicht gesagt hat, wie viel eine Einzelstunde bei ihm kostet. Soll er Donnas Kurs berechnen, so, wie er es bei den anderen Kunden tut, die ihn schon kennen? Oder sogar mehr verlangen, weil sie so verzweifelt ist? Er wird verhandeln müssen, wenn sie kommt, was nicht ideal ist.

»Was macht ihr zwei?«, ruft er Mia und Toby zu, die mitten im Tango am anderen Ende des Tanzsaals aufgehört haben.

»Du warst am Telefon …«, sagt Toby zögernd.

Haben sie gehört, wie er erklärt hat, dass er kein diplomierter Lehrer sei?

»Und das ist ein Grund für euch, Pause zu machen, weil …?«

»Entschuldigung.«

»Angenommen«, sagt Alf und versucht, so streng zu klingen wie Cheryl. »Also, Knie beugen! Kommt, das könnt ihr doch besser!«

Alf schätzt seine neue Schülerin auf Ende fünfzig. Sie ist klein und zierlich und hat eine gute Körperhaltung. Am Ringfinger der linken Hand, wo vermutlich ihr Ehering gesessen hat, ist ein heller Streifen. Vielleicht ist sie kürzlich Witwe geworden, oder sie ist frisch geschieden, denn das ist bei Frauen ihres Alters häufig der Grund, eine Tanzkreuzfahrt zu machen. In der Regel gibt es auf den Schiffen professionelle Tänzer, die die Damen über die Tanzfläche führen, damit sie sich besser fühlen. Alf kann sich vorstellen, auch so etwas zu machen, wenn die Dinge hier wieder laufen. So kann man reisen, während man arbeitet.

»Bevor wir anfangen«, sagt er, »die Stunde kostet dreißig Pfund.«

»Gibt es einen Rabatt, wenn ich gleich ein ganzes Paket buche?«, fragt sie.

»Ich bin nicht Costco«, erwidert er, ohne nachzudenken. Sie ist seine erste eigene erwachsene Schülerin, aber so leicht gibt er nicht nach.

Sie schenkt ihm ein nettes Lächeln, als ob sie seine Standhaftigkeit insgeheim bewunderte.

»Also gut«, sagt sie und reicht ihm drei Zehn-Pfund-Noten. »Dann wollen wir mal sehen, ob Sie das auch wert sind.«

»Welche Tänze möchten Sie lernen?«, fragt Alf.

»Womit fängt man normalerweise an?«

»Wie wäre es mit einem Walzer? Walzer werden Sie brauchen. Dann etwas Lateinamerikanisches, wir unterrichten normalerweise Cha-Cha-Cha …«

»O nein, für die lateinamerikanischen Tänze bin ich zu alt«, unterbricht sie ihn.

Alf weicht zurück und hebt abwehrend die Hände.

»Dann konzentrieren wir uns auf den Walzer«, sagt er. »Ich bin übrigens Alf.«

»Ja, das weiß ich.«

»Und Sie sind …?«

Sie zögert nur eine Sekunde. Vielleicht ist sie eine dieser Frauen, die von einem jüngeren Mann Misses genannt werden möchten. Doch das glaubt er eigentlich nicht. Ihre Art wirkt jünger, nicht älter, als sie aussieht.

»Ich bin Fran«, sagt sie.

»Also gut, Fran«, sagt er. »Sie müssen sich hinter mich stellen und es mir nachmachen. Das hier ist der Walzer-Grundschritt.«

»Ist der für die Frau nicht ein anderer?«

»Ja, und deshalb bringe ich Ihnen den Damenschritt bei. Ich kenne den Herrenschritt. Ich muss ihn nicht lernen, oder?«

Das bringt sie zum Schweigen.

Er beobachtet sie über die Spiegelwand. Ihre Füße sind geschickt, ihr Gesicht ist vor Konzentration angespannt.

»Blick nach oben gerichtet!«, sagt er, dann hebt er die Hand, damit sie stehen bleibt. »Achten Sie auf mich und konzentrieren Sie sich ganz darauf, den Fuß an Ihrem Knöchel vorbeigleiten zu lassen. Man kann ihn auf den Boden knallen, so wie Sie jetzt, so kommt man auch über die Tanzfläche, oder man kann ihn von Anfang an schön setzen.«

»Knallen« ging wahrscheinlich zu weit, denkt Alf, aber er will unbedingt klarstellen, wer auf der Tanzfläche das Sagen hat.

»Also«, sagt er und stellt sich mit ausgestreckten Armen vor sie, »Sie haben doch sicher ›Let's Dance‹ gesehen, also wissen Sie auch, was das Wichtigste beim Turniertanz ist?«

»Die Haltung«, sagt Fran.

»Genau«, bestätigt Alf. »Legen Sie Ihre linke Hand hierher … nicht auf die Schulter des Mannes, sondern oben auf seinen Bizeps.«

Sie bewegt ihre Hand an die richtige Stelle. Die Tanzhaltung einzunehmen kann ein etwas unsicherer Moment sein. Alf lässt sich gern erst von der Frau berühren, ehe er sie berührt. Viele Frauen sind sehr vorsichtig, doch Fran wirkt recht selbstsicher.

»Okay, jetzt geben Sie mir Ihre rechte Hand.« Er greift sie fest und platziert seinen rechten Arm schwungvoll in der Mitte ihres Rückens.

»Ta daaa!«, sagt sie.

»Angenehm?«

»Ja.«

»Nun, das sollte es nicht sein«, erklärt Alf. »Eine gute Tanzhaltung erfordert eine Menge Kraft sowohl von der Frau als auch vom Mann, und am Ende der Stunde sollten Ihnen die Muskeln wehtun.«

»Na, Sie machen mir Spaß«, sagt sie sarkastisch, aber es gefällt ihm, dass sie ernsthaft lernen will.

Als sie den Grundschritt mit Rechts- und Linksdrehung sowie den Übergang beherrscht, geht er zur Musikanlage und startet die Walzerliste, die mit »Moon River« beginnt. Dann kommt er zurück und nimmt wieder die Tanzhaltung ein. Sie schafft es, ohne einen Fehler durch den ganzen Saal zu kommen, doch als er sagt: »Toll!«, und zu ihr hinunterlächelt, verliert sie für eine Sekunde die Konzentration und bleibt stehen.

»Okay«, sagt er. »Versuchen wir es noch mal. Nicht nach unten sehen – Ihre Füße sagen Ihnen nicht, wohin es geht, das müssen Sie Ihren Füßen sagen. Es spielt sich alles hier oben ab.« Er zeigt auf ihren Kopf.

Dann sieht er auf die Uhr. Die Zeit reicht gerade noch, um ihr ein Chassé beizubringen und sie dann in den Rechtskreisel zu führen.

Das Chassé ist einfach, und sie hat ein gutes Timing. Der Damenschritt für den Rechtskreisel ist kompliziert, wenn man nicht weiß, wie er sich anfühlen muss.

Er will sie in die Drehung führen, doch sie weigert sich und versucht stattdessen, ihn zu drehen.

»Hören Sie«, sagt Alf und lässt die Arme sinken. »Ich bin mir sicher, dass Sie vieles besser können als ich, aber im Tanzen bin ich besser. Also, glauben Sie mir, wir werden nur um diese Tanzfläche herumkommen, wenn Sie mir folgen.«

Ihr Gesichtsausdruck kann in einer Sekunde von verärgert auf verschmitzt umschalten. Das ist ziemlich attraktiv.

»Verflixt«, sagt sie. »Sie sind ganz schön dominant!«

Und dann lachen sie beide, und er nutzt den entspannten Moment, um wieder Position einzunehmen und sie zu drehen, dann fährt er fort und nennt dabei die Schritte: »Drehung nach rechts, Drehung nach links, Wechsel und Drehung nach rechts, Chassé und Kreiseldrehung.«

Die Musik ist in den »Tennessee Walzer« übergegangen.

Sie schaffen eine ganze Runde und enden auf dem letzten Ton der Melodie. Alf verneigt sich vor ihr, und sie deutet einen leicht spöttischen Knicks an.

»Wie hat es Ihnen gefallen?«, fragt Alf.

»Es war wunderbar!«, sagt sie. »Können wir das noch mal machen?«

Sie freut sich wie ein Kind.

»Man soll aufhören, wenn es am schönsten ist«, sagt er.

Die Kinder vom anschließenden Kurs trotten bereits nach und nach in den Saal, die Mädchen in rosa Trikots und Röckchen und ein etwas widerstrebender kleiner Junge im Manchester-United-Trikot, der immer mit seiner Schwester kommt. Alf glaubt, dass er zwar das Potenzial, aber nicht das Selbstvertrauen hat, um dabeizubleiben und all den Spott zu ertragen.

»Haben Sie morgen früh Zeit?«, will Fran wissen. »Vielleicht zwei Stunden?«

Alf denkt darüber nach. »Normalerweise unterrichte ich vormittags nicht …«

»Aber für mich machen Sie doch eine Ausnahme?« Sie ist es gewohnt, ihren Willen zu bekommen. »Mir bleibt einfach nicht mehr viel Zeit …«

»Also gut. In Ordnung«, gibt er nach. »Eine Stunde. Und Sie werden ein Paar Tanzschuhe brauchen«, erklärt er. »Wir haben hier nichts gegen Turnschuhe, solange sie keine Streifen machen. Aber auf einem Kreuzfahrtschiff …«

»Oh. Na gut, wenn Sie das sagen.«

Er schreibt den Namen des Geschäfts auf und erklärt ihr, dass sie zehn Prozent Preisnachlass erhalte, wenn sie sich auf Donna, Cheryl oder Alf berufe.

»Cheryl?«, fragt sie.

»Meine Großmutter«, erklärt er.

»Heute machen wir mal was anderes«, erklärt Alf den Zwillingen am folgenden Vormittag. »Gleich kommt eine Dame, die Quickstepp lernen will. Solange ich unterrichte, müsst ihr brav sein. Es gibt auch schöne Musik. Ich glaube, das wird euch gefallen.«

Heute ist Isabella die wachere.

»So könnt ihr euch gleich daran gewöhnen, ihr zwei«, sagt er, während er den Kinderwagen die Treppe hochträgt. Er steckt den Schlüssel ins Schloss und stößt die Tür auf, um die vertraute Mischung aus Bohnerwachs, Haarspray und einem Hauch Schweiß, überlagert von Rosenduft, einzuatmen, der für ihn immer nach zu Hause riecht.

Diesmal sucht Alf die Musik schon vor der Stunde heraus.

Als Fran eintrifft, sieht sie auf den rosafarbenen Kinderwagen und fragt: »Sind das Ihre?«

»Das sind meine Halbschwestern. Ich passe vormittags auf sie auf. Darum unterrichte ich normalerweise nicht. Wir versuchen es, aber wenn sie nicht mitspielen, holen wir Ihre Stunde heute Nachmittag nach. Einverstanden?«

»Einverstanden.«

»Eigentlich müssten sie an die Musik gewöhnt sein, schließlich haben sie sie neun Monate lang gehört«, sagt Alf. »Also, der Quickstepp. Es ist wichtig, dass Sie den lernen, weil auf jeder Tanzveranstaltung ein Bus-Stop-Quickstepp gespielt wird. Das läuft folgendermaßen: Die Damen warten an der ›Bushaltestelle‹ in einer Ecke des Raumes darauf, dass ein Mann vorbeikommt und sie über die Tanzfläche führt. Dann bringt er sie zurück ans Ende der Schlange, wo sie auf den nächsten Bus warten.«

»Wie unglaublich sexistisch!«, ruft Fran.

»Das ist eine Art, es zu betrachten«, sagt Alf. »Doch wenn mehr Frauen als Männer im Saal sind, was eigentlich immer der Fall ist, tanzt man als Frau mit allen Männern, anstatt bei einem alten Knacker mit Mundgeruch festzuhängen, der seine Fähigkeiten überschätzt und Ihre Zehen massakriert.«

»Gott! So gesehen …«, sagt sie. »Egal, vermutlich ist Standardtanz nicht gerade für seine politische Korrektheit bekannt, oder?«

»Nicht wirklich«, stimmt Alf zu. »Das heißt allerdings nicht, dass er nicht von einigen sehr starken Frauen beherrscht wird. Wenn Sie meinen, ich wäre dominant, sollten Sie mal Cheryl kennenlernen.«

»Ihre Großmutter.«

Wahrscheinlich liegen die beiden altersmäßig gar nicht so weit auseinander, überlegt Alf. Ob sie sich verstehen würden? Oder hätte Cheryl Probleme mit einem anderen Alphaweibchen in ihrem Revier?

Nachdem Alf Fran den Grundschritt beigebracht hat, stellt er die Musik an, doch sofort fängt Dorabella an zu weinen.

»Entschuldigen Sie«, sagt er, löst sich aus der Tanzhaltung und geht zum Kinderwagen, um sie herauszunehmen. Sobald er das tut, beginnt auch Isabella zu weinen.

Zu seiner Überraschung kommt Fran herüber und nimmt Isabella hoch.

»Aber, aber«, sagt sie. »Hat dich die laute Musik erschreckt? Ist schon gut. Alf stellt sie jetzt leiser.«

Wie durch ein Wunder hört Isabella auf zu weinen und betrachtet neugierig das fremde Gesicht.

»Magische Hände«, sagt Alf.

»Man nennt das Mutter«, sagt Fran.

Er hat sie nicht für mütterlich gehalten, kann jetzt aber nicht mehr sagen, warum eigentlich. Sie wirkt ganz natürlich mit dem Baby auf dem Arm und irgendwie weicher. Nicht so harsch.

»Wie viele Kinder haben Sie?«

»Einen Jungen und ein Mädchen«, sagt sie. »Sie sind allerdings einige Jahre auseinander.«

Sanft legt Fran Isabella zurück in den Wagen, dann nimmt sie ihm Dorabella ab und legt sie ebenfalls zurück.

»Kann man sie irgendwie etwas aufrichten, sodass sie zusehen können? Ihr würdet sicher gern die Glitzerkugel und euren großen Bruder beim Tanzen sehen, nicht wahr, ihr Süßen?«

Also kippt Alf den Kinderwagen etwas nach vorn und stellt die Musik wieder an. Zunächst scheinen die Zwillinge ihnen zuzusehen, doch dann schlafen sie wieder ein.

»Ich glaube ja, dass Babys die Hälfte der Zeit nicht weinen, weil sie Hunger oder eine vollgeschissene Windel haben – ihnen ist einfach nur langweilig«, sagt Fran. »Lenk sie ab, dann sind sie glücklich, genau wie wir alle.«

Alf kann Fran nicht einordnen. Sie hat eindeutig einen nördlichen Akzent, doch ihr sarkastisches Auftreten wirkt auf ihn eher südenglisch. Keine Frau in ihrem Alter würde hier in der Gegend zu einem praktisch Fremden »vollgeschissen« sagen.

Wegen der Unterbrechung verlängert er die Stunde um zehn Minuten, dann erklärt er Fran, dass er die Babys jetzt zu ihrer Mutter zurückbringen müsse.

»Arbeitet sie vormittags?«, fragt Fran.

»Ähm, nein. Sie ist im Krankenhaus«, erklärt Alf.

»Oh. Das tut mir leid.«

Es folgt eine etwas peinliche Pause. Wahrscheinlich denkt sie, sie hätte Krebs.

»Eine postnatale Depression«, sagt er.

»Ach herrje.«

»Wie wäre es mit einer weiteren Stunde heute Nachmittag?«, fragt er.

»Sind Sie sicher?«

»Ja. Allerdings unter einer Bedingung.«

»Die da wäre?«

»Sie versuchen es mit einem Jive. Glauben Sie mir, Sie brauchen zumindest einen lateinamerikanischen Tanz, und der Jive wird Ihnen gefallen.«

Er kann sich gut vorstellen, dass der Tanz zu ihrem direkten Charakter passt.

»Auf der Uni haben wir etwas getanzt, das LeRoc hieß«, gibt sie zu. »All die coolen Jungs, die ein Jahr im Ausland gewesen waren und mit einer Französin geschmust hatten, haben sich ziemlich was darauf eingebildet.«

»Wahrscheinlich ist das so etwas Ähnliches«, sagt Alf. »Wo haben Sie studiert?«

»Oxford«, sagt sie. »Nicht schlecht für ein Mädchen aus Preston, was?«

An der Tür dreht sie sich um und winkt ihm zu, und in diesem Moment hat er ein heftiges Déjà-vu. Als hätte er sie schon einmal winken sehen.

Als sie am Nachmittag wiederkommt, üben sie den Quickstepp, und Alf ist beeindruckt.

»Sie sind ein Naturtalent«, lobt er.

»Ach, hören Sie auf!«, sagt sie. Aber er sieht, dass sie sich freut.

Wenn sie entspannt ist, leuchtet ihr Gesicht, und sie wirkt deutlich jünger. Wahrscheinlich war sie früher sehr attraktiv. Sie ist nicht wirklich hübsch, und er steht nicht auf rote Haare, aber sie ist schlagfertig und ein bisschen unverschämt. Cheryl würde sie als echtes Energiebündel bezeichnen.

Wie vorhergesagt, begreift sie den Jive sofort, und er kann ihr ein paar ziemlich komplizierte Schritte beibringen, weil sie jetzt verstanden hat, wie sie ihm folgen muss.

»Eigentlich«, sagt sie ein wenig außer Atem, als er ihr gratuliert, »ist es viel leichter, wenn man sich ganz in die Hände des Mannes begibt. Vielleicht habe ich das mein ganzes Leben lang verkehrt gemacht.«

Die Stunde ist fast vorbei.

»Haben Sie heute Abend noch etwas vor?«, fragt sie.

»Äh …«

Sein Gesichtsausdruck muss ihn verraten haben, denn Fran sagt: »Oh, bitte! Ich wollte damit nur fragen, ob Sie mir noch eine Stunde geben können? Ich reise heute Abend ab.«

»Ihre Kreuzfahrt beginnt am Montag?«

»Genau«, sagt sie.

»Nun, wenn Sie nicht zu müde sind.«

»So alt bin ich noch nicht!«

»Das habe ich nicht gemeint. Drei Stunden sind für jeden viel.«

»Wollen Sie sagen, dass *Sie* zu müde sind?«, fragt sie.

Alf ist tatsächlich ziemlich müde. So viel hat er schon länger nicht mehr getanzt, aber das wird er ihr gegenüber nicht zugeben.

»Was haben Sie sich vorgestellt?«, fragt er.

»Ich wollte immer Wiener Walzer tanzen können«, sagt sie. »Ich weiß, man sagt, es sei das Schwierigste, aber meinen Sie, ich könnte es versuchen?«

»Die Schritte sind eigentlich ziemlich einfach«, erklärt er. »Aber ich glaube nicht, dass der normalerweise auf einer Kreuzfahrt getanzt wird, weil nur wenige den Tanz wirklich beherrschen. Man braucht ziemlich viel Energie.«

»Ach, scheiß auf die Kreuzfahrt!«, sagt sie. »Ich meine, wann habe ich schon mal die Gelegenheit?«

Das letzte Mal, als er einen Wiener Walzer getanzt hat, war er auf der Piazza Navona. Während er und Letty sich immer schneller gedreht hatten, war es für ihn, als hätte er in diesem Moment alles, was er sich je gewünscht hatte. Eigentlich möchte er sich diesen vollkommenen Moment bewahren.

Doch nun steht Fran vor ihm, und sie könnte sich nicht stärker von Letty unterscheiden – im Alter und im Aussehen und überhaupt. Und er mag sie und weiß, dass sie es hinkriegen würde. Es würde sie sehr glücklich machen, und aus irgendeinem Grund glaubt er, dass sich hinter ihrem schroffen Auftreten großer Kummer verbirgt.

Nachdem er ihr die Schritte beigebracht hat, legt er Cheryls Wiener-Walzer-Selektion auf, die mit »Where Do You Go To My Lovely?« beginnt.

»Oh, mein Gott!«, ruft Fran, als die ersten Töne eines pariserisch klingenden Akkordeons aus den Lautsprechern tönen. »Daran erinnere ich mich noch genau. Der Typ, der das bei ›Top of the Pops‹ gesungen hat, hatte so einen riesigen Schnurrbart, aber er stand ewig auf Platz eins.«

»Bereit?«, fragt Alf und nimmt Tanzhaltung ein.

Sie nickt, auf reizende Weise nervös.

»Und … los … geht's!«

Er kann nicht die Augen schließen und so tun, als würde er mit Letty tanzen: Beim Turniertanz darf man nie die Augen schließen, und beim Wiener Walzer wäre es eine Katastrophe, weil man aufpassen muss, dass man nicht stürzt. Fran ist deutlich kleiner und nicht so unbefangen, darum ist die Erfahrung eine ganz andere. Doch ihre energische kleine Gestalt in den Armen zu halten und zu hören, wie sie teils vor Freude, teils aus Angst aufschreit, als würden sie auf einem Volksfest tanzen, macht Spaß. Alf glaubt, dass es unmöglich ist, unglücklich zu sein, wenn man Wiener Walzer tanzt. Vielleicht hat Donna ja gerade das gefehlt – erst die Schwangerschaft, dann das Stillen der zwei Babys. Tanzen war alles für seine Mutter. Alf beschließt, sobald sie dazu in der Lage ist, mit ihr eine Runde über die Tanzfläche zu wirbeln, oder sogar über den Hof des Krankenhauses. Mal sehen, ob das nicht ihre Sorgen vertreibt.

Als die Musik verhallt, bricht Fran praktisch an seiner Brust zusammen.

»Das … war … absolut … fantastisch!«, jubelt sie, völlig außer Atem. Ihr Gesicht ist gerötet, vereinzelt kleben rote Locken an ihrer verschwitzten Stirn.

Er lächelt zu ihr hinunter.

»Nicht viele schaffen es bis zum Ende von diesem Stück«, sagt Alf, und das ist nicht gelogen. Bei Fran ist es weniger eine Frage des Könnens als des Wollens. Es ist, als würde sie jede Herausforderung meistern, einfach weil sie nicht geschlagen werden will.

»Sie könnten eine gute Tänzerin sein, wenn Sie wollten«, sagt er. »Sie könnten Medaillen gewinnen.«

»Ich bin zu alt für Medaillen.«

»Nun ja, Sie werden das Tanzen jedenfalls genießen«, sagt er.

»Wenn ich um den Mundgeruch und die stampfenden Füße herumkomme?«

Alf lacht.

»Also, hier ist Ihr Geld.« Fran reicht ihm drei Zwanzig-Pfund-Noten.

»Sagen wir fünfzig für die zwei Stunden, in Ordnung?«, bietet er an.

»Das ist nett von Ihnen, aber ich habe nur Zwanziger.«

Alf sieht in seiner Brieftasche nach, aber er hat auch keine kleineren Scheine.

Er zuckt die Schultern.

Fran streckt die Hand aus, und er schüttelt sie. Und plötzlich ist er ein bisschen traurig, dass sie geht.

»Das war wirklich toll«, sagt sie.

An der Tür dreht sie sich noch einmal um und winkt mit beiden Händen.

Und plötzlich weiß Alf, wo er sie schon einmal hat winken sehen.

»Das ist sie!« Letty hatte auf die Kinoleinwand gezeigt, wo eine kleine Gestalt vor dem Orchestergraben gestanden und nicht mit einer, sondern gleich mit beiden Händen gewinkt hatte.

Aus einem Reflex heraus hatte er zurückgewinkt und dann aufgehört, als Letty den Kopf schüttelte.

»Echt cool. Deine Mutter ist eine verdammt coole Lady«, hatte er gesagt.

»Warten Sie!«, ruft er jetzt.

Fran bleibt stehen.

Letty hat ihre Mutter beim Vornamen genannt, aber wie hieß sie noch?

Seine Gedanken rasen.

Nicht Fran. Da ist er sich sicher.

Sie sieht ihn an und wartet darauf, dass er ihr erklärt, warum er noch einmal nach ihr gerufen hat.

»Darf ich Sie auf ein Getränk einladen? Ich meine, für die zusätzlichen zehn Pfund?«

»Dann würde ja eigentlich ich Sie einladen«, sagt sie.

Er grinst sie an.

»Gut, warum nicht?«, sagt sie.

»Ich mache hier nur schnell alles aus«, sagt er.

Sie setzt sich auf einen der Stühle neben der Tür.

Preston, denkt Alf, während er überprüft, ob die Wasserhähne nicht tropfen und der Wasserkocher in der Küche ausgestöpselt ist. Er ist sich sicher, dass Letty gesagt hat, ihre Mutter stamme aus Preston. Das hat er sich doch nicht ausgedacht, oder? Hat die Hitze vielleicht sein Hirn matschig werden lassen?

Und sie hat in Oxford studiert, erinnert er sich.

Letty und er waren die Via Veneto hinaufgegangen. Es war ihr erster gemeinsamer Spaziergang gewesen. Als Letty Preston erwähnte, hatte er gedacht, er habe Glück. Als sie Oxford sagte, war er sich da nicht mehr so sicher.

Frances! Sie hieß Frances!

Alf schaltet die Musikanlage aus.

Aber die eigentliche Frage lautet: Was macht sie hier?

Als sie über die Promenade spazieren, scheint die Sonne noch hell vom Himmel und der Strand ist voll. Alf sieht ziemlich viel gerötete Haut, die später schmerzen wird. Alle Liegestühle sind belegt. Sie wieder zurückzubringen und zu stapeln bedeutet eine Menge Arbeit. Er beneidet den Kerl nicht, der seinen alten Sommerjob übernommen hat.

Alf weiß nicht, wo er mit Fran hingehen soll. Für einen Pub ist sie zu elegant. In Cals Hotelbar will er aber auch nicht mit ihr gehen.

»Blackpool Tower!«, sagt sie, als sie daran vorbeikommen. »Die Heimat des Standardtanzes!«

»Waren Sie schon einmal dort?«, fragt er.

»Nein.«

Alf sieht auf seine Armbanduhr.

»Das müssen Sie erleben«, sagt er, nimmt sie an der Hand und läuft mit ihr über die Küstenstraße. Er löst zwei Karten, dann steigen sie die Treppe hinauf.

»O mein Gott!«, sagt Frances, als sie in den Ballsaal treten. Sie betrachtet die verzierten Logen, die riesige Bühne, auf der eine Mighty Wurlitzer Orgel steht und der Organist »Isle of Capri« spielt.

»Er ist größer und schöner, als ich es mir vorgestellt habe«, sagt sie. »Wie ein Märchenpalast!«

»Warten Sie, bis Sie die Tanzfläche getestet haben. Die federt sehr stark.«

»Wir tanzen? Hier?« Sie ist aufgeregt wie ein kleines Mädchen.

»Nicht darauf – das ist ein Tango –, aber gleich muss ein Walzer kommen.«

»Woher wissen Sie das?«, fragt sie.

»Tanztee endet immer mit einem Walzer, darum werden wir zumindest einen erleben.«

Er führt sie an einen leeren Tisch neben der Tanzfläche, zieht einen Stuhl heraus und verneigt sich, als sie sich setzt.

»Es ist wundervoll!«, sagt sie.

»Tee?«

»Ich nehme nur ein Wasser.«

Er geht zur Bar und kommt mit zwei Gläsern mit Eis und einem Krug Wasser zurück.

»Kommen Sie oft her?«, fragt sie.

»Jedes Jahr an Silvester«, sagt er. »Dann gibt es eine Gala.«

»Ich glaube, wenn ich in Blackpool wohnen würde, käme ich jeden Tag her.«

Das nächste Stück ist ein langsamer Foxtrott. Noch ein Tanz, den man nur tanzen kann, wenn man ihn beherrscht. Sie bleiben sitzen und beobachten die tanzenden Paare. Überwiegend tanzen ältere Damen zusammen, aber sie wissen ganz genau, was sie tun. Von der anderen Seite des Raumes winkt ihm eine Stammkundin seiner Mutter zu. Hoffentlich kommt sie nicht herüber und bittet ihn um einen Tanz. Fran sieht es und beginnt sofort ein Gespräch, als wollte sie ihren Anspruch auf ihn deutlich machen.

»So ein gut aussehender Junge wie Sie«, sagt sie. »Wollen Sie Ihr ganzes Leben als Tanzlehrer in Blackpool bleiben?«

Ist sie deshalb hier? Um ihm auf den Zahn zu fühlen?

»Ich glaube nicht«, sagt er vorsichtig. »Ich helfe nur aus, solange meine Mutter im Krankenhaus ist ... Was ich anschließend mache ... weiß ich noch nicht. Ich überlege, vielleicht selbst auf eine Tanzschule zu gehen. Ich würde gern in Musicals auftreten.«

»Mein Sohn ist Musicalproduzent«, erzählt sie.

Er erinnert sich, dass Letty einen Bruder hat, einen wesentlich älteren Bruder. Was hatte sie gesagt? Er sei das Ergebnis leichtfertiger Leidenschaft, sie das der tickenden Uhr. Und damals hatte er gedacht, was für eine Mutter wohl so etwas zu ihrem Kind sagte? Aber jetzt, nachdem er Fran kennengelernt hat, kommt es ihm nicht mehr ganz so merkwürdig vor. So etwas sagt sie eben einfach.

»In Preston?«, fragt er und beschließt, ihr Spiel eine Weile mitzuspielen.

»Preston? Guter Gott, nein! Im West End. Sie sollten ihn kennenlernen …«

Ihre Stimme verhallt, als hätte sie zu viel verraten.

»Und Sie?«, fragt Alf. »Was machen Sie?«

Frances seufzt.

»Im Moment mache ich irgendwie den ganzen Tag nichts anderes, als einen Umzug zu organisieren«, sagt sie.

»Deswegen die Kreuzfahrt …?« Jetzt stichelt er ein wenig.

»Natürlich«, sagt sie und erinnert sich an ihre Geschichte.

»Mein Mann und ich haben uns getrennt«, erzählt sie.

Lettys Eltern haben sich getrennt? Hat sie vielleicht deshalb nicht auf seine E-Mail geantwortet? Und er dachte, ihre einzige Sorge wären er und Gina, dabei …

»Darum verkleinern wir uns«, sagt Frances.

»Wir?«

»Meine Tochter und ich.«

Er kann dieses Spiel nicht länger spielen.

»Wie geht es Letty?«, fragt Alf.

Wahrscheinlich ist Fran nur selten sprachlos.

»Also das«, sagt Alf, als der Organist auf der Mighty Wurlitzer »Can't Help Falling in Love« anstimmt, »ist ein Walzer.«

Er steht auf, reicht ihr die Hand und geht in Position.

»Sie sollen nicht mich ansehen«, erinnert er sie und schiebt ihren Kopf nach links. »Zurücklehnen! Wie eine Blume in der Vase!«

Sie ist so perplex, dass ihre Beine anscheinend zu Pudding geworden sind, und er sie quasi über die Tanzfläche zieht wie einen Mopp. Doch allmählich kehrt ihre Haltung zurück, und sie konzentriert sich darauf, ihm zu folgen. Diese Frau ist wirklich tough.

Am Ende verneigt er sich und bringt sie zum Tisch zurück, weil ein Cha-Cha-Cha folgt.

»Seit wann wissen Sie es?«, ist ihre erste Frage.

»Nicht lange«, sagt er. »In der Tanzschule, als Sie zum Abschied gewunken haben. Ich habe miterlebt, wie Sie dasselbe im Royal Opera House gemacht haben, als ich mit Letty ›Manon‹ gesehen habe. Doch schon davor hat das alles irgendwie nicht zusammengepasst …«

»Wie meinen Sie das?«

»Sie sind nicht der Typ, der auf eine Kreuzfahrt geht.«

»Zum Glück bin ich nicht Schauspielerin geworden«, sagt sie.

»Und Sie sagen solche Dinge«, sagt er. »Die Frage ist also: Warum? Und wie haben Sie mich gefunden? Bei den vielen Tanzschulen, die es auf der Welt gibt, glaube ich nicht, dass Sie einfach zufällig in meiner gelandet sind.«

»Ich habe gedacht, so viele Alfs, die mit Tanz aufgewachsen sind, kann es nicht geben, also habe ich alle Tanzschulen in Blackpool angerufen. Sie waren die dritte. Die Frau in der zweiten hat mir einen Tipp gegeben. Sie sind hier offensichtlich bekannt.«

»Die Welt des Turniertanzes ist klein«, sagt Alf.

»Ich wollte wohl herausfinden, was der Grund für diese ganze Aufregung ist«, sagt Frances.

Aufregung? Ist das gut oder schlecht? Sein Herz rast, und er möchte ihr unbedingt eine Frage stellen, doch er hat Angst vor der Antwort.

»Weiß Letty, dass Sie hier sind?«, wagt er es schließlich doch.

»Gott, nein! Sie würde mich umbringen.«

»Aber sie hat von mir gesprochen?« Er kommt sich jämmerlich bedürftig vor.

»Sie hat erzählt, dass sie auf der Piazza Navona getanzt hat … Ich glaube, ich wollte sehen, ob Sie wirklich existieren …« Sie sieht ihn an und lächelt. »Erledigt!«

Er traut sich kaum zu sprechen – es klingt, als gäbe es Hoffnung.

»Wie geht es Letty?«, fragt er wieder.

Frances seufzt, und ihr Gesichtsausdruck verändert sich. Sie wirkt auf einmal besorgt, und plötzlich hat er Angst vor dem, was sie sagen wird.

»Als ich von Ihrer Mutter gehört habe, habe ich beschlossen, es Ihnen nicht zu sagen. Ich glaube, Sie haben schon genug Sorgen …«

»Erzählen Sie«, sagt er.

»Ich glaube, Letty ist krank. Sie ist schon einmal krank gewesen. Ernsthaft krank. Sie war im Krankenhaus. Ich weiß nicht, ob sie es Ihnen erzählt hat?«

Er nickt.

»Gott, ich bin die Letzte, die denkt, ein Mann könnte ihre Probleme lösen!«, sagt Frances und streicht sich das Haar aus dem Gesicht. »Ich weiß nicht, was zwischen Ihnen vorgefallen ist, aber ich glaube, Sie waren wichtig für Sie. Und vielleicht, wenn Sie sich überwinden könnten, sie zu besuchen, würde es womöglich etwas bewirken …«

Eine Sekunde lang möchte Alf aufspringen und die Flucht ergreifen.

»Aber wie ich Letty kenne, besteht natürlich immer die Möglichkeit, dass es das Letzte ist, was sie will«, sagt Frances. »Und ich weiß nicht, ob es richtig war herzukommen.«

Sie blickt hinauf zur Decke und zu dem verzierten Kronleuchter, als versuchte sie, die Tränen zurückzuhalten, die in ihren Augen schimmern.

»Aber ich musste etwas tun. Ich konnte nicht einfach zusehen, wie das alles noch einmal geschieht, ohne einen Versuch zu machen, sie zu retten.«

40

Sonntag

8.00 Uhr

Letty sitzt auf der Toilette, betrachtet die Preise, die Frances während all der Jahre in der Werbung für ihre Kampagnen gewonnen hat, und fragt sich, warum ihre Mutter eigentlich zugelassen hat, dass ihre Leistungen im Klo ausgestellt wurden. Zum Teil fühlt sich Letty daran nicht ganz unschuldig, weil sie nie die Version angezweifelt hat, mit der die Familie ihres Vaters erklärte, wie die schroffe Frances in ihrer Mitte gelandet war: Sie sei eine dreiste, schwierige Person, die sozusagen aus dem Nichts gekommen sei, weil sie schlau sei, ihre Intelligenz jedoch nur dazu nutze, Geld zu verdienen, anstatt sie für etwas Kreatives oder Ehrenwertes zu nutzen.

Es war so ungerecht. Frances war nicht so privilegiert wie die Familie ihres Vaters. Sie war in ihrer Kindheit und Jugend zu Konzerten, in die Oper oder ins Ballett gegangen. Alles, was sie wusste, als sie in Oxford eintraf, hatte sie sich selbst beigebracht. Sie hatte keine Ahnung, welches Besteck man bei formellen Essenseinladungen benutzte, worüber man sich bei Sherry-Empfängen unterhielt und worüber nicht. Sie dachte, wer in Oxford studiert, sollte eine Meinung haben und sie auch kundtun, doch ihr war nicht klar, dass dies nur in einem bestimmten gesellschaftlichen Rahmen erwünscht war.

»Es hat sich angefühlt, als hätten alle einen Leitfaden auf ihrem Zimmer, wie eine Bibel, nur für mich war kein Exemplar mehr übrig gewesen«, erzählte ihre Mutter einmal, als Letty zum ersten Mal nach Oxford fuhr. Und Letty fragte sich damals, warum sie so einen Wirbel darum machte und wieso Besteck überhaupt wichtig war. Sie hatte sich nie in die Lage ihrer Mutter versetzt – eine zierliche Rothaarige in einer Stadt, die sie nur vom Bewerbungsgespräch kannte, und die den Umgang mit reichen, privilegierten Jungs nicht gewohnt war. Unter diesen Umständen musste man ganz bewusst tough auftreten, um zu überleben.

Letty denkt daran, was ihre Mutter über den Tanz mit Ivo nach dem Maiball erzählt hat. Dass es sich angefühlt habe, als hätte Bryan Ferry nur für sie gesungen, als die Sonne über den alten Klostermauern aufgegangen sei. Sie stellt sich vor, wie ihre Körper sich zu der sinnlichen Musik bewegten, beide jung, optimistisch, idealistisch und noch abgeschirmt vom realen Leben außerhalb der mittelalterlichen Mauern ihres privilegierten Daseins.

Zu diesem Zeitpunkt wussten sie bereits, dass Frances schwanger war, und hatten sich bewusst dafür entschieden, das Baby zu behalten.

Marina hatte die Geschichte immer so erzählt, oder zumindest anklingen lassen, dass Frances mit Absicht schwanger geworden sei, um Ivo in ihre Fänge zu bekommen. Doch das war Ende der Siebzigerjahre. Damals musste man ein Baby nicht mehr behalten.

»Ist das nicht der Unterschied, wenn man verliebt ist?«, hatte Frances neulich gesagt. »Dann hat man doch nicht nur Sex, oder? Dann willst du auch Kinder von ihm haben.«

Letty erinnert sich an das Gefühl, als Alf tief in ihr gewesen war, wie sie sich danach gesehnt hatte, dass er noch tiefer in sie eindrang, sodass er nicht nur ein Teil ihres Körpers, sondern ihrer Seele wurde. Damit sich die Atome von Alf mit den Atomen von Letty verbanden und ihre Seelen eins wurden. Nun sieht Letty auf das Stäbchen in ihrer Hand. War es deshalb passiert? Oder war es nur Zufall, Schicksal, das letzte Kondom mit Kirschgeschmack, bei dem sie erst hinterher gesehen hatten, dass das Haltbarkeitsdatum bereits abgelaufen war?

»Ich glaube nicht, dass ich sehr fruchtbar bin«, hatte sie zu ihm gesagt.

Und er hatte sie angelächelt und gesagt: »Na, dann machen wir uns mal keine Sorgen.«

Doch sie ist sich ziemlich sicher, dass er bei einem positiven Schwangerschaftstest nicht so gelassen reagieren wird.

9.00 Uhr

Frances liegt im unteren Etagenbett und fragt sich, warum Letty so lange im Bad ist.

Was macht sie da die ganze Zeit?

Als Frances gestern Abend nach Hause kam, war Letty schon im Bett. Frances schlich sich in ihr Zimmer und blieb einen Moment stehen, um sich davon zu überzeugen, dass sie atmete, dann blieb sie noch etwas länger und genoss das Gefühl, dass ihr nichts passieren konnte, solange sie auf sie aufpasste.

Ivo war natürlich nicht da, wobei Frances darüber in gewisser Weise erleichtert war. Sie war zu erschöpft, um Fragen abzuwehren oder ihm etwas vorzuspielen, zu müde, um überhaupt zu entscheiden, ob sie ihm etwas vorspielen wollte.

Sie hatte den letzten Zug von Blackpool genommen und war in Preston umgestiegen. Alf hatte darauf bestanden, sie zum Hotel zu begleiten, um ihren kleinen Koffer zu holen und ihn ihr zum Bahnhof zu tragen.

Er hat etwas Altmodisches und Galantes an sich, was vermutlich vom Tanzen kommt. Frances hat es immer gefallen, wenn sich die Ballettschüler am Ende verneigen, und beim Standardtanz ist es das Gleiche. Wenn der Tanz zu Ende ist, verneigt Alf sich vor ihr. Das ist sehr schön. Und, Gott, er ist so attraktiv, dass es fast unmöglich ist, nicht mädchenhaft zu kichern, wenn er einen anlächelt. Das Liebenswerte an Alf ist, dass er sich ganz offensichtlich seines guten Aussehens bewusst ist, aber sein Lächeln hat nichts Berechnendes. Er flirtet nicht, er ist nicht herablassend und auch nicht arrogant. Er ist nicht gerade naiv, aber seine Offenheit ist äußerst attraktiv.

Vielleicht fühlt er sich so wohl in seiner Haut, weil er mit zwei starken Frauen aufgewachsen ist. Eine alleinerziehende Mutter hat natürlich eine enge Beziehung zu ihrem Sohn, besonders wenn sie ihn in so jungen Jahren bekommen hat. Doch es gibt auch noch die Großmutter, Cheryl, die er anscheinend sehr achtet und die ganz offensichtlich nicht einfach ist.

Als Alf ihr erzählt hat, warum seine Mutter im Krankenhaus liegt, hat Frances eigentlich beschlossen, ihm nicht zu sagen, wer sie ist oder warum sie da ist, und sie ist sich immer noch nicht sicher, ob es ihm gegenüber fair war, es ihm am Ende doch zu sagen.

Aber als sie im Tower Ballroom über Letty sprachen, sagte Alf: »Ich verstehe, was Sie durchmachen, Fran. Ich meine, ich weiß, für die Person, die krank ist, ist es schlimm, aber es ist auch schwierig für die, die sie lieben, nicht wahr?«

»Das schreckt Sie nicht ab? Von Letty, meine ich?«, hörte Frances sich fragen.

»Es ist ein Teil von ihr, oder?«, sagte Alf. »Natürlich will ich nicht, dass sie krank ist, aber ich kann diesen Teil nicht einfach ausschließen, oder?«

Als er das sagte, stiegen Frances Tränen in die Augen und liefen über ihre Wangen.

»Kommen Sie.« Alf war aufgestanden und hatte ihr die Hand gereicht. »Das ist ein Wiener Walzer. Den haben Debbie und Giovanni in der letzten Staffel von ›Let's Dance‹ als American Smooth getanzt …«

Und so tanzten sie zu »Memory«, was Frances immer für eine schreckliche alte Andrew-Lloyd-Webber-Schnulze gehalten hatte, aber nur, bis sie dazu Runde um Runde durch Blackpools Tower Ballroom gewirbelt ist. Danach setzte sie es auf ihre Fantasie-Playlist der Stücke, die sie auf eine einsame Insel mitnehmen würde und die sie stets aktualisierte.

10.00 Uhr

Alf steht in Blackpool auf dem Bahnsteig.

Seit sein altes Zimmer zu Hause zum Kinderzimmer der Zwillinge geworden ist, wohnt er bei Cheryl. Für gewöhnlich frühstücken sie zusammen. Seine Großmutter hat sich gefreut zu hören, dass er nach London fährt, um sich mit ein paar Freunden zu treffen. Sie beschlossen, Donna nicht damit zu behelligen. Gary ist da, um mit den Mädchen einen Spaziergang zu machen. Vielleicht kommt Donna sogar mit. Es wird ihnen guttun, etwas als normale Familie zu unternehmen. Offenbar hat seine Mutter gestern Abend beide Babys in den Armen gehalten. Und sie hat es geschafft, sie zu füttern und ein Bäuerchen machen zu lassen, und erst hat Dorabella, dann Isabella sie angelächelt, als sie ihnen die Windeln wechselte, und sie hat gesagt: »Hast du das gesehen, Mum? Was habe ich doch für ein Glück!«

All das sind, wie Cheryl sagt, natürlich nur kleine Schritte, aber sie gehen in die richtige Richtung.

Alf erinnert sich an das letzte Mal, als er mit dem Zug nach London gefahren ist. Damals wusste er noch nicht einmal, dass seine Mutter schwanger war, bis Sadie es ihm erzählte. Das alles scheint eine Ewigkeit her zu sein. Damals war er auch nervös, wenn auch aus einem anderen Grund als heute, weil er wusste, dass es nicht richtig war wegzugehen, ohne sich anständig zu verabschieden. Doch er glaubt, dass er und seine Familie mittlerweile darüber hinweg sind. Der Übergang von der Jugend ins Erwachsenendasein ist immer schwierig, und er hat Fehler gemacht. Wie Cheryl sagt, vielleicht hätten sie anders damit umgehen sollen. Aber das liegt nun hinter ihnen. Es fühlt sich an, als befänden sie sich jetzt in einem anderen Abschnitt ihres Lebens.

Diesmal weiß Alf, dass er zurückkommen wird, und er wird bleiben, bis man ihn nicht mehr braucht, und dann ... weiß er noch nicht. Das ist die Zukunft.

Jetzt ist er in der Gegenwart. Er sieht auf seine Armbanduhr. Die Fahrt bis Euston dauert drei Stunden. Dann muss er die U-Bahn nehmen und anschließend den kurzen Weg von der U-Bahn-Station bis zum Haus gehen. Er kann nicht glauben, dass er Letty in noch nicht einmal vier Stunden wiedersehen wird.

11.00 Uhr

Letty findet Frances in der Küche, wo sie im Stehen eine halbe Scheibe Toast gegessen hat und sich eine Kanne Tee kocht.

»Du siehst erholt aus. Viel besser!«, sagt Letty.

»Danke! Und wie geht es dir?«

»Gut, danke.«

»War Ivo hier?«

»Ungefähr eine Stunde. Er sagte, du würdest dir Sorgen machen, dass die Krankheit zurückkommt.«

»Dieser Mistkerl!«, flucht Frances.

»Aber das ist es nicht.«

»Letty, bitte streite nicht alles ab. Du isst nicht anständig. Du bist depressiv. Erzähl mir nicht, dass ich mir das nur einbilde.«

»Du hast recht, ich habe nicht gegessen, und ich bin mit den Gedanken woanders. Aber das liegt daran, dass mir schlecht ist. Vor allem morgens, wenn du verstehst, was ich meine …«

Frances will etwas sagen, doch dann bleiben ihr die Worte im Hals stecken und sie lässt den Rest der Toastscheibe auf den Boden fallen.

»Mist!«, sagt sie und bückt sich, um sie aufzuheben. »Warum fallen sie immer auf die Marmeladenseite?«

Einen Moment lang ist Letty unsicher, ob Frances nicht gehört hat, was sie gesagt hat, doch dann fragt ihre Mutter: »Hast du einen Test gemacht?«

»Ja. Heute Morgen. Sogar zwei. Beide positiv.«

»Ist es von Alf?«

»Von wem sonst?«

»Dem anderen Typen …«

»Das ist über ein Jahr her!«

»Warum …«, setzt Frances an.

»Bitte frag nicht«, sagt Letty. »Mein Problem ist jetzt vielmehr, ob ich es ihm sagen soll.«

»Alf?«

»Natürlich Alf.«

»Nun ja, für dich mag das klar sein, Letty …« Während sie die Information verarbeitet und die Optionen durchgeht, ist das Gesicht ihrer Mutter von Falten durchzogen und wirkt erneut äußerst besorgt.

Schließlich sagt sie: »Nun ja, das kommt wohl drauf an.«

»Worauf?«

»Darauf, was du willst.«

»Du meinst, ob ich das Baby behalten will?«

»Ja!«

»Es ist noch ganz früh. Vielleicht verliere ich es. Oder das Testergebnis ist falsch.«

»Ich glaube nicht, dass ein Test fälschlicherweise positiv ausfällt, Letty. Es mag höchstens sein, wenn man ihn zu früh macht, dass er fälschlicherweise negativ ausfällt …«

»Also, ich habe darüber nachgedacht.« Letty unterdrückt einen neuen Anflug von Übelkeit. »Ich glaube nicht, dass ich es abtreiben könnte.«

»Warum nicht?«, fragt Frances.

»*Du* hast es doch auch nicht gemacht!«

»Ich hätte es aber gekonnt.«

»Und warum hast du es nicht getan?«

»Ivo und ich haben uns geliebt. Wir wollten ohnehin Kinder haben. Da erschien es mir verrückt, es abzutreiben, nur weil der Zeitpunkt nicht ideal war … und vermutlich aus einem Rest katholischen Gewissens heraus.«

»Das Letzte, was ich wollte, war, schwanger zu werden. Ich habe noch nicht einmal daran gedacht«, sagt Letty. »Ich bin noch nicht bereit für ein Kind, und dennoch … Ich habe sowieso nicht das Gefühl, dass ich für irgendwas bereit bin. Ich weiß nicht, wie es sich überhaupt anfühlt, wenn man zu etwas bereit ist … Ich werde Unterstützung brauchen.«

»War der Sex gut?«, fragt Frances.

»Wie bitte?«

Sie ist es gewohnt, dass ihre Mutter unpassende Dinge sagt, aber das geht zu weit. Selbstverständlich ist sie keineswegs dazu verpflichtet, Letty zu unterstützen, aber …

»Die Sache ist die, ich habe da diese Theorie, dass glückliche Kinder durch guten Sex entstehen«, erklärt Frances. »Oscar war immer so gelassen und …«

Ihre Mutter verstummt mitten im Satz, als würde ihr erst jetzt bewusst, was sie da eigentlich gerade andeutet.

»Und als ihr mich gemacht habt, war er nicht so gut«, bringt Letty den Gedanken für sie zu Ende. »Das möchte ich wirklich nicht so genau wissen!«

»Das Problem war«, rudert Frances zurück, »nachdem wir beschlossen hatten, dass wir gern noch ein Kind wollten – und wir wollten dich unbedingt, Liebes –, lief uns die Zeit davon, und es klappte nicht gleich. Und, offen gestanden, nichts schadet dem Sex mehr, als wenn man ihn nach dem Eisprung ausrichtet. Nach dem Motto: Wir müssen es unbedingt heute Abend tun, sonst …«

»Hör auf!«, ruft Letty. »Ich kann es mir vorstellen … Und wenn du es unbedingt wissen willst«, fügt sie nach einer langen Pause hinzu, »der Sex war unglaublich!«

12.00 Uhr

Das war nicht gut, denkt Frances und sieht auf ihre Armbanduhr. Alf hat gesagt, er werde versuchen, den Zug gegen zehn Uhr zu nehmen. Die Reise dauert drei Stunden, dreieinhalb, wenn man die U-Bahn hinzurechnet. Das heißt, dass er wahrscheinlich in zwei Stunden eintreffen wird, und jetzt zweifelt sie erst recht daran, dass sie das Richtige getan hat. Nein, sie ist sich sogar ziemlich sicher, dass es falsch war, sich einzumischen. Hoffentlich hat sie jetzt nicht alles verdorben.

Wahrscheinlich wird Alf denken, dass sie von der Schwangerschaft wusste!

Egal. Eigentlich macht sie sich nur Sorgen wegen Letty. Es hat sie ganz offensichtlich ziemlich viel Mut gekostet, mit Frances darüber zu reden, vor allem zu einem so frühen Zeitpunkt. Letty hat sie um ihre Unterstützung gebeten, und Frances ist nichts Besseres eingefallen, als ihre völlig idiotische Lieblingstheorie über glückliche Babys kundzutun!

Sie hat sich immer gewünscht, dass ihre Tochter sich ihr anvertraut. Nun hat sie es getan, und Frances hat es vermasselt.

»Ich glaube wirklich, dass du es Alf erzählen solltest«, sagt sie.

»Das ist doch wohl meine Entscheidung, oder?«, gibt Letty zurück.

»Natürlich!«, sagt Frances.

»Denn ich bin mir hundertprozentig sicher, dass Alf nicht mit mir zusammen sein will«, erklärt sie.

»Aber *natürlich* wird er mit dir zusammen sein wollen!«, widerspricht Frances.

Sie muss Letty unbedingt sagen, was sie getan hat, und dazu bleiben ihr keine zwei Stunden Zeit. »Du darfst nicht so streng mit dir sein, Letty …«

»Das ist so ein blöder Satz! Du hast doch gar keine Ahnung!«, schreit Letty unvermittelt und rennt nach oben.

13.00 Uhr

Frances klopft an Lettys Tür.

»Letty, Schatz«, sagt sie. »Ich muss dir etwas erzählen. Ich habe was Schlimmes gemacht.«

»Ich brauche etwas Zeit, Frances …«

Wenn sie doch nur genügend Zeit und Ruhe hätte, denkt Letty, würde sie schon damit klarkommen. Es ist so heiß und drückend im Haus, und trotzdem will sie nicht hinausgehen und allein einen Spaziergang machen, um einen klaren Kopf zu bekommen.

»Ich muss dir nur diese eine Sache erzählen, dann lasse ich dir alle Zeit der Welt. Bitte!«, sagt Frances.

Ihre Mutter klingt so unglücklich, fast den Tränen nahe, dass Letty vom Bett aufsteht und die Tür öffnet.

Frances kommt herein und setzt sich aufs Bett.

»Also, ich habe etwas Verrücktes gemacht. Es muss wohl an der Hitze liegen«, sagt sie. »Ich wollte das gar nicht … nun ja, anfangs jedenfalls nicht. Ich brauchte ein paar Tage Abstand, um zu mir zu kommen, also bin ich ins Renaissance gezogen …«

»Du warst im Hotel unten in der Straße?«, fragt Letty.

»Zunächst, ja«, bestätigt Frances. »Aber irgendwie ist mir ein Gedanke nicht aus dem Kopf gegangen.«

»Ein Gedanke?«

»Dass ich vielleicht Alf finden, ihm auf den Zahn fühlen und ihn überreden könnte, dich zu sehen.«

»Was? Warum?«

»Es hat sich angehört, als hätte er dir so gutgetan …« Frances stockt.

»Aber wie …?«, fragt Letty, noch immer fassungslos.

»Du hast gesagt, er sei in Blackpool. Ich dachte, wie viele Tanzschulen kann es dort schon geben? Tatsächlich sind es so einige … und wie du weißt, wollte ich immer schon gern richtig tanzen lernen …«

Als sie es ihr erzählt, kann Letty nicht umhin, ihre Mutter für ihre Hartnäckigkeit zu bewundern. Wer zum Teufel würde, abgesehen von Frances, jemals denken, sie könnte so etwas wieder in Ordnung bringen?

»Im Ernst?«, fragt sie, als Frances ihr erzählt, dass sie nacheinander die Tanzschulen abtelefoniert hat.

»Und beim dritten Anruf hatte ich Glück. Er war am Telefon …«

14.00 Uhr

Alf fährt mit der Northern Line nach Belsize Park.

Der Ausgang der U-Bahn befindet sich in einer Straße auf einem Hügel. Um ihn herum sieht es aus wie in jedem x-beliebigen Vorort, nur, dass es hier keine leer stehenden Geschäfte und nur einen Charityshop gibt. Der Rest sind Immobilienmakler, Cafés, Blumenläden und Restaurants. Eine Hauptstraße mit florierenden Geschäften, denkt er.

Als er in Lettys Straße einbiegt, sieht er, dass es eine von Bäumen gesäumte Allee mit weißen stuckverzierten Häusern ist, ein bisschen wie die Straße, in der die Kinder in »Mary Poppins« leben. Jedes der Häuser hat fünf Stockwerke, wenn man das Souterrain und das Dachgeschoss mitzählt. Alle haben geflieste Stufen unter einem großzügigen Vorbau, der von Säulen getragen wird. Es ist eines dieser Häuser, die Stuart für Millionen von Pfund an Oligarchen und Rockstars verkauft.

Alf wusste, dass er nicht in Lettys Liga spielt, aber nicht, dass der Unterschied so groß ist. Es würde nie zwischen ihnen funktionieren. Der Abstand ist zu groß. Sie hat noch nicht einmal auf seine E-Mail geantwortet, also warum um alles in der Welt hat er das hier jemals für eine gute Idee gehalten?

Als er mit Frances sprach, schien alles so klar zu sein. Er mag Frances. Und sie ist schließlich ein Mädchen aus Preston, oder? Und sie hat es geschafft, hier zurechtzukommen, oder? Er atmet tief ein und versucht, seine Nerven zu beruhigen, dann steigt er die Stufen zu der glänzenden schwarzen Haustür mit dem Messingtürklopfer in der Form eines Löwen hinauf. Seine Hand schwebt darüber.

Noch kann er es sich anders überlegen. Dann sieht er zur Seite, weil er hinter dem nackten Erkerfenster eine Bewegung wahrnimmt.

Letty lächelt ihn aus dem leeren Raum an. Grübchen. Die ganze Zeit über hat er immer nur ihr erschrockenes Gesicht vor sich gesehen, als sie sich umgedreht hat und vor ihm weggelaufen ist. Die Grübchen hat er ganz vergessen. Doch dann verblasst das Lächeln, und sie verschwindet. Die Haustür geht auf, und sie steht direkt vor ihm. Dennoch wirkt sie so unerreichbar wie beim ersten Mal, als er sie gesehen hat.

»Ich glaube, meine Mutter kennst du schon«, sagt Letty, als sie ihn nach unten in die Küche führt, wo Frances an einem großen Tisch sitzt. Sie sieht aus, als hätte sie geweint. Beide sehen so aus.

»Dieses Haus!«, sagt Alf.

»Es ist nicht im besten Zustand«, sagt Frances.

»Nein, ich meine, es ist riesig!«

»Ach, keine Sorge, uns gehört nur ein Zehntel davon.«

»Wir ziehen nach Stoke Newington«, berichtet Letty.

»In die Palatine Road«, fügt Frances hinzu.

Er weiß nicht, was er sagen soll.

Sie schweigen. Dann sagt Frances: »Tee? Oder etwas Stärkeres? Oder«, sie schiebt ihren Stuhl zurück, »vielleicht lasse ich euch zwei ein bisschen allein?«

»Möchtest du einen Tee?«, fragt Letty, nachdem Frances nach oben gegangen ist.

»Die englische Antwort auf jede unangenehme Situation«, sagt er.

Sie wirkt bestürzt.

»Ich meinte nicht ...«, sagt er.

»Nein. Du hast jedes Recht«, sagt sie und sieht auf den Boden. »Wollen wir einen Spaziergang machen?«

15.00 Uhr

»Welche Richtung?«, fragt Letty, als die Haustür hinter ihnen zufällt. »Da«, sie zeigt nach links, »liegt Hampstead Heath. In der anderen Richtung Primrose Hill.«

»Wo du Schlitten gefahren bist?«, fragt er.

»Ja!« Sie hat vergessen, dass sie ihm davon erzählt hat.

»Dann natürlich Primrose Hill, oder?«, sagt er.

Sie ist erleichtert, doch damit ist ihre Hinrichtung nur aufgeschoben, denkt Letty.

Der Vorteil von Hampstead wäre gewesen, dass Stuarts Immobilienfirma dort liegt. So hätte sich das Thema automatisch ergeben, und es wäre doch am besten, sie bringt es gleich hinter sich, oder? Doch jetzt, wo Alf leibhaftig hier ist, noch attraktiver, als sie ihn in Erinnerung hatte, leicht gebräunt und mit von der Sonne gebleichtem Haar, ist der Gedanke noch beängstigender.

»Du bist also nach Ischia gefahren?«, fragt sie, als sie die Straße hinuntergehen.

»Ja.«

»Wie ist es?«

»Toll«, sagt er. »Ich dachte, du wärst vielleicht hingefahren, nachdem ...«

»Nein«, antwortet sie schnell. »Ich bin mit dem erstbesten Zug nach Mailand gefahren. Dort bin ich ein paar Tage geblieben und habe überlegt, was ich tun soll.«

»Kein Wunder, dass ich dich nicht gefunden habe«, sagt er.

Ihre Schritte hallen auf dem Pflaster wider, unausgesprochene Gedanken vibrieren in der Luft.

»Wie ist Mailand?«, fragt er.

Wieder erzählen sie sich von Orten, an denen sie gewesen sind, denkt Letty.

»Schön«, sagt Letty. »Der Dom ist faszinierend. Innen ist er sehr dunkel, aber wenn die Sonne durch die bunten Fenster scheint, wirft das Licht unglaubliche Projektionen auf die Steine. Man kann aufs Dach steigen und zwischen all den unglaublich filigranen Spitzen und Heiligenstatuen herumlaufen. Es ist, als wäre man im Himmel ...«

Sie erzählt ihm nicht, dass sie dort oben dachte, wie leicht es wäre, sich hinunterzustürzen und all ihren Problemen ein Ende zu machen.

Und dass sie den Gedanken weggeschoben hat, als sie sich vorstellte, wie aufgelöst ihre Familie sein würde, und Alf, wenn er es herausfände. Dass sie ihr Leben zerstören würde und eine schreckliche Sauerei auf der wunderschönen Piazza anrichten würde, was total egoistisch von ihr wäre. Und dass sich dieser Moment wie eine Erleuchtung oben im Himmel angefühlt hatte, weil sie dort, umgeben von Heiligen, begriff, dass sie nicht krank war, sondern nur traurig. Denn wenn sie krank wäre, hätte sie gedacht, dass ihr Tod es für alle leichter machen würde.

16.00 Uhr

Sie stehen oben auf dem Primrose Hill. London liegt zu ihren Füßen. Das Gras ist trocken und braun nach dieser ungewöhnlich langen Periode ununterbrochenen Sonnenscheins, und auf dem Hügel herrscht strandähnliches Leben. Die Leute liegen auf Handtüchern und sonnen sich, und Mütter mit kleinen Kindern, die unter Sonnenschirmen in ihren Buggys schlafen, sitzen in Gruppen zusammen.

Unter ihnen liegt der Zoo, dann kommt der Regent's Park, erklärt Letty ihm.

»Und was kommt dann?«, fragt er.

»Nun ja, das Zentrum von London«, sagt sie. »Die Themse. Siehst du da das London Eye … und da hinter dem Baugerüst ist Big Ben.«

Sie zeigt auf die vertrauten Formen, die ziemlich klein am Horizont wirken.

Alf erinnert sich, wie er aus dem Fenster von ihrer wunderbaren Wohnung in Rom geblickt und in der Ferne das Denkmal Vittorio Emanuele entdeckt hat. Und er denkt daran, was sie direkt danach gemacht haben. Wie gern würde er sie jetzt berühren, sie küssen. Doch als er ein kleines Stück näher rückt, weicht Letty zurück.

Plötzlich rennt sie mit ausgebreiteten Armen und wehendem Haar den Hügel hinunter, wie ein Kind, das Flugzeug spielt. Alf läuft hinter ihr her, sie weichen Unebenheiten aus, springen und stolpern über kleine Erhebungen, bis sie schließlich fallen. Sie lassen sich den Hügel hinunterrollen, bleiben lachend auf dem ausgetrockneten Boden in der heißen Sonne nebeneinander liegen und schauen in den blauen Himmel hinauf.

Er stützt sich neben ihr auf den Ellbogen und sieht in ihr ernstes, wunderschönes Gesicht hinunter. Sie streckt eine Hand aus, streicht mit den Fingern durch sein Haar, zieht ihn zu sich herunter und umarmt ihn so fest, dass er ihren Herzschlag an seiner Brust spürt. Und es fühlt sich so richtig an. Als hätte sein ganzes Leben zu diesem Moment hingeführt. Die Vergangenheit ist vorbei, die Zukunft öffnet sich. Als sie sich voneinander lösen, berührt er ihr Gesicht und streicht sanft über ihre Wange, die nass von Tränen ist.

»Was ist?«, fragt er.

»Ich möchte nur noch ein bisschen mehr Zeit mit dir haben!«, sagt sie,

»Die hast du!«

»Nein …«

Sie schiebt ihn von sich und setzt sich abrupt auf. Dann wendet sie den Blick ab.

»Es ist zu viel passiert, das man nicht mehr ändern kann.«

»Es tut mir leid wegen Gina«, sagt er.

»Ich habe die ganze Zeit geahnt, dass du eine Freundin hast …«, sagt sie.

»Es tut mir so leid.«

Sie holt tief Luft, und es ist wie ein umgekehrter Seufzer.

»Alf, es ist nicht wegen Gina, es ist wegen Spencer.«

»Spencer?«

»Stuart. Ich kenne ihn als Spencer …«

Er versteht nicht, was sie sagt.

»Du kennst Stuart? Woher?«, fragt er schließlich.

»Das ist eine lange Geschichte, und wenn du sie kennst, wirst du mich nicht mehr mögen und …«

Er legt ihr sanft einen Finger auf die Lippen.

»Sag das nicht.«

Sie nimmt seine Hand von ihrem Gesicht und wendet sich wieder ab. Sie kann ihn einfach nicht ansehen, während sie ihm von ihrem ersten Treffen mit Stuart im Randolph Hotel erzählt, wie sie gegangen ist und ihn hat sitzen lassen. Und dann von ihrem zufälligen Treffen im Zug.

»Sobald ich mit ihm in der ersten Klasse saß, war ich geliefert«, sagt sie.

Alf fragt sich, ob es überhaupt Zufall war.

Und dann erzählt sie ihm von all den anderen Treffen danach. Dem Sky Garden, New York, der Oper, Venedig, der Oper, der Bootsfahrt nach Burano und was anschließend in dem Hotelzimmer passiert ist, das so nah an der Lagune lag, dass sie das Plätschern des Wassers und das Knarren der Gondeln in den Tauen hören konnte.

Sie weint und macht sich Vorwürfe, doch als Alf versucht, sie zu trösten, stößt sie ihn harsch zurück. So sitzt er nur neben ihr und hört ihr zu, bis ihr Schluchzen mit einem tiefen Atemzug verstummt. Sie schweigen.

Er weiß, dass es unglaublich wichtig ist, etwas zu sagen. Je länger er nichts sagt, desto weniger wird sie es ihm glauben, aber ihm fällt nichts ein, das nicht wie ein abgedroschenes Klischee klingt.

»Letty …«

Er wagt es, ihre Hand zu berühren, und als sie zulässt, dass er sie an sich zieht und ihre Tränen sein Hemd bis auf die Haut durchnässen, hält er sie und will sie nie wieder loslassen.

17.00 Uhr

Alf schweigt schon so lange, und Letty will sich nicht rühren, weil er so gut riecht und es sich so wundervoll anfühlt, wie er ihren Kopf an seiner Brust hält. Dann sagt er schließlich: »In gewisser Weise sind wir beide verführt worden.«

»Beide?«

Er steht auf, zieht Letty hoch und sagt: »Gehen wir zum Fluss, und ich erzähle dir, wie ich Gina kennengelernt habe.«

Er erzählt ihr von dem Vorsprechen für »Grease«, und wie Gina ihn nach der letzten Vorführung in ihrem nagelneuen pinkfarbenen Cinquecento mit zu der After-Show-Party genommen hat. Wie sie zufällig in der Tanzschule seiner Mutter auftauchte – Letty fragt sich, ob das überhaupt Zufall war –, und wie er ihr geholfen hat, die Möbel in ihrer nagelneuen Wohnung mit Meerblick aufzubauen. Wie aufregend es war, ihre Affäre vor seinen Schulfreunden geheim zu halten, und wie schuldig er sich gefühlt hat, Gina in Schwierigkeiten gebracht zu haben, als durch seine Familie alles aufflog. Doch da war es zu spät, die Uhr ließ sich nicht mehr zurückdrehen.

In den Italian Gardens setzen sie sich eine Weile in den Schatten. Die Pflanzen dort werden offensichtlich regelmäßig gewässert, denn aus den Steinurnen ergießen sich kaskadenartig die Petunien.

Lange sagt Alf nichts und scheint über alles nachzudenken.

»Ich glaube, wir sollten ihnen dankbar sein«, sagt er schließlich.

»Wie kommst du darauf?«, fragt Letty.

»Ohne sie wären wir beide nicht nach Rom gegangen, oder?«, sagt er. »Wir wären uns nie begegnet ...«

Fühlt sich so Liebe an? Versteht sie ihn richtig? Dann hat sie sich bislang getäuscht. Hat sie nicht auch gedacht, Josh würde sie lieben? Aber das war etwas anderes, denn bei Josh hat sie immer versucht, jemand anders zu sein. Sie hat versucht, die Art von Mädchen zu sein, von der sie dachte, dass es ihm gefalle.

Bei Alf ist sie immer sie selbst gewesen, mit all ihrer neurotischen Einsamkeit. Und er scheint sie dennoch zu mögen.

Händchen haltend laufen sie durch die eleganten georgianischen Reihenhäuser von Fitzrovia, dann durch die schmalen Straßen von Soho, das einst das Rotlichtviertel von London war, in dem es jetzt aber von Clubs und Cafés nur so wimmelt.

Plötzlich bleibt Letty stehen und zwingt sich, ihm die Frage zu stellen, auf die sie eine Antwort braucht.

»Es stört dich nicht, dass ich mit Stuart geschlafen habe?«

»Doch, natürlich«, sagt Alf.

Letty sackt in sich zusammen. Sie wusste, dass es zu schön war, um von Dauer zu sein.

»Wie mir die Vorstellung zuwider ist, dass du überhaupt mit einem anderen zusammen warst«, sagt er. »Stört es dich nicht, dass ich mit Gina geschlafen habe?«

»Er hat mich bezahlt«, sagt sie. »Ich war seine Hure.«

»Das dachte er. Du nicht. Du hast gedacht, er würde mit dir in die Oper gehen. Gina hat mir einen Spa-Tag im Hotel bezahlt. Macht mich das zu ihrem Gigolo?«

»Warum ist Gigolo ein so viel netteres Wort als Hure?«, fragt Letty.

»Wir leben nicht mehr im achtzehnten Jahrhundert«, sagt Alf. »Niemand schickt uns in ein Straflager …«

Das ist eine Anspielung auf »Manon«, und einen Moment lang denkt Letty an Des Grieux, Manons hingebungsvollen Geliebten, an seinen Tanz voller verzweifelter, schwermütiger Leidenschaft.

»Ich sage nicht, dass du wie Manon bist«, fügt Alf hinzu. »Und ich bin auch kein romantischer Dichter. Aber es ist doch so: Wir können bedauern, was wir getan haben, oder wir können einfach nach vorn schauen. Es ist, als würde man ein Lied hören und überlegen, ob man tanzt oder nicht. Wenn man zu lange wartet, ist die Musik zu Ende und die Chance unwiederbringlich vorbei.«

18.00 Uhr

Er sieht, dass sie intensiv über das nachdenkt, was er eigentlich nur so dahergesagt hat.

»Aber was ist mit … Stuart?«, fragt sie. »Ich habe das Gefühl, dass er mich verfolgt …«

Alf denkt daran, was Stuart über Letty gesagt hat, und an seinen Gesichtsausdruck, als Alf ihn geschlagen hat. Wie Alf in ihm plötzlich den Menschen gesehen hat, der er ist. Ein feiger, boshafter Frauenhasser. Warum hat er das so lange nicht erkannt? Er war so beeindruckt davon, was Stuart aus seinem Leben gemacht hat, von dem Reichtum, den er angehäuft hat, dabei ist er nur ein jämmerlicher Typ mit einer James-Bond-Fantasie.

»Stuart ist ein Tyrann«, sagt er. »Tyrannen sind normalerweise Feiglinge. Ich glaube nicht, dass er sich traut, noch etwas zu unternehmen. Was ihm Spaß macht, ist ganz offensichtlich die Jagd. Wahrscheinlich ist er zu einer Beziehung gar nicht fähig, noch nicht mal als Stalker …«

Alf hofft, dass das stimmt. Er wird sich nicht von einem Arsenal-Fan in einem limonengrünen Porsche einschüchtern lassen.

Sie überqueren den Trafalgar Square und nehmen einen Weg durch die U-Bahn-Station Charing Cross, der dunkel und wenig verheißungsvoll aussieht, bis er unvermittelt auf eine Fußgängerbrücke über die Themse führt.

Das Wasser steht hoch, und der Fluss tost unter ihnen. In der Ferne kann Alf die Kuppel der St. Paul's Cathedral sehen, umgeben von den gläsernen Türmen der City, deren Fenster in der Abendsonne leuchten.

Er hat einen Satz eingeübt für den Fall, dass er Letty jemals wiedersehen sollte, und wenn es einen Moment gibt, ihn zu sagen, dann ist es dieser. Irgendwie ist es leichter, es im Gehen zu sagen, wenn sie ihm nicht in die Augen sieht und bei seiner falschen Aussprache zusammenzuckt.

»Ich wollte dir etwas sagen«, fängt er an. »Bitte hab Nachsicht mit mir.«

Auf Lettys Gesicht erscheint ein skeptischer, forschender Ausdruck. Sie ist immer noch unsicher und rechnet mit dem Schlimmsten. Er hofft, dass sie mit der Zeit wieder entspannter wird, so wie in Rom. Er räuspert sich und wird auf einmal selbst nervös, dann nimmt er ihre Hand.

»Vivamus, mea Letty, atque amemus, rumoresque senum severiorum omnes unius aestimemus assis.«

Jetzt lächelt sie ihn an. Grübchen.

»Lass uns leben, meine Letty« – sie lacht –, »und lass uns lieben und nichts auf das Gerede grässlicher alter Männer geben.«

Es ist merkwürdig, denkt Alf, wie die Worte jetzt noch mehr zu passen scheinen als vorher, als er noch nichts von Stuart wusste.

»*Soles occidere et redire possunt; nobis, cum semel occidit brevis lux, nox est perpetua una dormienda.*«

»Die Sonne geht beständig unter und wieder auf. Doch wenn für uns das kurze Licht erlischt, sind wir für immer von Nacht umgeben.«

»*Da mi basia mille, deinde centum, dein mille altera, dein secunda centum, deinde usque altera mille, deinde centum. Dein, cum milia multa fecerismus.*«

»Gib mir tausend Küsse, dann hundert, dann noch einmal tausend und ein weiteres Mal hundert, dann noch einmal tausend, dann hundert, bis wir uns so viele Male geküsst haben …«

Ihre veilchenblauen Augen glänzen vor Begeisterung, dass er sich all die Worte gemerkt hat, und sie sieht so glücklich aus, dass er am liebsten stehen bleiben und sie küssen möchte, aber er hat das Gedicht so oft geübt, dass er es bis zum Ende aufsagen will.

»*Conturbabimus illa, ne sciamus aut ne quis malus invidere possit, cum tantum sciat esse basiorum.*«

»Dass wir die Summe nicht mehr kennen und kein böser Neider die Küsse je zu zählen vermag.«

Sie bleiben mitten auf der Brücke stehen. Er sieht sie an. Sie geht einen Schritt auf ihn zu, und er hebt sie hoch, sodass ihre Gesichter auf einer Höhe sind, und dann küssen sie sich lange.

Dutzende, Hunderte, Tausende Küsse.

»Wie gefällt dir Catull auf Latein?«, fragt sie schließlich.

»Das Internet kann sehr hilfreich sein«, erklärt er.

»Das ist das Netteste, das jemals jemand für mich getan hat!«, sagt sie und strahlt ihn an.

Und dann weicht sie plötzlich zurück und sieht auf einmal wieder furchtbar besorgt aus.

19.00 Uhr

Es ist gerade einmal zwölf Stunden her, seit Letty festgestellt hat, dass sie schwanger ist. Dass sich ihr Leben komplett verändert hat und ihr klar ist, dass sie sich ändern muss. Sie muss jetzt stark sein, denn sie kann es sich nicht länger erlauben, alles zu vermasseln. Es geht nicht mehr nur um sie.

Doch ein Teil von ihr sehnt sich danach, das unglaubliche Glücksgefühl der letzten Minuten noch ein wenig länger auszukosten. Nur heute Abend, vielleicht nur noch heute Nacht. Oder vielleicht sogar noch einen Monat, bis es sicherer ist. Denn ihr ist klar, dass das, was sie sagen will, wieder alles verändern und alles gefährden wird.

Doch Frances weiß es.

Also muss auch Alf es wissen. Keine Geheimnisse mehr.

Sie lauscht auf das Plätschern des Wassers unter ihnen und auf das Summen der Stadt. Alfs Arm liegt um ihre Schulter, und er streicht zärtlich mit dem Zeigefinger über die Haut unter dem Ärmel ihres T-Shirts. Sie wünschte, sie könnten für immer in diesem vollkommenen Moment verweilen, an diesem liminalen Ort verbleiben.

»Ich bin schwanger, Alf«, sagt sie.

Sie spürt den leichten Druck seiner Hand, als er sie zu sich umdreht. Und dann sieht er ihr lange in die Augen, ehe er den Kopf beugt und sie so zärtlich mit geschlossenen Augen küsst, als konzentrierte er sich ganz darauf, all seine Liebe in sie hineinfließen zu lassen. Einen Moment lang sehnt sie sich nach dem gerade vergangenen Moment, als sie noch sorglos verliebt waren, es nur sie beide gab und keinen Grund, vernünftig zu sein.

Dann sagt er: »An dem Wochenende, nachdem wir den Freitagnachmittag zusammen auf dem Palatin gewesen sind, bin ich am Tiber spazieren gegangen und habe ein Graffiti gesehen. *Non cercavo niente, ma con te ho trovato tutto! Sei il mio tutto. Ti amo!* Als ich es gelesen habe, habe ich an dich gedacht. Und ich dachte, wie kann ich sie lieben, wie kann sie mein Ein und Alles sein, wenn ich sie doch gerade erst kennengelernt habe? Aber du bist mein Ein und Alles. Ich liebe dich.«

Hand in Hand schlendern sie am Ufer entlang und sehen sich von der Waterloo Bridge aus den Sonnenuntergang an, dann gehen sie auf die Covent Garden Piazza, wo Tische auf dem Bürgersteig stehen und die Leute lächelnd mit Prosecco anstoßen. Die Luft ist so warm und mild, dass sie genauso gut in Italien sein könnten.

Beide hören die Musik im selben Moment.

Ein Straßenmusiker, der im Säulengang einer an einen römischen Tempel erinnernden Kirche steht, singt »Perfect« von Ed Sheeran.

»Wiener Walzer«, sagt Alf, tritt vor Letty, nimmt Tanzhaltung ein und stößt mit seinem rechten Schenkel gegen ihren, sodass ihr keine andere Wahl bleibt, als sich mit ihm über das Kopfsteinpflaster zu drehen.

Sie tanzen im Dunkeln, und mit wehendem Haar schafft Letty es, irgendwie seinen Schritten zu folgen. Das Honiggold des Marktes und das weiße, von Scheinwerfern erleuchtete

Opernhaus rasen wie die Bilder in einer Laterna Magica vor dem indigoblauen Himmel vorbei. Sie spürt den Boden unter ihren Füßen und Alfs Arme, die kräftig genug sind, um sie aufzufangen, sollte sie stolpern. Während sie im Kreis herumwirbeln, weicht die Angst Mut, und die Überraschung verwandelt sich in ein schwindelerregendes Gefühl von so überbordender Freude, dass sie sich, als das Stück schließlich zu Ende ist, atemlos und lachend gegen seine Brust fallen lässt. Und es ist vollkommen.

Epilog
Zukunft

Gott sei Dank, denkt Frances, als sie sie hereinkommen hört. An ihrem Flüstern und Lachen hört sie, dass es gut verlaufen ist.

Sie erinnert sich daran, wie aufregend es damals war, als sie selbst zum ersten Mal mit Ivo in dieses Haus kam und sie am Beginn eines großen Abenteuers standen. Ivo und Frances haben sich gegenseitig nicht für immer glücklich machen können, aber das macht den Beginn und den Mittelteil nicht weniger wundervoll.

Alf wird ein guter Vater sein. Er war hinreißend mit den Zwillingen. Es wird nicht leicht werden, aber die beiden werden es schaffen.

Vielleicht werden sie alle zusammen in der Palatine Road leben, und wer weiß, vielleicht kann Frances sich mit um das Baby kümmern, sodass Letty ihren Abschluss machen und Alf auf die Tanzschule gehen kann.

Und vielleicht wird Oscar Alf einen Job geben. Er hat auf jeden Fall das Aussehen für eine Hauptrolle im West End. Oscar wird ihn vergöttern! Ob Alf wohl singen kann? Jetzt ist jedenfalls nicht der richtige Zeitpunkt, um ihn um eine Gesangsprobe zu bitten.

Vielleicht bringen Oscar und Raj ihr Baby ebenfalls vorbei. Sie wird eine Familienkrippe organisieren! Sie wird einen Zwillingskinderwagen kaufen, die Babys durch den kleinen Park am Ende der Straße schieben und einen Teil des Mutterdaseins nachholen, den sie verpasst hat.

Sie wird Großmutter sein, erinnert sie sich.

Doch sie darf sich nur so weit einmischen, wie es ihnen recht ist, nimmt Frances sich vor. Sie wird versuchen, eine gute Großmutter zu sein, nicht eine, die jeden Schritt überwacht und ungefragt Ratschläge erteilt.

Alf liegt wach und lauscht auf die ungewohnten Geräusche, die durch das riesige Haus hallen.

Er wird sich eine Arbeit suchen. In London wird es kein Problem sein, einen Job als Kellner zu finden. Wenn er abends arbeitet, kann er tagsüber auf das Baby aufpassen, und Letty kann ihr Studium beenden. Vielleicht tauschen sie, wenn das Baby etwas älter ist, und er wird studieren oder unterrichten oder beides. In London gibt es jede Menge Tanzschulen.

Donna wird Großmutter, und Cheryl Urgroßmutter! Er ist sich nicht sicher, ob ihr das gefallen wird. Aber momentan haben sie genug andere Sorgen, darum wird er noch warten, bis er es ihnen sagt. Die zwei kleinen Mädchen werden Tanten!

Und er und Letty werden Eltern. Und sie werden an der Herausforderung wachsen, weil er ihr das Vertrauen schenkt, das sie braucht, und sie hohe Erwartungen an ihn stellen wird, und jeder Tag wird interessant sein.

Und sie werden sich lieben, und sie werden tanzen.

Letty liegt im Bett, blickt durch das nackte Fenster in den Nachthimmel und denkt, wie merkwürdig es doch ist, dass dort dieselben Sterne funkeln wie über Rom.

In einem Jahr werden sie ein Baby haben. In zwei Jahren ein Kleinkind, in drei werden sie vielleicht mit einem kleinen Mädchen oder einem Jungen nach Rom zurückkehren und ein Foto von ihm oder ihr auf dem leeren Podest machen.

Vielleicht wird auch nichts davon passieren.

Das ist die Zukunft.

Letty schließt die Augen und kuschelt sich an Alfs warmen Körper.

Dies ist die Gegenwart, und sie ist wundervoll. Letty ist so glücklich wie noch nie in ihrem Leben, und sie genießt den Augenblick.